中青年红学论丛

红学·迻译·文化西行

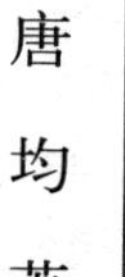

唐均 著

辽宁人民出版社

图书在版编目（CIP）数据

红学•迻译•文化西行 / 唐均著. — 沈阳 ：辽宁人民出版社，2019.1

ISBN 978-7-205-09419-5

Ⅰ. ①红… Ⅱ. ①唐… Ⅲ. ①红学—文集 Ⅳ. ①I207.411-53

中国版本图书馆CIP数据核字（2018）第217032号

红学•迻译•文化西行

唐均 著

出版发行：辽宁人民出版社
（地址：沈阳市和平区十一纬路25号　邮编：110003）
联系电话：024-23284324/010-88019650
传　　真：010-88019377
E - mail：fushichuanmei@mail.lnpgc.com.cn
印 刷 者：北京金康利印刷有限公司
经 销 者：各地新华书店

幅面尺寸：155mm × 230mm
字　　数：516千字　　印　　张：37.25
出版时间：2019年1月第1版　　印刷时间：2019年1月第1次印刷

责任编辑：凌之　顾冰峰　　版式设计：贺天
封面设计：谭惠文　刘伟　　责任印制：高春雨

如有质量问题，请速与印务部联系　联系电话：010-88019750

ISBN 978-7-205-09419-5
定价：98.00 元

“中青年红学论丛”编委会

总　序

向曹雪芹与《红楼梦》致敬

《红楼梦》自问世以来，拥有历代无数的读者，无论从哪个意义上说，都堪称经典中的经典。童庆炳先生在《经典的解构与重建——〈红楼梦〉、"红学"与文学经典化问题》一文中曾称其为"经典的'长青树'"，很是形象。

在"浅阅读""快阅读""碎片化阅读"时代，普通读者已经很难静下心来深入阅读名著。但是，我们相信，经典的光芒就像太阳一样，是不会被浮云遮蔽的。就《红楼梦》而言，近年来受热爱和受重视的程度，超出了许多人的想象。2015年，在曹雪芹诞辰300周年之际，中国新闻出版研究院在第十二次全国国民阅读调查中，加入了"《红楼梦》专项调查"的内容，以问卷及样本采集相结合的方法，对国民阅读《红楼梦》及相关作品的情况做了调查，在红学史上首次提供了《红楼梦》传播与接受的较为直观的数据材料。结果显示：近三成的国民阅读过一遍或以上《红楼梦》原著，超过半数的读者对《红楼梦》中的爱情故事印象深刻，近七成的国民读过《红楼梦》相关作品。《红楼梦》在当代国民中的影响及受热爱的程度于此可见一斑。

近年来，中国艺术研究院长期科研项目中有“红楼梦研究年度发展报告”一项，大致分年度《红楼梦》图书出版述评、学术期刊类述评、报纸网络与新媒体传播述评等几个子项，研究报告刊于每年的《红楼梦学刊》第 1 辑。据统计，在 2017 年，中国内地及港澳台地区共出版各类《红楼梦》论著 80 余种；各类期刊、报纸发表的和学位论文中的红学文章总量达到 1000 余篇；各类红学活动精彩纷呈，微信公众号、门户网站、微博、朋友圈等各类自媒体上论曹品红文字更是多得无法统计。可以说，在当今中国，无论是传统纸质媒体还是网络新媒体，《红楼梦》都是文学名著中最受读者欢迎的作品之一，如果只从论文及论著数量考虑的话，甚至可以去掉“之一”两个字。

因此，可以毫不夸张地说，红学正处于空前繁荣的时期。冯其庸、胡文彬、胡德平、张庆善等先生以专家学者和学会领导的双重身份一再呼吁、提倡的红学“百花齐放，百家争鸣”的局面已然成为现实。对于文学作品来说，阅读、阐释与传播本身就是经典化过程中不可或缺的重要环节之一。可以说，“红学热”既是《红楼梦》经典魅力的必然结果，也是其经典地位得到进一步确定的重要推力。鲁迅论及《儒林外史》时，曾感慨“伟大也要有人懂”，《红楼梦》何尝不是如此！而要“懂”的前提是要读、要了解、要关注，从这个意义上说，每一位《红楼梦》的读者、研究者，以及红楼文化的爱好者与传播者都为《红楼梦》的普及做出了贡献，都值得尊重！

但另一方面，在“红学”空前繁荣的同时，出现了一些“乱象”，许多主观臆测、逻辑不通的观点不断“推陈出新”，比如关于《红楼梦》作者的“新论”，据说已经超过百种；对《红楼梦》所隐“真事”的玄想，也是越出越奇；甚至一些著名的“谈红论曹”人士也在推波助澜。一些出于个人喜好或一时兴致而提出的缺乏逻辑论证和学术理路的新奇观点，作为茶余饭后的谈资并无大碍，但某些观点借助“讲坛”、论文或者专著等形式广为流传，由此造成广大读者对《红楼梦》的误解或不解，这是不利于经典名著的传播和深入解读的。至于一些地方政府机构，或是本身对规范研究不甚了解，或是有意将错就错，借一些缺乏起码说服力的“学说”为地方经济发展搭台，初衷或许是好的，于实事求是的学术原则却无疑是一种很大的伤害。这样，红学大繁荣的局面之下其实潜藏着严重的研究、解读失范的危机。

我国政府近年来在“两会”报告中分别提出“全民阅读”和“建设书香社会”的理念。这些理念的提出为文化复兴和价值体系重建提供了良好的契机。对于正在努力提升国家文化软实力的当代中国来说，读书并且读好书，读经典并且读懂经典，是一个包含着丰富人文诉求的时代课题。而如何以正确的方式更好地阅读经典并进一步研究经典，学者和媒体从业人员有责任起到正面的引导作用。

鉴于目前红学领域乱象丛生的现状，辽宁人民出版社以弘扬传统文化与学术精神为己任，决定邀请一批年富力强、在红学界有一定建树和影响的学者组成编辑委员会，从学术质量上把关，编辑、出版“中青年红学论丛”，希望持续推出在一定程度上能够代表当代中青年学者研究水平的红学著作，在大浪淘沙的历史长河中，为这个时代的红学研究贡献优秀的研究成果。关于本丛书的宗旨，特做如下三点说明：

第一，本丛书作者将以中青年学者为主。如果采取历史阶段与时代的学术思潮、文化思潮乃至政治思潮相结合的角度，红学研究史大致可以分为以下几个时段：第一个时段是1754—1901年，这一时期的红学主要是历史本事的提示或考证、《红楼梦》文本的鉴赏。第二个阶段是1902—1949年，这是现代红学的开端，梁启超发表于1902年的《论小说与群治之关系》与王国维发表于1904年的《红楼梦评论》真正开启了现代红学之先声。第三阶段是1949—1978年，这是马克思主义价值体系在中国大陆确立了主导地位的时期，现实主义文艺观念与社会政治批判成为这一时期中国《红楼梦》批评与研究的最高标准。第四阶段是自1978年至今，以中共十一届三中全会召开为标志，开启了思想解放运动，从红学史来看，也重新开启了《红楼梦》研究的多元化时代。

王国维在《宋元戏曲考》中提出“一代有一代之文学”，学术研究何尝不是如此？以红学研究第四阶段的主要参与者而言，代际差别还是比较明显的。

以周汝昌、冯其庸、李希凡、梅节、蔡义江、胡文彬、吕启祥、刘世德、张俊、张书才、段启明、张锦池、陈熙中等先生为代表的老一辈学者是从第三阶段走过来的人，同时又是第四阶段的开创者。他们的代表性研究成果大都已经以选集、文集或者丛书的形式出版，有的甚至已经是多次再版，受到了广泛的关注并产生了巨大的影响，已经成了推动《红楼梦》再经典化的重要因素，甚至成了《红楼梦》经典意义的重要组成部分。

前辈学者开疆拓土，奠定了坚实的学科基础。出生于20世纪60年代及以后的新一代学人，他们所处的学术环境、文化环境、政治环境与前辈迥然有别，学术成果也不可避免地打上了新时代的烙印。这一批中青年学者的研究成果尚处于自发的、松散的状态，尤其60年代出生的一批学者，他们处于承上启下、继往开来的历史地位，成为红学研究薪火相传的重要一环。这批学人多年来的红学论文散见于各种报纸杂志，难见全豹；著作也尚无团队化、规模化的“丛书”形式出现。鉴于此，本丛书将作者对象定为20世纪60年代及以后出生的中青年学者，希望化零为整，给这一批新时期成长起来的学者提供一个开放性的出版平台，展现与前辈学者不一样的“代际”红学的特点！

第二，本丛书推崇多元化的选题方向。如果从红学研究方法论的角度来看，蔡元培代表了索隐派、王国维开创了文学批评派、胡适开创了考证派，他们都对后来的红学研究产生了深远的影响。其中，蔡元培代表的索隐派以及胡适开创的考证派被余英时先生称为红学史上先后出现的两个“典范”；至于王国维的《红楼梦评论》，更是开以西方哲学与美学解读中国文学作品的先河，在小说研究史乃至整个中国现代学术史上都具有重要的里程碑意义。接着，周汝昌先生1953年出版的《红楼梦新证》将考证派红学推到登峰造极的地步。此后，1949—1978年，海外红学研究有索隐派复活的倾向，中国大陆红学研究则如前所述，以马克思主义“社会—历史”分析方法占绝对的主导地位。1978年以来，伴随着社会变革和思想解放，中国红学研究与整个中国古代小说研究一道,进入了多元研究的全新时代。红学史第三阶段的学者们是这一新时代的开创者,他们中绝大多数人的代表作其实都写于80年代以后。

本丛书所关注的20世纪60年代及以后出生的中青年学者,正是在前辈们所开创的广阔道路上蹒跚学步然后再渐渐稳步前行,他们中的很多人更是与前辈学者有直接的师承关系。由于时代因素,中青年学者在传统国学功底方面,很难望老一辈学者之项背。但是,换一个角度,中青年一代自然也有其自身的优势。在继承前辈学人在索隐、文学批评和考证等方面所取得的研究成果之外,他们可以更方便地利用西方前沿理论,对中国传统文学理论中的一些合理因子加以重新检视、激活;再加上日新月异的资料检索手段,这些学者有条件事半功倍地掌握材料,并在前辈研究的基础上"接着往下说"。可以说,几代学人不断累积的研究成果、科技革新带来的新的研究手段、中西文化碰撞之下层出不穷的理论方法,以及具有新的时代特色的审美风尚等诸多因素综合在一起,产生出强大的推力,使红学研究得到全方位的开拓与推进,从而使老一辈学者开创的多元化格局得到了进一步的丰富和发展。因此,本丛书立足于当下所呈现的百家争鸣、丰富多彩的红学现状,推崇多元化选题方向,不拘一格,鼓励形式多样的优秀著作出版。

第三,本丛书坚持规范的学术标准。我们旨在"推出在一定程度上能够代表当代中青年学者研究水平的红学著作",所以本丛书对收入的作品自然有一定的标准。为了避免有失严谨、缺乏规范、违背科学精神的著作出现在本丛书中,编委会制订了如下标准:(1)不以作者的学历、身份、工作单位及研究角度为限，只注重作品本身的水平如何；（2）选题要有一定的新意和学术价值，无论是新材料的运用，还是对现有材料进行重新的解读，都要提出具有一定原创性的独到见解和相对正确的总结评价；（3）作品要能体现作者在红学领域有比较宽广的知识面和比较系统的理论基础，对相关课题的先行研究和前沿状况要有相对全面的了解；（4）要有严谨的科学态度，论据要可靠充分，说理要逻辑严密，并且做到概念清晰、语言准确、层次分明、结构合理。总之，作品本身的意义和价值是我们的最高标准。

作为古代小说的巅峰之作，《红楼梦》凝聚了中华传统文化的精华，在艺术和思想方面均具有无与伦比的、广阔的意义空间，值得反复研读和深入挖掘。我们愿以读书人的兴趣与学者的责任心，为“曹雪芹与《红楼梦》”在当代的经典化进程尽一份绵薄之力，向经典致敬！

还需特别说明的是，该丛书在策划、出版过程中，得到了中国红楼梦学会、北京曹雪芹学会的鼎力支持，在此谨致由衷谢忱！

“中青年红学论丛”编委会

序

唐均教授是一位在《红楼梦》译介研究上卓有成就的青年学者，是一位难得的人才。他的新著《红学·迻译·文化西行》，正是他这些年在《红楼梦》译介研究上的成果结集，也是《红楼梦》译介研究的最新收获，很有学术价值。

这些年来，西南交通大学外国语学院为《红楼梦》译介研究做了大量的工作，取得了很突出的成就。2017 年 11 月，在深圳举办的全国《红楼梦》学术研讨会暨中国红楼梦学会第八届全国会员代表大会上，西南交通大学外国语学院有三位教授当选为中国红楼梦学会理事，他们是王鹏飞教授、唐均教授、任显楷副教授。据我所知，一个学院同时产生三位理事，这在全国的高校都是没有的。西南交通大学外国语学院能同时产生三位理事，这是对外语学院这些年来在《红楼梦》译介研究方面取得成绩的充分肯定，也反映出红学界对《红楼梦》译介研究越来越重视。这正是着眼于《红楼梦》的当代传播、着眼于中华文化走出去、着眼于讲好中国故事的需要。

说到这里，我想到一件事，一天一个朋友问我：《红楼梦》是世界名著吗？我毫不犹豫地回答：当然是了。看到我对他提出这个问题的不解和疑惑，他说："《红楼梦》是不是世界名著，不能只靠我们中国人自己说。如果一部文学作品不能让世界上更多的人知道、认识，就不好说是世界名著。只有让《红楼梦》像莎士比亚、托尔斯泰的作品那样为世界更多的人认识、认可，才可以说是世界名著。”这位朋友的话引起了我深深的思考。

十多年前，我到丹麦首都哥本哈根参加中欧文化论坛，会上会下中国学者对安徒生的熟悉、对小美人鱼的兴趣，给丹麦朋友留下十分深刻的印象。一位丹麦朋友对我说：“中国人怎么对安徒生这么熟悉？似乎比丹麦人还熟悉。”我对他说：“不能说中国人比丹麦人还熟悉安徒生，但中国人确实十分熟悉安徒生，因为安徒生在中国是家喻户晓的童话作家，早在一百多年前中国的翻译家就把安徒生的作品介绍到中国，安徒生童话已经成为中国少年儿童的阅读经典，几乎没有人不知道《丑小鸭》《卖火柴的小女孩》《拇指姑娘》《白雪公主》等童话故事。安徒生的《卖火柴的小女孩》尤其被中国的读者所熟知，小女孩划着一根一根火柴的情景，不知打动了多少中国孩子的心灵。”中国广大读者正是通过阅读荷马、但丁、薄伽丘、莎士比亚、塞万提斯、歌德、巴尔扎克、普希金、雨果、司汤达、托尔斯泰等文学大师的作品，而走进欧洲的文学世界的。但令人遗憾的是，比起中国人对欧洲文学的了解，欧洲人对中国文学的了解似乎相差很远。

诺贝尔文学奖评委马悦然的夫人写过一篇介绍瑞典人翻译《红楼梦》的文章，在这篇文章中，她说了一件轶事：一位已故的瑞典皇家科学院院士，在 20 世纪 60 年代回答“为什么中文作家没有得到诺贝尔文学奖？”这个问题时，那个院士回答说，中国小说艺术据他看来还没有赶上西方的小说。马悦然听了很生气，马上在瑞典最大的报纸上发表了一篇公开信，说《红楼梦》比西方所写的小说好上千倍了。马悦然虽然对《红楼梦》有着高度评价，但也无奈地承认，多少年来，瑞典文学家不知道《红楼梦》是什么，普通的读者就更不知道了。直到本世纪初，通过马悦然的学生白山人的翻译，瑞典读者才读到了瑞典文《红楼梦》全译本。目前在北欧五国中，也只有瑞典有《红楼梦》的全译本。

《红楼梦学刊》2014 年第六辑在“红学动态”栏目里刊载了一篇文章，即《〈红楼梦〉登上英媒读书榜引发的思考》，这篇文章的冷静与透露出的信息，给我留下深刻的影响。据这篇文章介绍，英国《每日电讯报》网站 2014 年 4 月 23 日刊登的《史上十佳亚洲小说》，所列书单中第一个即是《红楼梦》。2014 年 4 月 25 日我们的《参考消息》刊登了英文报道的译文，新华网、网易、新浪网、腾讯等多家网站纷纷转载了这篇译文，人们的第一反应是，《红楼梦》在当今亚洲文学和世界文学中有着值得中国人骄傲的地位。我看到这条消息时，就是那样的“骄傲兴奋了一把”。但当人们冷静下来却发现一些问题，一是这篇《史上十佳亚洲小说》的文章，对《红楼梦》的介绍有问题，他们把《红楼梦》说成是“这部结构松散的小说”；二是虽然《红楼梦》被放在第一的位置，但该榜单之前加入的四张照片都与《红楼梦》无关；三是所谓的“史上十佳亚洲小说”，很难说是“十佳”，表明排列者似乎对亚洲小说不熟悉，没什么研究。这样一来，这个排行榜的权威性就很值得怀疑，它并不能代表西方世界对《红楼梦》的真实看法，倒是反映出西方世界的很多人真的不是很懂《红楼梦》。

的确，真正能认识《红楼梦》的不朽和伟大也不是那么容易。文化的差异，令人望而生畏的方块字，特别是《红楼梦》丰富的内容和独特的艺术表现方式以及大量的诗词，都使得许多外国朋友面对着《红楼梦》，就如同站在喜马拉雅山的脚下，面对着巍峨的高峰充满了敬仰、迷惑以致于望而却步。《红楼梦》走向世界，经历了艰难的历程。

20 世纪 30 年代，德国著名翻译家孔舫之翻译了《红楼梦》，但只有五十回，不是全译本，他自己也深感遗憾，但他还是不无自豪地宣布，他是“第一个登上《红楼梦》这座高峰的欧洲人”。孔舫之译本对欧洲人认识《红楼梦》还是起到了重要的作用。到 20 世纪 70 年代，霍克思、闵福德英译本和杨宪益、戴乃迭英译本的出版，英语世界才有了全本《红楼梦》。这两个英译本的翻译出版，对《红楼梦》在英语世界的传播，对《红楼梦》走向世界，起到了重要的作用。1981 年李治华和夫人雅歌历经 20 多年翻译的一百二十回法文本《红楼梦》出版，立即轰动法国文学界，当年就被评为法国文学界一件大事。法文全译本的出版，与霍克思、闵福德英译本和杨宪益、戴乃迭英译本的出版一样，是《红楼梦》传播史上的大事件。在《红楼梦》走向世界的历程中，多少勇于攀登《红楼梦》艺术高峰的翻译家，以他们的勇气、毅力和智慧，把《红楼梦》翻译成各种语言，为《红楼梦》的世界性传播做出了重要的贡献。

但从《红楼梦》传播的历程看，仅仅靠语言文字的翻译，还是很不够的。《红楼梦》作为中华文化的使者在世界范围内的传播，是伴随着我们国家的影响和地位、伴随着国外汉学和海外红学的发展而进行的。国外读者对《红楼梦》的了解，一是靠译本，二是靠学者的研究成果即红学，三是靠对中华传统文化更多的了解，四是靠中外文化多元化的交流，如《红楼梦》的改编等。如果不对中华文化有更多的了解，不对红学有更多的了解，不管是翻译《红楼梦》，还是阅读《红楼梦》，你都会遇到巨大的障碍，也不可能真正读懂《红楼梦》。在中国文学经典走向世界的进程中，我们寄希望于外国的翻译家用外国人喜闻乐见的语言和形式，讲中国故事。我们更寄希望于中国的翻译家和外国的翻译家合作，讲述真正“中国味”的“中国故事”，这样中华优秀文化、中国文学经典才能真正走向世界。

我们的专家学者要对《红楼梦》在西方世界的真实情况，做出实事求是的介绍和研究，从而真正知道我们的责任和任务。《红楼梦》是中国最伟大的古典小说，在中国有着非同寻常的地位和影响，但在世界上它的影响和评价并不像我们想象的那样高，甚至不如《三国演义》《西游记》的影响大，究其原因主要是翻译的问题。由于文化差异和语言的障碍，特别是《红楼梦》特殊的艺术表现等原因，把《红楼梦》完整、准确、贴切地翻译出来，极为困难。因此《红楼梦》的译介及其研究，对于我们来说非常重要。翻译很重要，研究翻译也很重要。这部书稿的价值在于及时反映了《红楼梦》译介研究的最新成就。唐均教授懂多种语言，这部书稿涉及多种语言文字对《红楼梦》的翻译情况，这些对《红楼梦》译介及其研究现状的介绍和评论，对于我们了解《红楼梦》翻译的实际情况，进一步推动《红楼梦》走向世界，加强中外文化交流，推动我国倡导的“一带一路”发展战略，都是非常有意义的。我们应该从国家文化发展战略的高度，大力推动中国翻译学理论的建设，推动中国文学经典走向世界的历史步伐。

是为序！

張慶善

（中国红楼梦学会会长、《红楼梦学刊》主编）

2018 年 6 月 6 日于惠新北里

自　序

——朱阁枕黄粱

我对《红楼梦》的认识究竟始于何时，又有何机缘，现在竟然毫无印象了，唯有的印象是自小就跟着大人看过徐玉兰—王文娟越剧版《红楼梦》电影，也细细读过文字竖排的上海人民美术版 16 册《红楼梦》连环画，继而过渡到完整看过 1987 年首播的 36 集电视连续剧《红楼梦》，并且兴致勃勃参与荧屏里头的《红楼梦》百科知识竞赛，这大概就是我在早年跟《红楼梦》数得上的因缘了。

去年将办公室储存的书籍搬回家中，无意中抖落出一本王昌定的《红楼梦艺术探》（1985 年版）来，看到封底圆珠笔记下的价格：3.2 元，搜肠刮肚才影影绰绰记起，这本书大概是在 1990 年左右，家乡县城新华书店清仓时买的一本折价书。到如今，这位作者似乎罕见于红学研究的涉及，我要是不再翻开此书也已早就忘记了内容是什么——然而抚今追昔，这无疑是我入手的第一本红学论著了。

后来的读书经历，能够扯得上《红楼梦》的，就是研究生阶段有段时间执着于原型批评理论的文学解读：偶尔把林黛玉的形象同民间故事中常见的"下凡历劫—复归仙境"母题牵扯在一起考察，并且还洋洋洒洒做过文章，莽莽撞撞投给《红楼梦学刊》，许久杳如黄鹤，我也置之脑后。突然一天，《红楼梦学刊》杂志社自称何卫国的编辑给我打电话，说要刊用论文，叫我处理一下；我当然喜之不尽，迅速按照要求做好将文稿返回学刊编辑部，未几就在 2007 年第五辑学刊上登了出来。拿到样刊，掐指一算，这篇小文从投稿到刊发，竟然已经长达三年的距离了。即便如此，我还是没想到我跟《红楼梦学刊》此后回交情匪浅，跟何卫国兄会从电话两端的神交发展到拍肩击掌的近乎。

从北大毕业后来到西南交通大学外国语学院工作，在时任院长也是国内外享有盛誉的译介学大家傅勇林教授的关怀和指引下，我们几个志同道合的同事，一起组成研究团队，有幸申请到校级重点经费的资助，集中开展《红楼梦》多语种译介研究工作。在傅老师准备带着我们部分团队成员前往中国艺术研究院红楼梦研究所参访之前，我把 2006—2007 年在芬兰赫尔辛基大学做访问学者时偶尔发现并随手拍摄的《红楼梦》芬兰文译本照片整理了一下，觉得拿这个材料好像可以跟红研所的专家们请教下。果不其然，我们对《红楼梦》多种语言译本的多方搜集和研究设想，得到了红研所专家们的首肯——至少，我们虽然是半路出家，但是还真是做学问的样子，既非索隐派的缘木求鱼，也非草根红学的无稽之谈。

作为外语背景的我们，毫无中文文献学背景，在《红楼梦》译介研究中亟待留意的问题就是：译本与其底本之间的对应关系一定要夯实，切不可张冠李戴。这是红研所时任孙玉明所长给我们提出的谆谆告诫，也是我们交大外院《红楼梦》译介研究团队得以砥砺前行至今的强劲助力。就我个人而言，虽无红学的职业训练，却有传统红学圈没有的外语优势：我从南京晃到新京（“伪满”时期的长春）再晃到北京，“三京漂泊”的轨迹拉拉杂杂拖拽了几十种语言学习的印痕，正好在《红楼梦》的林林总总外语译本中摸爬滚打一番。2012—2013 年又获得国家留学基金委资助到斯洛伐克访学一载，我同《红楼梦》斯洛伐克译者黑山进行合作研究，也同《红楼梦》捷克译者王和达契阔相交，更陆续识得《红楼梦》的韩国、以色列、丹麦等译者，了解到《红楼梦》还有挪威、冰岛、波兰等新见译本，我的多语种优势在《红楼梦》译介研究中至此得到极大的发挥。

不知不觉，我的《红楼梦》多语种研究工作已经开展了将近 10 年，其间用进废退，相关研究文章散见于各种发表阵地。这次幸得北京语言大学段江丽教授厚爱，嘱我将所发文章结集，以便充分反映个人在《红楼梦》多语种译介研究方面的一些心得体会。我也借机梳理一下自己的思路，看看这堪堪十年之间在红学研究方面，自己还有哪些尺寸短长。

本文集收录的是我从 2010 年到 2018 年 9 月之间已经公开发表的有关《红楼梦》多语种译介研究主题的论文，分成“译本研究”“跨文本研究”“跨语际研究”和“红学人物志”四个板块：“译本研究”主要涉及我对多种《红楼梦》译本、特别是诸如锡伯、希腊、斯洛伐克、波兰、芬兰等非通用语译本或翻译手稿的初步探索；“跨文本研究”都是我和学生合作，在同一种语言的不同译本之间进行某些细节对照考察的研究，涉及英译本和日译本两个语言类别；“跨语际研究”则是在不同语言译本之间进行的相关主题研究，涉及俄语—罗马尼亚语、德语—英语、民族语—外语、多种斯拉夫语、英语—法语等多个译本，也包括我个人对《红楼梦》译介的部分总体考量；“红学人物志”既有对我熟悉的《红楼梦》异域译者的成就总结，也有从某个细节切入、对当代著名红学家的“异端”认识。

所收文章，皆为已经见刊的内容的结集，在收入本书时，在行文和格式上做出了一些处理，说明如下。

文集所收文章，其主题全为关涉《红楼梦》译介研究的篇目，文章在文集中的排序先按照内容大致划分为四个部分，在每个部分下面再按照文章原始发表时间的先后次序排列；

收入文集的文章，删去原来发表时的署名和单位标注以及摘要和关键词，统一在每篇文章的末尾括注原始发表阵地以及起讫页码，合作文章在此注明合作者；

本次结集时，正文除了明显的错别字径行修改、部分欠妥的措辞予以调整以及有些新见事实性的材料需要补正之外，其他文字即便有观点上的不足也一律不作处理，以便体现作者在研究中逐渐取得进步的历程；

个别文章所附地图，由于现行出版规则的限制难以处理，本次结集时径行删去，文章中相关的文字表述因此做出了相应的修改，敬请留意；

原来发表在各种阵地上的文章格式并不一致，本次结集时根据出版社提供的模板，将文章格式做了统一处理；

文章原来发表时标注的基金项目，本次结集时一律删去。

其中需要注意的一点是，我对纯粹《红楼梦》英译本的研究，都是指导研究生而开展的工作，相关成果基本上都是出自我作为导师的构思以及不厌其烦的修订，同时也包含合作研究生的脑力和体力付出，这些情况自然不敢掠美，都在相关文章末尾加以注明，大部分合作者而今已经不再留在学术圈，谨以此作为曾经合作的纪念。

最后，我要感谢中国红楼梦学会会长《红楼梦学刊》主编张庆善研究员长期以来对我们研究团队以及对我个人研究工作的大力支持，他还慨然赐序为本文集增色，更是我在这里暂时搁笔之际所不能忘怀的。

唐均

2018 年 9 月 4 日

于西南交大九里校区

北苑电梯公寓

目　录

总　序

序

自　序

译本研究 ························ 1

《红楼梦大辞典·红楼梦译本》词条匡谬赓补 ························ 2

《红楼梦》芬兰文译本述略 ························ 50

《红楼梦》希腊文译本述略 ························ 65

王际真《红楼梦》英译本问题斠论 ························ 81

《红楼梦》锡伯文译本述略 ························ 97

北欧日耳曼语《红楼梦》迻译巡礼 ························ 118

《红楼梦》斯洛伐克翻译手稿论 ························ 131

《红楼梦》波兰文翻译述略 ························ 146

“瑙”河“阡”山石头记 ························ 159

英籍华裔汉学家张心沧英译《红楼梦·花冢》桥段研究 …… 168

美国汉学家梅维恒《红楼梦》英译研究 …… 191

跨文本研究 …… 205

黄新渠《红楼梦》编译本的中英文本对应问题 …… 206

“飞白”在《红楼梦》四个英译本中的翻译 …… 228

论《红楼梦》三个日译本对典型绰号的翻译 …… 250

裘里和彭寿英译《红楼梦》的语言差异管窥 …… 269

《红楼梦》译评中的底本选择问题和选择性失明态度 …… 303

跨语际研究 …… 329

《好了歌》俄译本和罗马尼亚译本比较研究 …… 330

《红楼梦》孔舫之德译本英文转译中的词汇迻译问题初探 …… 345

《红楼梦》孔舫之德译本英文转译中的句法问题略论 …… 363

《红楼梦》翻译中的东方主义问题摭拾 …… 385

多语种视野下的锡伯文迻译《好了歌》解读 …… 403

《红楼梦》译介世界地图 …… 425

《红楼梦》标题迻译研究 …… 443

《红楼梦》第三回林黛玉外貌描写的五种译文 …… 454

花近红楼伤客心，万方难读此登临 …… 477

《红楼梦》国际传播的历史与现状 …… 483
“一带一路”文化建设与《红楼梦》国际传播 …… 487

红学人物志 …… 491

中西译坛上“美丽的错误” …… 492
金启孮先生为周汝昌先生题写女真文“红学旗帜”发微 …… 505
高利克与红学 …… 516
捷克汉学家王和达及其中国古典迻译事业 …… 532
伏尔塔瓦河畔的杨宪益 …… 541
附录：西文目录 …… 549

译本研究

《红楼梦大辞典 · 红楼梦译本》词条匡谬赓补*

一、缘起及有关说明

荟萃国内红学界专家、博采众长、集体编纂的《红楼梦大辞典》❶全面涵盖了《红楼梦》研究各方面的内容，几乎对所有的红学条目都作了一定深度和广度的说明和阐释，从而成为一部兼具知识性、学术性和工具性的权威百科辞书。

笔者在研究《红楼梦》翻译的过程中经常参考该辞典；但在汇集已经搜集的相关资料加以比照时，就发现这部初版于 20 年前的百科辞典，至少在其单独辟出的“红楼梦译本”部分，依然存在为数不少的问题。而该辞典问世以来的这 20 年，正是红学研究特别是《红楼梦》翻译研究取得长足进步的一个时期。因此，我们有理由借助已有的《红楼梦》翻译研究成果，对这部辞典关于《红楼梦》译本的所有词条进行一个综合性的修订。

本文对该辞典“译本”部分词条的修订处理，使用的是其 1991

---

* 西南交通大学外国语学院英语系 2009 级研究生唐娟同学对本文的写作多有贡献，谨此致谢。

❶ 冯其庸、李希凡主编：《红楼梦大辞典》，文化艺术出版社 1990 年版。

年印本；在文章撰写过程中得悉又新推出了该辞典的修订版[1]，但匆匆浏览修订新版的“译本”部分，发现绝大部分需要修订的地方一仍其旧，故而本文进行词条修订所依据的文本基础仍然不作更替。

由于是词条修订，所以我们尽量在词条原文之上进行处理。具体的处理手段通过如下一些标记来标示：

文字修改：楷体；文字增加：下划线；文字删除：加框；修订按语：仿宋。[2]

凡是不便直接在词条上加以处理的情形都在按语中予以说明。相关修订的资料都尽量一一给出出处；没有给出具体出处的情形，就尽量保持词条的原状，如果这时作出了修订，则是笔者本人亲自目验过相应译本或其照片。而且我们在按语中尽量扼要交代一些红学领域之外名人的相关背景，以俟来者进行更为深入的红学研究。

另外需要指出的是，“朝鲜文”指中国朝鲜族及朝鲜的文字，“韩文”指韩国的文字，两者其实是同一种文字。我们在处理时尽量维持词条的原状，只是在最后的数据统计中将其合二为一处理。

二、“红楼梦译本”词条修订处理

《红楼梦》（满文）刊本。译者、刊年不详。据一粟《红楼梦书录》“译本”类所述：“张宗祥先生言，曾见过满汉合译开化纸印本二、三册，‘秦可卿淫丧天香楼’回目未改。”

按：张宗祥（1882—1965），初名思曾，字阆声，别号冷僧，浙

[1] 冯其庸、李希凡主编：《红楼梦大辞典（增订本）》，文化艺术出版社 2010 年版。

[2] 本书有较多作者自定义标记形式，标记符号用法可能与相关出版规范及本丛书通例不尽相符，尊重作者意见，未做调整，特此说明。——编者按

江海宁人。晚清举人，隐居不仕。先在硖石开智学堂、桐乡桐溪学堂、秀水学堂以及嘉兴府中学、杭州府中学任教，1907年又在浙江高等学堂、两浙师范学堂史地科任教。1918年任京师图书馆主任，1922年任浙江省教育厅长，抗战时间兼任浙江文澜阁四库全书保管委员会主任委员，解放后任浙江省图书馆馆长、文史馆副馆长、省史学会名誉会长、西泠印社社长。在文献整理和研究方面功勋卓著，尤其是为《文澜阁四库全书》的完整保存立下汗马功劳。[1]

《红楼梦》（*khang-chen dmar-po'i rmi-lam,* 藏文）[藏族]索南班觉译。全译本，一百二十回，共四册，民族出版社1983年9月出版第一册727页。本书据"人文本"译出，书前有木刻绣像40幅，次出版前言及李希凡撰写的长序。各回后有注释。

按一：该译本似乎只出版了第一册。[2]

按二：译者索南班觉，又译索朗班觉（1932—1996），藏族，西藏拉萨人，曾先后师从十三世达赖喇嘛的经师察珠·阿旺洛桑活佛、米珠林寺著名佛学家洛追曲桑、康区活佛罗桑金巴、藏学家多吉杰博先生研习藏文和藏族传统文化，奠定了深厚的藏学基础。1952年开始在西藏军区干部学校任教，历任中央人民广播电台、西藏人民广播电台、西藏文教厅、西藏人民出版社、中央民族语文翻译局、中国藏学研究中心等单位译审。主要参与翻译和审定各种政论性文献的藏译工作，除了《红楼梦》之外还参与翻译和审定了《水浒传》《天安门诗抄》的藏

[1] 焦树安：《国立北平图书馆学者传略：张宗祥、徐森玉》，载《国家图书馆学刊》2002年第1期，第85—86页。

[2] 李万梅：《建国后藏文图书出版状况书评》，载《西北民族学院学报》（哲学社会科学版）1997年第3期，第115页；索珍：《我的父亲索朗班觉》，载《中国西藏》（中文版）1998年第1期，第47页。

译本等文学作品。[1]

《红楼梦》（*thog khang dmar po'i rmi lam (le'u dang po nas bcu ba'i bar)*，藏文）[蒙古族]阿旺·却太尔译，史学礼校订。作者署名曹雪芹（tsha'o-zha'o-chin）、高鹗，（ka'o-e）青海民族出版社1984年出版第一卷，1—10回，283页；1993年出版第二卷，11—20回，264页。

按：译者阿旺·却太尔（1919—2013），青海湟源人，1947年毕业于青海塔尔寺哲学院，西北民族大学藏族语言文学系古藏文专业教授，精通藏、蒙、汉三种语言文字[2]。其《红楼梦》藏文译稿共有50回，正式出版了前20回。该译本虽未译全，但具有达意、雅训、通俗易懂、独立成文等特点。

《红楼梦》（*fulgiyan taktu i tolgin*，锡伯文）译者[锡伯族]穆旭东。据1957年6月30日《文艺报》第十三期载郑文光《新疆作者代表会议侧记》所述："像《红楼梦》《西游记》这些汉族古典作品没有维文译本，却早就有了锡伯文译本了，只可惜到今天还没有出版机会。"译本为1—4卷、一百二十回，署名曹雪芹、高鹗著，1993年7月新疆人民出版社1版1印550册。

按一：关于译者穆旭东，目前的材料只发现他是"锡伯族退休干部"[3]一条。

按二：第一卷开头有一个长达26页的序言并附11页的注释，序言后署名是"中国艺术研究院红楼梦研究所"，时间款识是1981年——

---

[1] 索珍：《我的父亲索朗班觉》，载《中国西藏》（中文版）1998年第1期，第46—47页。

[2] 红甲：《却太尔教授与藏学研究》，载《社科纵横》1992年第3期，封二。

[3] 佟加·庆夫：《锡伯族的翻译事业》，载《语言与翻译》2000年第2期，第36页。

这应该是后来附上的中文原本序言的锡伯语译文。

《红楼梦》（蒙古文）[蒙古族]尹湛纳希译，已佚。但尹氏传世有小说《一层楼》《泣红亭》，为明显模仿《红楼梦》的作品。

按：以上资料来自王平《论尹湛纳希对〈红楼梦〉的接受》[1]。

《红楼梦》（*ulaɣan asar-un ǰegüdün*，蒙古文）[蒙古族]赛音巴维尔、钦达木尼、丁尔甲、达吉、丹森尼玛、旺吉勒等译。全译本，一百二十回，共六册。本书据人民文学出版社本第三版译出，1976—1981年由内蒙古人民出版社出版。

《新译红楼梦》（*sin.a orčɣuluɣsan xung leu meng bičig*，蒙古文）[蒙古族]哈斯宝（Xasbu）译注。亦称作《小红楼梦》（*ulaɣan asar-un bičixan ǰegüdün*），抄本，四十回，共二十册。据介绍，此本系据一百二十回本《红楼梦》压缩改译的。译文以宝黛爱情故事为中心线索，串连全书。卷首有译者的序文、读法、总录，各回加评注。清道光二十七年（1847）孟秋初一日，译者在所写序中说："这部书的作者，文思之深好像大海之水，文章的细腻有如牛毛之微，脉络贯通，针线交织。"在《读法》中，译者认为："《红楼梦》一书的撰著，是因为忠臣义士身受仁主恩泽，唯遇奸逆挡道，馋倭夺位，上不能事主尽忠，下不能济民行义，无奈之余写下这部书来泄恨书愤的。"因此，他说："此书中，从一诗一词到故事戏语都有深意微旨。"内蒙古大学图书馆、内蒙古图书馆、内蒙古语言历史研究所均藏有抄本。抄本中附有哈斯宝所绘"鸳鸯戏水图"11幅。有多种抄本流传；1974年内蒙古大学中文系蒙语专业印行了一部以内蒙古图书馆藏本为底本、参校内蒙古大学图书馆藏本和内蒙古语文历史研究所藏本的合校本《红楼梦》（*ulaɣan asar-un*

[1] 王平：《论尹湛纳希对〈红楼梦〉的接受》，载《红楼梦学刊》2004年第1辑，第278页。

ǰegüdün)。

按：以上增补资料来自亦邻真《亦邻真蒙古学文集》[1]；其中原来的胡都木蒙文根据《蒙汉词典》1999年版[2]的拉丁转写方案转写。

《红楼梦》(qızıl saray tüsi[3]，哈萨克文)《红楼梦》翻译小组译。全译本，一百二十回，共八册。此本据人民文学出版社1964年本第三版译出，作者署名曹雪芹（sau şueçyn)、高鹗（gau ı)，卷首有李希凡序。1975—1983年由新疆人民出版社出版，2009年第二次印刷。

按：著名哈萨克族语言学家、历史学家、文学家倪华德（1922—1993，哈萨克名：尼合（哈）迈德·蒙（孟）加尼）曾经翻译《红楼梦》第三、第四册。

《红楼梦》(qizil rava qitki chüsh[4]，维吾尔文)《红楼梦》翻译小组译。全译本，一百二十回，共八册。此本据人民文学出版社1964年本第三版译出，作者署名曹雪芹（saw shuéchin)、高鹗（gaw é)，卷首有李希凡序。1975—1979年由新疆人民出版社出版。

按：维吾尔文期刊《诗刊》杂志编委、著名维族诗人克里木·霍加（全名阿不都克里木·霍加耶夫）翻译前30回。

《红楼梦》(维吾尔文)，1982年出版。

---

❶ 亦邻真著，齐木德道尔吉、乌云毕力格、宝音德力根编：《亦邻真蒙古学文集》，内蒙古人民出版社2001年版，第76.766—767页。

❷ 内蒙古大学蒙古学研究院蒙古语文研究所：《蒙汉词典（增订本）》，内蒙古大学出版社1999年版。

❸ 原文为阿拉伯字母式文字；这里根据哈萨克拉丁字母方案（Khazakh latyn älîpbiî）转写。本条目中作者姓名的拼写亦然。

❹ 原文为阿拉伯字母式文字；这里根据2000年11月—2001年7月新疆大学五次会议讨论制定的统一拉丁文字方案（Uyghur Latin Yéziq，简称ULY）转写。本条目中作者姓名的拼写亦然。

按：以上资料来自张红英《〈红楼梦〉中书名的维吾尔语翻译》[1]。

《红楼梦》（维吾尔文），缩写版，2005年出版。

按：以上资料来自张红英《〈红楼梦〉中书名的维吾尔语翻译》[2]。

《红楼梦》（朝鲜文）[中国]延边大学中文系《红楼梦》翻译小组译。全译本，一百二十回，共五册。此本据人民文学出版社本第三版译出，卷首有译者《前言》，附戴敦邦插图。1978年北京外文出版社出版第一到二十四回。

《红楼梦》（朝鲜文）[中国]延边大学中文系《红楼梦》翻译小组译。全译本，一百二十回。本据人民文学出版社本第三版译出。1975年5月由延边人民出版社出版第一册第一到三十回。

《红楼梦》（汉朝对照）抄本，乐善斋藏，一百二十回。全译本，原本120册，现有117册（缺第24回，第54回，第71回）。线装本，18.2×28.3厘米。原藏于汉城昌德宫乐善斋（王妃图书馆），后收藏于书阁，现归于韩国[3]精神文化研究院珍藏室，无郭，无丝栏，无版心，译者未详，笔写年代无详。每册卷首有“藏书阁印”。半页8行字数不定，每页分上下两段，上段有三分之一，用朱笔抄录小说原文，汉字左旁加以朝文所做的发音符号，下段三分之二的有朝文翻译，回目与诗词的译文，隔了两格抄录。据考察此本疑为朝鲜高宗年（1884）年前后。由文士李锺泰等人所翻译，可说是全世界最早翻译《红楼梦》的外文全译本，很有价值。翻译底本属于《程甲本》系统或《王希廉评本》系统。目

---

❶ 张红英：《〈红楼梦〉中书名的维吾尔语翻译》，载《和田师范专科学校学报》（汉文综合版）2010年第1期，第126页。

❷ 张红英：《〈红楼梦〉中书名的维吾尔语翻译》，载《和田师范专科学校学报》（汉文综合版）2010年第1期，第126页。

❸ 此处冯其庸、李希凡主编《红楼梦大辞典（增订本）》，文化艺术出版社2010年版已经增补。

前已发行影印本。

《红楼梦》（汉朝对照）据乐善斋本影印。共 15 册，韩国汉城亚细亚文化社影印。1988 年 4 月发行。第 24 回，第 54 回，第 71 回（原缺）部分由台湾新陆书局印行（1957）《古本红楼梦》来补充。但影印本删去每册封面（有回目），又把上段朱笔原文改为墨色印刷。影印版的大小也缩小一点（16 × 23 厘米），卷首有李家源教授（汉城檀国大学）的序文。

《完译红楼梦》（韩文）[韩]金龙济译。全译文，一百二十回，共二册（上下）。1962 年 3 月由韩国汉城大正音出版社出版，1977 年重印。本书据一百二十回本意译，对原文有所删节，每回附插图，书末附译者跋文。

按：以上更正资料来自王丽娜《〈红楼梦〉在国外的流传、翻译与研究》[1]，但出版时间王文记为 1960 年，恐误。

《红楼梦》（韩文）[韩]李周海译。全译文，一百二十回，共五册。1969 年 9 月由韩国汉城乙酉文化社出版，本书有些内容为译者改写，每回附有插图，卷首有译者序文。

按：王丽娜《〈红楼梦〉在国外的流传、翻译与研究》记此译者为“李周洪”[2]；考虑到王文讹误很多，可能这个韩国人名也有讹字。

《红楼梦》（韩文）[韩]金相一译。节译本，全一册，汉城徽文出版社，1974 年出版，1975 年再版。卷首有“曹雪芹像”“大观园图”等附图，书后有“解说”“贾氏世系表。”无回目，由译者任意分段加以

[1] 王丽娜：《〈红楼梦〉在国外的流传、翻译与研究》，载《国家图书馆学刊》1992 年第 1 期，第 105 页。

[2] 王丽娜：《〈红楼梦〉在国外的流传、翻译与研究》，载《国家图书馆学刊》1992 年第 1 期，第 107 页。

标题，共 72 章。楔子部分的翻译比较详细，后半部删节很大的部分。

《红楼梦》（韩文）[韩]吴荣锡译。120 回，节译本，共五册。汉城知星出版社。1980 年出版，中国古典文学选集之一种，回目由译者改成一句，如"金陵十二钗"（第 1 回）"荣国府"（第 2 回）"林黛玉"（第 3 回）等，译文大部分与李周海译本相似，回目是译者另起名的。

《新译红楼梦》（韩文）[韩]禹玄民译，节译本，一百二十回，共六册。汉城瑞文堂，1982 年出版，书中没有序文跋文和附录，回目未经翻译，只载录为回首，原本属于"程本"系统。第 1. 2. 3 册，翻译内容较为充实，第 4. 5. 6 册删节得多，各册有 300 多页，禹玄民，作家兼中国文学家。译著有《西游记》《三国志》和《孙子兵法》等书。

《红楼梦》（韩文）[韩]洌上古典研究会译。全译本，一百二十回，共八册，目前已经翻译前 30 回。每册有 15 回，第一册（1—15 回）、第二册（16—30 回）由汉城平民社出版，卷首有李家源教授的"序文"，另有"人物解说""贾氏世系表"等附录，附插图。每页下段有些注释。此本以中国艺术研究院红楼梦研究所校注《红楼梦》1982 年北京人民文学出版社为翻译底本，以"乐善斋旧藏全译本"和其他英译本为参照本。洌上古典研究会，设立于汉城延世大学国文系，洌水是汉江的古名，洌上指汉城（Seoul，今作首尔）。

按[1]：原词条将 Seoul 拼作 SECUL，大谬。

《红楼梦》（韩文）[韩]崔溶澈（Choe Yong-chul）译前 80 回、高旼喜（Kho Min-hee）译后 40 回。一百二十回全译本，2000 年春崔溶澈开始翻译，2005 年高旼喜加入翻译，韩国 Nanam 出版社 2009 年出版。

[1] 此处冯其庸、李希凡主编《红楼梦大辞典（增订本）》，文化艺术出版社 2010 年版已经更正。

按：以上资料来自崔溶澈《韩文全译本〈红楼梦〉解题及翻译后记》[1]。

《红楼梦》（*Hồng Lâu Mộng*，越南文）[越南]武佩煌（Vũ Bội Hoàng）小组译，作者署名曹雪芹（Tào Tuyết Cần，前八十回）和曹雪芹、高鹗（Tào Tuyết Cần, Cao Ngạc，后四十回）[2]。全译本，一百二十回，共六册。由河内文化出版社与文学院（Nhà xuất bản Văn hóa,Viện Văn học）于1962—1963年出版，据本书"出版前言"介绍，译者原据北京人民文学出版社1957年版《红楼梦》翻译，后来根据何其芳同志建议改据俞平伯校订《红楼梦八十回校本》（附后四十回）翻译。初版卷首有裴杞（Bùi Kỷ）于1959年4月28日所写序言一篇，较为详尽地介绍了《红楼梦》的故事内容、写作艺术及其价值。序作者认为，"《红楼梦》是中国文学宝库是最有价值的古典作品之一。""《红楼梦》不只是爱情故事，它的宗旨是谴责封建社会，采用的是寄托手法，它的阶级性是十分显明的。"1989年再版，改由时任越南作家协会国学研究中心主任兼《越魂》月刊总编辑的梅国廉（Mai Quốc Liêm）作序，更为客观、深刻而全面地向越南读者介绍了《红楼梦》。

按一[3]：第一卷由武佩煌、阮寿（Nguyễn Thọ）、阮尹迪（Nguyễn Doãn Địch）译，第二卷由武佩煌、阮尹迪译——以上两卷出版于1962年；第三、第四卷由武佩煌、陈广（Trần Quảng）译，第五卷由阮德云（Nguyễn Đức Vân）译，第六卷由阮德云、阮文绚（Nguyễn Văn Huyến）译——以上四卷出版于1963年。

---

[1] [韩]崔溶澈：《韩文全译本〈红楼梦〉解题及翻译后记》，载《红楼梦学刊》2009年第5辑，第207页。

[2] 感谢北京大学外国语学院东南亚西越南语专业夏露博士指教。

[3] 此处资料由北京大学外国语学院东南亚系越南语专业夏露博士函告，谨此致谢。

按二：序者裴杞是越南著名汉学家兼红学家，时任越中友好协会会长。以上增补资料来自夏露《〈红楼梦〉在越南的传播述略》❶，其中的越南文人名根据《中越词典》2006 年版❷标注。

《红楼梦》（越南文）[越南]阮德云（Nguyễn Đức Vân）、阮文绚（Nguyễn Văn Huyến）译，河内，1963 年出版。

按：以上资料来自夏露《〈红楼梦〉在越南的传播述略》❸，其中的越南文人名根据《中越词典》2006 年版加上了声调。

《红楼梦画传》（越南文）[越南]阮大览（Nguyễn Đại Làm）译，邹真元缩写、刘李中绘图。越南南部同奈出版社，1996 年出版。封面印有"中国古代文学四大名作"字样，主要面向越南青少年介绍《红楼梦》。

按：以上资料来自夏露《〈红楼梦〉在越南的传播述略》❹，其中的越南文人名根据《中越词典》2006 年版标注。

《红楼梦》（*Hồng Lâu Mộng*，越南文）[越南]武佩煌（Vũ Bội Hoàng）、阮寿（Nguyễn Thọ）、阮尹迪（Nguyễn Doãn Địch）译，作者署名曹雪芹（Tào Tuyết Cần）。一百二十回节译本，共两册。根据中国人民文学出版社 1958 年版原文译出，由河内文化出版社（Nhà xuất bản Văn hóa）于 2002 年出版。

《红楼梦》（泰文）译者及出版者等信息不详，约 1809—1825 年

❶ 夏露：《〈红楼梦〉在越南的传播述略》，载《红楼梦学刊》2008 年第 4 辑，第 53—57 页。

❷ Vương Trúc Nhân, Lữ Thế Hoàng (Biên soạn): *Từ Điển Trung Việt*. Hà Nội: Nhâ Xuất Bản Văn Hóa Thông Tin,2006.下同不赘。

❸ 夏露：《〈红楼梦〉在越南的传播述略》，载《红楼梦学刊》2008 年第 4 辑，第 53 页。

❹ 夏露：《〈红楼梦〉在越南的传播述略》，载《红楼梦学刊》2008 年第 4 辑，第 57 页。

之间出版。

《红楼梦》（泰文）[泰国]素·古拉玛娄妻子译，约 1945—1955 年之间在泰国杂志上发表过。

《红楼梦》（泰文）[泰国]哇拉它·台吉高译。节译本，四十回，一册，由曼谷建设出版社 1980 年 3 月（佛历 2523 年）出版。根据王际真 1958 年修订英译本转译，卷首有洛·拉维旺写的序言，内容分为“红楼梦的分析”、“故事梗概”、“历史背景”、“哲学背景”、“作者对中国封建制的观点”、“结论” 六个部分。序作者认为，《红楼梦》是一部伟大的文学作品。自古以来，人们都认为这部作品是中国文化宝库中一颗珍珠。这部作品通过描写四大家族和塑造的四百五十多个人物形象，反映了当时中国社会里各个阶层形形色色的不同人物的风貌。从而揭示了十八世纪中国封建社会日趋衰败，并必然走向灭亡的历史趋向。

按：以上增补资料来自王丽娜《〈红楼梦〉在国外的流传、翻译与研究》[1]。

《红楼梦》（*Visul din paviiionul rosu,* 罗马尼亚文）[罗]杨玲（Ileana Hogea-Veliscu）与伊夫·马尔蒂诺维奇（Iv Martinovici）译，杨玲作序。节译本，初版为三卷三十九章，后又出过一卷本。罗马尼亚布加勒斯特米莉纳瓦出版社（Editura Minerva）1975 年出版。本书据北京人民文学出版社本第一版译。各回有注释，书末附《红楼梦》及曹雪芹大事记。

按：译者杨玲（1936—），1955 年曾在北京大学中文系留学，师从著名红学家吴组缃教授以及语言学家王力教授[2]；后任罗马尼亚布加

[1] 王丽娜:《〈红楼梦〉在国外的流传、翻译与研究》，载《国家图书馆学刊》1992 年第 1 期，第 105 页。

[2] 马瑞芳:《马瑞芳趣话红楼梦》，上海文艺出版社 2008 年版。

勒斯特大学东方语文系教授，现已退休[1]。

《红楼梦——古代中国小说》（*Punaisen huoneen uni: Vanha kiinalainen romaani*, 芬兰文）[芬]约尔玛·帕尔塔宁（Jorma Partanen）译。1957年由芬兰图尔库（Turku）基莫路斯出版社（K. J. Gummerus Osakeyhtiö）出版；据库恩德文本转译。

按：这是笔者于2006年在芬兰赫尔辛基大学亚非文化研究所（Institute of Asian & African Studies）做访问学者时在研究所图书馆发现而在此首先公布的。对其内容与形式的详细介绍将另文刊布。

《红楼梦》（*A vöros szoba álma*）（匈牙利文）[匈]拉萨尔·乔治（Lázár György）译。节译本，二卷。本书据岛社莱比锡1932年库恩德文节译本译出，作者署名曹雪芹（Cao Hszüe-csin）、高鹗（Kao O）。1959年由布达佩斯欧洲文学出版社（Eröpa Knyvkiadó）出版；1962年改出一卷本，增彩色插图；1964年重版一卷本，无插图，删去前言和后记；1975年题名加副标题*Regény*，由布达佩斯Kriterion Knyvkiadó出版社出版。

按：译本题名原书拼为A Vöros Szoba Alma且未斜体，谬；作者原名原书拼为L·GYörgy，亦谬，因为匈牙利人名为姓前名后。

《红楼梦》（*Όνειρο του Ερυθρού Αρχοντικά*（?），希腊文）译者不详。据日本中国文化交流协会，朝日新闻社1965年编印《红楼梦展》记载，希腊本《红楼梦》已于1963年出版。

按：译本题名原文在网上搜到；该书也已知晓出处，但因书未到手，尚不知其他细节。

《红楼梦》（*Ëndrra në Dhomën e Purpurt*（?），阿尔巴尼亚文）译

[1] 以上资料部分来自德国慕尼黑应用语言大学吴漠汀（Martin Woesler）教授函告，谨此致谢。

者及出版者信息不详。根据人民文学出版社 1957 年版《红楼梦》译出，1965 年出版。

按一：以上新增的阿尔巴尼亚文译本题名为笔者曾在网上搜索得到的一个《红楼梦》阿尔巴尼亚文译本疑似题名，但进一步的信息目前无法确知；此书名直译又是“紫楼梦”，与“红楼梦”看似差距也不小。

按二：以上更正资料来自胡文彬《中国古典文学在匈牙利、罗马尼亚、阿尔巴尼亚的流传》[1]。

《红楼梦》（*Sen v červeném domě*，捷克文）[捷克]奥 · 克拉尔（Oldřich Král）译。全译本，一百二十回，共三册，作者署名曹雪芹（Cchao Süe-čchin）。捷克斯洛伐克奥德昂（Odeon）文学艺术出版社 1986. 1988 年初版，卷首有译者“前言”。译者从 1968 年开始以人民文学出版社中文为底本翻译。

按：译者克拉尔（1930—2018），中文名王和达，原任捷克布拉格大学教授，现已退休多年。有关该译本的更为详细介绍可以参考李梅《捷克汉学家普实克的弟子与〈红楼梦〉的捷文翻译》[2]。

《红楼梦》（*Sen o červenom pavilóne*，斯洛伐克文）[斯洛伐克]玛丽娜 · 黑山（Marina Čarnogurská）译。全译本，一百二十回，共四册，作者署名曹雪芹（Cchao Süečchin）。1978—1990 年译成，1996 年 5 月由斯洛伐克维多利亚出版社出版第一册“春”，2001—2003 年由布拉迪斯拉发 Petrus 出版社出齐；根据香港广智书局出版 120 回本翻译。

---

❶ 胡文彬：《中国古典文学在匈牙利、罗马尼亚、阿尔巴尼亚的流传》，载《咸阳师专学报》（综合版）1994 年第 1 期，第 33 页。

❷ 李梅：《捷克汉学家普实克的弟子与〈红楼梦〉的捷文翻译》，见北京外国语大学欧洲语言系编：《欧洲语言文化研究》（第 3 辑），时事出版社 2007 年版，第 203—210 页。

按：以上资料来自黑山《〈红楼梦〉的斯洛伐克文翻译》[1]、胡文彬《天涯若比邻——斯洛伐克文〈红楼梦〉述评》[2]、鲍彦敏《多瑙河畔的汉学家——记斯洛伐克文〈红楼梦〉翻译家黑山女士》[3]。

《红楼之梦——十八世纪的中国小说》（*Il sogno della camera rossa:Romanzo cinese del secolo XVIII*）（意大利文）[意]波维罗（Clara Bovero）、黎却奥（Carla Pirrome Riccio）合译。节译本，三十九章。译文据德国库恩译本转译的，主要故事情节意译。1958年由意大利都灵爱诺地公司（Giulio Einaudi editore）出版多林版。本书卷首有意大利汉学家马丁·培耐狄克特（Martin Benedikter）写的序言和库恩（F·Kuhn）本原序。书内附改琦绘《红楼梦》人物绣像25幅；1970年再版。

按：意大利文译本题名原仅为Il Sonquo delic Camera Rossa且未斜体、波维罗姓名原文作C. P. Boveve，培耐狄克特原文作M. Benediktev，皆谬；黎却奥姓名原文作C. Riccio，这里给出更为准确的全称。相关更正资料来自张桂贞《弗朗茨·库恩及其〈红楼梦〉德文译本》[4]。

《红楼梦》（意大利文）[意]马丁·培耐狄克特（Martin Benedikter）译。1959年《中国》杂志第5期；摘译第1回楔子。

《红楼梦》（*Il sogno della camera rossa*，意大利文）[意]马茜（Edoarda Masi）译。两卷本，译出一百二十回，但很多章回下面略有删减；作者署名曹雪芹（Ts'ao Hsüeh-ch'in）。意大利都灵 Unione

---

[1] [斯洛伐克]黑山著，荣铁牛译：《〈红楼梦〉的斯洛伐克文翻译》，载《红楼梦学刊》1997年第4辑，第303页。

[2] 胡文彬：《天涯若比邻——斯洛伐克文〈红楼梦〉述评》，载《天津外国语学院学报》1999年第1期，第73页。

[3] 鲍彦敏：《多瑙河畔的汉学家——记斯洛伐克文〈红楼梦〉翻译家黑山女士》，载《红楼梦学刊》2007年第5辑，第335页。

[4] 张桂贞：《弗朗茨·库恩及其〈红楼梦〉德文译本》，见刘士聪主编：《红楼译评——〈红楼梦〉翻译研究论文集》，南开大学出版社2004年版，第456页。

tipografico-editrice torinese 于 1964 年出版。

按：译者马茜(1927—2011)是意大利那不勒斯东方研究院(Istituto Orientale, Napoli)教授。

《梦在红楼》(*De Droom in de Roode Kamer*)(荷兰文)[荷]沃斯德曼(Ad. Vorstman)译。节译本，三十九章，499 页。译文据库恩德译本转译，作者署名曹雪芹和高鹗(Ts'au Sjue Tsj'in en Kau O)，1946 年由克罗斯曼书店(J. Philip Kruseman's Uitgeversmij N. V.)出版海牙(Haag)版，有亚麻布和皮革两种封面；同年在比利时布鲁塞尔 Het Pennoen 出版社特许出版；1965 年海牙原出版社再版，缩减为 350 页。

按：荷兰文译本题名原未斜体，译者姓名原作 VAN AD. VORSLMAN，均谬。上述更正资料来自张桂贞《弗朗茨·库恩及其〈红楼梦〉德文译本》[1]。

《红楼梦》(俄文)[俄]德明(Дэ-Мин，原名 А. И. Кованко)译。摘译第一回，刊载于沙俄《祖国纪事》(*Отечественные записки*)杂志第 26 卷、1843 年 1 月版，第 28—31 页。佚名德语译者将其中的前半部分转译成德文，参见下面的有关条目。

按：译者德明(1808—1870)本为沙俄矿业工程师，以俄国东正教第十届驻北京传教士团团员身份来华，后转而研究中国农业。他因为学习汉语的目的而阅读《红楼梦》并给出了上述译文。以上资料来自李福清《俄国汉学家德明及其〈中国旅行记〉和〈红楼梦〉》[2]和姚

❶ 张桂贞：《弗朗茨·库恩及其〈红楼梦〉德文译本》，见刘士聪主编：《红楼译评——〈红楼梦〉翻译研究论文集》，南开大学出版社 2004 年版，第 454 页。

❷ [苏]博戈拉特·李福清著，刘魁立译：《俄国汉学家德明及其〈中国旅行记〉和〈红楼梦〉》，载中国社会科学院文学研究所红楼梦研究集刊编委会编：《红楼梦研究集刊》(第 13 辑)，上海古籍出版社 1986 年版，第 335—354 页。

军玲《〈红楼梦〉在德国的传播与影响》[1]。

《红楼梦》（俄文）[俄]王西里（Василий Павлович Васильев）译。摘译第一回开头部分，手稿。

按一：译者王西里（又名魏西里夫，1818—1900）毕业于俄国喀山大学语文系东方分系，为第一个进行博士论文答辩的俄国汉学家，后为帝俄科学院院士，俄国中国学派之集大成者。他以佛教研究享誉俄国学术界；但也是近代西方第一个中国文学史家，1885年出版的《中国文学史纲》（Очерки истории китайской литературы）实为一部中国文化典籍史，其中对《红楼梦》作出了很高的评价。

按二：更为详细的相关资料来自李福清《〈红楼梦〉在俄罗斯》[2]。

《**梦在红楼**》（*Сон в красном тереме*）（俄文）[苏]帕纳休克（В·А·Панасюк）译散文部分，孟列夫（Л. Н. Меньшков）译韵文部分。全译本，一百二十回，共二册。译文据程乙本译，1949年开始翻译，1958年译成后由莫斯科国家文艺书籍出版社出版。本书卷首有苏联著名汉学家费德林（Н. Т. Федоренко）院士写的引言《中国小说和〈红楼梦〉》。全文共八部分，其中第六至第八部分介绍了《红楼梦》的内容，并对作者、作品予以评价。“引言”中指出《红楼梦》后四十回是高鹗所续补，在一定程度上削弱了这部小说的思想性和艺术性。书末附有译者和门什科夫合写的简单注释和贾氏世系谱。1995年原译者对译本进行修订重译后再版，掀起俄罗斯的红学热，中国社会科学院外国文学研究所高莽研究员撰写前言，莫斯科大学亚非研究所学院华克生（Д, Н,

---

[1] 姚军玲：《〈红楼梦〉在德国的传播与影响》（预答辩稿本），博士学位论文，北京外国语大学国际交流学院，2010年，第8页。

[2] [俄]李福清著，阎国栋译：《〈红楼梦〉在俄罗斯》，见刘士聪主编：《红楼译评——〈红楼梦〉翻译研究论文集》，南开大学出版社2004年版，第463—465页。

Воскресенский）教授撰写后记。1997年该译本在拉脱维亚再版，孟列夫教授撰写序言。

按一：译本书名原词条拼作 Сон Вкрасном Тереме 且未斜体，而译者姓氏原词条拼作 Панасюка，显然是将其第二格变化形式视作原形了，皆大谬。对上述词条的修订若无特别说明，资料均来自李福清《〈红楼梦〉在俄罗斯》[1]。

按二：译者帕纳休克是一位修养深厚的汉学家，在首次翻译《红楼梦》之前已译有《三国演义》等俄文版中文小说出版，在20世纪90年代重译《红楼梦》的过程中去世[2]。

按三：译者孟列夫（1929—2005），俄罗斯著名汉学家，曾任俄罗斯科学院东方学研究所圣彼得堡分所主任研究员。其汉学研究初期以中国古典戏剧文学见长，1966译出《西厢记》《元杂剧选》《牡丹亭》，1989年译出《谢瑶环》，1994年译出《搜神记》；后期则以敦煌学研究驰名于世，主要相关论著包括《维摩诘经变文与十吉祥变文》（1963）、《敦煌汉文写本——佛教俗文学研究》（1963）、《俄藏敦煌汉文写卷叙录》（1963—1967. 1999）、《黑城出土汉文遗书叙录》（1984. 1994）等[3]。

按四：1958年版的这一俄译本是欧美世界的第一个《红楼梦》全译本。全书的翻译主要采取了异化的策略，但在其间采取了许多补偿性的措施，典型的一点就是对很多具有东方文化色彩的内容进行了详

---

❶ [俄]李福清著，阎国栋译：《〈红楼梦〉在俄罗斯》，见刘士聪主编：《红楼译评——〈红楼梦〉翻译研究论文集》，南开大学出版社2004年版，第466页。

❷ 李锦霞：《借得山川秀添来景物新——〈红楼梦〉最早俄译本初探》，载《中国俄语教学》2007年第1期，第42页。

❸ 李玉君：《孟列夫与汉学研究》，载《敦煌学辑刊》2002年第2期，第125—126页。

尽的脚注和附注，使得这部译作具有严肃翻译文学和严谨学术研究的双重特征[1]。

《梦在红楼》（俄文）[苏]洛德门（В. Г. Рудман）译。摘译《红楼梦》第一、二回，卷首有前苏联汉学家马玛也娃（В. М. Мамаева）写的"引言"，介绍了《红楼梦》作者曹雪芹的生平。译文载于 1959 年教育书籍出版社莫斯科版《中国文学读本》第一册。

按[2]：译者姓名原文拼作 В. Г. уЛМаН，序者姓名原文拼作 В. М. MamaeBa，皆谬。

《红楼梦（红色楼阁上的梦幻）或石头记：甄士隐梦幻识通灵，贾雨村风尘怀闺秀》（"*Chun-lou-men* (,Traumgesicht auf dem rothen Thurm') oder, Geschichte des Steins: Tschen-schi-in erfährt im Traume die Wiederbelebung des Steins; Zja-jui-zun verliebt sich in seiner Armuth in eine schöne Magd"，德文）佚名译者译。从沙俄工程师德明的俄文摘译转译。刊载于《外国》（*Das Ausland*）杂志第五十号 198—203 页，1843 年 2 月 19 日由德国慕尼黑 Cottasche Buchhandlung 出版。

按：以上资料来自姚军玲《〈红楼梦〉在德国的传播与影响》[3]。

《红楼梦小说选》（„Aus dem Roman Hung Lou Mong, Der Traum des Roten Schlosses“）（德文）[德]丁文渊（W. Y. Ting）译。选译《红楼梦》第二十一回、第二十二回中部分情节。译文载于 1929 年 5 月和 6 月刊的法兰克福版《汉学研究》（*Sinica*）第四卷（分别为 82—89

---

❶ 李锦霞：《借得山川秀添来景物新——〈红楼梦〉最早俄译本初探》，载《中国俄语教学》2007 年第 1 期，第 42 页。

❷ 此处冯其庸、李希凡主编《红楼梦大辞典（增订本）》，文化艺术出版社 2010 年版已经更正。

❸ 姚军玲：《〈红楼梦〉在德国的传播与影响》（预答辩稿本），博士学位论文，北京外国语大学国际交流学院 2010 年，第 8 页。

页和 129—135 页），在译文之前有介绍作者曹雪芹、主人公贾宝玉和全书主要内容的序言，然后解释了自己如此翻译的原因在于凸现小说的恋爱关系和心理描写，接着又介绍了书中部分主要人物的亲属关系。

按：德译文题名原未加引号，译者姓名原作 W·VJ，均谬。上述更正资料来自姚军玲《〈红楼梦〉在德国的传播与影响》[1]。

《红楼之梦——清代早期小说》（*Der Traum der roten Kammer: Ein Roman aus der frühen Tsing-Zeit*）（德文）[德]弗兰茨·库恩（F·Kuhn）译。节译本，三十九章。此译本于 1932 年首次出版于岛社（Insel-Verlag）莱比锡（Leipzig）版。该译本所依据的底本由著名德国汉学家顾路柏（Wilhelm Grube）提供，卷首有译者写的序言。法文、英文、意大利文、荷兰文、芬兰文、匈牙利文均有转译本。译文第十五章，即原小说第十八回元妃省亲一段曾以题名„Aus der chinesischen Literature in Kapitel aus dem Hung Lou Meng übersetzt von Franz Kuhn fünfzehntes Kapitel—Am Tag des Lanternfestes stattet die kaiserliche Gemahlin einen Familiebesuch ab"载于 1932 年法兰克福大城版《汉学研究》（*Sinica*）第七卷。该译本在同一出版社还有 1942. 1948. 1959. 1971. 1972. 1974. 1995 年等版本，在 Wiesbaden 的同一出版社另有 1951. 1952. 1956. 1959. 1970. 1995. 2000. 2002 年等版本，在 Frankfurt 的同一出版社有 1965. 1970. 1977. 1990. 1995 年等版本；另外的版本因篇幅原因暂且不计。在 1971 年的重版中，德国柏林洪堡大学汉学家梅薏华（Eva Müller）专门撰写了长达万字的“后记”，成为中德红学研究互动的一篇代表作。

按一：译本题名原拼作 Dev Traum der roten Kammer 且未斜

---

[1] 姚军玲：《〈红楼梦〉在德国的传播与影响》（预答辩稿本），博士学位论文，北京外国语大学国际交流学院 2010 年，第 13 页。

体，谬。上述更正资料来自张桂贞《弗朗茨·库恩及其〈红楼梦〉德文译本》[1]、姜其煌《欧美红学》[2]和姚军玲《〈红楼梦〉在德国的传播与影响》[3]。

按二：译者弗朗茨·库恩（Franz Walter Kuhn, 1884—1961）生于德国萨克森州，1903—1909 年在莱比锡大学攻读法学博士学位，1904—1907 年在柏林大学学习汉语，1909—1912 年在中国从事领事工作，1912 年起在柏林大学汉学系学习，1919 年因翻译《今古奇观》卷七的《卖油郎独占花魁》一文而被其导师高延（Johann Jakob Maria de Groot, 1854—1921）以低级庸俗之故开除，从此作为自由翻译家终生从事中国文学的德语译介工作，译有中国长篇小说 13 部、中篇小说 50 余部，其中包括《好逑传》（1926）、《金瓶梅》（1930）、《水浒传》（1934）、《三国演义》（1940）、《儿女英雄传》（1954）、《肉蒲团》（1959）等，大多数译本又被转译成欧洲 18 种语言的 50 多个译本，迄今已有超过 300 万册的发行量[4]。

按三：顾路柏（又名顾威廉、葛鲁贝，1855—1908），德国人，生于俄国圣彼得堡，曾受业于俄国汉学家王西里和德国汉学家甲柏连孜（Hans Georg Conon von der Gabelentz, 1840—1893）。其《中国文学史》（*Geschichte der Chinesischen Literatur*, 1902）一书为德国第一部学术性的中国文学史论著，其中对《红楼梦》作出了一定的评价，成

---

❶ 张桂贞：《弗朗茨·库恩及其〈红楼梦〉德文译本》，见刘士聪主编：《红楼译评——〈红楼梦〉翻译研究论文集》，南开大学出版社 2004 年版，第 451—453 页。

❷ 姜其煌：《欧美红学》，大象出版社 2005 年版，第 127—130 页。

❸ 姚军玲：《〈红楼梦〉在德国的传播与影响》（预答辩稿本），博士学位论文，北京外国语大学国际交流学院 2010 年，第 13—14 页。

❹ 张桂贞：《弗朗茨·库恩及其〈红楼梦〉德文译本》，见刘士聪主编：《红楼译评——〈红楼梦〉翻译研究论文集》，南开大学出版社 2004 年版，第 428—429 页。

为20世纪第一个真正意义上研究《红楼梦》的德国学者[1]。

按四：跋者梅薏华（1933—），德国人，生于东普鲁士，20世纪50年代在莱比锡求学时因受中国诗人赵瑞蕻讲座的影响而走上中国文学研究之路，1954—1960年留学北京大学并获得硕士学位，1966年在洪堡大学取得博士学位后留校任教直至退休；主要研究女性文学和中德文学关系[2]。

《红楼梦或石头记》（*Der Traum der Roten Kammeroder Die Geschichte vom Stein*，德文）[德]史华慈（Rainer Schwarz）译前80回、吴漠汀（Martin Woesler）译后40回。作者署名曹雪芹和高鹗（Tsau Hsüä-Tjin und Gau Ë），德国波鸿欧洲大学出版社（Europäischer Universitätsverlag）2006年出版精装三卷本，有瓦拉文斯（Hartmut Walravens）序言；2009年又出版简装一卷本。一百二十回，根据程甲本译出，是《红楼梦》的第一个德文全译本。

《聊斋志异选附文》（西班牙文）[阿根廷]博尔赫斯（Jorge Luis Borges）编译。将几篇聊斋故事由英文转译为西班牙文，译本为从翟理斯（Herbert Allen Giles，1845—1935）于1880年的英译本《聊斋志异选》转译，并为译本撰写了序言，在序言中有关《聊斋》的评介主要来自翟理斯原本的序言，称蒲松龄"更让人想起斯威夫特"。出版日期暂无考。该译本附收入了《红楼梦》的两个片断："宝玉之梦"出自《红楼梦》原文第五回"贾宝玉神游太虚境，警幻仙曲演红楼梦"；"风月宝鉴"出自原书第十二回"王熙凤毒设相思局，贾天祥正照风月鉴"。在

[1] 姚军玲：《〈红楼梦〉在德国的传播与影响》（预答辩稿本），博士学位论文，北京外国语大学国际交流学院2010年，第11页。

[2] 姚军玲：《〈红楼梦〉在德国的传播与影响》（预答辩稿本），博士学位论文，北京外国语大学国际交流学院2010年，第132页。

序言中关于《红楼梦》的评介几乎完全出自 1929 年王际真英译本中阿瑟 · 韦利的序言和王际真本人的概述；由此推断译本选文《红楼梦》所采用的英文底本即为王际真英译本。

按：译者博尔赫斯（1899—1986），具有英国血统，生于阿根廷首都布宜诺斯艾利斯，在瑞士日内瓦上中学，后就读于英国剑桥大学；掌握英、法、德等多国文字。中学时代开始写诗，1919 年赴西班牙，与极端主义派及先锋派作家过从甚密，同编文学期刊；1923 年出版第一部诗集，1935 年出版第一本短篇小说集，从此奠定了在阿根廷文坛上的地位。1950 年—1953 年任阿根廷作家协会主席。1955 年任国立图书馆馆长、布宜诺斯艾利斯大学哲学文学系教授。1950 年获阿根廷国家文学奖，1961 年获西班牙的福门托奖，1979 年获西班牙的塞万提斯奖。为著名的诗人、小说家兼翻译家。

《红楼梦——石头记》（*Sueño en el pabellón rojo: Memorias de una roca,* 西班牙文）图西（TUXI）译，西班牙格拉纳达大学（Universidad de Granada）出版社，1988—1991 年初版。全书一百二十回，三卷，彩色插图 36 幅，作者署名曹雪芹和高鹗（Cao Xueqin y Gao E），后来又出版过两卷本。译文据北京外文出版社 1978 年出版社的杨宪益、戴乃迭英文版译本译出，并由北京大学外国语学院西葡语系副教授赵振江和西班牙青年诗人何塞 · 安东奥 · 加西亚 · 桑切斯（José Antonio Garlia Sánchez）以及雷林科（Alicia Relinque Eleta）对译稿进行加工和校注。本书卷首有李希凡撰写的前言和胡安 · 弗朗西斯科 · 加西亚 · 卡萨诺瓦（Juan Francisco Casanova）撰写的序言。刘旦宅彩色插图后附有佩德罗 · 桑 · 吉内斯（Pedro San Jinez）所编的《红楼梦人物姓名表》和对书中出现的神话历史人物所作的注释。

按一："图西"即"西语图书"的译音简称。有关该译本的具体资料还可参阅赵振江《西文版〈红楼梦〉问世的前前后后》[1]。

按二：改译者赵振江（1940—），北京人，1963 年毕业于北京大学西方语言文学系，历任北京大学西语系主任、中国作家协会对外文学交流委员会委员、中国外国文学学会理事、中国西葡拉美文学研究会会长，曾获 1995 年智利—中国文化协会鲁文·达里奥最高骑士勋章和 1998 年西班牙伊莎贝尔女王骑士勋章；以汉译阿根廷史诗《马丁·菲耶罗》（Martin Fierro）和西译《红楼梦》享誉译坛。

《红楼梦》（*Sueño de las mansiones rojas*，西班牙文）[秘鲁]拉乌埃尔（Mirko Láuer）[译]。全书一百二十回，四卷，根据杨宪益夫妇英译本转译，作者署名曹雪芹和高鹗（Cao Xueqin y Gao E），有戴敦邦插图，中国北京外文出版社 1991 年版。

《红楼梦》（*Sueño en el Pabellón Rojo*，西班牙文）[墨西哥]陈雅轩（Mónica Ching Hernández）译配。根据江苏少年儿童出版社出版的少儿版《红楼梦》而作，300 页，分 40 章节，有插图 1008 幅，2008 年由墨西哥 Ediciones del Castor 出版精装插图简装本。

《红楼梦序词》（日文）[日]森槐南译。译者署名"槐梦南柯"，译文摘自《红楼梦》第一回楔子，有简单注释及《赞辞》，发表于 1892 年『城南評論』第一卷第二号，是《红楼梦》最早的日译文字之一。

按：以上更正资料来自孙玉明《日本红学史稿》[2]。

《红楼梦的一节——风月宝鉴辞》（日文）[日]岛崎藤村译。译者署名"无名氏"，选译《红楼梦》第十二回末尾"贾天祥正照风月鉴"故

[1] 赵振江：《西文版〈红楼梦〉问世的前前后后》，载《红楼梦学刊》1990 年第 3 辑，第 323—328 页。

[2] 孙玉明：《日本红学史稿》，北京图书馆出版社 2006 年版，第 275 页。

事，载 1892 年日本《女学生杂志》第 321 号。这是《红楼梦》最早的日译文字之一。

按：以上更正资料来自孙玉明《日本红学史稿》[1]。

《红楼梦第 45 回译注》（日文）[日]长井金风译注。1903 年日本文章学院《文章讲义录》刊发，附有全书故事梗概简介。

按：以上资料来自孙玉明《日本红学史稿》[2]。

《中国戏曲小说文钞释》（日文）[日]宫崎来城译注。将《红楼梦》第六回译成日文并加以评注，1905 年日本早稻田大学出版部刊行。

按：以上资料来自孙玉明《日本红学史稿》[3]。

《新译红楼梦》（日文）[日]岸春风楼译。此译本仅见上卷三十九回。日本大正五年（1916）文教社出版。

按：此译本采用了摘译和概述相结合的方式，原计划出版三册[4]。

《国译红楼梦》（『国訳红楼梦』，日文）[日]幸田露伴、平冈龙城译注。此译本共三卷，八十回，系据有正戚序本译出，并附中文原文。日本大正九年（1920）至日本大正十一年（1922），由日本东京国民文库刊行会出版“国译汉文大成”本。卷首有凡例，次幸田露伴《红楼梦解题》，次图像：警幻、宝玉、黛玉、袭人、熙凤、宝钗、湘云、晴雯、妙玉、李纹和李绮、芳官、尤三姐，共十二幅。

按：这是《红楼梦》脂评本系列的第一个外文译本[5]。

---

❶ 孙玉明：《日本红学史稿》，北京图书馆出版社 2006 年版，第 275 页。

❷ 孙玉明：《日本红学史稿》，北京图书馆出版社 2006 年版，第 275 页。

❸ 孙玉明：《日本红学史稿》，北京图书馆出版社 2006 年版，第 275 页。

❹ 王丽娜：《〈红楼梦〉在国外的流传、翻译与研究》，载《国家图书馆学刊》1992 年第 1 期，第 105 页。

❺ 王丽娜：《〈红楼梦〉在国外的流传、翻译与研究》，载《国家图书馆学刊》1992 年第 1 期，第 105 页。

《新译红楼梦》（日文）[日]太宰卫门编译。依据“国译汉文大成本”编译《红楼梦》前80回，回数、册数不详。1924年由东京三星社出版，“新译名著丛书”之一。

按：以上资料来自孙玉明《日本红学史稿》[1]。

《红楼梦研究》（日文）[日]野崎骏平译注。译注《红楼梦》第一回至第五回前半部分，亚洲同文书院华语研究会（上海）·文字同盟社（北京）《华语月刊》第20—42期，1932—1935年刊行。

按：以上资料来自孙玉明《日本红学史稿》[2]。

《支那语读本》（日文）[日]仓石武四郎译注。编译注释《红楼梦》第六回大部分并附眉批，日本弘文堂书房1939年刊行。

按一：以上资料来自孙玉明《日本红学史稿》[3]。

按二：译注者仓石武四郎（1897—1975），日本新县人，毕业于东京帝国大学大学院，受业于狩野直喜、内藤虎次郎等早期汉学家，1928—1930年在中国北京留学，专门请人讲授《红楼梦》以助中文学习，回国后历任国立东京大学名誉教授，日中学院院长，东方学会评议员，中国语学研究会理事长等；为著名的中国语文研究家，主要译介中国现代作家作品和编纂中国古典文学译作集。

《新译红楼梦》（『红楼梦』，日文）[日]松枝茂夫译。全译本，一百二十回，共十四册。日本昭和二十九年（1940）岩波书店出版“岩波文库”本。此译本前八十回据有正戚序本译出（后在20世纪50.60年代根据俞平伯校本修订再版），后四十回据程乙本译出。卷首有译者“解说”，末附译注及贾家世系表。1967年该译本作为《世界文学全集》

---

❶ 孙玉明：《日本红学史稿》，北京图书馆出版社2006年版，第275页。
❷ 孙玉明：《日本红学史稿》，北京图书馆出版社2006年版，第276页。
❸ 孙玉明：《日本红学史稿》，北京图书馆出版社2006年版，第276页。

之一种，由东京讲谈社出版。1977 年岩波书店再版本改为十二册，并由译者重加改译，使“旧版面貌焕然一新”。

按一：上述更正资料来自王丽娜《〈红楼梦〉在国外的流传、翻译与研究》❶以及孙玉明《日本红学史稿》❷。

按二：译者松枝茂夫（1905—1995），日本九州佐贺县人，历任九州大学、东京大学、东京都立大学和早稻田大学教授，研究领域为中国文学研究、《红楼梦》研究、中国文学翻译。在《红楼梦》翻译之外尚有《鲁迅全集》和《水浒传》、《聊斋志异》等译作。

《红楼梦讲话》（日文）[日]神谷衡平译注。译注《红楼梦》第三十三回“宝玉挨打”一段，1942 年日本萤雪书院《华语集刊》第二期刊行。

按：以上资料来自孙玉明《日本红学史稿》❸。

《秋窗风雨夕》（日文）[日]永井荷风译。见于其 1943 年诗集『偏奇館吟草』中。

按：译者永井荷风（1879—1959），日本东京人，早年受法国小说家左拉影响，文学创作由社会批判逐渐转向追怀往昔，最后趋向享乐主义，文笔圆熟，作品充满了缠绵悱恻的情调和情色意味，以中短篇小说和随笔集名世。

《红楼梦（灯谜）》（日文）[日]近藤昌译注。译注《红楼梦》第二十二回后半部分，《支那语》八月号、九月号，1943 年日本外语学院出版部刊行。

按：以上资料来自孙玉明《日本红学史稿》❶。

---

❶ 王丽娜:《〈红楼梦〉在国外的流传、翻译与研究》，载《国家图书馆学刊》1992 年第 1 期，第 106 页。

❷ 孙玉明:《日本红学史稿》，北京图书馆出版社 2006 年版，第 276 页。

❸ 孙玉明:《日本红学史稿》，北京图书馆出版社 2006 年版，第 276 页。

《新说红楼梦》（日文）[日]陈德胜译。译出《红楼梦》前 60 回，刊于日本亚东文化研究会中华文化研究所《亚东资料》1952 年 7 月—1954 年 7 月，后结集为 8 册出版。

按：以上资料来自孙玉明《日本红学史稿》❷。

《红楼梦》（日文）[日]大高岩译。摘译《红楼梦》第四、廿三、廿七、三十四、四十五等回，载日本《新声》1957 年 12 月号和 1958 年 1—3 月号。

按：以上更正资料来自孙玉明《日本红学史稿》❸。

《新编红楼梦》（日文）[日]石原岩彻译。节译本，以宝黛爱情为主线加以删节编译，一册，回数不详，共分七部分，内附栋方志功所绘插图，并有奥野信太郎所撰《跋》。1958 年东京春阳堂出版。

按：以上更正资料来自孙玉明《日本红学史稿》❹。

《尤三姐——红楼梦第六十五、六十六回译注》（日文）[日]野崎骏平、志村良治译注。选译《红楼梦》第六十五回、第六十六回，并加以注释。刊于 1963 年《文化纪要》（10）。

按一：以上更正资料来自孙玉明《日本红学史稿》❺。

按二：译者志村良治（1928—1984），曾任日本东北大学教授，为著名汉语史家，代表作是《中国中世语法史研究》。

《红楼梦》（日文）[日]君岛久子译。节译本，少儿版。1967 年日本盛光社出版。

按：以上资料来自孙玉明《日本红学史稿》❶。

---

❶ 孙玉明：《日本红学史稿》，北京图书馆出版社 2006 年版，第 276 页。
❷ 孙玉明：《日本红学史稿》，北京图书馆出版社 2006 年版，第 276 页。
❸ 孙玉明：《日本红学史稿》，北京图书馆出版社 2006 年版，第 276 页。
❹ 孙玉明：《日本红学史稿》，北京图书馆出版社 2006 年版，第 277 页。
❺ 孙玉明：《日本红学史稿》，北京图书馆出版社 2006 年版，第 276 页。

《红楼梦》（日文）[日]富士正晴、武部利男译。此译本为《世界文学全集》之三，一册，采用了节译前八十回、简介后四十回的方式，但具体回数不详。1968 年 8 月由东京河出书房新社出版。

按：以上更正资料来自王丽娜《〈红楼梦〉在国外的流传、翻译与研究》❷和孙玉明《日本红学史稿》❸。

《红楼梦》（『红楼梦』，日文）[日]伊藤漱平译。全译本，一百二十回，共三册。此译本作为《中国古典文学全集》之一种，于 1969 年和 1970 年由东京平凡社出版，1974 年重印。译文据俞平伯《红楼梦八十回校本》及附册后四十回译出，上册扉页题书名，并标明又名《石头记》，曹霑作。册末附议者“解说”、“大观园图”、“贾家世袭图”、“荣国府府内想像图”、“恭王府平面图”。全书插图采自程甲本、王希廉评本、改琦《红楼梦图咏》计 138 幅。书内各回均有简单注释。下侧署高鹗补作。

按：译者伊藤漱平（1925—2009），日本爱知县人，1945 年进入东京帝国大学文学部正式涉足汉学研究，1949 年毕业后，历任东京大学大学院（研究院）、北海道大学、岛根大学、大阪市立大学助教、讲师、副教授，1977 年转入东京大学文学部任中国文学教授，1986 年退休后转任私立二松学舍大学教授兼文学研究科中国学专攻主任。除了多次翻译《红楼梦》全书以外，还发表一系列涉及曹雪芹家世生平、脂评、版本源流及成书过程、后四十回续书以及《红楼梦》在日本的传播等方面的研究论著，既是《红楼梦》译者又是红学家。

❶ 孙玉明：《日本红学史稿》，北京图书馆出版社 2006 年版，第 277 页。

❷ 王丽娜：《〈红楼梦〉在国外的流传、翻译与研究》，载《国家图书馆学刊》1992 年第 1 期，第 106 页。

❸ 孙玉明：《日本红学史稿》，北京图书馆出版社 2006 年版，第 277 页。

《红楼梦》（日文）[日]增田涉、松枝茂夫、常石茂合译。节译改编本，回数不详。译本作《奇书丛书》之一，于 1970 年由东京平凡社出版。

按一：以上更正资料来自王丽娜《〈红楼梦〉在国外的流传、翻译与研究》[1]和孙玉明《日本红学史稿》[2]。

按二：增田涉（1903—1977），日本东京帝国大学毕业，在芥川龙之介、佐藤春夫等人影响下倾心于中国文学；1931 年到中国上海，师从鲁迅学习中国文学，是时将鲁迅《中国小说史略》译成日文；后历任岛根大学、大阪市立大学、关西大学教授，多次参与鲁迅著作的日译及编纂工作。

《红楼梦》（日文）[日]立间祥介译。节译本，一册，回数不详。此译本作世界文学全集》之一，于 1971 年 1 月作为《世界文学全集》第四卷由东京集英社出版。1971 年 7 月作为《中国古典文学全集大系》第 47 种，由东京平凡社出版。

按：以上更正资料来自孙玉明《日本红学史稿》[3]。

《红楼梦》（日文）[日]饭塚朗编译。1948 年 8 月 28 日—12 月 9 日在《大阪国际新闻》上连载 113 期。1981 年结集出版单行本。

按：译者饭塚朗（1907—1989），日本横滨市人，1933 年考入东京帝国大学文学部支那哲文学科攻读中国（古典）文学，1935 年加入著名的“中国文学研究会”，1938 年来中国北平参加中华民国新民学会调查部的勤务工作，1951—1978 年历任北海道大学和关西大学讲师、副教授和教授直至退休。他主要研究和译介以苏曼殊为代表的中

❶ 王丽娜：《〈红楼梦〉在国外的流传、翻译与研究》，载《国家图书馆学刊》1992 年第 1 期，第 106 页。

❷ 孙玉明：《日本红学史稿》，北京图书馆出版社 2006 年版，第 277 页。

❸ 孙玉明：《日本红学史稿》，北京图书馆出版社 2006 年版，第 277 页。

国现代作家的作品，但以《红楼梦》的译介最为著名[1]。

《红楼梦》(『私版红楼梦』,日文)[日]饭塚朗译。全译本，三册，一百二十回。根据采用“程乙本”的人民文学出版社点校本，集英出版社，1979—1980年出版。

按：以上关于饭塚朗两个译本资料的新情况来自孙玉明《日本红学史稿》[2]。

《红楼梦》(日文)[日]堺行夫译。节译20回，一卷本。1989年由日本苇书房刊行。

按：以上资料来自孙玉明《日本红学史稿》[3]。

《红楼梦》(缅甸文)[缅甸]吴·妙丹丁(Mya Than Tint)译。一百二十回，28开本，约3500页，共九册，缅甸私营新力出版社1988年1月13日正式发行。本书是根据北京外文出版社1978. 1980年出版的杨宪益、戴乃迭英文版《红楼梦》转译的。这个译本是缅甸出版的篇幅最长的译著。

按：译者吴·妙丹丁(1929—1998)，缅甸作家、翻译家，原名妙丹，帕科库人；1948年入仰光大学学习，毕业时获文学士和法学士学位；1949年开始写作；1961年在瑞典参加世界和平大会后访问中国，并会见中国著名文学家郭沫若、茅盾、巴金和曹禹等；曾担任《新文学》《新国家》两杂志编辑；1988年因翻译《红楼梦》荣获缅甸国家文学奖中的小说翻译奖。另，王丽娜《〈红楼梦〉在国外的流传、翻译与研

[1] 屈小玲：《日本汉学家饭塚朗记略》，载《红楼梦学刊》1993年第3辑，第245—247页。

[2] 孙玉明：《日本红学史稿》，北京图书馆出版社2006年版，第278页。

[3] 孙玉明：《日本红学史稿》，北京图书馆出版社2006年版，第278页。

究》记此译者为“马丹丁”[1]。

《红楼梦》（马来文）尚未完全译成。大马写作人基金会以及苏庆华博士担纲的翻译团队完成前 40 回，马来亚大学中文系讲师孙彦庄（May Seng Yan Chuan）博士及拉曼大学中文系讲师许文荣（Khor Boon Eng）副教授作为统筹与副统筹，率领一批学者进行后 80 回的翻译工作。

按：以上资料来自孙彦庄《〈红楼梦〉研究在马来西亚》[2]。

《红楼梦》（阿拉伯文）译者不详。1963 年出版。

《红楼梦》（阿拉伯文）阿卜杜·卡里姆译，戴敦邦插图。120 回本，1993 年中国外文出版社出版两卷本；上卷 374 页，下卷 384 页。

《红楼梦·西江月词》（英汉对照）[英]德庇时（J. F. Davis）译。此译文是译者在题为《汉文诗解》（*Poesis sinicae commentarii / On the Poetry of the China*）的报告中译出的。报告中还简略介绍了《红楼梦》中宝黛初会的情形：报告原载于 1830 年《大不列颠和爱尔兰皇家亚细亚学会学刊》（*Transactions of the Royal Asiatic Society, Great Britain and Ireland*）第二卷，后于 1830 年由澳门东印度公司出版社（The Honorable East India Company's Press）印行，该诗汉英对照载于此卷第 440—441 页。据译者自述：“对《红楼梦》了解的程度有限，但尽量保存作品的原貌。”

按一：译者译自《红楼梦》第三回的两首诗作最早是作为他在 1829 年 5 月 2 日提交报告中的例证而以汉英对照的形式给出的；这里他还

---

[1] 王丽娜：《〈红楼梦〉在国外的流传、翻译与研究》，载《国家图书馆学刊》1992 年第 1 期，第 107 页。

[2] [马来西亚]孙彦庄：《〈红楼梦〉研究在马来西亚》，载《红楼梦学刊》2007 年第 6 辑，第 326 页。

首次给出了《红楼梦》的英译书名：Dreams of the Red Chamber。以上资料来自杨畅、江帆《〈红楼梦〉英文译本及论著书目索引（1830—2005）》[1]和姚军玲《〈红楼梦〉在德国的传播与影响》[2]。

按二：译者德庇时爵士（Sir John Francis Davis, 又译爹核士或大卫斯，1795—1890），英国外交官、汉学家以及香港第二任总督（1844—1848），曾任东印度公司驻广东的大班和英国政府驻华商务总监，1824年成为英国皇家亚洲学会创会会员；其译作有《好逑传》(The Fortunate Union, 1829）和《汉文诗解》(Poesis sinicae commentarii, 1829. 1834. 1870）等[3]。

按三：关于《红楼梦》的这一段译文及其译者的具体情况，王丽娜《〈红楼梦〉在国外的流传、翻译与研究》[4]早已指出，嗣后江帆在其博士论文《他乡的石头记：〈红楼梦〉百年英译史研究》中对此也有所涉及[5]。

《〈红楼梦〉节选》（"Extract from the Hung-low-mung, chapter VI", 英文）[英]罗伯聃（Robert Thom）译。选译《红楼梦》中的几段文字，载1842年宁波 Presbyterian Mission Press 版《正音撮要》(*The Chinese speaker*. Extracts from works written in the Mandarin language,

---

❶ 杨畅、江帆:《〈红楼梦〉英文译本及论著书目索引（1830—2005）》，载《红楼梦学刊》2009年第1辑，第304页。

❷ 姚军玲:《〈红楼梦〉在德国的传播与影响》(预答辩稿本），博士学位论文，北京外国语大学国际交流学院2010年，第5页。

❸ 王丽娜:《英国汉学家德庇时之中国古典文学译著与北图藏本》，载《文献》1989年第1期，第266—267. 272—274页。

❹ 王丽娜:《〈红楼梦〉在国外的流传、翻译与研究》，载《国家图书馆学刊》1992年第1期，第104页。

❺ 江帆:《他乡的石头记:〈红楼梦〉百年英译史研究》，博士学位论文，复旦大学外文学院2007年。

as spoken at Peking, compiled for the use of students）一书中第 62—89 页。此书是译者专为外国人学习汉语编排的一本普通读本，1946 年在我国浙江宁波出版。

按一：译本题名原文条目拼作 The Dream of the Red chamber 且未斜体，The Chinese Speaker 作为刊名亦未斜体，均谬。相关更正资料来自杨畅、江帆《〈红楼梦〉英文译本及论著书目索引（1830—2005）》❶。

按二：译者罗伯聃（1807—1846），苏格兰人，1934 年来华，1839 年以 Sloth 为笔名与其汉语教师蒙昧先生（Mun Mooy Seen-Shang）合译《伊索寓言》为《意拾喻言》，1940 年进入英国驻中国领事界，先后担任翻译、民政长官、第一领事等职，编有《汉英词汇》（Chinese and English Vocabulary，1842）及《正音撮要》（The Chinese Speaker，1846）等海外汉语教材❷。

按三：对该词条的有关更正参见王燕《作为海外汉语教材的〈红楼梦〉——评〈红楼梦〉在西方的早期传播》❸。另外，王丽娜《〈红楼梦〉在国外的流传、翻译与研究》❹曾经指出这位译者的汉名，可惜她误将“聃”错植为“聘”。

《红楼之梦》（*The Dream of Red Chamber (Hung Low Meng)*）（英

---

❶ 杨畅、江帆：《〈红楼梦〉英文译本及论著书目索引（1830—2005）》，载《红楼梦学刊》2009 年第 1 辑，第 304 页。

❷ 王辉：《伊索寓言的中国化——论其汉译本〈意拾喻言〉》，载《外语研究》2008 年第 3 期，第 77 页；耿雪：《近代中西文化交流之管窥——关于〈意拾喻言〉译者身份的讨论》，载《考试周刊》2010 年第 13 期，第 29 页。

❸ 王燕：《作为海外汉语教材的〈红楼梦〉——评〈红楼梦〉在西方的早期传播》，载《红楼梦学刊》2009 年第 6 辑，第 313 页。

❹ 王丽娜：《〈红楼梦〉在国外的流传、翻译与研究》，载《国家图书馆学刊》1992 年第 1 期，第 104 页。

文）[英]包腊（E. C. Bowra）译。全译《红楼梦》前八回，载 1868 年（圣诞节号）和 1869 年上海版《中国杂志》（*The China Magazine*）。

按一：译者包腊（Edward Charles Macintosh Bowra, 1841—1874），英国人，1863 年受命赴中国海关工作，1864—1865 年间从事翻译工作，1866 年后继续在中国海关供职，1873 年曾受时任中国海关总署署长的英国人赫德（Robert Hart）派遣，代表中国政府首次参加世界博览会；其长子包罗（Cecil Arthur Verner Bowra）后来继续在中国海关任职[1]。

按二：杂志题名原文条目拼作 The China Nagzing[2]且未斜体，谬。

《红楼梦》（英文）[英]威妥玛（Thomas Francis Wade）译。翻译时代未详，大约至少译出前二十四回，未出版，新西兰人魏纳（Edward T.C.Werner）和华人吴世昌（Wu Shih-Ch'ang）都似乎见过译文。目前仍未发现该译本。

按一：以上资料来自范圣宇《〈红楼梦〉管窥——英译、语言与文化》[3]。

按二：译者威妥玛（1818—1895），英国外交官，曾驻华几十年，参与《天津条约》《北京条约》等的签订，后于 1888 年担任剑桥大学首任汉语教授。曾于 1868 年发明威妥玛式汉语拼音，主要根据北京话读书音对汉字进行拼读，在其汉语教材名著《寻津录》（1859）和《语言

---

[1] [英]魏尔特著，陈敩才、陆琢成等译，戴一峰校：《赫德与中国海关》（上），厦门大学出版社 1993 年版，第 536—537. 575 页；沈惠芬：《走向世界——晚清中国海关与 1873 年维也纳世界博览会》，载《福建师范大学学报》（哲学社会科学版）2004 年第 1 期，第 109. 111 页。

[2] 冯其庸、李希凡主编《红楼梦大辞典（增订本）》，文化艺术出版社 2010 年版改作 Magzing，仍谬。

[3] 范圣宇：《〈红楼梦〉管窥——英译、语言与文化》，中国社会科学出版社 2004 年版，第 9 页。

自迩集》(1867)中开始广泛使用这套拼音系统拼写汉语，后来逐步成为西方世界影响最大的汉语拼音方案。

《葬花吟》(英文)[英]翟理斯(Herbert Allen Giles)译。附于其概述《红楼梦》宝黛爱情主线的演讲(刊于 *Journal of the North China Branch of the Royal Asiatic Society*, Shanghai, 1885)中，其修订版又重刊于同氏著《中国文学史》(*A History of Chinese Literature*, London, 1901)中。

按一：以上资料来自范圣宇《〈红楼梦〉管窥——英译、语言与文化》[1]。

按二：译者翟理斯(1845—1935，又译翟理思)，英国驻华外交官、汉学家，在其编著的《语学举隅》(1873)、《字学举隅》(1874)和大部头的《华英字典》(*Chinese-English Dictionary*, 1892 上海版，1912 伦敦版)中广泛利用威妥玛拼音为汉字注音，对威妥玛—翟理斯拼音方案的改进和推广居功厥伟；后任剑桥大学第二任汉学教授兼剑桥大学图书馆中文书库负责人，又译出多部中国古典诗文如《佛国记》《聊斋志异选译》《古文选珍》《古今诗选》等，并有多部汉学著作。

《红楼梦；或红楼之梦：中国小说》(*Hong Lou Meng;* or *The Dream of the Red Chamber, A Chinese Novel*)(英文)[英]H.裘里(H. Bencraft Joly)译，节选本，全译自《红楼梦》第一回至第五十六回，共二册。此译本第一册 378 页于清光绪十八年(1892)由香港别发洋行(Kelly&Walsh)出版，第二册 538 页于清光绪十九年(1893)由澳门商务排印局(Typographia Commercial)出版。卷首有译者于 1891 年

[1] 范圣宇:《〈红楼梦〉管窥——英译、语言与文化》，中国社会科学出版社 2004 年版，第 8 页。

9 月 1 日写的序言。后来在不同出版社多次再版。

按一：关于出版者的更正资料来自王丽娜《〈红楼梦〉在国外的流传、翻译与研究》[1]和王金波、王燕《被忽视的第一个〈红楼梦〉120 回英文全译本——邦斯尔神父〈红楼梦〉英译文简介》[2]。

按二：译者裘里（Henry Bencraft Joly，1857—1898），又译名周骊[3]、乔利[4]，英国人，曾任英国驻澳门副领事。

《红楼梦》（*The Dream of the Red Chamber*，英文）[美]王良志（Liang-Chih Wang）译。1927 年于纽约出版，共 95 章，约 60 万字。在节译取舍方面纯粹以二玉恋爱的“闺友闺情”为标准。正文前有明恩溥（Arthur Henderson Smith）序言，因受新红学思潮影响，译者和序者都强调这是一部“悲剧性的爱情小说”。

按一：王农《简介〈红楼梦〉的一种英译本》[5]和杨畅、江帆《〈红楼梦〉英文译本及论著书目索引（1830—2005）》[6]对该译本的内容略有介绍并加以评述。

按二：译者王良志曾任美国纽约大学中国古典文学教师[7]。

---

❶ 王丽娜：《〈红楼梦〉在国外的流传、翻译与研究》，载《国家图书馆学刊》1992 年第 1 期，第 104 页。

❷ 王金波、王燕：《被忽视的第一个〈红楼梦〉120 回英文全译本——邦斯尔神父〈红楼梦〉英译文简介》，载《红楼梦学刊》2010 年第 2 辑，第 207 页注 2。

❸ 王丽娜：《〈红楼梦〉在国外的流传、翻译与研究》，载《国家图书馆学刊》1992 年第 1 期，第 104 页。

❹ 姜其煌：《欧美红学，大象出版社 2005 年版；王金波：《乔利〈红楼梦〉英译本的底本考证，载《明清小说研究》2007 年第 1 辑。

❺ 王农：《简介〈红楼梦〉的一种英译本》，载《社会科学战线》1979 年第 1 期，第 266 页。

❻ 杨畅、江帆：《〈红楼梦〉英文译本及论著书目索引（1830—2005）》，载《红楼梦学刊》2009 年第 1 辑，第 305 页。

❼ 陈宏薇、江帆：《难忘的历程——〈红楼梦〉英译事业的描写性研究》，载《中国翻译》2003 年第 5 期，第 47 页。

按三：序者明恩溥（1845—1932），美国人，首倡退换庚子赔款，胡适留美且受明恩溥《中国人的特性》一书的影响。王丽娜《〈红楼梦〉在国外的流传、翻译与研究》[1]已经正确指出这一序者的汉名。

《一个古老的故事》（“An Old, Old Story”，英文）[英]赫德生（Elfrida Hudson）译。刊于1928年上海版《中国杂志》（*The China Journal*）第8期，译第4回部分内容，主要是在介绍宝黛钗的恋爱故事；但文章结尾处有《好了歌》全诗的英译。

按：以上资料来自姜其煌《欧美红学》[2]。

《红楼梦》（D*ream of the Red Chamber*）（英文）[美]王际真（Chi-Chin Wang）译。节译本，译本为三十九章及一个楔子。此译本于1929年在英国伦敦乔治·路脱莱西公司（John Routledge & Sons, Limited）出版，同年又在美国纽约花园城市（Garden City）多伯里台·杜兰公司（Doubleday, Doran & Company, Inc.）出版，作者署名曹雪芹（Tsao Hsueh-chin）和高鹗（Kao Ngoh），卷首有阿瑟·韦利（A. Waley）序言和译者“引言”。后经译者增订为四十章，于1958年由美国吐温出版社（Twayne Publishers）出版纽约版，另有美国多伯里台·昂科尔出版社（Doubleday Anchor Books）亦同时刊行，并附美国马克·万·多伦（Mark Van Doren）序言，此版作者仅署名曹雪芹（Tsao Hsueh-chin）。阿瑟·韦利序言高度评价《红楼梦》，他说：“《红楼梦》或许是中国第一部现实主义的长篇小说，它不同于一般的历史小说，而是整个封建社会的一个缩影。他的内容富有叛逆性，是作者生活和经历的艺术再现。《红楼梦》是世界文学的财富，它的出现给世

[1] 王丽娜：《〈红楼梦〉在国外的流传、翻译与研究》，载《国家图书馆学刊》1992年第1期，第104页。

[2] 姜其煌：《欧美红学》，大象出版社2005年版，第66页。

界文学增加了荣誉，它使世界文学创作者都受惠不浅。”多伦在增订版序言中则直接称宝黛爱情为中国的罗密欧与朱丽叶，该译本的引入主要功能则是强化业已存在多年的西方爱情观念。

按一：以上更正资料部分来自陈宏薇、江帆《难忘的历程——〈红楼梦〉英译事业的描写性研究》[1]。

按二：译者王际真（1899—2001），山东人，早年毕业于中国留美预备学堂（清华大学前身），1922年赴美留学，先后在威斯康辛及哥伦比亚大学学习政治及新闻学，获学士学位，历任纽约艺术博物馆（Metropolitan Museum of Art）东方部职员、哥伦比亚大学汉文教员，曾创建哥伦比亚大学中文系并主持二十多年[2]。

按三：序者阿瑟·韦利（Arthur David Waley，1889—1966），英国东方学家和汉学家，1907—1910年在英国剑桥大学学习古典学并获得学士学位，长期致力于中日韩古典诗文的英译，包括《论语》《诗经》《道德经》在内的诸多中国经典英译本至今仍为权威译作之一。

《红楼梦　孤鸿零雁记选》（英汉对照）[中国]袁家骅、石明译注。选译本，共十七段。此译文载1933年上海北新书局《英译中国文学选辑》第2辑。

按：译注者袁家骅（1903—1980）。江苏人，北京大学英文系毕业后赴英国牛津大学留学，回国后历任西南联合大学和北京大学教授，在语言学上的贡献主要体现在对西南少数民族语言的调查和汉语方言的

---

[1] 陈宏薇、江帆：《难忘的历程——〈红楼梦〉英译事业的描写性研究》，载《中国翻译》2003年第5期，第48页。

[2] 沈从文：《友情》，载《新文学史料》1981年第4期，第111页；牛艳：《社会意识形态对〈红楼梦〉翻译的操控：王际真译本研究》，载《学理论》2010年第6期，第82页。

教学研究方面，代表作为《汉语方言概要》(1960)；主要译著还有与他人合译美国布龙菲尔德（L. Bloomfield）的《语言论》(1980)。

《红楼之梦即红楼梦——清代早期中国小说》（*The Dream of the Red Chamber=Hung lou mêng: a Chinese novel of the early Ching period*）(英文)[美]麦克休姊妹(Florence McHugh & Isabel McHugh)合译。节译本，三十九章。译文据德国库恩本转译，主要故事意译，约为原书一半，作者署名曹霑(Chan Tsao)，有Jochen Bartsch绘图。1957年由美国潘迪昂公司（Pantheon Books）出版纽约版，1958年美国纽约Pantheon Books、英国伦敦Routledge & Kegan Paul和加拿大渥太华McClelland & Stewart分头再版，1968和1975年再版。

按：译本题名原拼为The Dream of the Red Chamber且未斜体，译者姓名原拼为F. and I. MicHugh，皆谬而不全。上述更正资料来自张桂贞《弗朗茨·库恩及其〈红楼梦〉德文译本》[1]。

《红楼梦》（*Red Chamber Dream*，英文）[英]彭寿神父（the Reverend Bramwell Seaton Bonsall）译。一百二十回，主要底本大致为上海广益书局本（1934年初版）。手稿，2004年起在香港大学图书馆提供网上免费下载服务。

按一：以上资料主要来自王金波、王燕《被忽视的第一个〈红楼梦〉120回英文全译本——邦斯尔神父〈红楼梦〉英译文简介》[2]。

按二：译者彭寿[3]神父（1886—1968）又译名邦斯尔[4]，英国人，伦

---

[1] 张桂贞：《弗朗茨·库恩及其〈红楼梦〉德文译本》，见刘士聪主编：《红楼译评——〈红楼梦〉翻译研究论文集》，南开大学出版社2004年版，第455页。

[2] 王金波、王燕：《被忽视的第一个〈红楼梦〉120回英文全译本——邦斯尔神父〈红楼梦〉英译文简介》，载《红楼梦学刊》2010年第2辑，第195—209页。

[3] 潘重规：《红学六十年》，载《幼狮文艺》1974年总第40卷第1期。

[4] 王金波、王燕：《被忽视的第一个〈红楼梦〉120回英文全译本——邦斯尔神

敦大学文学博士，卫斯理宗传教士（1911—1926年在中国布道），另有《战国策》全译文手稿存世[1]。

《石头记》（*The story of the Stone*）（英文）[英]大卫·霍克思（D·Hawkes）译前80回，其婿闵福德（J·Minford）译后40回。全译本，一百二十回，共五册。本书为英国企鹅古典丛书（Penguin Classics）之一种，译文前80回依脂评本为底本，参照各种评本、印本译出，作者署名曹雪芹和高鹗（Cao Xueqin & Gao E）。1973. 1977. 1980. 1982. 1986年由企鹅书店（Harmondsworth: Penguin Book Ltd.）分别出版。卷首有《引言》，第一卷末附录《金陵十二钗》《〈红楼梦〉人名表》。第一卷译原书第一至第二十六回；第二卷译原书第二十七回至五十三回；第三卷译原书第五十四回至第八十回；第四卷译原书第八十一回至第九十八回；第五卷译原书第九十九回至第一百二十回。据介绍，原书后四十回将由其婿明费德翻译。1996年由美国纽约企鹅集团（Penguin Group）推出缩减本，题名 *The Dream of the Red Chamber*，译者题名霍克思。

按一：译本题名原未斜体，谬。

按二：译者霍克思（David Hawkes, 1923—2009），英国人，1945—1947年间在英国牛津大学攻读中文，1948—1951年间在中国北京大学中文系攻读研究生，1959—1971年间在牛津大学担任中文系教授，1973—1983年间成为牛津大学万灵学院（All Souls College）研究教授，后为荣誉教授。

父〈红楼梦〉英译文简介》，载《红楼梦学刊》2010年第2辑，第195—209页。

[1] 王金波、王燕：《被忽视的第一个〈红楼梦〉120回英文全译本——邦斯尔神父〈红楼梦〉英译文简介》，载《红楼梦学刊》2010年第2辑，第195—209页，第197页。

按三[1]：译者闵福德（John Minford, 1946—），英国伯明翰人，先习希腊—拉丁古典文学，后习中文并获牛津大学荣誉，先后在中国大陆、香港、新西兰、澳大利亚等多国大学任教；除了《红楼梦》后四十回以外还译出《孙子兵法》（The Art of War）、《聊斋志异》（Strange Tales from a Chinese Studio）、《鹿鼎记》（The Deer and the Cauldron: A Martial Arts Novel）等中国文学作品。

《红楼梦》（*A Dream of Red Mansions*）（英文）[中国]杨宪益、[英]戴乃迭（Gladys Yang）合译。全译本，一百二十回，共三册。译文前八十回据戚序本译出，后四十回据程甲本译出，由吴世昌（Wu Shih-Ch'ang）先生校订。译本于 1978—1980 年由北京外文出版社开始出版。精装，彩色大观园图包封，封面、扉页题书名，作者署"曹雪芹、高鹗著"，次出版说明，正文中有戴敦邦绘彩色图画十二幅，书后附贾家世系表。据报载，英国出版界认为杨译《红楼梦》更接近于原著，用字非常考究，若具备些汉字知识的英文读者，更觉得此译本透彻、深奥、脍炙人口。

按一：英文书名原文未斜体，已改。该译本后来又以不同形式多次再版，也出过汉英对照本和删节本。译本初版使用威妥玛拼音，后来再版和各种改版则使用汉语拼音。

按二：译者杨宪益（1915—2009），安徽盱眙人，1934 年赴英国牛津大学墨顿学院研习欧洲古典文学，1940 年回国后历任重庆大学、贵阳师范学院、成都光华大学副教授和教授，1943 年起历任重庆及南京编译馆编纂和北京外文出版社翻译专家；夫妻合作的成果除《红楼

[1] 冯其庸、李希凡主编：《红楼梦大辞典（增订本）》，文化艺术出版社 2010 年版也已经将闵福德的译者地位正式确立了。

梦》外尚有《楚辞》《儒林外史》等英文译作；另有个人文集《译余偶拾》(《零墨新笺》和《零墨续笺》)、《漏船载酒忆当年》(英文原著题名 White Tiger: An Autobiography of Yang Xianyi《白虎星照命》，意大利文译本题名 Da Mandarino a Compagno《从富家少爷到党员同志》）等。

按三：译者戴乃迭(原名 Gladys Margaret Tayler, 1919—1999)，生于中国北京，1937 年考入牛津大学，初学法语语言文学，后转中国语言文学，为牛津大学第一位中文学士，1952 年起任中国外文出版社翻译专家，夫妻合作翻译大量中国文学作品。

《红楼梦》(*A Dream of Red Mansions: Saga of a Noble Chinese Family*, 英文)[中国]黄新渠编译。唯一的英译缩写本，有李赋宁序。根据人民文学出版社 1982 年版本和开明出版社 1935 年出版的茅盾中文节编本，先缩减中文再译成英文译出，北京外语教学与研究出版社 1991 年初版，1994 年在美国旧金山出版；因后来中文缩减稿部分遗失，后又据英文译成中文，再于 2008 年以汉英双语对照形式出版。该英译本曾获四川省作家协会、四川省翻译文学学会文学翻译杰出成就奖。

按：以上资料来自黄新渠《红楼梦（汉英双语精简本）· 前言》[1]。

《红楼之梦》(*Le Rêve dans le Pavillion rouge (Hong-leou mong)*, 法文)[法]阿梅尔 · 盖尔纳(Armel Guerne, 又译葵尼)译。译文共四十二回，两卷本，作者署名曹雪芹（Ts'ao Siue-Kin)，根据库恩德译本略加删节译出，主要情节意译，是否正式出版不详。据 1981

[1] [清]曹雪芹、高鹗原著，黄新渠改写 / 英译:《红楼梦》(汉英双语精简本)，外语教学与研究出版社 2008 年版，第 VI 页。

年12月31日法国《快报》发表米歇尔、布罗多、玛丽·霍尔兹芒《中国一夕梦》的文章中说："在此（指李治华译本）译文出版前，我们见过阿梅尔·盖尔纳的译文。他虽未能全译此著（他只译了四十二回），但其译文却是优美的，而现在的译本中某些地方却没有那么美。"法国巴黎Guy de Prat出版社，1957年出版第一卷，1964年出版第二卷同时再版第一卷，1965年两卷同时再版。第一卷卷首有译者序，并附改绮绘《红楼梦》人物绣像7幅。

按：译者盖尔纳（1911—1980），瑞士法语作家、诗人及翻译家，生于瑞士莫尔日（Morges），用法文还译有德国早期浪漫派诗人诺瓦利斯（Novalis, 1772—1801）的代表作《夜颂》（Hymnes à la Nuit, 1938）和《基督教界或欧罗巴》（Europe ou la Chrétienté, 1949）、奥地利诗人里尔克（Rainer Maria Rilke, 1875—1926）的《杜伊诺哀歌》（Elégies de Duino, 1938. 1956）、美国海洋文学家麦尔维尔（Herman Melville, 1819—1891）的《白鲸》（Moby Dick, 1954）、英国政治家丘吉尔（Sir Winston Leonard Spencer Churchill, 1874—1965）的《英语民族史（四卷本）》（l'Histoire des peuples de langue anglaise, 1956）等[1]。由于盖尔纳本人就是诗人，所以他的译笔比较优美而富有韵味。

《红楼之梦》（法文）[中国]郭麟阁译。据1982年1月16日《团结报》介绍，译者曾将《红楼梦》前五十回译成法文，把《红楼梦》传到西欧。

《梦在红楼，贾宝玉与林黛玉之戏剧性恋爱的故事》（法文）[中国]徐颂年（又作徐仲年）译。摘译《红楼梦》第十七、二十七、二十八、

[1] 以上关于盖尔纳的资料，来自Charles Le Brun整理的《盖尔纳生平》（*Biogaphie d'Armel Guerne*），参见网页：http://www.moncelon.com/armelguernebio.htm<2010.07.25.>

三十二回部分故事情节。译文载于1933年巴黎得拉格拉夫图书公司出版的《巴拉丛书；现代中国文学选辑》。

《红楼之梦》（*Le rêve de la chambre rouge*）（法汉对照）[中国]鲍文蔚译。摘译《红楼梦》第五十七回。载于汉学研究所1943年北京版《法文研究》（*Etude Françaises*）第四号。

按：法译文题名原为Le Reve de la Chanbre Rouge，法文刊名Etude Franfaises，均未斜体，谬。

《红楼之梦》（法文）[法]葵尼（A. Guevne）译。节译本，三十九章。译文系据德国库恩本略加删节译出，主要情节意译。1957年由居不勒斯公司出版巴黎版。卷首有序，并附改绮绘《红楼梦》人物绣像7幅。

按：此条目与前面“盖尔纳所译《红楼之梦》”的词条内容实际上重复了，故将有关内容与前面的词条合并，这里删去。

《红楼之梦》（*Le Rêve dans le Pavillion rouge*）（法文）[法]李治华（Li Tche-houa）、[法]雅歌（Jacqueline Alézaïs）合译。全译本，一百二十回，共二册。据介绍，译者从1951年开始翻译《红楼梦》，法文译稿由法国汉学家安德烈·铎尔孟修改及校审。1981年由法国伽利玛（Gallimard）出版社作为汇集世界文学名著的《七星文库》本出版。译文前八十回据脂译本译出，后四十回根据程乙本译出。本书卷首有译者长序，附有简略参考书目和199张木刻绣像插图、四百多个人名对照表，每册正文后附有注释。法译本出版后，引起法语读者的热烈反响。法国《快报》周刊于1981年12月31日发表评论说：“全文译出中国五部古典名著中最华美、最动人声望这一巨著，无疑是1981年法国文学界的一件大事。”“现在出版这部巨著的完整译本，从而填补了长达两个世纪的令人心痛的空白。这样一来，人们好像突然发现了塞万提斯和莎士比亚。”这是《红楼梦》的第一个法文全译本。

按：译本题名原书拼作 Le Reve du Pavillon Rouge 且未斜体，谬。

《红楼梦》（*Raĝdoma sonĝo*, 世界语）[中国]谢玉明译、[中国]李士俊审校。120 回本，小插图本（文中插图），黑白绘画《金玉缘图》142 幅，硬精装，32 开；第 1 卷 582 页、第 2 卷 684 页、第 3 卷 627 页；中国世界语出版社 1995—1996 年 1 版 1 印，三卷定价 150 元，仅印 1000 套。

按一：以上资料来自余力《世界语〈红楼梦〉出版》[1]。

按二：译者谢玉明是北京中国国际广播电台世界语播音组译审。审校者李士俊曾任《中国报道》杂志社副总编辑，现为国际世界语学院院士。

三、余论

根据上述词条修订资料，大致可以把《红楼梦》的译本分成“摘译”“编译”“节译”“转译”“全译”五种类型。

所谓“摘译”，就是撷取原文一些互相之间并无切实关联的片断，以此为基础形成的译文。所谓“编译”，就是对原文进行某种改编后形成的译文。所谓“节译”，就是根据某些要求选取原文进行连贯性的翻译处理，其间包括一定的概括性处理（凡是目前不清楚译本状况的一律计入这一类）。所谓“转译”，就是并非直接译自原文，而是经过其他文种的中转而形成的译文。所谓“全译”，就是直接依据原文，完全逐译后形成的译文。

其实，“转译”和其他四种类型并非根据统一标准划分出来的情形，但由于在翻译研究中转译的有无对研究本身而言具有很大的影

[1] 余力：《世界语〈红楼梦〉出版》，载《红楼梦学刊》1998 年第 4 辑，第 268 页。

响，所以这里将其独立出来加以考虑。

另外，我们暂且以“原数”指《红楼梦大辞典》1990 年版搜录译本的数量，以“增数”指笔者新增搜录的译本数量，以便大家理解。

由此根据上述指标，作出如下的统计，见表 1（单位：种）：

表 1　《红楼梦》译本数量统计

译本 语种	摘译		编译		节译		转译		全译		合计
	原数	增数	原数	增数	原数	增数	原数	增数	原数	增数	
英文	2	3	1	1	4[a]	2[b]	1	—	2	1	17
德文	1	—	—	—	1	—	—	1	—	1	4
荷兰文	—	—	—	—	—	—	1	—	—	—	1
法文	2	—	—	—	1	—	1	—	1	—	5
意大利文	—	1	—	—	—	—	—	1	—	1	3
西班牙文	—	—	—	1	—	—	—	2	1	—	4
罗马尼亚文	—	—	—	—	1	—	—	—	—	—	1
世界语	—	—	—	—	—	—	—	—	—	1	1
俄文	1	2	—	—	—	—	—	—	1	—	4
捷克文	—	—	—	—	—	—	—	—	1	—	1
斯洛伐克文	—	—	—	—	—	—	—	—	—	1	1
希腊文	—	—	—	—	1	—	—	—	—	—	1
阿尔巴尼亚文	—	—	—	—	1	—	—	—	—	—	1
芬兰文	—	—	—	—	—	—	—	1	—	—	1
匈牙利文	—	—	—	—	—	—	1	—	—	—	1
阿拉伯文	—	—	—	—	—	1	—	—	—	1	2
维吾尔文	—	—	—	1	—	1	—	—	1	—	3
哈萨克文	—	—	—	—	—	—	—	—	1	—	1
马来文	—	—	—	—	—	—	—	—	—	1	1
缅甸文	—	—	—	—	—	—	—	—	1	—	1
泰文	—	2	—	—	—	—	1	—	—	—	3

续 表

译本 语种	摘译		编译		节译		转译		全译		合计
	原数	增数	原数	增数	原数	增数	原数	增数	原数	增数	
越南文	—	—	—	1	—	2	—	—	1	—	4
藏文	—	—	—	—	—	1	—	—	1	—	2
蒙文	—	—	—	—	1	[1][c]	—	—	1	—	3
满文	—	—	—	—	—	—	—	—	[1][c]	—	1
锡伯文	—	—	—	—	—	—	—	—	1	—	1
韩文·朝鲜文	—	—	—	—	2	—	—	—	8	1	11
日文	3	5	1	2	6	4	—	—	4	—	25
增数总计	—	13	—	6	—	12	—	5	—	8	44

附注：

a. 王际真的两个译本因为差距较大，所以分开计算；

b. 其中包括目前尚未得见的威妥玛译本。

c. 数量加框者表示该译本目前已不可得见。

根据上述列表统计，目前已知《红楼梦》有过分布于28种语言的104个译本。本文的考察新增44个译本，占已知译本数量的1/3强。

关于《红楼梦》译本的信息，这里算是有了一个比较全面、可靠而翔实的汇集。随着以后相关资料的进一步收集和研究，我们对《红楼梦》在全世界范围内的译介情况会有更为详尽而准确的认识和把握。

（原载傅勇林主编《华西语文学刊》第三辑
“《红楼梦》译介研究专辑”，
四川文艺出版社2010年版，第186—209页）

《红楼梦》芬兰文译本述略

一、背景

早期对《红楼梦》各语种译本的著录，大多附着于红学研究的综述性论著，典型的代表有以下四种：

（1）http://www.28gl.com/s/zhouRuchang 周汝昌在其《红楼梦新证·引论》[1]中介绍了一批《红楼梦》的西文译本和有关《红楼梦》的西文评介文章；

（2）一粟编著的《红楼梦书录》[2]的“译本部分”，著录了英译本 6 种，德法译本各 1 种，这里没有涉及有关《红楼梦》的西文报刊评介文章；

（3）吴世昌论文《红楼梦的西文译本和论文》[3]将其在英国牛津大学讲学期间搜集到的《红楼梦》西文译本和论著作了较为系统、全面的介绍，迄至 1959 年共计译本 17 种，含英译本 7 种、俄译本 2 种、德译本 3 种、法译本 4 种、意大利译本 1 种；

---

[1] 周汝昌：《红楼梦新证》，棠棣出版社 1955 年版。

[2] 一粟编著：《红楼梦书录》，中华书局上海编辑所 1959 年版。

[3] 吴世昌：《红楼梦的西文译本和论文》，载《文学遗产》（增刊）第 9 辑，中华书局 1962 年版。

（4）潘重规《红学六十年》[1]一文不仅概述了此前多位人士对《红楼梦》非汉语译本的大致统计，而且首次提及《红楼梦》的彭寿（Bramwell Seaton Bonsall）[2]神父英文全译本和马西(Edoarda Masi)意大利文120回节译本。

至此《红楼梦》的非汉语译本大略计为10余种语言、逾20种不同规模的译本。

此后著录《红楼梦》多语种译本的论著逐渐形成规模。较早是随着中国古典小说戏曲作品的海外传播而得以总结的[3]，稍后才是专门红学论著对诸语种译本情况的收录。专门论及《红楼梦》多语种译本的著述主要有以下四种[4]：

（1）冯其庸、李希凡主编《红楼梦大辞典》[5]的"红楼梦译本"部分，由胡文彬撰写相关词条；其增补本[6]的"红楼梦译本"部分由香港红学家洪涛撰写，也仅仅是增补了斯洛伐克语译本、对少数词条略有改动而已；

---

❶ 潘重规：《红学六十年》，载《幼狮文艺》1974年第40卷第1期；见胡文彬、周雷编：《台湾红学论文选》，百花文艺出版社1981年版。

❷ 潘文译其姓氏 Bonsall 为"彭寿"，颇似汉人姓名，显然出自闽南口音；但王金波、王燕《被忽视的第一个〈红楼梦〉120回英文全译本——邦斯尔神父〈红楼梦〉英译文简介》（载《红楼梦学刊》2010年第2辑）译此姓氏为"邦斯尔"，似与英文拼写及读音均相差甚远；本文的译名处理参照潘重规的译法。

❸ 譬如，王丽娜：《中国古典小说戏曲名著在国外》，学林出版社1988年版；宋柏年主编：《中国古典文学在国外》，北京语言学院出版社1994年版。

❹ 杨畅、江帆《〈红楼梦〉英文译本及论著书目索引（1830—2005）》（载《红楼梦学刊》2009年第1辑）一文限于《红楼梦》英译本的涉猎，其译本统计不超出这里所涉及的诸论著。

❺ 冯其庸、李希凡主编：《红楼梦大辞典》，文化艺术出版社1990年初版，1991年重印。

❻ 冯其庸、李希凡主编：《红楼梦大辞典（增订本）》，文化艺术出版社2010年版。

（2）胡文彬《〈红楼梦〉在国外》[1]几乎将当时所能涉见的《红楼梦》外语（注意：不包括国内少数民族语言）译本一网打尽式地一一评介，共计 17 种文字 62 种译本；

（3）姜其煌《欧美红学》[2]一书，实际上是作者集中刊发于 20 世纪八九十年代一批研究论文在 21 世纪初的汇集版，对《红楼梦》在东西欧和北美的主要语言（英、法、德、俄）译本进行了有针对性的相关研究，中间穿插译介了不少直接关涉译本的第一手资料（例如：序言、后记等）；

（4）唐均《〈红楼梦大辞典·红楼梦译本〉词条匡谬赓补》[3]一文是迄今最为完备详尽的译本统计，表明目前已知《红楼梦》有过分布于 28 种语言的 104 个译本，较《红楼梦大辞典》的译本统计，新增 44 个译本，占已知译本数量的 1/3 强。

相对而言，中国国内的不少学术刊物也不时刊发对《红楼梦》研究的专题论文，只是这些论文大多集中（甚至重复）探讨极为有限的两个英译本（霍克思- 闵福德翁婿全译本和杨宪益—戴乃迭夫妇全译本）的某些局部而已；唯有《红楼梦学刊》以及个别其他中文期刊偶有文章刊发《红楼梦》其他语言译本的相关材料[4]，关于《红楼梦》非

[1] 胡文彬：《〈红楼梦〉在国外》，中华书局 1993 年版。其统计数据来源于第 166—175 页。

[2] 姜其煌：《欧美红学》，大象出版社 2005 年版。

[3] 唐均：《〈红楼梦大辞典·红楼梦译本〉词条匡谬赓补》，见傅勇林主编：《华西语文学刊》（第 3 辑“《红楼梦》译介研究专辑”），四川文艺出版社 2010 年版，第 186—209 页。

[4] 譬如，多个《红楼梦》欧洲小语种译本的前言或后记得以译介，有[捷]奥尔德日赫·克拉尔著，莹映岚译《〈红楼梦〉捷克文译本序言》（载《红楼梦学刊》1990 年第 4 辑），[德]弗朗茨·库恩著，李士勋译《〈红楼梦〉译后记》（载《红楼梦学刊》1994 年第 2 辑），[意大利]马丁·贝内迪克特著，吕同六译《〈红楼梦〉意大利语版前言》（载《红楼梦学刊》2000 年第 3 辑），[荷兰]沃斯德曼著，[荷兰]章因之译《〈红

英文译本的相关背景资料近年来也不时有专著出版[1]或博士论文涉及[2]，对于《红楼梦》译本在中文学界的传播和进一步研究功不可没。

本文所介绍的，可谓《红楼梦》域外译介的一个新鲜可喜的“老旧”译本，迄今尚不见于上述相关论著的任何著录或涉及[3]。该译本是由笔者在芬兰赫尔辛基大学担任访问学者期间（2006—2007 年），在其下属的亚非文化研究所（Institute of Asian & African Studies）图书馆无意之间发现的；而且就当时所见，连芬兰国家图书馆和赫尔辛基

楼梦〉荷兰文译本序言》（载《红楼梦学刊》2004 年第 3 辑）。而关于欧洲非英语译本的情况也有所选介，如李士勋《〈红楼梦〉在德国》（载《红楼梦学刊》1994 年第 2 辑），[斯洛伐克]黑山著，荣铁牛译《〈红楼梦〉的斯洛伐克文翻译》（载《红楼梦学刊》1997 年第 4 辑），胡文彬《天涯若比邻——斯洛伐克文〈红楼梦〉述评》（载《天津外国语学院学报》1999 年第 1 期），[俄]李福清著，阎国栋译《〈红楼梦〉在俄罗斯》（见刘士聪主编:《红楼译评——〈红楼梦〉翻译研究论文集》，南开大学出版社 2004 年版），张桂贞《弗朗茨·库恩及其〈红楼梦〉德文译本》（见刘士聪主编:《红楼译评——〈红楼梦〉翻译研究论文集》，南开大学出版社 2004 年版），[德]吴漠汀《〈红楼梦〉在德国》（载《红楼梦学刊》2006 年第 5 辑），李梅《捷克汉学家普实克的弟子与〈红楼梦〉的捷文翻译》（见北京外国语大学欧洲语言系编:《欧洲语言文化研究》第 3 辑，时事出版社 2007 年版），姚珺玲《十年心血译红楼——德国汉学家〈红楼梦〉翻译家史华慈访谈录》（载《红楼梦学刊》2008 年第 2 辑）。此外还有论及中国国内民族语言译本的情况，如梁一孺《蒙古文本〈新译红楼梦〉评介》（载《红楼梦学刊》1979 年第 2 辑），李绍年《〈红楼梦〉翻译学概说》（载《语言与翻译》1995 年第 2 期，涉及《红楼梦》锡伯文译本）。

❶ 这方面的代表作品有:[法]李治华著，蒋力编《里昂译事》（商务印书馆 2005 年版）、[法]郑碧贤《红楼梦在法兰西的命运》（新星出版社 2005 年版），对《红楼梦》法文译本背景资料进行细致披露；而孙玉明《日本红学史稿》（北京图书馆出版社 2006 年版）则集中阐述《红楼梦》诸多日文译本的相关信息。

❷ 譬如，王金波:《弗朗茨·库恩及其〈红楼梦〉德文译本》，博士学位论文，上海外国语大学 2006 年；姚军玲:《〈红楼梦〉在德国的传播与影响》，博士学位论文，北京外国语大学 2010 年。

❸ 唐均《〈红楼梦大辞典·红楼梦译本〉词条匡谬赓补》（见傅勇林主编:《华西语文学刊》第 3 辑“《红楼梦》译介研究专辑”，四川文艺出版社 2010 年版，第 191 页）及唐均《〈好了歌〉俄译本和罗马尼亚译本比较研究》（载《红楼梦学刊》2010 年第 6 辑，第 338 页注 32）对此译本有所涉及但极简略。

大学图书馆也未曾另有收藏，仅此匆匆一瞥，也可见这一译本的稀罕。因而，对该译本进行必要的介绍和探讨，也必将有助于我们对《红楼梦》在海外影响的深入认识。

二、版本情况

这是《红楼梦》的一个芬兰文节译本[1]，出版于 1957 年，转译自享誉海外的孔舫之（Franz Kuhn）德文节译本[2]，而非直接译自中文原文。根据中文学界此前对孔舫之德译本最为完整的统计[3]，其转译本有英、法、荷兰、意大利和匈牙利五种语言。这里的发现，则将孔舫之德译本的转译语种增加到 6 种。

该译本装帧为欧洲书籍习见的亚麻布蓝色书脊配暗绿色云纹硬皮精装本，另有浅棕色纸质书衣，上绘红绿色调的宝黛人物形象白描图案。译本全书大 32 开一册，共 50 回、672 页，基本包含了孔舫之德译本正文的全部内容，只是删去了德译本附有的“大观园中重要人物表”和“贾府世系图”，以及孔舫之本人的后记和德译本中的所有插图。

封面上的芬兰文题名是：Punaisen huoneen uni，中文逐字对译是：Punaisen“红色的”、huoneen“楼的”、uni“梦”——“红楼之梦”，后面括注威妥玛拼音 Hung lou meng。封面上还另有副标题：Vanha kiinalainen romaani，中文逐字对译是：“古代的”“中国的”“小说”——即“中国古代小说”之义。比较同样转译自孔舫之德译本、也带有副题

---

❶ Cáo Xuéqín & Gāo È: *Punaisen huoneen uni*: Vanha kiinalainen romaani; Turku, Jyväskylä: K. J. Gummerus Osakeyhtiö, 1957.

❷ Tsau Hsüe Kin, Kao O: *Der Traum der roten Kammer*: ein Roman aus der frühen Tsing-Zeit, Leipzig: Insel Verlag, 1932.

❸ 张桂贞：《弗朗茨 · 库恩及其〈红楼梦〉德文译本》，见刘士聪主编：《红楼译评——〈红楼梦〉翻译研究论文集》，南开大学出版社 2004 年版，第 454—456 页。

名的英、意译本[1]以及孔舫之本原有之书名，如表 2 所示。

表 2　《红楼梦》孔舫之德译本转译本题名回译

语种	（以斜体与否区分正副）书名	书名直译
德语	*Der traum der Roten Kammer*. Ein Roman aus der frühen Tsing-Zeit	红楼之梦：清代早期小说
英语	*The Dream of the Red Chamber=Hung lou mêng*. a Chinese novel of the early Ching period	红楼之梦＝红楼梦：清代早期中国小说
意大利语	*Il sogno della camera rossa*. Romanzo cinese del secolo XVIII	红楼之梦：十八世纪中国小说
芬兰语	*Punaisen huoneen uni (Hung lou meng)*. Vanha kiinalainen romaani	红楼之梦（红楼梦）：中国古代小说

相较德译文而言，芬兰语转译的书名在标题上加注了中文原名的拼音，在处理副标题时将更为精准的表述“清代早期”泛化为“中国古代”，这也许是基于芬兰读者较之德国读者与中国文化更为隔阂，泛化的处理反而有助于芬兰读者对该译本的大致定位罢。

扉页的题名上方有手写体的作者姓名之汉语拼音（带声调）：Cáo Xuéqín & Gāo È。从笔迹上无法分辨是出书时就印上的还是后来手写的。但对照序言中出现的中文语汇音译都是采用威妥玛拼音，我们有理由推定，这里的汉语拼音是后来手写上去的，当与本书的出版无关。除此之外，该译本并无标注原书作者之处。

就系属而言，芬兰语言文化属于芬乌（Finno-Ugric）语系范畴，我

---

[1] 英译本：Chan Tsao: *The Dream of the Red Chamber=Hung lou mêng:* a Chinese novel of the early Ching period, translated from the German version, Illustrated by Jochen Bartsch London, Blackie, 1958；意译本：Il sogno della camera rossa: Romanzo cinese del secolo XVIII, Con ventisette illustrazioni originali di Kai Ch'i; 1958。

们相对熟悉的匈牙利语言文化与之同类，而与统治欧洲的印欧（Indo-European）语系民族文化则判然有别。《红楼梦》这一芬兰文译本的意外发现，其价值并不因其经历了德译本的中转而显逊色（下文的某些细节分析可见一斑）。而如果再考虑到，该译本就是将《红楼梦》这一中国传统文化集大成之作，传播到另一个文化背景迥异的欧洲民族中的滥觞之作[1]，那么我们对它的逐渐认识，则在中西文化交流史上就更显其不凡的里程碑式意义来了。

三、关于译者和出版社

关于这一译本的贡献者约尔玛·帕尔塔宁（Jorma Partanen），我们对其个人情况知之甚少，从各种传统媒体和新兴的网络资源上也难以觅得其个人详细资料。根据芬兰学者的介绍，他是毕业于赫尔辛基大学的，以文学作品译介为其突出业绩。他还转译过中国另一部古典小说《金瓶梅》（1955），译自英文、俄文和德文本。这位译者翻译过的其他著名的、或畅销的文学作品简列如表 3 所示。

---

[1] 同样历经库恩德译本转译的《红楼梦》匈牙利文译本（Cao Hszüe-csin, Kao O: *A vörös szoba álma*: regény; Budapest: Kriterion Könyvkiadó; 1959）初版于 1959 年，晚于芬兰文译本。而最早的荷兰文转译本（Ts'au Sjuè Tsj'in: De Droom in de Roode Kamer; Den Haag: J. Philip. Kruseman, 1946）则是同一日耳曼语族之下德语和荷兰语的转换，不计入内。

表 3　芬兰译者帕尔塔宁主要译作

作家	国籍	作品题名		芬兰文译本		作品原文
		汉译	原文	题名	出版时间	
托马斯·曼（Thomas Mann, 1875—1955）	德国	《神圣的罪人》	*Der Erwählte*	*Pyhä syntinen*	1951	德文
		《黑天鹅》	*Die Betrogene*	*Elämän uhri*	1953	
云丹嘉措喇嘛（Lama Aphur Yongden,1899—1955）	锡金	《五智喇嘛弥伴传奇》	*Le lama aux cinq sagesses*	*Yongden lama: Viiden viisauden lama*	1951	法文
AlexAndra David-Néel	法国					
诺曼·梅勒（Norman Kingsley Mailer, 1923—2007）	美国	《裸者与死者》	*The Naked and the Dead*	*Alastomat ja kuolleet*	1948	英文
琼·格兰特（Joan Grant, 1907—1989）	英国	《带翼的法老》	*Winged Pharaoh*	*Siivekäs faarao*	1937	
		《卡罗拉生平》	*Life as Carola*	*Carola*	1939	
		《荷鲁斯之眼》	*Eyes of Horus*	*Auringonjumalan paluu*	1942	
		《地平线的主人》	*Lord of the Horizon*	*Päivännousun valtias*	1943	

这些作品的作者不少是文化界名人，比如托马斯·曼是散文家兼文化批评家、云丹嘉措喇嘛是旅居欧洲的西藏籍锡金人、诺曼·梅勒是纪实小说（nonfiction novel）的革新者、琼·格兰特是英国皇家医学会会员、催眠回归（hypnotic regression）研究者凯尔塞（Denys Kelsey）的妻子，等等。通过以上转译之作，我们大致可以看出，《红楼梦》的这位芬兰译者本人翻译过很多出色的文学作品，因而他具有较高的文学鉴赏功力，才能从孔舫之的德译文中看出《红楼梦》的艺术价值并将其介绍给芬兰的读者。

这部芬兰译本的出版者是基莫路斯出版社（K. J. Gummerus Osakeyhtiö），位于芬兰共和国于韦斯屈莱省（Jyväskylä）的芬兰第二大城市图尔库（Turku）。这是影响力仅次于驻地首都赫尔辛基的出版机构，使得《红楼梦》在芬兰的译本能够具备较为深远的扩散效应，促进这一中国文化的荟萃之作在芬兰文化中发挥影响。

四、序言引发的讨论

《红楼梦》芬兰文译本的序言，由芬兰著名翻译家佩尔蒂·聂密宁（Pertti Nieminen）所撰写。关于这位翻译家的具体情况目前同样不甚了了；而由于篇幅所限，这篇序言的全文我们无法在此加以完整译出并作全面介绍，这里仅就其中一些中国文化信息的芬兰语表述略陈管见。

前面已经言及《红楼梦》书名的芬兰文译法；另外，在该译本的序言中却又言及，对《红楼梦》这个书名更为地道的芬兰语表达当为 Punaisen tornihuoneen uni“红色深闺之梦”，其中 tornihuoneen 一词乃是 tornihuone“塔室、高楼上的房间”的属格形式[1]——似乎可以引申为类似“深闺”之类的含义罢。

这里还出现了“红学”一词的芬兰文形式 Hungologia，尤其值得一提。我们知道，红学在华人世界热闹非凡，《红楼梦》也已早就为洋人所知，但“红学”术语至今在欧洲语言的正式出版物中似乎都还没有一个明确的定位[2]。国内红学家周汝昌曾经杜撰出 Redology 这一英文词来对应“红学”的英译[3]——老实说来，这个术语不妥，因为英语词 red 作为词根后面接缀的话，词末的辅音字母- d- 应该双写、成为 *Reddology 才对。而芬兰语的 Hungologia 一词则是另外一脉，显然是撷取书名《红楼梦》威妥玛式汉语拼音 Hung lou meng 的第一音节、再接缀表示学科名的西文通用后缀- ologia（德法语对应为- ologie、英语对应为- ology）所构成。这样的术语创制，既有中文词根之蕴藉，又有造词自然之特点，更有应用广泛之优势——可以比较英文词 taikonaut“太空人、中国航天员”，乃撷取汉语“太空”拼音 taikong 之前半截 taik- ，再接缀英语习用的人员后缀- naut“航行者”构成，就和表示欧美航天员的 astronaut、表示俄苏航天员的 cosmonaut（俄文是 космонавт）一样了[4]。

序言中还出现了表达中国传统文化的一些芬兰语汇，值得注意，略举几例以见一斑：

（1）Klassikot“经”、historia“史”、filosofia“子”、viimEinen ryhmä“集”；

（2）kirjallisen kieli“文言”、puhekieli“白话”；

（3）kungfutselaisten“儒家的”、maallisia“变文”。

此外，文中提及《三国演义》和《水浒传》时都用了意译的书名：Kolmen kuningaskunnan tarinat“三国演义”、Veden rajoilla“水浒传”，但提及具有同样文学地位的《西游记》和《金瓶梅》却只用了音译。

总而言之，仅仅是这么一篇篇幅并不很长的序言，其中就集中包含了体现中国传统文化的诸多名词术语，涵盖了中国古典文化的不少核心要素，上至庙堂的经籍、下至江湖的说讲，体现了迄于 20 世纪 50 年代中国学界并行尊重文言和白话文献材料的基本态度。

---

❶ 感谢我的芬兰朋友 Erika Esandman 的指教。

❷ 比如，库恩德译本 1932 年初版后记中甚至已经阐述了“红学”的大致内涵，却没有给出这一术语的德文形式。但德文全译本（Tsau Hsüä-Tjin und Gau Ë: *Der Traum der Roten Kammero der Die Geschichte vom Stein*; aus dem Chinesischen übersetzt: Vols.2; Bochum: Europäischer Universitätsverlag, 2006）序言中则出现了 Rotforschung 一词对应于“红学”。

❸ 周汝昌《献芹集》提及：“像‘红楼’这样的中华文学之菁英，必须翻译成一部精确的英文本，让世界上的读者都能领略一二。于是黄裳兄遂发一问曰：我们有‘红学’这个名目，可惜外国还不懂得，比如英文里也不会有这个字呀，这怎么办？我当即答言：这有何难，咱们就 coin（造）一个新字，叫 Redology！”——其杜撰时间大致在 20 世纪 50 年代。见《献芹集》，山西人民出版社 1985 年版，第 8—9 页。

❹ 张霄军：《“taikonaut”的由来》，载《中国科技术语》2007 年第 4 期，第 36—37 页。

五、译文特点一瞥

《红楼梦》这个芬兰文译本既然从未为中国红学界所知，在国外似乎也无人加以研究，因此也无法在本文内对其内容特点进行全面的介绍和剖析。下面仅选取部分特色比较显著的译文片断，对其芬译内涵做出适当的考察分析。由于该译本以孔舫之德译本为底本，所以这里涉及的译文具体内容主要依据作为直接源头的孔舫之德译本加以阐发，必要时参照其德译本所依据的中文原本——王希廉评本[1]这一终极源头。

回目对仗是中国古典小说的一大语言特色，这种基于汉语汉字固有特点的艺术形式通常都难以在其他译语中得以完整再现，因此，尽可能以译语中的某些语言艺术形式来曲折反映中文小说回目的艺术特点，便是一个绝妙的处理方法。

《红楼梦》第 4 回回目：

薄命女偏遇薄命郎　葫芦僧判断葫芦案[2]

孔舫之德译文作：

Ein Unglücksmädchen findet einen Unglücksfreier. Ein kleines Bonze vom Gorkestempel spielt sich als Richter auf.

---

[1] 关于库恩德译本所依据的中文底本问题，库恩本人有过不甚确切的说明，王薇《〈红楼梦〉德文译本的底本考证》（载《红楼梦学刊》2005 年第 3 辑）和王金波《〈红楼梦〉德文译本底本再探——兼与王薇商榷》（载《红楼梦学刊》2007 年第 2 辑）对此有所论争，考虑到本文所涉相关内容寥寥，这里就采取简化的处理模式，直接采用《双清仙馆本·新评绣像红楼梦全传》（王希廉评本，以程甲本为底本，北京图书馆出版社 2004 年影印版）作为对应的中文底本进行研究。

[2] 本丛书中外文提行引文一般统一做缩进两字符（中文另做楷体）处理。但本书引文较多，且语种繁杂，格式不尽一致，不适宜统一处理，故此例外，凡提行引文不缩进、中文只做楷体，特此说明。——编者按

芬兰文译本作：

Onnettomuustyttö löytää onnettomuuskosijan. Pieni Kurkku- temppelin pappi esiintyy tuomarina

这则中文回目的特色在于上下两联中前置性修饰语的反复出现。德译文以德语复合词前半部分同一词根的方式，保留了上联中的艺术特色。芬兰语有着类似的复合构词规则，因而这则回目的芬译文，也用同样的手段保留了回目上联的语词反复艺术特色。

在专名处理方面，孔舫之译本对汉语音译的处理采用的是一套较为古老的德式拼音，芬兰译本将其改为当时通行世界的威妥玛式汉语拼音。

对于主要人物的名字，孔舫之本将“宝玉”和“宝钗”音译，首次出现时加注意译，而“黛玉”一名始终以一个单词意译——这似乎暗示了宝黛之间不能成为夫妇的小说情节；芬兰文译本承袭了这一特点，如表 4 所示。

表 4　宝黛钗名字在《红楼梦》德译本和芬兰译本中的迻译

人名	德文意译	音译	芬兰文意译
宝玉	Edelstein	Pao Yü	Kallisarvoinen Jalokivi
黛玉	Blaujuwel	Tai Yü	Sini Jalokivi
宝钗	kostbare Agraffe	Pao Chai	Kallisarvoinen Korusolki

注意“宝钗”的德文意译首字母并不大写（按照德文正字法，任何名词的首字母都是大写的），这就说明这个德译只是一个解释性的短语而非一个专名；而在芬兰文的相应译法中，两个单词的首字母却都作了大写，从而处理成了专名。另外，德文意译“宝玉”和“宝钗”时在文字上并无特别斟酌，但对应的芬兰文译名却是用了同一个前置的

修饰性形容词 kallisarvoinen“宝贵的”；同样，芬兰文译名“宝玉”和“黛玉”也使用了同一个后置的名词性构词成分 jalokivi“玉石”，这样看来，经过德文转译的芬兰译文，在这组人名的构成上却意外扣合了中文原文的人名结构。后文宝琴等次要人名在出现时，名字的翻译就没有这么讲究，而只有音译、不用意译了。

贾家四姝的名字都有一个“春”字，既体现了汉人姓名文化中充满古典色彩的宗法制排行特征，也对“春”字前面一字对四女命运有着谶语作用的串读谐音“原应叹息”有所提示。德文本和芬兰文本对四姝名字的译法胪列如表 5。

表 5　贾府四春名字在《红楼梦》德译本和芬兰译本中的逐译

	元春	迎春	探春	惜春
德译	Lenzanfang	Lenzgruß	Lenzgeschmack	Lenzweh
芬译	Keväänalku	Kevättervehdys	Keväntuntu	Kevätkaiho
汉语回译	春～始	春～迎	春～感	春～盼

德文的 Lenz（春）是诗歌用语，与常用词 Frühling（春）相比更具古雅色彩；《红楼梦》中对元春以外三人概括性的说法“三春”就德译作 drei Lenzmädchen。德译将这一诗歌用语在构成译名的复合词中前置，这样意译出四人的名字，很好地照顾了中文原文的命名构成特点，可以说是吃透了中国家族人名排行的处理模式。

芬兰文的相应译名继承了孔舫之德译的优点，其中的 kevät ~ kevään“春”一词在不同人名结构中同一位置的再现，很好地体现了中文原名的文化意蕴。而且，芬兰文译本中因芬兰语词法规则使然，“元春”和“探春”名字中“春”的后一个元音- ä- 处理成双写的长元音形式，这个巧合反而更进一步表明她俩之间同出一父（贾政）的关系，从而较之德文的译名而言更显匠心独运。

从以上回目和部分角色名字的处理可以看出，芬兰文译本或者紧扣或者超越了作为译文直接源头的德文译本之处理，从而更接近终极源头的中文本之处理模式。

由于芬兰语的亲属称谓跟德语关系密切，不少借自德语，很多也有严整的对应关系，所以《红楼梦》芬兰文译本在处理德译本的亲属称谓方面比较规范，只是有时有所简化。比如表 6 所示的贾氏三男称呼的译法：

表 6　赦政珍人名在《红楼梦》德译本和芬兰译本中的迻译

	贾赦	贾政	贾珍
德译	Fürst Scho	Herr Tschong, Schwager Tschong, Onkel Tschong	Fürst Tschen
芬译	ruhtinas She	herra Cheng, Chia Cheng	ruhtinas Chen
汉语回译	赦老爷	政先生，贾政	珍老爷

亲属称谓的使用，充分体现出贾府三男的社会地位和家庭地位：贾赦和贾珍都是袭爵的长房，所以译名也采用了相同的模式，作为贾珍的配偶正室，“尤氏”德译作 Fürstin Tschen、芬译作 ruhtinatar Chen，充分利用了德、芬两种语言名词的阴性形式对应出现即可——可资比较的是，“贾母”德译作 Fürstin Ahne、芬译作 ruhtinatar-esiäiti，注意芬兰文本中这一“专名”并未大写首字母——一般简称为 esiäiti，对应“老太太”的称呼。

《红楼梦》中管事的已婚女人称为“……家的”“……媳妇”，在德译本中有以下三种表达法：Frau des...、Frau vom...以及...s Weib 或 Weib des...，但在芬兰文本中则一律译作了 rouva“已婚妇女、……太太”。“薛姨妈”这个角色称谓，德文本皆为 Tante Siä，芬兰文本在最初出现时用了 rouva Hsieh，此后皆用 täti Hsieh。

少数不合现代习见的拼法，当是孔舫之德译本采用的特殊音译模式、或者孔舫之本人音译舛误在芬兰语中的沿袭，不能苛求于芬译本的译者——参见下列例词的划线部分：贾蔷：Chia Se、东晋：itäise Tsing-dynastia、鲍二家的：Pao-erh’in vaimon、多姑娘：Kokki Te Kuanin vaimoon。

《红楼梦》中另一个重要角色的名字，则采取了亦步亦趋逐译德语的模式——湘云，德文是 Wölkchen“云儿”，对应芬兰文是 Pikku Pilvi“小云”（参考“香菱”译作 pikku Lootus“小莲”，盖取其原名“英莲”作小称处理而致），后文中拼为 PikkuPilvi，参考“晴雯”的芬兰文译名 KirjoPilvi“小小的云”（首次出现时注出音译）。

细审这里的语言转换，德语中带有指小后缀-chen 的名词既可以表示“小”亦含亲昵意味，但芬兰语的对应译法只是顾及德文译名中指小的一层语义，而忽略了更为对应中文原文、表示亲昵的另一层语义。显然这里的多种语言之间的传递式转换就出现了问题，这一译例在孔舫之德译本的英、法文译本[1]中同样也引发了类似的问题：湘云 > 孔舫之德译 Wölkchen“云儿” > 麦克休姊妹英译 Little Cloud“小云” ~ 盖尔纳法译 Petit Nuage“小云”。由此看来，这个转译出现的问题如此普遍，绝非芬兰文译本独有的，或许反映了转译者的某种翻译策略，也透露出转译者对中文原著相关背景的某些隔膜罢。

---

[1] 英译本：Chan Tsao: *The Dream of the Red Chamber=Hung lou mêng:* a Chinese novel of the early Ching period, translated from the German version, Illustrated by Jochen Bartsch London, Blackie, 1958；法译本：Ts‘ao Siue-Kin: *Le Rêve dans le pavillon rouge*; traduit du chinois par Franz Kuhn; Paris: Éditions Guy Le Prat, 1957, 1964。

六、结语

本文缘起一个不经意的发现，孔舫之德译本的转译又多了一个分支，《红楼梦》的迻译早已远至北欧深入芬兰。就目前所知，孔舫之德译本已有英、法、意、荷、芬、匈 6 种不同语言的转译，无愧为转译语种最多的《红楼梦》译本，为荟萃中国文化的《红楼梦》艺术的世界性传播做出了巨大的贡献。

就这个《红楼梦》芬兰文转译本而言，译者或许不怎么懂得中文，但由于芬译文学作品经验丰富，能够充分感受到孔舫之德语译作的文学魅力，并在很大程度上加以成功移植；当然，还因为芬兰语较之其他欧洲印欧语而言在语言结构上更有类似东方语言之处，所以这个芬译本在某些细节上还表现出了超越德译文、更加切合中文原文的地方。随着对这个《红楼梦》芬兰文译本相关信息的继续收集和进一步了解，我们将会更为深入地认识到《红楼梦》在欧洲乃至整个西方传播的作用和意义。

（原载《红楼梦学刊》2011年
第四辑，第53—70页）

《红楼梦》希腊文译本述略

一、先行研究

20 世纪 90 年代初出版的《红楼梦大辞典》有词条云：

《红楼梦》（希腊文）译者不详。据日本中国文化交流协会，朝日新闻社 1965 年编印《红楼梦展》记载，希腊文《红楼梦》已于 1963 年出版。[1]

而 20 年后增订的《红楼梦大辞典》完全移植了这条记录而未做任何变动[2]。这表明历经 20 年的进展，在《红楼梦》希腊文译本的考察方面尚无任何成就。

与《红楼梦大辞典》初版刊行时间相近的《〈红楼梦〉在国外》一书，正文不见任何与希腊文译本相关的信息，但在附录“《红楼梦》外文译本一览表”的“节译本”部分[3]，列有条目，如表 7：

---

❶ 冯其庸、李希凡主编：《红楼梦大辞典》，文化艺术出版社 1990 年版，第 962 页。

❷ 冯其庸、李希凡主编：《红楼梦大辞典（增订本）》，文化艺术出版社 2010 年版，第 425 页。

❸ 胡文彬：《〈红楼梦〉在国外》，中华书局 1993 年版，第 171 页。

表 7　“《红楼梦》外文译本一览表”的“节译本”部分示意

文别	书名	译者	时间地点	说明
希腊文	《红楼梦》	不详	据报道为1963年出版	日文《红楼梦展》第18页记录

这条信息和《红楼梦大辞典》的记录相比略微详细些，至少反映出了有关希腊文《红楼梦》译本报道的具体出处，便于有兴趣的研究者按图索骥获得更为准确、详尽的信息。

对上述辞典的“匡谬赓补”主要利用网络资料，增补出译本书名原文为 *Όνειρο του Ερυθρού Αρχοντικά* (?)[1]。但在获得译本之后表明该译本的这个希腊文书名不尽准确——这也提醒我们，对于网络资料的引用尽量杜绝盲从，一定要在尽可能的条件下核对原始资料加以核实。

根据目前的搜索，我们知道在大陆，上海外国语大学图书馆收藏有这个《红楼梦》的希腊文译本。承蒙相关人员的帮助，我们获得了这个文本的第一手资料。由此可以真正了解关于该译本的准确详情。

二、译本结构

《红楼梦》的这个希腊文译本原文题名为«Tὸ Ὄνειρο τῆς Κόκκινης Κάμαρας»，直译是“红色房间的梦幻”。但是作者姓名“曹雪芹”却以英文威妥玛拼音形式标出，没有标明续作者高鹗，也没有明确标示译者是谁。只是在序言末尾的署名[2]使我们大略知道希腊文译者名叫海

❶ 唐均：《〈红楼梦大辞典 · 红楼梦译本〉词条匡谬赓补》，见傅勇林主编：《华西语文学刊》（第 3 辑“《红楼梦》译介研究专辑”），四川文艺出版社 2010 年版，第 192 页。

❷ Tsao, Hsueh-chin: *Tὸ Ὄνειρο τῆς Κόκκινης Κάμαρας*, μεταφρόστρια

伦·兰普丽提（Ἑλλῆ Λαμπρίτη）。然而关于这位译者，我们迄今尚无任何可资参考的资料对其进行进一步了解。

这里反映出西方学界对于翻译者的相对漠视。仅就《红楼梦》的欧美译者而言，凡是我们了解比较清楚的译者，或是本人先以汉学研究乃至其他生涯而享名，如第二任港督德庇时爵士（Sir John Francis Davis, 1795—1890）[1]、敦煌学家孟列夫（Л. Н. Меньшиков, 1929—2005）[2]、牛津大学汉学教授霍克思（David Hawkes, 1923—2009）[3]，或是本人因有机缘主动接触中国学界，如斯洛伐克译者黑山（Marina Čarnogurská, 1940—）[4]、德译者吴漠汀（Martin Woesler, 1969—）[5]，否则即使是译出多部名著，但中国学界对其仍然一无所知，例如俄译者帕纳休克（В. А. Панасюк, 1924—1990）[6]、英译者彭寿神父（the Reverend Bramwell Seaton Bonsall, 1886—1968）[7]。这位希腊译者，自然也是属于最后一种类型的《红楼梦》译者了。由于目前中国和希腊

Ἑλλῆ Λαμπρίτη. Ἀθῆναι: Ἐκδότικος Οἶκος Γ. Φεξῆ, 1963, p.12.

❶ 王丽娜：《英国汉学家德庇时之中国古典文学译著与北图藏本》，载《文献》1989 年第 1 期。此文在介绍其中国文学译著时对其生平有着概括的梳理。

❷ 李玉君《孟列夫与汉学研究》（载《敦煌学辑刊》2002 年第 2 期）一文对其生平学术有着详细的介绍，其时孟列夫尚在世，所以还算不上是学术总结。

❸ 王丽耘《大卫·霍克思汉学年谱简编》（载《红楼梦学刊》2011 年第 4 辑）相关信息详备，可资参考。

❹ 鲍彦敏：《多瑙河畔的红学家——记斯洛伐克文〈红楼梦〉翻译家黑山女士》，载《红楼梦学刊》2007 年第 5 辑，第 331—332 页。文中对其生平事迹有更为清晰的梳理。

❺ http://martin.woesler.de/zh/profile.html<2013.05.01>.

❻ 詹德华：《也谈俄译〈好了歌〉》，载《红楼梦学刊》2011 年第 6 辑，第 157—158 页。文中关于帕纳休克的一些生平事迹有比较详细的介绍。

❼ 王金波、王燕《被忽视的第一个〈红楼梦〉120 回英文全译本——邦斯尔神父〈红楼梦〉英译文简介》（载《红楼梦学刊》2010 年第 1 辑，第 196—200 页）对其生平事迹有比较详细的阐述，但使用了其姓氏的中文音译“邦斯尔”来加以称呼。该译者的生卒年份则是根据同文第 199—200 页的叙述而推算出来的。

的文化交流仍欠频繁，所以我们对希腊人迻译《红楼梦》更多信息的了解还有待来日交往和研究的进一步深化。

这个译本从扉页到末尾统一编制一种页码，一共 506 页。由雅典的 Ἐκδότικος Οἴκος Γ. Φεξῆ 出版社列入“新图书馆系列”（Νέα Βιβλιοθήκη Φεξῆ）丛书，于 1963 年刊行的，似乎未见再版过。作为 20 世纪 60 年代相对集中刊行的几种《红楼梦》小语种译本，该希腊文译本出版后，1964 年就有汉学家马茜（Edoarda Masi, 1927—2011）的 120 回意大利文回内节译本出版，随后的 1965 年又有阿尔巴尼亚文译本出版[❶]，从而掀起了一个小小的《红楼梦》海外译介高潮。

这个希腊文译本没有独立的目录统辖全书。本来也该仿照其直接源头而应有 60 章回的；但是不知什么原因，其间遗漏了 3 个章回的回目，实际上该译本也就只有 57 回：从第 154 页到第 175 页，只出现了第 17 回和第 20 回的回目；从第 298 页到第 314 页，只出现了第 46 回和第 48 回的回目。这几个遗漏了的章回回目是（以斜杠隔开回目的前后两段）：

第 18 回　In which Pao-yu betrays a peculiar habit of his own / And Chia Lien exhibits the common failing of his kind.“宝玉违拗自己的特殊习惯 / 贾琏在其积习上又告失手。”

第 19 回　In which Pao-yu is aggrieved by two instances of misunderstanding / And Chia Cheng is saddened by four conundrums of ill omen.“宝玉为两个误会而伤感 / 贾政因四个凶兆而惨然。”

第 47 回　In which capable Quest Spring takes charge of affairs because of Phoenix’s illness / And blundering Chao Yi-niang causes

❶ 唐均：《〈红楼梦大辞典·红楼梦译本〉词条匡谬赓补》，见傅勇林主编：《华西语文学刊》（第 3 辑“《红楼梦》译介研究专辑”），四川文艺出版社 2010 年版，第 192 页。

humillation to her own daughter. “能干的探春因凤姐生病而管事 / 愚顽的赵姨娘给亲生女儿带来屈辱。”

这种遗漏回目的现象，似乎跟前文述及的没有目录有着密切的联系。可能正是因为该译本缺乏一个荟萃所有回目的目录，使得正文中回目的疏漏难以为人所察觉。这不仅导致全书的内容在章回标示上出现了明显的不协调，也使得本来充满艺术性和提纲挈领式的原文回目在这个希腊文译本中损失了相应的功能和艺术感觉。

正文之前是“译本序”（Προλόγος του μεταφράστη）❶。译者在其中扼要介绍了这部小说的创作始末以及小说文本的内容梗概，可以视作或许并不熟悉中国小说的希腊语读者在阅读该译本时的一个简明导言。

正文部分一共占有 490 页❷，没有任何附加的插图和表格之类的。正文之后有一个相对简明的“小说角色及事件一览”（Πρόσωπα καὶ πράγματα στὸ μυθιστόρημα）❸，其中多以音义互见的方式给出了译本正文涉及的主要专名，包括了主要的场景、贾府主要人物、次要人物、丫环以及奴才等身份和人物关系的扼要介绍。

在这个希腊文译本扉页之前的页面下端，以希腊文标示出“英译本题名”（Τίτλος τῆς ἀγγλικῆς μεταφρόσεως），以下即用英文注出：

Tsao Hsueh-chin

«THE DREAM OF THE RED CHAMBER»

Copyright by VISION PRESS LTD London

---

❶ Tsao, Hsueh-chin: *Τὸ Ὄνειρο τῆς Κόκκινης Κάμαρας*, μεταφρόστρια Ἑλλῆ Λαμπρίτη. Ἀθῆναι: Ἐκδ ότικος Οἶκος Γ. Φεξῆ, 1963, pp.7-12.

❷ Tsao, Hsueh-chin: Τὸ Ὄνειροτῆς Κόκκινης Κάμαρας, μεταφρόστρια Ἑλλῆ Λαμπρίτη. Ἀθῆναι: Ἐκδότικος Οἶκος Γ. Φεξῆ, 1963, pp.13-502.

❸ Tsao, Hsueh-chin: Τὸ Ὄνειροτῆς Κόκκινης Κάμαρας, μεταφρόστρια Ἑλλῆ Λαμπρίτη. Ἀθῆναι: Ἐκδότικος Οἶκος Γ. Φεξῆ, 1963, pp.503-506.

这里就给出了该希腊文译本的直接源头——分明是转译自一个英译本。而这个英译本，正是 20 世纪前中期在英语世界十分流行的《红楼梦》的一个王际真节译本。

三、源头索骥

美籍华人王际真（Chi-chen Wang, 1899—2001）[1]曾供职于纽约艺术博物馆东方部和哥伦比亚大学东亚系[2]。他在 1929 年曾经根据上海同文书局（Tung Wen Company）标点出版的程乙本节译出 39 回（另加一个楔子）的《红楼梦》英译本[3]，在美国纽约 Doubleday 和英国伦敦 Routledge 两个出版社同时出版，一时风靡欧美英语文学界。1958 年他在参考好友胡适提供的甲戌本基础上对原来的译作进行扩充增订[4]，在美国纽约 Twayne Publishers, Inc.出版了 60 回的新译本；同时在 Doubleday 的 Anchor Books 丛书中出版了 40 回的另一个"压缩

---

❶ 李新庭、庄群英《华裔汉学家王际真与"三言"的翻译》（载《大连海事大学学报（社会科学版）》2011 年第 1 期，第 112 页）一文将其生卒年份标注为"1877—1952"，大谬；这是其父王宷廷的生卒年份。

❷ [美]夏志清著，董诗顶译：《王际真和乔志高的中国文学翻译》，载《现代中文学刊》2011 年第 1 期，第 96 页；刘仕敏：《王际真：把中国文学带到美国的世纪老人》，载《时代文学》2011 年第 1 期下半月号，第 144 页。

❸ Tsao, Hsueh-chin&Kao Ngoh: *Dream of the Red Chamber*; translated and adapted from the Chinese by Chi-chen Wang; with a preface by Arthur Waley. Garden City, N. Y. : Doubleday, Doran & Company, Inc., 1929, p.xx.

❹ 李新庭、庄群英《华裔汉学家王际真与"三言"的翻译》（载《大连海事大学学报》（社会科学版）2011 年第 1 期，第 113 页）一文，在谈及这个问题时径直认为"王际真翻译的底本是胡适送给他的《脂砚斋批本石头记》的显微胶卷的影印本"，也不对。另外根据张惠《王际真英译本与中美红学的接受考论》（载《红楼梦学刊》2011 年第 2 辑，第 294—295 页）一文的意见，王际真的这版增译处理应当受到业已来美的胡适有关红学研究进展得更多亲炙以及第一手资料馈赠的。

版”的新译本[1]。Twayne 的这个 60 回英译本于次年（1959）即在英国伦敦 Vision Press Limited 再版，而我们这里集中考察的希腊文译本即是据这个版本[2]译成。

然而作为直接源流关系的王际真英译本 1959 年版和这个希腊文版本之间还是有不少差异的。

首先，王际真英译本中原有的著名美国新闻人、莎士比亚研究（所谓“莎学”）专家马克·范·多伦（Mark Van Doren, 1894—1972）所作的序言[3]并没有在希腊文译本中得以保留，取而代之的是希腊文译者自己所作的导言性译序。

其次，正如前文已经指出的，希腊文译本没有荟萃回目的目录；而王际真英译本却有一个十分详细的目录，该目录在醒目的位置标出了这个英文节译本的前 53 回内容为曹雪芹所著（By Tsao Hsueh-chin）[4]，后 7 回内容为高鹗所续（Continuation by Kao Ou）[5]。

再次，王际真英译本目录之后有一个译者所撰的详细“导

❶ Tsao, Hsueh-chin: *Dream of the Red Chamber*; translated and adapted from the Chinese by Chi-chen Wang, with a preface by Mark Van Doren. Garden City, N. Y.: Doubleday & Company, Inc., 1958.

❷ Tsao, Hsueh-chin: *Dream of the Red Chamber*: With a Continuation by Kao Ou, translated and adapted from the Chinese by Chi-chen Wang, with a preface by Mark Van Doren. London: Vision Press Limited, 1959.

❸ Tsao, Hsueh-chin: *Dream of the Red Chamber*: With a Continuation by Kao Ou, translated and adapted from the Chinese by Chi-chen Wang, with a preface by Mark Van Doren. London: Vision Press Limited, 1959: pp.v-vi.

❹ Tsao, Hsueh-chin: *Dream of the Red Chamber*: With a Continuation by Kao Ou, translated and adapted from the Chinese by Chi-chen Wang, with a preface by Mark Van Doren. London: Vision Press Limited, 1959: p.vii.

❺ Tsao, Hsueh-chin: *Dream of the Red Chamber*: With a Continuation by Kao Ou, translated and adapted from the Chinese by Chi-chen Wang, with a preface by Mark Van Doren. London: Vision Press Limited, 1959: p.xi.

言”（Introduction）[1]，希腊文译本也没有这个部分——当然，英译本这个“导言”中的部分内容已经融入了希腊文译本的译序之中，自是毋庸置疑的。

最后，王际真英译本附有一个“词汇表”（Glossary）[2]，收录了英译本中出现的所有人际关系术语、主要场景和人物形象专名（虽略加分类但并未明确给出类名），同时伴以比较详细的文字说明[3]；而希腊文译本中与之对应的部分，虽然详细分出了“场景”(τὰ μέρη)、“角色”(τὰ πρόσωπα)、“与皇亲出自同胞的其他亲戚”(συγγένεις ποῦ δὲν κάτοικουν ἀρχικά στὰ μέγαρα, ἀλλὰ προστίθενται ὑστέρα)、“其他疏远的亲朋角色”(ἀλλὰ πρόσωπα, μακρύνοι συγγένεις ἠ ξένοι)、“奴婢角色,主角的奴婢人物”(ὑπηρετικό προσώπικο / προσώπικες ὑπηρετρίες τῶν κυριωτερῶν προσωπῶν)、“其他奴仆、扈从等” (ἀλλοὶ ὑπηρέτες, στὶς κουζίνες, τοῦς κηποῦς ΚΛΠ)等 6 个部分概括需要具体解释的对象，但却仅仅保留了比较主要的场景和一些小说角色专名及其简要说明而已。

仅就互为源流关系的这两个译本在结构上的初步比较可以看出，希腊文译本较之王际真英译本而言显得更为粗略。这或许跟迄至 20 世纪 60 年代的希腊语世界对于中国古典文学的了解和研究，相对于英语世界而言本来就显得单薄而零碎息息相关。因而，像多伦那样

[1] Tsao, Hsueh-chin: *Dream of the Red Chamber*: With a Continuation by Kao Ou, translated and adapted from the Chinese by Chi-chen Wang, with a preface by Mark Van Doren. London: Vision Press Limited, 1959: pp.xii-xxiv.

[2] Tsao, Hsueh-chin: *Dream of the Red Chamber*: With a Continuation by Kao Ou, translated and adapted from the Chinese by Chi-chen Wang, with a preface by Mark Van Doren. London: Vision Press Limited, 1959: pp.565-574.

[3] Tsao, Hsueh-chin: *Dream of the Red Chamber*: With a Continuation by Kao Ou, translated and adapted from the Chinese by Chi-chen Wang, with a preface by Mark Van Doren. London: Vision Press Limited, 1959: pp.565-567.

的名家所做的序言，对于希腊语读者而言不啻太过深奥；而英译者王际真本人在其长篇导言中所做的红学研究历程概括，在希腊文译本序言中则被浓缩成为几句话；拿 19 世纪罗伯聃（Robert Thom）的英译片断与自己的英译文进行对照并加以评析的文字[1]，更是被希腊文译本一字不剩地删略掉了。从希腊语读者接受的角度加以审视，希腊文译本对于相关背景资料的取舍还是有其可取之处的。

四、文本考察

下面我们再来略微深入两个译本的正文部分，进行一番带有比较性质的考察。

由于现代希腊文在音译汉语方面似乎还没有一套系统的规则，所以我们看到，出现在这个希腊文译本里面的丰富译名，似乎仅仅体现为王际真英译本所用英文威妥玛拼音（Wade-Giles System）与希腊文之间的简单转换。表 8 通过部分实例表示上述文字转换关系（忽略字母大小写）：

威妥玛英文拼音是由 19 世纪英国驻华公使、剑桥大学首任汉学教授威妥玛（Thomas Francis Wade, 1818—1895）于 1868 年创制用以拼写汉语读音，后由剑桥大学第二任汉学教授翟理思（Herbert Allen Giles, 1845—1935）加以完善并在英语世界广泛应用的。这个汉语拼音推广之前最为通行的汉语西文拼音系统虽然有取法英文拼写、易于英语读者见字识音的优点，但在实际使用中由于送气符号的时常忽略而导致汉语中严格区分的很多音素合并为一，这就造成了威妥玛拼音

[1] Tsao, Hsueh-chin: *Dream of the Red Chamber*: With a Continuation by Kao Ou, translated and adapted from the Chinese by Chi-chen Wang, with a preface by Mark Van Doren. London: Vision Press Limited, 1959: pp.xx-xxiv.

为人诟病之处——在这一点上，希腊文拼写汉语的对应情形就更显得变本加厉。或许是由于现行希腊文字母不能区分其他语言中颇为频繁出现的一些音素（比如舌尖辅音和舌面辅音）的缘故，希腊文在音译《红楼梦》专名的过程中就混淆了更多的汉语音素，这必然会导致希腊语读者混淆更多的人物角色，深深影响着这个译本在相应读者群中的接受效果。

表 8　文字转换关系实例

中文	英文威妥玛拼音	希腊文形式：拼法	希腊文形式：转写	英文—希腊文对应关系：声母	英文—希腊文对应关系：韵母	特征概括
（秦）氏	shih	σίχ	sich	sh- ~ s-		舌尖和舌面辅音使用同一套字母
婶	shen	σέν	sen	sh- ~ s-		
瑞	jui	τζούι	tzoui	j- ~ tz-		
四	ssu	σζοὺ	szou	ss- ~ sz-	-u ~ -ou	复杂拼音的标示
州	chow	τσόου	tsoou	ch- ~ ts-	-ow ~ -oou	
薛	hsueh	χσούε	chsoue	hs- ~ chs-	-ueh ~ -oue	
王	wang	γουάγκ	gouagk	w- ~ gou-		零声母的标示
（秦）业	yeh	γὲχ	gech	y- ~ g-		
姨妈	yi-ma	γὶ-μὰ	gi-ma	y- ~ g-		
（宝）玉	yu	γιοÙ	giou	y- ~ gi-		
鸳鸯	yuan-yang	γιουὰν-γιάγκ	giouan-giagk	y- ~ gi-		

续　表

荣（国府）	yung	γιοÙγκ	giougk	y- ~ gi-	口语同音字的不同拼法
（金）荣	zung	ζούγκ	zougk	z- ~ z-	
（贾）蓉	jung	τζοὺγκ	tzougk	j- ~ tz-	
（贾）珍[1]	gen	γκὲν	gken	g- ~ gk-	舌根辅音的标示
邢	hsing	χσίγκ	chsigk	-ng ~ -gk	
（李）纨	huan	χουάν	chouan	英译本读音有异	对汉字的特殊异读或者误读
药官	yueh-kuan	γιουὲχ-κουάν	giouech-kouan		
蕊官	lei-kuan	λέϊ-κουὰν	lei-kouan		
岫烟	ti-yen	τὶ-γὲν	ti-gen		
平儿	ping-Erh	πὶν-ἔρχ	pin-erch	希腊文译本拼写有异	
王柱	wang chu	γουὰγκ τσίου	gouagk tsiou		
惜春	hsi-chun	χάϊ-τσούν	chai-tsoun		
袭人	hsi-jen	χάϊ-τζέν	chai-tzen		

简单的音译对于转译而言，更是难以展示小说原本的精微美妙之处。上表中列出了作为贾府奴婢名字的“鸳鸯”（Yuan-yang ~ Γιουὰν-γιάγκ）；而在涉及尤三姐—柳湘莲定情信物的“鸳鸯剑”时，王际真英译本处理为[2]：

On one sword was engraved the characters "yuan" and on the other, "yang, " which together make up the name of the mandarin duck,

---

[1] 王际真在其英译本（1959 年版）第 568 页说，在《红楼梦》原文的前几回中是以 Chia Gen 形式出现，未知此音节 Gen 对应哪个玉字旁的汉字以便符合贾府这一辈人物的排行。

[2] 下引对应诸例中的下划线为笔者所加，以便提示这里讨论的焦点内容。

the symbol of conjugal happiness.[1]

希腊文译本相应处理成：

Στὸ ἕνα σπαθὶ ἤταν χαραγμένο τὸ γράμμα «Γιουάν» καὶ στὸ ἄλλο τὸ γράμμα «Γιάν», ποὺ μαζὶ κάνον τὴ λέξη «πάπια-μανδαρίνος», τὸ σύμβολο τῆς συζυγικῆς εὐτυχίας.[2]

中文回译是：

一柄剑上刻着字符“鸳”而另一柄上刻着“鸯”，合在一起就成为鸳鸯，结合之喜的象征。

译本的处理由于简单音译“鸳鸯”之故，不仅抹煞了作为奴婢的鸳鸯反抗主子意欲霸占的淫威、以致终生远离婚姻幸福的命运悲剧色彩，而且为了切合尤—柳定情的语境而不得不随文注释鸳鸯鸟与婚姻的中国文化内涵，原文独具特色的语言魅力无论是在英译文中还是在希腊译文中都荡然无存了。

还有，可能因为排版的原因，该译本仅仅是在音译的译名上就有不少舛误，表 9 给出一份并不完整的勘误清单：

表 9　勘误表

舛误位置（页–段–行）	希腊文	对应中文	希腊文修正	舛误类型
32-II-5	Τσοὺ Χάϊ	（林）如海	Τζοὺ-Χάϊ	字母混淆
91-回目-1	Τσίγ Τσοὺγκ	秦钟	Τσίν Τσοὺγκ	
91-回目-2	Κίγκ-Ζούγη	金荣	Κίν Ζούγκ	字母混淆

[1] Tsao, Hsueh-chin: *Dream of the Red Chamber*: With a Continuation by Kao Ou, translated and adapted from the Chinese by Chi-chen Wang, with a preface by Mark Van Doren. London: Vision Press Limited, 1959, p.417.

[2] Tsao, Hsueh-chin: *Τὸ Ὄνειρο τῆς Κόκκινης Κάμαρας*, μεταφρόστρια Ἑλλῆ Λαμπρίτη. Ἀθῆναι: Ἐκδότικος Οἶκος Γ. Φεξῆ, 1963, p.373.

				字母衍生
91-II-7	Τσοὺγκ	（贾）蓉	Τζοὺγκ	字母混淆
142-IV-4 143-I-4-5	Χούε Τοὺ-Φάγκ	花自芳	Χούα Τσοὺ-Φάγκ	
207-VI-3	Τσιὲχ-τιέχ	姐姐	Τσιὲχ-τσιέχ	字母遗漏
214-II-2	Γιοὺγκ	杨（贵妃）	Γιὰγκ	字母混淆
224-II-7	Τσιὰν	蒋（玉菡）	Τσιὰγκ	字母遗漏
232-II-5	Μὶγκ-γέ	茗烟	Μὶγκ-γέν	
285-IV-2	Τσάα-ἔρχ	赵二	Τσάο-ἔρχ	字母混淆
286-II-17	Λάϊ Σὰγκ Τζοὺν	赖尚荣	Λάϊ Σὰγκ Γιοὺγκ	字母遗漏
286-I-2	Λίου Χσιάγ	柳湘莲	Λίου Χσιάγκ-λιὲν	音节遗漏
294-V-4	Πάα-τσὶ	宝琴	Πὰο-τσὶν	字母混淆
294-V-7	Χαϊ`ν	邢（岫烟）	Χσΐγκ	字母遗漏 字母混淆
299-III-2	Σὲχ-γιουσὲχ	麝月	Σὲχ-γιουὲχ	字母衍生
300-V-1	Σὲχ-γιουὲρχ	麝月	Σὲχ-γιουὲχ	
300-VI-2	Σὲχ-γιουέρχ	麝月	Σὲχ-γιουέχ	
301-III-9	Σοὺγκ-Μέ	宋妈	Σοὺγκ-Μά	字母混淆
301-III-16	Σοὺγκ-μὲ	宋妈	Σοὺγκ-Μά	字母大小写混用
303-II-2	Τζὲ-τὲγκ	（王）子腾	Τζοὺ-τὲγκ	字母混淆
304-IV-3	ΤσοὺÙ-ἔρχ	坠儿	Τσοὺι-ἔρχ	字母遗漏
304-VIII-1	Τσίου-ἔρχ	坠儿	Τσοὺι-ἔρχ	字母易位

327-回目-2	Φέγκ-Κουὰν	芳官	Φάγκ-Κουὰν	字母混淆
344-II-7	Ταούγκ	（贾）琮	Τσούγκ	
344-III-4	Πάο-γ·οὺ	宝玉	Πάο-γιοὺ	字母与标点混淆
345-II-2	Γουήγκ	王（夫人）	Γουάγκ	字母混淆
350-III-9	Σὲχ-σέχ	（柳）婶婶	Σὲν-σέν	
352-I-2	Χσιάο-Χούαγκ	小红	Χσιάο-Χούγκ	字母衍生
365-IV-13	Σὲ-σὲν	婶婶	Σὲν-σὲν	字母遗漏
366-IV-7	Σὰν Τσιέχ	三姐	Σὰν-τσιέχ	标点遗漏
367-III-2	Τσίν	（贾）敬	Τσίγκ	字母遗漏 字母混淆
430-II-1	Χσιὰγκ	邢（德全）	Χσὶγκ	字母衍生
446-回目-2	Τσόγκ-σάν	中山	Τσούγκ-σάν	字母遗漏
449-II-6	ΣάοΤσοὺ	（孙）绍祖	Σάο-τσοὺ	标点遗漏
504-倒数1条	Τὰ-γιού	黛玉	Τὰϊ-γιού	字母遗漏
505-12条	Λία	刘（姥姥）	Λίου	字母混淆
506-倒数1条	Λίου Σὶχ-χσιάο	林之孝	Λίν Τσὶχ-χσιάο	字母遗漏 字母混淆

这里开列的印刷错误分布于回目、正文以及附录的专名介绍等各个深刻影响读者的场合。从中可以看出：这个希腊文译本的排版质量问题不少，可以归纳出的问题大致包括形似字母或大小写的混淆使用、字母或音节或标点的遗漏、字母的衍生、字母的易位等。这样的版面效果，对于本来就昧于《红楼梦》繁多专有名词和复杂人物关系的希腊读者而言，无疑大大增加了其阅读负担，从而也就相应削弱了小说的异域接受效果。

下面是一个比较极端的例子。在王际真英译本中三次出现的《红楼梦》小角色名字“秦显”（Chin Hsien）[1]，希腊语译者在迻译时或许并未分清其与这一场景中频繁出现的“林之孝”（Lin Chih-hsiao）名字使用威妥玛拼音拼写时的区别——Chin Hsien 和 Chih-hsiao，从而统统将“秦显”转译作“之孝”（Τσὶχ-χσιάο）[2]。笔者也是偶然读到此处觉得颟顸难解，核对王际真译本才发现这一问题的。由此可见，该译本体现出来的希腊文简单对译英文威妥玛拼音这一权宜处理模式，不但可能无助于希腊文译者本人区分中文原本的复杂人际关系，遑论对相关文化语境更为陌生的普通希腊语读者了。

另外我们还曾注意到，希腊文译本在某些细节之处出现了改译的情况。一个典型的例子就是：警幻仙子许给宝玉的妹妹名字“兼美”在王际真译本中径直音译作 Chien-mei 并附有脚注：This refers, of course, to Chin-shih. See Chapter Five[3]“这自然指秦氏。参见第五回”；而转译成希腊文就加上了其姓氏却忽略该脚注，仅作 Τσὶν-Τσὲν Μέϊ[4]“秦兼美”——而其间连接双音节名字的短横线也错误地置于姓氏音节和名字首音节之间了。可见，希腊文译者的本意是加上姓氏以便希腊语读者识别这个形象即是秦可卿的另一种出现情形，这一良好的用意却随着标点符号的误用而使读者更如堕入五里雾中。从更为深入的层次

---

❶ Tsao, Hsueh-chin: *Dream of the Red Chamber*: With a Continuation by Kao Ou, translated and adapted from the Chinese by Chi-chen Wang, with a preface by Mark Van Doren. London: Vision Press Limited, 1959, pp.404-405.

❷ Tsao, Hsueh-chin: *Τὸ Ὄνειρο τῆς Κόκκινης Κάμαρας*, μεταφρόστρια Ἑλλῆ Λαμπρίτη. Ἀθῆναι: Ἐκδότικος Οἶκος Γ. Φεξῆ, 1963, pp.362-363.

❸ Tsao, Hsueh-chin: *Dream of the Red Chamber*: With a Continuation by Kao Ou, translated and adapted from the Chinese by Chi-chen Wang, with a preface by Mark Van Doren. London: Vision Press Limited, 1959, p.88.

❹ Tsao, Hsueh-chin: *Τὸ Ὄνειρο τῆς Κόκκινης Κάμαρας*, μεταφρόστρια Ἑλλῆ Λαμπρίτη. Ἀθῆναι: Ἐκδότικος Οἶκος Γ. Φεξῆ, 1963, p.91.

上考察，宝玉梦中出现的“兼美”虽亦是“可卿”却不可与现实中的秦可卿完全划上等号，这种贸然加上姓氏使得人物形象简单化的处理方式还是有悖《红楼梦》原文的深层内涵的。

五、相关结语

这个《红楼梦》迄今唯一的希腊文译本，直接转译自20世纪中期王际真增订改译后的60回英译本，是20世纪60年代《红楼梦》小语种翻译集中出版、从而掀起海外译介小高潮的滥觞之作。

但是通过粗略考察译本本身，我们对希腊文译者的相关背景等情况一无所知；译本在结构上对英译本的详细处理有所删略，其结果或许好歹参半。而在译文方面，使用希腊文音译《红楼梦》专名时，由于机械套用威妥玛英文汉语拼音和希腊字母之间的简单对应关系，从而出现了更多的标音混同现象，在此基础上还滋生出了种类繁多的排版舛误。这两个看似形式的简单问题，可能会严重影响到希腊语读者对《红楼梦》这部优秀中国古典小说的误读和评价。

由此可以看出，在欧洲文化源头的希腊语世界，不失为拓荒之作的这部《红楼梦》译作，却给读者带来不小的麻烦，从而使得《红楼梦》这部中国古典文学的扛鼎之作在中希文化交流历程中留下的更多是遗憾。

（原载《明清小说研究》
2012年第二期，第88—100页）

王际真《红楼梦》英译本问题斠论

一、引言

美籍华人王际真（Chi-chen Wang, 1899—2001）节译的《红楼梦》英文本，在20世纪前期和中期的英语世界影响深远，长期传诵不绝。作为胡适的挚友，他在迻译《红楼梦》时深受新红学研究成果的影响，而他的英译反过来又在一定程度上促进了美国红学研究的深化乃至某些异化[1]。

然而，关于王际真《红楼梦》英译本的具体信息，长期以来在大陆红学界似乎并无确凿的传布。下面我们例举有关的权威辞书和最近的相关研究对于这个问题的记载，来具体审视目前我们对于这位英译者译本究竟了解几何。

《红楼梦大辞典》在“王际真”词条下只收录了其1929年英译本的简介[2]，而在译本部分的相应词条下则收录了1929年英译本的简介

---

❶ 张惠：《王际真英译本与中美红学的接受考论》，载《红楼梦学刊》2011年第2辑，第292—293页、第294—296页。

❷ 冯其庸、李希凡主编：《红楼梦大辞典》，文化艺术出版社1990年版，第1221页。

并含糊提及 1958 年增订译本[1]。该辞典的增订版对这两处词条涉及译本的文字几乎没有变更[2]。而关于该辞典"译本"部分的修订意见则将 Twayne Publishers 公司出版的增订译本误认为是 40 回[3],也是不对的。

而在近期关于《红楼梦》王际真英译研究的专论中,有的提及 1929 年版和 1958 年版 60 回本[4],有的提及 1929 年版和 1958 年版 40 回本[5]。但这些显然都没有充分反映王际真《红楼梦》英译本的确凿数量,而在此基础上更加深入、准确的了解则更是付之阙如了。

实际上,王际真对《红楼梦》的英译一共有三个结构和内容各不相同的文本,这在上述有关研究中其实已有体现,只是未及全面、准确指出而已。下面我们根据新近收集齐全的资料,对这三个英译本的情况进行全面的论述。

---

❶ 冯其庸、李希凡主编:《红楼梦大辞典》,文化艺术出版社 1990 年版,第 965 页。

❷ 冯其庸、李希凡主编:《红楼梦大辞典(增订本)》,文化艺术出版社 2010 年版,第 427. 567 页。

❸ 唐均:《〈红楼梦大辞典·红楼梦译本〉词条匡谬赓补》,见傅勇林主编:《华西语文学刊》(第 3 辑"《红楼梦》译介研究专辑"),四川文艺出版社 2010 年版,第 202 页。

❹ 牛艳:《社会意识形态对〈红楼梦〉翻译的操控:王际真译本研究》,载《学理论》2010 年第 6 期,第 82 页;刘仕敏:《王际真:把中国文学带到美国的世纪老人》,载《时代文学》2011 年第 1 期下半月号,第 144—145 页;张惠:《王际真英译本与中美红学的接受考论》,载《红楼梦学刊》2011 年第 2 辑,第 294 页。

❺ 王鹏飞、屈纯:《承袭与超越的佳作——〈红楼梦〉王际真译本复译研究》,载《红楼梦学刊》2010 年第 6 辑,第 63—65 页;郑锦怀:《〈红楼梦〉早期英译百年(1830—1933)——兼与帅雯雯、杨畅和江帆商榷》,载《红楼梦学刊》2011 年第 4 辑,第 127 页。另外,帅雯霖《英语世界〈红楼梦〉译本综述》(载阎纯德主编:《汉学研究》(第二集),中国和平出版社 1997 年版,第 506 页)一文已然指出了这一点,但只是反映译本名称、出版社和初版时间,并未明确各译本篇幅;而前揭郑锦怀文对其进行纠正时,反而少计算了一个 60 回译本,实则越纠越错。顺便指出,郑锦怀文通篇将商榷对象之一的"帅雯霖"误为"帅雯雯"了。

二、1929年版的39回本

1929 年版的王际真英译本是根据上海同文书局（Tung Wen Company）1922 年版《红楼梦》译出的[1]，其底本可能是程乙本。封面有黛玉葬花木刻一幅，毛边印行，装帧素雅。全书 3 卷 39 回共 371 页：第 1 卷为第 2 到 12 回，第 2 卷为第 13 到 27 回——这两卷包括了原书前 57 回的内容，第 3 卷为第 28 到 39 回——包括后 63 回的内容，另外将原书第一回有关甄士隐家道荣枯的经历处理成为一个楔子（prologue）[2]，用以引出后面贾府大家族盛衰的主题表现。

该译本在扉页的作者标注是"曹雪芹和高鹗"。卷首有英国著名汉学家韦利（Arthur Waley）的序言[3]以及译者自撰的导言（introduction）。韦利的序言已有汉译文[4]，此不赘言。译者的导言[5]分为六个部分，将《红楼梦》推崇为"中文世界第一部现实主义小说"（I The First Realistic Novel in Chinese），介绍了作者曹雪芹以及续书者的简况（II Tsao Hsueh-chin and His Successors），对高鹗续书部分的优劣略作评论（III Comments on the Kao Version），点出了当时新发现

---

❶ Tsao, Hsueh-chin and Kao Ngoh: *Dream of the Red Chamber*, translated and adapted from the Chinese by Chi-chen Wang, with a preface by Arthur Waley. Garden City, New York: Doubleday, Doran & Company, Inc., 1929: p.xx.

❷ Tsao, Hsueh-chin and Kao Ngoh: *Dream of the Red Chamber*, translated and adapted from the Chinese by Chi-chen Wang, with a preface by Arthur Waley. Garden City, New York: Doubleday, Doran & Company, Inc., 1929: pp.3-19.

❸ Tsao, Hsueh-chin and Kao Ngoh: *Dream of the Red Chamber*, translated and adapted from the Chinese by Chi-chen Wang, with a preface by Arthur Waley. Garden City, New York: Doubleday, Doran & Company, Inc., 1929: pp.vii-xiii.

❹ 姜其煌:《欧美红学》，大象出版社 2005 年版，第 169—173 页。

❺ Tsao, Hsueh-chin and Kao Ngoh: *Dream of the Red Chamber*, translated and adapted from the Chinese by Chi-chen Wang, with a preface by Arthur Waley. Garden City, New York: Doubleday, Doran & Company, Inc., 1929: pp. xv-xxvii.

的脂评本（甲戌本）的概况及其价值（IV A Recently Discovered Version）；在对原书进行比较充分的见解之后才谈到了英译者此番节译时所作的改编（adaptation）策略和框架（V some Remarks on the Scheme of the Present Adaptation），译者也清醒认识到了这样处理的局限性（VI In Which the translator Ventures a Few Criticisms）。在“导言”和“楔子”之间，译者给出了该译本中主要人物的身份定位，同时画出了一个谱系树（tree paradigm）用以勾勒贾府的主要人际关系[1]。

这个英译本的主体以宝黛的爱情故事为主线，强调三角恋爱从而略去了于人物塑造意义重要的许多细节，书的后一部分几乎成了原著的提纲，对人名则基本采取男名音译、女名意译的双重标准加以处理[2]。这个英译本甫一推出，就在英语世界引起了强烈而广泛的反响。虽然此前不久（1927 年）曾有王良志（Liang-chi Wang）的 95 回英译本在纽约出版[3]，但这个译本目前竟然已经无法找到，可见其影响范围和程度都是甚为有限的，相比之下，王际真的译本既有译者本人后来的复译，又有读者持续不断的评述和研究，还有其他语言的译者据此进行的转译，由此可见其英译在读者接受方面的深度和广度了。

即使是后来又有两个经过“改进”的译本，似乎还是这个最早的译本更为世人所关注：前述《红楼梦大辞典》的相关词条就只是对 1929 年英译本的外观和内容才有相对细致的介绍；而针对英译文的定量分析研究[4]也有开展，从而用数据准确而细致描述了王际真在首次节译

---

❶ Tsao, Hsueh-chin and Kao Ngoh: *Dream of the Red Chamber*, translated and adapted from the Chinese by Chi-chen Wang, with a preface by Arthur Waley. Garden City, New York: Doubleday, Doran & Company, Inc., 1929: pp.xxv-xxvii.

❷ 张汉行：《博尔赫斯与中国》，载《外国文学评论》1999 年第 4 期，第 48 页。

❸ 王农：《简介〈红楼梦〉的一种英译本》，载《社会科学战线》1979 年第 1 期，第 266 页。

❹ 杨安文、胡云：《王际真 1929 年〈红楼梦〉英语节译本中的习语翻译统计研

《红楼梦》时内容取舍上的一些细节问题。另外，尤其值得一提的是，20世纪西班牙语作家博尔赫斯（Jorge luis Borges, 1899—1986）曾经深受这个英译本的影响，从而开启了《红楼梦》在西班牙语世界的传播。

博尔赫斯主持编译的《幻想文学作品选》[1]中收录了《红楼梦》的两个西班牙文片断摘译：出自《红楼梦》第 5 回“贾宝玉神游太虚境警幻仙曲演红楼梦”的“宝玉之梦”和出自《红楼梦》第 12 回“王熙凤毒设相思局贾天祥正照风月鉴”的“风月宝鉴”——这两个片断分别为“梦”和“镜”，都是博尔赫斯一贯喜欢的意象——而博尔赫斯在序言中关于《红楼梦》的评介也因袭王际真英译本 1929 年版中阿瑟·韦利的序言以及王际真本人引言中的概述，由此可以推断：博尔赫斯选译《红楼梦》所采用的英文底本即为王际真英译本 1929 年版，这和博尔赫斯日常阅读的《红楼梦》英译文同样出自这个版本显然是一脉相承的[2]。

关于博尔赫斯摘译《红楼梦》的上述信息，在《红楼梦大辞典》及其增订本[3]中尚无反映，只是在另外的修订意见中有着表现[4]，但现在看来仍然不尽准确了。

究》，载《红楼梦学刊》2011 年第 6 辑，第 45—58 页。

❶ Borges, Jorge Luis, Adolfo Bioy Casares y Silvia Ocampo (eds.): *Antología de la Literatura Fantástica*. Sudamericana (Argentina), 1967.

❷ 张汉行:《博尔赫斯与中国》，载《外国文学评论》1999 年第 4 期，第 49 页；程弋洋:《〈红楼梦〉在西班牙语世界的翻译与评介》，载《红楼梦学刊》2011 年第 6 辑，第 147—148 页。

❸ 冯其庸、李希凡主编:《红楼梦大辞典》，文化艺术出版社 1990 年版；冯其庸、李希凡主编:《红楼梦大辞典（增订本）》，文化艺术出版社 2010 年版。

❹ 唐均:《〈红楼梦大辞典·红楼梦译本〉词条匡谬赓补》，见傅勇林主编:《华西语文学刊》（第 3 辑“《红楼梦》译介研究专辑”），四川文艺出版社 2010 年版，第 195—196 页。

三、1958年版的40回本

1958 年推出了一个 40 回的版本，根据版权页之后的说明，可知这个英译本是下面将要详细介绍的 60 回本的节略。

这个 40 回本在扉页的作者标注仅是“曹雪芹”。正文之前包括了著名莎学(Shakespeare studies 或 Shakespeareology)专家马克·范·多伦（Mark Van Doren, 1894—1972）的序言[1]以及英译者自撰的一个相对简单的导言[2]。而在正文之前，尚有一个简表[3]列出英译文涉及重要人物的谱系（genealogical sequence）关系。

在正文的处理方面，该译本取消了 1929 年译本的“楔子”，重新将其恢复为原书那样的第 1 回；同时正文被划分成两个部分，分别冠以作者“曹雪芹”和“高鹗”的名字提示：第一部分包括前 33 回，对应原书的前 80 回；第二部分包括后 7 回，对应原书的后 40 回——这在序言之后的目录[4]中得以充分体现。

---

❶ Tsao, Hsueh-chin: *Dream of the Red Chamber*, translated and adapted from the Chinese by Chi-chen Wang, with a preface by Mark Van Doren.Garden City, New York: Doubleday Anchor Books, Doubleday & Company, Inc., 1958: pp.vii-ix.

❷ Tsao, Hsueh-chin: *Dream of the Red Chamber*, translated and adapted from the Chinese by Chi-chen Wang, with a preface by Mark Van Doren.Garden City, New York: Doubleday Anchor Books, Doubleday & Company, Inc., 1958: pp.xvii-xx.

❸ Tsao, Hsueh-chin: *Dream of the Red Chamber*, translated and adapted from the Chinese by Chi-chen Wang, with a preface by Mark Van Doren.Garden City, New York: Doubleday Anchor Books, Doubleday & Company, Inc., 1958: p.xxii.

❹ Tsao, Hsueh-chin: *Dream of the Red Chamber*, translated and adapted from the Chinese by Chi-chen Wang, with a preface by Mark Van Doren.Garden City, New York: Doubleday Anchor Books, Doubleday & Company, Inc., 1958: pp.xi-xv.

由此看来，这个40回本的推出，是为了同1929年的译本相呼应，各章回的内容基本对应，而在英译的措辞上有了显然的更动，显然，译者是为了照顾到近30年前译本读者的阅读惯性，同时又体现译者在译文处理上的具体改进。不过，译者对译文的改进处理，至少从接受效果上看是毁誉参半的。而由于正文内容和结构上的相对可比性，1929年“39+1”回本与1958年40回本之间得以产生较多的文本比较研究，这些具体的研究个案就可以对前述复译的实际效果作出明确的佐证。

譬如，姜其煌具体分析了《好了歌》逐译变更中的进展[1]；王鹏飞等分门别类地举例论述了两个译本复译中体现出来的得失，指出后一个译本的译文质量总体超越前一个译本，但也不排除某些地方复译的效果适得其反[2]；任显楷等指出了王际真1929年版译出而1958年（40回）译本反而没有保留的两个细节[3]，任显楷等通过一个典型例子展示了王际真在复译时利用西方文化意象传达中国文化意象、从而增强异域传播效果但是丧失原来文化内涵的翻译特点[4]；杨安文等给出了一个1958年译本增加的例子[5]，杨安文等举例说明两个不同时期的译本在译文上的微调及其在读者接受效果上的细致进步[6]。

---

❶ 姜其煌：《〈好了歌〉的七种英译》，载《中国翻译》1996年第4期，第21—22.23页。

❷ 王鹏飞、屈纯：《承袭与超越的佳作——〈红楼梦〉王际真译本复译研究》，载《红楼梦学刊》2010年第6辑，第66—73页。

❸ 任显楷、柯锌历：《〈红楼梦〉四个英文译本中仿词的翻译》，载《译林》（学术版）2011年8月号，第147.149页。

❹ 任显楷、柯锌历：《〈红楼梦〉四种英译本委婉语翻译策略研究：以死亡委婉语为例》，载《红楼梦学刊》2011年第6辑，第77—78页。

❺ 杨安文、胡云：《从接受美学理论视角下看〈红楼梦〉四个英文节译本中歇后语的翻译》，载《译林》（学术版）2011年8月号，第167页。

❻ 杨安文、胡云：《从接受美学理论视角下看〈红楼梦〉四个英文节译本中歇后

这个节略的改进英译本，尚有一个泰文的转译本[1]值得一说。

这个泰译本封面有泰文意译的 *Khwam fan nai thor daeng*[2]“红楼之梦”以及繁体中文“红楼梦”字样，作者标注方式不同于作为直接凭据的王际真英译本只署名曹雪芹，而是署上“曹雪芹和高鹗著”以及译者姓名。该书无目录，但明确分成了两个部分，第一部分有插页署名“曹雪芹著”（Chao Seua Chin praphantha'）[3]，包括前 33 回；第二部分有插页署名“高鹗著”（Kao Ay praphantha'）[4]，包括后 7 回，一共 40 回[5]——这正是和王际真 1958 年 40 回英译本相呼应的。

该泰译本出版当年（1980），即有拉维旺发表于 2 月 20 日泰国报纸上的书评，指出该泰译本结构紧凑、文笔生动，同时综合介绍了《红楼梦》这部中国小说，突出其儒释道三教融合而以道教最显著的特点[6]。

语的翻译》，载《译林》（学术版）2011 年 8 月号，第 169—170 页。

❶ 王丽娜编著：《中国古典小说戏曲名著在国外》，学林出版社 1988 年版，第 280 页；[泰]洛·拉维旺著，于淑杰译：《评〈红楼梦〉》，载《红楼梦学刊》1990 年第 4 辑，第 283—284 页；胡文彬：《〈红楼梦〉在国外》，中华书局 1993 年版，第 58 页。

❷ 为了排版方便，本文中出现的非拉丁字符如泰文、希腊文等，都用相应的拉丁字符加以转写表现。

❸ *Khwam fan nai thor daeng*, Chao Seua Chin say Kao Ay bian, Warthasna' Daycidkar pael. Krungthep (reprint), 2003: p.9.

❹ *Khwam fan nai thor daeng*, Chao Seua Chin say Kao Ay bian, Warthasna' Daycidkar pael. Krungthep (reprint), 2003: p.411.

❺ 安源《〈红楼梦〉走向世界的历程（研究综述）》（载《鄂尔多斯文化》2010 年第 4 期，第 35 页）一文谈及这个泰译本时认为是 46 回，谬。

❻ 王丽娜编著：《中国古典小说戏曲名著在国外》，学林出版社 1988 年版，第 280 页；[泰]洛·拉维旺著，于淑杰译：《评〈红楼梦〉》，载《红楼梦学刊》1990 年第 4 辑，第 273—284 页。《红楼梦大辞典》（1990 年版第 961—962 页及其 2010 年增订版第 425 页）给出的这一词条文字表述基本一致，全文是（据增订版录文）：“《红楼梦》（泰文）[泰]哇拉它·台吉高译。摘译本，40 回，1 册，据说是由王际真的英译本转译的。曼谷建设出版社 1980 年 3 月（佛历 2523 年）出版。卷首

关于这位译者，其姓名的泰文拼法是 Warthasna' Daycidkar，汉译名主要有哇拉安·台吉高[1]、哇拉它·台吉高[2]两种形式。该译者曾经和已故德国翻译家孔舫之（Franz Kuhn）一道，作为《红楼梦》非全译者获得由中国艺术研究院、北京市对外文化交流协会、北京市政府新闻办、宣武区政府和中国红楼梦学会于2003年10月14日联合颁发的"红楼梦翻译贡献奖"[3]，以表彰其在小语种文学翻译中作出的艰苦努力[4]。

四、1958年版的60回本

这个大为扩充了内容的60回《红楼梦》英译本根据程乙本并参考胡适提供的甲戌本以及当时的红学研究成果译出[5]，最早于1958年由

有洛·拉维旺写的序言，内容分为'红楼梦的分析'、'故事梗概'、'历史背景'、'哲学背景'、'作者对中国封建制的观点'、'结论'六个部分。序作者认为，《红楼梦》是一部伟大的文学作品。自古以来，人们都认为这部作品是中国文化宝库中一颗珍珠。这部作品通过描写四大家族和塑造的四百五十多个人物形象，反映了当时中国社会里各个阶层形形色色的不同人物的风貌。从而揭示了十八世纪中国封建社会日趋衰败，并必然走向灭亡的历史趋向。"根据我们对泰译本原书的初步考察可知，相比王丽娜编著《中国古典小说戏曲名著在国外》（学林出版社1988年版，第280页）的叙述，上述这段文字的内容仍然还有一些舛误。由于我们目前拥有的这个泰译本为2003年的重印本，该印本可能删去了初版时原来作为序言的拉维旺文章，而仅有泰译者本人的序言了，参见 *Khwam fan nai thor daeng*, Chao Seua Chin say Kao Ay bian, Warthasna' Daycidkar pael. Krungthep (reprint), 2003: pp.4-7.

[1] 王丽娜编著：《中国古典小说戏曲名著在国外》，学林出版社1988年版，第280页。

[2] 冯其庸、李希凡主编：《红楼梦大辞典》，文化艺术出版社1990年版，第961—962页；胡文彬：《〈红楼梦〉在国外》，中华书局1993年版，第58页；冯其庸、李希凡主编：《红楼梦大辞典（增订本）》，文化艺术出版社2010年版，第425页。

[3] 另外尚有20位《红楼梦》译者皆以其全译工作而获奖的。

[4] 吴娟：《〈红楼梦〉译本知多少？——红学专家详述〈红楼梦〉海外传播情况》，载《文汇报》2003年10月21日。

[5] 张惠：《王际真英译本与中美红学的接受考论》，载《红楼梦学刊》2011年第2辑，第294—295页。

美国 Twayne Publishers 出版，次年（1959 年）在英国原样再版——本文对这个扩充版英译本细节的介绍以此版本[1]为准。两版《红楼梦大辞典》[2]对其介绍文字完全一致，但都显得较为含糊。前述多伦的序言本是为这个英译本而作的[3]，同样也有汉译[4]。

该译本在扉页的作者标注是“曹雪芹著，高鹗续”。而在序言之后的目录[5]，将译文正文划分为两个部分：第一部分署“曹雪芹著”，曹雪芹原著的前 80 回缩译为第 1—53 回；第二部分署“高鹗著”，高鹗续写的后 40 回缩译为第 54—60 回。

目录之后英译者自撰的“导言”[6]，相较 1929 年版的而言就没有具体细分，内容上根据红学研究的进展而有所更替。不过值得注意的是，作为该导言仍然单独列出的末尾部分“翻译要点”（Remarks on the translation）[7]，相较 1929 年版“导言”中可资对应的第五部分大为简

---

❶ Tsao, Hsueh-chin: *Dream of the Red Chamber*: With a Continuation by Kao Ou, translated and adapted from the Chinese by Chi-chen Wang, with a preface by Mark Van Doren. London: Vision Press Limited, 1959.

❷ 冯其庸、李希凡主编:《红楼梦大辞典》，文化艺术出版社 1990 年版，第 962 页；冯其庸、李希凡主编:《红楼梦大辞典（增订本）》，文化艺术出版社 2010 年版，第 427 页。

❸ Tsao, Hsueh-chin: *Dream of the Red Chamber*: With a Continuation by Kao Ou, translated and adapted from the Chinese by Chi-chen Wang, with a preface by Mark Van Doren. London: Vision Press Limited, 1959: pp.V-VI.

❹ 姜其煌:《欧美红学》，大象出版社 2005 年版，第 201—203 页。

❺ Tsao, Hsueh-chin: *Dream of the Red Chamber*: With a Continuation by Kao Ou, translated and adapted from the Chinese by Chi-chen Wang, with a preface by Mark Van Doren. London: Vision Press Limited, 1959: pp.VII-XI.

❻ Tsao, Hsueh-chin: *Dream of the Red Chamber*: With a Continuation by Kao Ou, translated and adapted from the Chinese by Chi-chen Wang, with a preface by Mark Van Doren. London: Vision Press Limited, 1959: pp.XII-XIX.

❼ Tsao, Hsueh-chin: *Dream of the Red Chamber*: With a Continuation by Kao Ou, translated and adapted from the Chinese by Chi-chen Wang, with a preface by Mark Van Doren. London: Vision Press Limited, 1959: pp.XIX-XXIV.

化，但又新增不少内容，从而具有鲜明的特色。

我们这里着重提出来说的，就是其中涉及本版和 19 世纪曾任英国驻中国领事的苏格兰人罗伯聃（Robert Thom, 1807—1846）摘译[1]中共同出现的原书第 6 回片段英译文的比较[2]，王际真意图以此体现他自己的编译处理颇费心思，事实上远胜包括罗伯聃在内的前辈译者的机械直译（literal translation）。

这一段相互比较的两种英译文，对应的原文出自《红楼梦》第 6 回“贾宝玉初试云雨情刘姥姥一进荣国府”，是介绍刘姥姥与荣国府亲戚关系的一段文字[3]：

按荣府中一宅人合算起来，人口虽不多，从上至下也有三四百丁；虽事不多，一天也有一二十件，竟如乱麻一般，并无个头绪可作纲领。正寻思从那一件事自那一个人写起方妙，恰好忽从千里之外，芥荳之微，小小一个人家，因与荣府略有些瓜葛，这日正往荣府中来，因此便就此一家说来，倒还是头绪。你道这一家姓甚名谁，又与荣府有甚瓜葛？且听细讲。

方才所说的这小小之家，乃本地人氏，姓王，祖上曾作过小小的一个京官，昔年与凤姐之祖王夫人之父认识。因贪王家的势利，便连了宗认作侄儿。那时只有王夫人之大兄凤姐之父与王夫人随在京中

---

❶ “Extracts from Wung low meung”.In: The Chinese Speaker, Robert Thom (ed.), Ningpo: Presbyterian Mission Press, 1846: pp.62-89.

❷ Tsao, Hsueh-chin: *Dream of the Red Chamber*: With a Continuation by Kao Ou, translated and adapted from the Chinese by Chi-chen Wang, with a preface by Mark Van Doren. London: Vision Press Limited, 1959: pp.XX-XXIV.

❸ 此处引文出自中国艺术研究院红楼梦研究所校注《红楼梦》（人民文学出版社 1982 年版，第 91—92 页）。本来与之对应的两种英译文肯定不是直接译自这个晚出的原本，三者之间底本的关系这里也不深究；这里只是对前述英译文的比较略作评述，为了方便起见而引用这个容易获得的原著版本而已；若有细节上的出入则随文指出。引文中加下划线的为下文即将讨论的具体译例。

的，知有此一门连宗之族，馀者皆不认识。目今其祖已故，只有一个儿子，名唤王成，因家业萧条，仍搬出城外原乡中住去了。王成新近亦因病故，只有其子，小名狗儿。狗儿亦生一子，小名板儿，嫡妻刘氏，又生一女，名唤青儿。一家四口，仍以务农为业。因狗儿白日间又作些生计，刘氏又操井臼等事，青板姊妹两个无人看管，狗儿遂将岳母刘姥姥接来一处过活。这刘姥姥乃是个积年的老寡妇，膝下又无儿女，只靠两亩薄田度日。今者女婿接来养活，岂不愿意，遂一心一计，帮趁着女儿女婿过活起来。

因这年秋尽冬初，天气冷将上来，家中冬事未办，狗儿未免心中烦虑，吃了几杯闷酒，在家闲寻气恼，刘氏也不敢顶撞。因此刘姥姥看不过，乃劝道："姑爷，你别嗔着我多嘴。咱们村庄人，那一个不是老老诚诚的，守多大碗儿吃多大的饭。你皆因年小的时候，托着你那老家之福，吃喝惯了，如今所以把持不住。有了钱就顾头不顾尾，没了钱就瞎生气，成个什么男子汉大丈夫呢！如今咱们虽离城住着，终是天子脚下。这长安城中，遍地都是钱，只可惜没人会去拿去罢了．在家跳蹋会子也不中用。"

罗伯聃的直译，确实逐字逐句，几乎到了任何一个汉字都不曾放掉的境地，譬如，"荣府中"译作 the interior of the Town-mansion of the Yung family[1]、"三四百丁"译作 some three hundred and odd mouths、"一二十件"译作 some ten or twenty cases、"竟如乱麻一般，并无个头绪可作纲领"译作 in truth like so much ravelled hemp, of which one cannot find a clue-end, that may serve as a heading、"青板姊妹两个"译

---

[1] 这个译文可能有所据底本上的分歧，跟此处所用的原文并非一致；由于对罗伯聃《红楼梦》英译的研究尚未展开，此处不赘。下文举例中英译同原文分歧较大的或也有类似问题，不赘。

作 Tsing-erh and Pan-erh, sister and brother the pair of them、“寡妇”译作 widow woman，或是字字落实，或是叠床架屋，倒是适应汉语学习需求的，但作为文学作品而言就未免繁复太甚而难以卒读了。上述细节，在王际真的节译中大多省略或概括掉了，所以基本没有相应的英译文。

另一方面，可能是出于为其学习汉语的读者所考虑，罗伯聃的英译文增添了许多细节：一种是随文注释性的说明文字，旨在补充非汉语读者所缺乏的社会文化背景和上下文语境，譬如“目今其祖已故”译作 now the ancestor (or grandfather of this poor family) had been long dead——括号里的文字正是为了帮助读者分清这里所说的乃是刘姥姥女婿之祖而非凤姐之祖、“天子脚下”译作 below the Emperor's foot (i.e. not so very far from court after all)——括号里的文字是表明直译的英文难以表达出的“距离朝廷不远”之义；另一种则似乎是出于语境的过渡而作出的描述性添加，譬如“王成新近亦因病故”译作 Wang Ch'eng also in due time followed his father to the tomb——加上了中文原文不曾具有的形象化表述，倒也显得更有文学意味。

至于“连了宗认作侄儿”这种英语文化中未曾见过的情形，罗伯聃译成 to unite ancestors(by adoption), and was acknowledged by them as a nephew，比较王际真的译法 had “joined family” with them as the nephew of Phoenix's grandfather，虽然稍显冗赘，但是表达更为准确。

由此看来，罗伯聃的英译实际上只能视作学术性或教育性的对译，而不具备文学性的审美效果传达之功效——当然我们也不能完全排除其中偶见精妙的译笔，如果能够搜集齐全与之相关的资料进行系统剖析，或许还会发现更多的精彩之处。需要说明的是，上述两种英译文的具体分析皆为笔者所撰，王际真只是对照罗列两种译文而已。

不过王际真和罗伯聃的英译文之间，其实并无多大的可比性。除开所据底本未必相同这一因素之外，两人各自采取的翻译策略和期待的接受效果判然有别，从而导致对应的英译文根本不可比较。故而，王际真将自己的译文与罗伯聃的进行对比，意欲表现其译文的优势，从逻辑上讲实在是站不住脚的。当然，逝者已矣，他们在《红楼梦》英译方面都作出了在其时代应有的贡献；我们这里的吹毛求疵，只是在为后来的相关学科研究提供一些学理上的借鉴而已。

这个 60 回的英译本，派生出了迄今唯一的《红楼梦》希腊文译本[1]。

该希腊文译本出版于 1963 年[2]，距离其直接英译底本的出版时间 1959 年仅差 4 年。希腊文题名作 *To Oneiro tes Kokkines Kamaras*，但在扉页中题名之上的作者标示，却是直接用威妥玛拼音拼出的“曹雪芹”三字，与所据英译本的作者署名情形又有参差。由于此书并无目录，所以涉及续书者高鹗的信息，只是在译者自撰的序言中有所流露。而关于译者赫丽 · 兰普丽提（Helle Lamprite）的其他情况，我们目前尚一无所知。

这个希腊文译本虽然承袭自王际真的 60 回英译本，但是其中还漏译了第 18. 19. 37 回的回目，使得这几回与前后章回密合无痕，所以全书呈现 57 回的面貌（后文就暂且称之为“57 回译本”）。译本中的拼写错误极多，有的甚至因为希腊文拼写上的形似而导致人物角色张

---

❶ Tsao, Hsueh-chin: *To Oneiro tes Kokkines Kamaras*, metaphrostria Helle Lamprite. Athens: Ekdotikos Oikos G. Phexe, 1963.

❷ 两版《红楼梦大辞典》和《〈红楼梦〉在国外》对这个译本的认识仅限于来自一个日本书展记录的这一出版时间，参见冯其庸、李希凡主编：《红楼梦大辞典》，文化艺术出版社 1990 年版，第 962 页；冯其庸、李希凡主编：《红楼梦大辞典（增订本）》，文化艺术出版社 2010 年版，第 425 页；胡文彬：《〈红楼梦〉在国外》，中华书局 1993 年版，第 171 页。

冠李戴——典型的一例是：译本第 43 回中三次出现的人名“秦显”（Chin Hsien），由于和“（林）之孝”（Chih-hsiao）的希腊文拼写有所混淆，从而一律误作“之孝”了[1]；而这些情形并不见于作为底本的王际真英译中[2]。

初步看来，这个转译的希腊文《红楼梦》译本问题较多[3]，可能会严重误导原本具有悠久历史传统和丰富文学积累的希腊民族对这部中国古典名著的正确认知。

五、结语

根据上文的具体分析，我们可以把王际真对《红楼梦》的所有英译及其衍生译本绘于图 1 之中（其中细线表示译本辗转流变，粗线指示文本载体语言）：

由此可见，王际真的《红楼梦》英译，除了体现译者自身的复译及其在英语世界的持续影响之外，还在于它对西班牙语、希腊语和泰语世界的拓展性影响：既是西班牙语和希腊语读者认识和了解《红楼梦》的滥觞，又是泰语读者首先接触到的第一个《红楼梦》的成书版本。

由此看来，以前对于王际真的《红楼梦》英译成就，作为同胞的我们由于相关准确信息的掌握还是不够，相应的评价还是与其实际效果相去甚远的。随着全球化的进一步加深以及中国文化在世界传播的

---

❶ Tsao, Hsueh-chin: *To Oneiro tes Kokkines Kamaras*, metaphrostria Helle Lamprite. Athens: Ekdotikos Oikos G. Phexe, 1963: pp.362-363.

❷ Tsao, Hsueh-chin: *Dream of the Red Chamber*: With a Continuation by Kao Ou, translated and adapted from the Chinese by Chi-chen Wang, with a preface by Mark Van Doren. London: Vision Press Limited, 1959: pp.404-405.

❸ 有关这个希腊文译本的详细剖析，可以参见唐均《〈红楼梦〉希腊文译本述略》，载《明清小说研究》2012 年第 2 期，第 88—100 页。上文略举其中少数个例以窥一斑。

努力拓展，我们应该更为全面而准确地认识和宣讲包括王际真在内的所有中国文化异域传播先驱者们的应有贡献。

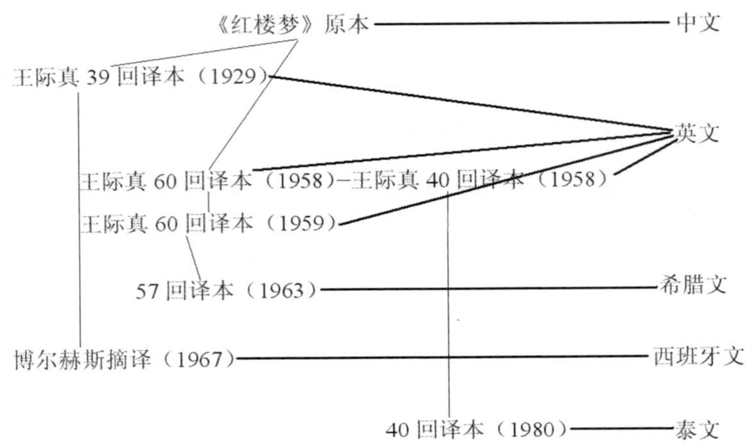

图1　王际真《红楼梦》英译本源流演示

（原载《红楼梦学刊》
2012年第四辑，第185—198页，
发表时有删节）

《红楼梦》锡伯文译本述略

一、引言

《红楼梦》既是中国古典小说艺术成就臻于巅峰的标志性作品，一般也被视为荟萃中国古典文化的百科全书。在其问世之时（18 世纪中期）便已通过手抄形式备受青睐，俄而印本刊行（1791. 1792 年）更是大大加速了其在各阶层读者中间的传播。

当时虽已渐趋弛废的满语文，其时已有相应的翻译，从而有助于尚有不谙汉文的满洲人士领略这部小说的魅力。据一粟《红楼梦书录》“译本”类所述：“张宗祥先生言，曾见过满汉合译开化纸印本二、三册，‘秦可卿淫丧天香楼’回目未改。”此本既为开化纸印制，当系清宫内廷所刊；而由前述，此本即便尚存于世，也多半是一个满汉合璧的残本[1]（相隔 20 年时间出版的两版《红楼梦大辞典》的这部分信息[2]几乎完全移植于此；对此的修订意见于该条目也无实质性推进）。作为

[1] 一粟编著:《红楼梦书录》(增订本),上海古籍出版社 1981 年版,第 81 页;唐均:《〈红楼梦大辞典·红楼梦译本〉词条匡谬赓补》，见傅勇林主编:《华西语文学刊》(第 3 辑“《红楼梦》译介研究专辑”)，四川文艺出版社 2010 年版，第 187 页。

[2] 冯其庸、李希凡主编:《红楼梦大辞典》，文化艺术出版社 1990 年版，第 959 页;冯其庸、李希凡主编:《红楼梦大辞典(增订本)》,文化艺术出版社 2010 年版,第 424 页。

目击者的张宗祥（1882—1965）先生，为近代文献学大家[1]，他对这一译本的判断多无疏虞。不过，这一《红楼梦》满文刊本，译者、刊年等其他信息皆无可推知，迄今似乎已无流传。

随着清国的覆灭和民国的建立，满语文更是失去了最后的政体庇护；但西迁新疆聚居的锡伯族却坚持使用基于满文的锡伯文，大量的汉文书籍由锡伯族文人译成锡伯文在本民族群体内部传播，《红楼梦》也不例外。

根据佟加·庆夫的报道[2]，曾有锡伯文本《红楼梦》（*Fulgyan taktui tolgin*），不分卷，4册，（清）曹雪芹撰，寿谦译，民国三十五年（1946年）锡伯文手写译本，译自《红楼梦》汉文本，对于研究锡伯族翻译文学有参考价值；页面 20cm × 15cm，手写体墨书，白口，保存完好，今藏新疆察布查尔锡伯自治县孙扎齐牛录郭小清处。

本文着重进行分析的《红楼梦》锡伯文译本，乃是译竣或为最晚但现已公开出版的一部。因为锡伯语文在当今已是一种大多数人并不熟悉的语言，但它与清代尊为"国语"的满语文之间有着极为密切的承袭关系，而根据新疆人民出版社锡伯文编辑室的经验，现代出版的绝大多数"锡伯文古籍"，实际上是清代满文书籍的锡伯文重抄付梓（本文为求讨论方便暂不涉及这方面的细致甄别），所以，这里的剖析无论是对这样一个在中文学界十分陌生的《红楼梦》译本而言，还是对于满汉文化的融合来说，都是十分必要的。

首先说明一下：本文在引述《红楼梦》锡伯文译本时，一律使用满文的穆麟多夫（Paul Georg von Möllendorff, 1847—1901）拉丁转写

---

[1] 焦树安：《国立北平图书馆学者传略：张宗祥徐森玉》，载《国家图书馆学刊》2002年第1期，第85—86页。

[2] 这部分信息参见网络资料《锡伯文化索引——书籍》之（三）"翻译文学"部分：http://www.xjsibe.com/lswhztyjk_content.asp? id=444<2012.11.08.>.

法，锡伯文之于满文的局部更动径直对应转写而不再另外注明。由于是转写，无论句子开头还是专有名词首字母，一律不大写。引文中以下划线标注需要讨论的焦点内容。引文之间以“斜线”表示原来出处文字的分段，正文行文中以星号提示后面接续的锡伯文拉丁转写形式并非实际出现过的而为笔者的拟订意见。在标注引文出处的页码时，由于原书的目录和正文分别编码但都用了阿拉伯数字，为了区别起见，本文将正文之前的独立页码一律改作罗马数字加以标识。

二、关于译本

1993 年 7 月，锡伯文《红楼梦》译本由新疆人民出版社手抄出版，精装四册，银灰色书衣配以反映主要人物的彩图，并有 sinjiyang niyalma irgen cubanše“新疆人民出版社”的锡伯文字样。作者署名“曹雪芹 / 高鹗”，译者署名“穆旭东”（Musioidung——这一译者姓名的锡伯文拼写形式，在该译本锡伯文版权页上写作 musioidung，在书末的“跋语”中写作 mu sioi dung。本文的引用根据版权页拼写形式加以转写），均见于中文版权页。1998 年 4 月，该译本荣获全国首届满文研究优秀成果奖。

全书分四册：第一册正文之前有一个单独编码、共 19 页的“目录”（jacin meyen）；然后是中国艺术研究院红楼梦研究所署名的原本序言之锡伯文译文“前言”（julerisun），篇幅为 1—37 页。接着是 38—1274 页的正文。第二册包括 1275—2554 页的正文。第三册包括 2555—3818 页的正文。第四册包括 3819—5076 页的正文，以及新疆人民出版社锡伯文编辑室所撰写的“跋语”（šošohon gisun），另外单独编码共 5 页。可见 120 回译文分居四册的 38—5076 页，实际一共是 5039 页 32 开的篇幅，页码统一流水编制。

关于这个锡伯文译本所依据的底本，在译本前言和跋语中并无明确交代。不过可以通过译文提供的一些线索来大致进行推测。首先可以从该译本从开始翻译到付梓期间主要通行的中文版本入手加以具体考察。

1949 年后，人民文学出版社先后推出过两个版本的《红楼梦》。第一个版本是冯雪峰根据解放前亚东书局推出的程乙本整理于 1957 年初版的，20 世纪 70 年代“文革”后期为适应全民阅读需求而加以重印[1]；第二个版本是 1982 年冯其庸领衔以庚辰本为底本整理推出的版本，以后多次重印并在 1996 年又有修订，本文所用的是其 1985 年重印本[2]。上述两个中文版本是这个锡伯文译本诞生期间最为流行的本子。

这个锡伯文译本底本的确定，主要依据以下的关键信息：

（1）锡伯文译本的前言，署名撰作时间是 1985 年，同于 1985 年版人民文学本；

（2）锡伯文译本第 3 回回目是“托内兄如海荐西宾　接外孙贾母惜孤女”，同于 1974 年版人民文学本；

（3）锡伯文译本第 3 回在介绍林黛玉进贾府见到贾母时有“此即冷子兴所云之史氏太君，贾赦贾政之母也”[3]一句叙述，同于 1985 年版人民文学本；

（4）锡伯文译本第 5 回回目是“游幻境指迷十二钗　饮仙醪曲演红楼梦”，同于 1985 年版人民文学本；

---

❶ [清]曹雪芹、高鹗：《红楼梦》（共四册），人民文学出版社 1957 年初版。

❷ [清]曹雪芹、高鹗原著，中国艺术研究院红楼梦研究所校注：《红楼梦》（全三册），人民文学出版社 1982 年初版、1985 年重印版。

❸ Musioidung: *Fulgiyan Taktui Tolgin* (ujuci de duici debtelin). Ts’oo Siyo Cin, G’oo E. Urumci: Sinjiyang Niyalma Irgen Cubanše, 1993,p. 130.

（5）锡伯文译本第 8 回回目正是“贾宝玉奇缘识金锁　薛宝钗巧合认通灵”，同于 1974 年版人民文学本；

（6）锡伯文译本第 22 回末尾提及贾政看各人灯谜，以宝钗谜“更香”为止[1]，同于 1985 年版人民文学本；

（7）锡伯文译本第 41 回回目正是“贾宝玉品茶栊翠庵　刘姥姥醉卧怡红院”，同于 1974 年版人民文学本；

（8）锡伯文译本没有第 63 回正文在“寿怡红群芳开夜宴”和“死金丹独艳理亲丧”之间一大段关于芳官等几个戏子改名的文字，同于 1974 年版人民文学本[2]；

（9）锡伯文译本没有第 65 回兴儿在尤二姐姊妹跟前叙述荣府主要女眷特点时李纨的外号“大菩萨”，同于 1974 年版人民文学本[3]；

（10）锡伯文译本第 77 回黛玉和湘云凹晶馆联句末是“冷月葬诗魂”[4]，同于 1974 年版人民文学本。

另外需要注意的是，锡伯文译本第 79 回回目前半句是 siyo un ci he dung i arsalan be gaifi amcadaha“薛文起悔娶河东狮”[5]，这样的一个表达模式既不同于 1974 年版也不同于 1985 年版人民文学本——推而广之甚至可以说，本回回目原文中“薛文起”只和“河东吼”搭配而“薛文龙”才既可搭配“河东狮”也可搭配“河东吼”。那么锡伯文译

[1] Musioidung: *Fulgiyan Taktui Tolgin* (ujuci de duici debtelin). Ts'oo Siyo Cin, G'oo E. Urumci: Sinjiyang Niyalma Irgen Cubanše, 1993: pp.882-883.

[2] [清]曹雪芹、高鹗：《红楼梦》（共四册），人民文学出版社 1957 年初版，第 820 页。

[3] [清]曹雪芹、高鹗：《红楼梦》（共四册），人民文学出版社 1957 年初版，第 854 页。

[4] Musioidung: *Fulgiyan Taktui Tolgin* (ujuci de duici debtelin). Ts'oo Siyo Cin, G'oo E. Urumci: Sinjiyang Niyalma Irgen Cubanše, 1993: p.3226.

[5] Musioidung: *Fulgiyan Taktui Tolgin* (ujuci de duici debtelin). Ts'oo Siyo Cin, G'oo E. Urumci: Sinjiyang Niyalma Irgen Cubanše, 1993: p.xiii.3359.

文中体现出来的回目情形则无法反映所据底本的差异，而很有可能是为了适应与下半句 jiya ing cun jung šan i niohe de tašarame tusuha“贾迎春误嫁中山狼”[1]相对仗，从而将本来应该全音译的*he dung heo“河东吼”微调成了 he dung arsalan “河东狮” 的结果。那么这一回目译文反映出的迹象仍是趋同于 1974 年版人民文学本。这里的《红楼梦》底本情形请教了中国艺术研究院红楼梦研究所的孙玉明、卜喜逢、任晓辉诸先生，基本上可以说是穷尽了有关中文原文在这个回目问题上的所有情形；后面的推测和任晓辉先生部分意见相一致。在此对上述先生的指点致以衷心感谢。

由此可以给出一个未臻穷尽的统计表格（表 10）：

表 10　锡伯文《红楼梦》同两种汉文底本的趋同关系

译本趋同对象	1974年版	备注	1985年版	备注
回目	4	—	1	—
正文	3	皆为40回后	2	皆为40回前
其他	0	—	1	—

其中的粗略统计结果大致可以反映这样一种趋势，亦即该译本先译自一个相对较早的底本——1974 年版人民文学本，后来对其译文进行了部分调整，调整时所依据的却是另外一个相对较晚的底本——1985 年版人民文学本，因而最后刊行的定本其前言也是采纳自较晚的底本。

根据上述未及展开讨论的初步分析，大略可以断定这个锡伯文译本杂合了较为通行的两个中文版本——1974 年版和 1985 年版人民文学本——的内容，而以前者所据更多。也可能由于该译本较早所据的

[1] Musioidung: *Fulgiyan Taktui Tolgin* (ujuci de duici debtelin). Ts'oo Siyo Cin, G'oo E. Urumci: Sinjiyang Niyalma Irgen Cubanše, 1993: p.xiii.3359.

原本——1974 年版人民文学本——也是分为四卷出版的，因而也可估计锡伯文译本的四卷可能也是在模仿所据原本的版式。

三、关于译者

译者穆旭东（1905—1985），锡伯族姓名为巴雅拉·穆德克（Bayara Mudeke），生于新疆察布查尔锡伯自治县孙扎齐牛录村，1917 年在惠远高等学堂学习，1920 年到迪化（今乌鲁木齐）第一中学求学，1923 年考入新疆法政学校，毕业后分配到新疆建设厅工作，1940 年后曾任伊犁建设局局长、昭苏军马场场长，1944 年回家务农，1946 年开始在孙扎齐牛录小学任教，1949 年在伊犁州农科所工作，1971 年退休。

穆旭东先生精通汉、满、蒙及锡伯语，退休以后他一直从事文学著作的翻译工作。其锡伯文译作除了《红楼梦》之外还有《毛主席诗词》，现代中篇小说《代价》《王府怪影》，以及章回长篇小说读本《西太后演义》等。

在 20 世纪 70 年代的“文革”后期，全中国都掀起阅读《红楼梦》、了解腐朽没落的封建社会的热潮，而当时新疆锡伯族人民手中并没有一本可以传诵的《红楼梦》译本。正是这个原因促使穆旭东先生决心在晚年译出全部《红楼梦》的。历经 10 余年时间他完成了自己的夙愿；但是这个译本的正式出版，却是在他去世之后的 1993 年才得以完成的。关于译者的上述概况，在这个译本的“跋语”中曾有一定篇幅的介绍。而更为详细的情况，则可以参见新近出版的《中国锡伯人》下卷第 18 章第一节的相关著录[1]。

另外，新疆察布查尔锡伯族人郭基南（1923—）据说也参与了该

---

[1] 那启明、韩启昆总纂:《中国锡伯人(上、下卷)》,辽宁民族出版社 2010 年版。

译本的编辑和前 40 回补译工作[1]；有关的具体佐证却付之阙如。而在这个锡伯文译本的中文版权页以及锡伯文版权页上，明确标注出的“责任编辑”是“扎鲁阿”（Jalungga）——就目前所知，这位责任编辑与郭氏并非同一人，且已早逝，而郭先生尚健在。

下面通过一个并不完善的文本抽样，反映这个译本前 40 回和后 80 回之间的文字差异，看看上述“补译”说究竟有多大程度的可信度。抽样结果列表，见表 11。

表 11　《红楼梦》锡伯文本前 40 回和后 80 回文字差异举隅

原文	前 40 回			后 80 回		
	译文	回数	页码	译文	回数	页码
薛姨妈	siyo i ma	6	299	siyo halai deheme	35	1370
					40	1580
		41	1647		60	2437
暹猪	ulgiyan	26	1036	nan yang i ulgiyan	53	2122
琥珀	hū pa	29	1145	hū po	50	2002
“薛蟠表字”	un lung “文龙”	4	193	un ci “文起”	79	xiii, 3359

“暹猪”一词全书仅出现两次，分别是第 26 回：

这么大的一个暹罗国进贡的灵柏香熏的暹猪[2]

(orin ningguci wayelen) enteke amba siowan lo gurun alban

❶ 马祖毅等：《中国翻译通史 · 现当代部分第四卷》（上、下册），湖北教育出版社 2006 年版，第 258 页。

❷ [清]曹雪芹、高鹗原著，中国艺术研究院红楼梦研究所校注：《红楼梦》（全三册），人民文学出版社 1982 年初版、1985 年重印版，第 368 页。

jafanjiha yalgari malisun šanggiyan i fungšaha ulgiyan[1]

说明：1974 年版人民文学本这里的中文原文是“暹罗猪”[2]，显系后人望文生义的妄改，我们不据此进行分析。而译者基于自己的母语文化背景，并非机械照此中文“暹猪”字面直译。译文中的 yalgari malisun šanggiyan i fungšaha ulgiyan 正是指的“灵柏香熏的猪”，可见“暹猪”在此仅以 ulgiyan“猪”一词对译。

及第 53 回：

暹猪二十个，汤猪二十个，龙猪二十个，野猪二十个，家腊猪二十个[3]

(susai ilaci wayelen) nan yang i ulgiyan orin, bolgoloho ulgiyan orin, muduringga ulgiyan orin, bigan ulgiyan orin, fungšaha ulgiyan orin[4]

这是黑山庄庄头乌进孝交租时账单中开列的物品名称及数量。其中以 nan yang i ulgiyan“南洋猪”对译“暹猪”，以 fungšaha ulgiyan“熏猪”对译“家腊猪”。

由此可见，出现次数寥寥的“暹猪”一词，第 26 回的处理与第 53 回就大有不同，但都与“暹猪”的本义“脱毛的猪”[5]相去甚远。这种情形固然可以侧面反映 40 回前后的译者不同，但也可视作同一译者根据不同语境所作出的变通处理。

薛蟠的表字在全书中也仅出现两次，但在锡伯文译本中表现迥然

---

❶ Musioidung: *Fulgiyan Taktui Tolgin* (ujuci de duici debtelin). Ts'oo Siyo Cin, G'oo E. Urumci: Sinjiyang Niyalma Irgen Cubanše, 1993: p.1036.

❷ [清]曹雪芹、高鹗:《红楼梦》(共四册)，人民文学出版社 1957 年初版，第 309 页。

❸ [清]曹雪芹、高鹗:《红楼梦》(共四册)，人民文学出版社 1957 年初版，第 665 页。

❹ Musioidung: *Fulgiyan Taktui Tolgin* (ujuci de duici debtelin). Ts'oo Siyo Cin, G'oo E. Urumci: Sinjiyang Niyalma Irgen Cubanše, 1993 : pp.2122-2123.

❺ 刘厚生:《〈红楼梦〉与满语言文化刍议》，载《清史研究》2001 年第 4 期，第 73 页。

不同：第 4 回正文是“文龙”，而第 79 回回目是“文起”。查原本对应上述两处，1974 年版人民文学本皆作“文起”，而 1985 年版人民文学本皆作“文龙”。由此似乎可以推测：锡伯文译本的处理大概是前者据 1985 年版人民文学本而后者据 1974 年版人民文学本所致。而且考虑到目录中的译文是依据“文起”音译，那么就可以推定，第 4 回所据“文龙”的译文当有可能是补译者在未曾觉察目录中译文的情况下使用了与原译不同的底本而作出的。

“琥珀”是原文中出现频率较低的丫鬟名字，但 40 回前后的音译明显不同：之前是按照老式发音译出的 hū pa，之后是按照新式发音译出的 hū po。这个例子可以比较充分地证明该译本 40 回前后却是不同的译者进行的处理。而作为贵重饰品的“琥珀”满文中音译作 hūbe[1]，上述锡伯文人名的翻译明显地故意有所区别。

原文中另一人物称谓“薛姨妈”出现频率则较高，在译文中的表现也比较复杂：首先，其全音译的形式既见于 40 回之前也见于 41 回；其次，其意译形式既见于 40 回及其后也见于 40 回之前的 35 回。由于对同一个称呼的不同类型译法很有可能出自两个不同译者的笔下，所以，对“薛姨妈”的翻译显示出补译者的存在没有问题；但是他的补译工作可能并不限于前 40 回的内容，而前 40 回也不应该是全部补译。

据此分析，我们可以大致推定：穆旭东的 120 回《红楼梦》锡伯文译本先据 1974 年版人民文学本译出，在出版时可能已有部分佚失；而郭基南进行补译时并未参考穆旭东翻译时所据的同一底本，而是基于相对新版的 1985 年版人民文学本进行的，其补译工作主要集中在前 40 回的内容上但并不局限于此。

结合前文关于该译本底本的推断，下文在进行对照分析时，就依

[1] 赵阿平：《满族语言与历史文化》，民族出版社 2006 年版，第 172 页。

照锡伯文译文推定所据的原文是1974年版还是1985年版人民文学本而分别加以引用，如果两个底本文字一致，则引用前者以资对照分析。

四、译文表解

这个锡伯文译本卷帙浩繁，穷尽性的研究一时难以开展。本节通过几个列表，对该译本的某些翻译策略进行梳理。

表12例举部分专名的锡伯文翻译情形，其中“中文回译”栏中加下划线的为音译部分：

表12 《红楼梦》锡伯文本专名迻译举隅

序列	中文原文	锡伯文译文	中文回译	出现页码
1	东家林公	dung jiya lin gung	东家林公	116
	赵姨娘	joo i niyang	赵姨娘	首见895
	夏婆子	siya niyang	夏娘	首见2445
	薛姨妈	siyo i ma	薛姨妈	首见203
2		siyo halai deheme	薛姓的姨母	1370
	薛公子	siyo halai gungdzy	薛姓的公子	185
	乌庄头	u halangga usin i da	乌氏的田之首	2121
	柳嫂	lio halangga aša	柳氏的嫂子	2513
	柳家的	lio halangga	柳氏的	首见2462
		lio halangga hehe	柳氏的女人	2459
		lio halai hehe	柳姓的女人	首见2461
3	贾母	jiya mama	贾祖母	首见i, 120
	尤氏	io halangga	尤氏的	首见209
	周瑞家的	jeožui i sargan	周瑞的妻子	首见274

续 表

序列	中文原文	锡伯文译文	中文回译	出现页码
	周瑞张材两家的	jeožui, jang tsai juwe niyalmai sargan	周瑞、张材俩人的妻子	1548
4	南安太妃	nan an wang i eme fujin	南安王之母夫人	2954
	琏二嫂子	liyan ahūn i sargan, jacin aša	琏兄之妻，二嫂	136
	宋太祖	sung gurun tai dzu han	宋朝太祖汗	3382

其中 1 是全音译类型，2 是音译带诠释类型，3 是半音译半意译类型，4 是音译加注类型。从“薛姨妈”的两种译法可以清晰看出全音译和音译带诠释着两种译法的差异和各自的特点；而 3. 4 两种译法，则反映普通名词在译文中的出现跟原文普通名词对应有无的差别。

当然，很多中文称谓词已经直接借入锡伯文，例如 gungdzy“公子”、guniyang“姑娘”、ya hūwan“丫鬟”等，这就使得由这些称谓词构成的专名也多以全音译体现。不过，值得一提的是，锡伯文译文以全音译和半音译半意译来区分不同的“姨娘 / 姨妈”：joo i niyang“赵姨娘”、siyo halai deheme“薛姨妈”——至少这一情形在后 80 回中得以比较一以贯之的体现了。

表 13 反映部分绰号的锡伯文翻译情形：

表 13 《红楼梦》锡伯文本绰号迻译举隅

首见页码	译文	对应原文	译法说明
136	feng la dzy	凤辣子	全音译

续 表

首见页码	译文	对应原文	译法说明
149	hūn ši mo wang	混世魔王	全音译
185	dai ba wang	呆霸王	
341	pusa age	菩萨哥儿	半音译
v, 920	suihutu jin g'ang	醉金刚	
229	jung šan ba i niohe	中山狼	
xiii, 3359	jung šan i niohe		
1680	hehe sebsehe	母蝗虫	全意译
2743	jacin moo	二木头	

由此可见该译本主要以三种模式翻译绰号。但 pusa“菩萨”一词实为沉淀于满文—锡伯文语汇系统中的汉语借词了，与之类似的“金刚”一词却是直接音译汉语，由此反映出着两个佛教术语之于锡伯文的密切程度。此外，对“凤辣子”的处理似乎简单化了些：因为满文—锡伯文词汇系统中本有派生 halhūri“胡椒”的 halhūn“热辣辣”一词[1]，倘若以之来对译“辣子”，恐怕更能充分再现原文第 3 回中凤姐出场、先声夺人的情形，也可为其形象在后文的发展定下比较明确的基调。

表 14 则反映锡伯文译文中的部分拼写舛误或迻译问题：

表 14 《红楼梦》锡伯文本误写或误译举隅

译本页码	译文	对应原文	译文修正	说明
246	jung san i nithe	中山狼	jung šan i niohe	字形混淆
131	huhun eme	奶妈	huhun i eme	格助词遗漏
209	jiya jen sargan	贾珍之妻	jiya jen i sargan	
275，307，309，311	jeožui sargan	周瑞家的	jeo r'ui i sargan	
178	o fang gung	阿房宫	o pang gung	声母拼错
2123	šahaliyan honin	青羊	sahaliyan honin	

[1] 胡增益主编：《新满汉大词典》，新疆人民出版社 1994 年版，第 384 页。

续　表

译本页码	译文	对应原文	译文修正	说明
2443	sai yun	彩云	ts'ai yun	
3057	sa da jiye	傻大姐	ša da jiye	
1036	siowan lo gurun	暹罗国	siyan lo gurun	介音拼错
ix, 1978	nowan siyang u	暖香坞	nuwan siyang u	
318	weng fužin	王夫人	wang fužin	韵母拼错
1156	bi gel	宝哥儿	boo gel	
2376	o guwan	藕官	eo guwan	
ix, 2024	siyoo halai ajige non	薛小妹	siyo halai ajige non	
1872	jeo el i sargan	赵二家的	joo el i sargan	
796，797，2514，2515	jeo i niyang	赵姨娘	joo i niyang	
3413，3423	sun šeo dzu	孙绍祖	sun šoo dzu	
2377	ciyen guwan	茄官	ciye guwan	多加韵尾
2407	ts'ai siyan	彩霞	ts'ai siya	
1037	šan pingžen	单聘仁	šan pinžen	韵尾拼错
1600	ya lu gung	颜鲁公	yan lu gung	
2217	u sing deng	吴新登	u sin deng	
201	siyo ye ma	薛姨妈	siyo i ma	声韵拼错
785	sakda mama	老嬷嬷	sakda meme	选词不当
首见166	li mama	李嬷嬷	li meme	
200	siyo ma	薛姨妈	siyo i ma	译文遗漏
270	lio loo	刘姥姥	lio loo loo	
977	boo ioi i takaha eme	宝玉寄名的干娘	boo ioi i gebui takaha eme	
131	ahūngga tara ahūn i sargan ju da seo	先珠大哥的媳妇珠大嫂子	nenehe ahūngga tara ahūn i sargan ju da soo	声韵拼错

其中需要特别说明的是：

锡伯文译本中对专名的音译，还有老式读音的残留，o (fang gung)“阿（房宫）”就是一例；另外，不见于上表的 (ts'ui) me“（翠）墨”❶也是一例。

由于锡伯文词汇 mama 指的是祖母，所以，译本中的 jiya mama“贾母”、sakda mama“老母”❷或“老奶奶”❸等译法都没有问题。但是，用 sakda mama 来对译“老嬷嬷”，以及类似的情形 li mama“李嬷嬷”却颇值得商榷，因为“嬷嬷”一次本是源自满文 meme 的汉语借词，含有乳母之义，亦可推广至一般年长仆妇的通称❹。相比而言，mama“祖母”一词带有更为尊崇的意味，这从其复数形式几乎专用带有“神奇”色彩的词尾- ri 这一特征即可瞥见❺。所以，我们认为作为年长仆妇的“老嬷嬷”或者“李嬷嬷”等，都应该译以*meme 而非 mama。

原文第 60 回提及“藕官的干娘夏婆子”❻，在锡伯文译本中处理成 eo guwan <u>itakaha eme</u> siya niyang❼，可见“干娘”一词对译作 takaha

---

❶ Musioidung: *Fulgiyan Taktui Tolgin* (ujuci de duici debtelin). Ts'oo Siyo Cin, G'oo E. Urumci: Sinjiyang Niyalma Irgen Cubanše, 1993: p.1145.

❷ Musioidung: *Fulgiyan Taktui Tolgin* (ujuci de duici debtelin). Ts'oo Siyo Cin, G'oo E. Urumci: Sinjiyang Niyalma Irgen Cubanše, 1993: p.130.

❸ Musioidung: *Fulgiyan Taktui Tolgin* (ujuci de duici debtelin). Ts'oo Siyo Cin, G'oo E. Urumci: Sinjiyang Niyalma Irgen Cubanše, 1993: p.274.

❹ 金启孮：《〈红楼梦〉中的北俗》（下），载《学习与探索》1980 年第 5 期，第 97 页。

❺ 刘景宪、赵阿平、吴宝柱、[美]H. 约翰：《关于满语名词复数的研究》，载《民族语文》1993 年第 4 期，第 26. 68 页。

❻ [清]曹雪芹、高鹗：《红楼梦》（共四册），人民文学出版社 1957 年初版，第 765 页。

❼ Musioidung: *Fulgiyan Taktui Tolgin* (ujuci de duici debtelin). Ts'oo Siyo eme“认的母亲”。那么，对于第25回中“寄名的干娘”这一表达，锡伯文译文还是使用takaha eme来对译显然就不准确了。这里宝玉的“寄名的干娘”自然和一般的干亲判然有别；而如果必须译出这里的“寄名”一词，则可以参见第25回清虚观打醮时凤姐向张道士提及丫头的“寄名符”（gebui karmani）的锡伯文译法[1]，上表的相关修正即为如是处理。

五、译文比析

本节通过部分锡伯文译文及其对应中文原文的对勘，反映该译文文字上的某些特色。

仿拟是中文原文运用极为娴熟的修辞之一。但在锡伯文译文中却存在着不同程度的问题，从而大为削减原文艺术特色在译文中的再现。仿拟修辞具体包括仿词和仿句，下面各举数例对此细加剖析。

（第28回）今儿得罪了我的事小，倘或明儿“宝姑娘”来，什么“贝姑娘”来，也得罪了，事情可就大了。[2]

(orin jakūci wayelen) tuttu secibe enenggi minde Weile bahangga ajige baita, aika cimari boo guniyang, bei guniyang de waka bahara oci, ainahai amba ojorkūn[3]

锡伯文中本有来自满文的中文借词boobai“宝贝”，这样原文中的上述仿词其实可以在锡伯文译本中加以再现的——只需将这里译文中

Cin, G'oo E. Urumci: Sinjiyang Niyalma Irgen Cubanše, 1993: p.2445.

[1] Musioidung: *Fulgiyan Taktui Tolgin*(ujuci de duici debtelin). Ts'oo Siyo Cin, G'oo E. Urumci: Sinjiyang Niyalma Irgen Cubanše, 1993: p.1159.

[2] [清]曹雪芹、高鹗：《红楼梦》（共四册），人民文学出版社1957年初版，第328页。

[3] Musioidung: *Fulgiyan Taktui Tolgin*(ujuci de duici debtelin). Ts'oo Siyo Cin, G'oo E. Urumci: Sinjiyang Niyalma Irgen Cubanše, 1993: p.1095.

划线部分的 bei guniyang “贝姑娘”这一直接音译略作调整，改成*bai guniyang “贝姑娘”，即可通过锡伯文单词 boobai，完美再现原文的仿词手段了。

（第 60 回）赵姨娘……手指着芳官骂道：“小娼妇养的！……不过娼妇粉头之流，……”芳官……一行哭，一行便说：“……我一个女孩儿家，知道什么‘粉头’、‘面头’的！……”❶

(ninju ci wayelen) joo i niyang...gala jorime fang guwan be toome hendume: “ajigedufen hehe, ...manggai gisegaringga duwalingga dabala, ...” serede, fang guwan... emderei songgome emderei hendume: “...bi emu ajige sarganjui ofi, aibi gise ‘garingga’ seme takambi! ...” serede, ...❷

本例中文中“粉头”“面头”之间的仿词在锡伯文中并未译出，其间含糊使用来对译的 garingga “淫妇”一词较之中文原文而言语气太重，不合芳官在这里应答的口吻。

（第 63 回）那面诗道是：／只恐夜深花睡去。／黛玉笑道：“‘夜深’二字改‘石凉’两个字倒好。”❸

(ninju ilaci wayelen) tere wayan de irgebuhe gisun: / damu orhorongge šumin dobori ilha amgara ayoo” sehebi. / dai ioi injeme hendume: “dobori šumin” sere juwe hergen be “wehe šahūrun” sere juwe hergen obume halaha bici hono sain bihe.” serede, ...❹

本例体现的仿句并不直接了当，而且原文句子中“名词＋形容

❶ [清]曹雪芹、高鹗：《红楼梦》（共四册），人民文学出版社 1957 年初版，第 766 页。

❷ Musioidung: *Fulgiyan Taktui Tolgin* (ujuci de duici debtelin). Ts’oo Siyo Cin, G’oo E. Urumci: Sinjiyang Niyalma Irgen Cubanše, 1993: pp.2448-2449.

❸ [清]曹雪芹、高鹗：《红楼梦》（共四册），人民文学出版社 1957 年初版，第 814 页。

❹ Musioidung: *Fulgiyan Taktui Tolgin* (ujuci de duici debtelin). Ts’oo Siyo Cin, G’oo E. Urumci: Sinjiyang Niyalma Irgen Cubanše, 1993: p.2603.

词”结构的相互替代也比较容易在译文中实现。锡伯文译文的问题主要在于：黛玉话里的语词替换中，dobori šumin“夜深”与花名签诗句中的语词 šumin dobori“深夜”并不一致，从而抹煞了原文中这个仿拟修辞的使用谐趣。

（第 80 回）实是俗语说的好，“清官难断家务事”，此时正是公婆难断床帏的事了。[1]

(jakūnju ci wayelen) yala an i gisun de henduhengge:“gengiyen hafan booi baita be lashalara de manggatambi.” sehengge mujangga bihebi, ne tob seme amha emhe besergen menggen dorgi baita be lashalara de manga erin ohobi sefi, ...[2]

这里的中文原文，划线指示出的两个习语性小句结构十分类似。但锡伯文译文的后者显然比前者冗赘得多，从而失去了原文两者仿句修辞的特色。

仅从仿拟这一修辞的传递来看，这个锡伯文译本远未保留住《红楼梦》原文的相应艺术特色，如果是独立的审视（亦即完全脱离汉文化背景）则难以谓之成功。

《红楼梦》也被很多学者认为是满汉文化融合的结晶。下面通过一些富有满洲文化色彩语汇的钩稽，及其锡伯文翻译的处理，可以深刻佐证关于该小说的这一特征。

（第 25 回）过了一日，就有宝玉寄名的干娘马道婆进荣国府来请安。[3]

(orin sunjaci wayelen) emu inenggi duleke manggi, boo ioi i takaha

---

❶ [清]曹雪芹、高鹗：《红楼梦》（共四册），人民文学出版社 1957 年版，第 1049 页。

❷ Musioidung: *Fulgiyan Taktui Tolgin* (ujuci de duici debtelin). Ts'oo Siyo Cin, G'oo E. Urumci: Sinjiyang Niyalma Irgen Cubanše, 1993: pp.3404-3405.

❸ [清]曹雪芹、高鹗原著，中国艺术研究院红楼梦研究所校注：《红楼梦》（全三册），人民文学出版社 1982 年初版，第 348 页。

eme hehe doose ma doo po, žung g'o fu de jifi elhe be bairede, ...[1]

需要说明的是，1974 年版人民文学本这里的中文原文是“有宝玉寄名的干娘马道婆到府里来”[2]，译文与之不符。其中的“道婆”从其后来的行径来看，显然不是 hehe doose“女道士”，而是通古斯民族萨满教中跳神施法的神婆（其正负面影响暂且不论）。所以，锡伯文译文在此处对满文语汇的理解就出现了偏差；这里的划线部分改译为 *hehe saman ma doo po“女萨满马道婆”似乎更为准确。

（第 26 回）贾兰笑道：“这会子不念书，闲着作什么？所以演习演习骑射。”[3]

(orin ningguci wayelen) jiya lan injeme hendume:“ te šolo sindafi bithe hūlarkū ohobi, baisin tefi ainambi? tuttu ofi majige gabtara niyamniyara be urebuki serengge dabala” serede, ...[4]

这里的短语 gabtara niyamniyara 原指满洲人的马步箭，也对译中文典籍中习见的“弓马”[5]。这里用来对译清朝立国进关后强调的尚武传统之一的“骑射”[6]。这虽然是意译，但是词汇对应比较固定，从中可以透露出《红楼梦》中人物日常生活中所蕴含的八旗武备信息。

（第 36 回）二则他的星宿不利，祭了星，不见外人。[7]

---

❶ Musioidung: *Fulgiyan Taktui Tolgin* (ujuci de duici debtelin). Ts'oo Siyo Cin, G'oo E. Urumci: Sinjiyang Niyalma Irgen Cubanše, 1993 : p.977.

❷ [清]曹雪芹、高鹗：《红楼梦》（共四册），人民文学出版社 1957 年初版，第 291 页。

❸ [清]曹雪芹、高鹗：《红楼梦》（共四册），人民文学出版社 1957 年初版，第 306 页。

❹ Musioidung: *Fulgiyan Taktui Tolgin* (ujuci de duici debtelin). Ts'oo Siyo Cin, G'oo E. Urumci: Sinjiyang Niyalma Irgen Cubanše, 1993: p.1029.

❺ 胡增益主编：《新满汉大词典》，新疆人民出版社 1994 年版，第 306 页。

❻ 赵志忠：《〈红楼梦〉与满族习俗》，载《明清小说研究》2008 年第 2 期，第 126—127 页。

❼ [清]曹雪芹、高鹗：《红楼梦》（共四册），人民文学出版社 1957 年初版，第

(gūsin ningguci wayelen) jaide terei aliha usiha sabingga waka, emgeri usiha be wecehe be dahame tulergi niyalma de acaci ojorkū, ...[1]

“祭星”本是满洲人与祭祖同等重要的固有宗教性活动之一[2]。这里的锡伯文翻译从语义上比较准确地译出了这一特色。

上述“骑射”和“祭星”两个术语，都可以证实就是非音译的满文语汇，从而借助锡伯文译文的诠释，在一定程度上还原了《红楼梦》中文原文中满文词汇的真实内涵。

（第 118 回）忽见莺儿端了一盘瓜果进来，说：“太太叫人送来给二爷吃的，这是老太太的克什。”[3]

(emu tanggū juwan jakūci wayelen) ing el emu alikū tubihe be tukiyeme dosinjifi hendume:“ tai tai niyalma takūrafi el ye be jekini seme banjibuhebi. ere loo tai tai ikesi.” serede, ...[4]

划线处这个典型的满文音译借词——kesi“克什”——首先由启功先生阐明[5]，但它在《红楼梦》后 40 回的出现，却从一个侧面透露出续作者同样具有较为深厚的满洲文化修养，因而其续作可以和前 80 回比较完美地结合在一起流传至今。

仅就仿拟修辞和满洲文化语汇两个方面，我们细致比较剖析了这个锡伯文译本的某些典型文句实例，总的印象是：中文原文精妙的修

---

431 页。

❶ Musioidung: *Fulgiyan Taktui Tolgin* (ujuci de duici debtelin). Ts'oo Siyo Cin, G'oo E. Urumci: Sinjiyang Niyalma Irgen Cubanše, 1993: p.1409.

❷ 赵阿平：《满族语言与历史文化》，民族出版社 2006 年版，第 207 页。

❸ [清]曹雪芹、高鹗：《红楼梦》（共四册），人民文学出版社 1957 年初版，第 1516 页。

❹ Musioidung: *Fulgiyan Taktui Tolgin* (ujuci de duici debtelin). Ts'oo Siyo Cin, G'oo E. Urumci: Sinjiyang Niyalma Irgen Cubanše, 1993: p.4967.

❺ 刘厚生：《〈红楼梦〉与满语言文化刍议》，载《清史研究》2001 年第 4 期，第 68 页。

辞手段在锡伯文译文中几乎没有保存（即便是个别原本可以很好移植的情形）；而原文中蕴含的满洲文化语汇倒可以通过锡伯文的迻译在很大程度上得以准确还原和诠释。

六、结语

目前正式刊行、尚在流传的《红楼梦》锡伯文译本，已经跻身于锡伯文翻译文学经典以及《红楼梦》多语种译本之林。这个译本的形成相对比较复杂，译文处理比较直接，如果独立于汉文化背景而言则缺乏自己的艺术特性。译文中舛误和有问题之处也还为数不少。这些情形都影响着这个译本对《红楼梦》原文繁复结构和关系的有效表达、在相当程度上抹煞了原文精巧的艺术构思。

本文的分析为不谙锡伯文的中文学界提供了有关这个译本的全面信息，从而为翻译学的跨语种理论建设，提供更多第一手的资料，以便使得日趋弛废的满文—锡伯文文献，在新的学科领域建设中焕发出别样的生命力来。

（原载《满语研究》
2012年第二期，第110—117页）

北欧日耳曼语《红楼梦》迻译巡礼

一、叙说

《红楼梦》在欧洲的译介和传播已有将近两个世纪的历史了。从中文学界目前正式刊行的最新相关研究来看，涉及英、德、荷兰[1]、法、西班牙、意大利、罗马尼亚[2]、俄、捷克、斯洛伐克[3]、希腊、阿尔巴尼亚以及芬兰、匈牙利[4]等 14 种欧洲语言[5]。迄今已知最新付梓的欧洲语言译本是两册精装的德文全译本[6]。

笔者近来驻足欧洲本土，竟然发现《红楼梦》的欧洲语言译本其实远远不止于此，无论是早已译竣而未曾为中文学界了解的，还是新

---

❶ 以上三种语言为日耳曼语（Germanic）。

❷ 以上四种语言为罗曼语（Romance）。

❸ 以上三种语言为斯拉夫语（Slavic）。

❹ 这两种语言为芬乌语（Finno-Ugric）。

❺ 冯其庸、李希凡主编:《红楼梦大辞典（增订本）》，文化艺术出版社 2010 年版；唐均:《〈红楼梦大辞典 · 红楼梦译本〉词条匡谬赓补》，见傅勇林主编:《华西语文学刊》（第 3 辑“《红楼梦》译介研究专辑”），四川文艺出版社 2010 年版，第 186—209 页。

❻ Schwarz, Rainer & Martin Woesler (übst.) : Tsau Hsüä-Tjin und Gau Ë: *Der Traum der Roten Kammeroder Die Geschichte vom Stein*; aus dem Chinesischen übersetzt: Vols.2. Bochum: Europäischer Universitätsverlag, 2006.此译本另有 2010 年版重印本，软精装一册，因为内容没有本质变化，故不计在内。

近译成而公开出版的，都可以轻易突破我们以往的归纳统计。下面介绍的就是几个从未正式映入中文学界眼帘的北欧语言译本的概况，尽管同属北欧的芬兰语译本早在半个多世纪前的 1957 年就已译自久负盛誉的孔舫之（Franz Kuhn, 1884—1961）德文节译本了，但其具体的文本细节也是才在中文学界披露不久[1]。

需要说明的是，本文凡是涉及“××文”的提法，均指相应语言的书面语形式，以便呼应译本的考察，而与该种文字或字母却没有任何关系。

二、瑞典文译本

在北欧诸国中，无论从历史还是影响而言，瑞典都是第一大国。瑞典语（svenska）是瑞典王国和芬兰共和国奥兰（瑞典文 Åland, 芬兰文 Ahvenanmaa）自治省的通用语言，使用瑞典语的人口目前已经接近 1200 万。毗邻的语言无论亲缘关系远近，无不深受瑞典语的影响。另外值得重视的是，享誉世界的诺贝尔奖主要由瑞典人评选和颁发，其中的文学奖在很大程度上取决于异域文学译成瑞典语的情况，这无疑增长了瑞典语的国际影响力和瑞典文吸纳世界各民族文学的动力。

既然瑞典语的区域辐射和国际地位都是这样毋庸置疑的。然而，在我们以往的考察中，作为深受瑞典语渗透的芬兰语都已有了《红楼梦》的译本，而中国开设外语语种最多的北京外国语大学也在德语系之下设置了半个世纪之久的瑞典语专业[2]，瑞典语却为何一直没有涉猎中国

---

[1] 唐均：《〈红楼梦〉芬兰文译本述略》，载《红楼梦学刊》2011 年第 4 辑，第 53—70 页。

[2] 北京外国语大学瑞典语专业始建于 1961 年，现已有瑞典语专业硕士点。另据瑞典驻华大使馆的网络资料（http://www.swedenabroad.com/zh-CN/Embassies

最优秀的古典小说——譬如《红楼梦》等的全面译介呢?

事实并非如此。《红楼梦》的瑞典文译本近来确已问世。该译本为瑞典文全译本，题名曰《红楼之梦》（*Drömmar om röda gemak*），讲述的是“石头自述的故事”（de fyra stora talspråksromanerna），具体分为五卷：

第一卷《金卷》（Guldåldern），包含第 1—26 回[1]；

第二卷《银卷》（Silveråldern），包含第 27—53 回[2]；

第三卷《铜卷》（Kopparåldern），包含第 54—80 回[3]；

第四卷《铁卷》（Järnåldern），包含第 81—100 回[4]；

第五卷《石卷》（Stenåldern），包含第 101—120 回[5]。

如果留意到霍克思（David Hawkes, 1923—2009）和闵福德（John Minford, 1946—）的《红楼梦》英文全译本：第一卷[6]包含第 1—26 回、

/Beijing/11/4/<2013.01.02.>）显示：近些年来，才另有中国传媒大学外国语学院、复旦大学北欧中心（The Nordic Centre）、上海外国语大学德语系以及香港大学现代语言与文化学院瑞典语系等纷纷设立瑞典语本科专业。此外作为军校的洛阳外国语学院也刚刚设立了瑞典语专业。

❶ Bergman, Pär (tr.): Guldåldern, del 1 av *Drömmar om röda gemak* (kapitel1-26). Översättning, inledning och kommentar av Pär Bergman. Stockholm: Bokförlaget Atlantis, 2005.

❷ Bergman, Pär (tr.): Silveråldern, del 2 av *Drömmar om röda gemak* (kapitel27-53). Översättning och kommentarer av Pär Bergman. Stockholm: Bokförlaget Atlantis, 2007.

❸ Bergman, Pär (tr.): Kopparåldern, del 3 av *Drömmar om röda gemak* (kapitel54-80). Översättning av Pär Bergman. Stockholm: Bokförlaget Atlantis, 2009.

❹ Bergman, Pär (tr.): Järnåldern, del 4 av *Drömmar om röda gemak* (kapitel81-100). Översättning av Pär Bergman. Stockholm: Bokförlaget Atlantis, 2010.

❺ Bergman, Pär (tr.): Stenåldern, del 5 av *Drömmar om röda gemak* (kapitel 101-120). Översättning av Pär Bergman. Stockholm: Bokförlaget Atlantis, 2011.

❻ Hawkes, David (tr.): *The Story of the Stone*: A Chinese Novel by Cao Xueqin in Five Volumes. Vol.1, The Golden Days. Harmondsworth: Penguin

第二卷[1]包含第 27—53 回、第三卷[2]包含第 54—80 回、第四卷[3]包含第 81—100 回、第五卷[4]包含第 101—120 回。于是，这就带来一个疑问：两个不同语种的译本怎么可能在分卷所包含的章回上竟然如此一致呢？一个可能的推测性答复就是：这个瑞典文全译本实际上可以视作霍克思—闵福德英译本（“霍闵英译本”）的转译本。当然，具体的细节问题还要仔细对勘上述两个译本的文本才能够更为完满地加以解答。但仅就上述推定而言，这个瑞典文译本所分的五卷几乎是参照中国传统的“五金”来加以命名的，虽未点题却更具中国传统意味，从而与霍闵英译本五个分卷各自按照相对集中的主题来另外命名副标题迥然有别。另外，再虑及瑞典语和英语之间密切的亲缘关系，我们可以推测该瑞典文译本能够较好还原英译本的某些巧妙处理之处。

这个瑞典文译本的出版也是横亘 2005—2011 年，成为迄今所知最新的《红楼梦》异域语言译本。

译者白山人（Pär Bergman），生于 1933 年，1962 年在瑞典乌普萨拉大学（Uppsala Universitet）以"Modernolatria" et "simultaneità" recherches sur deux tendances dans l'avant-garde littéraire en Italie et

---

Books, 1973.

❶ Hawkes, David (tr.): *The Story of the Stone*: A Chinese Novel by Cao Xueqin in Five Volumes. Vol.2, The Crab-flower Club, translated by David Hawkes. Harmondsworth: Penguin Books, 1977.

❷ Hawkes, David(tr.): *The Story of the Stone*: A Chinese Novel by Cao Xueqin in Five Volumes. Vol.3, The Warning Voice, translated by David Hawkes. Harmondsworth: Penguin Books, 1980.

❸ Minford, John(tr.): *The Story of the Stone*: A Chinese Novel by Cao Xueqin in Five Volumes. Vol.4, The Debt of Tears, edited by Gao E; translated by John Minford. Harmondsworth: Penguin Books, 1982.

❹ Minford, John(tr.): *The Story of the Stone*: A Chinese Novel by Cao Xueqin in Five Volumes. Vol.5, The Dreamer Wakes, edited by Gao E; translated by John Minford. Harmondsworth: Penguin Books, 1986.

en France à la veille de la première guerre mondiale 为题获得博士学位。曾用其母语出版《文革时期中国短篇小说中的价值模范》一书[1]，后又用英语出版该书[2]，充分展示了译者在汉学和现代中国研究方面的深湛功力。

三、挪威文译文

挪威语（norsk）是现代挪威王国的官方语言，有两种书写形式——书面挪威语（bokmål）和新挪威语（nynorsk）[3]，各自代表着保守和激进的语言形式。使用挪威语的人口目前大致是 460 万。挪威语的口语像瑞典语而书面语类似丹麦语。北京外国语大学于 2007 年开始设置挪威语本科专业。

挪威文的《红楼梦》译文题名曰“红楼之梦”（Drømmen om det røde kammeret）或作“石头的故事”（Stenens historie），并未正式出版。台湾学者罗凤珠主持的“红楼梦网路教学研究资料中心”网站，刊有其译文的第 1 回和第 2 回片断摘译[4]：其中第 1 回是完整译出（包括回目在内），第 2 回只译出了与第 1 回内容密切相关的开头部分（不包括回目，至贾雨村要得娇杏为止）。根据译者自己的说法，这是他 1993—1994 年间完成的译稿了；他翻译这部分文字的目的是要对引介整部小说的文字进行评价（... made a comment using the first chapter

---

❶ Bergman, Pär: *Exempelberattelser och monstergestalter i folkrepubliken Kina kring kulturrevolutionen*. Stockholm: Seelig, 1976.

❷ Bergman, Pär: *Paragons of virtue in Chinese short stories during the Cultural Revolution*. Stockholm: Skrifter Utgiuna, 1984.

❸ 其非官方的形式分别称作 riksmål 和 høgnorsk。

❹ http://cls.hs.yzu.edu.tw/hlm/read/text/Hongloumeng-ch1.htm<2013.01.02.>

to introduce the whole novel）[1]。

由于译者本人也不曾完全记得其译文所据底本，只是凭印象还能忆起是人民文学出版社正式出版的现代排印版本，同时也曾参考别的排印本（modern editions）和抄本（early manuscripts）[2]。本文根据现有译文来大致推测一下这份挪威文摘译所据的原本是什么。

首先，我们可以推测译者不大精研各种《红楼梦》版本的差异，而更大的可能性是直接利用现已出版的整理排印本。这方面近年来流行的主要有以下两个系统：一是以程乙本为底本、1957 年初版、1974 年重印的四册人民文学本系统[3]和以脂评本（庚辰本）为底本、1982 年初版、1996 年修订重印的两册人民文学本系统[4]。而我们看下面一段特征性文字的对照。

挪威文译文[5]：

Utsendingen hadde ogsa med seg et konfidensielt brev der Feng Su ble anmodet om a be Shiyins kone la Yucun fa Jiaoxing som konkubine. <u>Dette ga Feng Su mulighet til a smiske for den nye magistraten, og han kunne knapt styre seg av begeistring</u>.

四册人民文学本[6]：

---

[1] 这是译者与笔者私人通信中的原话。感谢挪威文译者艾皓德教授的不吝指教。

[2] 这也见于译者与笔者的私人通信。同样感谢译者艾皓德教授的不吝指教。

[3] [清]曹雪芹、高鹗：《红楼梦》（共四册），人民文学出版社 1957 年版，1973—1974 年重印版。

[4] [清]曹雪芹、高鹗原著，中国艺术研究院红楼梦研究所校注：《红楼梦》（上、下册），人民文学出版社，1982 年初版，1996 年修订重印版。

[5] http://cls.hs.yzu.edu.tw/hlm/read/text/Hongloumeng-ch1.htm<2013.01.02.>

[6] [清]曹雪芹、高鹗：《红楼梦》（共四册），人民文学出版社 1957 年初版，第一册第 14 页。而实际上，程甲本的这段文字与此处基本相同，参见以程甲本为基础的排印本[清]曹雪芹：《红楼梦校注本》（全四册），北京师范大学出版社 1987 年初版，第一册第 27 页。

又一封密书与封肃，托他向甄家娘子要那娇杏作二房。封肃喜得眉开眼笑，巴不得去奉承太爷，……

两册人民文学本[1]：

又寄一封密书与封肃，转托问甄家娘子要那娇杏作二房。封肃喜的屁滚尿流，巴不得去奉承，……

注意到画线部分的挪威文译文，既有“眉开眼笑”（til a smilske）也有“太爷”（den nye magistraten），显然是依据程高本系统而非脂评本系统译出的。

此外，这份挪威文摘译的最后一句是：Et tilfeldig feiltrekk kan bringe en til topps“偶因一回顾，便为人上人”，显然属于四册人民文学本系统，而非属于两册人民文学本系统的“偶因一着错，便为人上人”，与上面的译文剖析在底本依据上也是一致的。

尽管上述分析所据译文有限，我们暂时也可得出与底本有关的结论：这份挪威文摘译所据基础性底本不可能是两册人民文学本系统的，亦即不可能依据该印本的1982年初版本译出，而最有可能是四册人民文学本系统的印本。

译者艾皓德（Halvor Bøyesen Eifring），生于1960年，1993年以《汉语中的小句连接》（Clause Combination in Chinese）为题获得挪威奥斯陆大学博士学位[2]，现为奥斯陆大学人文学院文化研究与东方语言系（Department of Culture Studies and Oriental Languages）现代汉语教授，主要研究语言类型学、语言接触等。译者本人亦是红学家，曾对《红楼梦》中的心理结构作过专题研究，《中国传统文学中的意识和

---

❶ [清]曹雪芹、高鹗原著，中国艺术研究院红楼梦研究所校注：《红楼梦》（上、下册），人民文学出版社，1996年修订重印版，第一册第22页。

❷ Eifring, Halvor: *Clause Combination in Chinese*. Leiden: Brill, 1995.

精神状态》[1]和《中国传统文学中的情爱与情感》[2]两书，可以集中反映他对于多种中国古典小说心理结构方面研究的成果，而并非仅限于《红楼梦》一书，其中体现出来的外国汉学家的宏观视野，实在值得中国学者学习。

四、丹麦文译文*

丹麦语（dansk）通行于现代丹麦王国及其属地法罗群岛、格陵兰岛等，还有德国北部的石勒苏益格（Schleswig），目前使用人口约有600 万。在丹麦和挪威尚未分离的几个世纪内（16—19 世纪），实际存在的是所谓丹麦—挪威语，至今仍在挪威很多城市传承。今天的丹麦语和挪威语仍然使用完全相同的字母表，这个字母表除了 26 个常见字母以外还包括 Ææ、Øø、Åå 三个特殊字母。使用丹麦语进行创作而具有世界声誉的人士包括现代丹麦—挪威文学奠基人霍尔伯格（Ludvig Holberg, Baron of Holberg, 1684—1754）、童话大王安徒生（Hans Christian Andersen, 1805—1875）、存在主义之父祈克果（Søren Aabye Kierkegaard, 1813—1855）等。北京外国语大学欧洲语言文化学院于 2008 年首次开设丹麦语本科专业。

丹麦文的《红楼梦》译文题名曰“曹雪芹所著之红楼梦或曰石头记”（Drømmen om det røde værelse eller Stenens beretning af Cao Xueqin），为第 6 回的节译“刘姥姥一进荣国府”（Kapitel 6: Bedstemor

---

[1] Eifring, Halvor: *Minds and Mentalities in Traditional Chinese Literature*. Beijing: Culture and Art Publishing House, 1999.

[2] Eifring, Halvor(redaktør): *Love and Emotions in Traditional Chinese Literature*. Leiden: Brill, 2004.

* 本节内容的撰写，大多得益于丹麦文译者易德波教授的私人通信指点，谨此诚挚致谢。

Liu besøger for første gang Rongguo Palæ），译文所据版本是以程乙本为底本、1957 年初版而 1973 年重印的四册人民文学本[1]第一册的第 68—79 页，译稿大约完成于 1985 年。

这部分译文刊于共计 167 页的《打虎英雄武松等中国伟大小说选辑》[2]的第 137—158 页。而这部中国小说的丹麦文译文选辑实际包含了《三国演义》《水浒传》《西游记》《金瓶梅》《红楼梦》《儒林外史》等的片断选译，2008 年有重印本。在译文之前尚有译者自撰的介绍性文字"关于繁华时代之梦或《红楼梦》"（Om drømmen om den gyldne fortid i *Hong lou meng*）——根据这个提法，我们似乎可以看到丹麦文译者受到了霍克思英译本的某些影响，因为霍克思英译本第一卷副题名可是"繁华时代"（The Golden Days）[3]，而且霍氏本人就把"红楼梦"理解为"繁华时代之梦"（A Dream of Golden Days）[4]。

译者易德波（Vibeke Børdahl），女，生于 1945 年，现任丹麦哥本哈根大学北欧亚洲学院（Nordic Institute of Asian Studies, NIAS）高级研究员以及丹麦人文学院（Danish Institute of Advanced Studies in the Humanities, DIASH）成员，亦曾任教于丹麦奥胡斯大学和挪威奥斯陆大学，对现代作家秦兆阳关注甚深，专长研究扬州评话（Yangzhou storytelling）[5]。又有《金瓶梅词话》的丹麦文全译，现已出版共计 248

---

❶ [清]曹雪芹、高鹗:《红楼梦》(共四册)，人民文学出版社 1957 年初版，1973—1974 年重印版。

❷ Børdahl, Vibeke(ed.): *Tigerdræberen Wu Song og andre fortællinger fra De Store Kinesiske*. Oslo: Solum Forlag, 1989.

❸ Hawkes, David(tr.): *The Story of the Stone*: A Chinese Novel by Cao Xueqin in Five Volumes. Vol.1, The Golden Days. Harmondsworth: Penguin Books, 1973.

❹ Hawkes, David(tr.): *The Story of the Stone*: A Chinese Novel by Cao Xueqin in Five Volumes. Vol.1, The Golden Days. Harmondsworth: Penguin Books, 1973: p.5.

❺ 过伟:《易德波与扬州评话情结》，载《广西师范学院学报（哲学社会科学

页的第一卷[1]，即将出版共计 250 页的第二卷[2]。

五、冰岛文译文

冰岛语（íslenska）是现代冰岛共和国的官方语言，也较为集中地用于加拿大中部的缅尼托巴（Manitoba）一级行政区，目前大约有 30 万人使用。冰岛语源自古代北欧人亦即所谓维京人（Vikings）使用的古诺斯语（Old Norse），由于冰岛本土和欧洲大陆的长期远距离隔阂，以致现代的冰岛语更多保留了古代语言的形式，从而和古英语、古德语等更为接近。因此，古代北欧人流传至今的书面文学《萨迦》（史传，英文 *Sagas*、冰岛文 *Íslendingasögur*）和《埃达》（诗歌，英文 *Eddas*、冰岛文 *Sæmundaredda*）——最早写定于 12 世纪——亦可视作广义的冰岛语文学。北京外国语大学欧洲语言文化学院于 2008 年首次开设了冰岛语本科专业。

冰岛文的《红楼梦》译文题名曰"红楼之梦"（Drauminum um rauða herbergið），为《红楼梦》第 12. 67. 68. 69 及 82 回的片段摘译，刊于共计 495 页的《丝路上的猴王：中国经典文学选集》上——其中包括译者自撰的"小说概况""《红楼梦》第 12 回概况""《红楼梦》第 12 回选译文""《红楼梦》第 67—69 回概况""《红楼梦》第 67—69 回选译文""《红楼梦》第 82 回概况""《红楼梦》第 82 回选译文"[3]。这个

版）》2008 年第 1 期。但此文将易德波教授的国籍误认为是挪威，可能是不了解这位丹麦学者嫁给挪威人的缘故。

[1] Børdahl, Vibeke (tr.): *Jin Ping Mei i vers og prosa, Første Bog*, Copenhagen: Forlaget Vandkunsten, 2011.

[2] Børdahl, Vibeke (tr.): *Jin Ping Mei i vers og prosa, Anden Bog*, Copenhagen: Forlaget Vandkunsten, 2013.

[3] Sveinbjörnsson, Hjörleifur (þýð.): *Apakóngur á Silkiveginum*: Sýnisbók kínverskrar frásagnarlistar frá fyrri öldum. Reykjavík: JPV Útgáfuár, 2008: pp.365-

摘译兼顾了《红楼梦》的前 80 回和后 40 回内容但以前 80 回为主，各个相对独立的部分自有相应的全部内容概述作为引言，提示文化隔阂巨大的冰岛文读者精读随后的冰岛文译文，这些细节性的处理，在一定程度上表明了译者具有的丰富翻译经验和对红学相关知识的有效掌握。

其实，这个冰岛文迻译的选集总共收录了《三国演义》《水浒传》《西游记》《儒林外史》《红楼梦》《骆驼祥子》《不怕鬼的故事》等小说的片断以及短篇小说《杜十娘》（冯梦龙）《肥皂》（鲁迅）的冰岛文译文[1]。这部译著的整体翻译风格是尽量切合原文，而非刻意使用工巧的文学语言（in an even style evoking the original stories without the use of overwrought literary language），译者也因为这部中国小说译著的出版而获得 2009 年度冰岛翻译奖[2]。

译者希约利（Hjörleifur Sveinbjörnsson），生于 1949 年，1977—1981 年在北京大学中文系学习汉语，与后来成为实业家、近年来因为在冰岛购地而引发争议的黄怒波同窗，现在主要任职于冰岛电视台和冰岛雷克雅未克大学商学院。

六、尾声

根据前文的叙述，加上业已考察过的芬兰文译本[3]，可以将北欧五

370, pp.371-372, pp.372-381, pp.382-383, pp.383-420, pp.421-422, pp.423-440. 感谢冰岛文译者希约利先生的不吝指教。

❶ 叶向阳：《访谈冰岛中国文学翻译家希约利先生》，载北京外国语大学欧洲语言文化学院编：《欧洲语言文化研究》（第 6 辑），时事出版社 2011 年版，第 348—352 页。

❷ http://www.grapevine.is/Home/ReadArticle/Who-Is-Mo-Yan<2013.01.02.>

❸ 唐均：《〈红楼梦〉芬兰文译本述略》，载《红楼梦学刊》2011 年第 4 辑，第

种语言对《红楼梦》的迻译情况概括为表 15。

表15　北欧五种语言《红楼梦》迻译概况

<table>
<tr><th>译语</th><th>译者及生卒</th><th>迻译模式</th><th>直接底本</th><th>译出时间</th><th>初版时间</th></tr>
<tr><td>芬兰文</td><td>帕尔塔宁（1906—1972）</td><td>节译、转译</td><td>孔舫之德译本</td><td rowspan="2">未详</td><td>1957</td></tr>
<tr><td>瑞典文</td><td>白山人（1933—）</td><td>全译、转译</td><td>霍闵英译本</td><td>2005—2011</td></tr>
<tr><td>挪威文</td><td>艾皓德（1960—）</td><td rowspan="3">摘译</td><td rowspan="2">程乙本整理本</td><td>1993—1994</td><td>近年网络公布</td></tr>
<tr><td>丹麦文</td><td>易德波（1945—）</td><td>1985</td><td>1989</td></tr>
<tr><td>冰岛文</td><td>希约利（1949—）</td><td>未详</td><td>未详</td><td>2008</td></tr>
</table>

上述 5 种译语，正是现代北欧五国的通用语言或者官方语言。其中除了芬兰语以外都是和英语、德语、荷兰语等同属一族的日耳曼语言。基于此，不仅可以领略到遍及世界的“大日耳曼语种”英语和德语对《红楼梦》这一中国古典小说圭臬的多次、反复迻译，还可体会到即便偏处一隅的“小日耳曼语种”也能够在相当程度上解析《红楼梦》的结构，从而向咫尺天涯的民族传达其中的某些神韵。考虑到北欧地区高度发达的社会状态，就不能不感喟《红楼梦》在这一区域的“普遍性”迻译，正是几千年前《管子》所谓“仓廪实而知礼节”的生动写照了。

从语言分类的谱系视角审视，本文所涉及迻译《红楼梦》的几种

53—70 页。

语言都归属印欧语系日耳曼语族，但瑞典语和丹麦语属于东北日耳曼语支，而挪威语和冰岛语属于西北日耳曼语支。这几种语言在实际表达上的差异程度是较小的，它们对《红楼梦》的翻译更多的是代表一个与中国相距遥远、文化上联系并不密切的异域民族以自己的母语为工具，深入探究中国文化的幅度。如果说东亚诸国蒙古、朝鲜、韩国、日本和越南是因为毗邻中国、从而深深浸渍于汉文化的氤氲而涌现了多个《红楼梦》译本的话，那么，与中国遥遥相隔而本无任何文化交融的北欧诸国如今也拥有了各自语言的《红楼梦》译本，则是充分反映出中国国力的升腾和中国文化的世界性影响确实是在向纵深里掘进。这个可喜的劲头也促使我们责无旁贷、而又满腔热情地向地球村的更多民族展示中国文化的魅力，以中国文化的精髓促进全球化的加深。

（原载《红楼梦学刊》
2013年第二辑，第277—290页）

《红楼梦》斯洛伐克翻译手稿论*

《红楼梦》在欧洲的全译为数不菲，但真正是欧洲人自发、从中文原本直接翻译完成的却并不多。其斯洛伐克文译本就是其中颇具典型意义的一例。

该译本以四卷本的形式面世，初版 2001 年第一、第二卷，2002 年第三卷，2003 年第四卷出齐（后来自 2006 年起又有重印，略而不论）。其翻译手稿随后入藏斯洛伐克国家图书馆（Slovenská národná knižnica）。笔者利用斯洛伐克访学的机缘，得窥这些手稿一遍，因撰此文，略述从此手稿获悉的有关信息，以就教于国内红学界。

一、斯译手稿述略

斯洛伐克国家图书馆，位于斯国北部的全国第八大城市马丁县（Martin, 1950 年前称 Turčiansky Svätý Martin），距离首都布拉迪斯拉发（Bratislava）大约三个小时的火车车程，1918 年 10 月 30 日曾在这座城市召开了马丁会议，决定斯洛伐克和捷克合并成为一个共和国，这里也是斯洛伐克第一部科学宪法的诞生地。

2013 年 3 月 20 日，笔者和《红楼梦》斯洛伐克译者黑山（Marina Čarnogurská-Ferancová）教授来到斯洛伐克国家图书馆，在其文学艺术档案部（Archív literatúry a umenia）调阅斯洛伐克文的《红楼梦》全部译稿。这些译稿分装于 20 函中，在黑山教授捐赠给图书馆的 40 多函文献中略近半数，包括了手写的初稿、打字的修订稿以及出菲林印刷的校订稿等不同时期的文字。虽然是匆匆一遍浏览，但也能窥见《红楼梦》斯洛伐克文翻译过程中一些并不为人所知的细节。

每函书脊处贴有打印的图书馆入藏记录标签，试举一例示其格式，见图 2。

* 本文的撰写特别感谢《红楼梦》斯洛伐克译者黑山教授多方面的大力协助，部分内容需要指明的出处如果与她直接相关，俱在下文的正文或注释中一一给出。

8.šk.Akv.č.: 78/2003
Prír.č.: 3626/2006
Evid.č.: 3006 [FOND: Marina ČARNOGURSKÁ=Majiteľ: Mgr. Marina Čarnogurská
-Ferancová, CSc.
Nad lúčkami 55
Bratislava—Dlhé Diely
84104]

图2　斯洛伐克文《红楼梦》手稿第8函入藏记录标签格式

这张标签所反映的信息中，我们应当留意的是：这些手稿是 2003 年入藏斯洛伐克国家图书馆，2006 年正式登记著录的。而每函封面贴的标签则为手写，也举一例示其格式，见图 3。

Cchao Süe-čchin:
Sen
o
Červenom pavilóne
2. diel: Leto
preklad z klasickej činštimy-M. Čarnogurská

图3　斯洛伐克文《红楼梦》手稿第8函标注格式

其中需要留意的是，Cchao Süe-čchin 是作者“曹雪芹”的斯洛伐克文拼音形式，Sen o Červenom pavilóne 是题名“红楼梦”的斯洛伐克文翻译形式。这些基本信息在后来的正式出版文本中都没有变更。表 16 整理出笔者本人调阅并记录的上述 20 函手稿的基本著录信息：

表 16　斯洛伐克文《红楼梦》手稿特征分布

函数	卷数	稿件字体	起讫页码		包含《红楼梦》章回
			正文	目录（或注释）	
1.šk.	第一卷	手写稿	共1176页	无	第1—60回
2.šk.	第二卷	手写稿	共1155页	无	第61—120回
3.šk.	第三卷	打字稿	1—594（共620页）	无（注释佚）	第1—30回

续　表

函数	卷数	稿件字体	起讫页码		包含《红楼梦》章回
			正文	目录（或注释）	
4.šk.	第四卷	手写稿	598—1231	599—601	第31—60回
5.šk.	第五卷	手写稿	1283—1940（共667页）	无	第61—90回
6.šk.	第六卷	手写稿	2090—2732（共672页）	无	第91—120回
7.šk.	第七卷	打字稿	1—281（共297页）	无	第1—30回
		手写稿	282—550（共279页）	共3页	
8.šk.	第八卷	打字稿	599—1280	1281—1284	第31—60回
9.šk.	第九卷	打字稿	1—786	共2页	第61—74回（目录显示至90回）
	第十卷	打字稿	1—682	无	第91—？回
10.šk.	第十一卷	打字稿	1—594	595—598	序言及第1—30回
		手写及打字稿	10数页为电台听众准备的关于曹雪芹的简介		
	第十二卷	打字稿	651. 652—1343	无目录	第31—60回
				1—51（卷二注）	
11.šk.	第十三卷	打字稿	1285—2085	2086—2089	第61—90回
12.šk.	第十四卷	打字稿	1. 2—448	无	第91—120回
	第十五卷	电脑打印稿	2—362	389—391	第1—30回
			封面、3页曹雪芹简介	363—388（注）	
13.šk.	第十六卷a	打字稿	2—364	无	第1—30回
			封面、2页曹雪芹简介	365—390（注）	
	第十六卷b	清样打字稿	2—320	无	第1—27回

续　表

<table>
<tr><th rowspan="2">函数</th><th rowspan="2">卷数</th><th rowspan="2">稿件字体</th><th colspan="2">起讫页码</th><th rowspan="2">包含《红楼梦》章回</th></tr>
<tr><th>正文</th><th>目录（或注释）</th></tr>
<tr><td rowspan="4">14.šk.</td><td rowspan="4">第十六卷c</td><td rowspan="2">出版社返回并页本</td><td rowspan="2">7—537</td><td>567—569</td><td rowspan="2">第1—30回</td></tr>
<tr><td>538—568（注）</td></tr>
<tr><td rowspan="2">出版社返回并页本</td><td rowspan="2">16—532</td><td>无</td><td rowspan="2">第1—30回</td></tr>
<tr><td>534—569（注）</td></tr>
<tr><td rowspan="2">15.šk.</td><td>第十七卷a</td><td>打字稿</td><td>2—393</td><td>无</td><td>第31—60回</td></tr>
<tr><td>第十七卷b</td><td>打字稿</td><td>2—252</td><td>无</td><td>第31—50回</td></tr>
<tr><td rowspan="4">16.šk.</td><td rowspan="2">第十七卷c</td><td rowspan="2">清样并页本</td><td rowspan="2">8—573</td><td>616—619</td><td rowspan="2">第31—60回</td></tr>
<tr><td>576—615（注）</td></tr>
<tr><td rowspan="2">第十七卷d</td><td rowspan="2">并页修订本，前有插图若干</td><td rowspan="2">8—573</td><td>616—619</td><td rowspan="2">第31—60回</td></tr>
<tr><td>576—615（注）</td></tr>
<tr><td rowspan="4">17.šk.</td><td rowspan="2">第十七卷e</td><td rowspan="2">油纸菲林本双面打印</td><td rowspan="2">8—573</td><td>616—619</td><td rowspan="2">第31—60回</td></tr>
<tr><td>576—615（注）</td></tr>
<tr><td rowspan="2">第十八卷a</td><td>电脑打印稿</td><td rowspan="2">2—441</td><td rowspan="2">无</td><td rowspan="2">第61—90回</td></tr>
<tr><td>本卷注释打字稿，封面手写</td></tr>
<tr><td rowspan="3">18.šk.</td><td rowspan="2">第十八卷b</td><td rowspan="2">电脑打印稿，前有插图一</td><td rowspan="2">61—441</td><td>无</td><td rowspan="2">第61—90回</td></tr>
<tr><td>1—44（注）</td></tr>
<tr><td>第十八卷c</td><td>电脑打印稿</td><td>2—281</td><td>无</td><td>第61—79回</td></tr>
<tr><td rowspan="3">19.šk.</td><td rowspan="2">第十九卷a</td><td rowspan="2">电脑打印稿</td><td rowspan="2">2—393</td><td>无</td><td rowspan="2">第91—120回</td></tr>
<tr><td>1—68（注）</td></tr>
<tr><td>第十九卷b</td><td>电脑打印稿清样本</td><td>2—392</td><td>无</td><td>第91—120回</td></tr>
<tr><td rowspan="2">20.šk.</td><td colspan="2">第一卷印刷本成品</td><td colspan="2">1996年版</td><td>1—30回</td></tr>
<tr><td colspan="2">打字稿</td><td colspan="3">部分译文片段，曹雪芹简介，为某杂志准备的面向斯洛伐克读者的概述</td></tr>
</table>

由这个基本信息表，大致可以反映出译者对《红楼梦》前 60 回，对应底本的前两卷，亦即成书的前两卷，花费了更多的心思加以处理，真

可谓数易其稿；而对后60回的处理则明显没有这么频繁了。这种情形或许同这个译本的第一卷（前30回）曾经先后两次出版关系密切，而非反映译者对原文从生疏到熟稔的渐进，亦非反映译者对前60回的看重而相对忽略后60回。

在手稿第一函的开头页面上，有着手写的“1.3.1978”字样，据译者解释，这是她开笔的时间，即“1978年3月1日”。而第四函开头页面的左下角，则有第四卷（第31—60回）开笔的时间“1.1.1984”（1984年1月1日）。无疑，这些时间痕迹大略可以折射出译者在逆境中坚持迻译《红楼梦》的进度。

二、关于底本

结合这些译稿，黑山教授又向笔者提供了她用以翻译的中文底本，这是香港出版的一个《红楼梦》四卷本。

根据此书封面和书脊以及版权页的记载[1]，可知该中文底本全名为《红楼梦（经济版）》——唯每册书内扉页无“经济版”字样，全书四册，定价港币21元，著作者署名为曹雪芹，出版者为广智书局，发行者为艺美图书公司。而在第一册的前言中，仍又提及“高鹗续作《红楼梦》后四十回”[2]。

书内文字繁体竖排，插图丰富，注释稀少且附于每回末尾。每册封底印有疑似出版社徽记的先秦中国车马图及“香港广智书局出版（Kwong Chi Book Co. H. K.）”字样。

---

[1] [清]曹雪芹:《红楼梦（经济版）》（全四册），广智书局佚年版。

[2] [清]曹雪芹:《红楼梦（经济版）》（全四册），广智书局佚年版，卷一前言第3页。

全书没有任何地方注明出版时间。但在斯译本每册接近封底的出版信息页面处正文第 4 行，都出现了 vydavateľstvom Siangkang kuangč'šu ťü v r. 1971 v Hongkongu 字样，意即“发行人：香港广智书局，1971 年于香港”。经与译者沟通，译者努力回忆 30 多年前的往事，在 20 世纪 70 年代，译者当时正罹受政治迫害，被迫脱离学术界，完全没有同侪可以交流而无从获悉出版信息，后来出版商要求给出底本出版时间时，因历时久远也无从了解，从而不得不根据当时购买渠道，推测了“1971 年”这个底本的重印时间。另据译者公开声明，她托人从加拿大购得此底本并带至斯洛伐克的时间是 1978 年 2 月[1]。由于目前我们也没有办法获知这一底本的准确出版时间，所以上述信息聊作参考。

关于此书所对应的《红楼梦》底本系统，根据其“经济版”的通俗读物性质以及大致的出版时间范围，我们隐约可以猜到它是依据程高本系统的。以下的底本文字材料可以进一步证明这一点。

此书第 22 回有宝玉所制镜子谜和宝钗所制竹夫人谜[2]，第 63 回中间缺乏芳官改名“耶律雄奴”一大段文字[3]。这都是程高本系统（以及甲辰本、梦稿本）的典型特征。

而就回目看来，此书第 5 回是“贾宝玉神游太虚境　警幻仙曲演红楼梦”，第 8 回是“贾宝玉奇缘识金锁　薛宝钗巧合认通灵”，第 50

---

[1] 其间还经历了“在加拿大的弟弟购买→表弟从加拿大带到匈牙利→表姐从匈牙利带到斯洛伐克”的辗转过程，令人慨叹。以上信息参见[斯洛伐克]玛丽娜·黑山著，梁晨译：《〈红楼梦〉与其斯洛伐克语译本的产生历史》，见傅勇林主编：《华西语文学刊》（第 3 辑“《红楼梦》译介研究专辑”），四川文艺出版社 2010 年版，第 58 页。

[2] [清]曹雪芹：《红楼梦（经济版）》（全四册），广智书局佚年版，卷一第 330—331 页。

[3] [清]曹雪芹：《红楼梦（经济版）》（全四册），广智书局佚年版，卷三第 1026 页。

回是“芦雪庭争联即景诗　暖香坞雅制春灯谜”，第 56 回是“敏探春兴利除宿弊　贤宝钗小惠全大体”，全同程乙本、程甲本、甲辰本。但另外几个典型的回目，如第 3 回“托内兄如海荐西宾　接外孙贾母惜孤女”，仅同程乙本、程甲本[1]，第 79 回“薛文起悔娶河东吼　贾迎春误嫁中山狼”仅同程乙本[2]，由此，我们暂且将《红楼梦》斯洛伐克文全译本所依据的这个底本确定为程乙本系统。

如此繁复地推测这个译本所依据的底本，无非是为了以后的相关研究，特别是对翻译文本的具体考察，必须建立在译文所据中文原文确凿的基础之上，而基于此的其他一切推定或引申，无一不是肇始于原文底本可资比较的前提之下。

这个底本的插图，是根据以下两个大的原则来处理的：

（1）如果是与当回内容密切相关的，那么插图都是置于章回开头文字之前，且以两幅图像各自呼应回目的一半联语；并且可以注意到，这样的插图在每个章回之前都有出现。

（2）零散的人物（含顽石）插图通常置于相关章回之末尾，比如，曹雪芹插图置于卷一总回目之后[3]，盖因曹氏为本书作者的缘故；顽石插图置于第 2 回“贾夫人仙逝扬州城　冷子兴演说荣国府”之后[4]，因本回出现顽石所化“俗物”宝玉落草之事，是为全书故事的第一主人公

---

[1] 甲辰本、列藏本“托内兄如海酬训教　接外孙贾母惜孤女”，卞藏本“托内弟如海酹训教　接外孙贾母恤孤女”。

[2] 梦稿本“薛文起悔娶河东吼　贾迎春悮嫁中山狼”，甲辰本、程甲本“薛文龙悔娶河东吼　贾迎春误嫁中山狼”；其余版本全是“薛文龙悔娶河东狮　贾迎春误嫁中山狼”（其中蒙府本正文页是“薛父龙悔娶河东狮　贾迎春误嫁中山狼”，此间“父”当为“文”之讹字）。

[3] [清]曹雪芹：《红楼梦（经济版）》（全四册），广智书局佚年版，卷一未标注页码。

[4] [清]曹雪芹：《红楼梦（经济版）》（全四册），广智书局佚年版，卷一第 28 页。

的登场；妙玉插图置于第 76 回“凸碧堂品笛感凄清　凹晶馆联诗悲寂寞”之后[1]，因此回有妙玉邂逅史林二人联句而倾情参与的大段文字。但也有不少插图随意置于无关章节之后的情形，比如，警幻插图置于第 9 回“训劣子李贵承申饬嗔　顽童茗烟闹学房”之后[2]，而此回根本没有警幻的事儿；秦钟插图置于第 18 回“皇恩重元妃省父母　天伦乐宝玉呈才藻”[3]，而此回几无秦钟任何讯息；椿龄（画蔷）插图却位于第 79 回“薛文起悔娶河东吼　贾迎春误嫁中山狼”之后[4]，而此回却根本没有涉及椿龄的任何信息——第 30 回“宝钗借扇机带双敲　椿龄画蔷痴及局外”之前出现、配合后半回目的“画蔷图”[5]与本图不同。而且，这些人物插图并非每回末尾都有出现。

（1）只有关于宝玉和金锁形制的插图，在原本中才是插入正文文字“第八回贾宝玉奇缘识金锁薛宝钗巧合认通灵”当中的[6]。

（2）原本第 116—119 回末尾分别出现了不同于改琦白描、亦不反映当回内容的另一种类型插图，分别是“黛玉葬花”“宝钗扑蝶”“宝琴踏雪”“湘云醉卧”[7]——在译本中都没有采纳。

这些插图处理方式，总的来讲也是出于其“经济版”的初衷，能够方便更多读者领会泱泱文字的内涵，尽管其编排方式有时与内容脱节，从而也可能对读者有所误导。

---

[1] [清]曹雪芹:《红楼梦(经济版)》(全四册),广智书局佚年版,卷三第 1260 页。

[2] [清]曹雪芹:《红楼梦(经济版)》(全四册),广智书局佚年版,卷一第 142 页。

[3] [清]曹雪芹:《红楼梦(经济版)》(全四册),广智书局佚年版,卷一第 268 页。

[4] [清]曹雪芹:《红楼梦(经济版)》(全四册),广智书局佚年版,卷三第 1314 页。

[5] [清]曹雪芹:《红楼梦(经济版)》(全四册),广智书局佚年版,卷一第 456 页。

[6] [清]曹雪芹:《红楼梦(经济版)》(全四册),广智书局佚年版,卷一第 118—119 页。

[7] [清]曹雪芹:《红楼梦(经济版)》(全四册),广智书局佚年版,卷四第 1900. 1918. 1936. 1958 页。

由此衍生的斯洛伐克译本，则精选原本众多插图中由改琦（1879年）白描的人物插图[1]，分别置于相关重点章回的中间，这样可以在很大程度上保留原本插图利用的优点而规避其缺点，对于更有文化隔阂的斯洛伐克读者而言，尽量避免误导尤其重要。试举两例以窥全豹：

（1）上面提及的椿龄画蔷插图，在斯洛伐克译本中同样正确移动后，置于第40回译文文字当中[2]——这是从后往前挪的情形。

（2）晴雯（补裘）插图，在原本中是置于第26回“蜂腰桥设言传心事潇湘馆春困发幽情”之后[3]，此回中虽有晴雯出现，但与补裘情节完全无涉。斯译本中，同样的一幅插图置于第52回“俏平儿情掩虾须镯　勇晴雯病补孔雀裘”的译文文字当中[4]——这是从前往后挪的情形。

这两个例子插图的处理，才是形象符合当回主题，切中肯綮的。相信其结果必然有助于斯洛伐克读者更为准确地认识书中人物、理解相关故事情节。

对于宝玉和金锁形制的处理，斯洛伐克译本只是原样摹写了通灵宝玉的篆字[5]，其内容以及宝钗金锁文字则都是以正文译文来体现的[6]。

此外，译本迥乎不同于原本的还有两处插图：

---

❶ 卷四还用了戴敦邦（1983 年）的插图。蒙红楼梦版本收藏和研究专家春耕先生赐告，译本中使用的这些插图都是他向译者另行提供的，而非直接取自中文底本。谨此致谢。

❷ Cchao, Süe-čchin: *Sen o Červenom pavilóne*: 1.diel–Jar, preklad: Marina Čarnogurská. Bratislava: Petrus, 2001: p.529.

❸ [清]曹雪芹:《红楼梦(经济版)》(全四册),广智书局佚年版,卷一第398页。

❹ Cchao, Süe-čchin: *Sen o Červenom pavilóne*: 2. diel–Leto, preklad: Marina Čarnogurská. Bratislava: Petrus, 2001: p.409.

❺ Cchao, Süe-čchin: *Sen o Červenom pavilóne*: 1. diel–Jar, preklad: Marina Čarnogurská. Bratislava: Petrus, 2001: p.152.

❻ Cchao, Süe-čchin: *Sen o Červenom pavilóne*: 1.diel–Jar, preklad: Marina Čarnogurská. Bratislava: Petrus, 2001: p.153-154.

一是每册译本相对于扉页文字的插页，都置有取自原本第 3 回“托内兄如海酬西宾接外孙贾母惜孤女”之后[1]的宝玉插图。而此插图在译本的其他任何位置则不再出现了。

二是关于黑山庄头乌进孝的插图，译本置于完全无关的第 119 回文字当中[2]。考虑到原本相应章回并无这幅插图，我们认为这不是译者拷贝原本形制，而是译者将这幅深具冬天萧索意象的插图，刻意置于其冠名“冬”的第四卷接近末尾的地方，用以反映译者理解中红楼大厦将倾的残冬意蕴。

从这样跨度不小的插图位移过程中，我们可以看出斯洛伐克译者对中文原文的准确理解，及其在翻译过程中的处理匠心。

三、斯译本内容初识

斯洛伐克译本四册对应中文底本四册，在篇幅形制上可以说是完全一一对应的。但是，译本四卷分别加上了“春（Jar）、夏（Leto）、秋（Jeseň）、冬（Zima）”的四季题名。据译者的解释，她认为《红楼梦》所反映的主题，正是贾府经历了从烈火烹油、鲜花着锦之盛到忽喇喇大厦将倾之衰的历程，用一年四季由春到冬的过渡来模拟也很恰适。这样，在原文底本没有小标题的分卷所对应的译本各卷加上类似提示每卷主题的标签，在我们看来或许是一种差强人意的比附，但在缺乏中国文化背景的斯洛伐克语读者看来可能更有助于他们对这部巨著的第一感觉认知，我们认为这种处理方式是可取的，尤其是在大力推进中

---

[1] [清]曹雪芹：《红楼梦（经济版）》（全四册），广智书局佚年版，卷一第 48 页。

[2] Cchao, Süe-čchin: *Sen o Červenom pavilóne*: 4. diel-Zima, preklad: Marina Čarnogurská. Bratislava: Petrus, 2003: p.537. 这里使用的当是戴敦邦而非改琦的绘图了。

西文化交融的当代社会大背景中加以审视。

由于斯洛伐克翻译初稿是在捷克斯洛伐克时期完成的，所以彼时的译稿中捷克语词出现不少。在 20 世纪 90 年代中期捷克斯洛伐克“天鹅绒分离”（Velvet Divorce）之后完成的修订稿中，捷克语词已经尽量改易为斯洛伐克语词了。表 17 试举三例以赅全貌。[❶]

表 17 《红楼梦》斯译手稿词语替换举例

捷克语词	kaskédy[❷]	stržiach[❸]	pustú chatku[❹]
捷斯语混成词	—	—	pustú chyžku[❺]
斯洛伐克语词	konáre[❻]	priepasti[❼]	biednu chyžku[❽]

由此可见，时局的变易在很大程度上催生了这一“纯粹的”斯洛伐克《红楼梦》译本的诞生，在同高度相似的捷克语世界地理位置毗邻而又深受其文化笼罩的氛围中，这种情形不可不谓之奇迹。须知日耳曼化程度甚深的捷克语，相对于保留原始特征较多、而又部分匈牙利化的斯洛伐克语而言，就属于高端（prestige）语言了，《红楼梦》的捷克文译本是几乎不会掺杂斯洛伐克语词的。从这一点上审视，《红楼梦》的这个斯洛伐克译本具有无与伦比的文化地缘意义。

下面撷取两个文本迻译的实例，由此管窥这个斯洛伐克文译本的部分基本特征。

❶ 这些例子都是斯洛伐克译者向笔者提供的。
❷ 见于初稿第 1 页。
❸ 见于初稿第 3 页。
❹ 见于初稿第 14 页。
❺ 见于第一次修订稿第 14 页。
❻ 见于修订稿第 1 页。
❼ 见于修订稿第 3 页。
❽ 见于第二次修订稿第 14 页。

第一个实例是首句的翻译，在初稿和修订稿中略有不同，但是这种不同分明体现了译者的用心。

原文：

此开卷第一回也。[1]

斯译初稿：

Tu teda začína môj príbeh.[2]

中文回译：

因此这是我的故事的开端。

斯译修订成稿：

Tu sa začína môj príbeh.[3]

中文回译：

这里就是我的故事的开端。

两相对照，由于 1978 年初稿中的 teda“因此”一词是对中文原文“此”的误译，显然，初稿的译文似乎暗示此句之前还有什么文字似的，这对于不谙中文原本的斯洛伐克语读者而言不啻一种误导。所以，2001 年正式出版的修订成稿对此的改动，则体现了本句在中文原文里作为全文开篇之句的特点。

第二个实例出现在第 45 回“金兰契互剖金兰语　风雨夕闷制风雨词”。

原文：

黛玉不觉心有所感，不禁发于章句，遂成《代别离》一首，拟《春

---

❶ [清]曹雪芹：《红楼梦（经济版）》（全四册），广智书局佚年版，卷一第 1 页。

❷ Cchao, Süe-čchin: *Sen o Červenom pavilóne*: 1.diel, preklad: Marina Čarnogurská. Martin, Slovakia: Manuscript, 1978: p.1.

❸ Cchao, Süe-čchin: *Sen o Červenom pavilóne*: 1.diel–Jar, preklad: Marina Čarnogurská. Bratislava: Petrus, 2001: p.7.

江花月夜》之格，乃名其词为《秋窗风雨夕》。词曰：……[1]

其斯洛伐克译文如下：

Pod dojmom týchto básní sa jej zrazu v mysli začali vynárať vlastné verše. Podľa vzoru Čang Č' š'ovej básne V *jarnú mesačnú noc pri riekenazvala* svoju báseň

V dažďrvú jesennú noc pri okne

…………[2]

中文回译为：

在这些诗歌的触发之下，她突然萌生创作自己诗作的念头，以张知事的诗歌《在春天月亮夜晚的河边》为模型，把自己的诗作题为：

《在秋夜降雨的窗口》

…………

可见，斯洛伐克译文在总体意思表达上和中文原文大致吻合，但是在某些细节上还是颇有出入的，这些出入之处颇具转述的特点，而这点也是译者所坚持在文学作品翻译必须采用的[3]。最为显著的一处是，中文原文"遂成《代别离》一首"略去未译，而增加了"以张知事的诗歌"这样的文字。这样处理的结果是使得原文用典明晰化，从而有助于缺乏中国文化背景的斯洛伐克语读者准确理解原文所表达的内容。而这里"张若虚"音译为"张知事"（Čang Č' š'），却又另有关说——根据译者较为模糊的记忆，此间音译《春江花月夜》作者名字时沿袭了当时捷克斯洛伐克汉学界的习惯而用其官称，但是这个官称

---

❶ [清]曹雪芹:《红楼梦（经济版）》（全四册），广智书局佚年版，卷二第710页。

❷ Cchao, Süe-čchin: *Sen o Červenom pavilóne*: 2.diel-Leto, preklad: Marina Čarnogurská. Bratislava: Petrus, 2001: p.270.

❸ [斯洛伐克]玛丽娜·黑山著，梁晨译:《〈红楼梦〉与其斯洛伐克语译本的产生历史》，见傅勇林主编:《华西语文学刊》（第3辑"《红楼梦》译介研究专辑"），四川文艺出版社2010年版，第59页。

又较为含糊，也有可能此处的“知事”是“刺史”捷克文拼音的讹转；不过无论是“知事”还是“刺史”，可能都是欧洲汉学家对张若虚的一种泛泛的官称，因为目前关于这位唐代诗人仅有的寥寥生平材料，还无法确认其是否担任过这样的具体职务。

这两个实例更进一步启示：如果在研究时仅仅关注译文此句的文字表达，就会发现它和底本并非丝丝入扣的相合，但这并非使用底本上文字的分歧所致，而是译者主观调整的结果。由此似乎提醒我们：目前对《红楼梦》等中国古典小说的（英）译本进行研究，要是仅仅注重译本文字和底本的表达吻合，虽然多数情况下乃不得已为之，但恐怕是含有严重逻辑漏洞的。

四、余论

根据译者自陈，《红楼梦》斯洛伐克译本是在捷克斯洛伐克时代与外界环境几乎隔绝的情况下独立完成；随着译者恢复学术自由，而在多种条件支持下该译本最终得以完整出版。手稿的情形及其同底本的联系可以在一定程度上证实这点。

斯洛伐克译者在开始翻译时不能完全摆脱捷克语文的影响，但又可能是在修订阶段做出了很多努力，尽量排除捷克语的掺入，最终呈现的是一个比较纯粹的斯洛伐克语译本。

斯洛伐克译者主要采用转述的手段对《红楼梦》进行迻译，这样导致译文很多文本细节与原文大相径庭，但从篇章结构上看，却能很好让斯洛伐克读者接受，这点在当今鼓励中国文化走向世界的时代尤其值得参考。而译者根据自己的理解对原本文字、段落乃至篇章结构进行调整，这就提醒我们，译本研究者仅凭原文和译本进行比对而进行对勘可能会出问题，研究者应该尽量创造条件理解译者的处理。

通过对《红楼梦》斯洛伐克翻译手稿以及与之直接相关的中文底本之间的细致考察，可以意识到：对《红楼梦》诸语言译本所据底本的研究，应当成为一个专门的学科分支。从目前的初步判断来看，这些底本大多属于程高本系统印本的某些翻印版本，单独考察这些底本，和寻常研究的《红楼梦》诸抄本或印本相比，可能觉得几无价值；但由于这些表面并无特殊价值的文本衍生出多种异域文本，那么，探究这些翻印文本之间的细微差别，就成为我们摸索中国文化同异域文化碰撞、交融的有效途径。而且，《红楼梦》译本底本的研究，完全可以借鉴《红楼梦》版本研究的成熟手段和丰富经验，这无疑又为后者提供了阐释发挥的广阔学术空间。所以，我们希望更多红学家倾情参与这方面的学科建设，使之成为《红楼梦》译介学研究所衍生的红学重要板块。

（原载《红楼梦学刊》2014年第二辑，第234—249页；又收入张庆善主编：《纪念伟大作家曹雪芹逝世二百五十周年文集》，文化艺术出版社2014年版，第390—399页）

《红楼梦》波兰文翻译述略

一、引言

《红楼梦》在欧洲的迻译，历经两百年而呈现出丰富多彩的面貌。在现代欧洲版图三大语言族系之中，日耳曼语族（Germanic）和罗曼语族（Romance）因为英、德、法、西等世界性语种的广泛分布而覆盖了众多译本；相比之下，斯拉夫语族（Slavic）仅有俄语这一个大语种，其中的《红楼梦》译本数量就少得多——目前已经见诸正式报道的，似乎只有俄文、捷克文和斯洛伐克文三种语言的不到 10 个译本。但是，这三种斯拉夫语的《红楼梦》译本却体现出了如下的特点:（1）几乎都是直接译自中文原文;（2）全译本所占比例极高;（3）转译（re-translation）很少，在斯拉夫语世界以外的影响相对较小;（4）复译（repeated translation）不多，而对译本本身的研究也几乎没有怎么开展。这些特点的形成，无疑应该归于斯拉夫民族在整个欧洲处于“东方世界”，而其汉学的普及面又因为昔日与中国共处社会主义阵营而得以加深。然而，下面我们披露的《红楼梦》波兰文译本，却是在很多层面都突破了上述特征“局限”的。

笔者 2013 年在斯洛伐克担任访问学者期间，应捷克帕拉茨基大学包捷（Lucie Olivová）博士邀请前往讲学，其间无意中得悉，有一位波兰学者似乎正在翻译《红楼梦》。其后几经辗转，在网上同这位波兰学者取得联系，了解到他确实对《红楼梦》进行了波兰文的摘译，从小说开头翻译至第1回“梦幻识通灵”为止，另有几段韵文的翻译；这些译文都尚未正式出版，但可以网络浏览[1]。

译者沙宁（Jarek Zawadzki），1999—2000年为中国台湾台北师范大学留学生，1996年9月—2002年1月为波兰华沙大学汉语言文学硕士，2002年7月—2004年3月出任Deante驻中国首席代表，2004年3月至今为自由职业的波兰语翻译（主要从事中、英、世界语文学的波兰语翻译工作），2012年10月至今在波兰卢布林市约翰保罗二世天主教大学汉学系担任助教。

沙宁的主要汉籍译著有《道德经》（*wielka księga Tao Lao-tsy*）、《论语》（*Rozważania (Dialogi konfucjańskie)*）、《孙子兵法》（*Sztuka Wojny Sun Tzu i inni*）、《陶渊明诗选》（*Pijany pustelnik (wiersze) Tao Yuanming*）、《唐诗七十首》（*70 wierszy chińskich Antologia*）等。另外还撰写过研究道家思想的专文[2]和《淮南子》的词条[3]。

根据译者的资料提供，该波兰文翻译所采用的版本是荣宪宾、孙艾琳校注《红楼梦》（金盾出版社2003年版）。目前网络上与波兰文翻译对应的中文原文是网络下载的而不是引自这个版本的。下文的具体

---

❶ http://tlumacz-literatury.pl/index.php?page=tekst/hongloumeng&lista=chinskiego_proza<2014.12.28.> 然而，网络文字并未经过全面校对，恐怕会有一些标点符号、拼法方面的小问题。下文引用的波兰文原文皆出乎此，不赘。

❷ *Kreatywność Tao jako model zniewolenia podmiotu*, [w:] O. Łuczyszyna i M. St. Zięba (red.), Purusza, atman, tao, sin, Łódź: Wydawnictwo AHE, 2011, str.157-170.

❸ Zawadzki, Jarosław & Maciej St. Zięba: Liú Ān (Huáinánz ǐ), [w:] Andrzej Maryniarczyk i in. (red.), *Powszechna Encyklopedia Filozofii*, Tom6: Kr-Mc, Lublin: Polskie Towarzystwo Tomasza z Akwinu, 2005, str.450b-454a.

分析皆采用这里网络提供的中文原文和波兰文译文，其间若有分歧再另外给出解析。

承蒙译者授权，笔者在下文对这一重要的《红楼梦》译本进行介绍，其中可以自由使用该译者已经刊布于网上的《红楼梦》波兰语译文材料进行研究❶，谨此致谢。

二、书名翻译

首先，根据译者的介绍，《红楼梦》的这个波兰语译文使用的题名本来是 Zapiski na kamyku“石头记”，后来改成 Sen o czerwonym pawilonie“红楼梦”。这后一个书名回译成汉语，即是“有关红色的楼阁的梦”或者曰“梦见红阁”；将其同另外三种斯拉夫语已有的译名进行对照，如表 18 所示。

表 18　“红楼梦”题名四种斯拉夫语迻译对照

文种	译名	中文回译
俄文	Сон в красном тереме	红楼中的梦
捷克文	Sen v červeném domě	红宅中的梦
斯洛伐克文	Sen o červenom pavilóne	关于红阁的梦
波兰文	Sen o czerwonym pawilonie	关于红阁的梦

在“红楼梦”这个题名中，极富中国文化内涵的“楼”字在向欧美文化圈迻译时都会遇到这个问题；英语世界习焉已久的对译 chamber 一词侧重意指“女性居住的闺阁”，而中国“文革”后官方推出的杨宪益夫妇英译则首创以 mansions 来对译之，重点在于突出“豪

❶ 全文中，引文内的下画线为相关研究的焦点，乃笔者自行添加的。

门宅邸”之中蕴含的阶级斗争意蕴。以此观之，俄文 тереме 大致对应“闺阁”的意象，捷克文 domě 可以认为具有“豪宅”的意象，而源自罗曼语的斯洛伐克文 pavilóne 和波兰文 pawilonie 都意指“亭台楼阁”，既冲淡了阶级斗争的强加意蕴，也体现出某些异域色彩来。

而此题名中“红楼”与“梦”的关系，转换成欧洲语言时多半要借助介词来表达。现有的四种斯拉夫语译名，在这里介词的使用上恰好分成两派：俄文和捷克文使用表示“在内”的介词，就是侧重指居于楼内的人的梦幻；而斯洛伐克文和波兰文使用表示“关于”的介词，则倾向于概括以“红楼”为代表的整个家族的梦幻。两者的语义指向呈现出迥然的分野来。

另外我们还注意到，如下一段文字中，包含了这部小说曾有过的多个书名的波兰文逐译形式。

中文原文：

从此空空道人因空见色，由色生情，传情入色，自色悟空，遂易名为情僧，改《石头记》为《情僧录》。东鲁孔梅溪则题曰《风月宝鉴》。后因曹雪芹于悼红轩中披阅十载，增删五次，纂成目录，分出章回，则题曰《金陵十二钗》。

波兰译文：

Ponieważz pustki powstaje forma, a z formy rodzą się pragnienia, Kongkong przekazując pragnienia wkroczył w formę, a poprzez formę pojął pustkę. Dlatego teżzmienił swoje imię na Mnich Pragnienia a tytuł książki z Opowieść Kamienia przemianował na Zapiski Mnicha Pragnienia. Pochodzący ze wschodnich rubieży państwa Lu, pan Kong Meixi zasugerował tytuł Podręcznik uwodzenia. W późniejszym okresie Cao Xueqin przeczytał ów tekst dziesięć razy i pięć razy go zredagował. Dodał spis treści i podzielił tekst na rozdziały, poczym nadał mu tytuł Dwanaście panien z Jinlingu.

将其中的四个书名对应拣出，见表 19。

表 19 《红楼梦》异名波兰文迻译对照

中文原文	波兰文译名	中文回译
石头记	Opowieść Kamienia	石头的故事
情僧录	Zapiski Mnicha Pragnienia	欲望僧侣传
风月宝鉴	Podręcznik uwodzenia	诱惑手册
金陵十二钗	Dwanaście panien z Jinlingu	出自金陵城的十二个女郎

通过回译和原文的比较，可以看出这里的波兰文翻译扣住了中文原名的基本内涵，不失为传神体现《红楼梦》书名辗转流变的佳构。

三、回目及首句翻译

《红楼梦》回目的波兰文迻译，目前仅见第 1 回，如下。

中文原文：

甄士隐梦幻识通灵　贾雨村风尘怀闺秀

波兰译文：

Zhen Shiyin we śnie łączy się z duchami, / Jia Yucun w trudachżycia rozmyśla o pięknej dziewczynie

中文回译：

甄士隐在梦中遇见了鬼怪，贾雨村在生活中想着一个美丽女孩的艰辛。

比较同一回目的另外两种斯拉夫语译法，如下。

捷克译文：

Čen Š'-jin se ve snu seznámí s magíckým kamenem, Ťia Jü-cchun ani ve zvířeném prachu nezapomene na mladouženu.

中文回译：

甄士隐在梦中熟识魔法石，贾雨村即使在尘土飞扬间也没忘记年轻女子。

斯洛伐克译文：

Čen Š'jin vypočuje tajomstvo nesmrteľných a Ťia Jücchun pod tarchouživotných skúšok pochová svoje rojčivé predstavy oživote.

中文回译：

甄士隐听到了不朽的谜团，而贾雨村在生活重压下测试埋葬自己对生活的曼妙想法。

三者对照，斯洛伐克译文与中文原文距离较远，明显是以“译述”的方式进行处理的；捷克译文和波兰译文格局大体类似，但前半段捷克译文以“魔法石”对译原文的“通灵”，明显优于波兰译文的“鬼怪”，而后半段捷克译文则不如波兰译文的表达具体。

《红楼梦》正文的首句，原文简单之极。其波兰译文以及可资比较的捷克文、斯洛伐克文译文如下所列。

中文原文：

此开卷第一回也。

波兰译文：

Oto i pierwszy rozdział, którym się książka ta zaczyna.

中文回译：

这里是第一章，是为本书的开端。

捷克译文：

Tato první kapitola utvírá celé dílo.

中文回译：

这第一章是全书的开端。

斯洛伐克译文：

Tu sa začína môj príbeh.

中文回译：

这里就是我的故事的开端。

我们看到了波兰译者将此句处理成为一个带有定语从句的复句，用从句来表现“开卷”的内涵，较之捷克译文“全书”这样一个表达，语义指向更为具体。至于斯洛伐克文的译法，体现了斯洛伐克译者的学术见解，即她（Marina Čarnogurská）是将这部小说视若作者曹雪芹的自传来对待的，因而才有如此译法。

这个小小的细节处理，充分反映出波兰译者对《红楼梦》原文的准确理解和对波兰语迻译的准确运用。

四、韵文翻译

由于波兰译文的局限和本文篇幅的限制，这里讨论的韵文仅限于第 1 回出现的两首短诗。

先看第 1 回中顽石历世后又幻化成为大石上所刻的偈颂：

无材可去补苍天，枉入红尘若许年。此系身前身后事，倩谁记去作奇传？

以下开列其波兰译文与相应的中文回译：

Nie dla mnie było w niebie łatać dziury，不是为我做了修补天空的窟窿，

Ziemski mi padół więc przypadł w udziale，坠入凡尘因而纠缠不清.

Życia i śmierci tu spisano dzieje，生死发生在这里，

Któżje spamięta i przekaże dalej？依靠谁来将他们传承？

通过回译，可以管窥波兰译文跟中文原诗相比意义并未走样。而

就形式来说，原文的 aaba 式韵脚在译文中表现为 abbã[1]，亦可接受；特别需要留意的是，这里的波兰译文看似前两句和后两句长短不齐，但实际上四句诗每句都是 11 个音节，译者寓整齐于紊乱，以表面的不同暗合原文的“相同”，是为颇具匠心之作。

接下来是第 1 回中即将进入小说故事正文的题首绝句：

满纸荒唐言，一把辛酸泪！都云作者痴，谁解其中味？

以下为其波兰译文与相应的中文回译：

Stek bzdur i kilka łez słonych i gorzkich，废话连篇以及几滴又咸又苦的眼泪，

Na tę historię złożyło się w sumie. 在这个故事中做了一个。

Ludzie powiedzą, że autor idiota，人们会说作者是个白痴，

Nikt głębokiego sensu nie zrozumie. 没有人会理解深刻含义。

同样，回译告诉我们波兰译文和中文原文意义基本对等。只是需要讨论的一个细节是：原文中的“痴”，波兰译者处理为“白痴”，但我们从“一把辛酸泪”中似乎可以体会这个“痴”更倾向于“执着”之意吧——如果真是如此，那么这里的波兰文翻译可能就出现了语义上的一个小小偏差；不过这样的瑕疵完全不必苛求于译者，我们中国人读《红楼梦》又有几人能做到字字通顺的？

而在形式上，原文的 abcb 韵式在译文中得到了重现，这就和前一首诗在翻译有所区别了——于此也见译者刻意求工的匠心。

五、“神仙”译解

在《红楼梦》波兰文翻译的韵文选译部分，号称小说题旨的《好

---

❶ 这里，ã 表示勉强与 a 押韵，至少二者可视为“眼韵”（eye rhyme）。下文类似的情形与之同理，不赘。

了歌》是译出来了的。以下是《好了歌》原文与其波兰文翻译的对照。

世人都晓神仙好，	Nieśmiertelnym dobrze być, każdy o tym wie,
只有功名忘不了！	Lecz posad i tytułów któżwyrzeknie się?
古今将相在何方？	Ministrowie, generały-gdzieżci dzisiaj są?
荒冢一堆草没了！	Gdzieś tam w dzikich trawach pogrzebani śpią.
世人都晓神仙好，	Nieśmiertelnym dobrze być, każdy o tym wie,
只有金银忘不了！	Lecz złota i pieniędzy któżwyrzeknie się?
终朝只恨聚无多，	Od rana do wieczora tylko brać, brać, brać;
及到多时眼闭了！	A kiedy jużuzbiera, przyjdzie pora spać.
世人都晓神仙好，	Nieśmiertelnym dobrze być, każdy o tym wie,
只有姣妻忘不了！	Lecz urodziwej żony któż wyrzeknie się?
君生日日说恩情，	Choć czułe słówka co dzień mówią sobie wciąż
君死又随人去了！	Już śmierci czeka druga żona albo mąż.
世人都晓神仙好，	Nieśmiertelnym dobrze być, każdy o tym wie,
只有儿孙忘不了！	Lecz synów oraz wnuków któż wyrzeknie się?
痴心父母古来多，	Rodziców, co kochają do szaleństwa-w brud,
孝顺儿孙谁见了？	Lecz kochający syn lub wnuk-to chyba cud.

在语言形式上，《好了歌》语言俚俗，反复吟唱；“好”和“了”回环往复，并兼押韵；“神仙”和“了”是反映出世思想的关键词，重复出现加深读者印象。中文原文的这些格律特点，在译文中都要通过或明或暗的手段加以体现才臻完美。这里的波兰译文用词并不复杂，每节押韵模式均为 aãbb，同样有对译“神仙”的 Nieśmiertelnym 一词和作为韵脚的 wie、się 多次反复出现，这些基本特点也同原文甚为吻合。

需要注意的是这里对译“神仙”的 Nieśmiertelnym “不死（第四格）”，其与下文中对译“仙”的波兰语词 nieśmiertelnych 一样，都是“不死（第六格）”之意而仅有格位的区别。

中文原文：

后来，又不知过了几世几劫，因有个空空道人访道求仙，忽从这大荒山无稽崖青埂峰下经过，忽见一大块石上字迹分明，编述历历。

波兰译文：

Potem, nie wiadomo ile minęło pokoleń, ile kalp upłynęło, kiedy to pewien taoista o imieniu Kongkong (co znaczy „zupełnie pusty") podróżując w poszukiwaniu nieśmiertelnych nagle znalazł się na Szczycie Absurdu w paśmie Gór Nonsensu gdzie zobaczył wielki głaz z wyraźnie wyrytym tekstem.

而在如下的引文中，“神仙”译成 istotach nieśmiertelnych “众生不死（第六格）”，可以视为简单形式“不死”的繁化衍生。

中文原文：

一日，正当嗟悼之际，俄见一僧一道远远而来，生得骨骼不凡，丰神迥异，说说笑笑来至峰下，坐于石边高谈快论。先是说些云山雾海神仙玄幻之事，后便说到红尘中荣华富贵。

波兰译文：

Pewnego dnia, kiedy był jużna skraju rozpaczy, ujrzał nagle jak z oddali zbliżają się ku niemu mnich buddyjski i taoista, obaj o niespotykanej budowie ciała, znacznie innej niżzazwyczaj u ludzi. Rozmawiając i śmiejąc się weszli na szczyt i zaczęli wzniosłą dyskusję. Najpierw rozprawiali o górskich obłokach, morskiej mgle, istotach nieśmiertelnych, duchach, oraz innych sprawach mistycznych. Później przeszli do zagadnień bogactwa i zaszczytów na ziemskim padole.

总的来看，欧洲语言中以“不死”来对译中文的“神仙”比比皆是，例如英文 immortal（王际真译本、彭寿译本、杨宪益夫妇译本、黄新渠编译本）、法文 immortal（李治华夫妇译本）、西班牙文 immortalidad（拉乌埃尔译本、赵振江译本）[1]、德文 unsterblich（史华慈译本）、捷克文 nesmrtelný（王和达译本）、希腊文 αθάνατους（兰普丽提译本）[2]，等等，几乎成为一个固定对等词了。波兰译文承袭了这一系列译法，波兰语词 nieśmiertelnym / nieśmiertelnych 的词干 nieśmiertelny 尤其跟上述捷克语词十分近似，甚至可以据此大胆推测波兰文翻译受到了捷克文译本的直接影响了。

而在这个波兰译文中，尚有不同于上述译法的情形，参见下面这一引文。

中文原文：

因这甄士隐禀性恬淡，不以功名为念，每日只以观花修竹，酌酒吟诗为乐，倒是神仙一流人品。

波兰译文：

Zhen Shiyin z natury swojej nie przywiązywał wagi do wielkich pieniędzy czy sławy, nie zabiegał o wysokie urzędy, każdego dnia za to doglądał swoje kwlaty i pielęgnował bambusy w ogrodzie, raczył się wódką i śpiewał ku własnej radości. Żył beztrosko niczym w raju.

其中，“倒是神仙一流人品”一句，波兰文译作 Żył beztrosko niczym w raju “他漫不经心地生活像在天堂”。此处原文“神仙”一词的运用仅限于以其风雅超脱的形式特点比拟甄士隐彼时的生活状态，波兰译文抓住了这一特点加以意译，并不顾及“神仙”一词在这里未曾加以体现的其他文化内涵，既为佳译，也反映出译者对《红楼梦》原文的

---

[1] 程弋洋：《〈红楼梦〉在西班牙语世界的翻译与评介》，载《红楼梦学刊》2011年第6辑，第146—155页。

[2] 唐均：《〈红楼梦〉希腊文译本述略》，载《明清小说研究》2012年第2期，第88—100页。

透彻理解，从而并不囿于中西文化之间某些固定对等词的局限。

中文“神仙”的核心内涵既包括“长生不老”的不死追求，也包括出脱尘世的超然意象；现有的《红楼梦》波兰译文恰好都有涉及。波兰译者并未局限于几乎固定化的文化对等词“不死”的运用，而是根据语境的不同适时表现出了“神仙”较易收到忽略的“超脱”一面。仅此而言，我们读者似乎看到了这个波兰译文在迻译《红楼梦》方面体现出来的“信”和“达”。

六、结语

这个《红楼梦》波兰文翻译虽然篇幅不足一回，但上文的分析表明其优质已经初步得以展现，波兰译文的艺术性大致可以跻身波兰文学之林吧。

如果从红学的国际化视野看来，其价值更体现在如下几个方面：

（1）增添了一个新的《红楼梦》斯拉夫语译本，体现出《红楼梦》在欧洲乃至世界传播过程中新的步伐；

（2）在中文诗歌的波兰文迻译中做出了可贵的尝试，体现出了中波文学互动的部分特色；

（3）对于中国文化中某些基本概念的欧洲语言迻译，做出了新的尝试；

（4）三种西部斯拉夫语官方语言的《红楼梦》译文业已出现，相关的比较研究应该对中国文化在小语种世界深入传播提供一些启迪。

据此，我们期待着这位译者能够秉承他业已展示的既有翻译策略，将《红楼梦》的波兰文译本完整展现在世人面前。

（原载捷克奥洛穆茨帕拉茨基大学《远东》

（*Dálný východ*）2014年第四卷第二期（Ročník IV, čislo 2），第96—102页）

“瑙”河“阡”山石头记

——《红楼梦》在东欧四国的译介

一、导言

在东欧平原上，蜿蜒的多瑙河和断续的喀尔巴阡山脉，将原本孔武剽悍的斯拉夫民族打造成了文艺气息十足的近现代文明之人。

公元 9 世纪，这里曾是大摩拉维亚王国的疆域，从而初步奠定了后世称为波兰、捷克、斯洛伐克和匈牙利四个国家的雏形。其中，波兰人、捷克人和斯洛伐克人是同俄罗斯人一样为我们熟知的斯拉夫民族——更严格意义上称为西斯拉夫人，而匈牙利人既非斯拉夫族亦非更为广泛意义上的印度—欧罗巴语系民族，却是同相对遥远的芬兰人一道归属芬兰—乌戈尔语系民族，具有更为浓重的东方因素（譬如，匈牙利人的姓名次序在欧洲是唯一的“姓前名后”这种远东模式）。现今，上述东欧四族都信奉天主教而非斯拉夫人传统的东正教了，不过比邻而居的民族融合关系，使得强烈的斯拉夫文化氛围一直萦绕在这四个民族之间。就是在这样的社会文化状态下，自 20 世纪中期起，随着“二战”的结束和东欧—远东社会主义阵营“一体化”局面的渐趋成形，作为远东中华古典文明集大成者的小说圭臬《红楼梦》正式传入这片土地。

二、《红楼梦》在匈牙利

在东欧的这些民族国家中，最早传入《红楼梦》的是匈牙利。那还是中国和东欧各国同处在前苏联领导下的“社会主义大家庭”蜜月期的 1959 年。译者拉扎尔（Lázár György）根据“德国的贾宝玉”孔舫之（Franz Walter Kuhn, 1884—1961）初版于 1932 年的德语 50 回一卷节译本以匈牙利文译出二卷本，在布达佩斯出版；1962 年该译本合并为一卷本并增配彩色插图再版，1964 年又推出没有插图的一卷本，从而可以满足不同读者的需求[1]。仅从短短的四五年间就连续出版了三种不同版本这一事实看来，《红楼梦》匈文版无疑是受到匈牙利语读者欢迎的。

由于近代以降德国文化的迅猛崛起及其在中欧的独大，与之毗邻的匈牙利民族虽然语言结构迥然不同，但是在奥匈帝国国家力量的强制作用下，匈牙利知识界几乎通用德语，匈牙利语中也充盈着德语借词。不过，似乎为了证明匈牙利语一样可以表达复杂精微的思想，从 18 世纪开始，匈牙利本族学者大量迻译素以表达精微的各学科德文论著，因而对德文作品的翻译竟然成了匈牙利学界的传统。正是在这样的背景之下，孔舫之的《红楼梦》德译本才得以在匈牙利语读者世界成功转译而传布开来。实际上，不惟《红楼梦》，其他不少中国典籍也是借助德语译著的中介传入匈牙利的[2]。

---

❶ 张桂贞:《弗朗茨 · 库恩及其〈红楼梦〉德文译本》，见刘士聪主编:《红楼译评——〈红楼梦〉翻译研究论文集》，南开大学出版社 2004 年版，第 427—458 页。

❷ 胡文彬:《中国古典文学在匈牙利、罗马尼亚、阿尔巴尼亚的流传》，载《咸阳师专学报》（综合版）1994 年第 1 期，第 30—33 页。

三、《红楼梦》在捷克

20世纪80年代,对于中国和捷克来说,都是颇具革故鼎新的时段。

在亚欧大陆的远东一端,中国古典小说《红楼梦》陆续大规模搬上影视屏幕,36集电视连续剧(1987年)和8集电影(1989年)接踵问世,首次在华语世界大规模普及《红楼梦》的全景艺术。

而在大陆的西端,布拉格汉学学派奠基人普实克(Jaroslav Průšek,1906—1980)的衣钵传人、曾经因言获罪的捷克著名汉学和比较文学教授、翻译家和翻译理论家王和达(Oldřich Král, 1930—2018)从捷克斯洛伐克国家美术馆东方艺术博物馆复出,于1982年回到布拉格查理大学继续学术研究工作,在1986—1988年将在逆境中花费了15年时间完成的120回《红楼梦》捷译文本整理,在布拉格付梓刊行。全书三卷,分别为第645.761和650页。王和达教授的导师普实克教授还为他详细审校了前两回的译文。

普实克的女弟子、主攻中日民间文艺研究的捷克汉学家何德佳(Věna Hrdličková, 1925—2016)则为《红楼梦》捷克译本作了注释,还撰写了一篇具有一定学术含量的评论文章《中国古典小说的捷文译本》刊于《捷克文学月刊》1986年版,对该译本在捷克语读者世界的传播进行了卓有成效的推介[1]。这部《红楼梦》因其译者的严谨态度和深厚修养而准确简洁,其片段还多次入选捷克国内不少高校汉语教学的阅读教材中,在斯洛伐克境内同样也有着深远的影响。

以此《红楼梦》译著,王和达教授获得1989年出版社文学翻译奖、

[1] 李梅:《捷克汉学家普实克的弟子与〈红楼梦〉的捷文翻译》,见北京外国语大学欧洲语言系编:《欧洲语言文化研究》(第3辑),时事出版社2007年版,第203—210页。

2003 年纪念曹雪芹逝世 240 周年的捷克文翻译国际奖。他还于 1993 年由捷克共和国总统任命为汉学教授，2010 年荣获“捷克共和国国家特殊文化奖”“捷克共和国社科特殊奖”“捷克共和国国家终身文学翻译奖”。

王和达教授从事中国古典文学、哲学和美术研究，20 世纪 50 年代在北京大学留学时，曾经师从后来成为中国红楼梦学会首任会长的吴组缃教授。他以一己之力，用捷克语从中文直接译出了大量典籍，除了《红楼梦》全帙以外，还包括儒家经典《易经》《大学》，道家经典《道德经》《庄子》，兵家经典《孙子兵法》，文艺批评论著如刘勰《文心雕龙》及司空图《诗品》、黄钺《二十四画品》、杨景曾《二十四书品》乃至《庞德和费多罗萨通讯录》；佛教典籍如慧能《坛经》、无门慧开《无门关》、石涛《苦瓜和尚画论》，明清小说如董说《西游补》、吴敬梓《儒林外史》、李渔《肉蒲团》，等等。目前正在全译《金瓶梅》，迄今已经出版了计划中十卷的前三卷译文[1]。

王和达教授深刻认识到了《红楼梦》一书在荟萃中国古典文化元素的特质，譬如对贾母的描绘语言充满了《心经》的特色，《红楼梦》中也有《西游记》的语言，特别是《红楼梦》的某些设计同《西游补》异曲同工；上述《红楼梦》和佛教之间的思想关联，甚至决定了《红楼梦》的捷克读者要在《六祖坛经》的捷克文译本出来以后，才能更为踊跃地购买捷克文《红楼梦》，以便能够深刻理解曹雪芹的思想；而《道德经》《坛经》成分在《红楼梦》中的分布，则是我们普通华语读者所熟知的了[2]。这也是我们服膺于他迻译出众多中国典籍、早已将其

---

[1] [斯洛伐克]唐艺梦、唐均整理：《王和达教授简历及著述选目》，载傅勇林等主编：《华西语文学刊》（第 11 辑“王和达教授八十五岁寿辰纪念汉学专辑”），四川文艺出版社 2015 年版，第 9—13 页。

[2] [斯洛伐克]唐艺梦整理：《捷克布拉格查理大学王和达教授访谈录》，载傅勇

融摄一体了。

王和达教授在捷克乃至整个欧洲汉学界久享盛誉，他也培养出了众多汉学弟子，其中涉足红学研究的学者包括捷克马萨里克大学的包捷（Lucie Olivová）和斯洛伐克科学院的唐艺梦（Daniela Zhang-Cziráková）。2014 年 9 月在捷克东部奥洛穆茨市帕拉茨基大学孔子学院举办的“欧洲红楼梦翻译国际研讨会”就汇集了捷斯两国《红楼梦》译介研究的菁英人士及其前沿研究成果，成为近 20 年来欧洲红学领域的一次盛举。

四、《红楼梦》在斯洛伐克

历史进入了 20 世纪 90 年代，原来的捷克斯洛伐克发生“天鹅绒革命”，捷克和斯洛伐克两个民族分别独立建国。此前受到政府打压的斯洛伐克上层菁英人士纷纷复出，其中就包括了《红楼梦》的斯洛伐克译者黑山（Marina Čarnogurská, 1940—）。

黑山最早师承斯洛伐克老一辈汉学家多列扎洛娃（Anna Doležalová, 1935—1992）开始其汉语学习和研究，20 世纪 60 年代在布拉格查理大学和布拉迪斯拉发卡门斯基大学学习时主要也还是从事中国古典哲学思想的译介和研治。从 1973 年起，由于政治原因她被禁止从事学术研究和论著发表，不得已在斯洛伐克一家外国文学出版社的仓库当英文商业通讯员以维持生计[1]。

就是在这样的逆境中，为了不忘却钟爱的汉语和汉字，她为自己

林等主编:《华西语文学刊》(第 11 辑“王和达教授八十五岁寿辰纪念汉学专辑”), 四川文艺出版社 2015 年版，第 2—8 页。

[1] [斯洛伐克]黑山著，荣铁牛译:《〈红楼梦〉的斯洛伐克文翻译》，载《红楼梦学刊》1997 年第 4 辑，第 307—310 页。

制定计划，利用每晚和周末时间在家长期进行中文阅读和翻译，这时《红楼梦》进入了她的视野。费尽周折，她让其弟弟在加拿大帮忙购得此书，然后通过匈牙利辗转才得以带入斯洛伐克[1]。现在保存在斯洛伐克国家图书馆的《红楼梦》翻译手稿中，还清晰保留着她开笔迻译《红楼梦》的时间：1978 年 3 月 1 日[2]。而在 10 年之后的 1988 年，她已经译完《红楼梦》前三卷，但是仍然未获出版许可，她毫不气馁，继续翻译剩下的 30 回——直到她获得学术解禁后的 1990 年 1 月，才最终完成了《红楼梦》第 120 回的翻译[3]。

1989 年 11 月，黑山获准重回考门斯基大学和斯洛伐克科学院工作，并可出版发表以往所有学术研究论文和中文译著，从此，她迎来了事业上的第二个春天。然后，在经历了“天鹅绒革命”后独立的斯洛伐克共和国，筹集两百万克朗（彼时 1 美元兑换 30 克朗）的出版经费，仍然是这部四卷本《红楼梦》译作正式问世难以逾越的困难。1996 年，该译作的第一卷曾经出版，但其余三卷的付梓却难以为继。一直到 21 世纪初的 2001—2003 年间，在斯洛伐克共和国文化部和部分旅斯华人的资助下，斯洛伐克语版的四卷本 120 回《红楼梦》终于在布拉迪斯拉发完全出齐了[4]。

这份大部头译作均采用暗红色封皮精装，1—4 卷分别冠以

---

❶ [斯洛伐克]玛丽娜 · 黑山著，梁晨译：《〈红楼梦〉与其斯洛伐克语译本的产生历史》，见傅勇林主编：《华西语文学刊》（第 3 辑“《红楼梦》译介研究专辑”），四川文艺出版社 2010 年版，第 52—61 页。

❷ 唐均：《〈红楼梦〉斯洛伐克翻译手稿论》，载《红楼梦学刊》2014 年第 2 辑，第 234—249 页。

❸ 唐均：《中西译坛上“美丽的错误”——季羡林〈罗摩衍那〉和黑山〈红楼梦〉翻译对照考察》，载张晓希主编：《比较文学与文化研究丛刊》（2013 · 第 1 辑），中央编译出版社 2014 年版，第 256—267 页。

❹ 鲍彦敏：《多瑙河畔的红学家——记斯洛伐克文〈红楼梦〉翻译家黑山女士》，载《红楼梦学刊》2007 年第 5 辑，第 331—338 页。

"春""夏""秋""冬"的小标题用以排序，书内插图选用了 19 世纪中国画家改琦的白描图，显得庄严雅致而又卓尔不群[1]。2006 年该译本又有重印。正是因为全译《红楼梦》这一杰出贡献，黑山获得了国际印刷装帧奖(2003 年)、纪念曹雪芹逝世 240 周年的斯洛伐克文翻译国际奖（2003 年）以及第九届中华图书特殊贡献奖（2015 年)。

黑山曾经向王和达教授学习过，也是他的弟子。而她也为斯洛伐克培养了不少汉学研究人员，其中与《红楼梦》相关的主要有专事红学研究的瑞士苏黎世大学杨迪娜（Kristina Schraeder）和兼作红学的斯洛伐克考门斯基大学梁晨（Lidka Liang Chen)。

2013 年 4—10 月，黑山偕同访学合作的中国学者唐均，在斯洛伐克各地做了多场题为《〈红楼梦〉图说中国古典生活》的讲演，听众合计多达二三百人，涵盖了上至政府官员和高级知识分子、下至中小学生的斯洛伐克多个层次受众群体。2014 年 9 月，黑山又在自己家族的私宅组织了"大观园文化沙龙"活动，同顺道来访的中国红学家一起，将《红楼梦》中灿烂多彩的中国文化元素推介给各阶层斯洛伐克民众。

普实克教授的另一名弟子、斯洛伐克汉学家高利克（Jozef Marián Gálik, 1933—）是中国现代文学和中西比较文学研究的翘楚，也因其 2005 年获得洪堡奖成为第一位荣膺该项奖励的欧洲汉学家，在世界汉学界影响较大。他本人并不专门从事红学研究，在其现有的 300 多篇论著中有关红学的不到 10 篇，但他这为数寥寥的几篇红学论著，却是站在比较文学和世界文学立场上对《红楼梦》及其现代衍生文艺作品的另类思考和解读，尤其是对于中文学界的红学研究来说，更具方法论上的启迪意味；特别是高利克教授曾经跟常以宝玉自况的中国现代

[1] 胡文彬:《天涯若比邻——斯洛伐克文〈红楼梦〉述评》，载《天津外国语学院学报》1999 年第 1 期，第 72—74 页。

诗人顾城有关《红楼梦》的谈话实录，披露了《红楼梦》同德语文学巨著《浮士德》之间在思想深度上惊人的相通性[1]。

五、《红楼梦》在波兰

在东欧诸国中，面积最大、实力最强的波兰，却是同中国交往最为诡异的一个国家。从历史上看，早在20世纪伊始的“一战”之后，波兰就是坚定支持《凡尔赛和约》中日本分割中国山东半岛的唯一小国（连当时在巴黎和会上慷慨陈词、据理力争的中国代表顾维钧后来在撰写回忆录时都始终弄不明白，同中日两国都没啥关系的波兰表现为何如此匪夷所思）；20世纪30年代，波兰又积极支持日本发动“九一八事变”并推动“满洲国”独立（当时国际联盟制裁日本的决议，波兰投下欧美国家中唯一的反对票）；到了20世纪80年代末，前苏联东欧剧变，波兰成为急先锋，此际上台执政的团结工会固然因为意识形态的巨大差异而同中国势如水火，但是也不能完全排除波兰历来敌视中国的“传统”因素；以至于在2008年，波兰也是带头抵制北京奥运会的少数国家之一（当时波兰总理转而公开接见达赖喇嘛以羞辱中国）。因而，作为中国古典文化优秀元素荟萃的《红楼梦》，在波兰的译介显得姗姗来迟就一点儿也不奇怪了，何况其篇幅和影响也是东欧诸语言译本中篇幅最小的。

21世纪初，波兰译者沙宁（Jarek Zawadzki）在网上公布了他的《红楼梦》波兰文片段摘译，包括从小说开头翻译至第1回“梦幻识通灵”为止的正文部分，另有几段韵文的迻译；迄今为止，这些译文都尚未正式出版。但这也无妨增添了一个新的《红楼梦》斯拉夫语译

[1] 唐均：《高利克与红学》，载《红楼梦学刊》2015年第6辑，第274—290页。

本，从而体现出《红楼梦》在欧洲乃至世界传播过程中又迈出了新的步伐❶。

沙宁的波兰文汉籍译著还有《道德经》《论语》《孙子兵法》《陶渊明诗选》《唐诗七十首》，并且刊发过研究道家思想的专文，也为部分辞书撰写过关于《淮南子》的词条。译者具有如此丰富的汉籍迻译经验，虽然《红楼梦》译出篇幅尚不足一回，但其译文优质的艺术性已经可见一斑了。

六、结语

在多瑙河流经和喀尔巴阡山脉散布的东欧四国——波兰、捷克、斯洛伐克和匈牙利，中国古典小说的瑰宝《红楼梦》也已通过不同渠道，以不同的篇幅传播开来。作为毗邻近现代世界闻名策源地——欧洲两大文化强国德意志和俄罗斯的“次强”国家，历经一代代波、捷、斯、匈汉学家的努力，中国优秀文化元素如此这般的浸润，才是中西文化交流得以深度发展的前提之一。

现今，“中国文化走出去”国家战略的实施，以及正好位于“一带一路”沿线的上述东欧四国境内孔子学院的星罗棋布，都有助于我们将以《红楼梦》为代表的中国文化精髓与之相互交融，反过来促进中华民族开眼看世界，真正实现社会体制和个体心灵上的启蒙和革新。

（原载向前主编：《红楼书话》，
中国文史出版社2016年版，第127—134页）

❶ 唐均：《〈红楼梦〉波兰文翻译述略》，载 *Dálný východ*, Ročník IV, čislo 2 (Olomouc 2014)，第 96—102 页。

英籍华裔汉学家张心沧英译《红楼梦·花冢》桥段研究

一、导言

20 世纪 60—70 年代，正是西方学界对中国文学的关注升温之时，由于更多华裔汉学家的加入，中国文学史的编纂纷纷涌现，中国文学选本的编译也日渐精进，从而使得更多明清小说佳作进入西方。其中摘选或介绍《红楼梦》的书籍有：1961 年，旅美教授陈绶颐编写出版《中国文学史述》（*Chinese Literature: A Historical Introduction*）；1964 年，旅英学者赖明在伦敦出版了《中国文学史》（*A History of Chinese Literature*）；1966 年，旅澳汉学家柳无忌推出《中国文学概论》（*An Introduction to Chinese Literature*）；1968 年，美籍华裔学者夏志清出版《中国古典小说史论》（*The Classical Chinese Novel: A Critical Introduction*）[1]，以及英国华裔汉学家张心沧编译的《中国文学》（*Chinese Literature*）[2]。

---

❶ 蒋柳、何敏：《论清小说在英语世界的传播及其经典话建构过程》，载《广西师范大学学报》（哲学社会科学版）2014 年第 4 期，第 103 页。

❷ 此书《通俗小说与戏剧》（*Chinese Literature: Popular Fiction and*

张心沧（H. C. Chang，全名 Hsin-Chang Chang, 1923—2004），原籍上海，毕业于上海沪江大学，曾担任剑桥大学东方学院教授，1972—1983 年任伍尔夫逊学院研究员，1983—2004 年担任艾莫瑞特斯研究员；张氏终生致力于中国文学与中西比较文学，取得了系列性的研究成果，并于 1975 年获得享有“汉学界诺贝尔奖”之称的法国儒莲奖(Prix Stanislas Julien)，主要撰著另有《斯宾塞的寓言与礼仪：中国视角》（*Allegory and Courtesy in Spenser: A Chinese View*）等[❶]。

张心沧的《红楼梦》英译文在其编译的《中国文学：通俗小说与戏剧》（*Chinese Literature: Popular Fiction and Drama*）一书[❷]中问世已经接近半个世纪了，但从未在红学圈内得到过关注[❸]。迄今仅见提及

Drama，1973）后来作为第一卷，另有成套的第二卷《山水诗》（*Chinese Literature 2: Nature Poetry*，1977）和第三卷《传奇志怪》（*Chinese Literature 3: Tales of the Supernatural*，1984）等，皆由英国爱丁堡大学出版社和美国哥伦比亚大学出版社联合出版。

❶ 任增强：《英国汉学家张心沧《聊斋志异》译介发微》，载《海外汉学》2014 年 8 月号，第 158 页；李新庭、庄群英：《华裔汉学家张心沧与“三言”的翻译》，载《淮北师范大学学报（哲学社会科学版）》2011 年第 1 期，第 154 页。

❷ 本书所选译的明清小说和戏曲片段包括：The Shrew（快嘴李翠莲记）、A Dream of Butterflies（包待制三勘蝴蝶梦）、The Lute（琵琶记）、The Twin Mirrors（范鳅儿双镜重圆）、The Birthday Gift Convoy（生辰纲）、The Clerk's Lady（三现身包龙图断冤）、Madam White（白娘子永镇雷峰塔）、The Peony Pavilion（牡丹亭）、The Blood-Stained Fan（桃花扇）、Young Master Bountiful（儒林外史）、A Burial Mound for Flowers（红楼梦）、The Women's Kingdom（镜花缘）。《红楼梦·花冢》桥段位于本书的第 387—403 页（本文所涉具体引文凡出自此处的，为求简化而不再一一出注），此前有个简单的导言位于第 383—386 页。

❸ 在以下几篇近年来相对集中的《红楼梦》译作统计性文献中，都未见关于这一译文和译者的任何记载：[美]葛锐著，李丽译：《英语红学研究纵览》，见《红楼梦学刊》2007 年第 3 辑；杨畅、江帆：《〈红楼梦〉英文译本及论著书目索引（1830—2005）》，载《红楼梦学刊》2009 年第 1 辑；[德]吴漠汀：《〈红楼梦〉译名的百花齐放——浅析〈红楼梦〉书名的翻译以及一个新发现》，见傅勇林主编：《华西语文学刊》（第 3 辑“《红楼梦》译介研究专辑”），四川文艺出版社 2010 年版；唐均：《〈红楼梦大辞典·红楼梦译本〉词条匡谬赓补》，见傅勇林主编：《华西语文学刊》（第

该迻译的中文文献，似乎就只有20世纪末出版的黄鸣奋《英语世界中国古典文学之传播》中的一句话“张心沧所译第二十三回（以《葬花》为题，收入《中国文学：通俗小说与戏剧》，1973）”[1]，以及香港著名学者宋淇（笔名：林以亮）对“两位公认为第一流的译者”霍克思和张心沧的《红楼梦》英译做出的评析文字[2]。

21世纪初，美国宾夕法尼亚大学的中国语言文学教授梅维恒（Victor H. Mair）将张氏英译全文（包括脚注在内）移入其主编的《哥伦比亚中国传统文学精选》（*The Shorter Columbia Anthology of Traditional Chinese Literature*）[3]，用作英语世界广泛使用的一部汉语教学用书上的参考阅读文献之一，这才引起我们的注意。

张心沧的这段《红楼梦》英译文，是对原书第23回“西厢记妙词通戏语牡丹亭艳曲警芳心”[4]从“如今且说那元妃在宫中编次《大观园题咏》”起到回末的全文迻译，但也并非逐字逐句的对应，其直接依据的底本是俞平伯的《红楼梦八十回校本》[5]。在《中国文学：通俗小说与戏剧》一书中，张心沧本人也提到了底本问题：I have used

3辑“《红楼梦》译介研究专辑”)，四川文艺出版社2010年版；[美]葛锐著，李晶译：《道阻且长：〈红楼梦〉英译史的几点思考》，载《红楼梦学刊》2012年第2辑；[德]吴漠汀：《曹雪芹和〈红楼梦〉在欧洲的影响》，载《红楼梦学刊》2015年第5辑。此外，1990年和2010年两版《红楼梦大辞典》的相关条目对此迻译也没有任何涉及。

❶ 黄鸣奋：《英语世界中国古典文学之传播》，学林出版社1997年版，第218页。

❷ 宋淇：《误译的两种类型：来自〈红楼梦〉里的若干诗篇》，载《译丛》1977年第七卷；黄鸣奋：《英语世界中国古典文学之传播》，学林出版社1997年版，第219页。

❸ Mair, Victor H. (ed.): *The Shorter Columbia Anthology of Traditional Chinese Literature*, New York: Columbia University Press, 2000: pp.591—604.

❹ 俞平伯校订：《红楼梦八十回校本》，人民文学出版社1993年版，第228—236页。

❺ [美]夏志清著，谢艳明、王伟明译：《评张心沧的〈中国文学：通俗小说与戏剧〉》，载《城市文艺》2009年第7期，第79—80页。

Hung-lou-meng pa-shih hui chiao-pen (jen-min wen-hsüeh ch'u- pan-she, 1958) edited from the manuscripts with full collation by Yü P'ing-po as being the closet to the author's own version, the early printed edition having undergone revision by the first editor, Kao O.[1]（我用的是由手抄本编撰而来、俞平伯全权校订的《红楼梦八十回校本》，人民文学出版社 1958 年版，这也是最接近作者原本的版本，早期印刷的版本已经过首位编辑高鹗的修改。）此外，译者为整段英译文加上了题名：A Burial Mound for Flowers（花冢）——这个英文题名很容易被误解为是“葬花（词）”，其实大谬不然，尽管所选文字也有葬花的内容。

这段英译文的原文，是《红楼梦》全书营造作者所希冀的理想世界“大观园女儿国”的起点，也是宝黛爱情发展历程中的一个重要桥段，其中蕴含了不少关于小说人物形象塑造、环境铺排以及中国古典文化的关键性元素；译文中间间插的众多脚注，补充了这段摘录出来的译文里头不得不割舍的很多预设信息，丰富了原文在英译后不少典故性表达的具体内涵。故而，下文从文本翻译的几个层面，对此段英译文进行全面的分析考察：考察所依据的原文，自然以俞平伯《〈红楼梦〉八十回校本》为准（文中为求简明，不再一一注明）；而待考察的英译文片段，也一律给出我们的中文回译，使得更多中文读者可以来检核我们的研究；部分译例同时参照其他英译者的译文，以便更为深刻反映出张氏英译文的特性和价值。

二、增译

在该段英译文中，增译法是译者运用最多的翻译策略。因为是选

---

[1] Chang, H. C., *Chinese Literature: Popular Fiction and Drama*, Great Britain: Edinburgh University Press; New York: Columbia University Press, 1973: p.386.

段翻译，读者对文中人物关系都缺乏背景知识，所以译者采用增译法来做补偿。译文中用到增译之处分三种情况：一是对文中首次出现的人名补充说明；二是对容易使读者疑惑的地方进行补充；三是文化增译。至于简单通过脚注来增加的翻译信息，由于都是作为阅读教材必备的、补充正文部分表达的解释性说明文字，从文学欣赏的视角看还往往有碍于读者的顺畅阅读，若无特别提及，一般不在我们的考察范围之内。

对于文中首次出现的人物形象，在角色社会定位方面进行增译，举例如下。

原文：

贾政必定敬谨封锁……

译文：

... **her father, Secretary of the Board of Works** Chia Cheng, as he was in duty bound, had the gates locked and sealed...

回译：

她的父亲，即工部员外郎贾政，因他有义务，将门封锁……

译者在此对“贾政”这一人物加以解释，并表明贾政与元春的人物关系(her father“她的父亲”)及官职(Secretary of the Board of Works“工部员外郎”)。

原文：

遂命太监夏忠到荣国府来……

译文：

... sent **the Steward of the Palace**, the eunuch Hsia Chung, to the Jung Residence ...

回译：

派**宫廷管家**，即太监夏忠，到荣家住处……

其中“夏忠”亦是首次出现，译者也增译了夏忠的官职 the Steward of the Palace（宫廷管家），可见译者考虑到英语读者对译文中的人物角色需要更为丰富的背景知识衬托，故作此增译。

而译者更多的增译在于衔接上下文、消除读者疑惑之用，如下一例。

原文：

（宝玉）正和贾母盘算，要这个，弄那个，忽见丫鬟来说……

译文：

... he began at once to demand this or that **piece of her furniture** from the Dowager. But **his animated conference with his grandmother was interrupted by** a servant girl entering to announce ...

回译：

他立即开始向贾母要她的这件或那件**家具**。但是**他与祖母兴致勃勃的对话**被一个女仆打断，她进来宣布……

这句话中，译者增译之处有三：一是主语，译者增译了 he（他），原文是承前省的无主句，在中文读者中并不会造成阅读困难，但译成英文必加上主语才能使句子逻辑严密；二是“要这个，弄那个”，原文并未说明是要什么，但中文读者能根据上文推测，宝玉“要”的应是搬新家所需的家居用品，而“弄”的应是新家摆设之类。译者在此处增译 this or that piece of her furniture（她的这件或那件家具），避免了英语读者的疑惑与误解，不过也只表达出了原文的部分意思；三是增译 But his animated conference with his grandmother was interrupted（但是他与祖母兴致勃勃的对话被打断），这里的增译显然是为衔接上下文，且用转折更能表达出宝玉愉悦的心情被打断时的懊恼。

同样的这一段原文霍克思译为：

He was discussing it animatedly with Grandmother Jia (it was a discussion in which the words 'I want' recurred rather frequently) when suddenly a maid came in and announced ...[1]

回译：

他正兴致勃勃地与贾母讨论此事（此番讨论中，"我要"一语出现得格外频繁），突然一个女仆进来宣布……

可以看出，霍译也采用了增译法，故与张译比较分析。霍译增补之处主要在于"要这个，弄那个"，他将其处理为括号，同原文一样作模糊处理，并未表明要什么。这样处理倒是忠实了原文，却让读者不免疑惑：是迫切想要住进去，还是要东西？对比看来，张译则补充出了（哪怕是部分）具体意义，从读者角度来看，张译更明白易懂。

原文：

登时扫去兴头，脸上转了颜色，……

译文：

... his countenance fell, **almost as if his face was charred**; all his newly raised hopes seemed dashed ...

回译：

他的脸色耷拉下来，**就像脸烧焦了一样**；他所有新升起的希望似乎都破灭了，……

译者增补了 almost as if his face was charred（就像脸烧焦了一样），对 his countenance fell 作进一步补充，表达宝玉此时"面如死灰"的脸色，当然显得更为形象生动，但从上下文看则不免有些冗余。实际上仅仅 his countenance fell（他的脸色耷拉下来）就足以表现宝玉此时由晴转阴的脸色了。

霍克思译为：

---

[1] Hawkes, David (tr.): *The Story of the Stone*: Book I, Penguin Classics, 1973: p.413.

his countenance fell and all his animation drained away...[1]

回译：

他的脸色耷拉下来，他的活泼生气都消失了……

杨宪益译为：

he turned pale, his spirits quite dashed ...[2]

回译：

他的脸色变白，他的精神十分萎靡……

可以看出，霍译与杨译均比较简洁明了地传达出了原文的意思。

原文：

彩云连忙一把推开金钏，笑道："人家心里正不自在，你还奚落他。趁这会子喜欢，快进去罢。"

译文：

Rainbow Cloud hurriedly pushed Gold Bangle aside and, herself giggling, said below her breath, "We aren't in the mood. No teasing! " **And turning to Pao-yü, she continued**, "You'll find the master in a good temper-better go in at once! "

回译：

彩云急忙推开金钏，她自己咯咯笑着，低声说道："我们心情不佳。别调戏！"**然后转向宝玉，继续说道**："你会发现主人心情很好——最好马上进去！"

此处彩云说的两句话，前一句是对金钏说，后一句是对宝玉说，所以译者在此将两句分开，并增加了 And turning to Pao-yü, she continued（然后转向宝玉，继续说道），以表示不同的说话对象，让读

[1] Hawkes, David (tr.): *The Story of the Stone*: Book I, Penguin Classics, 1973: p.413.

[2] Yang, Hsien-Yi and Gladys Yang (trs.): *A Dream of Red Mansions*: Volume I, Beijing: Foreign Languages Press, 1994: p.330.

者更好理解。对于此处，霍克思译本也作了相同处理，增译了 said to Bao-yu（对宝玉说）。

还有两处诗词引用的增译，一处在宝玉在桃花树下坐下展开《会真记》认真玩味时：

正看到“**落红成阵**”，只见一阵风过，把树上桃花吹下一大半来，落的满身满书满地皆是。

原文只引用了“落红成阵”一句，而译者在翻译中增加了下一句“风飘万点正愁人”，并加脚注说明：Only the first line is quoted in the original, but the full force of the allusion is lost without the second line (itself taken from a poem by Tu Fu), which has therefore been supplied in the translation.（原文只引用了第一句，但若没有第二句，典故便不能充分发挥效力[诗句本身摘自杜甫的一首诗]，因此译文提供了第二句。）译者将这两句诗译为：

A fresh shower of red petals descending,

Ten thousand flakes of melancholy!

回译：

红色花瓣如清新阵雨落下，

千千万万片忧愁！

可见译者认为，“落红成阵”一句不足以表现作者引用此文的意图，抑或意象表达不完整，故增译第二句。而笔者认为，此处“落红成阵”是与下文风吹桃花落的景象相互呼应，以戏中景对应书中景，相映成辉，更应了“落红成阵”的美妙。增译后一句 Ten thousand flakes of melancholy（千千万万片忧愁）平添了一份哀愁忧思，于此情此景并无锦上添花之妙，却有画蛇添足之嫌，而且与原文相离，失去了原文想要表现出的巧合之美。故而此处不必增译。

另一处在黛玉回房路过梨香院，听到院内戏曲婉转动听，唱到：

"你在幽闺自怜"

译文:

"I sought you in each nook and corner

But find you dejected in your chamber."

回译:

"我在各个角落寻你

却见你在闺房神伤"

译者并未注明增译与否，但通过回译可看出译文对应的是《牡丹亭》原文"是答儿闲寻遍，在幽闺自怜"。这里的增译实为必要。"你在幽闺自怜"一句本就是黛玉断续听到的戏曲片段，与上文出现的"则为你如花美眷，似水流年……"中间只差"是答儿闲寻遍"一句，原为黛玉心神动摇而漏听的一句，作为中文读者，自是能从这只言片语中读懂触动黛玉心灵的这个句子，但若没有增译，外国读者恐怕会读得不知所云。对比霍克思译文:

'I have sought you everywhere,

And at last I find you here,

In a dark room full of woe—'[1]

回译:

"我到处寻你，/最终在此找到你，/在一间充满哀伤的昏暗房间——"

可见霍译同样作了增译。此处唯有增译，方可解读者心中之惑，但同时也与原文黛玉出神漏听一句的情节相悖，可谓"鱼与熊掌不可兼得"。而两相对比来看，笔者认为，对于外国读者来说，此处增译有助于他们理解戏文与小说语境之间的联系，而戏文是否完整，对于缺乏

[1] Hawkes, David (tr.): *The Story of the Stone*: Book I, Penguin Classics, 1973: pp.423—424.

中国古典戏曲文化熏陶的他们来说并不大重要。因此译者在此选择的翻译策略是可取的。

除此之外，译文中还有对文化背景的增译，例如下面一例。

原文：

地下一溜椅子，迎、探、惜并贾环四个人都坐在那里。一见他进来，惟有探春、惜春和贾环站了起来。

译文：

A row of chairs facing the brick-bed was occupied by the girls, Ying-ch'un, T'an-ch'un, and Hsi-ch'un, and Pao-yü's half-brother Huan; **the three last, being all younger than Pao-yü**, stood up upon his entering.

回译：

一排对着砖床的椅子由女孩迎春、探春、惜春占着，还有宝玉同父异母的兄弟环；**后三个都比宝玉小**，在他进来时站了起来。

原文只说探、惜、环站了起来，却未表明为何单迎春没站起来。对于中文读者来说，因为熟谙中国古代社会"长幼尊卑"的文化习俗，联系已经掌握的小说人物关系，便知屋内坐着的除探、惜、环三人比宝玉年幼外，其他连同迎春均长于宝玉，因而只有他们三个需要站起来迎接宝玉。而对于英语读者而言，由于缺乏此类文化背景知识，对其中缘由不得甚解，因此译者在此处增译了 the three last, being all younger than Pao-yü （后三个都比宝玉小），以作解释说明。这样一来，英语读者便能理解其背后的文化习俗，阅读也能更为顺畅。

三、误译

误译是源语文化信息在目标语文化语境里发生的变异，反映了异域文化在主题文化传播过程中出现的碰撞、扭曲与创新等情形[1]。译者首先是读者，由于读者自身文化背景的不同，对文学作品的理解也就各不相同，如此便容易造成“误读”。而译者担负着用目标语释读源语文本的使命，即把理解的内容转换成目标语文本，这样一来，便导致“误译”。

《红楼梦》中人物众多，个个形象栩栩如生，曹雪芹在给每个人物取名时都利用谐音或引用诗词典故，暗含了人物的性格及命运。在译成外文时，人名的翻译也成为难题之一，主要在于“音译”“意译”之别，音与意常难以兼得。音译比较简单，大都采用威妥玛拼音或汉语拼音，但音译却丧失原文作者在人名中设定的寓意，且汉字中同音异形的字太多，难免会造成混淆，影响外国读者的理解。意译比较费工夫，既需要译者对名字的内涵把握准确，又需要译者能在目标语中找到准确对应的词，意译人名会让读者对人物首先有一个大概的认识，有益于读者把握人物性格，但意译通常会使名字较音译复杂，而且若译者对其含义把握不准，便会导致“误译”。

在此选段中，译者将人名“茗烟”译为 Tea-Tobacco，也是误译。“茗”本指茶树的嫩芽，也指茶叶沏的茶水，“茗烟”应指的是热茶冒着的腾腾热气。茗烟是宝玉“第一个得用且又年轻不谙事的”心腹小厮，专司烹茶倒水，也是宝玉志同道合的男性知己。热茶喝了以后既解渴又温暖人心，茗烟的名字即由此而来，反应了人物的性格特征。而张译将“茗烟”处理成 Tea-Tobacco（茶—烟），显然是将“烟”理解为了“烟草”之意，如此翻译，不仅毫无美感可言，也违背了作者的取名意图，未能体现出茗烟这个人的个性特点，会使读者囿于现代

[1] 裘禾敏：《晚清翻译小说的误读、误译与创造性误译考辩》，载《外国语》2010年第4期，第66页。

意识，将这个人物的第一印象轻易误解为好茶吸烟之徒。相比之下，霍克思译本中将“茗烟”译为 Tealeaf（茶叶），省译了“烟”字，但好歹保留了“茶”之典雅意象，因茶在古代上层社会是不可或缺之物，如此翻译或多或少反映出了茗烟之于宝玉的不可或缺，也算是巧妙保留了作者取此名的部分意图。

实际上，作为晚近舶来品的烟草，在《红楼梦》中仅见于第 101 回，宝玉傻看宝钗梳头出了神，王熙凤于是取笑他：

凤姐因向宝玉道：“你还不走，等什么呢。没见这么大人了还是这么小孩子气的。人家各自梳头，你爬在旁边看什么？成日家一块子在屋里还看不够？也不怕丫头们笑话。”说着，哧的一笑，又瞅着他咂嘴儿。宝玉虽有些不好意思，倒还不理会，“把宝钗直臊得满脸通红，又不好听着，又不好说什么。只见袭人端过茶来，只得搭讪着，**自己递了一袋烟**。凤姐儿笑着站起来接了……❶

对于此处出现的烟草，护花主人、大某山民、太平间人三家评本加注：“递烟乃北人新妇礼，烟字于书中只此一处。”❷可以看到，书中前 80 回并未提及吸烟一事，只在第 52 回提到晴雯感冒，宝玉让其吸鼻烟，但此处的“鼻烟”与通常意义上的烟草还是相去甚远，故而不宜作为曹雪芹提及烟草的直接证据❸。此外便只有第 101 回这里提及烟草了。也就是说，烟草出现于书中可能并非曹雪芹原文，而是后续整理者（程伟元、高鹗或其他人）根据彼时满人习俗加上的情节。书中人物

❶ 顾克勇、阮可：《〈红楼梦〉吸烟小考》，载《东南大学学报（哲学社会科学版）》2002 年第 6 期，第 123 页。

❷ [清]护花主人、大某山民、太平间人：《三家评本》，中华书局 1988 年版；引自[清]曹雪芹、高鹗原著，中国艺术研究院红楼梦研究所校注：《红楼梦》，人民文学出版社 1996 年版。

❸ 孙启锋：《〈红楼梦〉吸烟情节考辩》，载《语文学刊》2010 年第 4 期，第 3—4 页。

的取名皆有寓意，宝玉身边有四个小厮，即茗烟、扫红、锄药、墨雨，茗烟与墨雨对仗，锄药与扫红相映，四者皆文雅别致，却也暗含“烟消云散、落红阵阵、药里空存、风吹雨打”之意[1]。如此看来，“茗烟”中的“烟”字就不可能是“烟草”之意，而是指“烟雾”，故此处属译者对该名误读误译。

另一处误译见诸对“麝月”一词的翻译。宝玉进入大观园后为春夏秋冬四季分别写下四首即事诗，其中《夏夜即事》曰：

倦绣佳人幽梦长，金笼鹦鹉唤茶汤。

窗明麝月开宫镜，室霭檀云品御香。

琥珀杯倾荷露滑，玻璃槛纳柳风凉。

水亭处处齐纨动，帘卷朱楼罢晚妆。

这首诗中巧妙地镶嵌了袭人、鹦鹉、麝月、檀云、琥珀、玻璃六个丫鬟的名字，而译者将此处的“麝月”译为 full moon（满月），显然未能理解作者意图，且对“麝月”理解有误。霍克思将此处“麝月”译作 pale moonbeans[2]（苍白的月光），符合本诗语境要求，不足之处是同其对译的丫鬟名未能取得一致，在这一细节上同曹雪芹的设定相抵牾。

香港学者宋淇曾谈到此名：“麝月这个名字，许多人也没有加以探讨过，总以为它和麝香或月光有关，至少英语的译者大都是如此翻译，显然这是个错误。”[3]对“麝月”的解释基本可归为三种：一是指

---

❶ 黄德修、黄翠华：《人云深处亦沾衣——论〈红楼梦〉中的茗烟形象》，载《文学前沿》2008 年第 2 期，第 181—182 页。

❷ Hawkes, David (tr.): *The Story of the Stone*: Book I, Penguin Classics, 1973: p.418.

❸ 宋淇：《红楼梦识要——宋淇红学论集》，中国书店 2000 年版，第 340—341 页。

“把额头涂成黄色，有似于月亮的装扮”[1]；二是茶名，“麝言香，月言圆”[2]；三是“画眉的香煤”[3]。而根据宝玉为丫鬟取名的喜好来看，认为“麝月”为女子妆饰之额妆、眉妆之一的说法更行得通些[4]。如此看来，“麝月”并不指月亮，译者译为 full moon 实为误译。

表 20 列出并非简单音译的诸家英译对丫鬟名“麝月”一名的处理：

表 20 “麝月”一名的多种译法

英译者	王际真	麦克休姊妹	霍克思	黄新渠
英译文	Musk Moon	Musk		
回译	麝香—月亮	麝香		

由此可见，将“麝月”译为 Musk（麝香），保留“香”的意象而舍弃“月”的意象，好歹还同“女子妆饰”有所关联，而且也同译者用一个单词对译丫鬟名的整体策略相一致，仅此而言不失为传递原文神韵的佳构；王际真译文中的丫鬟名，例由两个单词译出，所以他的“麝月”对译，虽显板滞，却也扣合自己的既定翻译策略；相比之下，转译自孔舫之（Franz Kuhn）德译文的麦克休姊妹译文以及黄新渠的译文，丫鬟名的处理策略并不一致，所以不便考评其对译“麝月”的优劣了。而王、麦、黄三种节译都没有译出《夏夜即景》诗，关于“麝月”一名的关设也就无从谈起。

“袭人”几乎是《红楼梦》诸多人名中最难翻译的一个，译者对此名的翻译也不够妥当。因她姓花，故得宝玉取意于宋人陆游诗句“花

---

❶ 黄威:《“金星”“麝月”指什么》,载《辞书研究》2008 年第 1 期,第 94—95 页。

❷ 华夫编:《中国名物大典》(上卷),济南:济南出版社 1993 年版,第 664 页。

❸ 张葆全编:《中国古代诗话词话词典》，桂林：广西师范大学出版社 1992 年版，第 761 页。

❹ 采诗:《麝月名考》，载《红楼梦学刊》2012 年第 5 辑，第 289—295 页。

气袭人知昼暖”而改其名为“袭人”。《红楼梦》法译本译者李治华也曾谈及“袭人”一名的难译之处：“法文的人名一般只用名词，最多在名词上边再加一个形容词，绝对无法使用动词。可是‘袭人’这个名字就是一个动宾结构的词组。”[1]最终，李治华据宝玉取名的典故，按照诗句的意思将其译为 Bouffée de Parfum（一阵突然袭来的香气），虽舍弃了“袭人”的字面意思，却更能反映出袭人看似忠厚实则心机复杂的人物形象。霍克思译为 Aroma（芳香），取“花气袭人”中的“花气”之意，也是同李译一样舍弃了“袭人”这一层意思。张心沧将“袭人”译为 Bombarding Scent（爆炸的香味），显然是保留了“花气袭人”的原意。然 bombarding 一词通常指“爆炸的，急袭的，撞击的”，虽有“袭人”之意，却未免用意过猛，于人物形象有所损伤。

由于本段译文所对应的原文，正是宝玉向贾政解释“袭人”一词来历兼及其出典“花气袭人知昼暖”，所以这一诗句，张心沧译为 The flowers' bombarding scent proclaims a sultry morn（花儿的爆香宣告着闷热的早晨来临），霍克思译为 The flowers' aroma breaths of hotter days[2]（花儿的芳香是热天的气息），对比来看，霍译的“花气袭人”显得更温柔一些，更符合花朵娇艳香气扑人的丫鬟形象。

《红楼梦》中的建筑描写也是其整体艺术形象的有机组成部分。建筑名称意象鲜明，作者通过命名赋予了建筑物深刻的文化内涵[3]。中国传统建筑常以“修饰词 + 建筑术语”方式构成，例如“大观 + 园”、“怡

---

❶ [法]李治华：《试论〈红楼梦〉中人名的迻译》，载《翻译通讯》1983 年第 12 期，第 12 页。

❷ Hawkes, David (tr.): *The Story of the Stone*: Book I, Penguin Classics, 1973: p.415.

❸ 成蕾、杨广科：《“潇湘馆”里的“潇湘妃子”——〈红楼梦〉两个法译本中建筑专名的语义层级分析及其翻译策略选择》，载《译林》2011 年 8 月号，第 121 页。

红 + 院”。在译成外文时，翻译的难点就在于前面修饰词的翻译，译者常常难以将其蕴含的意象准确传递出来。对于原文出现的建筑名，译者大都采取了字面意义直译的方法，将意象丰富的修饰词按译者的理解来字字直译。如此译法，虽忠实了原文，却未必能给英语读者以美的感受，实际上没有起到功能对等的作用，故也可算作一定程度上的误译。

例如“怡红院”，译者译为 Crab Red Court（蟹红院），其别名“绛芸轩”译为 Crimson Library（深红书库），可见译者旨在译其字面意义“红色”，而忽略了更深层次的意象传达。怡红院是宝玉住所，“怡红快绿”，取意院内蕉棠两植，故“怡红”虽字面义为深红，但深层意义应是指院子里的海棠使人心旷神怡——在麦克休姊妹由德文转译为英文的节译本中，将“怡红院”译为 Begonia Courtyard（海棠院），既有“怡红”之意，又表达出了其间暗含的海棠意象，可称为最佳处理方法。相较而言，霍克思处理为 The House of Green Delights（怡绿屋），一来译出了“心旷神怡、心情舒畅”之意，二来虑及英语世界对“红色”的贬义意象而将“红”改译为“绿”，与其全篇翻译策略一致，实现功能对等，从局部而言倒也无可厚非；杨宪益译为 Happy Red Court（乐红院），也是根据字面意义的直译，虽有“怡红”之意，但少了“怡红”的美感。

再有一例，宝玉在大观园中与姊妹们：

或读书，或写字，**或弹琴下棋**，作画吟诗，以至描鸾刺凤，斗草簪花，低吟悄唱，拆字猜枚……

此乃文人雅客所好，悠闲自在的消遣。其中“弹琴下棋”，译者处理为 playing the guitar and the game of chess（弹吉他、博弈棋局），而 guitar（吉他）和 chess（国际象棋）都是异域文化色浓重的器物名，与原文所指的“古琴”“围棋”可谓南辕北辙。此类带有中国文化的词语，如此译来不免让读者心生疑惑：难道中国古代也有吉他和国际象棋？霍克思在此将“弹琴下棋”分别译为 strumming on the qin, playing Go[1]（在琴上轻轻弹奏，博弈围棋）。作为英语为母语的译者和深谙中国文化的汉学家，霍克思深知这里的“琴”和“棋”是中国特有的物品，并未有完全对应的英文，因此采用了异化法，以汉语拼音直接音译“（古）琴”，以源自日语的借词 Go（大写首字母或为区别于英语固有动词 go“去、行”）意译“（围）棋”，由此区别于英文读者熟知的“吉他”和“国际象棋”。如此一来，读者才能感知独特的中国古典文化，感受到不同于西方国家的文明风俗。

还有一处译者翻译不妥之处。茗烟因看到宝玉终日闷闷不乐，便去买了：

那古今小说并那飞燕、合德、武则天、杨贵妃的外传与那传奇角本

这些世俗小说给宝玉看，以博得宝玉一乐。于中国读者，看到这些女子名字便知晓这些小说均是关于宫廷红颜祸水的香艳野史；但对于西方读者，由于缺乏此类文化背景，若只是直译出原文这些人名，恐难以使其理解其中的微妙联系，也就无法理解下文茗烟告诫宝玉万万不可拿进园去的缘由了。

译者将“飞燕、合德、武则天、杨贵妃的外传与那传奇角本”译为 the Intimate Revealing History of Chao Fei-yen and her Sister Ho-te, and of the Empress Wu, and of the beauteous Yang Kuei-fei（赵飞燕和她妹妹合德、女皇武、美丽的杨贵妃之私密历史揭露）。其中“外传”译为 the Intimate Revealing History（私密曝光史），实际上并未能达到原

[1] Hawkes, David (tr.): *The Story of the Stone*: Book I, Penguin Classics, 1973: p.417.

文在中国读者中产生的联想效果。

原文未出现“艳情”“野史”一类字眼，与小说本身含蓄内敛的创作风格有关。作者在第 1 回便明确反对艳情小说：

更有一种风月笔墨，其淫秽污臭，屠毒笔墨，坏人子弟，又不可胜数。

因而书中即便有交欢之事也仅用“云雨”等委婉表达来隐喻[1]。而对于 20 世纪 60—70 年代经历过性解放的英文读者来说，此类艳情小说应成为引起其兴趣的噱头，大可翻译得通俗露骨些。比如霍克思对此处原文的处理，就分别译为 *The Secret History of Flying Swallow*（飞燕秘史）、*Sister of Flying Swallow*（飞燕姐妹）、*The Infamous Loves of Empress Wu*（武女皇的丑恶情史）、*The Jade Ring Concubine, or Peeps in the Inner Palace*（贵妃玉环，又名深宫窥探）[2]，如此一来，能让英文读者同中文读者一样产生联想，也就更好理解为何这些书籍能使正值青春年少的宝玉爱不释手而又不能带进园区了。而杨宪益则简单译为 tales about imperial concubines and empresses[3]（关于后宫嫔妃和女皇们的故事），省略了文化负载词，选其共性合译，不免读来索然无味，对英文读者而言，使本来读着就缺乏高潮的章回更是味同嚼蜡。

---

❶ [德]吴漠汀：《被遗漏的犹抱琵琶半遮面——闵福德和他对〈红楼梦〉后四十回的翻译，集中讨论刺激性联想的场景》，载《红楼梦学刊》2011 年第 6 辑，第 288—289 页。

❷ Hawkes, David (tr.): *The Story of the Stone*: Book I, Penguin Classics, 1973: p.419.

❸ Yang, Hsien-Yi and Gladys Yang (trs.): *A Dream of Red Mansions*: Volume I, Beijing: Foreign Languages Press, 1994: p.334.

四、串译

所谓串译（paraphrasing），指的是在翻译中，原文的语言及文化特色部分乃至完全消失，直接以目的语的表达方式来翻译源语文本而形成的译文，从而更接近目的语的语言文化风格，以方便读者阅读。这种处理模式追求译文符合译入语语言及文化规范，较好地满足译入语读者较少异域风味的阅读需求，是典型的归化策略[1]。

在本段译文中，译者对人物对话较多采用了串译，以符合英语表达习惯的语句来翻译对话，如此使得人物语言更生动，读者也更容易接受。例如，贾母劝宝玉去见贾政时说道：

“他不敢委屈了你。”

译文：

he won't eat you!

回译：

他不会吃了你！

译者是在理解原文的基础上，用译入语的表达方式来翻译，使读者更容易理解人物性格。又如金钏打趣宝玉爱吃女子胭脂，和宝玉说自己刚涂了胭脂，问他道：

“你这会子可吃不吃了。”

译文：

Lick me! Now's the best!

回译：

快舔我！就现在！

译者将原文的问句译为祈使句，语言是生动形象了不少，却不太

[1] 刘艳丽：《也谈“归化”与“异化”》，载《中国翻译》2002 年第 6 期。

符合主仆身份，哪有女仆命令主子之说呢？况且，将此句归化为西方人更直接大胆的表达，也未能表现出金钏打趣宝玉的暧昧语气，英语读者对金钏的形象甚至也会有所误解。

对于中国文化特有的词语，译者有时也选择了串译。例如，宝玉正和贾母盘算着搬家事宜，忽见丫鬟来宣宝玉见其父，于是宝玉：

便拉着贾母扭的好似扭股儿糖。

这里的“扭股儿糖”指的是麦芽糖，两股或三股扭在一起，甜腻粘牙。书中多次出现宝玉似“扭股儿糖”，如第22回：“宝玉急了，扯着凤姐儿，扭股儿糖似的只是厮缠。”第24回宝玉与鸳鸯调情，“涎皮笑道：‘好姐姐，把你嘴上的胭脂赏我吃了罢。’一面说着，一面扭股糖似的粘在身上。”可见宝玉撒起娇来的孩子气，既粘人又活脱如顽猴。

译者将“扭股儿糖”译为 the suck of gum（恶心的口香糖），是将其归化为英文读者熟悉的“口香糖”。口香糖在英文中也常用来表示粘人之意，如麦芽糖有黏性，但却少了那股子扭劲儿，如此归化翻译，使得宝玉撒娇耍赖的形象有所缺失。霍克思将其译为 the gluey persistence of a toffee twist❶（太妃糖扭曲似的胶着坚持），同样也将“扭股儿糖”归化翻译，对应到西方读者熟知的太妃糖，同时加了 twist（扭曲）一词，更接近原文传递的意思。对比来看，太妃糖似乎更接近麦芽糖的形象，而口香糖虽有粘人之意，但用在此处有贬义之嫌。

在翻译官职时，张心沧也主要采用了串译法，即找到英国相对应的官职名称来翻译。中国古代社会等级森严，不同的官职代表着不同的身份，在小说中，官职名与人物身份地位息息相关，因此，其翻译正确与否也显得尤为重要。串译法的好处在于能让外国读者对文中出

---

❶ Hawkes, David (tr.): *The Story of the Stone*: Book I, Penguin Classics, 1973: p.413.

现的官职名有一定的了解，但同时也会让他们产生疑惑：中国也有一样的官职吗？而就翻译来看，可以看出原文与译文所反映的官职是有所不同的，甚至并不能算作相似。

譬如译文开篇便提到贾元春，由于首次出现此名，译者增译了其身份 Queen（王后）。元春第 2 回便进宫为女史，第 16 回“才选凤藻宫”“加封贤德妃”，身为贵妃，身份尊贵，贾府的盛衰兴荣与元春的受宠密不可分。译者增译 Queen 一词应是让读者对人物身份有一定认识，从而更好地理解下文。然而 queen 一般指的是“女王、王后”。在中国古代，皇帝妃嫔众多，后宫位阶定制严明，仅以清代为例，皇帝正妻为皇后，以下为皇贵妃一人、贵妃二人、嫔六人，以下还有贵人、常在、答应三级。其中正妻皇后才能对应英语的 queen，而众妃嫔应是另有别名，如 imperial concubine（皇帝的妾）。这段译文中译者将元春的头衔处理为 queen，应是考虑到了读者对中国古代妃嫔等级不甚了解，且英国皇室因奉行宗教实行一夫一妻制，未有对应的妾之名分，便直接归化为英国读者熟悉的 queen 一词。然而，这样翻译使得元春的身份地位又上了一级，显然会误导读者，致使他们以为元春即为皇后。译文加了脚注 Yüan-ch'un, i.e. Prime of Spring, was born on New Year's Day; hence her name. She's the daughter of Chia Cheng (Pao-yü's father) and is one of the emperor's consorts.[元春，也就是春天的开始，出生在新年第一天，因得此名。他是贾政（宝玉的父亲）之女，也是皇帝的配偶之一。]注释中用到了 consort 一词来解释元春身份，该词指在位君主的配偶，与元春身份相符，但还是没有完全道明其在后宫妃嫔中的地位，可对其“贵妃”身份作进一步解释，当然我们亦可从此脚注中看出译者在正文中使用 queen 一词也是深思熟虑的结果。

五、结语

通过上述细节的剖析，我们可以看出：英籍华裔汉学家张心沧的这段《红楼梦》摘译文，在《红楼梦》的域外传播和中国古典文学西传史上自有其独特的地位和价值。首先，译者本着服务于异域读者“窥豹一斑”的准则，将《红楼梦》中富有中国传统意境的一段小说文字，通过流畅优美的英文，呈现在了英语读者眼前；其次，译者借助细致的注释，为这一小说片段的读者提供了丰富的中国文化辅助信息；再次，译者精心增饰了这一片段中诸多人物形象的相关信息和部分引文的相对完整表达，使得其英译文具有相对的独立性，在英语读者看来不失为一份甚有意思的短篇美文，同英语世界久享盛誉的霍克思译文相比也毫不逊色。

当然，译者张心沧摘译这一桥段，本意是让英语世界的读者对以《红楼梦》为代表的中国古典文学能够有所了解，从而引发他们深入阅读中文原著的兴趣。但由于这一桥段所展示的小说情节相对拖沓沉闷，所包含的文化要素又较为复杂多样，需要读者具有较高的中国文化修养才能够真切体会其妙处，因此用作汉语初学者的阅读材料，恐怕就难以达到相应的效果了：既不能靠出彩的情节抓住汉语功底尚有欠缺的读者，也不能用简单明白的语言传递出相对关键的中国文化元素。当然，在汉语国际推广日益热门的这个时代，这方面的深入研究还可以另文详述。

（本文与薛傲霜合作，原载《红楼梦学刊》
2017年第三辑，第258—281页）

美国汉学家梅维恒《红楼梦》英译研究

美国汉学家梅维恒（Victor Henry Mair, 1943—），生于俄勒冈州，1965 年本科毕业后加入美国政府派遣的和平队（Peace Corp）在尼泊尔服役两年，或许由此而萌发了他研究亚洲文化的兴趣，1967 年回国后进入华盛顿大学的佛教研究项目学习佛学、梵文和古藏文，翌年获得马歇尔奖学金转至英国伦敦大学亚非研究院，在此深造中文和梵文并于 1972 年和 1974 年分别获得荣誉学士学位和哲学硕士学位，然后回到美国在哈佛大学攻读博士学位，1976 年以“敦煌叙事俗文学”（Popular Narratives From Tun-huang）为题获得博士学位[1]。此后，梅氏先在哈佛大学做了三年助理教授，然后就长期任教于宾夕法尼亚大学，一向以唐代变文、内陆欧亚文化交流、中国文学译介的研究和实践著称于世。他那开阔的研究视野，擅长将一个细小的题目，纳入跨文化、跨民族、跨国家、跨学科的背景下加以考察，其论著在海内外反响强烈、影响深远。

梅维恒首先引人瞩目的研究成果，是他自攻读博士学位以来就一

❶ 博士论文后来得以付梓：Mair, Victor H.: *Tun-Huang Popular Narratives*. Cambridge・New York: Cambridge University Press, 1983.

直投入精力研治的敦煌变文[1]及其衍生产品[2]，这是同佛教研究息息相关的敦煌学下位类课题。同时，梅氏又是道家经典在英语世界的重要译介者，其《道德经》和《庄子》的英译本[3]甚至还在计划中就已备受出版商青睐，正式刊行后果然大受欢迎并迅速再版[4]。梅氏这类“怪力乱神”型的译著还有《聊斋志异选》[5]，而其“奇技淫巧”型的译著则首推《孙子兵法》[6]。

此外，梅维恒还是一位在美国热心推广汉语的知名人士，他也身体力行编纂了不少适用于汉语国际推广的教材和读物，其《哥伦比亚中国文学系列》[7]既有别人佳作的遴选，也有自己译笔的呈现，更有本

---

❶ Mair, Victor H.: *T'ang Transformation Texts: A Study of the Buddhist Contribution to the Rise of Vernacular Fiction and Drama in China*. Cambridge, Mass.: Council on East Asian Studies Harvard University: Distributed by Harvard University Press, 1989. 汉译本为《唐代变文——佛教对中国白话小说及戏曲产生的贡献之研究》（[美]梅维恒著，杨继东、陈引驰译；中西书局 2011 年版）。

❷ Mair, Victor H.: *Painting and Performance: Chinese Picture Recitation and Its Indian Genesis*. Honolulu: University of Hawaii Press, 1988. 汉译本为《绘画与表演——中国的看图讲故事和它的印度起源》（[美]梅维恒著，王邦维、荣新江、钱文忠译；北京燕山出版社 2000 年版）。

❸ Laozi, Victor H. Mair (tr.): *Tao Te Ching: The Classic Book of Integrity and the Way*. New York: Bantam Books, 1990. Zhuangzi, Victor H. Mair (tr.): *Wandering on the Way: Early Taoist Tales and Parables of Chuang Tzu*. Honolulu: University of Hawaii Press, 1998.

❹ 刘妍:《梅维恒及其英译《庄子》研究》,载《当代外语研究》2011 年第 9 期,第 42 页。

❺ Pu, Songling, Denis C.Mair & Victor H. Mair (trs.): *Liaozhai Zhiyi Xuan*. Beijing: Foreign Languages Press, 2000.

❻ Mair, Victor H. (tr.): *The Art of War/Sun Zi's Military Methods*. New York: Columbia University Press, 2007.

❼ Mair, Victor H. (ed.): *The Columbia Anthology of Traditional Chinese Literature*. New York: Columbia University Press, 1994. Mair, Victor H. (ed.): *The Shorter Columbia Anthology of Traditional Chinese Literature*. New York: Columbia University Press, 2000. Mair, Victor H.: *The Columbia History of Chinese Literature*. New York: Columbia University Press, 2001. Mair, Victor H. and Mark Bender

人研究的心得，就是在汉语国际教育和中国文化研究等方面广受好评的力作。正是在其中的《哥伦比亚中国传统文学选集》（*The Columbia Anthology of Traditional Chinese Literature*, 1994）中，我们意外发现了从未在红学圈得以披露的梅氏一段《红楼梦》小说文本的英译。

这段《红楼梦》摘译出自原书第80回“美香菱屈受贪夫棒王道士胡诌妒妇方”，从“次日一早，（宝玉）梳洗穿戴已毕，随了两三个老嬷嬷，坐车出西城门外天齐庙烧香还愿”到“正说着，吉时已到，请宝玉出去奠酒，焚化钱粮，散福。功课完毕，宝玉方进城回家”为止，实际上仅仅包括“王道士胡诌妒妇方”的内容[1]。

虽然这段英译文的篇幅还不足半回，但是从部分细节入手，还是可以看出梅氏是根据以程乙本为底本的原文译出的，参见如下诸例的底本对照[2]，其中加下划线的成分不见于英译文中。

【例一】梅维恒英译：

Being timid by nature, Pao-yu dared not approach the terrifying images of spirits and demons. So hastily burned his offering of paper money and grain, then withdrew to the courtyard to take a breather.[3]

(eds.): *The Columbia Anthology of Chinese Folk and Popular Literature*. New York: Columbia University Press, 2011.

❶ Mair, Victor H. (ed.): *The Columbia Anthology of Traditional Chinese Literature*. New York: Columbia University Press, 1994, pp.1032—1035.

❷ 由于英译文出自第80回，现存脂评本中含有此回内容的文本并不多见，因而此处仅以庚辰本作为脂评本的代表同程高本进行对照。鉴于《红楼梦》各种版本在现代翻印甚夥，此处姑且撷取其中部分代表性印本作为参照，而不拘于英译者所用的本子（亦即此处所用文本与译者当时所用本子类型相同即可）：其中的引文，程乙本参见[清]曹雪芹、高鹗：《红楼梦》，人民文学出版社1974年版；程甲本参见[清]曹雪芹：《红楼梦校注本》，北京师范大学出版社1987年版；庚辰本参见[清]曹雪芹、高鹗原著，中国艺术研究院红楼梦研究所校注：《红楼梦》，人民文学出版社1996年版。

❸ Mair, Victor H. (ed.): *The Columbia Anthology of Traditional Chinese Literature*. New York: Columbia University Press, 1994, pp.1032—1033.

[程乙本]原文：

宝玉天性怯懦，不敢近狰狞神鬼之像，是以忙忙的焚过纸马钱粮，便退至道院歇息。[1]

[程甲本]原文：

宝玉天性怯懦，不敢近狰狞神鬼之像，是以忙忙的焚过纸马钱粮，即便退至道院歇息。[2]

[庚辰本]原文：

宝玉天生性怯，不敢近狰狞神鬼之像。这天齐庙本系前朝所修，极其宏壮。如今年深岁久，又极其荒凉。里面泥胎塑像皆极其凶恶，是以忙忙的焚过纸马钱粮，便退至道院歇息。[3]

此例较为典型，程甲本和程乙本仍有个别表达上的差异，严格说来程甲本的"即便"较之程乙本的"便"更多一层"迅速（退避）"之义，而英译文中并无此义，由此可以判定梅氏所据底本更有可能是程乙本；但因"即便"一词在近现代汉语中愈来愈有凝固化而略等于"便"的倾向，所以仅有此例还不敢遽下结论敲定程乙本的底本之说。

【例二】梅维恒英译：

When One Smear Wang came in, Pao-yu was lying crosswise on the bed. Seeing One Smear Wang enter, Pao-yu said to him with a smile, "You've come just at the right time. I've heard it said that you are extremely good at telling jokes. How about telling us one now? "[4]

[程乙本]原文：

---

❶ [清]曹雪芹、高鹗：《红楼梦》，人民文学出版社1974年版，第1052页。

❷ [清]曹雪芹：《红楼梦校注本》，北京师范大学出版社1987年版，第1299页。

❸ [清]曹雪芹、高鹗原著，中国艺术研究院红楼梦研究所校注：《红楼梦》，人民文学出版社1996年版，第1135页。

❹ Mair, Victor H. (ed.): *The Columbia Anthology of Traditional Chinese Literature*. New York: Columbia University Press, 1994, p.1033.

当下王一贴进来。宝玉正歪在炕上，看见王一贴进来，便笑道："来的好。我听见说你极会说笑话儿的，说一个给我们大家听听。"[1]

[程甲本]原文：

当下王一贴进来。宝玉正歪在炕上想睡，看见王一贴进来，笑道："来得好。王师傅你极会说笑话儿的，说一个与我们大家听听。"[2]

[庚辰本]原文：

当下王一贴进来，宝玉正歪在炕上想睡，李贵等正说"哥儿别睡着了"，厮混着。看见王一贴进来，都笑道："来的好，来的好。王师父，你极会说古记的，说一个与我们小爷听听。"[3]

此例最为典型：首先，庚辰本中更多的异文不见于英译，以及李贵等随从称呼进门的王道士不合英译文中宝玉对他说话的表述（Pao-yü said to him with a smile），都可以排除其底本嫌疑；其次，庚辰本和程甲本中对话里招呼王一贴的"王师傅 / 父"并不见于英译文，这样即可断定缺乏这一直接呼语的程乙本当为梅氏英译的直接底本。

如此确定了这段英译文所据的底本，下面的分析在涉及中文原文时，一概以程乙本作为依据加以处理了。

首先来看这段文字中的主角、天齐庙老王道士的诨号"王一贴"是如何英译的：One Smear Wang[4]，这也是本段英译文字在该选本中的标题。对照其他涉及此段文字中这一诨号的英译——麦克休姊妹英译

---

❶ [清]曹雪芹、高鹗：《红楼梦》，人民文学出版社 1974 年版，第 1052 页。

❷ [清]曹雪芹：《红楼梦校注本》，北京师范大学出版社 1987 年版，第 1299—1300 页。

❸ [清]曹雪芹、高鹗原著，中国艺术研究院红楼梦研究所校注：《红楼梦》，人民文学出版社 1996 年版，第 1136 页。

❹ Mair, Victor H. (ed.): *The Columbia Anthology of Traditional Chinese Literature*. New York: Columbia University Press, 1994, p.1032.

是 the Quick plaster Priest[1]，彭寿神父英译是拼音 Wang I-t'ieh[2]、杨宪益夫妇和霍克思的英译都是 One(-)Plaster Wang[3]。彭寿神父的直接音译存而不论；诨号的意译之别，梅维恒与其他几个英译者关键就在于 smear 和 plaster 两个英文词汇：plaster 是由“灰泥、石膏”等涂抹之物引申而来的“膏药”名词，用于动词则有“粘贴”之义，smear 本为具有“涂抹、糊上、弄脏”之义的动词，转义为名词则有“涂片、污点”之义。显然，杨宪益和霍克思都忠实还原了“王一贴”这个诨号中“一贴（膏剂）”的传统中医药术语内涵，梅维恒的处理则有拿西洋生物化学之“涂片”归化处理中医药膏剂之嫌。

考虑到梅维恒本人即是优秀的汉学家，中文水平造诣不凡，而且梅氏英译的出版时间远在杨、霍英译本之后（足以参考），作为这么一小段译文的主角，这一诨号又多次出现，所以我们推测梅维恒这个看似迥然有别的对译不大可能是译者的低级失误。

但若细究 plaster 和 smear 两个单词的引申意义，前者仅仅是涂抹之物的客观指称，而后者尚有“污点”这样贬义色彩明显的引申内涵，再将这个王道士放在中国道教和中医药的文化背景中加以审视，从正统观点可以看出，无论作为宗教人士的道士还是充任医药人士的大夫，他

---

[1] McHugh, Florence & Isabelle (trs.): *The Dream of the Red Chamber*: A Chinese Novel of the Early Ching Period. New York: Pantheon Books, 1958, p.433. 这个译法直接源自库恩德译本的 Schnhellpflasterpriester，参见 Kuhn, Franz (übers.): *Der Traum der roten Kammer: Ein Roman aus der frühen Tsing-Zeit*. Freiburg: Insel-Verlag, 1932, p.608，悉依德语构词法次序直接拆解译成英文短语的。

[2] Bonsall, Rev. Bramwell Seaton (tr.): *The Red Chamber Dream (typescripts)*, completed in1950s. Hong Kong: The University of Hong Kong Main Library (online from2004) , part III, p.220.

[3] Yang, Hsien-yi and Gladys Yang (trs.): *A Dream of Red Mansions*: Volume II.Beijing: Foreign Languages Press, 1978, p.697. Hawkes, David (tr.): *The Story of the Stone, a Chinese Novel by Cao Xueqin in Five Volumes:* Volume3'The Warning Voice'. Harmondsworth: Penguin Book Ltd., 1980, p.1613.

实际上都是不称职的（他的药虽然不治病但也吃不死人，则又另当别论），亦即作为相关职业的内行[1]他是有瑕疵的，故而我们或许明白梅氏在英译这个诨号时，舍弃语义更为准确的 plaster 一词而选用了语义距离更远的 smear 一词，其实是要以此单词的引申贬义来暗示王道士的职业道德有亏，从而从诨号的迻译上直截了当活画出这个《红楼梦》中小角色的性格特征，以便让英语读者能够更为准确把握其在小说选段中推动情节、刻画人物的作用。

另外还可注意到，中文原文在给出老王道士诨号时，接踵对此作了一个诠释：

言他膏药灵验，一贴病除。[2]

对此梅维恒的英译是：

It was said that his medicated ointments were marvelously efficacious. All you had to do was smear them on and your illness would vanish.[3]

这段诨号的诠释，英译文中也将 smear 一词（的动词用法）加以表现，由此很好呼应了浑号中的名词表现，诚不失为迻译佳构。

在“王一贴”（One Smear Wang）标题之下注明了“选自《红楼梦》”（from Dream *of Red Towers*）[4]，尤其令人注意的是这里出现了

---

❶ 麦克休姊妹英译本直接称之为“祭司医生”（priest-doctor），参见 McHugh, Florence & Isabelle (trs.): *The Dream of the Red Chamber*: A Chinese Novel of the Early Ching Period. New York: Pantheon Books, 1958, p.433，直接源自库恩德译本的 Priesterdoktor，参见 Kuhn, Franz (übers.): *Der Traum der roten Kammer: ein Roman aus der frühen Tsing-Zeit*. Freiburg: Insel-Verlag, 1932, p.609，准确反映了王道士的职业身份。

❷ [清]曹雪芹、高鹗：《红楼梦》，人民文学出版社 1974 年版，第 1052 页。

❸ Mair, Victor H. (ed.): *The Columbia Anthology of Traditional Chinese Literature*. New York: Columbia University Press, 1994, p.1033.

❹ Mair, Victor H. (ed.): *The Columbia Anthology of Traditional Chinese*

"红楼梦"这一书名的英译。

我们已经知道，在英语世界中的"红楼梦"译名形式包括 The Red Chamber Dream(s)（德庇时，林语堂，彭寿）、(The) Dream(s) of (the) Red Chamber（德庇时，罗伯聃，多伊，包腊，翟理斯，裘里，王良志，王际真，克莱蒙斯，袁嘉华、石民，麦克休姊妹）、Dream in the Red Chamber（郭实腊）、A Dream of Red Mansions（杨宪益、戴乃迭，黄新渠）以及 The Story of the Stone(霍克思、闵福德)这么几种类型[1]，其中除开 The Story of the Stone 是译自《红楼梦》的异名"石头记"而暂不考虑以外，其余种种译名的核心差异就在于"楼"究竟是译作 chamber 还是 mansions。目前看来，由于《红楼梦》的主题还是通过理想女儿王国的幻灭来展示传统社会的衰败，所以这一标题中"楼"的意象更为侧重于女儿居住的"闺阁"（chamber）温柔乡而非世家大族的"宅邸"（mansions）富贵场[2]。

在这里，梅维恒给我们提供了"红楼梦"的又一种新颖译法：Dream of Red Towers，其间的关键差别在于以"塔楼"（towers）来对译

Literature. New York: Columbia University Press, 1994, p.1032.

❶ 以上几种"红楼梦"的英译名参考 Bonsall, Rev. Bramwell Seaton (tr.): *The Red Chamber Dream (typescripts)*, completed in1950s. Hong Kong: The University of Hong Kong Main Library (online from2004)；唐均：《〈红楼梦大辞典 · 红楼梦译本〉词条匡谬赓补》，见傅勇林主编：《华西语文学刊》（第 3 辑"《红楼梦》译介研究专辑"），四川文艺出版社 2010 年版，第 202—204 页；[德]吴漠汀：《〈红楼梦〉译名的百花齐放——浅析〈红楼梦〉书名的翻译以及一个新发现》，见傅勇林主编：《华西语文学刊》（第 3 辑"《红楼梦》译介研究专辑"），四川文艺出版社 2010 年版，第 80—82 页；郑锦怀：《〈红楼梦〉早期英译百年（1830—1933）——兼与帅雯雯、杨畅和江帆商榷》，载《红楼梦学刊》2011 年第 4 辑，第 118—134 页；吴永昇、郑锦怀：《J. T. 多尹与〈红楼梦〉在美国的最早译介》，载《红楼梦学刊》2015 年第 5 辑，第 138 页；宋丹：《日藏林语堂〈红楼梦〉英译原稿考论》，载《红楼梦学刊》2016 年第 4 辑，第 74 页。

❷ 唐均：《〈红楼梦〉标题迻译研究——"楼"意象的斯拉夫语传递》，载《中国文化研究》2015 年冬之卷，第 138 页。

"楼"。这个英语词 tower 源自拉丁文 turris "塔楼、(象棋)车" 并最终归于希腊文 τύρρις ~ τύρσις "塔楼"[1]，其语义在"塔楼"方面的历时表现虽历经数千年却显得甚为单纯，都是指称高耸有内室、主要用以眺望的单体建筑。由此我们联想到，19 世纪中叶最早的佚名德文摘译和 20 世纪前期德国汉学家何可思(Eduard Erkes)分别发表的"红楼梦"德文译法：Traumgesicht auf dem rothen Thurm "红塔梦幻" 和 Der Traum vom der Türme "红塔之梦"[2]，其中德语词 Thurm 和 Türme(复数 < 单数 Turm)正是英语词 tower 的同源词[3]；20 世纪上半叶最著名的《红楼梦》译者孔舫之(Franz Kuhn)在与出版商通信时也提及其初期的"红楼"之译乃是 Roter Turm "红塔"[4]。然而从上述几个德译书名被迅速取代而湮没无闻可以知道，梅氏在这里的英译书名虽然后出亦非转精，盖因 tower ~ Turm 所指称的具体物象在中国文化语境中既不能反映女性的闺阁也难以确指世家的豪宅，传统中国的"楼"相对颇为低矮而与"塔"泾渭分明，唯有这里译名时的复数形式 towers 大约能够让异语读者差可联想到中国楼的集群规模而已。

下面我们再看这段文字中王一贴讲笑话的高潮点——"疗妒汤"一

---

[1] Zimmermann, August (hrsg.): *Etymologisches Wörterbuch der lateinischen Sprache*: Hauptsächlich bestimmt für höhere Schulen und für klassische Philologen. Hannover: Verlag der Hahnschen Buchhandlung, 1915, p.276.

[2] [德]吴漠汀：《〈红楼梦〉译名的百花齐放——浅析〈红楼梦〉书名的翻译以及一个新发现》，见傅勇林主编：《华西语文学刊》(第 3 辑"《红楼梦》译介研究专辑")，四川文艺出版社 2010 年版，第 82 页。

[3] Walshe, Maurice O'Connell: *A Concise German Etymological Dictionary*. London: Routledge & Kegan Paul Ltd., 1951, p.231.

[4] [德]吴漠汀：《〈红楼梦〉译名的百花齐放——浅析〈红楼梦〉书名的翻译以及一个新发现》，见傅勇林主编：《华西语文学刊》(第 3 辑"《红楼梦》译介研究专辑")，四川文艺出版社 2010 年版，第 83 页。

词的英译处理：梅维恒是 Antijealously Draft[1]。比较其他几位英译者的处理——彭寿神父的 Cure Jealousy Soup[2]对中文表达结构都亦步亦趋但明显导致英语也不通达了，杨宪益夫妇的 Cure for Jealousy[3]从语义上紧扣中文原文但却忽略了所谓“疗妒”其实并非治愈嫉妒而应当是攻克嫉妒，霍克思的 Pirum Saccharinum[4]同其书名英译一样道理干脆避开原文而直接解构药方主要成分为“梨”（pirum）和“（冰）糖”（saccharinum)，梅氏的处理以表示“否定、对抗”语义的前缀 anti-加缀于 jealous“嫉妒的”之上，甚为准确地还原了中文“疗妒”的内涵；只是由于 jealous 本是形容词，该译文 Antijealously 以-ly 将其形容词化却似乎有点问题（英语中加前缀是不改变词性的），可能改为 Antijealous Draft 或者 Draft of Antijealousy 才是没有语法问题的更好表述。

根据上述分析可以了解，这段短短的英译文之于《红楼梦》的迻译而言，其实多有创新和发现，语言表述中也有不少细节体现出译者的匠心独运来。不过我们还要看到的是，就在这不满四页的短短篇幅中，英译文还出现了似乎不应有的几处舛误，下面逐一剖析。

第一个舛误是：宝玉的小厮茗烟（Tea Scent）。这个译名虽是仿译（calque）自中文但因为选词精当（tea“茶”和 scent“香”的神来

---

[1] Mair, Victor H. (ed.): *The Columbia Anthology of Traditional Chinese Literature*. New York: Columbia University Press, 1994, p.1034.

[2] Bonsall, Rev. Bramwell Seaton (tr.): *The Red Chamber Dream (typescripts)*, completed in1950s.Hong Kong: The University of Hong Kong Main Library (online from2004), part III, p.221.

[3] Yang, Hsien-yi and Gladys Yang (trs.): *A Dream of Red Mansions*: Volume II. Beijing: Foreign Languages Press, 1978, p.699.

[4] Hawkes, David (tr.): *The Story of the Stone*, a Chinese Novel by Cao Xueqin in Five Volumes: Volume3 'The Warning Voice'. Harmondsworth: Penguin Book Ltd., 1980, p.1615.

搭配）而显得颇为唯美。不过在加脚注解释时称之为“宝玉的一个丫鬟”（one of Paoyü's maids）[1]时显然就混淆了《红楼梦》中大家庭里作为年轻仆婢的“小厮”和“丫鬟”，从而对茗烟的身份认定大错特错。

第二个舛误是：老王道士在吹嘘他卖的灵丹妙药功效时使用了一大堆中医药术语，其中的“君臣相际”梅氏英译成了 It'll cure lord and servant[2]亦即“治疗主仆”，这又是大谬不然的了。

所谓“君臣相际”，在中药理论中指的是多种药材搭配服用时的主次关系——其实从字面上也大致可以猜到个八九不离十，而参考唐代杜甫《古柏行》中描写蜀汉先主刘备与其丞相诸葛亮的诗句：“君臣已与时际会，树木犹为人爱惜”，亦可看出“君臣相际”的真实内涵。而其他几位涉及这段文字的英译者，无一例外都是准确抓住了“君臣相际”的上述意蕴，如下：

for high and low[3]（麦克休姊妹）

They help each other like a prince and his ministers[4]（彭寿神父）

Which complement each other just as do a prince and his ministers[5]（杨宪益夫妇）

---

❶ Mair, Victor H. (ed.): *The Columbia Anthology of Traditional Chinese Literature*. New York: Columbia University Press, 1994, p.1033-note2.

❷ Mair, Victor H. (ed.): *The Columbia Anthology of Traditional Chinese Literature*. New York: Columbia University Press, 1994, p.1033.

❸ McHugh, Florence & Isabelle (trs.): *The Dream of the Red Chamber*: A Chinese Novel of the Early Ching Period. New York: Pantheon Books, 1958, p.433，直译自库恩德译本的 für hoch und niedrig，参见 Kuhn, Franz (übers.): *Der Traum der roten Kammer: Ein Roman aus der frühen Tsing-Zeit*. Freiburg: Insel-Verlag, 1932, p.608.

❹ Bonsall, Rev. Bramwell Seaton (tr.): *The Red Chamber Dream (typescripts)*, completed in1950s. Hong Kong: The University of Hong Kong Main Library (online from2004), part III, p.220.

❺ Yang, Hsien-yi and Gladys Yang (trs.): *A Dream of Red Mansions*: Volume II.

some of them dominate over the others like a prince over his subjects[1]（霍克思）

第一种英译文概括表达出了中文医药术语的大意，囿于语境而言亦不为过。而虽然后三者英译文在语义上还算大同小异，但因为将“君臣”（a prince and/over his ministers/subjects）关系比况出来了，所以都是扣合中文原文中医药理阐释的跨语际表达，当然也就反衬出梅氏英译文的舛误来了。

第三个舛误是：宝玉向王一贴征询“贴女人的妒病方子”（cure the disease of jealousy），此处有个脚注意欲阐释“女人的妒病”所为何来，但却说成了“宝玉纠结与表妹黛玉的形而上恋爱关系贯穿小说全篇”（An issue that is at the core of Pao-yü's tortured, metaphysical love relationship with his cousin, Tai-yü ("Lustrous Jade"), and that runs through the entire novel）[2]。

中文读者都清楚，这一回中宝玉鉴于薛蟠侍妾香菱受到其正妻金桂虐待，故而希望讨得一副消除金桂嫉妒心的良药，以便拯救香菱于苦海；这跟宝黛之间的情爱纠葛毫无干系（况且，此时的宝黛早已心意相通，再也没有因为其他人而吵架的行为，又何来疗妒一说？）。显而易见，梅氏这里加注，反而画蛇添足暴露自己对《红楼梦》有关情节的误解了。附带说一句，该脚注中对“黛玉”一名的意译 Lustrous Jade“有光泽的玉”并不太切合中文的内涵，但因这是片段摘译，我们无从考究译者的翻译策略，所以大而化之却也不为过。

Beijing: Foreign Languages Press, 1978, pp.697—698.

❶ Hawkes, David (tr.): *The Story of the Stone*, a Chinese Novel by Cao Xueqin in Five Volumes: Volume3 'The Warning Voice'. Harmondsworth: Penguin Book Ltd., 1980, p.1614.

❷ Mair, Victor H. (ed.): *The Columbia Anthology of Traditional Chinese Literature*. New York: Columbia University Press, 1994, p.1034—note3.

梅维恒的这份《红楼梦》英文摘译，是在全译盛行的当代为数不多的独立成篇而又自出机杼之作，他的迻译充分体现出译者的审美情趣（诙谐幽默）和文化关注取向（道教和中医），无论是其小说题名、角色诨号、汤剂名称等专名术语的创译，还是对《红楼梦》复杂情节的认识和理解，都给我们翻译界和红学界提出了很多富有启迪性的问题，值得大家深入探究。

最后我们还留意到，梅维恒在稍晚推出的《哥伦比亚中国传统文学选集缩编本》（*The Shorter Columbia Anthology of Traditional Chinese Literature*, 2000）中，并未将自己这段《红楼梦》摘译放进去，而其中体现《红楼梦》的部分仅仅保留了在全本《选集》中也出现过的英籍华裔汉学家张心沧的摘译[1]，这或许表明梅氏本人对自己这段《红楼梦》英译文并不满意，所以不再将其收入流传更为广泛的《文选缩编本》中，恐怕这一“失收”，也是其译文虽然已经正式发表 20 多年、却仍然不为学界所知的根本缘由了罢。

（本文与冯丽平合作，原载《明清小说研究》
2018年第三期，第191—202页）

[1] 对这段英文摘译的研究，可以参考唐均、薛傲霜:《英籍华裔汉学家张心沧英译〈红楼梦·花冢〉桥段研究》，载《红楼梦学刊》2017 年第 3 辑，第 258—281 页。

跨文本研究

黄新渠《红楼梦》编译本的中英文本对应问题

一、引言

《红楼梦》堪称中国文学的瑰宝，它自问世以来就受到广大读者的欢迎。然而读完120回的巨著要花费很多时间和精力，为了满足中西读者在短时间内领略《红楼梦》魅力的需求，黄新渠教授编译了《红楼梦》（汉英双语精简本）[1]。黄先生1951年毕业于北京外国语学院英语系，1981年加入中国作家协会，翻译了许多中外作品如《中国抒情诗词精华》《鲁迅诗歌》《英美抒情诗选萃》等。黄先生在编译此书的过程中将原著缩减为30回，中文部分修改了古旧文字和说法，浅显易懂，又不失原著韵味，英文翻译自然晓畅，用词比较精准，因此赢得了广大读者的喜欢。

不过笔者在阅读过程中却发现书中的一些问题，精简删节后的中文本和英文本不能完全对应，大致可以归为四类问题：

（1）漏译（中文句子缺少对应的英文翻译）；

（2）多译（英文翻译内容超过中文句子所提供的信息）；

[1] [清]曹雪芹、高鹗原著，黄新渠改写 / 英译：《红楼梦》（汉英双语精简本），外语教学与研究出版社2008年版。文中所举例句俱出此书，仅在引文后括注页码，不在一一出注。

（3）误译（某些细节翻译错误）；

（4）不一致（中文和英文在内容涵盖上无法对应）。

这四类问题将在文中一一举例说明，其中针对最后一类问题中的某些例子，笔者将这一精简本和原著作了对比，中文本参考中国艺术研究院红楼梦研究所主持校注、而于1982年首次出版的《红楼梦》[1]，英文本参考杨宪益、戴乃迭英译本1994年版[2]，试图去发现原因。

二、四类问题

（一）漏译

【例一】

精简本：

（贾雨村）虽是贫穷，但生得腰圆背厚，面阔口方，更兼剑眉星眼，直鼻方腮。（第1页）

He was handsome and strongly built.（第162页）

英文没有译出贾雨村样貌的细节描写。

【例二】

精简本：

（贾雨村）便从夹道中的便门出去了。士隐待客用完饭后，得知雨村已去，也不去再邀。（第2页）

Yucun departed through a passage leading to the side gate.（第162页）

---

❶ [清]曹雪芹、高鹗原著，中国艺术研究院红楼梦研究所校注：《红楼梦》（120回，上中下三册），人民文学出版社1982年版。

❷ Yang, Hsien-yi & Gladys Yang (trs.): Tsao Hsueh-chin & Kao Ngo: *A Dream of Red Mansions*: 3vols; illustrated by Tai Tun-pang. Peking: Foreign Languages Press, 1994.

英文没有译出“士隐待客用完饭后，得知雨村已去，也不去再邀”。

【例三】

精简本：

（甄士隐对贾雨村说：）“……但每次见面时并未谈及，故未敢唐突。今既如此，弟虽不才，‘义利’二字却还识得。且喜明年正是大比之年，兄宜进京赶考，明春传来喜报，方不负兄之所学。盘费之事，弟当尽力相助，也不枉兄厚爱了。”（第3页）

(Shiyin:) “...but since you didn’t mention it, I didn’t want to open the subject. Luckily, the civil service examinations are coming up again next year. I will consider it as a privilege to provide you with traveling expenses and funds for other things. It is the least I can do for your friendship.”（第164页）

英文没有译出“今既如此，弟虽不才，‘义利’二字却还识得”和“明春传来喜报，方不负兄之所学”。

【例四】

精简本：

（雨村）这一日偶至郊外，正欲观赏那村野风光。他信步来至一依山环水，茂林修竹之处，见隐隐有座庙宇。（第5页）

One day he happened to come upon an old temple hidden in the luxuriant woods among hills and streams.（第170页）

英文没有译出“这一日偶至郊外，正欲观赏那村野风光”。

【例五】

精简本：

（凤姐）……慢慢问他年纪和读书等事，方知他学名叫秦钟。

凤姐跟的丫环媳妇们，看见凤姐初见秦钟，并未备得礼物来，便忙到那边告诉平儿……凤姐还说：“太简薄了些。”秦氏等谢毕。

一时吃过饭，凤姐、尤氏和秦氏坐下来抹骨牌。（第 27 页）

... then began questioning him about his age and the books he was reading. She learned that his school name was Qin Zhong. After lunch the ladies sat down to a game of dominoes.（第 209 页）

英文中缺少“凤姐跟的丫环媳妇们……秦氏等谢毕”这一段的翻译。

【例六】

精简本：

秦钟笑道：“家父前日在家提起延师一事，也曾提起这儿的义学好，原要来和这儿的老爷商议引荐。因近日又有事忙，不便为这点小事来絮叨。二叔果然度量侄儿或可磨墨洗砚……”（第 27 页）

“The other day, when my father brought up the question of a tutor, he spoke highly of this free family school here,” replied Qin Zhong eagerly. “If you think I could be company for you ...”（第 210 页）

英文没有译出“因近日又有事忙，不便为这点小事来絮叨”。

【例七】

精简本：

黛玉常听母亲说，二舅母生有一个表兄，乃含玉而生，顽皮异常，不喜读书，最喜在内室厮混，外祖母又极溺爱，无人敢管。今见王夫人如此说，便知说的是这位表兄了。（第 12 页）

Black Jade's mother had often spoken of this cousin born with a piece of jade in his mouth. She knew Lady Wang must be referring to him.（第 183 页）

英文没有译出“顽皮异常，不喜读书，最喜在内室厮混，外祖母又极溺爱，无人敢管”。

【例八】

精简本：

（薛姨妈对薛蟠说：）“……咱们这次进京去，先拜望亲友，暂且住下再慢慢叫人去收拾，岂不消停些？你的意思，我早知道了……”（第18页）

“... When we arrive, we should first call on our relatives and friends. I know what you're after...”（第197页）

英文没有译出“暂且住下再慢慢叫人去收拾，岂不消停些”。

【例九】

精简本：

（凤姐对贾琏说：）“哎，往苏杭走了一趟回来，也该见点世面了，还是这么眼馋肚饱的！你要爱她，不值什么，我拿平儿换了她来，好不好？那薛蟠也是‘吃着碗里瞧着锅里’的。这一年来，他为香菱不能到手，和姨妈吵了多少回。姨妈看着香菱的模样好还是小事，因她做人行事又与别的女孩子不同，温柔安静，差不多的主子姑娘还及不上她。才摆席请客的费事，明堂正道给他作了屋里人。过了没半月，便不当一回事了。”（第36页）

“Well! ” exclaimed Phoenix. “I should have thought you'd have seen enough of the world now that you're back from a trip to Suzhou and Hangzhou, but I see you're still the same greedy guts as ever. You know what Xue Pan is like. He keeps‘one eye on the dish and the other on the pan’. Look now he plagued his mother for a whole year just to get hold of Lotus.In the end Aunt Xue went to all the trouble of inviting guests in a proper style to a feast to make her his concubine. Yet, in less than a fortnight, he's already treating her like dirt! ”（第229页）

英文没有译出“你要爱她，不值什么，我拿平儿换了她来，好不好”和“姨妈看着香菱的模样好还是小事，因她做人行事又与别的女孩子不同，温柔安静，差不多的主子姑娘还及不上她”两句。

【例十】

精简本：

（元妃）又忍不住哽咽起来。大家都来劝解。贾母让元妃等归坐，又一一相见，外亲如薛家母女、黛玉也请来相见了。（第 38 页）

Lady Xing and the others did their best to console her, and the Lady Dowager asked her to take a seat. Then she exchanged courtesies with each in turn and more tears were shed. The ladies of the family spoke with feeling about their separation and all that had happened since.（第 234 页）

英文没有译出“又一一相见，外亲如薛家母女、黛玉也请来相见了”。

【例十一】

精简本：

茗烟笑道：“别人都不知道。”袭人听了说：“这还了得！倘若碰见别人，或遇见老爷，街上人挤马碰，有个闪失，这也是闹着玩的？你们胆子真大。都是茗烟挑唆的，等我回去，告诉嬷嬷们，一定打个半死！”茗烟撅着嘴说道：“二爷骂着打着，叫我带了来的。这会儿又推到我身上。我原说别来的，要不，我们回去吧。”花自芳忙劝道：“也不用多说了。只是茅屋草舍，又不干净，爷怎么好坐呢？”

袭人的母亲早已迎出来了……（第 39 页）

“Nobody, ” said Tealeaf with a grin, “nobody knows we’re here.”

By now Aroma’s mother had come out to welcome the visitors.（第 237 页）

英文没有译出从“袭人听了说……又不干净，爷怎么好坐呢”一段。

【例十二】

精简本：

（老耗子说：）“……须得趁此打劫些来才好。”于是拔了令箭一支，派了一个能干的小耗子去打听。小耗子回来报道：“各处都打听了，惟有山下庙里果米最多。”老耗子问“米有几样？果有几品？”小耗子说：“米豆成仓，果品只有五样：一是红枣，二是栗子，三是花生，四是菱角，五是香芋。”老耗子听了大喜，即时拔了一枝令箭，问：“谁去偷米？”（第45页）

(The Old Mouse) ... we should take this opportunity to go raiding theirs.

The Old Mouse issued orders: “Who will go to steal rice? ”（第249页）

英文没有译出从“于是拔了令箭一支……四是菱角，五是香芋”一段。

【例十三】

精简本：

（宝玉）说着，又一再央求。湘云只好答应他。

宝玉因镜台两边都是妆奁等物，顺手拿起来赏玩，不觉又拈了胭脂，欲往口里送，又怕湘云说他，正犹豫间，湘云在身后伸过手来，“拍”的一下，将胭脂从他手中打落，说道：“这不长进的毛病，多久才能改掉呢？”

一语未了，只见袭人进来……（第49页）

He coaxed and wheeled her with endless terms of endearment until she finally gave in. Then River Cloud combed and dressed his hair.

At this point Aroma entered the room ...（第257页）

英文没有译出“宝玉因镜台两边都是妆奁等物……多久才能改掉呢”一段。

【例十四】

精简本：

那贾母和王夫人便一齐进大观园来看。急得袭人抱怨紫鹃为什么惊动了老太太和太太，紫鹃又只当是袭人叫人去告诉的，也抱怨袭人。

贾母和王夫人进来……（第63页）

Their hurried and earnest report so alarmed the old lady and Lady Wang that both came to the garden to see what terrible thing had happened.

When the Lady Dowager and Lady Wang entered the room...（第285页）

英文没有译出“急得袭人抱怨紫鹃为什么惊动了老太太和太太，紫鹃又只当是袭人叫人去告诉的，也抱怨袭人”一句。

【例十五】

精简本：

大家喝酒，贾母说：“刚才提到宝丫头，我看宝丫头性格温厚和平，虽然年轻，比大人还强几倍。前日那小丫头回来说，我们这边还都赞叹了她一会儿。都像宝丫头那样的心胸和脾气，真是百里挑一的！”（第120页）

Then, as they drank, the Lady Dowager remarked, “Just now, aunt, you mentioned Hairpin. Not everyone can have Hairpin's sweet disposition. She's so broadminded and sweet-tempered, really a girl in a hundred! ”（第388页）

英文没有译出“虽然年轻，比大人还强几倍。前日那小丫头回来说，我们这边还都赞叹了她一会儿”。

本类例证有时是漏译某些词、句或是一段话，影响读者对作品的全面理解，比如例一缺少贾雨村相貌的具体描述，又如例七漏译了宝玉性格的描写，人物形象便不够丰满。

（二）多译

【例一】

精简本：

王夫人忙携黛玉出了后房门，曲曲弯弯通过角门，经过王熙凤的住处时，说……（第 12 页）

Lady Wang led her niece out the back door and along several zigzag paths. On the way, she stopped to point to a dainty house. It was built in three tiers with a verandah running along its south side. Behind it was a small door leading to an apartment.（第 184 页）

英文翻译中多出 On the way, she stopped to point to a dainty house. It was built in three tiers with a verandah running along its south side. Behind it was a small door leading to an apartment。

【例二】

精简本：

（宝玉）项上戴了一条金圈，又有一根五色彩带，系着一块美玉。（第 13 页）

Around his neck hung a golden chain in the form of a dragon and a silk cord of five colors from which dangled a beautiful piece of jade and a locket-shaped amulet containing his Buddhist mane and lucky charm.（第 185 页）

英文翻译中多出 a locket-shaped amulet containing his Buddhist mane and lucky charm。

【例三】

精简本：

贾母想了一想说："也好。"贾母又见黛玉带来的丫环雪雁年纪太小，就把自己身边的一个叫紫鹃的丫环给了黛玉。（第 14 页）

After a moment's consideration, the Lady Dowager agreed. Magic Jade and Black Jade each would be attended by a nurse and a maid, while other attendants were on night service outside. Black Jade had brought with her only Nanny Wang, her old wet nurse, and a ten-year-old maid Snowswan. The Lady Dowager considered Snowswan too young and Nanny Wang too old for service, so she gave her granddaughter another maid, one named Cuckoo. In addition Black Jade was assigned half a dozen maids for other light and heavy work.（第 188 页）

英文翻译中多出 Magic Jade and Black Jade each would be attended...a ten-year-old maid Snowswan 两句。

【例四】

精简本：

宝玉央求说："好姐姐，你怎么瞧我的呢？"

宝钗被他缠不过，只得摘下那黄金灿烂的项圈。（第 30 页）

"I let you see mine, dear cousin, " he countered coaxingly.

Cornered like this, Precious Hairpin answered, "As it happens, there is a lucky inscription on it. Otherwise I wouldn't wear such a clumsy thing every day."

She unbuttoned her red jacket and took out a bright gold necklace studded with glittering pearls and jewels.（第 216 页）

英文翻译中 cornered like this ...一段没有对应的中文。

【例五】

精简本：

虽然时辰已晚，宝玉直奔停灵之处，痛哭一番，然后见过族中之人。（第 33 页）

Despite the late hour, Magic Jade found the entrance gate to the Peaceful Mansion wide open and brightly lit up. There was an excited coming and going of people with torches and lanterns in their hands ... cries of lamentation.

Magic Jade also gave free vent to his sorrow by the side of the bier. Then he greeted the relatives, who had come in a dense crowd.（第 223 页）

英文翻译中 Magic Jade found the entrance gate ... Cries of lamentation 一段没有对应的中文。

【例六】

精简本：

那凤姐平日最喜欢揽事，好卖弄能干，今见贾珍如此央求她，心中早已应允。（第 34 页）

Now Phoenix loved nothing more than showing off her administrative abilities. Although she ran the household competently, she had never been entrusted with such grand affairs as weddings or funerals, and she was afraid others were not fully convinced of her efficiency. She was indeed longing for a chance like this. Jia Zhen' request delighted her.（第 225 页）

英文翻译中 Although she ran the household ... longing for a chance like this 一段没有对应的中文。

【例七】

精简本：

（宝玉对黛玉说：）"……如今没想到妹妹人大心大，不把我放在眼里，三天不理，四天不见的……"（第 39 页）

(Magic Jade) ... I never expected you to have grown so proud that now you have no use for me, while you're so fond of outsiders like Hairpin and Phoenix. You ignore me or cut me off for three or four days at a time ...（第 279 页）

英文翻译中 while you're so fond of outsiders like Hairpin and Phoenix 没有对应的中文。

本类例证中有时会多出一两句英文，甚至一段英文，有些可帮助读者理解人物，比如例六，增译对王熙凤的心理刻画。可有时多出的英文却不知从何而来，比如例七。

（三）误译

【例一】

精简本：

士隐送走雨村后，回房一觉睡至红日东升……（第3页）

By the time Shiyin saw his friend off and returned to go to bed, the sun was already high in the sky ...（第165页）

英文翻译 returned to go to bed, the sun was already high in the sky 的意思其实是"睡觉时太阳已东升"，显然与中文不合。

【例二】

精简本：

子兴笑道："亏你是进士出身，原来并不精明。古人有言：'百足之虫，死而不僵。'如今虽说不如早年那样兴盛，较之平常仕宦人家到底气象不同……"（第6页）

"For a Palace Graduate you're not very smart, " Leng chuckled. "A centipede dies bur never stops its wriggling, as the old saying goes although they're still a cut above ordinary official families, they're not so prosperous any more ... "（第171页）

中文是"虽说不如早年那样兴盛，较之平常仕宦人家到底气象不同"而英文却是 although they're still a cut above ordinary official families, they're not so prosperous any more"虽然比平常人家富足，但是不再兴盛"，英文翻译和中文刚好相反。

【例三】

精简本：

（贾政）启奏皇上后，当即为雨村谋了一个复职侯缺。（第8页）

The very day Yucun presented a petition to the Emperor, he was granted a new appointment.（第176页）

中文里是“贾政启奏皇上”，英文翻译中却是“雨村启奏皇上”。

【例四】

精简本：

凤姐还欲问时，只听见二门上传事云板连叩四下，正是报丧的讯号，将凤姐惊醒，只听外面有人回道：“东府蓉大奶奶没了。”（第 33 页）

Phoenix was eager to ask more, but suddenly awakened with a start. She heard the chime bar booming at the second gateway. Its heavy boom resounded four times. This was the signal that somebody in the family had died. It was followed by a servant announcing, “Madam Rong of the East Mansion was passed away! ”（第 222 页）

一日，凤姐因见邢夫人叫她，不知何事，忙坐车过东府来。（第 73 页）

One day Phoenix was asked to see Lady Xing. Not knowing the specific nature of this call, she hurriedly went off in her carriage to the East Mansion.（第 302 页）

蓉大奶奶指的是贾蓉之妻秦可卿，他们住在东府也就是宁国府，而邢夫人是贾赦之妻，住在西府即荣国府但非正房，可知后者应改为“凤姐因见邢夫人叫她，不知何事，忙坐车过西府那边来”。

【例五】

精简本：

这时贾政已知皇帝恩准元妃回家探亲，日期定在正月十五元宵节那一天。为了迎接元妃回家省亲，贾府上下人等日夜忙得不可开交，连元宵节也顾不上庆贺。（第 37 页）

Now Jia Zheng received the information that His Majesty had consented to his eldest daughter’s visiting her family. The date was fixed for the fifteenth of the first lunar month, the time of the Lantern Festival. The preparations for the visit threw the whole household into a condition of unrest. Every member was at work day and night. They hardly had time to celebrate the Lunar New Year.（第 233 页）

中文是“连元宵节也顾不上庆贺”，而英文翻译中是 they hardly had time to celebrate the Lunar New Year “连春节也不顾上庆祝”。

【例六】

精简本：

（袭人）对姊妹们笑着说：“你们也见识见识，时常说起来都当稀罕，恨不得看一下，今儿可得好好看看，再也没有比这更稀罕的了。”（第40页）

(Aroma) turning to her cousins, said with a smile, “Just look! Here's the wonderful thing that you've heard so much about. You've always wanted to see this rare object. Now's your chance for a really good look. Here it is. You may look to your hearts' content. There's nothing so special about it, is there? ”（第238页）

中文是“再也没有比这更稀罕的了”，英文却翻译成 there's nothing so special about it “这没什么稀罕的”。

【例七】

精简本：

黛玉并不理他。宝玉闷闷不乐，垂头不语，只呆呆地站在那儿。（第51页）

The house maid knew it would be useless to reason with him at a time like this. So he was left standing there like a fool.（第261页）

中文是“黛玉并不理他”——指宝玉，而英文翻译中是 the house maid “丫头”。

【例八】

精简本：

每处添两个嬷嬷，两个丫头，除各人的随身丫头外，另有专管收拾打扫的。（第54页）

Two old nurses and four maids were assigned to each apartment in addition to the occupant's own attendants.（第268页）

中文是“两个嬷嬷，两个丫头”，英文翻译中成了 two old nurses and four maids “两个嬷嬷，四个丫头”。

【例九】

精简本：

二姐便悄悄咬牙骂道：“油腔滑调的猴儿崽子！留下我们姐俩在这儿，难道给你爹作妈不成？”（第86页）

Gritting her teeth and smiling, Second Sister You scolded softly: “You glib-tongued ape! Are you keeping us here to be your father's secondary wives? ”（第327页）

中文是“给你爹作妈”，英文翻译是 your father's secondary wives “给你爹做二房”。

【例十】

精简本：

凤姐儿用两手搬着尤氏的脸，问道：“你发昏了……”（第100页）

Phoenix took Madam You's hand in both her hands, drawing her face close to her own's. “were you crazy? ”（第353页）

中文是“两手搬着尤氏的脸”，英文翻译是 took Madam You's hand in both her hands “两手抓住尤氏的手”。

本类例证大多是某个词的错误翻译，有时虽只是一个数量词，比如例四，却使得意思差别很大，影响读者的理解。

（四）不一致

【例一】

精简本：

（士隐）夫妻二人，半生只得此女，一旦失去，何等烦恼。因此昼

夜啼哭，几乎不曾寻死。（第 3 页）

Her lose nearly drove the parents mad. They wept day and night and were almost ready to take their own lives. After a month of grief, Shiyin fell ill, as did his wife.（第 166 页）

原本：

（士隐）夫妻二人，半世只生此女，一旦失落，岂不思想，因此昼夜啼哭，几乎不曾寻思。看看的一月，士隐就得了一病；当时封氏孺人也因思女构疾，日日请医疗治。[1]

杨译本：

She was the middle-aged couple's only child, and her loss nearly drove them distracted. They wept day and night and were tempted to take their own lives. After a month's grief Shih-yin fell ill, and then his wife. Every day they sent for doctors.[2]

精简本英文翻译中 After a month of grief, Shiyin fell ill, as did his wife "一个月后，士隐得了病，他妻子也生了病"，和中文不一致。通过和原本对比可以看出，精简本的中文删去了原著中"看看的一月，士隐就得了一病；当时封氏孺人也因思女构疾"，可英文翻译中却加出了这句，导致中英不对应。

【例二】

精简本：

不想三月十五这日葫芦庙中和尚不小心失火，火势愈燃愈大，将一条街烧得如同火焰山一般。（第 3 页）

---

❶ [清]曹雪芹、高鹗原著，中国艺术研究院红楼梦研究所校注：《红楼梦》（120 回，上中下三册），人民文学出版社 1982 年版，上册第 16 页。

❷ Yang, Hsien-yi & Gladys Yang (trs.): Tsao Hsueh-chin & Kao Ngo: *A Dream of Red Mansions*: 3vols; illustrated by Tai Tun-pang. Peking: Foreign Languages Press, 1994, Vol.I, p.14.

On the fifteenth day of the third month, a fire broke out in the Gourd Temple when the monk, who was cooking sacrificial food, carelessly let a pan of oil ignite. Most of the nearby buildings had bamboo fences and wooden walls, and so the flames spread easily from house to house until the whole street was a blaze.（第 166 页）

原本：

不想这日三月十五，葫芦庙炸供，那些和尚不加小心，致使油锅火亦，便烧着窗纸。此方人家多用竹篱木壁者，大抵也因劫数，于是接二连三，牵五挂四，将一条街烧得如火焰山一般。❶

杨译本：

Then, on the fifteenth day of the third month, a fire broke out in Gourd Temple—the monk preparing the sacrifice carelessly let a pan of oil catch fire and soon the window paper was alight. Since most of the nearby buildings had bamboo walls and were probably doomed to destruction, the flames spread from house to house until the whole street was ablaze like a flaming mountain.❷

精简本英文翻译中 who was cooking sacrificial food, carelessly let a pan of oil ignite. Most of the nearby buildings had bamboo fences and wooden walls“他正在准备祭祀供品，不小心点着了锅里的油。附近大多数房屋都有竹子篱笆和木墙”和中文不一致。和原本相比，这个精简本的中文删节了许多内容，没有提到葫芦庙失火原因及对火势的具体描述，但在英文翻译中却有细节描写，导致中英不对应。

【例三】

❶ [清]曹雪芹、高鹗原著，中国艺术研究院红楼梦研究所校注：《红楼梦》（120 回，上中下三册），人民文学出版社 1982 年版，上册第 16 页。

❷ Yang, Hsien-yi & Gladys Yang (trs.): Tsao Hsueh-chin & Kao Ngo: *A Dream of Red Mansions*: 3vols; illustrated by Tai Tun-pang. Peking: Foreign Languages Press, 1994, Vol.I, p.14.

精简本：

平儿这时站在炕沿边，打量了刘姥姥两眼，只得问个好让座。（第22页）

Patience was now standing in the east room. Casting two searching glances at Granny Liu, she greeted her and bade her be seated.（第203页）

中文是“平儿这时站在炕沿边”而英文是 Patience was now standing in the east room“平儿站在东屋”。

【例四】

精简本：

那凤姐家常戴着紫貂皮帽罩，身穿桃红撒花袄，石青刻丝鼠披风，大红洋绉银鼠皮裙，粉光脂艳，端端正正坐在那里。（第23页）

Phoenix was nobly dressed with all sorts of ornaments. Heavily powdered, she sat erect as an angel, stirring the ashes of her hand stove to keep warm.（第204页）

中文里对王熙凤的衣着描写得比较细致，而英文翻译中却用笼统的词一带而过，比如 dressed with all sorts of ornaments“衣着各种装饰”和 heavily powdered“浓妆艳抹”。

【例五】

精简本：

众人见焦大太撒野，只得上来了几个，揪翻捆倒，拖往马圈里去。（第28页）

some servants overpowered Jiao Da and dragged him off, for this time he had really gone too far.（第212页）

“拖往马圈里去”被译为 he had really gone too far“拖得很远”。

【例六】

精简本：

如今宝钗住进荣国府内，虽说年纪比起众家姐妹来并不算大，但她端庄贤淑，妩媚动人。（第29页）

Now Precious Hairpin came to live in the honored Mansion. Although not much older than the cousins, she was so polished in her manners and was so charming that most people considered Black Jade her equal.（第214页）

中文描写宝钗的仪态，而英文翻译中加了 most people considered Black Jade her equal“可与黛玉相提并论”。

【例七】

精简本：

（秦可卿：）“……依我看来，如今盛时虽不缺祭祀供给，但将来败落之时，此二项有何出处？莫若依我之见，趁今日富贵，在祖坟附近多置田庄和产地，以备祭祀供给之费皆出自此处，将家塾也设于此。即便败落下来，子孙回家读书务农，也有个退路，祭祀也可永继……”（第33页）

Then, even if the family property might be confiscated because of some criminal punishment. So in hard times the youngsters could go there to study and farm for a retreat.（第222页）

英文翻译只译出“即便家族败落，子孙可回家读书务农，有个退路”的大意。

【例八】

精简本：

于是贾母率领邢、王二夫人和尤氏，一共四乘大轿，鱼贯而入。贾赦和贾珍也换了朝服和贾母同往。（第35页）

They all quickly dressed properly to go to the Palace where they gave their thanks to the Emperor.（第228页）

英文翻译中只是一笔带过，少了很多细节，比如人名、乘轿而行等。

【例九】

精简本：

凤姐说："太太未必来这儿商量。鸳鸯依了犹可，要是不依，白讨个没趣，当着你们，脸上岂不好看……"（第 75 页）

"Lady Xing is sure to come here to discuss it, " said Phoenix. "If Loverbird's willing, all right; if not, she'll be feeling put out ..."（第 306 页）

原本：

凤姐道："太太必来这屋里商议。依了还可，若不依，白讨个臊，当着你们，岂不脸上不好看……" ❶

杨译本：

"The Mistress may bring Yuan-yang here to discuss it," said Hsi-feng. "If Yuan-yang's willing, all right; if not, she'll be feeling put out, and it would be embarrassing for her to have you others here ..."❷

精简本中文是"太太未必来这商量"，英文翻译中 Lady Xing is sure to come here to discuss it"邢夫人定会来这商量"，和中文不一致。通过和红校本对比可看出，原著中是"太太必来这屋里商议"，这个精简本的英文也是 Lady Xing is sure to come here to discuss it"邢夫人定会来这商量"，可是精简本的中文却是"未必"，导致中英文不一致。

【例十】

精简本：

贾政含泪训诫道："我因官事在身，不大理家，故叫你们夫妇总理家务。你父亲所为，故难劝谏；那高利盘剥，究竟是谁干的？……"（第

---

❶ [清]曹雪芹、高鹗原著，中国艺术研究院红楼梦研究所校注：《红楼梦》（120 回，上中下三册），人民文学出版社 1982 年版，中册第 635 页。

❷ Yang, Hsien-yi & Gladys Yang (trs.): Tsao Hsueh-chin & Kao Ngo: *A Dream of Red Mansions*: 3vols; illustrated by Tai Tun-pang. Peking: Foreign Languages Press, 1994, Vol.II, p.81.

148页）

And Jia Zheng now reproached him with tears in his eyes. “Of course you could hardly keep a check on your father, ” Jia Zheng said, “but who is responsible for this usury? ...”（第438页）

原本：

又见贾政含泪叫他，问道：“我因官事在身，不大理家，故叫你们夫妇总理家务。你父亲所为固难劝谏，那重利盘剥究竟是谁干的？……”❶

杨译本：

And now Chia Cheng reproached him with tears in his eyes.

“Because of my official duties, I turned over the supervision of our family affairs to you and your wife, ” he said. “Of course you could hardly keep a check on your father, but who is responsible for this usury? ...”❷

通过对比可看出这个精简本用“故难劝谏”，而原著中是“固难劝谏”。“固难劝谏”的“固”有“当然”之意，可解释为“当然很难阻止”，因为贾琏作为儿子按照当时的宗法制度是不能直接顶撞父亲贾赦的；而“故”却没有这种意思，“故难劝谏”的意思是“所以很难阻止”，可见意思相别很大。而精简本英文翻译是 Of course you could hardly keep a check on your father“当然你很难规劝你父亲”，导致英汉不对应。

由本类例证可知，黄先生在对原著某些地方删节过程中，并未考虑到英文翻译，导致中英文无法对应，这些通过与原著对比可见。并

---

❶ [清]曹雪芹、高鹗原著，中国艺术研究院红楼梦研究所校注：《红楼梦》（120回，上中下三册），人民文学出版社1982年版，下册第1467页。

❷ Yang, Hsien-yi & Gladys Yang (trs.): Tsao Hsueh-chin & Kao Ngo: *A Dream of Red Mansions*: 3vols; illustrated by Tai Tun-pang. Peking: Foreign Languages Press, 1994, Vol.III, p.363.

且他有时用笼统、宽泛的英文将中文里的细节描写一笔带过，也使得中英无法对应。

三、结语

黄先生在《红楼梦》（汉英双语精简本）一书的前言中写道："我在美国讲授中国文化和中国文学（1982—1983）期间，决心根据人民文学出版社 1982 年 3 月出版的《红楼梦》中文版和开明书店 1935 年出版的、茅盾的《红楼梦》节编本进一步精简，先缩写为中文稿，然后再译成英文，以帮助读者认识中国文学中的这一瑰宝。""《红楼梦》英文简本写于 1991 年 9 月由外语教学与研究出版社出版后，即受到我国读者的欢迎和好评……遗憾的是，目前国内此书早已绝版。不少读者希望能在国内买到此书。由于本书部分中文缩写稿已经遗失，为了我国青年读者能读到这本古典名著的双语精简本，我在本书出版 15 年后，又根据英文缩写本转译成中文，现以汉英双语的形式出版……"[1]可见精简本最开始是根据精简后的中文本译成英文，后来为满足国内读者的需求又根据保留的英文稿转译成中文，所以本书的中文本和英文本应该是对应的。可是由以上列举的四类例子可看出，精简本的中英文本并不是完全对应。故而黄先生编译的《红楼梦》（汉英双语精简本）可能另有很多细节还有待考证。

（本文与杨旸合作，原载《红楼梦学刊》
2010年第六辑，第100—126页）

[1] [清]曹雪芹、高鹗原著，黄新渠改写 / 英译:《红楼梦》(汉英双语精简本)，外语教学与研究出版社 2008 年版，前言第 VI 页。

“飞白”在《红楼梦》四个英译本中的翻译

“飞白”这一术语原是指书法中的一种特殊笔法，即笔画中有丝丝白隙，如由干枯的笔头写出的一样。在我国第一本科学系统论述修辞学的著作《修辞学发凡》中，陈望道论及飞白这一修辞手段，说它是“明知其错故意仿效的……所谓白就是白字的‘白’”[1]。在后来由成伟钧、唐仲扬、向宏业编写的《修辞通鉴》中，飞白有了更详细的定义：“明知所写的人物在发音、写字、用词、造句和逻辑（事理）方面有错误，故意仿效错误的原样记录下来的修辞格，叫飞白。”[2]飞白也是不少文学作品惯用的修辞手法之一，因为“这种修辞文本的建构，在表达上有形象、生动的效果；在接受上使人有如见其人的逼真感或忍俊不禁的幽默感”[3]。

关于飞白修辞的分类，众说纷纭，在中文学界，陈望道把飞白分为“白字”“白音”“白义”三类[4]；谭永祥把其分为六种：“字音字形

[1] 陈望道：《修辞学发凡》，上海教育出版社1997年版，第163页。
[2] 成伟钧、唐仲扬、向宏业：《修辞通鉴》，中国青年出版社1991年版。
[3] 吴礼权编：《现代汉语修辞学》，复旦大学出版社2006年版，第97页。
[4] 陈望道：《修辞学发凡》，上海教育出版社1997年版，第163页。

上的”“词汇上的”“语法上的”“逻辑上的”“语意上的”和“汇合的”[1]。吴礼权在谭永祥的基础上做了修正，把飞白分为“语音飞白”“语义飞白”“语法飞白”“文字飞白”“逻辑飞白”五种主要形式[2]。还有的将其归类为简单的“词语的飞白”和“句子的飞白”[3]。本文为方便讨论，便不把“语义飞白”更加细分为“语法上的”“逻辑上的”“语意上的”之类，而把《红楼梦》里的飞白大致归类为“语音飞白”“字形飞白”和“语义飞白”。

飞白的跨语际迻译因为涉及不同语言字音字形上的巨大差异而倍显艰难，本文便以《红楼梦》为例，探究四个具有全译性质的《红楼梦》英译本在翻译飞白时采取的相关翻译策略。需要说明的是，引文中加黑的部分为笔者对相关研究对象的标注，以便读者迅速定位。

一、语音飞白

语音飞白，是“有意直录说话人或虚构中的说话人的语音上的错误”[4]。其用法有两种：“一是人家怎么错的，就照直录用；二是援引人家的错误以取笑或讽刺”[5]。在《红楼梦》原文中，有几处语音飞白十分精彩，让人印象深刻。

在第 20 回中，林黛玉吃醋贾宝玉与薛宝钗、史湘云玩耍，在房中垂泪赌气，宝玉忙去劝慰。二人谈话之际，史湘云走进了屋里，正好撞在了黛玉的“枪口”上，被黛玉取笑影射一番她的发音问题。

（宝玉黛玉）二人正说着，只见湘云走来，笑道：“二哥哥，林姐

---

❶ 谭永祥：《汉语修辞美学》，北京语言学院出版社 1992 年版，第 412 页。
❷ 吴礼权编：《现代汉语修辞学》，复旦大学出版社 2006 年版，第 97 页。
❸ 程希岚：《修辞学新编》，吉林人民出版社 1984 年版，第 311—312 页。
❹ 吴礼权编：《现代汉语修辞学》，复旦大学出版社 2006 年版，第 97 页。
❺ 《辞海》，上海辞书出版社 1999 年版。

姐，你们天天一处顽，我好容易来了，也不理我一理儿。”黛玉笑道：“偏是咬舌子爱说话，连个‘二’哥哥也叫不出来，只是**‘爱’**哥哥**‘爱’**哥哥的。回来赶围棋儿，又该你闹‘幺爱三四五’了。”……湘云笑道：“这一辈子我自然比不上你。我只保佑着明儿得一个咬舌的林姐夫，时时刻刻你可听**‘爱’‘厄’**去。阿弥陀佛，那才现在我眼里！”❶

这一段可谓是《红楼梦》语音飞白中的典型，几乎所有探过该问题的文章都提到过这个例子，其中关于方言对湘云发音的影响、霍克思和杨宪益两个英译本不同翻译策略利弊的诸多探讨，都对本文有所启发❷。

史湘云祖籍金陵，即今天的江苏南京。一些南方人在发 er 这个音时，不容易发出 r 这个翘舌音（尤其是香港广东等地），于是听上去便发的是 e 的音。史湘云恰好有此特点，她叫“二哥哥”时，听者听到的音更接近于“厄哥哥”（这点可以从湘云说“时时刻刻你可听‘爱’‘厄’去”推断出来，“爱”是湘云仿拟林黛玉取笑的发音，“厄”则是作者如实记录史湘云的发音特点）。而林黛玉又把湘云在 er 和 e 这两个语音上的差异夸张扩大，把 er 变成了 ai，以谐音“爱”，达到打趣、影射的目的。可以说，er 是本音（即正常情况下的规范发音），e 是记录音（即如实记录下的说话人的发音），ai 是援用音（即他人援引说话人发音的发音）。

---

❶ [清]曹雪芹、高鹗：《红楼梦》，人民文学出版社 2009 年版，上卷第 277 页。

❷ 冯庆华主编：《红译艺坛——〈红楼梦〉翻译艺术研究》，上海外语教育出版社 2006 年版，第 292—294 页；冯庆华：《母语文化下的译者风格——〈红楼梦〉霍克斯与闵福德译本研究》，上海外语教育出版社 2008 年版，第 74—75 页；许建平：《从〈红楼梦〉两个英译本看“飞白”的翻译策略》，载《西安外国语大学学报》2008 年第 1 期，第 78—81 页；谢道挺：《得意不忘形：〈红楼梦〉飞白辞格译例缕析》，载《福建教育学院学报》2009 年第 1 期，第 95—98 页。

曹雪芹通过飞白的手法，生动地刻画出了史湘云活泼可爱的形象，一个天真单纯、大大咧咧、机智敏慧、说话“二”“厄”不分的小姑娘的形象跃然纸上。而林黛玉对湘云的打趣，一方面展现了林黛玉的伶牙俐齿，另一方面也表现出林黛玉敏感、好吃醋的个性。在飞白的艺术手法表现下，整个场景显得幽默生动，使人如临其境。

由于中英语音的巨大差异，要想把中文里的飞白毫无损失地翻译成英文，既保留语音特点，又保留其语义，在目标文本中达到与源文本同等的文本效果，可谓是难上加难。所以采取何种翻译策略，怎样尽可能地在语音、语义、文本效果这三方面接近源文本，是对译者巨大的考验。

四个全译英文本与原文的翻译对照如表 21。

表 21 《红楼梦》第 24 四个英译本的飞白译例

	译文原文	裘里本❶	彭寿本❷	霍克思本❸	杨宪益本❹
本音er“二”	（湘云）“二哥哥，林姐姐”	Ai cousin	Ai elder brother	Couthin Bao	*Ai* Brother
	（黛玉）“连个‘二’哥哥也叫不出来”	Erh (secundus) cousin	second elder brother	—	Erh
记录音e“厄”	“时时刻刻你可听‘爱’**‘厄’**去。”	ai-ya-os!	Ai ya o	ithee-withee	省
援用音ai“爱”	“只是‘爱’哥哥**‘爱’**哥哥的。”	‘Ai’ cousin	ai elder brother	“Couthin! ”	*Ai*
	“回来赶围棋儿，又该你闹‘幺爱三四五’了。”	ai, (instead of erh)	ai	“thick theth and theventh”	Love
	“时时刻刻你可听**‘爱’**‘厄’去。”	‘ai-ya-os! ’	Ai ya o	“ithee-withee”	Love
备注		夹注	尾注	—	脚注

裘里本和彭寿本的翻译策略比较相似，基本采用了音译的方式，然后用注释的方法对飞白的信息进行了补充。他们之间不同的是，裘里本是用夹注的方式，尝试着对“二”的语义信息 Erh (secundus)和“爱”的语音信息 ai (instead of Erh)进行了补偿，而放弃了对“爱”的语义含义的翻译，仅仅是译出其音 ai; 彭寿本则是在正文中只是按照文本语音进行了翻译，而在尾注中进行了比较详细的注释，既说明了

❶ Joly, Henry Bencraft (tr.): Tshau Hsüeh-tshin: *The Dream of the Red Chamber*: Vol.I; Hongkong: Kelly & Walsh, Ltd., 1892.

❷ Bonsall, Bramwell Seaton (tr.): *Red Chamber Dream*: Translation from Chinese; Chaps.120, manuscript, 1960s; http://lib.hku.hk/bonsall/hongloumeng/index1.html(2010.10.07.), Part I, p.182.

❸ Hawkes, David (tr.): Cao Xueqin & Gao E: *The Story of the Stone*: Vol.1. Harmondsworth: Penguin Book Ltd., 1973, p.412.

❹ Yang, Hsien-yi & Gladys Yang (trs.): Tsao Hsueh-chin & Kao Ngo: *A Dream of Red Mansions*: vol.1; illustrated by Tai Tun-pang. Peking: Foreign Languages Press, 1978, p.295.

“二”与“爱”的语音关系，又道明了黛玉对湘云的打趣，还指出了“爱”的语义含义：Ai-ko-ko (Ai elder brother) Instead of erh-ko-ko (second elder brother). Yao-ai-san (see below) is for i-erh-san (one, two, three, a term used in chess playing). This is said in imitation of Shih Hsiang-yün's lisp. So also below which probably means 'You love me'。对于记录音飞白 e “厄”的翻译，二者都用 ai-ya-o 这样类似音译的翻译方式含糊带过。

在杨宪益本中，译者通过脚注的方式来翻译本音和援用音飞白，注释 er 意思为“二”，ai 为“爱”(Note: *Erh* means 'two' or 'second' and *ai* 'love')，而对于记录音飞白 e “厄”，译者则采取了省译的策略。采取省译的翻译策略，译文便“化繁为简”，去掉了一个“干扰项”——记录音 e “厄”，把三个语音元素变成了两个语音元素，使读者阅读时更加省力顺畅。虽然去掉记录音的翻译，可以使读者阅读起来可以更加轻松明白，但如此翻译，原文原有的丰富语言元素便在译文里有了流失，在一定程度上减少了艺术魅力。

而语音飞白“爱”这个字的翻译则更加棘手了，因为它既在语音上类似湘云发出的“厄”音，另外，它还有格外的语义含义，即黛玉影射湘云对宝玉有“爱”意，由此反映出黛玉的醋意。对于这个语音和语义很难统一的问题，译者采取了分别翻译的策略，即在语音含义更重要处音译为 Ai，在语义含义更重要处意译为 love，这样，在语音和语义两方面，译者都有效地传递了原文信息。然而，分别翻译飞白的语音和语义，再以脚注的方式补充说明的方法，虽然似乎在最大程度上保全了原文飞白的语音语义，但却又在文本效果上得不偿失，因为当译文读者读到 when we start dicing, you'll be shouting one, **love**, three, four, five ... “回来赶围棋儿，又该你闹‘幺爱三四五’了”，大概会一头雾水，直到看了注释，才知道这里的 love 是对湘云发音不准的取笑，后文的'**love**' the whole day long “时时刻刻你可听‘**爱**’‘**厄**’去”亦然。读者需要反复跳出文本阅读注释，认真思考其中的逻辑关系，才能体会到黛玉与湘云对话的幽默与机智以及其中的情感暗涌。阅读的连贯性和及时性被破坏了后，其对读者产生的艺术效果和冲击也就会大打折扣了。

而霍克思本则完全跳出了语音与语义的限制，“抓住了‘咬舌’这一构成飞白的主要矛盾……充分利用英语作为表音文字的优势，将齿龈音(alveolar sound) [s]全部替换为齿音（dental sound）[th]” ❶。这一创造性的翻译，打破常规，使人耳目一新。对于读者来讲，霍克思本既保证了阅读的连贯性，也获取了湘云说话“咬舌”被黛玉打趣的信息，保留了整个场景的生动有趣。

而这种完全舍弃原本语音语义，只注重文本效果的翻译策略也有它的弊端。黛玉的语音飞白“爱”，既是在打趣湘云，也表现出了黛玉对湘云与宝玉关系的些微醋意。霍克思本的意译表现出了黛玉的机智打趣，却损失了黛玉的细微心理活动。

这四种译文的翻译策略都不尽相同，各有利弊，但它们共同的弊端便是没有翻译出记录音飞白 e “厄”，而且在翻译中，对于湘云在原文中本没有强调咬舌的第一声招呼“二哥哥，林姐姐”，四种译本都处理成了湘云咬舌发音。于是，在三个等级 er-e-ai 的发音里，译文读者

---

❶ 谢道挺：《得意不忘形：〈红楼梦〉飞白辞格译例缕析》，载《福建教育学院学报》2009 年第 1 期，第 95—98 页。

得到的印象便是湘云的咬舌现象比较严重，她始终把 er 发作 ai。而原文中却是湘云只是有些轻微的咬舌，把 er 发作 e，只是黛玉为了打趣故意夸大，说湘云把 er 发成了 ai。另外，这样处理还有个很大的问题，便是译者如何处理下文中出现的湘云的对话，是按照曹雪芹的原文正常翻译呢，还是要依照此处塑造的说话咬舌的形象处理呢？如果按照曹雪芹的原文，为什么湘云的咬舌现象突然消失了？如果创造性地把湘云说话都翻译成咬舌，是否过于扭曲原文信息？这个问题尤其是对于霍克思本是个很大的难题[1]。

关于这个问题的解决，笔者认为清华大学许建平的提议十分有参考价值：“要客观的反映原作的精神风貌，此处的‘二哥哥’不妨译作 Brother Eh，这样似乎更能反映出原文的真实风貌，也比较符合英美称谓的习惯表达法，而且与下面的林黛玉的 Sister Lin 也更协调一致。更重要的是，Brother Eh 和 Brother Ai 读音相近，更贴近原文。有了这一步，然后再将 Er-Eh-Ai 的读音差异及含义加以注释，这样一来，史湘云‘咬舌’的形象也就淡化了，而林黛玉的小心眼醋意也就自然而然地反映在译文中了。”[2]

另一处例子在第 33 回中，贾政因金钏儿跳井自杀要打宝玉，宝玉得知后心急如焚，看见一个老嬷嬷出来，急忙抓住她传话，可她年老耳背，把“要紧”听成“跳井”，“小厮”听成“不了的事”，着实急坏宝玉。

（宝玉）说道：“快进去告诉：老爷要打我呢！快去，快去！要紧，要紧！”宝玉一则急了，说话不明白；二则老婆子偏生又聋，竟不曾听见

[1] 许建平：《从〈红楼梦〉两个英译本看“飞白”的翻译策略》，载《西安外国语大学学报》2008 年第 1 期，第 78—81 页。

[2] 许建平：《从〈红楼梦〉两个英译本看“飞白”的翻译策略》，载《西安外国语大学学报》2008 年第 1 期，第 78—81 页。

是什么话，把“**要紧**”二字只听作“**跳井**”二字，便笑道：“跳井让他跳去，二爷怕什么？”宝玉见是个聋子，便着急道：“你出去叫我的**小厮来罢。**”那婆子道：“有什么**不了的事**？老早的完了。太太又赏了衣服，又赏了银子，怎么不了事的！”❶

此例（见表 22）是与上例旗鼓相当的一处经典语音飞白示例，所有对霍克思本和杨宪益本此处飞白翻译的评论都一面倒地偏向了霍克思本，对其精妙的处理赞不绝口。

曹雪芹此处的语音飞白，使宝玉的急与老婆子的缓形成鲜明对比，更加凸显了宝玉紧张着急的境况，营造了一种紧迫的气氛，另外，老婆子的耳背造成的飞白，使人“如见其人，如闻其声”❷，读来令人发笑，增添了文本的趣味性与艺术感染力。

表 22 《红楼梦》第 33 回四个英译本的飞白译例

译文 原文	裘里本❸	彭寿本❹	霍克思本❺	杨宪益本❻
要紧	urgent	important	go and tell	urgent

❶ [清]曹雪芹、高鹗：《红楼梦》，人民文学出版社 2009 年版，上卷第 443 页。

❷ 陈庆浩：《新编脂砚斋石头记评语辑校》（增订本），中国友谊出版公司 1987 年版，第 532 页。

❸ Joly, Henry Bencraft (tr.): Tshau Hsüeh-tshin: *The Dream of the Red Chamber*: Vol.II; Hongkong: Kelly & Walsh, Ltd., 1893.

❹ Bonsall, Bramwell Seaton (tr.): *Red Chamber Dream*: Translation from Chinese; Chaps.120, manuscript, 1960s; http://lib.hku.hk/bonsall/hongloumeng/index1.html(2010.10.07.), Part II, p.22.

❺ Hawkes, David (tr.): Cao Xueqin & Gao E: *The Story of the Stone*: Vol.2. Harmondsworth: Penguin Book Ltd., 1977, p.147.

❻ Yang, Hsien-yi & Gladys Yang (trs.): Tsao Hsueh-chin & Kao Ngo: *A Dream of Red Mansions*: vol.1; illustrated by Tai Tun-pang. Peking: Foreign Languages Press, 1978, pp.481—482.

续　表

译文 原文	裘里本[3]	彭寿本[4]	霍克思本[5]	杨宪益本[6]
跳井	jumped into the well	jumped into the well	in the well	drowning
小厮	page	servant	PAGES	page
不了的事	What's there left unsettled	What is there that hasn't been finished	wages	—

裘里本与彭寿本只是简单地直译，并未考虑原文中造成老婆子误听的“紧”与“井”、“厮”与“事”在语音上的相似性，于是在翻译上，就造成了宝玉的话与老婆子的话出入过大的问题，特别是“小厮”与“不了的事”，是一个单词与一句话的区别。这样，译文读者会感到宝玉与老婆子是鸡同鸭讲，两者之间的话并没有什么联系，这就与原文中妙趣横生的飞白相差甚大了。

杨宪益本可能考虑到了语音的问题，对“跳井”的处理并未像裘里本与彭寿本一样直译为 jumped into the well，而是用了相近意思的“溺死”（drowning）来表达，这样处理至少在话语长度上与“要紧”（urgent）保持了一致，使老婆子的误听稍微合理一些。而“小厮”对应的“不了的事”，杨宪益本大概未找到合适的英文对应，便干脆省去了不译。

霍克思本充分考虑到了原文的语音谐音，于是用 go and tell 与 in the well、pages 与 wages 对应，对仗工整，韵脚整齐，这样一来，老婆子的误听便毫无牵强附会之感，而变得十分合情合理了。对于“要紧”与“不了的事”的翻译，译者为了追求语音押韵，跳出了原本语义的限制，用语义与原词或上下文想通的词进行了替代，以牺牲一点点语义为代价，获得了语音与文本效果上的双重成功，不可不说是十分精妙的翻译。

另外，在第 63 回中，也出现了语音飞白。宝玉给芳官起了个番名，叫“耶律雄奴”，众人听到后学着叫这个名字，有人叫错为“野驴子”，惹得众人大笑。

一时到了怡红院，忽听宝玉叫“耶律雄奴”，把佩凤，偕鸳，香菱三个人笑在一处，问是什么话，大家也学着叫这名字，又叫错了音韵，或忘了字眼，甚至于叫出“野驴子”来，引的合园中人凡听见无不笑倒。[1]

此段翻译因裘里本只译到前 56 回，而彭寿本所用的中文底本中又没有此段，所以翻译此段的英译本便只有霍克思本和杨宪益本。

霍克思本：

Presently, when they were visiting Green Delights, Caltrop, Lovey and Dove were very much amused to hear Bao-yu addressing Parfumee as 'Yelü Hunni. Having elicited from her how she came to have acquired so extraordinary a name, they began to try using it themselves; but in their unpractised mouths the foreign sounds soon degenerated into 'Yellow Honey'; and even this was soon abandoned in favour of '**Yellow Belly**'. The maids, hearing them call her this, were all in stitches. Bao-yu feared that Parfumee would be wounded by their hilarity and proposed yet another change of name.[2]

杨宪益本：

When presently they went to Happy Red Court and heard Pao-yu call **Yali Hsiung-nu**, the two concubines and Hsiang-ling burst out laughing and asked what language this was. They tried to say this name themselves but kept getting it wrong, sometimes forgetting one character or even calling her **Yeh-lu**, *which made all who heard them

❶ [清]曹雪芹、高鹗：《红楼梦》，人民文学出版社 2009 年版，下卷第 879 页。

❷ Hawkes, David (tr.): Cao Xueqin & Gao E: *The Story of the Stone*: Vol.3. Harmondsworth: Penguin Book Ltd., 1980, p.238.

double up with mirth.[1]

(note: Wild Ass)

此例只在范圣宇的《〈红楼梦〉管窥——英译、语言与文化》中有过两句话简短的分析，指出霍克思本和杨宪益本处理方法的不同，评论杨宪益本加注的方法少了因读错音带来的生动[2]。

对于名字“耶律雄奴”的翻译，霍克思本和杨宪益本都采用了音译，对语音飞白“野驴子”的处理，两个译本便出现了不同。杨宪益本对“野驴子”的翻译仍旧采用的是音译，然后用注释的方式向读者解释其语义为“野驴”。虽然语音语义信息都兼顾了，但由于需要打断读者阅读，原文中的幽默性得不到行云流水般的及时传递，所以在文本效果上损失惨重。

霍克思本则大胆地放弃了对“野驴子”的语义翻译，抓住了“野驴子”与“耶律雄奴”语音相似的特点，创造出了 Yellow Belly 这样一个与 Yelü Hunni 语音相似的名称。虽然从语义上讲，“野驴子”变为了“黄肚皮”，但译文读者仍能从译文中感受到幽默，这样一来，便达到了与原文相同的文本效果。另外，值得一提的是霍克思本还在译文中创造出了语音飞白，把“叫错了音韵，或忘了字眼”译作 degenerated into ‘Yellow Honey’，用语音飞白代替了原文中的描述。这种原文中没有飞白，在译文里创造出飞白的翻译策略实为大胆新颖，富有想象力与创造性，虽不见得处处适宜，但却为我们的翻译实践提供了新的思路与借鉴。

---

❶ Yang, Hsien-yi & Gladys Yang (trs.): Tsao Hsueh-chin & Kao Ngo: *A Dream of Red Mansions*: vol.2; illustrated by Tai Tun-pang. Peking: Foreign Languages Press, 1980, pp.391—392.

❷ 范圣宇:《〈红楼梦〉管窥——英译、语言与文化》, 中国社会科学出版社 2004 年版，第 226 页。

二、字形飞白

字形飞白，是“故意直录写作人或虚构中的写作人的文字写法错误”[1]。《红楼梦》中有一处十分经典的字形飞白，在第26回中，薛蟠与众人谈画，却把画者落款的“唐寅”二字认作是“庚黄”，惹了笑话。

薛蟠笑道：“你提画儿，我才想起来。昨儿我看人家一张春宫，画的着实好。上面还有许多的字，也没细看，只看落的款，是‘**庚黄**’画的。真真的好的了不得！”宝玉听说，心下猜疑道：“古今字画也都见过些，那里有个‘庚黄’？”想了半天，不觉笑将起来，命人取过笔来，在手心里写了两个字，又问薛蟠道：“你看真了是‘庚黄’？”薛蟠道：“怎么看不真！”宝玉将手一撒，与他看道：“别是这两字罢？其实与‘庚黄’相去不远。”众人都看时，原来是“**唐寅**”两个字，都笑道：“想必是这两字，大爷一时眼花了也未可知。”[2]

唐寅，字伯虎，是明代著名的文人、画家，当时略懂文墨的人都应该知道唐伯虎。而薛蟠不学无术，把唐寅的落款认作是“庚黄”，贻笑大方。曹雪芹通过字形飞白，生动地刻画出了薛蟠这样一个纨绔子弟的形象，令人物丰满鲜活，让读者如见其人。

但这种字形上的飞白，翻译起来可谓是难上加难，不识中文的读者，由于中西文字的巨大差异，很难直接体会到作者飞白创作的绝妙与魅力。下面来看四个译本是怎么处理字形飞白的，见表23。

---

[1] 吴礼权：《现代汉语修辞学》，复旦大学出版社2006年版，第99页。

[2] [清]曹雪芹、高鹗：《红楼梦》，人民文学出版社2009年版，上卷第357页。

表 23 《红楼梦》第 26 回四个英译本的飞白译例

译文原文	裘里本[1]	彭寿本[2]	霍克思本[3]	杨宪益本[4]
庚黄	Keng Huang.	Keng huang	Geng Huang	Geng Huang
唐寅	T'ang Yin	t'ang yin	Tang Yin	Tang Yin
备注	—	尾注	增译	脚注

此例除了在范圣宇的《〈红楼梦〉管窥——英译、语言与文化》中有所提及外[5]，在冯庆华主编的《红译艺坛——〈红楼梦〉翻译艺术研究》里亦有论述[6]。不难看出，四个译本都不约而同地采用了音译的翻译策略，来解决字形飞白的难题，其中杨宪益本、彭寿本采用了注释的方法来补充说明文中的"庚黄"和"唐寅"是属于字形飞白（杨宪益本注释：the Chinese characters for Keng Huang （庚黄）and Tang Yin（唐寅）look somewhat alike，彭寿本注释：Keng huang and T'ang yin in the Chinese have a certain similarity.），而霍克思本采用了增译的方法来补充。

---

❶ Joly, Henry Bencraft (tr.): Tshau Hsüeh-tshin: *The Dream of the Red Chamber*: Vol.I; Hongkong: Kelly & Walsh, Ltd., 1892.

❷ Bonsall, Bramwell Seaton (tr.): *Red Chamber Dream*: Translation from Chinese; Chaps.120, manuscript, 1960s; http://lib.hku.hk/bonsall/hongloumeng/index1.html(2010.10.07.), Part I, p.236.

❸ Hawkes, David (tr.): Cao Xueqin & Gao E: *The Story of the Stone*: Vol.1. Harmondsworth: Penguin Book Ltd., 1973, p.520.

❹ Yang, Hsien-yi & Gladys Yang (trs.): Tsao Hsueh-chin & Kao Ngo: *A Dream of Red Mansions*: vol.2; illustrated by Tai Tun-pang.Peking: Foreign Languages Press, 1978, p.382.

❺ 范圣宇:《〈红楼梦〉管窥——英译、语言与文化》，中国社会科学出版社 2004 年版，第 224 页。

❻ 冯庆华主编：《红译艺坛——〈红楼梦〉翻译艺术研究》，上海外语教育出版社 2006 年版，第 323—325 页。

为了实现在译文中自然表现出原文中的字形飞白，霍克思本把“别是这两字罢？其实与‘庚黄’相去不远”中的“相去不远”译作 They are quite similar。从否定形式的“不远”变为了肯定形式的“很相似”（quite similar），虽然变化不大，却使读者一读便明白了薛蟠是由于两个词字形相似而产生了误读，而不用中断阅读跳出文本去看注释，保证了阅读的顺畅性。另外，霍克思本为了确保读者体会到薛蟠误读的愚昧性，又在后文增译了说明性的文字，说“薛蟠认识到自己丢了脸”（Xue Pan realized that he had made a fool of himself）。通过这两种方式，霍克思本不用打扰读者的阅读，也同样有效地传递了文本信息。

《红楼梦》中的字形飞白不多，字形飞白的翻译无疑是颇具难度的，严格意义上讲，几位翻译家都没有找到令人满意的解决之道，不管是增译还是注释，都没有从根本上体现原文字形飞白的精妙。字形飞白翻译这个难题，还有待后人的继续思考和探索。

三、语义飞白

语义飞白，是“故意直录说话人或虚构的说话人在语义理解上出现的错误”[1]，以及不符合语义逻辑或约定俗成的语言用法的错误。在《红楼梦》第 9 回中，贾政向宝玉的跟班李贵询问宝玉的学业情况，李贵慌忙紧张中错误地引用了《诗经》中的名句，闹了笑话。

（李贵）又回说：“哥儿已念到第三本《诗经》，什么‘**呦呦鹿鸣，荷叶浮萍**’，小的不敢撒谎。”说的满座哄然大笑起来。贾政也撑不住

❶ 吴礼权：《现代汉语修辞学》，复旦大学出版社 2006 年版，第 98 页。

笑了。❶

在《红楼梦大辞典》中，“呦呦鹿鸣，荷叶浮萍”的词条解释为：“《诗·小雅·鹿鸣》的首两句为‘呦呦鹿鸣，食野之苹’。‘荷叶浮萍’是跟宝玉上学的李贵学舌闹出的笑话。为旧时学塾中常见。”❷“呦呦鹿鸣，食野之苹”的意思为“野鹿呼伴呦呦叫，在那野外吃艾蒿”❸。李贵由于不通诗书，把后半句说错了，于是本来严肃紧张的气氛一下变得轻松滑稽起来。曹雪芹通过这样的飞白创造，制造出了一紧一松的对比气氛，使得小说更加富有张力，场景生动自然、妙趣横生，读者读来也不禁莞尔一笑，如身临其境。

在《红译艺坛——〈红楼梦〉翻译艺术研究》中，有对此例较为详细的评述。让笔者认为有所欠妥的是，书中把此例列在了“语音飞白”的目录下，而在笔者看来，此处为对名诗佳句的无意篡改，属于语义上的飞白，而不是属于发音上的语音飞白。❹

在翻译中，怎样使不了解《诗经》的西方读者也能体会到李贵乱套经典名句的滑稽，是对译者的考验。下面用列表的形式来对比一下四个英译全译本是怎么处理此处的翻译的，见表24。

表24 《红楼梦》第9回四个英译本的飞白译例

译文原文	裘里本❺	彭寿本❶	霍克思本❷	杨宪益本❸

❶ [清]曹雪芹、高鹗:《红楼梦》(上卷),人民文学出版社2009年版,第131页。

❷ 冯其庸、李希凡主编:《红楼梦大辞典》,文化艺术出版社1990年版,第20页。

❸ 冯庆华主编:《红译艺坛——〈红楼梦〉翻译艺术研究》，上海外语教育出版社2006年版，第296页。

❹ 冯庆华主编:《红译艺坛——〈红楼梦〉翻译艺术研究》，上海外语教育出版社2006年版，第296页。

❺ Joly, Henry Bencraft (tr.): Tshau Hsüeh-tshin: *The Dream of the Red Chamber*: Vol.I; Hongkong: Kelly & Walsh, Ltd., 1892.

续 表

译文原文	裘里本[5]	彭寿本[1]	霍克思本[2]	杨宪益本[3]
呦呦鹿鸣，荷叶浮萍	Yiu, Yiu, the deer bleat; the lotus leaves and duckweed	Yu yu lu ming, Ho-yeh fou p'ing	Hear the happy bleeding deer grousing in the vagrant meads	yu-yu cry the deer, lotus leaves and duckweed
备注	—	尾注	后文增译	后文增译

在四个译本中，只有裘里本没有运用任何手段填加补充信息，只是完全按照原文字面意思进行了翻译。如此一来，毫无头绪的裘里本读者根本无法理解李贵答话的滑稽性，也不知道为什么众宾客和贾政会哄堂大笑。从这个角度来讲，裘里本是所有这四个译本里信息损耗量最大的译本。

相较之下，在对诗词的翻译上，彭寿本是损耗最大的。彭寿本完全按照汉语的发音音译，对于西方读者来讲，李贵的答话不过是一串毫无任何意义的发音。所幸在尾注中，译者还有所注释，说明李贵是错误引用了诗句，才引起了听者哄堂大笑的结果（the first line of the Odes Pt. II. BK. I. ode i is Yu yu lu ming. Li Kuei misquotes the second line to the amusement of the others）。

杨宪益本在对这两句诗词的翻译上采取了与裘里本同样的翻译策略，即按照字面意思翻译。不同之处在于，杨宪益本在下文里用增译的方式补充上了说明性的文字，解释出此处是李贵的飞白，李贵在无

❶ Bonsall, Bramwell Seaton (tr.): *Red Chamber Dream*: Translation from Chinese; Chaps.120, manuscript, 1960s; http://lib.hku.hk/bonsall/hongloumeng/index1.html(2010.10.07.), Part I, p.82.

❷ Hawkes, David (tr.): Cao Xueqin & Gao E: *The Story of the Stone*: Vol.1. Harmondsworth: Penguin Book Ltd., 1973, p.204.

❸ Yang, Hsien-yi & Gladys Yang (trs.): Tsao Hsueh-chin & Kao Ngo: *A Dream of Red Mansions*: vol.2; illustrated by Tai Tun-pang.Peking: Foreign Languages Press, 1978, p.134.

意中歪曲了《鹿鸣》的诗句（This unintentional travesty of the original line set the whole room in a roar of laughter.）。这样一来，不知道《鹿鸣》的读者也可以体会到场景的幽默性。

霍克思本同样也采用了在下文中增译的翻译策略，指出李贵是把名句诗词进行了篡改（This novel version of the well-known lines provoked a roar of laughter from the literary gentlemen.），帮助读者理解了众人哄堂大笑的原因。不同的是，霍克思本在诗词的翻译上独树一帜，“是对原作语音飞白的再创造，确切地讲是改语音飞白为语义飞白，利用 happy、bleeding、grousing 等词语在语意逻辑上造成的滑稽有趣……取得了与原作基本相当的修辞效果”[❶]。

四种译文里，属杨宪益本与霍克思本的信息传递量与文本效果最接近原文，他们在下文增译的翻译策略既补充了信息，又不影响读者阅读的流畅性，可谓是一招妙棋。在对诗词的翻译上，杨宪益本与霍克思本各采取了直译与意译这两种不同的翻译策略，可以说是各有千秋，难分伯仲。

另有一例语义飞白出现在第 7 回中，焦大喝醉酒大骂贾蓉。

“……不是焦大一个人，你们就做官儿享荣华受富贵？你祖宗九死一生挣下这家业，到如今了，不报我的恩，反和我充起主子来了。不和我说别的还可，若再说别的，咱们**红刀子进去白刀子出来**！”[❷]

“白刀子进红刀子出”是一种威胁语，意思是要杀人见血。在第 7 回中，焦大喝得酩酊大醉，语出狂言，因为醉酒，他把“白刀子进红刀子出”的逻辑顺序颠倒了，变成了“红刀子进去白刀子出来”。曹雪芹通

❶ 冯庆华主编：《红译艺坛——〈红楼梦〉翻译艺术研究》，上海外语教育出版社 2006 年版，第 296 页。

❷ [清]曹雪芹、高鹗：《红楼梦》（上卷），人民文学出版社 2009 年版，第 114 页。

过句子逻辑顺序的飞白，为读者生动地再现了焦大的醉态，见表25。

表25 《红楼梦》第7回四个英译本的飞白译例

译文 原文	裘里本[1]	彭寿本[2]	霍克思本[3]	杨宪益本[4]
红刀子进去白刀子出来	I'll plunge the blade of a knife white in you and extract it red.	we will go in with a white sword and come out with a red one	you're going to get a shiny white knife inside you, and it's going to come out red!	I'll bury a white blade in you and pull it out red!

而在这四种译文中，“红刀子进去白刀子出来”均变为了逻辑顺序正常的“白刀子进去红刀子出来”，这可能是由于四个英译本的中文底本不同的原因所导致的，而不是如同《红译艺坛——〈红楼梦〉翻译艺术研究》里所说的“他们（霍克思和杨宪益）都‘不忍’打乱句子的语法规律及语义关系，放弃了再现原文将错就错的修辞手法的尝试”[5]。在原文里，对“红刀子进去白刀子出来”的注释为：“写醉人颠倒口吻。后点改为‘白刀子进去红刀子出来’，甲戌、蒙府、戚序、甲辰、舒序、列藏、卞藏本均同点改文字，并误。己卯、梦稿本同底本原

[1] Joly, Henry Bencraft (tr.): Tshau Hsüeh-tshin: *The Dream of the Red Chamber*: Vol.I; Hongkong: Kelly & Walsh, Ltd., 1892.

[2] Bonsall, Bramwell Seaton (tr.): *Red Chamber Dream*: Translation from Chinese; Chaps.120, manuscript, 1960s; http://lib.hku.hk/bonsall/hongloumeng/index1.html(2010.10.07.), Part I, p.72.

[3] Hawkes, David(tr.): Cao Xueqin & Gao E: *The Story of the Stone*: Vol.1. Harmondsworth: Penguin Book Ltd., 1973, p.182.

[4] Yang, Hsien-yi & Gladys Yang (trs.): Tsao Hsueh-chin & Kao Ngo: *A Dream of Red Mansions*: vol.2; illustrated by Tai Tun-pang.Peking: Foreign Languages Press, 1978, p.115.

[5] 冯庆华主编：《红译艺坛——〈红楼梦〉翻译艺术研究》，上海外语教育出版社2006年版，第326页。

文，是。”[1]王金波在《乔利〈红楼梦〉英译本的底本考证》一文中“借鉴红学和翻译学的研究成果，从译本序言和译本正文两方面对照多个原文版本和译本进行了考证，证明乔利《红楼梦》英译本的底本是以程甲本为祖本的王希廉评本。”[2]在乔利(即裘里)所用的中文底本中，此句便为“白刀子进去，红刀子出来”。彭寿神父在译者前言(Translator's Foreword)中直言，他的中文底本主要是参考了上海广益书局本（广益本）：The edition which has been followed is that published in Shanghai by the Kuang I Publishing House. But other editions have been consulted and in a few cases a variant reading has been adopted[3]。在广益本中，此句也为“白刀子进去，红刀子出来”。而霍克思主要参考的程乙本和杨宪益主要参考的戚序本，也皆为“白刀子进去，红刀子出来”。

由于底本的不同，四个英译本都没有颠倒逻辑顺序，而是按照正常语序译出。

语义飞白由于承载了不同文化的语言习惯和习语，如果不靠注释或增译的方法，翻译起来也是很有难度的。相比注释的方法，在文中增译可保证译文的流畅自然，在文本效果上或许可更接近原文。受霍克思本在前例语音飞白翻译的启发，笔者认为抛弃原文中对源语言的语言习惯和习语的飞白，而由译者在译文中构建一个对目标语言的语言习惯和习语的飞白，使译文读者获得与原文读者同样的阅读感受，也不失为翻译语义飞白的一个方法。

---

[1] [清]曹雪芹、高鹗:《红楼梦》，人民文学出版社 2009 年版，上卷第 116 页。

[2] 王金波:《乔利〈红楼梦〉英译本的底本考证》，载《明清小说研究》2007 年第 1 期，第 277—287 页。

[3] Bonsall, Bramwell Seaton (tr.): *Red Chamber Dream*: Translation from Chinese; Chaps.120, manuscript, 1960s; http://lib.hku.hk/bonsall/hongloumeng/index1.html(2010.10.07.)

四、Malapropism和飞白

在英语中，也有和中文修辞“飞白”相类似的修辞格，叫做malapropism。在《朗文当代高级英语词典》中，malapropism 的释义为：“词语的荒唐误用[指误用发音近似而意义不同的词语]”（an often amusing misuse of a word, such that the word incorrectly used sounds similar to the intended word but means something quite different.）[1]。由此我们可以看出，malapropism 和飞白同是指词语的误用，不过malapropism 较飞白的定义而言，则更详细、狭窄些。Malapropism 对语音和语义有特别的要求，即语音要近似，而语义要不同。另外，由于英语是拼音文字，按照拼写读音，所以如果单词语音近似的话，则字形也会比较接近，不会相差太远。因此，英文里的 malapropism 是比中文“飞白”更小的一个概念，即语音、字形类似，而语义不同的飞白。

在英语文学作品中，作家也经常使用 malapropism 的修辞方式，在文中起到幽默、讽刺、刻画人物等的作用。例如在莎士比亚的《仲夏夜之梦》中，莎士比亚为了刻画织工波顿笨拙愚蠢的形象，便在描述他时用了很多 malapropism: Bottom says he will ‘aggravate’ his voice when he really means he will ‘moderate’ it.[2] Bottom says ‘deflowered’ when he means ‘devoured’[3]。这里波顿（Bottom）把moderate“降低”误说成了 aggravate“恶化”，把 devoured“吞食”说

---

[1] 《朗文当代高级英语词典（第二版）》（缩印本），商务印书馆，艾迪生·维斯理·朗文出版社中国有限公司 2002 年版，第 919 页。

[2] [英]莎士比亚：《仲夏夜之梦（英文版）》，中国人民大学出版社 2008 年版，Act1，Scene II。

[3] [英]莎士比亚：《仲夏夜之梦（英文版）》，中国人民大学出版社 2008 年版，Act5，Scene I。

成了 deflowered“夺走女子童贞”，两组词在语音和字形上都很相似，在语义上却相差了十万八千里。波顿频频制造出这种荒唐可笑的错误，于是他笨头笨脑、滑稽可笑的形象也跃然纸上。

鉴于英文中的 malapropism 修辞格与中文里飞白修辞格的“共性是本质的、核心的；而个性是非本质的、边缘的”[1]，在翻译中文飞白时，把中文飞白处理为英文中的 malapropism 也不失为一个好办法。在《红楼梦》的英译本中，便不时有译者运用这样的翻译策略来翻译《红楼梦》中的中文飞白。例如在第 63 回中，宝玉叫的“耶律雄奴”被大家叫走了音，成了“野驴子”，霍克思本在翻译时就采用了 malapropism 的修辞格，将其处理为 Yelü Hunni“姓耶律的匈奴人”和 Yellow Belly“黄肚皮”，二者语音字形相似，但语义不同。虽然译文牺牲了原文“野驴子”的语义，但读者在阅读译文时，仍能流畅地阅读并体会到“黄肚皮”的幽默性，在文本效果上实现了与原文相同的效果。

在翻译时，除了把《红楼梦》原文中的飞白处理为 malapropism 的修辞格外，有时根据需要，译文甚至可以在《红楼梦》原文中并未出现飞白修辞的地方，创造性地“翻译出”malapropism 来，以达到与中文原文相同的文本效果。除了上文提到过的第 63 回，霍克思本在翻译“耶律雄奴”这段时，在译文中创造性地添加了语音飞白 Yellow Honey 外，在第 24 回中，霍克思本在译文中也同样创造出了语音飞白。贾芸从舅舅家借钱不成，遇到邻居醉金刚倪二，倪二的一段话，便是中文原文中无飞白，译文中翻译为飞白的情况。

倪二听见是熟人的语音，将醉眼睁开看时，见是贾芸，忙把手松了，趔趄着笑道：“原来是贾二爷，我该死，我该死。这会子往那里去？"

[1] 李执桃：《Malapropism 与飞白共性探微》，载《社会科学论坛》2007 年 4 月号（下），第 125—130 页。

贾芸道："告诉不得你，平白的又讨了个没趣儿。"倪二道："不妨不妨，有什么不平的事，告诉我，替你出气。这三街六巷，凭他是谁，有人得罪了我醉金刚倪二的街坊，管叫他人离家散！"[1]

霍克思本：

Hearing the voice, Ni Er opened his bleary eyes a little wider, saw that it was Jia Yun, released him-lurching heavily as he did so—and gave a crapulous laugh:

'Oh,' he said, 'young **Mist'** Jia. **Parm** me. **Whetra** you **jus'** come from? '

'Don't ask me!' said Jia Yun bitterly. 'I've just been given the bird! '

'**Nemmind**!' said Ni Er. 'Anyone been bothering you, **Mist'** Jia, **jus'** tell me and I'll settle accounts with him for you! You know me. Ni Er. The Drunken Diamond. Old Dime**'ll** look after you. Anyone this part of the towntroubling neighbour of Dime's, **don't** care who he is, **guarantee put him out of business**.'[2]

为了表现出倪二的醉酒神态，霍克思本在翻译时便使用了malapropism 的修辞手法，在译文中创造出了大量的缩音语和不规范语法[3]，符合倪二这个市井粗人的身份，又生动地刻画出其醉酒之态。冯庆华在《母语文化下的译者风格》中对此段有所分析，并列出了此段中霍克思本译文里采用的缩音语和不规范语法[4]。

在进行翻译实践时，利用中英共通的修辞格进行翻译转换，比如

---

❶ [清]曹雪芹、高鹗：《红楼梦（上卷）》，人民文学出版社 2009 年版，上卷第 324 页。

❷ Hawkes, David (tr.): Cao Xueqin & Gao E: *The Story of the Stone*: Vol.3. Harmondsworth: Penguin Book Ltd., 1980, p.238.

❸ 冯庆华：《母语文化下的译者风格——〈红楼梦〉霍克斯与闵福德译本研究》，上海外语教育出版社 2008 年版，第 79 页。

❹ 冯庆华：《母语文化下的译者风格——〈红楼梦〉霍克斯与闵福德译本研究》，上海外语教育出版社 2008 年版，第 79 页。

中文飞白的翻译在英文译文中便体现为 malapropism，这样或许可以在最大程度上保留原文修辞格的特色，传递出原文的艺术魅力。

结语

飞白是增添文学魅力与感染力的一种修辞手段，但由于不同中西语言文字上的巨大差异，要想在语音、语义、文本效果上毫无损失地传递原文信息，是近乎不可能的任务。但众多翻译家的翻译实践，还是为我们尽可能地接近信息传递量更大的译文提供了经验与启迪。通过研究《红楼梦》四种英译全译本中对飞白的翻译，我们可以看到几位翻译家为英译《红楼梦》做出的努力和贡献。不论是注释方式、增译方式、省译方式，还是创造性意译的方式，都为我们翻译飞白的实践过程中提供了有益的借鉴，从而促进我们在中国文献经典的世界性传播方面做得更好。

（本文与徐婧合作，原载《红楼梦学刊》
2010年第六辑，第186—204页）

论《红楼梦》三个日译本对典型绰号的翻译

引言

绰号就是人的外号，又叫诨号（浑名），“是人们凭着机智根据对方的外貌、性格、特长、嗜好、生理特征、特殊经历等特点而命名的一种带有戏谑、幽默、讽刺色彩，或用以臧否人的称谓符号。”[1]文学人物会因性格特征、文化层次、社会地位的不同而使用极具个性的个体语言。《红楼梦》是我国古典小说的巅峰之作，其中形形色色的人物多有绰号，将其相貌特征、性情品质、喜好厌恶立体展示出来，从而可以传达出他们之间复杂而微妙的关系。

对于《红楼梦》里绰号的定义和分类，笔者有着自己的看法。绰号应当是某个人独一无二的外号称语，是应该符合一定语境而存在的，有专指性。孔令彬在《〈红楼梦〉里绰号多》中提到的“泼皮破落户”、“暴炭”等[2]应该是暗喻，不是书中人物的绰号；“混世魔王”“醋罐、醋坛”等[3]也不为书中角色独有，历史上其他文学作品中也曾出现

[1] 王泉根：《中国人名文化》，团结出版社 2000 年版，第 322 页。
[2] 孔令彬：《〈红楼梦〉里绰号多》，载《红楼梦学刊》2005 年第 3 辑，第 267 页。
[3] 孔令彬：《〈红楼梦〉里绰号多》，载《红楼梦学刊》2005 年第 3 辑，第 267 页。

使用过；“中山狼”“河东狮”等[1]既是用典，也不应归为绰号。

下面本文将从几个方面来看《红楼梦》三个日译本里对典型绰号的翻译处理。其中所用的伊藤漱平全译本是其1969年开始由平凡社出版的改译本，每40回一册，共3册，每回后都附有详尽的注释；所用松枝茂夫的全译本是其自 1972 年开始由岩波书店作为岩波文库本出版的改译本每10回一册，共12册，译者注释集中在每册之后；还有一个是饭塚朗1980年由集英社出版的全译本，但是笔者手头只有第一册即前40回的，主要是文内注。前两个译本所用底本都是1958年出版的俞平伯校订《红楼梦八十回校本》，而第三个译本是以人民文学出版社1972版本为底本，部分地方参照俞平伯校订本（1974）和《脂砚斋红楼梦辑评》（1975）做了修订。本文所要涉及的绰号在底本上无差异，故而本文在引述与绰号相关的原文文字时均未特地指出出处版本，在此先行说明。

一、纯粹的绰号

（一）双音词类型

小说第9回中记载：

更又有两个多情的小学生，亦不知是那一房的亲眷，亦未考其名姓，只因生得妩媚风流，满学中都送了他：两个外号，一号“香怜”，一号“玉爱”。[2]

“香、玉”比喻女子，本为男儿却被赋予这样“挖苦”的绰号，实在有趣。

[1] 孔令彬:《〈红楼梦〉里绰号多》，载《红楼梦学刊》2005年第3辑，第267页。

[2] 俞平伯校订:《红楼梦八十回校本》，人民文学出版社1958年版，第96页。

（1）香怜

表 26　《红楼梦》三个日译本对“香怜”的翻译

伊藤漱平译本[1]	松枝茂夫译本[2]	饭塚朗译本[3]
こうれん 香 憐（注三）	こうれん 香 憐	こうれん 香 憐

（2）玉爱

表 27　《红楼梦》三个日译本对“玉爱”的翻译

伊藤漱平译本[4]	松枝茂夫译本[5]	饭塚朗译本[6]
ぎょくあい 玉 愛（注三）	ぎょくあい 玉 愛	ぎょくあい 玉 愛

（注三　　ひとりは香憐、ひとりは玉愛「憐香惜玉」といえば女色を好むこと。これをもじって命名したものであろう。）

通过三个译本的对比我们看到这里对“香怜、玉爱”的翻译是没有分歧的，都是移植汉字直接翻译。不同的是伊藤译本还附有注释。所谓“怜香惜玉”是本指男人喜爱女人，并对之以温存，注释说明了这个意思，并指出在此是戏仿之意。本是男人爱女人，此回却是男人爱男人，因性别不同而使原意稍有差别，伊藤漱平可能也是在推测曹雪芹的写作方法。读者在此应该能够感受到其中对同性恋的讽刺味道。

❶ 曹雪芹撰，伊藤漱平他訳：『红楼梦』（第 1 卷），平凡社 1969 年版，第 127 頁。

❷ 曹雪芹撰，松枝茂夫訳：『红楼梦』（第 1 册），岩波書店 1972 年版，第 264 頁。

❸ 曹雪芹撰，饭塚朗訳：『私版红楼梦』（第 1 卷），集英出版社 1980 年版，第 111 頁。

❹ 曹雪芹撰，伊藤漱平他訳：『红楼梦』（第 1 卷），平凡社 1969 年版，第 127 頁。

❺ 曹雪芹撰，松枝茂夫訳：『红楼梦』（第 1 册），岩波書店 1972 年版，第 264 頁。

❻ 曹雪芹撰，饭塚朗訳：『私版红楼梦』（第 1 卷），集英出版社 1980 年版，第 111 頁。

（3）禄蠹

“禄蠹”见第19回袭人规劝宝玉之言：

“凡读书上进的人，你就起个名字叫作‘禄蠹’；又说只除“明明德”外无书，都是前人自己不能解圣人之书，便另出己意，混编纂出来的。”❶

其中，“‘禄’是古代官吏的俸禄，‘蠹’是蛀虫。‘禄蠹’一词意在讽刺当世那些热衷追求功名利禄的人”。❷

表28 《红楼梦》三个日译本对“禄蠹”的翻译

伊藤漱平译本❸	松枝茂夫译本❹	饭塚朗译本❺
禄盗人（ろくぬすびと）	禄（ろく）ぬすびと	禄（ろく）ぬすびと

宝玉用“禄蠹”将那些只知道死读书、追名逐利的人比作吃俸禄的虫——无用而贪婪。对这个绰号三个译本的处理实际上都是一样的，然而单独看“禄（ろく）ぬすびと”这个词则是“偷俸禄的人”，乍一看很容易认为翻译有偏差，但是应该考虑到它所在的上下文，即语境。文章里词汇的意义应该根据上下文推测其意，也就是说，每个词汇都受到上下文的影响。虽然日语当中没有完全等于“禄蠹”的译词，但是，从上下文（学問の深い方をつかまえて、あだ名をつけて「禄（ろく）ぬすびと」といったり）来看，读者也会了解此语的比较正确的意思。

❶ 俞平伯校订:《红楼梦八十回校本》，人民文学出版社1958年版，第194页。
❷ 冯其庸、李希凡主编:《红楼梦大辞典》，文化艺术出版社1990年版，第36页。
❸ 曹雪芹撰，伊藤漱平他訳:『红楼梦』(第1卷)，平凡社1969年版，第255页。
❹ 曹雪芹撰，松枝茂夫訳:『红楼梦』(第1册)，岩波書店1972年版，第245页。
❺ 曹雪芹撰，饭塚朗訳:『私版红楼梦』(第1卷)，集英出版社1980年版，第214页。

（二）“形容词＋名词”类型

（1）倪二——醉金刚

《红楼梦》第24回里，醉汉倪二对贾芸道：

“不妨不妨，有什么不平的事，告诉我，我替你出气。这三街六巷，凭他是谁，有人得罪了我醉金刚倪二的街坊，管叫他人离家散！”[1]

这倪二“是个泼皮，专放重利债，在赌博场吃闲钱，专爱吃酒打架。”这样一个凶悍之人却对邻居轻财尚义，可见曹雪芹塑造的人物性格都是多面而丰富的。

表29 《红楼梦》三个日译本对“醉金刚”的翻译

伊藤漱平译本[2]	松枝茂夫译本[3]	饭塚朗译本[4]
醉金剛（すいこんごう）	醉金剛（すいこんごう）	醉金剛（すいこんごう）

对于这样一个形象鲜明的人物，三个译者无一例外的直译。“金刚”本是佛教名词，字面含有“金中最刚”之义，用以譬喻牢固、锐利、能摧毁一切的意思。一般为“金刚力士”的略称[5]。日语里「金剛」一词的含义与原文完全符合。

（2）薛蟠——呆霸王

薛蟠是薛宝钗的哥哥，却与宝钗相差百倍：

---

[1] 俞平伯校订：《红楼梦八十回校本》，人民文学出版社1958年版，第241页。

[2] 曹雪芹撰，伊藤漱平他訳：『红楼梦』（第1卷），平凡社1969年版，第316页。

[3] 曹雪芹撰，松枝茂夫訳：『红楼梦』（第3册），岩波書店1972年版，第108页。

[4] 曹雪芹撰，饭塚朗訳：『私版红楼梦』（第1卷），集英出版社1980年版，第263页。

[5] 冯其庸、李希凡主编：《红楼梦大辞典》，文化艺术出版社1990年版，第433页。

混名人称“呆霸王”，最是天下第一个弄性尚气的人，而且使钱如土。[1]

他呆头傻脑，不学无术，结交滥友整日游乐，仗势欺人。薛蟠的外号“呆霸王”乃世人所取，一个“呆”字清晰地突出了人物的性格特征。

表 30 《红楼梦》三个日译本对“呆霸王”的翻译

伊藤漱平译本[2]	松枝茂夫译本[3]	饭塚朗译本[4]
馬鹿さま	馬鹿大将	馬鹿大将（ばかたいしょう）

「馬鹿」是日语里频繁使用的骂人语，表示“笨蛋，傻瓜，愚蠢”之意、三位译者考虑到目的语读者的语言文化习惯，运用日语里现有词汇翻译，将原文意义准确传达。而“馬鹿さま”“馬鹿大将”之间可以说没什么大的差异，“大将”在日语里有“将领；头目；老兄、这家伙”等意。类似的是日语里的“少爷”既可以用“若様（わかさま）”来表达，也可以用“若大将（わかだいしょう）”。在这里以及在下面的例子中我们可以注意到，伊藤漱平在翻译时多用敬语，日本安田女子大学红学家森中美树博士认为“这是因为他对《红楼梦》的看法跟其他译者不一样，伊藤教授把它看做个（拟）话本体的作品，所以他是用说话人的口气来翻译的。他所使用的“さま”是日语三种敬语体之一的“丁宁语”（礼貌语），相当于汉语的‘先生、女士’，还有几分口语特点。”[5]

---

❶ 俞平伯校订：《红楼梦八十回校本》，人民文学出版社 1958 年版，第 40 页。

❷ 曹雪芹撰，伊藤漱平他訳：『红楼梦』（第 1 卷），平凡社 1969 年版，第 53 页。

❸ 曹雪芹撰，松枝茂夫訳：『红楼梦』（第 1 册），岩波書店 1972 年版，第 114 页。

❹ 曹雪芹撰，饭塚朗訳：『私版红楼梦』（第 1 卷），集英出版社 1980 年版，第 50 页。

❺ 这是笔者在向森中美树博士致函请教时她的相关答复，谨此向森中博士

（三）复杂类型

花袭人——西洋花点子哈巴儿

这袭人原是贾母之婢，本名珍珠。贾母因溺爱宝玉，生恐宝玉之婢无竭力尽忠之人，素喜袭人心地纯良，克尽职任，遂与了宝玉。宝玉因知她本姓花，又曾见旧人诗句上有‘花气袭人’之句，遂回明贾母，更名袭人。[1]

小说第37回里出现了关于这个绰号的来源：

晴雯道："我告诉了你，难道你这会退还太太去不成？"秋纹笑道："胡说！我白听听喜欢喜欢。哪怕给这屋里的狗剩下的，我只领太太的恩典，也不犯管别的事。"众人听了，都笑道："骂得巧，可不是给了那西洋花点子哈巴儿了。"袭人笑道："你们这起烂了嘴的！得了空就拿我取笑打牙儿。一个个不知怎么死呢！"秋纹笑道："原来姐姐得了，我实在不知道。我陪个不是罢。"[2]

表31　《红楼梦》三个日译本对"西洋花点子哈巴儿"的翻译

伊藤漱平译本[3]	松枝茂夫译本[4]	饭塚朗译本[5]
洋種の斑入りの狆め（注十六）	西洋斑入り花点の狆ころ（注一〇）	西洋花点の狆ころ（花点の「花」は襲人の姓で、襲人をあてこする）

致谢。

❶ 俞平伯校订：《红楼梦八十回校本》，人民文学出版社1958年版，第34页。

❷ 俞平伯校订：《红楼梦八十回校本》，人民文学出版社1958年版，第392页。

❸ 曹雪芹撰，伊藤漱平他訳：『红楼梦』(第1卷)，平凡社1969年版，第509页。

❹ 曹雪芹撰，松枝茂夫訳：『红楼梦』(第4册)，岩波書店1972年版，第198页。

❺ 曹雪芹撰，饭塚朗訳：『私版红楼梦』(第1卷)，集英出版社1980年版，第416页。

（注十六 斑入りの狆　原文「花点子哈吧児」。「哈吧児」はすなわち「狆」。「花点子」はまだらのこと。襲人の姓が「花」であるところから、これをあてこすったもの。）

（注一〇 花点は斑点の意。襲人の姓は花であるとに引っかけて、襲人をあてこすったもの。）

“西洋花点子哈巴儿”是袭人受王夫人的恩典后众丫环们嫉妒而打趣她，有指桑骂槐之意，形容她忠诚温顺、爱讨好主子——形象鲜活而恰当。而“哈巴儿”又是借用的外国犬名，可见作者语言在当时也不失时尚性。伊藤和松枝译本的尾注中除了指出“花点”就是斑点、斑纹，指“狗”的花色之外，还在文内暗含“花”是袭人之姓，此处是在指桑骂槐地挖苦袭人之意从而也就得到了清楚地说明。关于这两个译文，我们还可以看看“め”和“ころ”的区别。伊藤译本使用的“め”接在体言后表示轻蔑，例如おやじめ（老家伙）；松枝译本使用的“ころ”虽然意思一样，但现在几乎限定在用于小狗、小石头后面，多含指小、表爱的亲昵意味。两者体现的感情色彩显然判然有别，似乎伊藤译本相对明显的贬义更加吻合原文的表达。另外，松枝译本“斑入り”与“花点”并用，是译者想方设法让读者容易注意到袭人姓花，从中可见译者的匠心。

饭塚和松枝的翻译处理相似，不同的是用文内注指出暗含意义。而对于读者来说，在说明文较短的时候，文内注更易接受。这也是饭塚朗译本的相对高明之处。

二、“姓＋绰号”类型翻译

（一）多官——多浑虫

小说第 21 回中记载：

荣国府内有一个极不成器破烂酒头厨子，名唤多官，人见他懦弱无能，都唤他作“多浑虫”。因他自小父母替他在外娶了一个媳妇，今年方二十来往年纪，生得有几分人才，见者无不羡爱。她生性轻浮，最喜拈花惹草，多浑虫又不理论，只是有酒有肉有钱，便诸事不管了，所以荣、宁二府之人都得入手。因这个媳妇美貌异常，轻浮无比，众人都呼她作“多姑娘儿”。[1]

可见这个“多浑虫”是怎样的一个糊涂浑臭之人。

表 32 《红楼梦》三个日译本对“多浑虫”的翻译

伊藤漱平译本[2]	松枝茂夫译本[3]	饭塚朗译本[4]
虫けらの多（た）	多（た）のうじ虫	うじ虫の多（た）

从上表可以看出松枝和饭塚译本处理情况相同，而且连体修饰的两部分是同格的，没有强调的区分。三位译者的翻译无论是“虫けらの多（た）”还是“うじ虫の多（た）”，单独来看都没有将“浑”明显地对应译出，然而词的意义要依附于其所在的上下文，它的语用意义更要考虑它的语域。松枝、饭塚两位译者特意选择“うじ虫”（蛆）对译，是因为原文“虫”字之前有“浑”字，虽然没有直接的译词，可“浑”的贬义语感仍在其中，而伊藤漱平采用虫子的贬义词“虫けら”，理由亦在于此。按原文“姓＋绰号”的词序来看，松枝的“多（た）のうじ虫”翻译最为吻合原文的表达；从译词角度来说，“虫けら”比“うじ虫”更吻合些。

---

[1] 俞平伯校订:《红楼梦八十回校本》，人民文学出版社 1958 年版，第 213 页。

[2] 曹雪芹撰，伊藤漱平他訳:『红楼梦』（第 1 卷），平凡社 1969 年版，第 280 页。

[3] 曹雪芹撰，松枝茂夫訳:『红楼梦』（第 3 册），岩波書店 1972 年版，第 29 页。

[4] 曹雪芹撰，饭塚朗訳:『私版红楼梦』（第 1 卷），集英出版社 1980 年版第 234 页。

（二）多官之妻——多姑娘儿

《红楼梦》中“姑娘”一词含义丰富。陈建萍在《真“姑娘”，假“姑娘”？——<红楼梦>中“姑娘”称呼语的语义语用辨析》中提到：“《现代汉语词典》‘姑娘’词条的解释有三：第一：（gūniáng）①姑母。②丈夫的姐妹。（方言）；第二条：（gūniang）①未婚的女子。②女儿；第三条：（gūniangr）称妓女（儿化音，方言）。”[1]在文中作者分别就各个义项给出文例，例如：丈夫的姐妹——夏金桂对小姑子薛宝钗的称呼“你虽说的是，只怕姑娘多心”[2]；未婚的女子——莺儿对自家未出阁小姐薛宝钗的称呼“我听这两句话，倒像和姑娘项圈上的两句话是一对儿”[3]；妓女（姑娘儿）——“因这个媳妇美貌异常，轻狂无比，众人都呼他作‘多姑娘儿’”[4]。除此以外，陈建萍还指出《红楼梦》某些“姑娘”（如平儿、袭人）的特殊含义是“屋里人、准侍妾”[5]。

多姑娘作为多官之妻，置道德贞操不顾，凭借美色到处拈花惹草、勾引男人，而众人叫她“多姑娘儿”实为贬其轻浮淫荡。这里“多姑娘儿”中的“姑娘”带有儿化音，暗指对妓女的称呼，也是语带双关。

---

❶ 陈建萍：《真“姑娘”，假“姑娘”？——〈红楼梦〉中“姑娘”称呼语的语义语用辨析》，载《红楼梦学刊》2006 年第 2 辑，第 304 页。

❷ 陈建萍：《真“姑娘”，假“姑娘”？——〈红楼梦〉中“姑娘”称呼语的语义语用辨析》，载《红楼梦学刊》2006 年第 2 辑，第 305 页。

❸ 陈建萍：《真“姑娘”，假“姑娘”？——〈红楼梦〉中“姑娘”称呼语的语义语用辨析》，载《红楼梦学刊》2006 年第 2 辑，第 306 页。

❹ 陈建萍：《真“姑娘”，假“姑娘”？——〈红楼梦〉中“姑娘”称呼语的语义语用辨析》，载《红楼梦学刊》2006 年第 2 辑，第 305 页。

❺ 陈建萍：《真“姑娘”，假“姑娘”？——〈红楼梦〉中“姑娘”称呼语的语义语用辨析》，载《红楼梦学刊》2006 年第 2 辑，第 307—310 页。

表 33　《红楼梦》三个日译本对“多姑娘儿”的翻译

伊藤漱平译本[1]	松枝茂夫译本[2]	饭塚朗译本[3]
多(た)っぷり姐(ねえ)ちゃん	多(た)の姐(ねえ)ちゃん （娼妓への呼称）	多女郎(たじょろ)

伊藤和松枝译本均用“姐(ねえ)ちゃん”来翻译，“ちゃん”是接尾词，接在名词后表示亲密，如“おばあちゃん”（奶奶），松枝还特意加文内注说明，此注对读者的接受和理解影响很大，将多姑娘的娼妓行为明确表达，但也在一定程度上干扰了读者对于整体文本阅读流畅性的接受。而饭塚的译本则直接用表示妓女之意的“女郎”对应过去，有些过于直白。日语中“たっぷり”是个副词，意义为“十分なようす”（充分，足够，多）。例如：金がたっぷりある（有很多钱）；たっぷり供給する（充分供应）。伊藤漱平特意翻译成“多(た)っぷり”，一语双关，既点出了这个女人的夫家姓氏“多”，又寓此女勾引的男人多，极具讽刺戏谑之味，读者也很容易了解译者意图，所以，笔者认为在此伊藤译本的翻译最贴切。

（三）王短腿

第 24 回里倪二笑道：

“倘或有要紧事，叫我们女儿明儿一早到马贩子王短腿家来找我。”[4]

---

❶ 曹雪芹撰，伊藤漱平他訳：『红楼梦』（第 1 卷），平凡社 1969 年版，第 280 页。

❷ 曹雪芹撰，松枝茂夫訳：『红楼梦』（第 3 册），岩波書店 1972 年版，第 29 页。

❸ 曹雪芹撰，饭塚朗訳：『私版红楼梦』（第 1 卷），集英出版社 1980 年版，第 234 页。

❹ 俞平伯校订：《红楼梦八十回校本》，人民文学出版社 1958 年版，第 242 页。

“王短腿”是句中一位马贩子的绰号，并无别意。

表 34 《红楼梦》三个日译本对“王短腿”的翻译

伊藤漱平译本❶	松枝茂夫译本❷	饭塚朗译本❸
短足(みじかあし)の王(おう)ん	王短腿(おうたんたい)（脚の短い男のあだな）	王短腿(おうたんたい)（「短腿」は短い足という仇名）

对这个绰号的处理，三个译本都是直译，松枝和饭塚译本都有文内注。相较而言，松枝译本的处理更为准确，因为正是这马贩子的腿短才有此号，翻译和注释都让读者一目了然。伊藤的翻译在作为外号呼喊时不及松枝和饭塚的翻译简洁。

（四） 冯胖子

《红楼梦》第 13 回里，贾珍向戴权为贾蓉求个官，戴权道：

“事倒凑巧，正有个美缺。如今三百员龙禁尉短了两员，昨儿襄阳侯的兄弟老三来求我，现拿了一千五百两银子，送到我家里。你知道，咱们都是老相与，不拘怎么样，看着他爷爷的分上，胡乱应了。还剩了一个缺，谁知永兴节度使冯胖子来求，要与他孩子蠲，我就没工夫应他。既是咱们的孩子要蠲，快写个履历来。”❹

表 35 《红楼梦》三个日译本对“冯胖子”的翻译

伊藤漱平译本❺	松枝茂夫译本❶	饭塚朗译本❷

❶ 曹雪芹撰，伊藤漱平他訳:『红楼梦』(第 1 卷)，平凡社 1969 年版，第 317 页。

❷ 曹雪芹撰，松枝茂夫訳:『红楼梦』(第 3 册)，岩波書店 1972 年版，第 111 页。

❸ 曹雪芹撰，饭塚朗訳:『私版红楼梦』(第 1 卷)，集英出版社 1980 年版，第 264 页。

❹ 俞平伯校订:《红楼梦八十回校本》，人民文学出版社 1958 年版，第 130 页。

❺ 曹雪芹撰，伊藤漱平他訳:『红楼梦』(第 1 卷)，平凡社 1969 年版，第 186 页。

续 表

馮（ふう）でぶどの	デブの馮（ふう）君	でぶの馮（ふう）さん

“でぶ”在日语里表示胖子，且是俗语用法，用在此处再恰当不过。“どの”是接尾词，接在姓名、身份之下以表示敬意，又可见伊藤漱平的译文在语体上与另外两位译者的差别。需要注意的是在日语里，片假名并非专用于外来语，例如バカ（笨蛋）、ハゲ（秃子）オタク（发烧友）、イヌ（狗）、ネコ（猫）ネズミ（耗子）都可以用片假名书写，故而在松枝的译本里用片假名来标注“胖子”，也是完全可以的，而且这样处理更加显眼，读者阅读时会有一种新鲜感。

三、“名＋绰号”类型翻译

以“王熙凤——凤辣子”为例。

王熙凤是《红楼梦》里形象突出、个性鲜明的典型之一。她的性格刚强，为人霸道，处事圆滑，有着俊俏威严的外表和伶俐的口齿；她尖酸泼辣、卖弄聪明、多事逞才又极尽讨好之能事；她对下人严格要求，爱争风吃醋，“心里歹毒，口里尖快”。“凤辣子”是在小说第 3 回林黛玉初进贾府时，外祖母史老太君是这样来介绍王熙凤的：

贾母笑道：“你不认得他，他是我们这里有名的一个泼皮破落户，南省俗谓作“辣子”，你只叫他‘凤辣子’就是了。”[3]

“粉面含春威不露，丹唇未启笑先闻”——这是王熙凤的第一次出场，贾母用这样一些词语来称呼她，足见其在贾母心目备受荣宠的地

❶ 曹雪芹撰，松枝茂夫訳：『红楼梦』（第 2 册），岩波書店 1972 年版，第 63 页。

❷ 曹雪芹撰，饭塚朗訳：『私版红楼梦』（第 1 卷），集英出版社 1980 年版，第 145 页。

❸ 俞平伯校订：《红楼梦八十回校本》，人民文学出版社 1958 年版，第 27 页。

位，也表现了王熙凤泼辣霸道的性格。

表 36　《红楼梦》三个日译本对“凤辣子”的翻译

伊藤漱平译本[1]	松枝茂夫译本[2]	饭塚朗译本[3]
鳳辣子（「辣子（からし）」注四）	鳳辣子（「辣子（ラーツ）」唐がらし）	鳳辣子（フォンラーヅ）

（注四　辣子（からし）　唐辛子。転じてまたびしびしやってのける辣腕家の意。注三の「潑辣貨」を参照。）

（注三　破落戸（あましもの）は元来旧家の子弟で身をもちくずした者をいう。程本ではほぼ同音の「潑辣貨」に作る。潑辣は人を人とも思わぬ態度をいい、貨は人を物に見立て罵る語。）

表 36 清晰地罗列了三个译本对“凤辣子”的翻译处理情况，即都是直译，前两个译本加了注（此注均针对是对前面出现的“辣子”，为了读者更好理解笔者便将其标注在词条后，另外将“注四”中提到的“注三”也列于表后），第三个译本有注音。

伊藤和松枝译本中“辣子”的注音不同，“からし”是训读，“ラ—ツ」是音读，是按照中文“辣子”的读音来拼的。此处用“ラ—ツ”更妥，因为在日本有“からし”和辣油，“からし”用于日本菜，辣油用于中国菜。三个译本都很好地把王熙凤的泼辣、毒辣之味传递给了读者。

需要补充说明的是，正如引言里笔者所说，“泼皮破落户”这个十分典型的比喻并不是绰号。

❶ 曹雪芹撰，伊藤漱平他訳：『红楼梦』（第 1 卷），平凡社 1969 年版，第 37 页。

❷ 曹雪芹撰，松枝茂夫訳：『红楼梦』（第 1 册），岩波書店 1972 年版，第 79 页。

❸ 曹雪芹撰，饭塚朗訳：『私版红楼梦』（第 1 卷），集英出版社 1980 年版，第 37 页。

四、"排行＋绰号"类型翻译

（一）薛蟠——薛大傻子

小说第 16 回记载：

贾琏笑道："……谁知就是上京来买的那小丫头，名叫香菱的，竟与薛大傻子作了房里人，开了脸，越发出挑得标致了。那薛大傻子真玷辱了她。"凤姐道："那薛老大也是'吃着碗里看着锅里'，……"[1]

除了"呆霸王"的绰号，薛蟠被王熙凤和贾琏在私下里分别叫做"薛老大""薛大傻子"。他的"傻"毋庸置疑，书中记载的他将"唐寅"错读成"庚黄"的故事便是一个大笑话。这里笔者未将其纳入——"姓＋绰号"类型，原因是这个复合型的绰号除了突出他的性格特点"傻"以外，还强调了在语境中的"大"，这个"大"不是形容词，而是表示排行，即薛家子女的老大之意。贾琏的这个称呼中"大"字的排行意味结合随后的"薛老大"称呼就体现得十分清晰了。

表 37　《红楼梦》三个日译本对"薛大傻子"的翻译

伊藤漱平译本[2]	松枝茂夫译本[3]	饭塚朗译本[4]
薛(せつ)の大馬鹿君	薛(せつ)の馬鹿大将	どら息子の薛蟠(せつばん)

通过前面对"呆霸王"翻译的分析，我们知道了伊藤译本在用词和语体上的差异，这里着重分析饭塚朗的译本。日语中"どら"用于

[1] 俞平伯校订：《红楼梦八十回校本》，人民文学出版社 1958 年版，第 153 页。

[2] 曹雪芹撰，伊藤漱平他訳：『红楼梦』（第 1 卷），平凡社 1969 年版，第 200 页。

[3] 曹雪芹撰，松枝茂夫訳：『红楼梦』（第 2 册），岩波書店 1972 年版，第 126 页。

[4] 曹雪芹撰，饭塚朗訳：『私版红楼梦』（第 1 卷），集英出版社 1980 年版，第 169 页。

表示放荡、爱吃喝嫖赌的人，“どら息子”有败家子、浪子的意思。这样看来，饭塚朗的处理还是非常贴切的。

需要引起注意的是，“薛大傻子”里表示排行的“大”，在三个译本里都没有找到直接对应的翻译，从“排行”这个意义层面上讲，几个译本均出现了一定程度上的“误译”，这也造成了读者在接受信息上的不完整。唯有饭塚翻译时用了「息子」这个词，可以说在一定程度上透露了排行的信息。但从另一方面看，翻译时译者不得不考虑目的语读者的语言习惯，“因为日本没有排行，若照直翻译出来，则有些奇怪，不像正宗的日语。”[1]

（二）李纨——大菩萨

“《红楼梦》的语言常常有为他人定型的作用，用甲的语言为乙定型，这种手段最为精巧。作者不但要考虑甲的身份、地位、性格，还要把握乙的特点，更要兼顾当时的故事场景。”[2]例如在第 65 回兴儿向尤二姐介绍贾府人物的时候，说：

“原来奶奶不知道。我们家这位寡妇奶奶，她的浑名叫作‘大菩萨’，第一个善德人。我们家的规矩又大，寡妇奶奶们不管事，只宜清净守节。妙在姑娘又多，只把姑娘们交给她，看书写字，学针线，学道理，这是她的责任。除此，问事不知，说事不管。”[3]

---

❶ 这也是笔者在向森中美树博士致函请教时她的相关答复。

❷ 马经义：《中国红学概论》（上册），四川大学出版社 2008 年版，第 58 页。

❸ 俞平伯校订：《红楼梦八十回校本》，人民文学出版社 1958 年版，第 735 页。

表 38 《红楼梦》三个日译本对“大菩萨”的翻译

伊藤漱平译本[❶]	松枝茂夫译本[❷]	饭塚朗译本
大菩薩(ほとけ)さま	ほとけさま	—

在分析“大菩萨”以及下面的“二木头”之前，要说明的是笔者因为手头没有饭塚译本的后 80 回译本资料，又考虑到这两个绰号的典型意义，故只能对比伊藤译本和松枝译本。

接下来我们来看两位译者的相关处理情况。对于“菩萨”的翻译两个译本都无分歧，很好的表达了李纨的温厚、仁慈。同“薛大傻子”一样，“大菩萨”里的“大”表示排行，伊藤译本只是照原样译过去，并未加以说明，松枝译本则直接省去不译，也造成了信息的缺失。在古代，日本人把长子叫“太郎”，次子叫“二郎”或“次郎”，再多则有“三郎”“四郎”等，也有把长女称“大子”，次女称“中子”，三女称“三子”的习惯。虽然这样的排行命名用于日语名字无可非议，但这里若专门用在翻译绰号内包含的排行信息，恐怕也是难为了译者。

（三）贾迎春——二木头

接续上一个绰号的原文引文，兴儿对迎春的评价是：

“二姑娘的诨名是‘二木头’，戳一针，也不知‘嗳哟’一声。”[❸]

表 39 《红楼梦》三个日译本对“二木头”的翻译

伊藤漱平译本[❶]	松枝茂夫译本[❷]	饭塚朗译本

❶ 曹雪芹撰，伊藤漱平他訳:『红楼梦』(第 2 卷)，平凡社 1969 年版，第 406 页。

❷ 曹雪芹撰，松枝茂夫訳:『红楼梦』(第 7 册)，岩波書店 1972 年版，第 198 页。

❸ 俞平伯校订:《红楼梦八十回校本》，人民文学出版社 1958 年版，第 735 页。

续 表

二の木偶(でく)さん（注一五）	棒切れさま	—

（二の木偶さん　原文「二木頭」。「木頭」は木のこと、「木偶（の坊—棒）」の訳語は仮りに当てたまで。「二」は排行を示す。）

迎春在姐妹中排行第二，加上其性格懦弱，故有“二木头”之称。松枝译本翻译成“木头小姐”，日语里「棒切れ」就是木头，没有别的意思，只有放在一定的语境里才能将中文里“木头”蕴含的“呆、笨”之意传达出来；再则，松枝茂夫也没有将排行“二”译出或补充说明。

伊藤译本里，从他的注释——“木偶（の坊—棒）”の訳語は仮りに当てたまで，笔者推测他可能也是勉强用“でくのぼう”（木头人儿）来对应，但是严格地讲，“木头”和“木头人儿”日语不同。“でくのぼう”跟“木头”根本没有关系，ぼう的表记是坊，偶尔跟“棒”同音而已。不同于松枝译本，伊藤译本特意加注明确说明“二”表示排行。这里的处理比起“薛(せつ)の大馬鹿君”来说在翻译“排行”层面已经有了很大进步。

结语

由于文化的差异和译者的领悟、翻译水平等主客观因素，任何译本都不可能尽善尽美。通过对伊藤漱平、松枝茂夫、饭塚朗三人的译本对比分析，我们看出饭塚朗的译本与松枝茂夫的更为接近，而伊藤漱平在翻译处理上采用的语体风格与另两位有明显差异。但是我们应该允

❶ 曹雪芹撰，伊藤漱平他訳:『红楼梦』(第2卷)，平凡社1969年版，第406页。
❷ 曹雪芹撰，松枝茂夫訳:『红楼梦』(第7册)，岩波書店1972年版，第198页。

许翻译多样性的存在，它是不同素质能力的译者对原文不同的理解与审美倾向，从而作出的不同的解释或再创造。正是因为对同一作品的多样翻译，我们才能对比鉴赏，发现一些规律，看出一些问题，总结一些特点，才能更好地研究和分析翻译的理论和方法。

总体来看，三位译者不仅十分注重对原著的理解、诠释、和表述，也关注日语读者的接受能力，包括文化水平、审美能力、阅读倾向等，考虑到读者群的接受度从而在翻译时将其放在一个重要位置。他们都很好得传达了《红楼梦》里语言所承载的中国文化，将人物绰号所富有的文化意义进行了较为理想地转换。

人物塑造是一部小说成功的关键，《红楼梦》成功了，曹雪芹的语言功力深厚精辟之极，正如戚蓼生在《石头记》序里赞誉的“一声也而二歌，一手也而二牍”[1]。相应的日译本在很大程度上把原著的精华吸收了进去，三位译者对中日文化的交流做出了很大贡献。

（本文与徐云梅合作，原载《明清小说研究》
2011年第三期，第137—150页）

[1] [清]戚蓼生:《戚蓼生序本〈石头记〉》，人民文学出版社1975年版。

裘里和彭寿英译《红楼梦》的语言差异管窥

——从习语英译的统计比较入手

一、引言

《红楼梦》英译者闵福德（John Minford）教授的评语“虽然译文有许多错误，但尚属不错”（Although his work contained many errors, it had its moments），就裘里（H. Bencraft Joly）前56回英文全译本和彭寿神父（the Reverend Bramwell Seaton Bonsall）120回英文全译本总体而言当为的评[1]。而其间的具体细节，比如两位译者都多用长句，裘里频繁使用一个英语句子来表达汉语的多个句子而彭寿惯用多个英语句子阐释一个汉语句子等，都已有所揭示[2]。

本文仅从习语翻译一个角度对《红楼梦》的裘里译本[3]和彭寿译

❶ 刘泽权、刘艳红：《初识庐山真面目——邦斯尔英译〈红楼梦〉研究（之一）》，载《红楼梦学刊》2011年第4辑。

❷ 刘泽权、刘超朋、朱虹：《〈红楼梦〉四个英译本的译者风格初探——基于语料库的统计与分析》，载《中国翻译》2011年第1期。

❸ Joly, Henry Bencraft (tr.): Tshau Hsüeh-tshin: *The Dream of the Red Chamber*:

本[1]进行抽样统计考察，旨在通过定量性的对比分析，推动更为广泛层面上的英译本深入研究，为《红楼梦》翻译研究注入新的活力。

习语一词的含义甚广，又有其独特的结构形式，同时由于习语在折射文化特征上的典型性，因此习语的翻译就要处理语言和文化的双重障碍。我们这里出于研究的方便而暂时采用 Hornby 的定义："习语是指一些词语或句子，若从构成它们的单词来看其意义不甚明确，须作为一个整体来学习"[2]。

习语的分类因所参照的标准不同而各异。与本文研究相关的先行研究似乎只有刘泽权等借助语料库对包括裘里译本在内的三个英译本的比较考察[3]。但其对习语的分类沿袭四字成语、惯用语、谚语、歇后语的传统模式，其中的翻译分析未必切中肯綮[4]。

我们的考察从语言结构的角度入手，因为需要进行数量统计，所以我们暂时只考虑习语中的三类典型：重复结构、并列结构、承接式结构。考虑到裘里译本仅限于前 56 回，我们对两个译本习语英译的统计比较也限于《红楼梦》的前 56 回中；所有将要分析的习语依据吴竞存《〈红楼梦〉的语言》[5]附录所列。

汉语习语有其独特的结构形式，彰显着鲜明的民族文化特色，在

Vol.I+II, Hongkong: Kelly & Walsh, Ltd., 1892, 1893.

❶ Bonsall, Bramwell Seaton (tr.): *Red Chamber Dream*: Translation from Chinese; Chaps.120, manuscript, 1960s; <http://lib.hku.hk/bonsall/hongloumeng/index1.html>(2012.03.15.)

❷ Hornby, A. S. Oxford Advanced Learner's Dictionary (Forth Edition). Oxford: Oxford University Press, 1989, p.616.

❸ 刘泽权、朱虹：《〈红楼梦〉中的习语及其翻译研究》，载《外语教学与研究》2008 年第 6 期。

❹ 刘泽权、朱虹：《〈红楼梦〉中的习语及其翻译研究》，载《外语教学与研究》2008 年第 6 期。

❺ 吴竞存：《〈红楼梦〉的语言》，北京语言学院出版社 1996 年版。

翻译时如何处理目的语的结构形式以准确传达源语言的含义，同时又考虑传播中国古典文化，是译者面临的两大难题。此外，《红楼梦》是一部总体文风偏于华丽的经典著作，这就对译者提出了一个更高层次的要求：在准确传达语义，运用合理表现结构的基础上，还要力求使译文具备像原著一样的艺术感染力和文学底蕴。一言以蔽之，我们应从以下四个方面来考察分析《红楼梦》的习语英译：

（1）语义准确程度；

（2）结构吻合程度；

（3）修辞运用情况；

（4）语体表现情况。

本文即以这四个方面为分析依据，把上述两个英译本前56回中的习语按三大类别逐一进行统计分析。需要说明的是，译文对读者的影响往往取决于其翻译表现最显著的那一方面特征，而相对忽略其他方面的影响。故而本文的统计比较仅仅考虑每条习语两个译文在某一结构方面的显著差异而产生的接受效果优劣。文中的所有例证皆以它们出现在《红楼梦》原文中的先后顺序来标序。

作为研究对象的两个《红楼梦》英译本所据原文版本尚有程甲乙本的分歧[1]，据此而成的译文无疑会有差异。由于本文所涉习语原文差异不大，所以我们在标注习语原文时对于并无分歧的情形采用通行的《红楼梦》版本，只有原文有分歧时才注明底本差异。

---

[1] 王金波：《乔利〈红楼梦〉英译本的底本考证》，载《明清小说研究》2007年第1期，第285页；王金波：《邦斯尔神父〈红楼梦〉英译文底本考证》，见傅勇林主编：《华西语文学刊》（第3辑“《红楼梦》译介研究专辑”），四川文艺出版社2010年版，第163页。

二、重复结构习语翻译统计分析

重复结构本是并列结构的一种，但因重复结构内有关键字词的重复，英译时会导致一些特殊情况，所以本文把它从并列结构中划分出来，单独成类加以考察。

（一）语义准确比较

③一损俱损，一荣俱荣。（第 4 回）

裘里本：If you offend one, you offend all; if you honor one, you honor all.[1]

彭寿本：If one is injured, they are all injured. If one flourishes, they all flourish.[2]

此习语见于门子在向贾雨村解释“护官符”的话语中。故其中“损”字有“受到损害或伤害”的意思，“荣”字有“繁荣、兴旺”之意。裘里本把“损”译成 offend“冒犯、得罪”；又把“荣”字译为 honor“尊敬、使荣幸”。这显然改变了原文的含义，选词远不如彭寿本中采用的 injure 和 flourish 准确。准确传达原文习语的含义是从事习语翻译的第一要义，在该例习语翻译中，裘里本无疑偏离了原文含义，影响西方读者对原著的理解。因此从语义准确的角度来讲，彭寿本对该例习语的翻译要优于裘里本。

但裘里本并非毫无可取之处，它的结构相对工整，符合习语的结

---

❶ Joly, Henry Bencraft (tr.): Tshau Hsüeh-tshin: *The Dream of the Red Chamber*: Vol.I, Hongkong: Kelly & Walsh, Ltd., 1892, p.43.

❷ Bonsall, Bramwell Seaton (tr.): *Red Chamber Dream*: Translation from Chinese; Chaps.120, manuscript, 1960s; <http://lib.hku.hk/bonsall/hongloumeng/index1.html>(2012.03.15.), part1, p.34.

构特点。然而在上面的例子中，语义准确与否应该主宰我们对两种译文优劣的评论。

与此类似的情况还有以下例子：

⑦白刀子进去，红刀子出来。（第7回）

裘里本：plunge the blade of a knife white in you and extract it red[1]

彭寿本：go in with a white sword and come out with a red one[2]

在此例中，彭寿本所用的两个不及物动词词组 go in 和 come out 在语义上不如裘里本所用的及物动词 plunge 和 extract 来得准确，因而裘里本在语义准确上要优于彭寿本。

㉞丁是丁，卯是卯。（第43回）

裘里本：be very punctilious[3]

彭寿本：be exceedingly particular[4]

裘里本中 very punctilious 的运用在语义上优于彭寿本中的 exceedingly particular。

㊳天不怕地不怕。（第45回）

裘里本：neither fear for God or man[5]

---

❶ Joly, Henry Bencraft (tr.): Tshau Hsüeh-tshin: *The Dream of the Red Chamber*: Vol.I, Hongkong: Kelly & Walsh, Ltd., 1892, p.88.

❷ Bonsall, Bramwell Seaton (tr.): *Red Chamber Dream*: Translation from Chinese; Chaps.120, manuscript, 1960s; <http://lib.hku.hk/bonsall/hongloumeng/index1.html>(2012.03.15.), part1, p.72.

❸ Joly, Henry Bencraft (tr.): Tshau Hsüeh-tshin: *The Dream of the Red Chamber*: Vol.I, Hongkong: Kelly & Walsh, Ltd., 1892, p.233.

❹ Bonsall, Bramwell Seaton (tr.): *Red Chamber Dream*: Translation from Chinese; Chaps.120, manuscript, 1960s; <http://lib.hku.hk/bonsall/hongloumeng/index1.html>(2012.03.15.), part1, p.117.

❺ Joly, Henry Bencraft (tr.): Tshau Hsüeh-tshin: *The Dream of the Red Chamber*: Vol.I, Hongkong: Kelly & Walsh, Ltd., 1892, p.255.

彭寿本：fear neither Heaven nor Earth[❶]

彭寿本直译“天”和“地”，在语义表达上模糊不清，令英语读者费解，裘里本在语义准确程度上要上要高于彭寿本。

（二）结构吻合比较

⑥与人方便，自己方便。（第6回）

裘里本：Our convenience is the convenience of others.[❷]

彭寿本：Do a good Turn for somebody else and you do a good turn for yourself.[❸]

此习语见于刘姥姥一进荣国府前周瑞家的应承帮忙。在对该例习语的翻译中，裘里本采用的结构简洁精练，符合习语结构特点，增加了阅读时的韵律感，表达贴近英语读者，可谓经典。而彭寿本结构平淡，在一定程度上丧失了习语结构精练紧凑的特点。

此外，彭寿本选用的 do a good Turn 相比 convenience 要显得口语化，与原著绮丽的文风相去甚远。彭寿神父在翻译过程中可能忽略了这一要点而使译文读起来缺乏美感。

总的来讲，在上例中裘里本因结构优越而胜于彭寿本。

与此类似的情况还有以下例子：

⑪治了病治不了命。（第11回）

---

❶ Bonsall, Bramwell Seaton (tr.): *Red Chamber Dream*: Translation from Chinese; Chaps.120, manuscript, 1960s; <http://lib.hku.hk/bonsall/hongloumeng/index1.html>(2012.03.15.), part1, p.133.

❷ Joly, Henry Bencraft (tr.): Tshau Hsüeh-tshin: *The Dream of the Red Chamber*: Vol.I, Hongkong: Kelly & Walsh, Ltd., 1892, p.70.

❸ Bonsall, Bramwell Seaton (tr.): *Red Chamber Dream*: Translation from Chinese; Chaps.120, manuscript, 1960s; <http://lib.hku.hk/bonsall/hongloumeng/index1.html>(2012.03.15.), part1, p.58.

裘里本：succeed in healing the disease, but not be able to remedy the destiny[1]

彭寿本：when he cured the disease, he could not cure the illness[2]

在此例中，彭寿本句子结构简洁工整，要优于裘里本；虽然在个别关键词譬如“命”的翻译上，裘里本使用的 destiny 语义上较彭寿本使用的 illness 更为准确。

（三）修辞运用比较

⑫知人知面不知心。（第 11 回）

裘里本：Knowing a person, as far as face goes, and not as heart.[3]

彭寿本：In knowing a man you know his face but you do not know his heart.[4]

此习语因贾瑞见凤姐而起淫心，凤姐由此而发感叹。两个译本对该习语的翻译截然不同，最显著的差异是裘里本用了一个比较性的修辞结构 as far as 而使译文读上去琅琅上口、节奏明快；而彭寿本用词平淡，在一定程度上破坏了汉语习语的意境，让英语读者很难感受到原著的风姿。所以就此习语翻译而言，裘里本在修辞运用程度上要比彭寿本优越得多。

---

❶ Joly, Henry Bencraft (tr.): Tshau Hsüeh-tshin: *The Dream of the Red Chamber*: Vol.I, Hongkong: Kelly & Walsh, Ltd., 1892, p.121.

❷ Bonsall, Bramwell Seaton (tr.): *Red Chamber Dream*: Translation from Chinese; Chaps.120, manuscript, 1960s; <http://lib.hku.hk/bonsall/hongloumeng/index1.html>(2012.03.15.), part1, p.98.

❸ Joly, Henry Bencraft (tr.): Tshau Hsüeh-tshin: *The Dream of the Red Chamber*: Vol.I, Hongkong: Kelly & Walsh, Ltd., 1892, p.122.

❹ Bonsall, Bramwell Seaton (tr.): *Red Chamber Dream*: Translation from Chinese; Chaps.120, manuscript, 1960s; <http://lib.hku.hk/bonsall/hongloumeng/index1.html>(2012.03.15.), part1, p.99.

与此类似的情况还有以下例子：

⑤谋事在人，成事在天。（第 6 回）

裘里本：The planning of affairs rests with man, but the accomplishment of them rests with Heaven[1]

彭寿本：To plan things rests with men, to complete things rests with Heaven[2]

在此例中，彭寿本采用动词不定式，相对于裘里本选用的动名词而言，表达动词意味更强烈，更能体现“谋事”“成事”的动作性。故彭寿本用词精当（Choice of Diction）[3]而优于裘里本。

㊽说一是一，说二是二。（第 55 回）

裘里本：anything you may suggest is right.[4]

彭寿本：If you say one it is one, if you say two it is two.[5]

在此例中，彭寿本逐字翻译，没能把该汉语习语的核心含义翻译出来，令英语读者百思不得其解。而裘里本采用洗练（brevity）[6]的修辞手法，把该习语的核心含义准确地传译给了读者，译文明显优于彭寿本。

---

❶ Joly, Henry Bencraft (tr.): Tshau Hsüeh-tshin: *The Dream of the Red Chamber*: Vol.I, Hongkong: Kelly & Walsh, Ltd., 1892, p.67.

❷ Bonsall, Bramwell Seaton (tr.): *Red Chamber Dream*: Translation from Chinese; Chaps.120, manuscript, 1960s; <http://lib.hku.hk/bonsall/hongloumeng/index1.html>(2012.03.15.), part1, p.56.

❸ 范家材编著：《英语修辞赏析》，上海交通大学出版社 1996 年版，第 28 页。

❹ Joly, Henry Bencraft (tr.): Tshau Hsüeh-tshin: *The Dream of the Red Chamber*: Vol.II, Hongkong: Kelly & Walsh, Ltd., 1893, p.388.

❺ Bonsall, Bramwell Seaton (tr.): *Red Chamber Dream*: Translation from Chinese; Chaps.120, manuscript, 1960s; <http://lib.hku.hk/bonsall/hongloumeng/index1.html>(2012.03.15.), part2, p.233.

❻ 范家材编著：《英语修辞赏析》，上海交通大学出版社 1996 年版，第 59 页。

（四）语体表现比较

㉜以毒攻毒，以火攻火。（第42回）

裘里本：Combating poison by poison and attacking fire by fire.❶

彭寿本：Using one poison to treat another poison, using fire to treat fire.❷

此习语见于凤姐邀刘姥姥给她女儿起名的场合。对于该习语的翻译，裘里本用了两个颇具书面色彩但语义准确的单词combat和attack，不仅与整个原著华丽的文风融于一体，而且它们所表达的语气之强烈，与原文习语所要传达的强烈思想感情也是完全一致的。裘里对两个颇具书面色彩的动词的选用恰到好处，在表达强烈思想感情的同时也保留了原文简洁的形式，可谓是匠心独具。而在此例中，彭寿本因其明显的口语化倾向而与原作经典、隽永、富有蕴藉的语言风格不相匹配。再者，use...to treat...这一结构所表现出来的感情色彩过于温和，也显得繁琐啰嗦，与原文习语洗练精当的风格极为不符。

以上便是上述两个译本中可资比较的所有重复结构习语翻译的情形。下面将具体比较的结果统计列入表40。

表40　《红楼梦》两种英译本重复结构习语翻译统计

译本	语义准确优者	结构吻合优者	修辞运用优者	语体表现优者	总计
裘里本	⑦ ㉞ ㊳	⑥	⑫ ㊽	㉜	7
彭寿本	③	⑪	⑤	——	3

❶ Joly, Henry Bencraft (tr.): Tshau Hsüeh-tshin: *The Dream of the Red Chamber*: Vol.II, Hongkong: Kelly & Walsh, Ltd., 1893, p.217.

❷ Bonsall, Bramwell Seaton (tr.): *Red Chamber Dream*: Translation from Chinese; Chaps.120, manuscript, 1960s; <http://lib.hku.hk/bonsall/hongloumeng/index1.html>(2012.03.15.), part2, p.104.

三、并列结构习语翻译统计分析

并列结构习语在本文中是指那些除去重复结构以外的，两个分句之间有并列关系的习语。对这类习语英译的比较考察，仍然从以下四个方面着手。

（一）语义准确比较

㊴陈谷子，烂芝麻。（第45回）

裘里本：(talk) rot and rubbish.[1]

彭寿本：(speak) stale grain and spoiled sesamine[2]

此习语出自赖嬷嬷邀请荣府人众赴宴、“数落”孙子的种种往昔。对该习语的翻译，两位译者采用了截然不同的方法。彭寿本将该习语完全直译为 stale grain and spoiled sesamine，译文看上去生涩难懂。而裘里本则借用英语习语的表达，既准确传达了原习语含义，又令英语读者倍感亲切，便于理解接受。由此我们可以归结，当在英语中无法找到完全对应的英语能指时，就有必要对译文作出调整。保留原文习语形象固然有利于使译文更多地体现原文的原汁原味，但如果因此而有损其内涵的理解、或是影响习语原来的语言优势就不可取了。裘里放弃原文形象，转而套用英语习语的表达，直接译出了原习语的核心含义，是比较完美的译文。故笔者认为，在上例习语的翻译中，裘里本因其表达语义准确而优于彭寿本。

---

❶ Joly, Henry Bencraft (tr.): Tshau Hsüeh-tshin: *The Dream of the Red Chamber*: Vol.II, Hongkong: Kelly & Walsh, Ltd., 1893, p.255.

❷ Bonsall, Bramwell Seaton (tr.): *Red Chamber Dream*: Translation from Chinese; Chaps.120, manuscript, 1960s; <http://lib.hku.hk/bonsall/hongloumeng/index1.html>(2012.03.15.), part2, p.134.

与此情况类似的还有以下例子：

⑧三日打鱼，两日晒网。（第 9 回）

裘里本：catches fish for three days, and suns his nets for the next two.❶

彭寿本：catching fish for three days and drying nets for two days.❷

在上例习语的翻译中，彭寿本对“晒”字的理解有偏差，在语义上不及裘里本的 sun 来得贴切。

⑩天有不测风云，人有旦夕祸福。（第 11 回）

裘里本：In the Heavens of a sudden come wind and rain; while with man, in a day and in a night, woe and weal survene.❸

彭寿本：Heaven has winds and clouds which cannot be faThomed.Men have morning and evening calamity and happiness.❹

在上例中，裘里本对“旦夕”一词的理解有偏差，彭寿本在语义上较之更为准确。

⑬月满则亏，水满则溢。（第 13 回）

裘里本：When the moon is full, it begins to wane; when the waters are high, they must overflow.❺

---

❶ Joly, Henry Bencraft (tr.): Tshau Hsüeh-tshin: *The Dream of the Red Chamber*: Vol.I, Hongkong: Kelly & Walsh, Ltd., 1892, p.103.

❷ Bonsall, Bramwell Seaton (tr.): *Red Chamber Dream*: Translation from Chinese; Chaps.120, manuscript, 1960s; <http://lib.hku.hk/bonsall/hongloumeng/index1.html>(2012.03.15.), part1, p.83.

❸ Joly, Henry Bencraft (tr.): Tshau Hsüeh-tshin: *The Dream of the Red Chamber*: Vol.I, Hongkong: Kelly & Walsh, Ltd., 1892, p.118.

❹ Bonsall, Bramwell Seaton (tr.): *Red Chamber Dream*: Translation from Chinese; Chaps.120, manuscript, 1960s; <http://lib.hku.hk/bonsall/hongloumeng/index1.html>(2012.03.15.), part1, p.96.

❺ Joly, Henry Bencraft (tr.): Tshau Hsüeh-tshin: *The Dream of the Red Chamber*:

彭寿本：When the moon is full it wanes. When water is full it overflows.❶

在上例中，裘里本中加了情态动词和开始动词后表意更为准确，也符合其把这部译著作为教科书的初衷❷。

⑮吃着碗里瞧着锅里。（第16回）

裘里本：While eating what there is on the bowl, keeps an eye on what is in the pan.❸

彭寿本：looks in the pan while eating out of the basin.❹

在上例中，彭寿本所用 basin 一词不够准确，在语义上裘里本要更准确。

⑲亲不隔疏，后不僭先。（第20回）

裘里本：near relatives can't be separated by a distant relative, and a remote friend set aside an old friend❺

彭寿本：Those who are near do not keep away those who are distant and those who are behind do not usurp the place of those who

---

Vol.I, Hongkong: Kelly & Walsh, Ltd., 1892, p.134.

❶ Bonsall, Bramwell Seaton (tr.): *Red Chamber Dream*: Translation from Chinese; Chaps.120, manuscript, 1960s; <http://lib.hku.hk/bonsall/hongloumeng/index1.html>(2012.03.15.), part1, p.108.

❷ Joly, Henry Bencraft (tr.): Tshau Hsüeh-tshin: *The Dream of the Red Chamber*: Vol.I, Hongkong: Kelly & Walsh, Ltd., 1892, p.2.

❸ Joly, Henry Bencraft (tr.): Tshau Hsüeh-tshin: The Dream of the Red Chamber: Vol.I, Hongkong: Kelly & Walsh, Ltd., 1892, p.164.

❹ Bonsall, Bramwell Seaton (tr.): *Red Chamber Dream*: Translation from Chinese; Chaps.120, manuscript, 1960s; <http://lib.hku.hk/bonsall/hongloumeng/index1.html>(2012.03.15.), part1, p.133.

❺ Joly, Henry Bencraft (tr.): Tshau Hsüeh-tshin: *The Dream of the Red Chamber*: Vol.I, Hongkong: Kelly & Walsh, Ltd., 1892, p.223.

are in front[1]

在上例中，裘里本对“后”“先”的理解有偏差，在语义上不及彭寿本准确。

㊷店房有个主人，庙里有个住持。（第 48 回）

裘里本：In a house, there's the master, and in a temple there's the chief priest.[2]

彭寿本：In an inn there is a landlord.In a temple there is a warden.[3]

在上例中，彭寿本把“住持”译为 warden，显然不恰当，故裘里本在语义上要比彭寿本更准确。

㊾不干己事不张口，一问摇头三不知。（第 55 回）

裘里本：not to open her mouth in anything that doesn't concern her.When she's questioned about anything, she simple shakes her head, and repeats thrice:"I don’t know[4]

彭寿本：not to open her mouth about anything which doesn't concern herself. Once you ask her, she shakes her head and knows nothing whatever about it.[5]

---

❶ Bonsall, Bramwell Seaton (tr.): *Red Chamber Dream*: Translation from Chinese; Chaps.120, manuscript, 1960s; <http://lib.hku.hk/bonsall/hongloumeng/index1.html>(2012.03.15.), part1, p.182.

❷ Joly, Henry Bencraft (tr.): Tshau Hsüeh-tshin: *The Dream of the Red Chamber*: Vol.II, Hongkong: Kelly & Walsh, Ltd., 1893, p.291.

❸ Bonsall, Bramwell Seaton (tr.): *Red Chamber Dream*: Translation from Chinese; Chaps.120, manuscript, 1960s; <http://lib.hku.hk/bonsall/hongloumeng/index1.html>(2012.03.15.), part2, p.162.

❹ Joly, Henry Bencraft (tr.): Tshau Hsüeh-tshin: *The Dream of the Red Chamber*: Vol.II, Hongkong: Kelly & Walsh, Ltd., 1893, p.394.

❺ Bonsall, Bramwell Seaton (tr.): *Red Chamber Dream*: Translation from Chinese; Chaps.120, manuscript, 1960s; <http://lib.hku.hk/bonsall/hongloumen

在上例中，量词“三”实为泛指，并非需要像裘里本那样把它译成一个实数，故在语义上，彭寿本比裘里本要准确。

（二）结构吻合比较

㉒人急造反，狗急跳墙。（第27回）

裘里本：A person in despair rebels as sure as a dog in distress jumps over the wall.❶

彭寿本：When a man is driven to desperation he rebels. When a dog is driven to desperation it leaps over the wall.❷

上例习语见于坠儿和小红的一番对话恰被薛宝钗听到，她用此语形容小红。对比两个译本对该习语的翻译，不难发现裘里本结构简洁优美，较完整地保留了原习语结构上的对称美。在修辞上，裘里用的比较结构 as sure as 也令译文熠熠生辉。相比而言，彭寿本采用了两个状语从句来翻译该习语，显得过于繁琐和口语化，远未达原著语言结构洗练又富于张力的艺术要求。总体而言，裘里本对该例习语的翻译在结构上要优于彭寿本。

与此类似的情况还有以下例子：

⑱编新不如述旧，刻古终胜雕今。（第17回）

裘里本：it's better to quote an old saying than to compose a new one; and that an old engraving excels in every respect an engraving of

---

g/index1.html>(2012.03.15.), part2, p.238.

❶ Joly, Henry Bencraft (tr.): Tshau Hsüeh-tshin: *The Dream of the Red Chamber*: Vol.I, Hongkong: Kelly & Walsh, Ltd., 1892, p.28.

❷ Bonsall, Bramwell Seaton (tr.): *Red Chamber Dream*: Translation from Chinese; Chaps.120, manuscript, 1960s; <http://lib.hku.hk/bonsall/hongloumeng/index1.html>(2012.03.15.), part1, p.241.

the present day.[1]

彭寿本：To compose something new is not as good as to transmit something old. To carve something ancient is far better than to engrave something modern.[2]

在上例中，裘里本在结构上不如彭寿本，后者更讲究译文结构的对称性。

⑳摇车儿里的爷爷，拄拐棍儿的孙子。（第 24 回）

裘里本：The grandfather is rocked in the cradle while the grandson leans on a staff.[3]

彭寿本：The grandfather is in the cradle. The grandson is supporting himself on his staff.[4]

在上例中，彭寿本采用两个句子，不符合习语结构精练简洁的要求；裘里本在结构上要相对优越些。

㊵生死有命，富贵在天。（第 45 回）

裘里本：Whether I'm to live or die is all destiny. Riches and honours are in the hands of heaven.[5]

彭寿本：Life and death are decreed by fate. Wealth and rank

---

❶ Joly, Henry Bencraft (tr.): Tshau Hsüeh-tshin: *The Dream of the Red Chamber*: Vol.I, Hongkong: Kelly & Walsh, Ltd., 1892, p.174.

❷ Bonsall, Bramwell Seaton (tr.): *Red Chamber Dream*: Translation from Chinese; Chaps.120, manuscript, 1960s; <http://lib.hku.hk/bonsall/hongloumeng/index1.html>(2012.03.15.), part1, p.143.

❸ Joly, Henry Bencraft (tr.): Tshau Hsüeh-tshin: *The Dream of the Red Chamber*: Vol.I, Hongkong: Kelly & Walsh, Ltd., 1892, p.259.

❹ Bonsall, Bramwell Seaton (tr.): *Red Chamber Dream*: Translation from Chinese; Chaps.120, manuscript, 1960s; <http://lib.hku.hk/bonsall/hongloumeng/index1.html>(2012.03.15.), part1, p.211.

❺ Joly, Henry Bencraft (tr.): Tshau Hsüeh-tshin: *The Dream of the Red Chamber*: Vol.II, Hongkong: Kelly & Walsh, Ltd., 1893, p.258.

depend on Heaven.[1]

在上例中，彭寿本结构相对裘里本要工整，故更为吻合原文。

㊺病来如山倒，病去如抽丝。（第 52 回）

裘里本：A disease comes like a crumbling mountain, and goes like silk that is reeled[2]

彭寿本：Illness comes like a mountain falling down. Illness goes like reeling silk.[3]

在上例中，彭寿本虽然采用两个句子翻译了此习语，但结构前后呼应；裘里本中两个分句结构前后不一。故彭寿本在结构上要优于裘里本。

（三）修辞运用比较

②成则公侯败则贼。（第 2 回）

裘里本：Success makes (a man) a duke or a marquis; ruin, a thief.[4]

彭寿本：If successful, one is a duke or a marquis; if defeated, one is a robber.[5]

---

❶ Bonsall, Bramwell Seaton (tr.): *Red Chamber Dream*: Translation from Chinese; Chaps.120, manuscript, 1960s; <http://lib.hku.hk/bonsall/hongloumeng/index1.html>(2012.03.15.), part2, p.136.

❷ Joly, Henry Bencraft (tr.): Tshau Hsüeh-tshin: *The Dream of the Red Chamber*: Vol.II, Hongkong: Kelly & Walsh, Ltd., 1893, p.351.

❸ Bonsall, Bramwell Seaton (tr.): *Red Chamber Dream*: Translation from Chinese; Chaps.120, manuscript, 1960s; <http://lib.hku.hk/bonsall/hongloumeng/index1.html>(2012.03.15.), part2, p.204.

❹ Joly, Henry Bencraft (tr.): Tshau Hsüeh-tshin: *The Dream of the Red Chamber*: Vol.I, Hongkong: Kelly & Walsh, Ltd., 1892, p.23.

❺ Bonsall, Bramwell Seaton (tr.): *Red Chamber Dream*: Translation from Chinese; Chaps.120, manuscript, 1960s; <http://lib.hku.hk/bonsall/hongloumen

该习语见于冷子兴与贾雨村的谈话。这是以成败论人的说法。从修辞角度来看以上两种译文，裘里本用了 make 这一多义词(Choice of Diction) ❶，使译文修辞意味浓厚，霎时变得灵动而耐人寻味；可见译者在习语翻译的过程中，其遣词造句还是颇费斟酌的。相比之下，彭寿本对该习语的翻译就要逊色得多。译者显然不甚注意对译文结构的提炼，连用两个状语从句来翻译此句，译文显得啰嗦，失去了原文习语简洁明快的灵动之美。故裘里本在修辞体现程度上要比彭寿本优越得多。

与此类似的情形还有以下诸例：

⑮守着多大碗吃多大的饭。（第 6 回）

裘里本：As the size of the bowl we hold, so is the quantity of the rice we eat.❷

彭寿本：own a very big bowl and eat a great deal of rice.❸

在上例中，裘里本运用了一个平行结构（ Parallelism ），把原并列结构的习语传译得十分自然贴切，绝妙尽致。而彭寿本完全按照原汉语习语的结构逐字翻译，略显呆板，没能把习语的灵动之美传译出来。

⑯没吃过猪肉，也看见过猪跑。（第 16 回，程甲本）

没吃过猪肉，也见过猪跑。（第 16 回，程乙本）

裘里本：If they haven't eaten any pork, they have nevertheless

g/index1.html>(2012.03.15.), part1, p.18.

❶ 范家材编著：《英语修辞赏析》，上海交通大学出版社 1996 年版，第 40 页。

❷ Joly, Henry Bencraft (tr.): Tshau Hsüeh-tshin: *The Dream of the Red Chamber*: Vol.I, Hongkong: Kelly & Walsh, Ltd., 1892, p.67.

❸ Bonsall, Bramwell Seaton (tr.): *Red Chamber Dream*: Translation from Chinese; Chaps.120, manuscript, 1960s; <http://lib.hku.hk/bonsall/hongloumeng/index1.html>(2012.03.15.), part1, p.56.

seen a pig run[1]

彭寿本：Although they have not eaten pig's flesh, they have seen pigs run[2]

在上例中，彭寿本因叠词（Rhetorical Repetition）[3]这一修辞手法的运用而把原文习语的艺术气息展现了出来，要优于裘里本。

㉓一个天聋，一个地哑。（第27回）

裘里本：one is as deaf as a post, and the other as dumb as a mute.[4]

彭寿本：one of them is as deaf as Heaven and the other is as dumb as Earth.[5]

在上例中，彭寿本直译原文，虽保留了原习语的形象，却使译文变得令人费解。而裘里本运用了两个明喻（Simile）[6]，生动形象地再现了原习语的神韵，也便于英语读者理解，故要优于彭寿本。

㉘人不知鬼不觉。（第31回）

裘里本：neither any human being nor spirit will get wind of it[7]

---

❶ Joly, Henry Bencraft (tr.): Tshau Hsüeh-tshin: *The Dream of the Red Chamber*: Vol.I, Hongkong: Kelly & Walsh, Ltd., 1892, p.168.

❷ Bonsall, Bramwell Seaton (tr.): *Red Chamber Dream*: Translation from Chinese; Chaps.120, manuscript, 1960s; <http://lib.hku.hk/bonsall/hongloumeng/index1.html>(2012.03.15.), part1, p.137.

❸ 范家材编著:《英语修辞赏析》，上海交通大学出版社1996年版，第150页。

❹ Joly, Henry Bencraft (tr.): Tshau Hsüeh-tshin: *The Dream of the Red Chamber*: Vol.II, Hongkong: Kelly & Walsh, Ltd., 1893, p.32.

❺ Bonsall, Bramwell Seaton (tr.): *Red Chamber Dream*: Translation from Chinese; Chaps.120, manuscript, 1960s; <http://lib.hku.hk/bonsall/hongloumeng/index1.html>(2012.03.15.), part1, p.244.

❻ 范家材编著:《英语修辞赏析》，上海交通大学出版社1996年版，第77页。

❼ Joly, Henry Bencraft (tr.): Tshau Hsüeh-tshin: *The Dream of the Red Chamber*: Vol.II, Hongkong: Kelly & Walsh, Ltd., 1893, p.79.

彭寿本：Men will not know. Spirits will not be aware of it.❶

在上例中，裘里本运用 neither...nor 的否定修辞后加强了译文的语气，又使结构紧凑精练，明显优于彭寿本。

㉟人间有一，天上无双。（第 43 回）

裘里本：unique among mankind, without a peer even in heaven.❷

彭寿本：that sole one among human beings without a double in Heaven.❸

在上例中，裘里本运用了典雅（Elegancy）的处理模式，相对于彭寿本而言更能体现原文习语的隽永意味。

㊾幸于始者怠于终，善其辞者嗜其利。（第 56 回）

裘里本：Such as are diligent at the outset become remiss in the end; and those who have a glib tongue have an eye to gain.❹

彭寿本：Those who are diligent at first are remiss at the end. Those who make their speech fine are fond of the profit❺

在上例中裘里本运用倒装的修辞手法，使译文结构优美，不似彭寿本生硬呆板。

---

❶ Bonsall, Bramwell Seaton (tr.): *Red Chamber Dream*: Translation from Chinese; Chaps.120, manuscript, 1960s; <http://lib.hku.hk/bonsall/hongloumeng/index1.html>(2012.03.15.), part2, p.1.

❷ Joly, Henry Bencraft (tr.): Tshau Hsüeh-tshin: *The Dream of the Red Chamber*: Vol.II, Hongkong: Kelly & Walsh, Ltd., 1893, p.237.

❸ Bonsall, Bramwell Seaton (tr.): *Red Chamber Dream*: Translation from Chinese; Chaps.120, manuscript, 1960s; <http://lib.hku.hk/bonsall/hongloumeng/index1.html>(2012.03.15.), part2, p.119.

❹ Joly, Henry Bencraft (tr.): Tshau Hsüeh-tshin: *The Dream of the Red Chamber*: Vol.II, Hongkong: Kelly & Walsh, Ltd., 1893, p.400.

❺ Bonsall, Bramwell Seaton (tr.): *Red Chamber Dream*: Translation from Chinese; Chaps.120, manuscript, 1960s; <http://lib.hku.hk/bonsall/hongloumeng/index1.html>(2012.03.15.), part2, p.243.

㊿④单丝不成线，独树不成林。（第56回）

裘里本：you were as lonely as a single fibre, which can't be woven into thread, and like a single bamboo, which can't form a grove.❶

彭寿本：A single thread does not make twisted silk. A solitary tree does not make a forest.❷

在上例中，彭寿本巧用 make 的一词多义（Choice of Diction）❸，使译文语言洗练精当。而裘里本就相对逊色。

（四）语体表现比较

㉕眼不见，心不烦。（第29回）

裘里本：As my eyes loose their power of vision, and my heart will be void of concern❹

彭寿本：At any rate my eyes will not see and my heart will not be vexed.❺

该习语见于贾母针对宝黛闹矛盾说的一番话中。裘里本分别用一个动词短语和介词短语来表示动词“看”和“烦”，措辞太过于庄重，书面色彩尤其浓厚。而原文习语其实是相当口语化的。裘里本庄重的书

---

❶ Joly, Henry Bencraft (tr.): Tshau Hsüeh-tshin: *The Dream of the Red Chamber*: Vol.II, Hongkong: Kelly & Walsh, Ltd., 1893, p.407.

❷ Bonsall, Bramwell Seaton (tr.): *Red Chamber Dream*: Translation from Chinese; Chaps.120, manuscript, 1960s; <http://lib.hku.hk/bonsall/hongloumeng/index1.html>(2012.03.15.), part2, p.249.

❸ 范家材编著：《英语修辞赏析》，上海交通大学出版社1996年版，第40页。

❹ Joly, Henry Bencraft (tr.): Tshau Hsüeh-tshin: *The Dream of the Red Chamber*: Vol.II, Hongkong: Kelly & Walsh, Ltd., 1893, p.69.

❺ Bonsall, Bramwell Seaton (tr.): *Red Chamber Dream*: Translation from Chinese; Chaps.120, manuscript, 1960s; <http://lib.hku.hk/bonsall/hongloumeng/index1.html>(2012.03.15.), part1, p.273.

面体在这里显得不甚吻合。彭寿本用词口语化，简洁直白，毫无矫饰摆弄之态，符合原文习语质朴自然、通俗易懂的特点。故彭寿本在语体表现上要优于裘里本。

与此情况类似的例子还有：

㉝遇难成祥，逢凶化吉。（第 42 回）

裘里本：if one has to face adversity, it will inevitably change into prosperity; if one comes across any evil fortune, it will turn into good fortune❶

彭寿本：when one meets hardship one will make it into prosperity; when one comes across evil one will change it into good fortune❷

在上例中，裘里本在语体上书面色彩偏重。上例习语看似书面化，但其实经常被人们提及引用，故在翻译时选用口语体较为妥当。再者，在原著中，该习语出自村妇刘姥姥之口，裘里本书面化的译文显然与原文旨趣大相径庭，彭寿本要更为贴切。

根据上述分析，这一类型的习语英译比较结构可以计入表 41。

表 41　《红楼梦》两种英译本并列结构习语统计

译本	语义准确优者	结构吻合优者	修辞运用优者	语体表现优者	总计
裘里本	㊴ ⑧ ⑬ ⑮ ㊷	㉒ ⑳	② ④ ㉓ ㉘ ㉟ 53	—	13

❶ Joly, Henry Bencraft (tr.): Tshau Hsüeh-tshin: *The Dream of the Red Chamber*: Vol.II, Hongkong: Kelly & Walsh, Ltd., 1893, p.217.

❷ Bonsall, Bramwell Seaton (tr.): *Red Chamber Dream*: Translation from Chinese; Chaps.120, manuscript, 1960s; <http://lib.hku.hk/bonsall/hongloumeng/index1.html>(2012.03.15.), part2, p.104.

续 表

译本	语义准确优者	结构吻合优者	修辞运用优者	语体表现优者	总计
彭寿本	⑩ ⑲ 52	⑱ 40 45	⑯ 54	25 33	10

四、承接结构习语翻译统计分析

承接结构习语与并列结构习语不同，它的两个部分之间存在的是次序关系而非并列关系。由此带来的翻译效果也截然不同。

（一）语义准确比较

①百足之虫，死而不僵。（第2回）

裘里本：A centipede even when dead does not lie stiff.❶

彭寿本：An insect with a hundred feet does not fall when it dies.❷

该习语见于冷子兴在回答贾雨村说宁、荣两府"那里像个衰败之家"时用的一番话。两个译文对"僵"字的译法出现了分歧。彭寿本把它译为"倒下"，而裘里本则译为"僵硬地躺着"。"僵"在这条习语中是"仆倒"的意思，指此虫足多，故能支持其身体不倒❸。由此看来，把它译为 fall 是比较合理的，而裘里所译的 lie stiff 没有能够准确传达原文含义。

与此情况类似的还有如下例子：

❶ Joly, Henry Bencraft (tr.): Tshau Hsüeh-tshin: *The Dream of the Red Chamber*: Vol.I, Hongkong: Kelly & Walsh, Ltd., 1892, p.20.

❷ Bonsall, Bramwell Seaton (tr.): *Red Chamber Dream*: Translation from Chinese; Chaps.120, manuscript, 1960s; <http://lib.hku.hk/bonsall/hongloumeng/index1.html>(2012.03.15.), part1, p.15.

❸ 冯其庸、李希凡主编:《红楼梦大辞典》, 文化艺术出版社 1990 年版, 第 8 页。

⑭人家给个棒槌，我就认作针。（第16回，程甲本）

人家给个棒槌，我就拿着认作针。（第16回，程乙本）

裘里本：If any one showed me a club, I would mistake it for a pin❶

彭寿本：If anyone gives me a truncheon, I take it to be a needle❷

在上例中，彭寿本中选用的 truncheon 是“警棍”的意思，与原文语义出现了偏差，显然不妥。裘里本选用的 club 和 pin 之间的语义关系更为贴近原文中“棒槌”和“针”的关系，故裘里本要更为准确。不过两者都未能译出原汉语习语的谐音双关——“针”（真）。

⑰阎王叫你三更死，谁敢留人到五更。（第16回）

裘里本：if the Prince of Hell call upon you to die at the third watch, who can presume to retain you, a human being, up to the fifth watch.❸

彭寿本：If the King of Purgatory summons a man to die at the third watch, who dare hold him back until the fifth watch.❹

在上例中，两种译文对“阎王”的翻译都用到了沾染基督教习气的 Purgatory“炼狱”和 Hell“地狱”，这都不利于英语读者对中国佛教文化的理解，故都不甚可取。相较之下，彭寿本采用的 King“王”一词要比裘里本中的 Prince“王侯之子”要贴切得多，故彭寿本在语义上要更准确些。

---

❶ Joly, Henry Bencraft (tr.): Tshau Hsüeh-tshin: *The Dream of the Red Chamber*: Vol.I, Hongkong: Kelly & Walsh, Ltd., 1892, p.163.

❷ Bonsall, Bramwell Seaton (tr.): *Red Chamber Dream*: Translation from Chinese; Chaps.120, manuscript, 1960s; <http://lib.hku.hk/bonsall/hongloumeng/index1.html>(2012.03.15.), part1, p.132.

❸ Joly, Henry Bencraft (tr.): Tshau Hsüeh-tshin: *The Dream of the Red Chamber*: Vol.I, Hongkong: Kelly & Walsh, Ltd., 1892, p.171.

❹ Bonsall, Bramwell Seaton (tr.): *Red Chamber Dream*: Translation from Chinese; Chaps.120, manuscript, 1960s; <http://lib.hku.hk/bonsall/hongloumeng/index1.html>(2012.03.15.), part1, p.139.

㉑毛脚鸡似的，上不得台盘。（第25回）

裘里本：such a trickster, never Turn to any good account❶

彭寿本：as clumsy as feather-footed fowl.not to be trusted with lights❷

在上例中，裘里本把“毛脚鸡”意译为trickster，变成了“骗子”的意思，而“毛脚鸡”其实是形容做事粗疏笨拙、轻率之人。显然，裘里本的理解有偏差，而彭寿本在语义上要更为准确。

㉔既有今日，何必当初。（第28回）

裘里本：since this is what we've come to now, what was the use of what existed between us in days gone by❸

彭寿本：since there is today, why was there a first day? ❹

在上例中，彭寿本过于追求贴近原文，逐字翻译而损害了原文含义，势必令英语读者不解其意。裘里本在传达语义方面要优于彭寿本。

㉖李逵骂了宋江，后来又赔不是。（第30回）

裘里本：Li Kuei blows up Sung Chiang and subsequently again tenders his apologies❺

彭寿本：Li K'uei reproaching Sung Chiang and afterwards

❶ Joly, Henry Bencraft (tr.): Tshau Hsüeh-tshin: *The Dream of the Red Chamber*: Vol.II, Hongkong: Kelly & Walsh, Ltd., 1893, p.4.

❷ Bonsall, Bramwell Seaton (tr.): *Red Chamber Dream*: Translation from Chinese; Chaps.120, manuscript, 1960s; <http://lib.hku.hk/bonsall/hongloumeng/index1.html>(2012.03.15.), part1, p.221.

❸ Joly, Henry Bencraft (tr.): Tshau Hsüeh-tshin: *The Dream of the Red Chamber*: Vol.II, Hongkong: Kelly & Walsh, Ltd., 1893, p.38.

❹ Bonsall, Bramwell Seaton (tr.): *Red Chamber Dream*: Translation from Chinese; Chaps.120, manuscript, 1960s; <http://lib.hku.hk/bonsall/hongloumeng/index1.html>(2012.03.15.), part1, p.250.

❺ Joly, Henry Bencraft (tr.): Tshau Hsüeh-tshin: *The Dream of the Red Chamber*: Vol.II, Hongkong: Kelly & Walsh, Ltd., 1893, p.73.

acknowledging his fault❶

在上例中，彭寿本采用了 acknowledge one's fault 这一结构，意为承认错误，但其实原文习语要表达的意思并非是李逵真正认识到了自己身上的缺点，故裘里本的 tEnder one's apologies“道歉、赔罪”才更准确地表达了原习语的意思。

㉗这么大热的天，谁还吃生姜呢。（第 30 回）

裘里本：On this broiling hot day, who still eats raw ginger.❷

彭寿本：Who still eats green ginger on a blazing hot day like this? ❸

在上例中，两位译者对“生姜”一词的翻译出现了分歧。裘里本显然犯了望文生义的错误，让英语读者不知生姜为何物；彭寿本准确翻译了“生姜”一词的含义，故在语义上优于裘里的译文。

㉙就是个楚霸王，也得两只膀子好举千斤鼎。（第 39 回）

裘里本：vixen Feng may truly resemble the Prince Pa of the Ch'u kingdom; and she may have two arms strong enough to raise a tripod weighing a thousand catties❹

彭寿本：If the girl Feng were a tyrant of Ch'u and had got two arms

---

❶ Bonsall, Bramwell Seaton (tr.): *Red Chamber Dream*: Translation from Chinese; Chaps.120, manuscript, 1960s; <http://lib.hku.hk/bonsall/hongloumeng/index1.html>(2012.03.15.), part1, p.277.

❷ Joly, Henry Bencraft (tr.): Tshau Hsüeh-tshin: *The Dream of the Red Chamber*: Vol.II, Hongkong: Kelly & Walsh, Ltd., 1893, p.74.

❸ Bonsall, Bramwell Seaton (tr.): *Red Chamber Dream*: Translation from Chinese; Chaps.120, manuscript, 1960s; <http://lib.hku.hk/bonsall/hongloumeng/index1.html>(2012.03.15.), part1, p.277.

❹ Joly, Henry Bencraft (tr.): Tshau Hsüeh-tshin: *The Dream of the Red Chamber*: Vol.II, Hongkong: Kelly & Walsh, Ltd., 1893, p.178.

which could easily lift a sacrificial vessel of a thousand catties[1]

在对上例习语的翻译中，裘里本用 vixen“泼妇”来形容凤姐显然是不妥的，上例习语出自李纨之口，嫂子昵称弟媳 girl 相对可接受些。此外，裘里本对“楚霸王”的译文 Prince Pa 直译得可笑，也显然没有彭寿本的 tyrant 来得准确。

㊶当着矮人，别说矮话。（第 46 回）

裘里本：In the presence of a dwarf one mustn't speak of dwarfish things.[2]

彭寿本：Don't talk small to a dwarf.[3]

在上例中，彭寿本在语义上显然不通顺，裘里本更准确地传达了原文语义。

㊸天下无难事，只怕有心人。（第 49 回）

裘里本：In the world, there's nothing difficult; the only thing hard to get at is a human being with a will[4]

彭寿本：Under Heaven there is nothing difficult. The only fear is whether there are determined men.[5]

---

❶ Bonsall, Bramwell Seaton (tr.): *Red Chamber Dream*: Translation from Chinese; Chaps.120, manuscript, 1960s; <http://lib.hku.hk/bonsall/hongloumeng/index1.html>(2012.03.15.), part2, p.76.

❷ Joly, Henry Bencraft (tr.): Tshau Hsüeh-tshin: *The Dream of the Red Chamber*: Vol.II, Hongkong: Kelly & Walsh, Ltd., 1893, p.270.

❸ Bonsall, Bramwell Seaton (tr.): *Red Chamber Dream*: Translation from Chinese; Chaps.120, manuscript, 1960s; <http://lib.hku.hk/bonsall/hongloumeng/index1.html>(2012.03.15.), part2, p.146.

❹ Joly, Henry Bencraft (tr.): Tshau Hsüeh-tshin: *The Dream of the Red Chamber*: Vol.II, Hongkong: Kelly & Walsh, Ltd., 1893, p.299.

❺ Bonsall, Bramwell Seaton (tr.): *Red Chamber Dream*: Translation from Chinese; Chaps.120, manuscript, 1960s; <http://lib.hku.hk/bonsall/hongloumeng/index1.html>(2012.03.15.), part 2, p.168.

在上例中，裘里本后半句宾语和主语搭配不当，造成语义不通顺。彭寿本在语义上更为准确。

㊻花开两朵，各表一枝。（第54回）

裘里本：When two flowers open together, one person can only speak of one.[1]

彭寿本：a flower opening two buds, each appearing on a separate branch[2]

在上例中，裘里本在对原文的理解上有偏差，不如彭寿本语义准确；尽管后者也未能把该习语的核心含义（形容事情要一件一件说）译出来。

㊾没有长翎毛儿就忘了根本，只“拣高枝儿飞”去了。（第55回）

裘里本：Now that you've got your full plumage, you've forgotten your extraction, and chosen a lofty branch to fly to.[3]

彭寿本：Now you haven't grown feathers and yet you have forgotten your origin.You only choose a high branch and fly away.[4]

在上例中，裘里本把原文的否定译成了肯定，彭寿本要更为准确。

---

❶ Joly, Henry Bencraft (tr.): Tshau Hsüeh-tshin: *The Dream of the Red Chamber*: Vol.II, Hongkong: Kelly & Walsh, Ltd., 1893, p.375.

❷ Bonsall, Bramwell Seaton (tr.): *Red Chamber Dream*: Translation from Chinese; Chaps.120, manuscript, 1960s; <http://lib.hku.hk/bonsall/hongloumeng/index1.html>(2012.03.15.), part2, p.224.

❸ Joly, Henry Bencraft (tr.): Tshau Hsüeh-tshin: *The Dream of the Red Chamber*: Vol.II, Hongkong: Kelly & Walsh, Ltd., 1893, p.388.

❹ Bonsall, Bramwell Seaton (tr.): *Red Chamber Dream*: Translation from Chinese; Chaps.120, manuscript, 1960s; <http://lib.hku.hk/bonsall/hongloumeng/index1.html>(2012.03.15.), part2, p.233.

（二）结构吻合比较

㉚才说嘴，就打了嘴了。（第40回）

裘里本：Just as my mouth was bragging, I got a whack on the lips.❶

彭寿本：I had just boasted with my mouth and so I was struck in the mouth.❷

本习语见于贾母和众人领刘姥姥游览潇湘馆，刘姥姥引用此习语自嘲。彭寿本用两个并列句翻译此习语，虽也忠实传达了原文含义，但句子结构略显平庸，很难让英语读者在心中浮想到刘姥姥幽默风趣又机智的形象。而裘里本在翻译这一习语时，用了以 just as 作引导词的一个状语从句，使译文结构简洁，十分贴切。故就此习语而言，结构上的不同处理法，直接影响读者对两种译文孰优孰劣的评判。

此外，该习语颇具口语气息，裘里本所用的 get a whack 短语比彭寿本中的 strike 一词更符合刘姥姥这一人物形象的语言特点：平实无华，而又幽默风趣。

总体而言，在对该习语的翻译中，裘里本在结构上要优于彭寿本。

与此情况类似的还有以下例子：

⑨忍得一时忿，终身无恼闷。（第9回）

裘里本：if you keep down the anger of a minute, you will for a

❶ Joly, Henry Bencraft (tr.): Tshau Hsüeh-tshin: *The Dream of the Red Chamber*: Vol.II, Hongkong: Kelly & Walsh, Ltd., 1893, p.190.

❷ Bonsall, Bramwell Seaton (tr.): *Red Chamber Dream*: Translation from Chinese; Chaps.120, manuscript, 1960s; <http://lib.hku.hk/bonsall/hongloumeng/index1.html>(2012.03.15.), part2, p.85.

whole life-time feel no remorse.❶

彭寿本：If you endure the danger of the moment, all your life you will have no grief.❷

在上例中，裘里本结构不合理，时间状语应放在动词后。

㉛一杯为品，二杯即是解渴的蠢物，三杯便是饮驴了。（第 41 回）

裘里本：The first cup is the "taste"-cup; the second "the stupid-thing-for-quenching-one's thirst", and the third" the drink-mule" cup? ❸

彭寿本：One cup is a sip. Two cups is a stupid thing quenching its thirst. Three cups is a drinking ass.❹

在上例中，裘里本逐字翻译，结构冗长，不及彭寿本。

㊱千日不好，也有一日好。（第 44 回）

裘里本：If I'm not nice a thousand days, why, I must be nice on some one day.❺

彭寿本：Although there are a thousand days not good, yet there is one day good.❻

---

❶ Joly, Henry Bencraft (tr.): Tshau Hsüeh-tshin: *The Dream of the Red Chamber*: Vol.I, Hongkong: Kelly & Walsh, Ltd., 1892, p.109.

❷ Bonsall, Bramwell Seaton (tr.): *Red Chamber Dream*: Translation from Chinese; Chaps.120, manuscript, 1960s; <http://lib.hku.hk/bonsall/hongloumeng/index1.html>(2012.03.15.), part1, p.88.

❸ Joly, Henry Bencraft (tr.): Tshau Hsüeh-tshin: *The Dream of the Red Chamber*: Vol.II, Hongkong: Kelly & Walsh, Ltd., 1893, p.212.

❹ Bonsall, Bramwell Seaton (tr.): *Red Chamber Dream*: Translation from Chinese; Chaps.120, manuscript, 1960s; <http://lib.hku.hk/bonsall/hongloumeng/index1.html>(2012.03.15.), part2, p.99.

❺ Joly, Henry Bencraft (tr.): Tshau Hsüeh-tshin: *The Dream of the Red Chamber*: Vol.II, Hongkong: Kelly & Walsh, Ltd., 1893, p.249.

❻ Bonsall, Bramwell Seaton (tr.): *Red Chamber Dream*: Translation from

在上例中，彭寿本直译原文导致 good 修饰 day(s)，修饰词和修饰对象搭配不对；而裘里本分清了原文“好”的修饰对象，因而裘里本在结构上要优于彭寿本。

㊲泥腿光棍，专会打细算盘、分金掰两的。（第 45 回，程乙本）

泥腿市俗，专会打细算盘、分金掰两的。（第 45 回，程甲本）

裘里本：as rough a diamond as a leg made of clay. All you are good for is to work the small abacus, to divide a catty and to fraction an ounce.❶

彭寿本：a plaster-legged buzzy. All she can do is to make fine calculations, divide gold and weigh ounces.❷

在上例中，裘里本在结构上要优于彭寿本；尽管二者都没把“泥腿”（无赖）的原文含义翻译出来。

㊹人未见形，先已闻声。（第 52 回）

裘里本：We heard your voices long before we caught a glimpse of your persons.❸

彭寿本：We haven't actually seen her. But we have already heard her voice.❹

Chinese; Chaps.120, manuscript, 1960s; <http://lib.hku.hk/bonsall/hongloumeng/index1.html>(2012.03.15.), part2, p.129.

❶ Joly, Henry Bencraft (tr.): Tshau Hsüeh-tshin: *The Dream of the Red Chamber*: Vol.II, Hongkong: Kelly & Walsh, Ltd., 1893, p.252.

❷ Bonsall, Bramwell Seaton (tr.): *Red Chamber Dream*: Translation from Chinese; Chaps.120, manuscript, 1960s; <http://lib.hku.hk/bonsall/hongloumeng/index1.html>(2012.03.15.), part2, p.131.

❸ Joly, Henry Bencraft (tr.): Tshau Hsüeh-tshin: *The Dream of the Red Chamber*: Vol.II, Hongkong: Kelly & Walsh, Ltd., 1893, p.347.

❹ Bonsall, Bramwell Seaton (tr.): *Red Chamber Dream*: Translation from Chinese; Chaps.120, manuscript, 1960s; <http://lib.hku.hk/bonsall/hongloumeng/index1.html>(2012.03.15.), part2, p.203.

在上例中，裘里本用一个时间状语从来翻译原文习语，结构精练；而彭寿本采用了两个句子，不符合习语结构特点。

㊿燎毛的小冻猫子，只等有热灶火坑让他钻去吧。（第 55 回）

裘里本：like frozen kittens with frizzled coats. They only wait to find some warm hole in a stove into which they may poke themselves! [1]

彭寿本：like a cat frozen with cold and burning its hair, only waiting for a hot stove or a heated k'ang to let it bore its way in.[2]

在上例中裘里本用两个句子来表达，译文习语结构似有断裂，且人称用的是复数形式，不合理（原文习语说的是贾环一个人，应为单数）。彭寿本一气贯通，结构比裘里本优越，虽然它对“火坑”的英译 heated k'ang（热炕）有误。

㉑美人灯儿，风吹吹就坏了。（第 55 回）

裘里本：resembles a lantern, decorated with nice girls, apt to spoil so soon as as it is blown by a puff of wind.[3]

彭寿本：a "pretty girl lantern"; when the wind blows it is ruined.[4]

在上例中，裘里本用了三个句子，显得繁琐；彭寿本结构简洁，符合习语特点。此外，裘里本中对“美人灯儿”的翻译也不合理，让读者误以为是有真人装饰的灯。

---

❶ Joly, Henry Bencraft (tr.): Tshau Hsüeh-tshin: *The Dream of the Red Chamber*: Vol.II, Hongkong: Kelly & Walsh, Ltd., 1893, p.394.

❷ Bonsall, Bramwell Seaton (tr.): *Red Chamber Dream*: Translation from Chinese; Chaps.120, manuscript, 1960s; <http://lib.hku.hk/bonsall/hongloumeng/index1.html>(2012.03.15.), part2, p.238.

❸ Joly, Henry Bencraft (tr.): Tshau Hsüeh-tshin: *The Dream of the Red Chamber*: Vol.II, Hongkong: Kelly & Walsh, Ltd., 1893, p.394.

❹ Bonsall, Bramwell Seaton (tr.): *Red Chamber Dream*: Translation from Chinese; Chaps.120, manuscript, 1960s; <http://lib.hku.hk/bonsall/hongloumeng/index1.html>(2012.03.15.), part2, p.238.

（三）语体表现比较

㊼“吃了蜂蜜儿屎”的，今儿又轻狂起来。（第54回）

裘里本：you comport yourself as if you'd had honey to eat! You're quite frivolous again today❶

彭寿本：you are as if you had eaten the excrement of a honey-bee. Now again you are flighty and mad❷

上例习语见于尤氏调侃王熙凤时所说的话中。我们现在无法得知当时作者在写《红楼梦》时所指的“蜂蜜儿屎”究竟为何物，所以本文对于两个译文在该词翻译上的差异不加讨论。这里要讨论的是两个译文的语体，“轻狂”是极具口语色彩的词，裘里本中用了 frivolous 一词，书面色彩太重，显然不妥。除此之外，裘里本前半句中的 comport，也是正式程度很高的一个词，用来翻译如此口语化的习语是不合适的。彭寿本用词口语化，就语体上而言，与原文习语风格一致，要优于裘里本。

根据以上分析，可以将承接结构习语英译比较结果列入表42。

表42　《红楼梦》两种英译本承接结构习语翻译统计

译本	语义准确优者	结构吻合优者	修辞运用优者	语体表现优者	总计
裘里本	⑭ ㉔ ㉖ ㊶	㉚ ㊱ ㊲ ㊹	—	—	8

❶ Joly, Henry Bencraft (tr.): Tshau Hsüeh-tshin: *The Dream of the Red Chamber*: Vol.II, Hongkong: Kelly & Walsh, Ltd., 1893, p.382.

❷ Bonsall, Bramwell Seaton (tr.): *Red Chamber Dream*: Translation from Chinese; Chaps.120, manuscript, 1960s; <http://lib.hku.hk/bonsall/hongloumeng/index1.html>(2012.03.15.), part2, p.229.

续 表

译本	语义准确优者	结构吻合优者	修辞运用优者	语体表现优者	总计
彭寿本	① ⑰ ㉑ ㉗ ㉙ ㊸ ㊻ ㊾	⑨ ㉛ ㊿ 51	—	㊼	13

五、结语

将上述三类习语英译的比较结果再行归并，可以得出统计结果，见表 43。

表 43 《红楼梦》两种英译本三种结构习语翻译统计

译本	重复结构优者	并列结构优者	承接结构优者	合计
裘里本	7	13	8	28
彭寿本	3	10	13	26

从表 43 中的分析数据可以看出以下结论：

其一，两位译者对《红楼梦》前 56 回习语的英译处理虽多有相似，但两者的译文风格截然不同，总体而言，裘里对原著习语的英译在语言特色上要略优于彭寿；

其二，在包含重复结构在内的广义平行结构习语的英译方面，裘里的英译远胜彭寿；而在承接结构习语的英译方面，则是彭寿的译文优于裘里。

彭寿神父在翻译习语时，倾向于采用通俗易懂的口语化表达，句式多为并列分句或独立简单句，较少考虑译文的修辞，语义表达贴近原文习语，多用直译。而裘里的译文在总体上更为贴近《红楼梦》原著经典华丽的语言风貌，他的译文修辞体现程度较高，用词庄重、书面化，在句式结构上也考虑了原习语本身的结构特点，更加注重斟酌提炼。两位译者之所以在翻译时会采取这样的策略是有其时代和个人的原因的。

裘里的译文完成于19世纪末，受当时维多利亚时代绮丽文风的影响，他的译作文笔庄重，用词华丽，正好契合了《红楼梦》原著深含哲理、富有绘画美和音乐美的语言风格。此外，裘里自己也说过，他当初翻译这部著作的初衷是把它当作汉语教科书来使用，正因为此，裘里在翻译时更注重个别字词的斟酌，也相对严谨详备。彭寿神父的译文完成于20世纪60年代初，经历了维多利亚时代后的英国正处于二战后的恢复期，英语语言也随之从文风华丽的时代转向语言简约化的时代。尽管彭寿本人是英国文学博士，但也难免受到整个语言大环境的影响而导致其译文口语色彩浓重，散淡轻松，在一定程度上偏离了《红楼梦》原著语言的经典性。

作为中国古典小说发展的巅峰之作，《红楼梦》包含了大量凝聚中华文化特点、充分体现汉语言文字典型风格的习语。在《红楼梦》向世界民族译介的过程中，习语翻译的优劣，在某种程度上直接影响译文的质量和传播效果的实现。而我们从习语英译这样一个角度透视了两个相对较早的《红楼梦》英译本的语言差异，则有助于我们思考如何更好将包括《红楼梦》在内的中华文化译介传播到世界民族中去。

（本文与谭梦娜合作，原载《湘潭大学学报》
（哲学社会科学版）2013年第二期，
第83—88页，发表时有删节）

《红楼梦》译评中的底本选择问题和选择性失明态度

——以《〈红楼梦〉诗词曲赋英译比较研究》为例

一、引言

《红楼梦》是中国古典文学的集大成之作，其博大精深的思想内容，超凡脱俗的艺术成就吸引着一代代红学研究者。自 20 世纪 70 年代霍克思翁婿和杨宪益夫妇的《红楼梦》英文全译本相继问世以来，《红楼梦》英译研究引起了翻译界的广泛关注。虽然 20 世纪末的“研究成果多属于随感文章或限于某方面的细节点评”[1]，但是南开大学王宏印教授在陕西师范大学工作期间所著的《〈红楼梦〉诗词曲赋英译比较研究》（以下简称《红译》）一书自 2001 年出版以来就备受好评，成为“国内第一部较为系统地研究《红楼梦》诗词曲赋英译的专著”[2]，被南开大学刘士聪先生称作“《红楼梦》翻译系统研究的良好

---

❶ 王宏印：《〈红楼梦〉诗词曲赋英译比较研究》，陕西师范大学出版社 2001 年版，第 3 页。

❷ 吕洁：《谁解其中味——评〈《红楼梦》诗词曲赋英译比较研究〉》，载《中国翻译》2002 年第 5 期，第 84 页。

开端”[1]。

《红译》一书自问世至今，可见的学术性书评有以下两篇：陕西师范大学吕洁的书评[2]总结了《红译》三个显著特点：其一，以诗词曲赋专项研究作为《红楼梦》翻译系统的良好开端；其二，《红译》注释加评论的写作体例和细读式比较研究的显著特色；其三，回译作为检验译文质量的方法和重视译文作审美载体的双重作用；而长沙交通大学陈可培教授的书评[3]，则从中西文化视角分析诗歌标题和关键词语、从译诗的不同人称进行话语分析、从修辞手段的不同处理审视译者的主体性以及关于霍克思的戏剧化手法等七个方面分析了《红译》的优点。

2015年10月，《红译》所谓修订本在大连海事大学出版社出版。该重版本除增加“朱墨译《红楼梦》诗词曲赋及其回译（十二首）”这一附录外，实际上一仍其旧，基本没有什么重要的修订。因此，下文的具体讨论仍然基于初版进行，极个别新版的修订处理在涉及时随文指出。

二、底本选择

《红楼梦》版本众多，在翻译研究中可靠的版本选择，原则上却应该完全回溯到译者所依据的第一手文本，而不管这个文本本身有无版本学上的价值，换言之，翻译研究者在著述中首当其要的便是指出作为研究对象的译本所直接参照的底本。遗憾的是，《红译》一书并未在

---

❶ 王宏印：《〈红楼梦〉诗词曲赋英译比较研究》，陕西师范大学出版社 2001年版，第4页。

❷ 吕洁：《谁解其中味——评〈《红楼梦》诗词曲赋英译比较研究〉》，载《中国翻译》2002年第5期，第84—86页。

❸ 陈可培：《诗性与理性浇灌下的学术成果——读王宏印〈《红楼梦》诗词曲赋英译比较研究〉》，载《外语与翻译》2003年第1期，第72—78页。

正文中指出其所参照的底本，刘士聪先生为此书所作的序言中也只言明“《红译》以原文文本为依据”[1]。不过从该书修订版的参考文献第一条“曹雪芹，高鹗著《红楼梦》（上中下），中国艺术研究院红楼梦研究所校注，人民文学出版社，1982年版”[2]可知，《红译》选用的底本应当是主要基于庚辰本而完成的这样一个综合性晚出文本——然而这个文本却是在霍克思英译本和杨宪益英译本都（接近）完全问世之后才形成的，显然不可能是上述两个英译本的底本。更为奇怪的是，《红译》书中的原文引文与《红译》所列参考文献的文本还有很大出入。2001年版《红译》诗歌原文与其参考文献不一致的多达20余首、40余处。2015年最新修订本则对此进行了大量修改，算是意识到了这个问题。下面略举数例：

【例一】

奈何天，伤怀日，寂寥时，试遣愚衷。（2001版第3页）[3]

趁着这奈何天，伤怀日，寂寥时，试遣愚衷。（2015版第50页）[4]

【例二】

若说有奇缘，如何心思终虚化？（2001版第45页）

若说有奇缘，如何心事终虚化？（2015版第59页）

【例三】

雾里烟封一万株，烘楼照壁红模糊。（2001版第178页）

---

❶ 王宏印：《〈红楼梦〉诗词曲赋英译比较研究》，陕西师范大学出版社2001年版，第3页。

❷ 王宏印：《〈红楼梦〉诗词曲赋英译比较研究》，大连海事大学出版社2015年版，第388页。

❸ 王宏印：《〈红楼梦〉诗词曲赋英译比较研究》，陕西师范大学出版社2001年版，第38页。文中例句出此书者以下仅在句尾括注版本及页码，不在一一出注。

❹ 王宏印：《〈红楼梦〉诗词曲赋英译比较研究》，大连海事大学出版社2015年版，第50页。文中例句俱出此书者以下仅在句尾括注版本及页码，不在一一出注。

雾裹烟封一万株，烘楼照壁红模糊。（2015 版第 230 页）

例一中的“奈何天……”一句，若对照参考文献中 1982 年红楼梦研究所校注的庚辰本，句首应有“趁着这”三字；若对照程甲本和程乙本，句首便无这三字。2001 版《红译》与程甲本和程乙本一致，2015 版《红译》才与参考文献一致。而例二的“思”、例三的“里”，笔者参照了庚辰本、程甲本、程乙本、戚序本、有正本等，皆无这样的写法，可见这二字可能是当时《红译》的笔误或未严格参照参考文献造成的。虽然《红译》在修订本中对所选诗歌进行了修正，然而效果并不尽如人意，仍然还有部分诗歌未曾修改，如下几例所示：

【例四】

都道是金玉良缘，俺只念木石前盟。（2001 版第 42 页、2015 版第 55 页）

参考文献：都道是金玉良姻，俺只念木石前盟。❶

【例五】

气质美如兰，才华复比仙。（2001 版第 60 页、2015 版第 80 页）

参考文献：气质美如兰，才华阜比仙。❷

【例六】

毫端运秀临霜写，口角噙香对月吟。（2001 版第 149 页、2015 版第 192 页）

参考文献：毫端蕴秀临霜写，口齿噙香对月吟。❸

例四至例六是两版《红译》都与参考文献不一致。例四，庚辰本、戚序本、有正本作“姻”，程甲、程乙本作“缘”，《红译》与程甲乙本一

❶ [清]曹雪芹、高鹗原著，中国艺术研究院红楼梦研究所校注：《红楼梦》，人民文学出版社 1982 年版，第 84 页。“参考文献”是指《红译》一书的参考文献，以下相同，不赘。

❷ [清]曹雪芹、高鹗原著，中国艺术研究院红楼梦研究所校注：《红楼梦》，人民文学出版社 1982 年版，第 86 页。

❸ [清]曹雪芹、高鹗原著，中国艺术研究院红楼梦研究所校注：《红楼梦》，人民文学出版社 1982 年版，第 525 页。

致。例五，庚辰本、戚序本作“阜”，程甲、程乙本作“馥”，有正本作“复”，《红译》与有正本一致。例六，首先，庚辰本、程甲、程乙本、戚序本作“蕴”，有正本作“运”，《红译》与有正本一致；其次，庚辰本、戚序本作“齿”，程甲乙本作“角”，有正本作“底”，《红译》与程甲乙本一致。这样看来，“曹雪芹，高鹗著《红楼梦》（上中下），中国艺术研究院红楼梦研究所校注，人民文学出版社，1982 年版”绝不可能是该书选取诗歌原文的唯一参照文献了！

【例七】

怎禁得秋流到冬，春流到夏！（2001 版第 45 页）

怎禁得秋流到冬尽，春流到夏！（2015 版第 59 页）

参考文献：怎经得秋流到冬尽，春流到夏！[1]

【例八】

看不完春柳春花满画楼……挨不明的更漏。呀！恰便是遮不住……（2001 版第 128 页）

看不完春柳春花满画楼……挨不明的更漏。呀！恰便似遮不住……（2015 版第 166 页）

参考文献：开不完春柳春花满画楼……捱不明的更漏。呀！恰便似遮不住……[2]

例七至例八修改了部分，未修改完整。例七，2001 版《红译》与程甲本、程乙本一致，2015 版《红译》在 2001 版基础上加了“尽”字，与有正本一致。例八，笔者参照了庚辰本、程甲本、程乙本、戚序本、有正本，发现这里皆是使用“开”“捱”“似”，2001 版《红译》的

[1] [清]曹雪芹、高鹗原著，中国艺术研究院红楼梦研究所校注：《红楼梦》，人民文学出版社 1982 年版，第 85 页。

[2] [清]曹雪芹、高鹗原著，中国艺术研究院红楼梦研究所校注：《红楼梦》，人民文学出版社 1982 年版，第 525 页。

“看”“挨”“是”有可能是《红译》的笔误或是使用的其他版本，2015版《红译》将“是”改为“似”，其余二字未变。

其次是关于霍译和杨译的底本选择，《红译》并未在前言或正文开篇谈及两个译本的底本问题，唯独在对《护官符》的赏析中，《红译》指出两个译本“各自依据的中文版本不同。杨译依据的是庚辰本，小注原有，而霍译依据的是程乙本，小注本无”❶。这里需要说明的是，杨译的底本情况比较复杂，绝不可一概而论。国家图书馆李晶博士曾根据杨译《红楼梦》前80回回目的翻译研究推论，“杨译《红楼梦》的底本也不止一种，极有可能是以《有正本》为主，参考《庚辰本》，以《程甲本》等为补充”❷。而“霍克思综合了《红楼梦》的多个版本作为其译本底本，这一点在红译研究领域也已成共识”❸。原在福建师范大学的范圣宇博士说“霍克思的底本是人民文学出版社1964年版本，但他经常会跳出程乙本的圈子，选用脂本的文字”❹，香港中文大学洪涛教授在评论范圣宇文章时补充了“霍克思在翻译时，肯定参考过俞平伯的《红楼梦八十回校本》。霍克思的日记中也不时提及‘俞校本’”❺，俞校本是脂本和程本的结合。

---

❶ 王宏印：《〈红楼梦〉诗词曲赋英译比较研究》，大连海事大学出版社2015年版，第37页。

❷ 李晶：《杨宪益、戴乃迭的〈红楼梦〉英译本底本研究初探》，载《红楼梦学刊》2012年第1辑，第243页。

❸ 刘迎姣：《〈红楼梦〉霍译本第一卷本析疑》，载《外语教学与研究：外国语文双月刊》2013年第5期，第766页：“霍克思英译《红楼梦》以人民文学出版社1964年第三版简体直排本为主要底本，同时出于对事体上和时间上的一致性以及艺术效果的考虑，不时地参考了9种其他版本（以第一卷为限）或自行修订，从而创造了一个英文的‘霍校本’。”

❹ 范圣宇：《浅析霍克思译〈石头记〉中的版本问题》，载《明清小说研究》2005年第1期，第124页。

❺ 洪涛：《论〈石头记〉霍译的底本和翻译评论中的褒贬——以〈浅析霍克思石头记中的版本问题〉为中心》，载《明清小说研究》2006年第1期，第123页。

由此可见,《红译》在进行霍、杨两个《红楼梦》英译本的对照研究时，对于译本的底本问题完全是杂乱无章的思虑，可以说其意识中根本没有“底本”概念，故而才会出现上述多个原文文本相互孱入、原文文字细节舛误层出不穷、偶尔提及“各自依据的中文版本”竟属鲁殿灵光等令人啼笑皆非的现象，即便是重版也只是部分修正了其中的文字讹误——这一现象或许反映出：历经十五年的《红楼梦》译介学的蓬勃发展,《红译》并未及时从中汲取成果来尽量弥补自己原有的缺憾，所谓“此项研究……其本身可以促进翻译评论向着科学化和学科化方向发展……”[1]等豪言恐有流于形式之感了。

三、译评者的选择性失明

下文从五个方面展开，对《红译》中的选择性失明译评现象进行系统的考察。

（一）韵律分析

1. 原诗和译诗间的韵律分析

《红译》中的韵律分析通常只专注于各个译本本身，或两个译本的比较，很少考虑原文的诗歌韵律。没有原文作为参照，只是译本间的对比，点评难免会有失公正。

【例一】《嘲贾宝玉》赏析

否则，整节诗全用对应的抽象词语，而且都是以 ty 或 ly 结束，就未免太呆板了点。（2011 年版第 21 页）

【例二】《南柯子》赏析

[1] 王宏印:《〈红楼梦〉诗词曲赋英译比较研究》，大连海事大学出版社 2015 年版，第 10 页。

或许是出于英语本族语的习惯吧，或许是鉴于汉语散曲的韵多吧，霍译上下阙几乎用通韵 start, (sport), art, (west), apart; fear, bear, near, (wait), year。相比之下，杨译的隔行韵（？A? A? B? B）则显得有点呆板。（2011 年版第 194 页）（……有点规整多于呆板……）（2015 年版第 250 页）

在《嘲贾宝玉》中，杨译采用通韵、霍译采用邻行押韵（英雄双行体[heroic couplets]），《红译》言杨译这样“太呆板了点儿”。在《南柯子》中，杨译采用隔行韵、霍译采用通韵，《红译》又言杨译“显得有点呆板”。在译作赏析中比较韵律的时候，我们不仅要考察译本之间的差别，也要考虑译本和原作之间的联系。《嘲贾宝玉》是两首“西江月”词。词牌“西江月”要求平仄韵通押而上下阙重复（每阙首句不押韵）。原文《嘲贾宝玉》通篇押 ang 韵，而杨译在有意识地模仿原作，所以其韵脚始终是统一的，《红译》“呆板”的说法欠妥。词牌“南柯子”则要求每阙三平韵，贾探春和贾宝玉的《南柯子》上下阙都是押平声齐齿韵，霍译如果在不考虑 sport、west、wait 的条件下，才算上下阙各保持统一韵脚。杨译无法满足原作的韵律格式，采用隔行押韵，虽比之霍译稍逊一筹，倒还不至于呆板。显然《红译》似乎也意识到这一点，遂在修订版中补充成为“有点规整多于呆板”，但是这句话仍然让人难以琢磨。

2. 韵律分析不完整

【例一】《葬花辞》第一节（花谢花飞花满天，红消香断有人怜？）的头韵分析：

霍译的开头连用 fade and falling fill 形成明显的头韵效果，其 fill the air（充满空中）的飘花形象，较之杨译的 fly across the sky（飞越天空），也要真实、准确些……霍译……Of fragrance and bright hues bereft and bare.（花香与落红凋落裸露）这是用描述铺垫和渲染悲秋气氛，特别是 bereft 与 bare 的使用，极富英诗韵味。（2001 年版第 119 页）

《红译》说 bereft 与 bare 的使用极富英诗韵味，其实并未分析完整。Bright hues bereft and bare 也形成了明显的头韵，而且由轻唇音／f／（fade and falling fill）过渡到重唇音／b／（bright hues bereft and bare），韵律由轻柔到重浊，整个译诗的气氛也随之变得悲凉。另外杨译的 fade and fly across the sky 亦有头韵的运用，《红译》却也没有指出。

【例二】《葬花吟》赏析：愿奴肋下生双翼，随花飞到天尽头。天尽头，何处有香丘。

第十节是飞翔意象的高潮，有几个要点值得注意：1）虽然二者都运用了“天尽头”作为意象的关节点和连接手段，但对于“天尽头”的理解、翻译及其处理效果并不相同。（2001 年版第 122 页）

《红译》指出霍译和杨译都运用了“天尽头”作为意象的关节点和连接手段，但并未阐明两个译本的不同之处究竟在何处。其实，该句中的“天尽头”明显运用了顶真的手法，杨译更是以 earth's uttermost bound 的反复修辞间接译出了顶真的意味，既准确翻译了意思，又兼顾音律效果。杨译原文如下：

I long to take wing and fly
With the flowers to earth's uttermost bound;
And yet at earth's uttermost bound
Where can a fragrant burial mound be found? ❶

相比之下，这一细节的霍译则相形见绌。

【例三】《结红楼梦偈》韵律分析

❶ Yang, Hsien-yi and Gladys Yang (trs.): Tsao Hsueh-chin and Kao Ngo: *A Dream of Red Mansions*. Beijing: Foreign Languages Press, 1994, Vol.1, p.400.

另外，闵译有隔行韵（appears, tears），杨译则无韵。这是就诗歌的外在形式而言的。（2001年版第260页）

《红译》称“杨译则无韵”是错误的，因为杨译明显也是隔行押韵（melancholy、folly）。杨译原文如下：

A tale of grief is gold,
Fantasy most melancholy.
Since all live in a dream,
Why laugh at others' folly? ❶

（二）人称分析

【例一】《好了歌》赏析

第三节“君生日日说恩情，君死又随人去了”。中文的人称不清楚的，一般都处理成第三人称“他”或“他们”。霍译却变通为第二人称：The darlings every day protest their love: / But one you're dead, they're off with another one. 这样做的优点是不言而喻的。（2001年版第9页）

首先，《红译》称“中文的人称是不清楚的，一般都处理成第三人称‘他’或‘他们’”，这句话欠妥。“君生（姣妻）日日说恩情，君死（姣妻）又随人去了”的含义是：你活着时她同你谈恩说爱，你死后她就跟别人跑了。在该句中，姣妻是第三人称，不过承前省了。“君”指代“古代大夫以上据有土地的各级统治者的统称”或“封建制度的一种尊号，尤指君主国家所封的称号或封号”时自然是第三人称，而指代“夫妇之间的尊称”时一般为第二人称。根据上下文语境，“君”应该为第二人称，所以《红译》称“霍译却‘变通’为第二人称”乃无稽之谈，因为原文本就是第二人称，无“变通”之说。其次，杨译（Who

---

❶ Yang, Hsien-yi and Gladys Yang (trs.): Tsao Hsueh-chin and Kao Ngo: *A Dream of Red Mansions*.Beijing: Foreign Languages Press, 1994, Vol.3, p.586.

swear to love their husband evermore / But remarry as soon as he's dead.[1]）用 who 指代姣妻、译作主语，将“君”字变通为 he 也符合他一贯在诗歌中运用第三人称的总体策略。

【例二】《分骨肉》赏析

杨译基本上是以第三人称叙述的，后半部分的直接引语才用第一人称。霍译则从一开始就用第一人称叙述和言说，连标题都不受人称代词的局限（From Dear Ones Parted）。这两种处理何者为高，实很难断定。（2001 年版第 54 页）

《红译》称“霍译从一开始就用第一人称叙述和言说”，但很明显霍译倒数第二句（Each for himself must fend as best he may[2]）也掺杂了第三人称。另外《红译》提到霍译“连标题都不受人称代词的局限”，但是霍译（from Dear Ones Parted）和杨译（Separation from Dear Ones）就只有 Separation 和 Parted 一词之分，人称未变，那杨译倒也算连标题都不受人称代词的局限？

（三）文化意象分析

【例一】《好了歌解》赏析：昨日黄土陇头送白骨，今宵红灯帐底卧鸳鸯。

下来的“昨日”句和“今宵”句，在杨译中也是以时间对举分别引出两个物物相关的句子：yellow clay received white bones（黄土收白骨）；red lanterns light the love-birds nest（红灯照鸳鸯）。这或许是汉语无主句在英文翻译时的一种变通处理吧，或许是汉语写诗的规律

---

❶ Yang, Hsien-yi and Gladys Yang (trs.): Tsao Hsueh-chin and Kao Ngo: *A Dream of Red Mansions*. Beijing: Foreign Languages Press, 1994, Vol.1, p.16.

❷ Hawkes, David(tr.): Cao Xueqin: *The Story of the Stone*, Volume1: The Golden Days. London: Penguin Books, 1973, p.96.

对英译构思的一种影响吧。霍译此句用一个人称代词 who 把两个时间/事件连为一体，使人生的忽悲忽喜发生在同一个人（她）身上，无疑是同时加强了诗意的戏剧化效果和文本的连贯性作用。（2001 年版第 15 页）

"昨日黄土陇头送白骨，今宵红灯帐底卧鸳鸯。"这句话含有多个意象，极具讽刺意味，而《红译》对杨译的评价也就两三句无关痛痒的话，反而对霍译的连接词使用大为赞扬。首先杨译（yesterday, yellow clay received white bones; today, red lanterns light the love-birds' nest[1]）在形式上对应原文，有意识地模仿了原作的对仗手法，其次保留了"白骨""红灯"等极具中国文化内涵的文化意象。霍克思在译诗中习惯于将中文的无主句处理为有主句，"Who yesterday her lord's bones laid in clay, on silken bridal-bed shall lie today[2]"，这句话在一定程度上破坏了原诗的美感，但无疑对西方读者理解诗歌有一定的帮助作用。另外，该句中还有一个重要意象——比喻情侣或夫妻恩爱的"鸳鸯"。根据该诗的上下文语境，这里是反讽贾珍在父丧热孝中仍和两个尤氏姨妹厮混的丑恶行径。霍译 bridal bed 是指新娘的床，将无耻私情处理为有婚姻关系的男女之爱不甚妥当。而杨译则用 red lanterns light the love-birds' nest（灯笼红光和爱情鸟巢）含蓄地描绘出原诗男欢女爱的场景。总之，就该句诗而言，较之霍译，杨译不管从形式还立意上，都更接近原诗，更忠实于原诗。

【例二】《好了歌解》赏析：训有方，保不定日后作强梁。择膏粱，谁承望流落在烟花巷！

---

❶ Yang, Hsien-yi and Gladys Yang (trs.): Tsao Hsueh-chin and Kao Ngo: *A Dream of Red Mansions*.Beijing: Foreign Languages Press, 1994, Vol.1, p.16.

❷ Hawkes, David(tr.): Cao Xueqin: *The Story of the Stone*, Volume1: The Golden Days. London: Penguin Books, 1973, p.18.

究其文化内涵，不管是直译强梁（brigandry）还是照顾名誉（of ill fame），杨译都离不开制约着他的中国文化价值观，而霍译则在淡化学校教育和落草为寇的同时，强化了出卖色相与不道德交易（playing a shameful trade）的西方文化价值观。十分有趣的是，出于翻译局限性的考虑，不仅“烟花巷”这一委婉说法可以不顾，就连“择膏粱”这种选女婿的事情也可以省而不译了。（2001年版第15—16页）

《红译》的这句话带有很强的贬杨褒霍的主观色彩。杨译诗歌的显著特色就在于对原文的有意识模仿，译者对诗歌文化词的翻译更忠实于原文。然而在《红译》看来，这是因为杨译受中国文化价值观的制约。其实，杨译并未不顾及“烟花巷”的翻译，英文中 a house of ill fame 是指妓院，杨译用 quarter（街区、巷）代替 house（院）将“烟花巷”译为 a quarter of ill fame 再合适不过了。相反，《红译》将 of ill fame 回译为“照顾名誉”明显是不懂这个短语在英文中的正确意思。另外，由于诗歌语境的限制，杨译和霍译都未译出“择膏粱”之意。

【例三】《好了歌解》赏析：因嫌纱帽小，致使枷锁扛；昨怜破袄寒，今嫌紫蟒长。

“（乌）纱帽”意译为 a low official rank（官位低），是牺牲形象保全意义，并迫使译者在句法上也做了合理化处理。“紫蟒”虽可直译为 a purple robe（紫色的蟒袍），其中的文化象征意义却丧失而变得不可理解了。因此，用 Scarlet robes of state（猩红色的官服）取而代之，便在情理之中了……虽然这种无文化或超文化的想象比跨文化的想象来说比较安全，但也必须有其限度。比如，霍译 The judge whose hat is too small for his head（对于他的头帽子太小的法官）大概很难想象为“因嫌纱帽小”的中国官员，虽然法官的形象同沦为阶下囚的描写“致使枷锁扛”也许有更为直接的对应关系。（2001年版，第16页）

首先是关于“纱帽”的翻译，“因嫌纱帽小，致使枷锁扛”一句是中国诗词中典型无主句。杨译（Resentment at a low official rank / May lead to letters and a felon's shame.[1]）把握住了这一特点，未指明人称，但将原诗的意蕴和神韵都传达出来了。将“纱帽”的深层含义用 a low official rank 表达出来。然而霍译用第三人称 the judge 将主语点明，虽然如《红译》所说“虽然法官的形象同沦为阶下囚的描写‘致使枷锁扛’也许有更为直接的对应关系”，但是原诗的美感一下消失殆尽，而且以 whose hat is too small for his head 译“因嫌纱帽小”，不仅未译出“纱帽”的文化含义，而且也未将“致使枷锁扛”的根源“嫌”译出来。这里显然是霍译的理解有误造成的误译，“纱帽小”实际上指的是官位低，而非纱帽的容积小于穿戴者的头颅。

其次是关于“紫蟒”一词，《红译》选用的原文中本有脚注，“紫蟒——紫色的蟒袍。紫：古代按官阶等级穿着不同颜色的公服；唐制，亲王及三品取用紫色”[2]，由此可见句中所描写之人的官职较高。而紫色在中西方文化中都有崇高的地位，英语中的 born to the purple （born into a high social class or position）就是指“生于帝王之家、生于显贵之家”[3]。紫袍加身就意味着上升到显赫的地位，比如 raise someone to the purple 就是指立某人为帝王或把某人升为红衣主教。这样看来，杨译将紫色直译为 purple 在中西文化信息传递上是等值的，相反霍译将紫色改译为 scarlet，至少在基本含义上就已经有所偏离了。

---

❶ Yang, Hsien-yi and Gladys Yang (trs.): Tsao Hsueh-chin and Kao Ngo: *A Dream of Red Mansions*. Beijing: Foreign Languages Press, 1994, Vol.1, p.17.

❷ [清]曹雪芹、高鹗原著，中国艺术研究院红楼梦研究所校注：《红楼梦》，人民文学出版社 1982 年版，第 18 页。

❸ 《朗文当代高级英语辞典英英—英汉双解（新版）》，外语教学与研究出版社 2005 年版，第 1592 页。

【例四】《虚花悟》赏析：白杨村里人呜咽，青枫林下鬼吟哦。更兼着，连天衰草遮坟墓。

显然，像“白杨树”和“青枫林”一类带有中国文化要素的典故在翻译时都应有淡化。霍译 aspens 前加 sad，是对白杨树的中国文化含义的阐释。杨译把“衰草”具体化为“芦苇”（weeds），因为芦苇在中国文化形象中隐喻荒凉。（2001 年版第 71 页）

《红译》称“像‘白杨树’和‘青枫林’一类带有中国文化要素的典故在翻译时都应有淡化”，这句话实在欠妥。这其实也表明了《红译》先入为主、推崇西化的主观态度。“白杨树和青枫树在中国文化意象中常常与死亡、坟墓联系在一起”[1]。霍译将白杨树和青枫林直接译成 aspens 和 maple woods，无法传达出悲凉死亡之感，所以霍译在诗句中加上 sad、mourners、poor、thinly cry 等词，为的就是极力弥补损失掉的孤独凄凉的氛围，而非《红译》所说的“淡化”。“衰草”在原文中呈现荒草连天遮蔽住坟墓的荒芜景象，杨译将“衰草”译作 weeds，不仅是论者所言的“具体化”，而且 weeds (black clothes worn by a woman whose husband has died)[2]还指寡妇穿的黑色丧服，可以带给读者更深的荒芜凄凉之感。

（四）对原文和译文的理解

【例一】《葬花辞》赏析：三月香巢初垒成，梁间燕子太无情。

第四节从梁间燕子想到来年的梁空巢倾人已去。杨译 the scented nests（香巢）纯系汉语搭配，和下一句的“梁间燕子”的语义关系呈

---

❶ 邓丽君：《译者的补偿与创造：评〈红楼梦十二支曲〉的翻译》，载《肇庆学院学报》2010 年第 6 期，第 67 页。

❷ 《朗文当代高级英语辞典英英—英汉双解（新版）》，外语教学与研究出版社 2005 年版，第 2254 页。

现为反问粘连，到英译中潜在的主谓关系减弱。或许正由于此，霍译省去“三月”，译释“香巢”，变“太无情”为定语，使第一、二两句变感叹为陈述，兹回译如下：

今年春天，无情的燕子他筑起巢，

在檐下，用淤泥和鲜花。（2001 年版第 121 页）

诚然，杨译将“香巢”译为 the scented nests 是难以理解的。但是《红译》的一句“或许正由于此”，将霍译对“三月香巢初垒成，梁间燕子太无情”此句大幅度改译的原因归结在杨译上，这是不妥的，因为二者之间并不存在任何因果关系。另外霍译的“无情的燕子他筑起巢”，燕子既无情，为何要筑巢？令人难解。请看中共中央党校刘耕路教授对这句话的白话翻译，“暮春三月飞燕衔泥把巢垒成，遗憾的是梁间燕子好不动情”[1]，可见霍译虽意译出了“香巢”，但整体上与原文相距甚远。霍译原文如下：

This spring the heartless swallow built his nest

Beneath the eaves of mud with flowers compressed.[2]

【例二】《题帕三绝句》赏析：枕上袖边难拂拭，任他点点与斑斑。

若还原为中文诗句，自然也是可以的：白日里我暗中伤悲流泪，到夜间更是辗转难睡。只恐怕泪痕湿透袖与枕，咸泪作雨痛洒解赠品。这里的 salty rain（咸雨）不仅是一种艺术夸张，而且使人联想到之前的 merfolk（水中族）和 merman（鱼人），从而把海的意向或意象贯彻三首诗的始终。相比之下，杨译直译为 Hard to wipe them from sleeve and pillow, /Then suffer the stains to stay.今日西方人未必能理解林黛玉式的“有泪不去擦，一任湿袖枕”的“懒惰”和“娇弱”，恐怕又要怪中

❶ 刘耕路：《红楼梦诗词解析》，吉林文史出版社 1986 年版，第 178 页。

❷ Hawkes, David (tr.): Cao Xueqin: *The Story of the Stone*, Volume 2: The Crab-Flower Club. London: Penguin Books, 1977, p.498.

国人缺乏独立自主的精神了。（2001 年版第 138 页）

首先，“水中族”这个说法是生造的，用“鱼人”而故意不用习见的“人鱼”也不知何故——其实这两个英语词都是“人鱼”，前者是统称而后者指男性，我们最常见的 mermaid 则是女性“美人鱼”。其次，原文的含义是：泪流不断滴枕湿袖擦拭不尽，只好任它尽情滴落点点斑斑。强调的是眼泪之多，擦不完干脆就任它打湿枕袖。然而，霍译是害怕眼泪打湿枕袖，所以流在赠品（手帕）上，这与原文相悖。林黛玉在这手帕上题了三首绝句，又如何用来擦眼泪呢？另外，杨译 hard to wipe them from sleeve and pillow, Then suffer the stains to stay 从句式上保留了原文的无主句形式，上一句提到 idle tears the livelong day，所以才会 hard to wipe them from sleeve and pillow，已经流了一整天的眼泪，很难将其全擦干净，擦不完只能任其在枕袖上留下点点与斑斑，并非《红译》所言的“有泪不去擦，一任湿袖枕”的“懒惰”和“娇弱”，以及“中国人缺乏独立自主的精神”。

【例三】薛宝钗《咏白海棠》赏析：胭脂洗出秋阶影，冰雪招来露砌魂。

尽管喜欢直译，杨译还是舍去了第三句的“胭脂”这一太过复杂和负载的形象（……太过复杂的形象……）（2015 年版第 182 页），只留下“秋阶影”（its shadow on autumn steps？），而且是纯洁无暇的（immaculate？）。至于下一句的直译简直到了无以复加的地步：

Pure as snow and ice its spirit by dewy stone.

冰雪（招来）露砌魂。（2001 年版第 141 页）

首先，原诗是倒装句，正常的语序是“秋阶洗出胭脂影，露砌招来冰雪魂”[1]。这句话的意思是：秋天的阶前立着洗净了胭脂色的白海

---

[1] 刘耕路：《红楼梦诗词解析》，吉林文史出版社 1986 年版，第 197 页：《咏

棠的身影，带露的石阶上招来了以冰雪为灵魂的白海棠。杨译（Immaculate its shadow on autumn steps, / Pure as snow and ice its spirit by dewy stone[1]）其实也是按照原文进行了倒装，句子对仗工整，语义也与原文较吻合，immaculate 是指洗去胭脂色后白海棠的颜色，有了 immaculate, 胭脂自然就可以省译。另外，第二句杨译“露湿的石阶旁花魂如冰雪般洁净”，除去为了倒装无法再现“招来”以外，整句诗译得恰到好处，而非《红译》所说的“直译到无可复加的地步”。

【例四】《五美吟·明妃》赏析

也许霍克思觉得人名的音译太没有意思，他尽量想办法意译，例如王昭君译为“明夫人”（Lady Bright），使译文平添光彩。同理，“绝艳惊人出汉宫”，首先要避开一般翻译的措辞，如 a beauty, beautiful girl, 即便是像杨译精心构思的 a breath-taking beauty （令人吃惊的美人），霍译也不用。其次是像“出”一类平淡无奇的字，在译诗中要让它活起来。因此，第一句译为 To a loveliness that dazzled, the palace of Han showed the door （向着令人头晕目眩的美人，汉宫下了逐客令。）这里 showed the door（向客人指出门的方向），与杨译 banish（放逐）的意思趋向相同，但前者要生动委婉贴切得多。Loveliness 则是英文用抽象表示郑重的一种手段。（2001 年版第 171—172 页）

这段话中《红译》褒霍贬杨的主观态度十分明显。首先是关于标题的翻译，先看两个译本对“五美”的翻译，见表 44。

白海棠·薛宝钗诗》的第③和第④首词。

❶ Yang, Hsien-yi and Gladys Yang (trs.): Tsao Hsueh-chin and Kao Ngo: *A Dream of Red Mansions*.Beijing: Foreign Languages Press, 1994, Vol.1, p.439.

表 44 《红楼梦》中“五美”的两种英译对照

	西施	虞姬	明妃	绿珠	红拂
杨译	Hsi Shih	Lady Yu	Wang Zhao-Chun	Green Pearl	Red Whisk
霍译	Xi Shi	Yu Ji	Lady Bright	Green Pearl	Red Duster

杨译和霍译对“五美吟”各诗标题的翻译，除了虞姬（Lady Yu / Yu Ji）和明妃（Wang Zhao-Chun / Lady Bright）稍微不同外，两人的翻译方法基本一致。杨译的虞姬 Lady Yu 和霍译的明妃 Lady Bright, 译法看似一致，实则不然。杨译虞姬 Lady Yu, 采用的是称呼加姓氏音译，而霍译明妃 Lady Bright 是称呼加“明”的意译，“明”（Bright）并不见于王昭君的姓名而是后世因避晋文帝司马昭之名的讳称，所以霍译跟杨译的内在构型不同。《红译》称“霍克思是觉得人名的音译太没意思”才要意译，那为何另外四首却要音译？再者，Lady Bright 并未比直译王昭君而使译文增添光彩。另外，韵律分析是诗歌赏析不可或缺的一部分，《红译》一书通常是在每篇诗歌赏析之始或之末分析诗歌的韵律，但奇怪的是唯独忘了林黛玉《五美吟》这组诗，在分析这五首诗时都未曾涉及到韵律。杨译的这五首诗基本上隔行押韵，除了《绿珠》无韵。霍译的这五首诗则都是邻行押韵。

其次是对“绝艳惊人出汉宫”的理解。杨译（A breath-taking beauty banished from the Han palace——）breath-taking 是“美得令人窒息、美得令人屏住呼吸”，倒是有几分“绝艳惊人”的味道，而且此句后面用破折号表感叹，令人寻味。《红译》说“即使是杨译这样的精心构思的词霍译也不用”，表示霍译要比杨译高明许多。虽然霍译的 loveliness 是“英文用抽象表示郑重的一种手段”，但是 loveliness 的语义多偏向“可爱”，没有绝艳惊人的意味，好在有 dazzled 一词作弥补，并未比杨译的 breath-taking 高明多少。另外,《红译》将 show the door 回译为“逐客令”似也不妥，须知王昭君在皇宫并非是“做客”!

（五）整体评价

【例一】《护官符》赏析

从翻译角度看,《护官符》看似简单，实则不然。它不仅是“本地大族名宦之家的谚俗口碑”，而且善用谐音、典故，不仅是每行换韵，而且句中有韵。总的来说，杨译尽量保留原文特点和中国文化特色，霍译则极力使译文朝英语和西方文化方向归化。（2001 年版第 26 页）

“总的来说……”，这句总评估计放在每首诗歌赏析里面都可行，这是杨译和霍译的整体特征。《红译》对该诗的译文赏析重点放在回译上，整体分析不太深入。这首诗是贾雨村手下的门子葫芦僧呈给他的“护官符”，旨在提醒他：金陵城这四大家族“皆连络有亲，一损皆损，一荣皆荣，扶持遮饰，俱有照应的。”称之为“护官符”，就是说巴结这四家官僚贵族就能保住官，得罪了他们不仅要丢官，连脑袋也保不住。杨译保留了《红楼梦》原文中的注解(《红译》说“为了便于比较，小注暂缺，特此说明”)，通过异化的策略展现原文《红译》的意图。而霍译的这张“护官符”虽读起来琅琅上口，但除了标题以外，只感觉到四大家族的富有宛如暴发户一般，未曾体现出这四大家族的诗书簪缨和赫赫扬扬，请看《红译》的回译以及相应的霍译文：

哎呀呀／南京贾！他们的金子／用坛子装不下。

阿房宫／通天高，南京史家／住不了。

海王／缺金床，去找／金陵王。

南京的薛家／如此的富足，他家的银钱／要一整天数。（2001 年版第 26—27 页）

(Shout hip hurrah / For the Nanking Jia! / They weigh their gold out

/ By the jar.

The Ah-bang Palace / Scrapes the sky, / But it could not house / The Nanking Shi.

The King of the Ocean / Goes along, / When he's short of gold beds, / To the Nanking Wang.

The Nanking Xue / So rich are they, / To count their money / Would take all day ...)❶

如果单独看薛家富足，倒是情有可原，但是不可能四大家族都只是有钱无权。只有财，不过一介商户罢了，没有权，如何在重农轻商的中国做到官官相护？再看杨译对史家的翻译："宏大的阿房宫 / 适合于帝王。金陵的史家 / 嫌他不排场"(2001 年版第 26 页)(Vast O Fang Palace, / Fit for a King, / Isn't fine enough / For the Shihs of Chinling.❷)，适合于帝王居住的地方，史家还嫌他不够排场，这一句话向读者道出了史家的滔天权势——这样的译文才是更加准确地道出了原诗的意蕴。

【例 2】《代别离 · 秋窗风雨夕》赏析

《红楼梦》第四十五回，林黛玉病卧潇湘馆，风雨秋夜，百无聊赖，偶读《乐府杂稿》，不觉心有所感，便拟唐初诗人张若虚《春江花月夜》之格作了一首《代别离 · 秋窗风雨夕》其实，以当时的个人生活经历而言，林黛玉虽自幼父母双亡，寄居舅家，尚无别离相思之经验，但《代别离》一首诗却写得声泪俱下、凄苦异常，甚至比《葬花辞》有过之而无不及。(2001 年版第 161 页)(……尚无更深切的别离相思之经验……)(2015 年版第 206 页)

---

❶ Hawkes, David (tr.): Cao Xueqin: *The Story of the Stone*, Volume1: The Golden Days. London: Penguin Books, 1973, pp.65-66.

❷ Yang, Hsien-yi and Gladys Yang (trs.): Tsao Hsueh-chin and Kao Ngo: *A Dream of Red Mansions*. Beijing: Foreign Languages Press, 1994, Vol.1, p.56.

2001年版《红译》说当时的林黛玉“尚无别离相思之经验”，可能《红译》作者自己亦觉不妥，因此在2015年修订版中补加了“更深切的”五字。若无深切的别离相思情，林黛玉如何“不觉心有所感”，写下这声泪俱下的《代别离》？首先，从《红楼梦》原文黛玉犯嗽疾、宝钗前去看望时，她们的对话中，可见一个重病少女的哀思，早年丧母、寄居舅家，是写黛玉与家人的别离相思。想及自己父母早逝、寄人篱下的凄凉身世以及未来渺茫的前程，黛玉怎能不痛断肝肠？其次，《秋闺怨》《别离怨》和《代别离》这类词在乐府中通常是写男女别离的愁怨。上文中宝钗已经说到，“将来也不过多费得一副嫁妆罢了，如今也愁不到这里。”[1]林黛玉本就是一个多心之人，难免会想到自己与贾宝玉的爱情。这里的心有所感：“我以为这只能是写一种对未来命运的隐约预感。而这一预感恰恰被后半部佚稿中宝玉获罪淹留在外不归，因而与黛玉生离死别的情节所证实。”[2]这便是别离相思的另一层含义。因此，《红译》称林黛玉“尚无别离相思之经验”实为不妥。

四、笔误

在著书的过程中难免会有些笔误，2001年版《红译》的笔误较多，不过好在2015年版《红译》做出了部分矫正，如表45所示。

表45　王宏印两版论著部分勘误

序号	2001版《红译》	2015版《红译》修改	未修改
1	第65页：觑（qū）	第85页：觑（qù）	—

❶ [清]曹雪芹、高鹗原著，中国艺术研究院红楼梦研究所校注：《红楼梦》，人民文学出版社1982年版，第625页。

❷ 蔡义江：《红楼梦诗词曲赋鉴赏》，中华书局2001年版，第264页。

续　表

序号	2001版《红译》	2015版《红译》修改	未修改
2	第82页：试改易如下	—	改易—改译
3	第150页：攲（yǐ）：通“倚”。	—	攲（qī）
4	第159页：檠（qáng）	第203页：檠（qíng）	—
5	第172页：even one with such tipid views	—	tipid-tepid
6	第196页：逐对成焰	第253页：逐对成毬	—
7	第211页：罦罬（fū zhuō）	—	罦罬（fú zhuó）
8	第212页：啰（tún）	第270页：忳（tún）	—
9	第214页：葳蕤（wēirúi	第273页：葳蕤（wēi ruí）	—
10	第214页：檠（qīng）莲焰句	第273页：檠（qíng）莲焰句	—

“檠”字是单音字，读作 qíng，然而 2001 版《红译》却将该字拼作“qáng”和“qīng”。2001 版《红译》还在注释中将“逐对成毬”写成“逐对成焰”，将“既忳幽沉于不尽”中的“忳”写成“啰嗦”的“啰”，将“蕤”字的拼音的声调放在 u 上。这些字音字形的笔误很可能会对读者产生误导。虽然《红译》在 2015 版《红译》中做了勘误，但仍然遗留了一些未予更改，比如将 tepid 拼写为 tipid，等。另外，《红译》中标点符号与参考文献不合之处不胜枚举。比如，在 2001 年版《红译》第 204 页中，逗号和冒号在同一句尾同时出现，“蜂围蝶阵乱纷纷，：几曾随逝水？”2015 版《红译》（第 262 页）将其中逗号去掉，保留冒号，但仍旧与参考文献中的句号不相符合。这些笔误在某种程度上反映了《红译》著书时的有欠严谨，当然编辑的校对也应有所担责。

五、结语

《红译》一书从话语分析、修辞学、中西诗学、接受美学、阐释学等角度对《红楼梦》中具有代表性的50首诗歌进行了翻译评论赏析，“是迄今为止第一项《红楼梦》英译系统研究的重大成果”[1]。但是15年后的今天，随着对霍克思翁婿和杨宪益夫妇两个英译本研究的更加深入，再回头去阅读《红译》，此书的历史局限性就难以忽视了；加之2015年的重版实际上并未作出本质性的修订，《红译》的很多问题在《红楼梦》译介学领域依然存在，因此我们的指瑕就不是无中生有、或者言过其实的了。

首先，《红译》中的诸多文字舛误不仅反映《红译》对霍、杨两个英译本对应底本的选择问题，也从一定层面指出了当代红学研究者所应吸取的某些教训。尤其是对于《红楼梦》译介学研究者而言，绝大多数出身外语学界的先天条件，决定了他们对《红楼梦》版本学的陌生，因此，充分吸收红学界已有的丰富版本学研究成果、积极借鉴红学家们运用自如的版本学研究模式，在此基础上确定了各译本的真正底本并据以研究，才是《红楼梦》译介学得以健康发展的前提。

其次，在《红译》一书中，《红译》带有明显的贬杨褒霍的主观色彩，虽然这或许受当时《红楼梦》译评整体趋向的影响，但是仍旧不可避免地反映出了《红译》在译评时的选择性失明，正如《红译》所说“当时的做法虽然有矫枉过正的作用，但今天看来，却不是无懈可击。这些差异虽然是个人的、文化的和翻译方法上的，但在总体上，则仍然是

---

[1] 陈可培：《诗性与理性浇灌下的学术成果——读王宏印〈《红楼梦》诗词曲赋英译比较研究〉》，载《外语与翻译》2003年第1期，第72页。

字面的、直译的、缺乏深度的”[1]；《红译》其实对此问题早有清醒认识，如果说《红译》初版无法体现这些意识尚属情有可原，那么在重版时对此全无修订就令人倍感遗憾了。

本文从韵律分析、人称分析、文化意象分析、对原文和译文的理解以及整体评价五个方面分析了《红译》在译评时的选择性失明，从分析中不难看出《红译》的“贬杨褒霍”的整体格局以及《红译》对原文的把握情况。在当代学界，翻译学已经成为一门严肃的正式科学，翻译评论者在从事客观公正的译评时，尽量避免掺杂个人的主观喜好、肆意褒贬，尤其面对博大精深的《红楼梦》及其译本，评论者更要对原文和译文都要力求吃透，所得出的研究结论才能经得起时间的考验，真正能够丰富和发展翻译学科的理论建设，在中西文化深度交融的当代，成为指导以《红楼梦》为代表的优秀中国文化元素融入世界文化的正确航标。

（本文与冯丽平合作，原载《红楼梦学刊》
2016年第四辑，第16—40页）

[1] 王宏印：《〈红楼梦〉诗词曲赋英译比较研究》，大连海事大学出版社 2015 年版，第 338 页。

跨语际研究

《好了歌》俄译本和罗马尼亚译本比较研究

一、关于《好了歌》及其内涵

《红楼梦》小说题旨的首次揭示，一般都归于第一回出现的《好了歌》。其歌辞原文如下[1]：

世人都晓神仙好，唯有功名忘不了！古今将相在何方？荒冢一堆草没了。

世人都晓神仙好，只有金银忘不了！终朝只恨聚无多，及到多时眼闭了。

世人都晓神仙好，只有姣妻忘不了！君生日日说恩情，君死又随人去了。

世人都晓神仙好，只有儿孙忘不了！痴心父母古来多，孝顺儿孙谁见了？

《好了歌》的一个总的特点似乎是在以超越人生、凌越历史的高度来观照世态人情，从而显出一种清醒而冷峻的面世态度——这符合其作者跛足道人"众人皆醉我独醒"的傲世面目及其佛道溶融的出世人生观照。这首通俗上口的歌词宣扬了一种冷静审视人生的现实主义思

[1] [清]曹雪芹、高鹗原著，中国艺术研究院红楼梦研究所校注：《红楼梦》（上册），人民文学出版社1996年版，第17页。

想，利用“功勋”“富贵”“妻妾”“子孙”这四种典型的入世追逐对象，阐发了因情欲蒙蔽而不得出世的“恶果”[1]。

这首看似消极《好了歌》实际上是真实人生的直截描述和精妙写照，只是世间太多的俗人被欲望蒙蔽了双眼，大多希望看到人生热闹光鲜的一面，而不愿意直面人生的全部真相，是以斥之为消极。故而作者拟作这首《好了歌》，是对他所面临的社会现实的一种批判，尽管这种批判显得冷静而消极，实际上有其真正的社会价值。

在《红楼梦》的诸多语言译本中，全译本自不必说，节译本和摘译本只要涉及这一回的内容，几乎都把《好了歌》作为题旨给译了出来。其中比较重要的多译本综合性研究有：对两种英译文的对比赏析[2]、对七种英译文的比较分析[3]和赏析[4]、对八种英译文基于评价理论的统计分析[5]、对两种法译文的对比分析[6]，等等。

根据姜其煌《欧美红学》[7]所作的滥觞，我们考虑对翻译《好了歌》的剖析主要从以下几个方面着手：（1）用词语体风格问题；（2）诗歌格律问题；（3）关键词内涵对应问题；（4）全诗文化意蕴体现问题。鉴于俄语和罗马尼亚语都是大多数中文读者不甚熟悉的语言，我们在给

[1] 刘衍青：《〈好了歌〉及其注的话语语境之文化阐释》，载《固原师专学报》（社会科学版）2005 年第 5 期，第 23—25 页。

[2] 王宏印：《〈红楼梦〉诗词曲赋英译比较研究》，陕西师范大学出版社 2001 年版。

[3] 姜其煌：《〈好了歌〉的七种英译》，载《中国翻译》1996 年第 4 期；姜其煌：《欧美红学》，大象出版社 2005 年版，其中还含有对一种德译文的简析。

[4] 冯修文：《赏析〈红楼梦〉“好了歌”及其不同译本》，载《山花》2009 年第 3 期。

[5] 于建平、岂丽涛：《用评价理论分析〈好了歌〉的英译》，载《西安外国语大学学报》2007 年第 2 期。

[6] 王婷婷：《〈好了歌〉法文翻译比较研究》，见傅勇林主编：《华西语文学刊》（第 3 辑“《红楼梦》译介研究专辑”），四川文艺出版社 2010 年版。

[7] 姜其煌：《欧美红学》，大象出版社 2005 年版，第 150—166 页。

出《好了歌》两种语言译文的同时，用现代汉语的直译给出相应译文的回译（back translation）文字，以便读者即使不甚了了这两种冷僻的语言，也能相对容易地理解并考量我们随后的具体分析。

二、俄译文特色分析

《好了歌》的俄译文[1]及其回译如下[2]：

Понятна любому отшельника святость, 于人而言隐士神圣合理，
Любого отшельник влечёт. 任何人都仰慕隐士。
Однака мечта о почете и славе 而关于荣誉和声望的梦想
никак у людей не пройдёт. 任何人都不得逃避。
Вельмож и воителей было немало, 达官和将领为数不少，
куда же девались они? 他们又在何方？
Курган утопает в бурьяне высоком, 古墓掩蔽于高高的蔓草，
коль время их жизни пройдёт. 如果他们生命已逝。

Понятна любому отшельника святость, 于人而言隐士神圣合理，
любого отшельник влечёт. 任何人都仰慕隐士。
Да только мечта о богатстве несметном 惟关于财富无尽的梦想
никак у людей не пройдёт. 任何人都不得逃避。
Всю жизнь челавека одно занимает, 所有人都知道生命只有一次，
что мало богатства ему. 即便其财富寥寥。

[1] Цао, Сюэ-цинь: *Сон в красном тереме*: Томе2; Переводс китайского В. А. Панасюка. Москва: Государственное издательство художественной литературы, 1958, т. 1, с.34-35.

[2] 俄文原文按照印刷惯例字母 е 和 ё 不分，统一示以 е；本文为了讨论的方便起见，将所有应该标 ё 的地方都一一还原了。下同。

Накопит богатство, закроются очи, 财富积攒了，双眼闭上了，
и жизнь челавека пройдёт. 而人的生命也已逝。

Понятна любому отшельника святость, 于人而言隐士神圣合理，
любого отшельник влечёт. 任何人都仰慕隐士。
Да только мечта о соблазнах красавиц 惟关于魅人女子的梦想
никак у людей не пройдёт. 任何人都不得逃避。
Красавица каждый день уверяет, 美女每天都信誓旦旦，
чтовамблагодарнаона. 对您感恩戴德。
Но вот вы умрете, другой подвернётся, 而你一旦死去，遇着他人，
и страсть её сразу пройдёт. 她的激情倏地迸逝。

Понятна любому отшельника святость, 于人而言隐士神圣合理，
любого отшельник влечёт. 任何人都仰慕隐士。
Да только забота о детях и внуках 惟对于子辈和孙辈的耽心
никак у людей не пройдёт. 没有人得以逃避。
Мы знаем родителей, сердцем скорбящих, 我们知道父母心中挂念，
и ныне и в древние дни, 无论今日和往昔，
А будешь искать благодарных потомков, 而你要找感恩的后辈，
и жизнь твоя даром пройдёт. 你的代价是生命流逝。

总的来看，俄译文的风格是用词典雅、用语凝练，其中突出的一点就是古旧语汇使用不少，例如 влечёт“< влечь,（旧语）拖曳、引导、爱慕”[1]、воптелей“< воитель（旧语）军人、将领”[2]、очи“< око,（古

[1] 刘泽荣主编:《俄汉大词典》，商务印书馆 1963 年版，第 88 页。
[2] 刘泽荣主编:《俄汉大词典》，商务印书馆 1963 年版，第 98 页。这个俄语

词）眼、目”[1]等。这样处理的结果就完全改变了原作的语体色彩，把跛足道人随口吟出、人众皆晓的俚俗歌辞变成了文气十足的高雅诗作，从而也就远离了原作用以警醒世人的良苦用心。

而在格律的呼应方面，俄译文反复用 влечёт、пройдёт“< пройти ~ проходить, 通过、前往”、пройдёт 构成押韵，比较完美地再现了原文“好”“了”“了”复迭押韵形成的一唱三叹、余音绕梁之感。笔者的回译尽量照顾了这一特色。

在人称方面，俄译文使用泛指人称句和无人称句这些默认第三人称的俄语特殊句式来对译原文中反复出现的题旨性诗句，同跛足道人置身事外的冷静观照态度丝丝入扣，比较准确地体现出中文原作的旁观立场[2]。

俄译文用 Вельмож и воптелей“大官和军人”来对译“将相”，虽不中不远矣；而以 куда же девались они? “他们又在何方？”来处理“古今”，较原文更显诗意的深化。

第二诗节中“终朝”一词是“一天到晚”或“天天”的意思，与“终生”相比是有差距的[3]，俄译文的对译大致是 Всю жизнь челавека одно занимает, что мало богатства ему.“所有人都知道生命只有一次，即便其财富寥寥。”——显然也是将其理解成了“终生”之意而进行扩展诠释的。

在对译“姣妻”的处理上，俄译文先用复数第六格形式的名词短

词还可追溯至更为古老的词根 вои-“（旧语）军人、军队”，感谢西南交通大学外国语学院法俄系叶琳老师指点。

[1] 刘泽荣主编:《俄汉大词典》，商务印书馆 1963 年版，第 596 页。

[2] 姜其煌:《欧美红学》，大象出版社 2005 年版，第 154 页通过对《好了歌》英译文的分析已经指出了译介时这个要点体现的重要性。

[3] 姜其煌:《欧美红学》，大象出版社 2005 年版，第 153 页。

语 соблазнахкрасавиц “魅人女子” 再用单数形式的名词 Красавица “美女”，很好地解决了当时中国贵族社会生活多妻妾现实状况的揭示[1]和下文女子针对男子态度转换意象的表达。而 каждый день “每天”、уверяет “ < уверять ~ уверить, 使人确信” [2]和 благодарна “ < благодарный, 感激” [3]则比较精当地传达出了原文“日日说恩情”的反讽意味，诚为佳构。

在处理“儿孙”的对译方面，俄译文用了 детях и внуках “孩子们和孙子们(复数第六格)”而非语义更为准确的*сынах и внуках[4]“儿子们和孙子们”比较令人费解。因为俄语词 дети “孩子们”一般来说既包括儿子也包括孙子；若是考虑 сын “儿子”不包括 дочь “女儿”的话，那么 внук “孙子”即使复数也未必包括 внучка “孙女”的。

三、罗马尼亚译文特色分析

《好了歌》的罗马尼亚译文[5]及其回译如下（其中的下划线是笔者便于后文的分析而添加的）：

Iubim cu toţi smerenia de pustnic- 我们都爱隐士的虔诚——

Iubire ce subjugă fără încetare- 这种爱无休止地奴役着我们——

Dar să uităm în stare nu sîntem 但我们无法忘记

Mărirea ce-o doreşte fiecare! 人人都向往的荣耀显赫！

---

❶ 姜其煌：《欧美红学》，大象出版社 2005 年版，第 153 页称赏了《好了歌》英译文在这个地方的相关处理。

❷ 刘泽荣主编：《俄汉大词典》，商务印书馆 1963 年版，第 1180 页。

❸ 刘泽荣主编：《俄汉大词典》，商务印书馆 1963 年版，第 46 页。

❹ 这里的星号表示应当出现而没有出现的语言情形。下同。

❺ Cao, Xue-qin: *Visul din pavilionul rosu: Roman*; traducere din limba Chineza veche de Ileana Hogea-Veliscu si Iv Martinovici, prefata, tabel cronologic, selectie si note de Ileana Hogea-Veliscu.Bucuresti: Editura Minerva, 1975, v.I, p.22.

Destui cu-onoruri au trăit cîndva- 很多人曾显耀一时——

Au dispărut în umbră ca în vis- 却在黑暗中消失，如在梦中——

A năpădit mormîntul lor urzica 荒草湮没了他们的墓碑

Şi-al vremii colb pe faţă li s-a-ntins. 岁月的尘土遮盖了他们的面庞。

Iubim cu toţi smerenia de pustnic- 我们都爱隐士的虔诚——

Iubire care ne subjugă fără vrere- 我们被这种爱不自觉地奴役着——

Dar să uităm în stare nu sîntem 但我们无法忘记

Cît alergăm s-agonisim avere. 辛劳的奔波赚得财富。

Singuri viaţa ne-o Schimbăm în chin, 我们自己把生活变成了折磨，

Temîndu-ne amarnic de risipă. 我们生怕浪费。

Am strîns atît şi ochii i-am închis 积攒了众多财富却也离开了人世

Şi n-am văzut că viaţa-i doar o clipă. 我们没有发觉人生短暂转瞬即逝。

Iubim cu toţi smerenia de pustnic- 我们都爱隐士的虔诚——

Îi sîntem robi ca unei preaiubite- 我们爱它，是它的奴隶——

Dar să uităm în stare nu sîntem 但我们无法忘记

De-ademeniri şi de ispite! 她的吸引和诱惑！

Îndatoritoare ţi-e femeia 殷勤的妻子

Şi credincioasă ţi se-arată. 她对你表现得十分忠诚。

Cînd vei muri, fii sigur, altul 当你死去，一定会有别人

Locul ţi-l va lua pe dată. 立刻取代你的位置。

Iubim cu toţi smerenia de pustnic- 我们都爱隐士的虔诚——

Iubire care ne subjugă pe pamînt-，这种爱在人间奴役着我们——，

Dar să uităm ne e cu neputinţă：但我们无法忘记：

Copiii sînt ce-avem din tot mai sfînt！孩子是我们所拥有的最宝贵的东西！

Părinţi ce-şi dau şi ultima suflare 甘心为子女付出一切的父母

Şi azi ca şi-altădată înfîlneşti，如今和将来都常见到，

Dar nici un fia nebun de-a lor iubire 但是从未见过一个儿女给予他们同样的爱

Şi viaţa în zadar ţi-o iroseşti．你枉自为他们费尽心血。

在诗作结构方面，罗译文每个诗节八个诗行，每诗节偶数诗行隔行押韵且中间换韵，但并不严格，具体情况参见前述罗译文中下划线指示的韵脚单词，不同的下划线表示不同的押韵。笔者的回译就没有体现这一点。

罗译文用动词直陈式现在时第三变位法词尾-im[1]所体现的第一人称“我们”来对译“世人”就颇为不妥，因为跛足道人既为劝世，自身当然要置于愚蠢可笑的芸芸众生之外，这样才显得他的清醒和高明[2]。而用复数形式的 Destui “< destul，足够的”[3]这一泛指人称表达来对译原文的“将相”，显然湮没了原文这一关键词的特定文化内涵不说，就是在语义覆盖面上也大大走样了。

在罗译文第二诗节中有这么两句 Singuri viaţa ne-o schimbăm în chin, / Temîndu-ne amarnic de risipă. “我们自己把生活变成了折磨，/我们生怕浪费。”比照原文来看就是明显增译的描述性文字。而这种情

❶ 杨顺禧编:《罗马尼亚语语法》,外语教学与研究出版社 1998 年版,第 134 页。

❷ 姜其煌:《欧美红学》，大象出版社 2005 年版，第 154 页。

❸ 冯志臣、任远主编:《罗汉词典》,北京语言大学出版社 1996 年版,第 449 页。

景式的描述似乎同原诗内涵无甚实质性的关联，不宜推举为成功之作。而以 Şi n-am văzut că viaţa-i doar o clipă“我们没有发觉人生短暂转瞬即逝”来大致对译“终朝”，显然也如前述俄译文一样没有把握好原文这个时间状语的准确内涵。

而罗译文中 femeia“妻子”一以贯之是单数，在对译原文第三诗节第二诗行时就不甚符合当时中国社会贵族阶层妻妾成群的历史事实，与中文原作的关键词之一“姣妻”拉开了距离。而对照前述俄译文的情形就更能看出，其 Îndatoritoare“< îndatoritor, 殷勤的”[1]和 credincioasă“< credincios, 忠诚的”[2]在对译“日日说恩情”方面似乎又显得力度不够，难以体现出原文蕴藉的反讽意味。

在最后一个诗节中只出现了复数形式的 Copiii“< copil, 孩子”[3]，这个罗语词与原文“儿孙”的对应显然既不符合语义层面的准确也不符合修辞层面的对等，比较遗憾。

四、两种译文共性分析

以上通过不同小节对两种语言译文某些关键地方翻译处理的具体分析，主要阐明了《好了歌》俄译文和罗译文的主要个性特征。下面再揭示一下这两份译文之间存在着的显豁共性。

首先，在句式结构方面，俄译文和罗译文都采用了利用两个诗行来对译原文一行诗的模式。就目前所见的《好了歌》多语种的各种译文而言，其他译文似乎都还没发现采用这种处理模式的。考虑到俄译文在先而罗译文后出以及彼时苏联和罗马尼亚两国之间相对密切的文

❶ 冯志臣、任远主编:《罗汉词典》，北京语言大学出版社 1996 年版，第 843 页。
❷ 冯志臣、任远主编:《罗汉词典》，北京语言大学出版社 1996 年版，第 366 页。
❸ 冯志臣、任远主编:《罗汉词典》，北京语言大学出版社 1996 年版，第 348 页。

化交流关系，我们很容易设想罗译文借鉴了俄译文的处理模式。

其次，在诗作意蕴的表达方面，俄译文和罗译文都以相对复杂的篇幅大大扩充了原文的内容，从某种程度上讲已经不是翻译而是改写了。具体言之，对前两个诗节原文的改写程度又远甚于后两个诗节。这一点和传播广泛的孔舫之（Franz Kuhn）德文节译本[1]对于这首诗的处理[2]十分类似，只是孔舫之译文相对简单而更具灵动的诗味。

而关于这首歌词所涉及的核心概念“神仙”，俄译文和罗译文都用“隐士”的相关概念来加以对译。其中，俄译文译成了 отшельника святость“隐士的神圣”，这样做即使撇开文化背景的差异来考虑恐怕也显得距离过大[3]。在此前的《好了歌》诸译文中，大概只有著名的孔舫之德译文[4]采取了近似的处理：O Weltflucht! O Einsiedelei! “遁世兮！隐居兮！”考虑到孔舫之德译本在该俄译本问世之前至少已有六种语言转译本[5]的事实，我们很有理由蠡测俄译的处理大有可能是参照了德译的结果。而罗译文处理成 smerenia de pustnic“隐士的虔诚”，如果虑及前述俄译文 отшельника святость 是由于俄语诗歌轻重音的格律制约而对正常词序*святость отшельника 做出的词序调整，我们很容易推测罗译文是俄译文直截影响的结果。

---

❶ Tsau, Hsüe Kin, Kao O: *Der Traum der roten Kammer: ein Roman aus der frühen Tsing-Zeit*, übersetzt von Franz Kuhn. Leipzig: Insel Verlag, 1932.

❷ 关于库恩德译本译述《好了歌》的情形，姜其煌：《欧美红学》，大象出版社2005年版，第157—158页对此有所涉及。详细的相关综合性分析笔者将另文专述，此处不赘。

❸ 姜其煌：《欧美红学》，大象出版社2005年版，第158页曾就《好了歌》的德译文及其英文转译提及这一内涵上的差距。

❹ Tsau, Hsüe Kin, Kao O: *Der Traum der roten Kammer: ein Roman aus der frühen Tsing-Zeit*, übersetzt von Franz Kuhn. Leipzig: Insel Verlag, 1956, pp.16-17.

❺ 包括了荷兰语（1946年）、芬兰语（1957年）、法语（1957. 1964年）、意大利语（1958年）、英语（1958年）、匈牙利语（1959年）诸转译本，以下相关讨论暂不涉及。

另外，从回译文字整体框架可以看出，虽然这两种语言译文各自所使用的具体语汇多数分歧甚大，但在结构上两者似乎雷同之处不少，这也进一步增大了我们推测后出的罗译文充分借鉴先出的俄译文译诗框架的可能性。

五、“好了歌”名称译文分析比较

《红楼梦》原文在《好了歌》以及其后的《好了歌解》之间，尚有一段甄士隐和跛足道人之间简要而关键的对话：

士隐听了，便迎上来道：“你满口说些什么？只听见些‘好’‘了’‘好’‘了’。”

那道人笑道：“你若果听见‘好’‘了’二字，还算你明白。可知世上万般，好便是了，了便是好。若不了，便不好，若要好，须是了。我这歌儿，便名《好了歌》。”[1]

其间关键的是，跛足道人的话中“好”“了”回环往复，又把本来就存在着语义对立的“好”和“了”的涵义引申一层，说明只有和这个世界斩断一切联系，也就是说只有彻底的“了”，才是彻底的“好”，《好了歌》的得名即来自此深邃内涵。

对于这一段叙述文字，俄语和罗马尼亚语的处理分别如下所示。

俄译文：

Приблизившись к монаху; Чжэнь Ши-инь спросил:

-Что это вы такое говорите, я только слышу «влечёт» да «пройдёт»?

-Если вы слышали слова «влечёт» и «пройдёт», значит вы всёпоняли! -засмеялсядаос. -Ведь вам же известно, что «влечёт»

[1] [清]曹雪芹、高鹗原著，中国艺术研究院红楼梦研究所校注：《红楼梦》（上册），人民文学出版社 1996 年版，第 17—18 页。

всёто, что «пройдёт», а «пройдёт» всё то, что «влечёт», не «пройдёт» всё то, что не «влечёт», и не «влечёт» то, что не «пройдёт». Поэтому моя песенка и называется «О том, что влечёт и что пройдёт».❶

笔者回译：

甄士隐走近那个出家人问道："您如此这般说什么？我只是听见'仰慕'哪'逃避'什么的。"

"要是您听见了'仰慕''逃避'这些词儿，可见您都还明白。"道士冷笑道，"本来您知道，'仰慕'的一切俱已'逃避'，而'逃避'的一切皆又'仰慕'；一切皆不'逃避'遂无'仰慕'，而无'仰慕'亦不'逃避'。因此我的歌儿就叫做'关于所仰慕的和所逃避的'。"

罗译文：

Zhen Shi-yin s-a apropiat de acel nebun şi l-a întrebat ce vrea să spună, că el în afară de „ne subjugă“ şi „nu vom uita“ n-a înţeles nimic.

-Dacă ai înţeles „ne subjugă “şi„nu vom uita“, înseamnă că ai priceput tot! a zis zîmbind călugărul Daoist. Ştii doar că „ne subjugă“ tot ceea ce „nu putem uita“ şi „nu putem uita“ tot ceea ce „ne subjugă“. Nu „ne subjugă“ ceea ce „putem uita“ şi „putem uita“ ceea ce „nu ne subjugă“. Iată de ce cîntarea mea se numeşte: Despre ceea ce ne subjugă şi nu putem uita.......❷

笔者回译：

---

❶ Цао, Сюэ-цинь: *Сон в красном тереме*: Томе 2; Перевод с китайского В. А. Панасюка. Москва: Государственное издательство художественной литературы, 1958, т.1, с.35.

❷ Cao, Xue-qin: *Visul din pavilionul rosu: Roman*; traducere din limba Chineza veche de Ileana Hogea-Veliscu si Iv Martinovici, prefata, tabel cronologic, selectie si note de Ileana Hogea-Veliscu. Bucuresti: Editura Minerva, 1975, v.I, p.23.

甄士隐走近那个疯子，问他想说什么，因为除了“奴役”和“忘不了”之外，他什么都没听懂。

“如果你听懂了‘奴役’和‘忘不了’，说明你全懂了！”道士微笑着说，“你只要知道‘奴役’我们的正是我们‘忘不了’的一切，而我们‘忘不了’‘奴役’我们的一切。所以这首歌就叫做‘关于奴役我们和我们忘不了的一切’。”……

如果结合《好了歌》的两种译文，我们可以看出如下表所示的关键字对应关系，见表46。

表46 《好了歌》关键字俄译和罗译对照

原文	俄译文		罗马尼亚译文	
	原词	释义	原词	释义
好	влечёт	（他们）仰慕	ne subjugă	奴役（我们）
了	пройдёт	（他们）逃避	nu putem uita	（我们）忘不了
好了歌	О том, что влечёт и что пройдёт	关于所仰慕的和所逃避的	Despre ceea ce ne subjugă şi nu putem uita	关于奴役我们和我们忘不了的一切

这里可以肯定的是，《好了歌》在这里的俄译者和罗译者都毅然直面歌辞中反复出现的“好”“了”两个核心语汇及其在下文中关乎歌辞名称的诠释，将其完整地再现于异域读者面前。而且这两种语言的译者都细致考虑到了关键字在歌辞中的内涵蕴藉和韵律要求，乃至其与名称诠释的密切关系，比较顺畅地给出了原文那种回环往复的诠释效果，又利用比较地道的俄语和罗语短语结构“关于……”分别给出了相对可称形神兼备的译文。这就使得《红楼梦》全书的主旨能够从内容和形式两个方面比较全面、巧妙地传达给了俄语和罗语的读者，委实

不易！

从近似度上考察，俄译文的“仰慕”和“逃避”已经很好体现了原文中“好”“了”之间的巨大反差，何况在歌辞押韵和歌名诠释中这两个词的运用已能紧密切合原文结构，诚为佳译。相比之下，罗译文的“奴役”和“忘不了”独立出来审视的话，既呈现不规则的短语状又没有展示出语体色彩上的较大距离，ne subjugă“奴役”只有在搭配 lubire“爱”时才具有感情色彩的颠覆性效果；而出现在名称中的短语 nu putem uita“忘不了”在跛足道人的回环诠释中并未原样呈现，可能是囿于罗语句法结构的限制吧。不过，这样就无疑导致罗语的翻译虽在其句法结构范围内也算尽力切合了原文的相应表达，但在韵律协调和语义对立方面就相形见绌，这就使得《红楼梦》的深刻和精巧在罗语阅读情境中多有丧失，真是难为译者了。

考虑到中国文化与俄罗斯文化以及罗马尼亚文化的巨大差异，我们在衡量这两种译文的准确度时要有所保留。由于俄罗斯和罗马尼亚都是东正教因素在意识形态领域占优势的民族文化，和中国文化固有的道家“神仙”信仰风马牛不相及，因此我们不便苛求与这种“了”“空”思想完全对等而又令读者易于接受的俄语和罗语表达出现。但是，从另一个角度考虑，《红楼梦》俄译本由帕纳休克（В. А. Панасюк）和孟列夫（Л. Н. Меньшиков）两位译者分别处理散文部分和韵文部分，在用异族语言诠释《好了歌》及其名称时体现出的高度和谐性却远胜《红楼梦》罗译本杨玲（Ileana Hogea-Veliscu）一人译出[1]的效果，那么这两个译本之间水平的高下还是可以立即判然的。

---

[1] 在《红楼梦》罗马尼亚译本封面及扉页上，译者署名还包括 Iv Martinovici，但是在目前所见有关《红楼梦》罗译本的介绍材料中都完全不涉及这位译者，所以我们姑且认为这部译作是 Ileana Hogea-Veliscu 独立完成的成果。

六、相关结论和思考

从历史视角审视，作为拉丁语后裔语言之一的罗马尼亚语就是现存最为东端、同时也最为斯拉夫化的罗曼语；而二战以后近半个世纪内共同的共产主义意识形态也促使俄苏政权和罗马尼亚社会主义共和国之间存在着极为密切的文化联系。因此，同样诞生于俄、罗两国社会主义政权时代的《红楼梦》俄译本和罗马尼亚译本，后者在迻译过程中受到前者影响其实甚为自然。

本文通过对这两种语言的《好了歌》译文及其相关内容进行的比较分析，似乎表明了这样一个传播模式，见图4。

《好了歌》孔舫之德译文＞《好了歌》俄译文＞《好了歌》罗马尼亚译文

图4　传播模式

其中德译文的贡献在于孔舫之译作的先驱性和德语在二战以前的“第一”文化国际语地位方面；而罗语译作对于俄语译作的承袭主要体现在结构框架之上。然而，罗语译者杨玲相对于俄语译者帕纳休克和孟列夫而言并非知名汉学家，这种在针对同一中文原文进行迻译的细节处理方面似乎就体现出学力上的差距来了，所以我们看到这“后出”的《好了歌》罗译文似乎并未达到“转精”的效果。

（本文与王红合作，原载《红楼梦学刊》
2010年第六辑，第323-338页）

《红楼梦》孔舫之德译本
英文转译中的词汇迻译问题初探

一、引言

《红楼梦》德文节译本[1]是德国汉学家孔舫之（Franz Kuhn）的译著，由德国莱比锡岛出版社（Insel-Verlag GmbH, Leipzig）出版。他尽可能地将红楼梦原作的内容,风格以及形式原汁原味地展现出来,堪称文学译著的杰作。

该节译本共 1 卷,788 页,共有 50 回,对原著回目以及正文文字,进行了翻译，合并，删除，补充等处理。文中附有译者的“序”及一系列附文，并且附有《红楼梦》故事中的一些人物的绣像图，准确地传递出了《红楼梦》中的艺术气息与精神气质[2]。

孔舫之译本的底本问题迄今在红学界仍有争议。王薇觉得“将德文译本《红楼梦》的底本确定为程甲本和三家评本，应该是比较稳妥

---

❶ Tsau, Hsüe Kin, Kao O: *Der Traum der roten Kammer: ein Roman aus der frühen Tsing-Zeit*, übersetzt von Franz Kuhn; Leipzig: Insel Verlag, 1932.

❷ 张桂贞:《弗朗茨 · 库恩及其〈红楼梦〉德文译本》，见刘世聪主编:《红楼译评——〈红楼梦〉翻译研究论文集》，南开大学出版社 2004 年版，第 432 页。

的结论”[1]；而王金波认为“王希廉评本，两家评本才是孔舫之真正赖以翻译的底本”[2]。考虑到王希廉评本与两家评本及三家评本均以程甲本为基础，又基于本文讨论的语料及其特点所限，本文为简化问题而暂时选用程甲本[3]作为讨论的底本。

由孔舫之德译本转译的《红楼梦》英文节译本[4]由麦克休姐妹（Florence McHugh & Isabel McHugh）于 1958 年在美国纽约 Pantheon Books 出版社出版发行。该书为亚麻布封面，附有孔舫之的序言英译 4 页，译者注释 1 页和 1884 年中文版木刻改琦《红楼梦咏图》25 幅。

从整体上来说，麦克休译本较忠实地遵循了孔舫之译本的内容和精神，将德译本的实质都体现了出来。在这个英文节译本中，作者的遣词造句大都符合英语语言的表达习惯，能使英语读者较为顺利地读懂文章的内容，从整体上了解《红楼梦》。

然而，由于麦克休译本完全按照孔舫之德译本转译而成，不可避免地造成了该译本中一些明显的德语形态特点的生硬遗留。在英文节译本中，或许是由于译者当时对于德语词汇的理解未必透彻，从而导致英译本中出现了一些词汇方面的生硬翻译，与德文原文所要表达的意思出入较大或者截然不同。

本文将从词汇的转译方面对上述德、英两个译本进行比较研究，暂时从人名转译、一词多义以及可分动词 / 动词搭配类三种角度分别加

---

❶ 王薇：《〈红楼梦〉德文译本研究兼及德国的〈红楼梦〉研究现状》，博士学位论文，山东大学，2006 年，第 36 页。

❷ 王金波：《弗朗茨 · 库恩及其〈红楼梦〉德文译本——文学文本变译的个案研究》，博士学位论文，上海外国语大学 2006 年，第 31 页。

❸ [清]曹雪芹等：《程甲本红楼梦》（上下册），书目文献出版社 1992 年版。

❹ Tsao, Chan: *The Dream of the Red Chamber=Hung lou mêng:* a Chinese novel of the early Ching period, translated from the German version, illustrated by Jochen Bartsch. London: Blackie, 1958.

以考察。引文中加黑的部分即是相应研究的焦点之所在。

二、人名转译问题

孔舫之在翻译《红楼梦》中的人名时下了很大的功夫。他充分利用了德语的语言特色，将原文中人名的蕴义，音韵特色等都体现得淋漓尽致，从而给读者带来了精妙的视觉及听觉冲击，可谓神笔。但麦克休姐妹在转译时，不少情况下只对人名进行了字面意思的转译，并没有深入地考虑音韵等其他方面的因素，从而丢失了一些信息，造成部分程度上的误译。下面举例加以说明。

（一）云儿

原文：

黛玉又道："这一节还可恕。再者，你为什么又和**云儿**使眼色？"[1]

德译文：

„Das nicht, aber dein heimliches Augenspiel mit **Wölkchen** hat mich noch viel mehr gekränkt."[2]

英译文：

"No, but your secret exchange of glances with **Little Cloud** hurt me even more."[3]

德文译本中，孔舫之将此处的"云儿"以及中文底本中的全部"湘

[1] [清]曹雪芹等:《程甲本红楼梦》(上，下册)，书目文献出版社 1992 年版，第 580 页。

[2] Tsau, Hsüe Kin, Kao O: *Der Traum der roten Kammer: ein Roman aus der frühen Tsing-Zeit*, übersetzt von Franz Kuhn; Leipzig: Insel Verlag, 1932, p.245.

[3] Tsao, Chan: *The Dream of the Red Chamber=Hung lou mêng*: a Chinese novel of the early Ching period, translated from the German version, illustrated by Jochen Bartsch. London: Blackie, 1958, p.169.

云”都翻译成为 Wölkchen。孔舫之的译法，既巧妙避开了跟“潇湘”有关的复杂中文典故意蕴，又将德语的语言特色融入其中。在德语中后缀-chen 的释义为：构成名词的指小形式[1]。他既表达出了“云”这个名字的意思，又巧借德语语言中的指小后缀-chen 体现出了汉语“云儿”中的“儿”这个儿化后缀的部分语义，读起来琅琅上口，十分精妙，可圈可点。

但在麦克休英译本中，作者直接按照-chen 这个后缀的意思将 Wölkchen 转译成了 Little Cloud（小云），从而失去了原有的语言特色和音韵之美，造成误译。

修改建议：

“No, but your secret exchange of glances with **Cloudie** hurt me even more.”

说明，这里也是利用英文形态学中常见的指小后缀-ie 对等转译德文的-chen，显然更有准确。

（二）兴儿

原文：

三姐见有兴儿，不便说话，只低了头磕瓜子。[2]

德译文：

Die dritte Yu zog es mit Rücksicht auf die Anwesenheit des Dieners **Hsing’rl** vor, stumm den Kopf zu senken und Melonenkerne zu knabbern.[3]

---

❶ 《朗氏德汉双解大词典》，外语教学与研究出版社 2000 年版，第 348 页。

❷ [清]曹雪芹等：《程甲本红楼梦》（上，下册），书目文献出版社 1992 年版，第 1780 页。

❸ Tsau, Hsüe Kin, Kao O: *Der Traum der roten Kammer: ein Roman aus der frühen Tsing- Zeit*, übersetzt von Franz Kuhn; Leipzig: Insel Verlag, 1932, p.507.

英译文：

Because of the presence of the servant **Little Hsing**, the third Yu chose to remain silent, and sat with bent head, nibbling melon seeds.❶

在这里，尤三姐正在描述她对宝玉的几点印象，而尤二姐便趁机取笑妹妹，撮合三姐和宝玉。尤三姐见有仆人兴儿在场，便不怎么说话了。

孔舫之将“兴儿”翻译为了 Hsing'rl，其中的词素-'rl 直接体现出了中文“兴儿”名字中的儿化音。但是麦克休姐妹将 Hsing'rl 转译成为了 little Hsing（小兴），从而失去了语音特色，造成一定程度的误译。

修改建议：

Because of the presence of the servant **Hsing'erh**, the third Yu chose to remain silent, and sat with bent head, nibbling melon seeds.

三、一词多义转译问题

在德文译本中，其中某一个德语单词可能存在两种及两种以上的德文释义，那么英文转译者在对德语以及《红楼梦》原著不是十分熟悉的情况下，可能会在德语多义词的多个词义中选择一个并不符合原文语义场景的意义，进而以此为据转译为相应的英文单词，这样就会因德语单词的一词多义现象而产生转译错误。下面根据词性的不同举例加以说明。

（一）名词

1. 主意

原文：

❶ Tsao, Chan: *The Dream of the Red Chamber=Hung lou mêng:* a Chinese novel of the early Ching period, translated from the German version, illustrated by Jochen Bartsch. London: Blackie, 1958, p.358.

贾芸出了荣国府回家，一路思量，想出一个主意来。[1]

德译文：

Unterwegs sagte er sich, dass es der Säche förderlich sein würde, wenn er die Gunst der allmächtigen Frau Phönix durch eine kleine **Aufmerksamkit** erränge? [2]

英译文：

On the way he said to himself that it would do his prospects good if he could win the favor of the almighty Madame Phoenix by means of some little **attention**.[3]

在这里，贾芸是想求凤姐把大观园中栽花木的工程给他，便想出一个主意，送凤姐一点礼物，以此来得到栽种树木的这个工程。

在德语中，Aufmerksamkeit 一词有以下几个主要义项[4]：

（1）注意力，关注；（2）殷勤，周到的举止；（3）友好而周到的举动或小礼物。

在这里，根据上下文义及句子本身，孔舫之所用 Aufmerksamkeit 一词应是选用的其第三个义项“友好而周到的举动或小礼物”，才能符合文义。而麦克休英译本中，将 Aufmerksamkeit 一词译为了 attention 一词，便是采用了 Aufmerksamkeit 的第一个义项“注意力，关注”，从而造成了误译。

修改建议：

---

❶ [清]曹雪芹等：《程甲本红楼梦》（上，下册），书目文献出版社 1992 年版，第 624 页。

❷ Tsau, Hsüe Kin, Kao O: *Der Traum der roten Kammer: ein Roman aus der frühen Tsing-Zeit*, übersetzt von Franz Kuhn; Leipzig: Insel Verlag, 1932, p.260.

❸ Tsao, Chan: *The Dream of the Red Chamber=Hung lou mêng:* a Chinese novel of the early Ching period, translated from the German version, illustrated by Jochen Bartsch. London: Blackie, 1958, p.179.

❹ 《朗氏德汉双解大词典》，外语教学与研究出版社 2000 年版，第 144 页。

On the way he said to himself that it would do his prospects good if he could win the favor of the almighty Madame Phoenix by means of **some small gifts**.

2. 姐姐

原文：

唬得宝玉连忙央告："好**姐姐**，我再不敢说这些话了。"[1]

德译文：

„Ach, liebe **große Schwester**, erzähle es, bitte, nicht weiter! ich werde auch bestimmt nicht wieder so dumm fragen", flehte der erschrockene Pao Yü.[2]

英译文：

"Ah, dear **big sister**, please do not tell on me! I certainly will not ask such a stupid question again, " pleaded the frightened Pao Yü.[3]

在这里，宝玉听见焦大醉酒后的骂语。他生在贵族家庭中，没听过这些话语，故询问凤姐。凤姐责骂了宝玉，他极少遇到凤姐发火，赶紧央告。

在德语中，groß 一词有以下几个主要义项[4]：

（1）（长度，高度，体积，容量，面积）大，高的，长的；（2）（指数量）多的，大的，大笔的，大量的；（3）（指意义）重大的，伟大的，著名的；（4）（多作定语，不作状语）[口]较年长的，成年的.

---

❶ [清]曹雪芹等：《程甲本红楼梦》（上，下册），书目文献出版社 1992 年版，第 261 页。

❷ Tsau, Hsüe Kin, Kao O: *Der Traum der roten Kammer: ein Roman aus der frühen Tsing-Zeit*, übersetzt von Franz Kuhn; Leipzig: Insel Verlag, 1932, p.88.

❸ Tsao, Chan: *The Dream of the Red Chamber=Hung lou mêng:* a Chinese novel of the early Ching period, translated from the German version, illustrated by Jochen Bartsch. London: Blackie, 1958, p.57.

❹《朗氏德汉双解大词典》，外语教学与研究出版社 2000 年版，第 750—751 页。

在这里，根据上下文义及句子本身，孔舫之所用 groß 一词应是选用的其第四个义项“较年长的，成年的”，才能符合文义。而麦克休英译本中，两处都将 groß 一词译为了 big 一词，便是采用了 groß 的第一个义项“大的，高的，长的”，造成了误译。

修改建议：

“Ah, dear **elder sister**, please do not tell on me! I certainly will not ask such a stupid question again, ” pleaded the frightened Pao Yü.

3. 老爷和哥儿

原文：

“**哥儿**已念到第三本诗经，什么“呦呦鹿鸣，荷叶浮萍”，小的不敢撒谎。”[1]

德译文：

„**Alter Gebieter**, der clende Wicht erdreistet sich nicht, zu lügen, “stammelte er, „aber der **junge Giebieter** kennt wirklich schon drei Abschnitte des heiligen Schi king, des Buches der Lieder, auswendig.“[2]

英译文：

“**Old governor**”, he stammered, “this miserable fellow would not dare to lie to you. But the **young governor** already really knows by heart three parts of the holy book of Shih *Ching*, the Book *of Songs*.”[3]

在这里，宝玉在上学前来向贾政请安告别。而贾政一直便对宝玉不思进取的态度非常不满，质问，警醒跟宝玉的小厮们。其中一个小

---

❶ [清]曹雪芹等:《程甲本红楼梦》(上，下册)，书目文献出版社 1992 年版，第 290 页。

❷ Tsau, Hsüe Kin, Kao O: *Der Traum der roten Kammer: ein Roman aus der frühen Tsing-Zeit*, übersetzt von Franz Kuhn; Leipzig: Insel Verlag, 1932, p.102.

❸ Tsao, Chan: *The Dream of the Red Chamber=Hung lou mêng:* a Chinese novel of the early Ching period, translated from the German version, illustrated by Jochen Bartsch. London: Blackie, 1958, p.66.

斯李贵，由于读书不多，便说出了以上的话。

在德语中，Gebieter 一词有以下几个主要义项[1]：

（1）统治者，主宰者；（2）主人。

在这里，孔舫之在翻译李贵的话时，根据上下文场景作了调整，加译了“老爷”一词，英文将其对译为 Old governor。根据上下文义及句子本身，孔舫之所用 Gebieter 一词应是选用的其第二个义项“主人”，才能符合文义。而麦克休英译本中，两处都将 Gebieter 一词译为了 governor 一词，便是采用了 Gebieter 的第一个义项“统治者，主宰者”，造成了误译。

修改建议：

“**Old master**”, he stammered, “this miserable fellow would not dare to lie to you. But the **young master** already really knows by heart three parts of the holy book of Shih *Ching*, the Book *of Songs*.”

4. 主子

原文：

“你祖宗九死一生，挣下这个家业，到如今不报我的恩，反和我充起主子来了。”[2]

德译文：

Ist diese Behandlung etwa der Dank für meine guten Dienste? Anstatt mich anständig zu belohnen, bläst sich so etwas auf wie an Frosch und will **den Herrn** spielen! [3]

英译文：

---

[1] 《朗氏德汉双解大词典》，外语教学与研究出版社 2000 年版，第 820 页。

[2] [清]曹雪芹等：《程甲本红楼梦》（上，下册），书目文献出版社 1992 年版，第 260 页。

[3] Tsau, Hsüe Kin, Kao O: *Der Traum der roten Kammer: ein Roman aus der frühen Tsing-Zeit*, übersetzt von Franz Kuhn; Leipzig: Insel Verlag, 1932, p.87.

Is this the treatment the thanks I get for my good service? Instead of rewarding me properly, you blow yourself up like a frog and play the great **gentleman**! [1]

府中人派焦大他赶车，他却一直谩骂。贾蓉叫人把焦大捆了起来，却招来了他更为不满的反抗，认为他们非但不报恩，却和他充起了主子来。

在德语中，Herr 一词有以下几个主要义项[2]：

（1）男子；（2）（头衔）先生；（3）男运动员；（4）控制、统治、主宰、驾驭、支配……的人，主人；（5）天国的上帝，上天的主；（6）家长，户主，一家之主。

在这里，根据上下文义及句子本身，孔舫之所用 Herr 一词应是选用的其第四个义项"控制、统治、主宰、驾驭、支配……的人，主人"，才能符合文义。而麦克休英译本中，将 Herr 一词译为了 gentleman 一词，便是采用了 Herr 的第二个义项"（头衔）先生"，造成了误译。

修改建议：

Is this the treatment the thanks I get for my good service? Instead of rewarding me properly, you blow yourself up like a frog and deem yourself as the **host** of the house!

（二）动词

1. 捧羹把盏

原文：

贾母等在下相陪，尤氏，李纨，凤姐等**捧羹把盏**。[1]

---

❶ Tsao, Chan: *The Dream of the Red Chamber=Hung lou mêng:* a Chinese novel of the early Ching period, translated from the German version, illustrated by Jochen Bartsch. London: Blackie, 1958, p.57.

❷ 《朗氏德汉双解大词典》，外语教学与研究出版社 2000 年版，第 820 页。

德译文：

Beim Bankett teilten sich Fürsten Tschen und Frau Phönix **in das Amt**, ihrem Gast die Speisen zu reichen un die Becher zu kredenzen.[❷]

英译文：

At the banquet Princess Chen and Phoenix shared the **office** of handing her food and filled her glass.[❸]

在这里，元妃在元宵节时回来省亲。几个女眷，如尤氏，李纨，凤姐等殷切服侍元春进餐。

在德语中，Amt 一词有以下几个主要义项[❹]：

（1）职务，职位，公职；（2）责任，任务，职责；（3）部，厅，局，所，处，机关；（4）办公大楼。

在这里，根据上下文义及句子本身，孔舫之所用 Amt 一词应是选用的其第二个义项“责任，任务，职责”，才能符合文义。而麦克休英译本中，将 Amt 一词译为了 office 一词，便是采用了 Amt 的第一个义项“职务，职位，公职”，造成了误译。

修改建议：

At the banquet Princess Chen and Phoenix shared the task of **serving for** handing her food and filled her glass.

2. 大愈

原文：

---

❶ [清]曹雪芹等：《程甲本红楼梦》（上，下册），书目文献出版社 1992 年版，第 486 页。

❷ Tsau, Hsüe Kin, Kao O: *Der Traum der roten Kammer: ein Roman aus der frühen Tsing-Zeit*, übersetzt von Franz Kuhn; Leipzig: Insel Verlag, 1932, p.208.

❸ Tsao, Chan: *The Dream of the Red Chamber=Hung lou mêng:* a Chinese novel of the early Ching period, translated from the German version, illustrated by Jochen Bartsch. London: Blackie, 1958, p.142.

❹ 《朗氏德汉双解大词典》，外语教学与研究出版社 2000 年版，第 68 页。

宝玉一面看，一面问："姐姐可**大愈**了？"[1]

德译文：

„Wieder wohl und **munter**, Schwester?" fragte Pao Yü.[2]

英译文：

"Are you well and **cheerful** again, sister?" asked Pao Yu.[3]

在这里，宝玉想起宝钗在家养病，就意欲去探望一下。进了房中，宝玉问候了薛姨妈，便去里间向宝钗问好。

在德语中，munter 一词有以下几个主要义项[4]：

（1）朝气蓬勃的，生机勃勃的，有朝气的，充满活力的，活泼的；（2）快活的，欢快的，轻快的；（3）醒着，清醒的，没睡着；（4）（只作表语，不作状语）很健康的，挺健的，硬实的，硬朗的。

在这里，根据上下文义及句子本身，孔舫之所用 munter 一词应是选用的其第四个义项"很健康的，挺健的，硬实的，硬朗的"，才能符合文义。而麦克休英译本中，将 munter 一词译为了 cheerful 一词，便是采用了 munter 的第二个义项"快活的，欢快的，轻快的"，造成了误译。

修改建议：

"Are you well and **healthy** again, sister?" asked Pao Yu.

---

❶ [清]曹雪芹等：《程甲本红楼梦》（上，下册），书目文献出版社 1992 年版，第 267 页。

❷ Tsau, Hsüe Kin, Kao O: *Der Traum der roten Kammer: ein Roman aus der frühen Tsing-Zeit*, übersetzt von Franz Kuhn; Leipzig: Insel Verlag, 1932, p.89.

❸ Tsao, Chan: *The Dream of the Red Chamber=Hung lou mêng:* a Chinese novel of the early Ching period, translated from the German version, illustrated by Jochen Bartsch. London: Blackie, 1958, p.59.

❹ 《朗氏德汉双解大词典》，外语教学与研究出版社 2000 年版，第 1182—1183 页。

四、可分动词／动词搭配类转译问题

由于德语和英语的语言结构不同，英文节译者在转译时将德文中某些固定短语或一体化词汇（比如：可分动词）进行了拆译，单独译出其中每个单词的意思，从而破坏了短语和词汇在语义上的整体性。这样转译出的文字就无法阐述原来语言所要表达的意思，只是进行了一种字面意思的机械转译。下面分别举例加以说明。

（一）可分动词

原文：

雨村闲居无聊，每当风日晴和，饭后便**出来散步**。❶

德译文：

Los und ledig aller Verantwortung und sorgen, mit keinem anderen Ballst als„ dem Wind auf den Schultern, dem Mondstrahl in den Ärmeln “wollte er einmal frei und ganz zu seinem Vergnügen eine Zeit lang reisen und Land und leute **kennen lernen**.❷

英译文：

Free of all responsibility and care, with no other hindrance than“the wind on his shoulders, the moonlight in his sleeves, ”he wished to be free for once and to travel about for a time just whenever he wanted to, **learning to know** the country and the people.❸

---

❶ [清]曹雪芹等:《程甲本红楼梦》(上，下册)，书目文献出版社 1992 年版，第 113 页。

❷ Tsau, Hsüe Kin, Kao O: *Der Traum der roten Kammer: ein Roman aus der frühen Tsing-Zeit*, übersetzt von Franz Kuhn; Leipzig: Insel Verlag, 1932, p.21.

❸ Tsao, Chan: *The Dream of the Red Chamber=Hung lou mêng:* a Chinese novel of the early Ching period, translated from the German version, illustrated by Jochen Bartsch. London: Blackie, 1958, p.14.

在德语中可分动词 kennen/lernen 的释义为❶：

（1）j-n. kennen/lernen（初次）相识，结识，认识；（2）j-n. /etw. kennen/lernen 了解，熟悉。

在德语中 lernen 一词的主要释义则为❷：

（1）学，学会（品德）；（2）学习，学会（知识）；（3）背诵，熟记，从中习得（与有关动词搭配）。

德语单词 kennen/lernen 在英语中的对应词组应为：get to konw 或者 get familiar with，而在麦克休英译本中，译者将其翻译为了 learning to know 这个短语。可见其是将 kennen/lernen 中 lernen 一词直接转译成了 learn，而不是将其整个可分动词的意思进行完整的翻译，由此产生误译。

修改建议：

He wished to be free for once and to travel about for a time just whenever he wanted to, to get to know the country and the people.

（二）动词搭配

1. 都是家母和家姐商议主张

原文：

凤姐上座，尤二姐忙命丫头拿褥子便行礼，说："妹子年轻，一从到了这里，诸事**都是家母和家姐商议主张**。今日有幸相会，若姐姐不弃寒微，凡事求姐姐的指教。愿意倾心吐胆，只服侍姐姐。"❸

德译文：

---

❶《朗氏德汉双解大词典》，外语教学与研究出版社 2000 年版，第 953 页。

❷《朗氏德汉双解大词典》，外语教学与研究出版社 2000 年版，第 1082 页。

❸ [清]曹雪芹等：《程甲本红楼梦》（上，下册），书目文献出版社 1992 年版，第 1832—1833 页。

Sie entschuldigte sich mit ihrer Jugend, Alles, was geschehen, sei **über ihren Kopf hinweg** durch ihrer Mutter und die Fürstin Tschen veranlaßt worden, und sie versicherte ihr, wie geehrt und erfreu Sie über den Besuch und wie begierig sei sie, die Weisungen der „älteren Schwester" zu hören und ihr mit schuldigem Respect zu dienen.[1]

英译文：

She excused herself on the plea of her youthfulness for all that had happened. Everything, she said, had been done **over her head** and through her mother and Princess Chen, and she assured Madame Phoenix of how honored and happy she was at the visit, and how eager to hear the instructions of the "elder sister" and to serve her with dutiful respect.[2]

在这里，凤姐知道贾琏偷娶尤二姐后，便找上门去。尤二姐赶紧迎出门去，并将责任推卸到自己母亲和珍大奶奶的头上。

在德语中Kopf一词在此处所涉及的短语：(etw.) über seinen / ihren Kopf hinweg，其释义为“不顾他／她而自作主张”[3]。

在英语中 head 一词在此处所涉及的短语 over one's head 的释义为[4]：

（1）超过某人理解力，过于复杂；（2）职位比某人高，超过某人。

在这里，中文底本之意为尤老娘和珍大奶奶瞒着尤二姐安排了她和贾琏的婚事，而尤二姐本人对此一无所知。孔舫之使用 über ihren Kopf hinweg 这个短语为正确选择，符合语义场景。而麦克休英文版在

❶ Tsau, Hsüe Kin, Kao O: *Der Traum der roten Kammer: ein Roman aus der frühen Tsing-Zeit*, übersetzt von Franz Kuhn; Leipzig: Insel Verlag, 1932, p.528.

❷ Tsao, Chan: *The Dream of the Red Chamber=Hung lou mêng:* a Chinese novel of the early Ching period, translated from the German version, illustrated by Jochen Bartsch. London: Blackie, 1958, p.373.

❸ 《朗氏德汉双解大词典》，外语教学与研究出版社 2000 年版，第 1009 页。

❹ 《牛津高阶英汉双解词典》（第六版），商务印书馆 2004 年版，第 811 页。

转译时，直接将德语 über ihren Kopf hinweg 按照字面单词意思对应“在某人的头上”，转译为了 over her head，在词义上此短语的两个意思都不符合语义场景，由此造成误译。

修改建议：

Everything, she said, had been done through her mother and Princess Chen **without telling her and ask her opinion**.

2. 街上闹动了

原文：

从此**街上闹动了**“贾宝玉弄出‘假宝玉’”来。❶

德译文：

In der Stadt aber **machte** die Geshichte von Pao Yüs falschem Stein auf Straßen und Plätzen **die Runde** und lieferte noch lange Stoff zu fröhlichem Klatsch und Gelächter.❷

英译文：But the story of Pao Yü's false stone **went the round of the** streets and squares, and provided a topic for amused gossip and laughter for a long time.❸

在这里，一个小民将仿造的假通灵玉送入贾府中。当他被赶出贾府后，大街上便流传起了关于贾宝玉与“假宝玉”的流言。

在德语中 Runde 一词在此处所涉及的短语 etw. macht die Runde (gespr)的释义为❹：

---

❶ [清]曹雪芹等:《程甲本红楼梦》(上，下册)，书目文献出版社 1992 年版，第 2590 页。

❷ Tsau, Hsüe Kin, Kao O: *Der Traum der roten Kammer: ein Roman aus der frühen Tsing-Zeit*, übersetzt von Franz Kuhn; Leipzig: Insel Verlag, 1932, p.671.

❸ Tsao, Chan: *The Dream of the Red Chamber=Hung lou mêng:* a Chinese novel of the early Ching period, translated from the German version, illustrated by Jochen Bartsch. London: Blackie, 1958, p.479.

❹ 《朗氏德汉双解大词典》，外语教学与研究出版社 2000 年版，第 1425 页。

（1）某物被轮流传递；（2）某事传扬开来，一传十，十传百。

而在德语中 Runde 一词的基本释义则为[1]：圈，一圈

这个德语短语 die Runde machen 在英语中对应的短语应为 go the rounds of sth.，其释义为[2]：

（1）迅速流传，迅速传开；（2）到各处去，巡回。

而麦克休译本中是将此词译为 round（在此处所涉及的短语为 go the round of），与本应对应的短语中的 rounds 单复数形式不同。

而在英语中，短语中某些核心单词的单复数差异也是决定短语意思区别的一个重要因素，由此表达的意思也会不同。孔舫之此处表达的意思是“这件事在大街上流传开来”，按照语义场景，应译为 go the rounds of，而麦克休英译本只是对应了德语 Runde 的基本意思，将其译为了 round，不符合文意，由此产生误译。

修改建议：

But the story of Pao Yü's false stone **went the rounds of the** streets and squares, and provided a topic for amused gossip and laughter for a long time.

五、结语

转译本是异语文化交流中由来已久的现象之一，而转译过程中产生的所谓“二度变形”则是其间直接关涉文本的特色表现之一[3]。至于“二度变形”具体而微的表现情形，除了叶君健的零散例证[4]以外，似

---

❶ 《朗氏德汉双解大词典》，外语教学与研究出版社 2000 年版，第 1425 页。

❷ 《牛津高阶英汉双解词典（第六版）》，商务印书馆 2004 年版，第 1516 页。

❸ 谢天振：《译介学导论》，北京大学出版社 2007 年版，第 83 页。

❹ 叶君健：《关于文学作品翻译的一点体会》，见王寿兰编：《当代文学翻译百家谈》，北京大学出版社 1989 年版，第 118—122 页。

乎还缺乏细致、系统的研究。

本文根据《红楼梦》孔舫之德译本的英文转译，也仅仅是在词汇层面作出了转译问题的局部探索。其间的一个突出表现就是：德译本的处理严谨准确而英文转译在形态采用或语义选择方面出现了问题。这种问题的出现或许和英译者对《红楼梦》文化背景知识的欠缺有关，它使得迻译作品的不少精微之处被无情过滤掉了，同时还引申出一些本来不是问题的问题。从这个角度审视，我们对于转译的作品与其是希冀其有效传递异域文化，毋宁通过它大致开启文化交流的窗口。

（本文与张纯一合作，原载《译林》（学术版）
2011年8月号，第153-163页）

《红楼梦》孔舫之德译本
英文转译中的句法问题略论

一、引言

《红楼梦》德文节译本❶是德国汉学家孔舫之（Franz Kuhn）的译著。由其转译的《红楼梦》英文节译本❷由麦克休姊妹（Florence & Isabel McHugh）出版于 1958 年。

孔舫之德译本的底本问题迄今在红学界仍有争议。王薇觉得“将德文译本《红楼梦》的底本确定为程甲本和三家评本，应该是比较稳妥的结论”❸；而王金波认为“王希廉评本，两家评本才是孔舫之真正赖以翻译的底本”❹。本文为简化问题而暂时选用 1832 年初版的双清

❶ Tsau, Hsüe Kin, Kao O: *Der Traum der roten Kammer: ein Roman aus der frühen Tsing-Zeit*, übersetzt von Franz Kuhn; Leipzig: Insel Verlag, 1932.

❷ Tsao, Chan: *The Dream of the Red Chamber=Hung lou mêng:* a Chinese novel of the early Ching period, translated from the German version, illustrated by Jochen Bartsch. London: Blackie, 1958.

❸ 王薇：《〈红楼梦〉德文译本研究兼及德国的〈红楼梦〉研究现状》，博士学位论文，山东大学 2006 年，第 36 页。

❹ 王金波：《弗朗茨 · 库恩及其〈红楼梦〉德文译本——文学文本变译的个案研究》，博士学位论文，上海外国语大学 2006 年，第 31 页。

仙馆王希廉评本[1]作为讨论的底本。

从整体上来说，麦克休姊妹英译本较忠实地遵循了孔舫之德译本的内容和精神，将德译本的实质都体现了出来。在这个英文节译本中，作者的遣词造句大都符合英语语言的表达习惯，能使英语读者较为顺利地读懂文章的内容，从整体上了解《红楼梦》。

然而，由于麦克休姊妹英译本完全按照孔舫之德译本转译而成，不可避免地造成了该译本中遗留了一些明显生硬的德语句法痕迹。在英译本中，或许是由于译者当时对于德语句法的理解未必透彻，从而导致英译本中出现了一些句法方面的翻译问题，与德文原文所要表达的意思出入较大或者截然不同。本文将从曲译和硬译的角度就文中句法的转译方面对上述德、英两个译本进行比较研究，将当前发现的问题分为以下三类加以考察：

（1）德语语法的掌握问题导致的转译失误；

（2）英译文语法错误；

（3）英译文中接受语（此处为英语）信息表达不准确导致的转译失误。——这条又可以分成以下两种情形：①英译文不符合英文习惯导致的转译失误；②生硬转译导致的失误。

引文中加黑的部分即是相应研究的焦点之所在。

二、转译中的曲译现象

翻译学上的曲译现象是指：随意增删、改变原文内容，歪曲原文风格的翻译。曲译的译文通常文句通顺，有的还文采十足，读者如不对

---

[1] [清]曹雪芹、高鹗著，[清]王希廉评：《新评绣像红楼梦全传》（全四卷），双清仙馆 1832 年版。另可参见姚珺玲：《〈红楼梦〉德文译本底本三探——兼与王薇、王金波商榷》，载《红楼梦学刊》2010 年第 3 辑，第 109—110 页的有关说明。

照原文还难以发现其中毛病[1]。“曲”是一个极端，是翻译中的“自由化”，它否认翻译的从属性，脱离原作，任意改变原文的内容、体裁、风格等。曲译的主要毛病是“面目失真”(严重的是“面目全非”)，这与译者的责任本应是重现原文本来面目显然是背道而驰了[2]。

曲译主要有两类现象：一是因译者语言水平低，对原文理解错误，译文中表达不当而造成的曲译[3]；二是由于译者态度马虎，责任心不强而造成的曲译。这种曲译不完全同语言水平有关[4]。

下面将从曲译的两个方面来对英译文进行对比分析。

(一)德语语法的掌握问题导致的转译失误

相对于英语来说，德语语法在一定程度上更加复杂。在不同的语境和语法情景中，同一语法形式可能会衍生出不同的意义解释。在德译本向英译本的转换过程中，正是因为德语语法的复杂性，导致了一些转译问题。

英译者在转译德译文时，对一些德语语法现象没有理解和研究透彻，导致英译文与德译文所表达的意思有所出入，让英文读者感到困惑。这就导致了翻译学上的一种曲译现象：因为语言水平而造成的曲译。

下面将试举几例进行说明。

(1)原文：

袭人道：“她虽没这造化，倒也是娇生惯养的，我姨夫姨娘的

[1] 王育伦：《硬译和曲译》，载《外语学刊》1983年第2期，第67页。
[2] 王育伦：《硬译和曲译》，载《外语学刊》1983年第2期，第68页。
[3] 王育伦：《硬译和曲译》，载《外语学刊》1983年第2期，第68页。
[4] 王育伦：《硬译和曲译》，载《外语学刊》1983年第2期，第71页。

宝贝。”❶

德译文：

“Dieses Glück **ist ihr zwar versagt geblieben**, aber immerhin hat sie keinen Mangel zu leiden brauchen und ist von ihren Eltern gehörig worden.”❷

英译文：

“That good fortune **has certainly been denied her**, but she has never had to suffer want and her parents have spoiled her in every way.”❸

在这里，宝玉问起了袭人的姨妹，赞她好，袭人却觉得宝玉是想把自己妹妹收为奴才，两人因此起了争执。在德语中，versagen 的用法是 jm. etw. versagem “拒绝、不同意”。而 bleiben 在此处的用法是表示一种拒绝的状态，“好运已经拒绝她，她与好运无缘”，并且在此处用作完成时态。bleiben 的完成时态为 ist geblieben❹，与其被动时态的形式一致。

译者在此处将德语的完成时态译为英语的被动态，造成语句含义模糊，语义不通，不符合英语的表达习惯，造成曲译。

修改建议：

“That good fortune **has certainly denied her**, but she has never had to suffer want and her parents have spoiled her in every way.”

---

❶ [清]曹雪芹、高鹗著，[清]王希廉评：《新评绣像红楼梦全传》（全四卷），双清仙馆 1832 年版，第一卷第 786 页。

❷ Tsau, Hsüe Kin, Kao O: *Der Traum der roten Kammer: ein Roman aus der frühen Tsing-Zeit*, übersetzt von Franz Kuhn; Leipzig: Insel Verlag, 1932, p.216.

❸ Tsao, Chan: *The Dream of the Red Chamber=Hung lou mêng:* a Chinese novel of the early Ching period, translated from the German version, illustrated by Jochen Bartsch. London: Blackie, 1958, p.148.

❹ 《朗氏德汉双解大词典》，外语教学与研究出版社 2000 年版。

（2）原文：

宝玉发了一回怔，又见莺儿立在旁边，不见了雪雁。[1]

德译文：

Und da stand ja Auch auf einmal Zofe Kakadu an ihrer Seite. Wo war den Schneegans hin? [2]

英译文：

And there was her maid Oriolle suddenly standing by her side. **Where**, then, was Snowgoose **gone to**? [3]

在这里，宝玉娶亲，他本以为雪雁是黛玉从南方带来的人，那么由她送入洞房的新娘必是黛玉。不想这是众人在蒙蔽他，真的新娘是宝钗，雪雁也完成任务离开，换上了宝钗的丫头莺儿。

在德语中，hin 表示方向，可单独使用。Hin:（表示朝一个目标，往往是离说话人而去）向、朝、前往、到……去（与 her 相对）。

孔舫之在句末使用 hin，意为表达“雪雁往哪儿去了”的意思，符合德语的语法表达习惯。而在英译本中，人一般不用作位移方面被动态的主语。在这里，译者直接将德语中的 hin 翻译作了 gone to，是直接将德语含义翻译了过来，而没有考虑英文的语法行文习惯，是一种完全的曲译，导致了语法问题。

修改建议：

Where, then, has Snowgoose **gone to**?

同样类型的例子再举一例。

---

❶ [清]曹雪芹、高鹗著，[清]王希廉评：《新评绣像红楼梦全传》（全四卷），双清仙馆 1832 年版，第四卷第 3250 页。

❷ Tsau, Hsüe Kin, Kao O: *Der Traum der roten Kammer: ein Roman aus der frühen Tsing-Zeit*, übersetzt von Franz Kuhn; Leipzig: Insel Verlag, 1932, p.696.

❸ Tsao, Chan: *The Dream of the Red Chamber=Hung lou mêng:* a Chinese novel of the early Ching period, translated from the German version, illustrated by Jochen Bartsch. London: Blackie, 1958, p.498.

原文：

凤姐儿立起身来望楼下一看，说："爷们都往那里去了？"❶

德译文：

"**Wo sind** denn die Herren **hin**? " fragte sie, sich über die brüstung hinabbeugend.❷

英译文：

"**Where are** the gentleman **gone to**? " she asked, bending down to look over the balustrade.❸

修改建议：

"**Where have** the gentleman **gone to**? " she asked, bending down to look over the balustrade.

（3）原文：

自己一手持灯，一手擦眼，一看，可不是宝钗么！❹

德译文：

Er leuchtete ihr Gesicht mit der Lampe ab, er rieb sich die Augen-kein Zweifel, **sie war es**.❺

英译文：

He shone the lamp on her face, he rubbed his eyes. There was no

---

❶ [清]曹雪芹、高鹗著，[清]王希廉评：《新评绣像红楼梦全传》（全四卷），双清仙馆 1832 年版，第一卷第 581 页。

❷ Tsau, Hsüe Kin, Kao O: *Der Traum der roten Kammer: ein Roman aus der frühen Tsing-Zeit*, übersetzt von Franz Kuhn; Leipzig: Insel Verlag, 1932, p.123.

❸ Tsao, Chan: *The Dream of the Red Chamber=Hung lou mêng:* a Chinese novel of the early Ching period, translated from the German version, illustrated by Jochen Bartsch. London: Blackie, 1958, p.80.

❹ [清]曹雪芹、高鹗著，[清]王希廉评：《新评绣像红楼梦全传》（全四卷），双清仙馆 1832 年版，第四卷第 3250 页。

❺ Tsau, Hsüe Kin, Kao O: *Der Traum der roten Kammer: ein Roman aus der frühen Tsing-Zeit*, übersetzt von Franz Kuhn; Leipzig: Insel Verlag, 1932, pp. 695-696.

doubt about it; it was she.[❶]

在这里，宝玉娶亲，在他揭去新娘的盖头后，发现是宝钗而非林妹妹。他大吃一惊，心里不信，遂仔细持灯查看。

在德语 sie war es 中，根据德语语法行文规则，es 为第一格，sie 为表语第一格。

而在英语译文 it was she 中，译者是直接将德语的 Sie 翻译为了 she。按照惯常英语用法，应将此句翻译为：it was her。虽然在英语中，也有主格 she 出现在表语位置的情况，但是比较少见，并且英文转译者在其他用作表语和宾语的地方也都大量地使用了人称代词的宾格。而转译者此处未分析清楚，直接将其翻译为了主格形式，显然不妥。

修改建议：

He shone the lamp on her face; he rubbed his eyes. There was no doubt about it; **it was her**.

同样类型的例子再举一例。

原文：

想一定就是此人了。[❷]

德译文：

Bestimmt ist **er** es.[❸]

英译文：

Yes, it must be **he**.[❶]

---

❶ Tsao, Chan: *The Dream of the Red Chamber=Hung lou mêng:* a Chinese novel of the early Ching period, translated from the German version, illustrated by Jochen Bartsch. London: Blackie, 1958, p.498.

❷ [清]曹雪芹、高鹗著，[清]王希廉评：《新评绣像红楼梦全传》（全四卷），双清仙馆 1832 年版，第一卷第 289 页。

❸ Tsau, Hsüe Kin, Kao O: *Der Traum der roten Kammer: ein Roman aus der frühen Tsing-Zeit*, übersetzt von Franz Kuhn; Leipzig: Insel Verlag, 1932, p.11.

修改建议：

Yes, it must be **him**.

（4）原文：

贾妃垂泪，彼此上前厮见，一手挽贾母，一手挽王夫人，三个人满心皆有许多话，俱说不出，只是呜咽对泣而已。[2]

德译文：

Der Reihe nach begrüßte Lenzanfang die versammelte Weibliche Verwandtschaft, **und während sie der einen Hand die großmütterliche Linke, mit der andern Hand die mütterliche Rechte faßte**, rollten ihr nur so die Tränen über die Wangen hinab. Auch drüben war man von Rührung überwältigt. Man hatte so viel auf dem Herzen, was man sich mitteilen wollte, aber nun war eine lange Weile nichts weiter zu hören als wortloses Schluchzen.[3]

英译文：

All the assembled female relations welcomed Beginning of Spring in their turn, and as she stood there **holding her grandmother's left hand and her mother's right**, tears rolled off ceaselessly down her cheeks. The relatives were likewise overcome with emotion. All has so much in their hearts which they would have dearly loved to express.[4]

这里描述了贾妃回家省亲，全家人相见，相拥而泣的场景。

---

❶ Tsao, Chan: *The Dream of the Red Chamber=Hung lou mêng:* a Chinese novel of the early Ching period, translated from the German version, illustrated by Jochen Bartsch. London: Blackie, 1958, p.7.

❷ [清]曹雪芹、高鹗著，[清]王希廉评：《新评绣像红楼梦全传》（全四卷），双清仙馆1832年版，第一卷第751页。

❸ Tsau, Hsüe Kin, Kao O: *Der Traum der roten Kammer: ein Roman aus der frühen Tsing-Zeit*, übersetzt von Franz Kuhn; Leipzig: Insel Verlag, 1932, p.203.

❹ Tsao, Chan: *The Dream of the Red Chamber=Hung lou mêng:* a Chinese novel of the early Ching period, translated from the German version, illustrated by Jochen Bartsch. London: Blackie, 1958, p.139.

此处原文表达的意思是贾妃一只手挽着贾母，另一只手挽着王夫人，三人相聚。德译文表达的意思为“贾妃用手挽着贾母的左侧和王夫人的右侧”，忠实于原文。但是在英译文中，转译者由于对德语句子语法的理解不深入，外加没有相应的背景作参考，将此处德文转译为holding her grandmother's left hand and her mother's right，也就是“拉着贾母的左手和王夫人的右手”，与德语译文表达的意思有所出入，把“贾妃用手……”译为了“他人的手被拉”，hand 的所属没有翻译正确。所以此处英译不可取，不可理解为意译。

修改建议：

All the assembled female relations welcomed Beginning of Spring in their turn, and as she stood there **with one hand holding her grandmother's left side and another hand holding her mother's right**, tears rolled offceaselessly down her cheeks.

（二）英译文语法错误

在英译文中，有一些文法上的错误。英译本译者为英语母语人，本不该出现这样的现象。但由于对德译文的理解不够透彻，按照德文（非完全生硬对照转译）转换过来的一些英文句子就产生了英语语法上的错误，译者又未加仔细推敲，导致了转译上的失误。这就形成了曲译的第二种现象：由于译者态度马虎、责任心不强而造成的曲译。这种曲译不完全同语言水平有关。

下面试举三例说明。

（1）原文：

贾母便睁眼笑道：“我不困，白闭闭眼养神。你们只管说，我听着呢！”❶

❶ [清]曹雪芹、高鹗著，[清]王希廉评：《新评绣像红楼梦全传》（全四卷），双清仙馆1832年版，第三卷第2589页。

德译文：

“Nein, Nein, erzähle nur weiter! ” sagte die Ahne heiter, die Augen aufschlagend. “Ich hatte die Augen nur geschlossen, um **besser** bei der Sache zu sein.”❶

英译文：

“No, no, go on with the story! ” said the Ancestress brightly, opening her eyes. “I only shut my eyes in order **the better** to concentrate on the story.”❷

在这里，贾母和众人在山上赏月。夜色已晚，老太太精神不济。在尤氏讲笑话时，已双眼朦胧，似有睡去之态。在被王夫人和尤氏请醒之后，说出了如上所言。

在德语中，besser 这里是形容词 gut“好”的比较级。Besser：（用作 gut 的比较级）较好的，更好的，besser sein 意为“更好地做什么”，在此处，这种语法符合德语的句式习惯。

而在英译文中，译者将 besser 译作了 the better，虽然读者能根据 better 的词义猜测出句子的意思，但是在语法上不通，并且不符合英文的行文习惯。

修改建议：

“No, no, go on with the story! ” said the Ancestress brightly, opening her eyes. “I only shut my eyes in order to better concentrate on the story.”

（2）原文：

鸳鸯便叫道：“袭人，你出来瞧瞧。你跟他一辈子，也不劝劝他，还

❶ Tsau, Hsüe Kin, Kao O: *Der Traum der roten Kammer: ein Roman aus der frühen Tsing-Zeit*, übersetzt von Franz Kuhn; Leipzig: Insel Verlag, 1932, p.590.

❷ Tsao, Chan: *The Dream of the Red Chamber=Hung lou mêng:* a Chinese novel of the early Ching period, translated from the German version, illustrated by Jochen Bartsch. London: Blackie, 1958, p.418.

是这么着。”[1]

德译本：

“Perle, komm herbei und sieh!” rief die sich lachend Wehrende laut. “Du bist nun schon, **wer weiß wie lange**, bei ihm und hast ihm immer noch kein Benehmen beigegracht! ”[2]

英译本：

“Come and look, Pearl! ” cried the girl, laughing loudly as she tried to disengage herself from him. “**You have been with him goodness knows how long**, and you have not yet taught him to behave.”[3]

在这里，宝玉在等袭人给他拿靴子的间隙中，同鸳鸯打闹，求鸳鸯把嘴上的胭脂赏他吃了。鸳鸯无奈，呼喊袭人，让她来制止宝玉。

德译文中，wer weiß wie lange 作为一个插入语，进一步说明袭人跟了宝玉多久，在德语语法和用词习惯上没有任何不妥。

而在英译文中，译者将两个短句的意思整合到了一起，但一个句子中有两个谓语动词，违背了英语语法的行文习惯，而德语原文中表义正确，由此可大致推测，此处是由于译者对于德语原文的理解不透彻而造成了误译。

修改建议：

“Come and look, Pearl! ” cried the girl, laughing loudly as she tried to disengage herself from him. “**You have been with him, who knows how long**, and you have not yet taught him to behave.”

---

❶ [清]曹雪芹、高鹗著，[清]王希廉评：《新评绣像红楼梦全传》（全四卷），双清仙馆 1832 年版，第一卷第 913 页。

❷ Tsau, Hsüe Kin, Kao O: *Der Traum der roten Kammer: ein Roman aus der frühen Tsing-Zeit*, übersetzt von Franz Kuhn; Leipzig: Insel Verlag, 1932, p.258.

❸ Tsao, Chan: *The Dream of the Red Chamber=Hung lou mêng:* a Chinese novel of the early Ching period, translated from the German version, illustrated by Jochen Bartsch. London: Blackie, 1958, p.178.

（3）原文：

那轴美人却不曾活，却是茗烟按着一个女孩子，也干那警幻所训之事。[1]

德译文：

Nun, das Bild war nicht lebendig geworden, vielmehr rührten die Geräusche von zwei wirklichen Menschen her, die gerade mit jenem vergnüglichen Spiel beschäftigt waren, das ihn einst die Fee des schreckhaften Erwachens gelehrt hatte. **In dem männlichen Teil** des Pärchens aber erkannte er seinen Leib diener Ming Yen.[2]

英译文：

No, the picture had not come to life; the noise came instead from two real mortals who were absorbed in that pleasurable game which the Fearful Awakening had once taught him. **In the male half of** the people he recognized his valet, Ming Yen.[3]

在这里，宝玉在东府看戏吃茶。途中觉得无聊，便四处乱逛，却不想无意中逮住了茗烟和一个丫头在干那警幻所训之事。

在德译文中，孔舫之将“宝玉发现了一对苟且之人，其中那个男的却是茗烟”译为了 In dem männlichen Teil des Pärchens aber erkannte er seinen Leib diener Ming Yen。其中，“这一对中的男的一方”在德语中是可以这样表达的：In dem männlichen Teil des Pärchens。

---

❶ [清]曹雪芹、高鹗著，[清]王希廉评：《新评绣像红楼梦全传》（全四卷），双清仙馆 1832 年版，第一卷第 774 页。

❷ Tsau, Hsüe Kin, Kao O: *Der Traum der roten Kammer: ein Roman aus der frühen Tsing-Zeit*, übersetzt von Franz Kuhn; Leipzig: Insel Verlag, 1932, p.213.

❸ Tsao, Chan: *The Dream of the Red Chamber=Hung lou mêng:* a Chinese novel of the early Ching period, translated from the German version, illustrated by Jochen Bartsch. London: Blackie, 1958, p.145.

但在英译文中，译者将其翻译成了 In the male half of the people，直接将德译文按照字面意思进行了转译。虽然读者也能根据字面意思领会译者要表达的内容和思想，但是这样的译法不符合英语的行文表达习惯，让人读后觉得生硬。

修改建议：

he recognized that the male one was his valet, MingYen.

三、转译中的硬译现象

硬译是指不能或不敢摆脱原文语言形式的束缚，一味追求对原文语言形式的忠实，因而造成了晦涩难懂、文理不通的译文。硬译违反英语语法，较为显眼，细心的读者比较容易看出[1]。

“不能”是指译者理解了原文的意思，但由于自身英语词汇或其他表达手段贫乏，文字水平低，不能在英语中找到合乎规范的表达法，只好生硬搬用英语的某些表达；“不敢”是指译者对原文理解不透，没有“钻进去”，或不了解“钻进去理解”和“跳出来表达”的辩证关系，不了解内容和形式的辩证关系，不敢摆脱原文的框框，而走上了“硬搬”的道路[2]。

英语和德语是两种不同但又相互联系的同源语言。由于历史和语言文化背景的差异，德译文中的一些信息在转译为英语时，不能完全按照德语意义或者表达方式进行翻译，这样会造成英译文中一些句式不符合英文的表达习惯，或者导致生硬翻译。此处麦克休姊妹英译文转译孔舫之德译文的过程中就出现了一些这样的语言现象。

在转译时，建议用奈达博士的“功能对等”（functional

❶ 王育伦：《硬译和曲译》，载《外语学刊》1983 年第 2 期，第 67 页。

❷ 王育伦：《硬译和曲译》，载《外语学刊》1983 年第 2 期，第 67 页。

equivalence)[1]的理论来指导翻译。不过此处译者在转译德译文时，部分句式没有注意到德英两种语言的文化差异性，导致英译文不能为英文读者所接受。由于德语语法的复杂性，这里我们可以选用功能对等的最低现实意义来修改此处所提及英译文的不足之处。也就是说，力求用接受语（此处为英语）首先在意义上，其次在风格上再现与源语信息（此处为德语）最为相当的自然信息[2]。

下面我们将从英译文中接受语信息表达不准确导致的两种转译失误来分析麦克休姊妹译文中的一些句式，并且尽量根据"意义相当"的原则来提出修改建议。

（一）英译文不符合英文习惯导致的转译失误

在英译本的转译过程中，英译者理解到了德语原文要表达的意思，但是由于所选择的英语语法句式结构，或者表达方式不符合特定语境下的表达要求，导致英语译文所表达的意思含糊和不好理解，没有传达出德语译文对故事情节描写的精妙，造成误译。

（1）原文：

那贾大人全仗我家的西府里才得做了这么大官，只要打发个人去一说就完了。[3]

德译文：

Denn der Präfekt sei von früher dem Senior des Westpalais Herr

❶ 相应含义见 Nida, E.A.: *Language and Culture-Context in Translating*, 上海外语教育出版社 2001 年版，第 87 页。

❷ 李田心：《不能用"等效原则"解读奈达的翻译理论》，载《外语学刊》2005 年第 2 期，第 74 页。

❸ [清]曹雪芹、高鹗著，[清]王希廉评：《新评绣像红楼梦全传》（全四卷），双清仙馆 1832 年版，第四卷第 3427 页。

Tschong **verpflichtet**.❶

英译文：

For Mr. Cheng, the senior of the western palace, had **served** the Prefect **well** in days gone by.❷

在这里，醉金刚倪二喝醉了酒在街上躺着，挡住了贾雨村的马车，被抓进了府中。倪二的妻女便来向贾芸求情，指望其去西府说情，将倪二放出来。贾芸满口答应。

在德语中，verpflichten 可表示：任用，聘用，录用，与原文意思相符。

在英语译文中，译者将 verpflichten 翻译为了 serve well。Serve 在英文中有“服务，提供，用作……，适合”等意思。在这里，serve well 没有很好地体现出原文及德译文所要表达的意思，会让读者产生疑惑。

修改建议：

For Mr. Cheng, the senior of the western palace, had **helped** the Prefect reach the place in days gone by.

（2）原文：

雨村忙看时，此人是都中古董行中贸易姓冷号子兴的，旧日在都相识。❸

德译文：

Er war der Kurios-und Antiquätenhändler Long, mit dem er sich

---

❶ Tsau, Hsüe Kin, Kao O: *Der Traum der roten Kammer: ein Roman aus der frühen Tsing-Zeit*, übersetzt von Franz Kuhn; Leipzig: Insel Verlag, 1932, p.739.

❷ Tsao, Chan: *The Dream of the Red Chamber=Hung lou mêng:* a Chinese novel of the early Ching period, translated from the German version, illustrated by Jochen Bartsch. London: Blackie, 1958, p.527.

❸ [清]曹雪芹、高鹗著，[清]王希廉评：《新评绣像红楼梦全传》（全四卷），双清仙馆 1832 年版，第一卷第 311 页。

damals, als er wegen der Reichsprüfung in Kinling weilte, **angefreundet** hatte.[1]

英译文:

He was the curio and Antique dealer Leng, **with** whom he had become friendly when he had stayed in Chinling for the state examination.[2]

在这里，是说雨村闲时出来散步，步入一村肆中喝酒时，碰见了当初在京都参加考试时认识的朋友冷子兴。

德译文中，anfreunden 意为“与……交朋友”，符合原文意思。

在英译文中，become friendly 意为变得友好，用在此处表达“与……交朋友”的意思非常勉强，在英语中这种用法不常见，进而给读者一种生硬转译的印象。

修改建议:

He was the curio and antique dealer Leng, with whom he had make friends when he had stayed in Chinling for the state examination.

（3）原文:

说着，赌气上床，面向里倒下拭泪。[3]

德译文:

Sie sprang auf und warf sich über ihr Bett, **um mit nach der Wand zugekehrtem Gesicht in der Beschäftigung des Tränentrocken**

---

❶ Tsau, Hsüe Kin, Kao O: *Der Traum der roten Kammer: ein Roman aus der frühen Tsing-Zeit*, übersetzt von Franz Kuhn; Leipzig: Insel Verlag, 1932, p.22.

❷ Tsao, Chan: *The Dream of the Red Chamber=Hung lou mêng:* a Chinese novel of the early Ching period, translated from the German version, illustrated by Jochen Bartsch. London: Blackie, 1958, p.16.

❸ [清]曹雪芹、高鹗著，[清]王希廉评:《新评绣像红楼梦全传》（全四卷），双清仙馆 1832 年版，第一卷第 735 页。

fortzufahren.[1]

英译文：

She jumped up and threw herself on her bed, **the better to go on drying her eyes with her face turned to the wall.**[2]

这里是说宝玉和黛玉因为剪荷包的事情而争论起来，黛玉气不过，把剪子一摔，赌气就跳上床，暗自抹泪。在德译本中，译者的翻译在文意上忠实于原文，并且译文符合德语语法的行文习惯，紧凑精妙。但在英文译本中，整个后半句 the better to go on drying her eyes with her face turned to the wall 显得比较别扭。而 the better 通常意为“更好地”，用在这里不符合英文语法的表达习惯，并且此处添加会导致文意和德译本有出入，让读者看了会有不知所云的感觉，此处转译稍逊。

修改建议：

She jumped up and threw herself on her bed **and went on drying her eyes with her face turned to the wall**.

（二）生硬转译导致的失误

由于语言文化背景及语法细节的不同，在翻译中，不能将德语按照字面意思转译成英语，否则会导致成生硬转译现象，得到的译文和原文意思不符，或者在译语语境中显得奇怪。在孔舫之德译文向麦克休姊妹英译文转换的过程中，有一些句式就是由于译者对德英两种语言转化过程的不完全掌握，而导致了一些转译失误。

---

❶ Tsau, Hsüe Kin, Kao O: *Der Traum der roten Kammer: ein Roman aus der frühen Tsing-Zeit*, übersetzt von Franz Kuhn; Leipzig: Insel Verlag, 1932, p.196.

❷ Tsao, Chan: *The Dream of the Red Chamber=Hung lou mêng:* a Chinese novel of the early Ching period, translated from the German version, illustrated by Jochen Bartsch. London: Blackie, 1958, p.133.

（1）原文：

张德辉满口应承。[1]

德译文：

Die der Gast mit **zwei Mündern zugleich** zu beherzigen versprach.[2]

英译文：

The guest promised, **with two mouths at the same time**, to take to heart.[3]

在这里，薛蟠要跟着张德辉外出学做生意。薛姨妈放心不下，宴请张德辉，再三叮嘱他照顾好薛蟠。

德译文中说 mit zwei Mündern 符合德语的习惯，英语中虽然有过 with two mouths 的用法，但非常少用，可以认为转译者是在直译，将德语生硬翻译成英文。在翻译中，不应该将就德语而翻成一种很少见的英文用法，还是应该译成英文的习惯用法为宜：readily promise/make profuse promises。

修改建议：

The guest **readily promised** to take to heart.

（2）原文：

幸贾母不知底细，因今日身子好些，又见贾政无事，宝玉宝钗在旁天天不离左右，略觉放心。[4]

---

❶ [清]曹雪芹、高鹗著，[清]王希廉评：《新评绣像红楼梦全传》（全四卷），双清仙馆1832年版，第二卷第1651页。

❷ Tsau, Hsüe Kin, Kao O: *Der Traum der roten Kammer: ein Roman aus der frühen Tsing-Zeit*, übersetzt von Franz Kuhn; Leipzig: Insel Verlag, 1932, p.433.

❸ Tsao, Chan: *The Dream of the Red Chamber=Hung lou mêng:* a Chinese novel of the early Ching period, translated from the German version, illustrated by Jochen Bartsch. London: Blackie, 1958, p.304.

❹ [清]曹雪芹、高鹗著，[清]王希廉评：《新评绣像红楼梦全传》（全四卷），双

德译文：

Die Ahne hatte sich unter der trästlichen Eindruck der Tatsache, daß wenigstens ihr zweite Sohn Tschong sich weiter der kaiserlichenen Huld erfreute und daß ihre Lieblingsenkel Pao Yü und Pao Tschai beständig um sich hatte, überraschend schnell erholt und war inmitten des allemeinen Durcheinanders **ganz Tatkraft und mütterliche fürsorglichkeit**.❶

英译文:

The ancestress had recovered with surprising rapidity, thanks to the comforting knowledge that least her second son Cheng still enjoyed the imperial favor and that she had her two favorite grandchildren, Pao Yu and Precious Clasp, always with her; in the midst of the general confusion she was all activity and motherly care.❷

在这里，贾府被抄家，大家陷入一片混乱之中。但是贾母因为二儿子贾政没事，又有两个最喜欢的孙辈陪着，反而迅速恢复了健康活力，并在种种事变中充分表现出了母爱。

在德语中，句子 ganz tatkraft und mütterliche für sorglichkeit sein 符合德语的语法行文习惯，但转译成英文 she was all activity and motherly care 就会显得别扭。虽然英文中在极少数情况下也可以这样说，但是绝大多数情况下都避免这种用法。显然，转译者在这里直接套用了德文的表达方式来转译这句话，让英文读者感到生硬别扭，甚为不妥。

修改建议：

She **was quite active and full of motherly care**.

清仙馆 1832 年版，第四卷第 3483 页。

❶ Tsau, Hsüe Kin, Kao O: *Der Traum der roten Kammer: ein Roman aus der frühen Tsing-Zeit*, übersetzt von Franz Kuhn; Leipzig: Insel Verlag, 1932, p.766.

❷ Tsao, Chan: *The Dream of the Red Chamber=Hung lou mêng:* a Chinese novel of the early Ching period, translated from the German version, illustrated by Jochen Bartsch. London: Blackie, 1958, p.545.

同样类型的例子再举一例。

原文：

忽起忽坐，忽喜忽嗔，没半刻斯文。[1]

德译文：

Sie **war ganz** Bewegung.[2]

英译文：

She **was all** movement.[3]

修改建议：

She **was all in** movement.

（3）原文：

饥食秘情果。[4]

德译文：

Wenn sie hungrig war, **naschte** sie **mit** Vorliebe vom "Baum der heimlichen Liebesfrüchte".[5]

英译文：

When she was hungry she love to **eat of** the "Tree of Secret Love Fruit."[6]

---

❶ [清]曹雪芹、高鹗著，[清]王希廉评：《新评绣像红楼梦全传》（全四卷），双清仙馆1832年版，第三卷第2248页。

❷ Tsau, Hsüe Kin, Kao O: *Der Traum der roten Kammer: ein Roman aus der frühen Tsing-Zeit*, übersetzt von Franz Kuhn; Leipzig: Insel Verlag, 1932, p.499.

❸ Tsao, Chan: *The Dream of the Red Chamber=Hung lou mêng:* a Chinese novel of the early Ching period, translated from the German version, illustrated by Jochen Bartsch. London: Blackie, 1958, p.352.

❹ [清]曹雪芹、高鹗著，[清]王希廉评：《新评绣像红楼梦全传》（全四卷），双清仙馆1832年版，第一卷第282页。

❺ Tsau, Hsüe Kin, Kao O: *Der Traum der roten Kammer: ein Roman aus der frühen Tsing-Zeit*, übersetzt von Franz Kuhn; Leipzig: Insel Verlag, 1932, p.6.

❻ Tsao, Chan: *The Dream of the Red Chamber=Hung lou mêng:* a Chinese novel

在这里，是说绛珠草化为人形之后，饥饿时就以秘情果为食。

在德语译文中，naschen 意味“吃零食，偷吃一口”的意思，后面可以接介词 mit，符合德语的语法习惯。但是在英译文中，译者将 naschen mit 直译为了 eat of，这种结构在英语中极少出现，不符合英语语言的语法习惯，可见译者是将德语直接生译过来，而未仔细考虑英语的表达习惯。

修改建议：

When she was hungry she love to **eat** the “Tree of Secret Love Fruit.”

（4）原文：

雨村听说，也道：“这样诗礼之家，岂有不善教育之礼？别门不知，只说这宁，荣二宅，是最教子有方的。”（衔接部分。程甲本中未出现，孔舫之为衔接上下文自行添加）子兴叹道……[1]

德译文：

Vielleicht **habt** ihr die **Güte**, mich etwas aufzuklören.[2]

英译文：

Perhaps you will **have the kindness** to enlighten me? [3]

这里是说雨村听说宁荣二府中年轻一代的文化教育出现了问题，很为惊诧，进而央求冷子兴告诉他更多的相关情况。

---

of the early Ching period, translated from the German version, illustrated by Jochen Bartsch. London: Blackie, 1958, p.4.

❶ [清]曹雪芹、高鹗著，[清]王希廉评：《新评绣像红楼梦全传》（全四卷），双清仙馆 1832 年版，第一卷第 186 页。

❷ Tsau, Hsüe Kin, Kao O: *Der Traum der roten Kammer: ein Roman aus der frühen Tsing-Zeit*, übersetzt von Franz Kuhn; Leipzig: Insel Verlag, 1932, p.24.

❸ Tsao, Chan: *The Dream of the Red Chamber=Hung lou mêng:* a Chinese novel of the early Ching period, translated from the German version, illustrated by Jochen Bartsch. London: Blackie, 1958, p.17.

在德语中，Güte 意为“善良，好意，亲切”。Güte haben 为常见用法，意为“劳驾……做……，希望……能好意地做……”，符合德语的语法习惯。

但在英译文中，译者将此处根据德语句式按照字面意思对应，译为 have the kindness。在此类情境下，此用法在英语中极为少见，读后让英文读者感到生硬不通，造成了翻译失误。

修改建议：

Perhaps you will **be kind** to enlighten me?

四、结语

根据上述实例分析，我们可以看出：《红楼梦》孔舫之德译本在麦克休姊妹英文转译过程中，大多是因为机械因袭德文的句法结构而导致英译文产生出各种各样的问题。这种情形跟英译者对中国文化背景的认知几无关系，而同她们对德语的掌握程度关系密切。从麦克休姊妹英译本在句法上造成的生硬、晦涩来看，英文读者通过这个译本间接了解《红楼梦》，要在很大程度上受制于英译者有欠精熟的德语水平。由此看来，我们以前从词汇角度对这个转译本问题的探讨，认为是转译者对中国文化背景的认知欠缺[1]，或许是不够准确的了。而这个英译本似乎历来评价不高，我们从这里的实例分析中似乎就可以找到比较关键的根源了。

（本文与张纯一合作，原载《红楼梦学刊》
2011年第六辑，第108—129页）

[1] 唐均、张纯一：《〈红楼梦〉库恩德译本英文转译中的词汇迻译问题初探》，载《译林》2011 年 8 月号，第 162 页。

《红楼梦》翻译中的东方主义问题摭拾

一、引言

所谓东方主义（Orientalism），指的是近代以降，欧美为代表的西方主流文化世界性扩展历史中，西方人在审视东方人时的价值判断及其心目中的东方脸谱，其内容通常包含两个侧影：一是“排外”（Xenophobic），一个多以男性形象表征愚昧而可憎的东方侧影，充满可怕、恐怖、暴力、肮脏而贪婪的意象；另一是“媚外”（Xenophilic），一个以女性身体暗喻异域风情的东方侧影，充盈着性感而神秘、古老而变态、巫气而邪劲的意象。就目前的研究而言，东方主义的主要特征可以简要归结为异质、分裂、他者化；汉学与虏学（Xenology）的分合等因素。

中东裔的美国学者爱德华·萨义德（Edward W. Said）曾经严厉批判东方主义，其核心观点可以概括为：西方对东方太过简陋与粗暴，是从政治和文化两方面，通过对东方的学术发现、语言重构、自然描述等来表达对东方各国、各民族的控制、操纵和吞并的愿望❶。

❶ 王炎：《重新认识萨义德和他的〈东方学〉》，载《外国文学》2004 年第 2 期，第 34 页。

《红楼梦》一向被誉为中国文化百科全书，它荟萃几乎所有中文古典文学形式（诗、词、曲、赋，对联、谜语、酒令、偈颂等），全面反映古典中国晚期贵族生活，充分体现满汉两种异质文化的高度融合，出现了女性意识的自觉主导，同时自觉运用心理描写刻画人物形象，并且广泛应用象征主义的手法来表现小说主题，以至于将其视为中国古典小说的巅峰之作，殆无疑虞。

从 19 世纪初开始，《红楼梦》的异域传播就以翻译文本的形式作为主导，在东亚和欧美两个区域蓬勃展开。迄至 21 世纪头 10 年，已有 20 种左右欧洲语言的大约 50 个不同篇幅的译本出现，将《红楼梦》的小说成分和文化要素多层面、多视角地传播给东瀛和泰西的多个民族。注意这一异域传播历程，恰好同东方主义影响的盛极而衰相重合，但关乎东方主义之于《红楼梦》翻译的正式研究却少得可怜[1]。于是，基于多个《红楼梦》译本材料的撷取，本文仅就三个比较突出的方面，简单谈谈《红楼梦》翻译中萦绕的东方主义问题。

需要说明的是，《红楼梦》的中文底本素以繁复著称，本文不在这方面过多纠缠，因而直接引用常见文本以为参照（如果某个译本据以译出的底本与之有异，再另外出注说明）；伴随译本简称出现的年份为其初版时间；而引文中的下划线为笔者所加，以便于读者集中审视相关研究对象。

---

❶ 直接以“东方主义”为题的论著似乎只有一篇硕士论文——李晓姝：《东方主义视野下的〈红楼梦〉王际真译本研究》，硕士学位论文，西南交通大学，2013 年；而没有冠以“东方主义”的主题、但实际上涉及这一视角的论著则可以[德]吴漠汀的《被遗漏的“犹抱琵琶半遮面”——闵福德和他对〈红楼梦〉后四十回的翻译，集中讨论刺激性联想的场景》（载《红楼梦学刊》2011 年第 6 辑，第 274—289 页）为代表。

二、华裔译者的思维惯性

在《红楼梦》译介的历程中，以中文为母语的华人，不时出现在开列译者的榜单上。无论是旅居异国的游子，还是融入他乡的故人，抑或是重回故国的侨眷，他们较之纯粹的非母语译者而言，对《红楼梦》的深切感受加上相应异族语言的娴熟掌握，使得他们的迻译显得更有沟通中外文化模式的便利和从容。然而，习焉不察的东方主义思维，却也涓涓流淌于他们的译笔之下，以致今天看来，虽可理解，甚觉遗憾。

旅美华裔王良志（1927 年）和王际真（1929. 1958 年）的《红楼梦》英译，就是东方主义思维制约的典型产物。两位译者节译《红楼梦》，扩大了《红楼梦》在英语世界的传播，在中学西渐道路上的开拓性功绩毋庸置疑。他们将《红楼梦》这样一部丰富的文学作品大肆抽丝剥茧，删削原著枝叶，使得《红楼梦》复杂、深邃的主题简化为浪漫的情欲之爱，在内容上突出宝黛情史，而把其中所有描写中国古典社会生活的内容几乎都删掉了，同时为了方便西方人阅读，书中男子之名皆音译，女子之名皆意译。这样一部西方化的《红楼梦》，成了流于简单俗套的三角恋爱故事；经过岁月的磨洗之后，我们很难说西方世界的读者基于此，能够对中国及其文化产生多少正面的形象体认。

固然，基于彼时世界文化图景的实际，我们首先要用历史主义的眼光，审视中国母语人主导的中国小说巅峰作品的域外译介工作。1929 年 6 月 17 日天津《大公报·文学副刊》第 75 期，发表吴宓（笔名余生）的《王际真英译节本〈红楼梦〉述评》一文，评价王际真译本特色是："总观全书，译者删节颇得其要，译笔明显简洁，足以达意传情，而自英文读者观之，毫无土俗奇特之病。……故吾人于王际真君所译，不嫌其删节，而甚赞其译笔之轻清流畅，并喜其富于常识，深明西方读者之心理。《聊斋》《今古奇观》《三国演义》等，其译本均出西人之手。而王君能译《红楼梦》，实吾国之荣。”随着时代的演进，我们的中国古典小说译介传播工作，当然不能还在这样一种“与有荣焉”的心态境地裹足不前。

而王际真（1929 年）英译本，又直接衍生出博尔赫斯（Jorge luis Borges）的《红楼梦》西班牙文片段转译。在这位 20 世纪拉美文学大师主持编译的《幻想文学作品选》（*Antología de la literatura Fantástica*, 1940）中，就收录了他自己迻译的两个《红楼梦》的西班牙文片断：一是出自《红楼梦》第 5 回“贾宝玉神游太虚境警幻仙曲演红楼梦”的“宝玉之梦”，核心意象为“梦”；另一是出自《红楼梦》第 12 回“王熙凤毒设相思局贾天祥正照风月鉴”的“风月宝鉴”，核心意象为“镜”[1]。在博氏为此书所做的序言中，关于《红楼梦》的评介基本因袭王际真英译本中阿瑟 · 韦利（Arthur Waley）的序言以及王际真本人引言中的概述[2]。进而，博尔赫斯还将自己对《红楼梦》的部分感受，运用于其小说创作之中。不过，即便是与《红楼梦》确实有关的博氏小说，同《红楼梦》本身在主题意象上仍有不小的差距；《红楼梦》由“梦”而创造的命运寓言和末世终极人的形象，不是博尔赫斯的短篇小说所能负载的，或者说被他给扬弃了；《红楼梦》预示了部分的博尔赫斯，博尔赫斯创造了《红楼梦》的部分特色。就这样，在《红楼梦》对现当代世界级文学大师难得的影响历程中，我们依然看到了东方主义长期以来的沉淀之于时人意识的不自觉作用。

而迄今唯一的一个《红楼梦》法文全译本，诞生于 20 世纪后期的

---

[1] 程弋洋：《〈红楼梦〉在西班牙语世界的翻译与评介》，载《红楼梦学刊》2011 年第 6 辑，第 147—148 页。

[2] 程弋洋：《〈红楼梦〉在西班牙语世界的翻译与评介》，载《红楼梦学刊》2011 年第 6 辑，第 148 页。

1981 年，他是旅法华人李治华及其法国夫人雅歌（Jacqueline Alézaïs）、法国恩师汉学家铎尔孟（André d'Hormon）三人 27 年精诚合作的艺术结晶。

然而，即使是如此奢华的翻译阵容主笔，我们仍然挥之不去阅读上的东方主义阴影。请看出自小说第 6 回（贾宝玉初试云雨情刘姥姥一进荣国府）如下简单一例[1]。

程高本原文：

我们姑娘，年轻媳妇子，也难卖头卖脚的。

李治华法译：

Quant à ma fille, une jeune femme, il ne lui conviendrait guère d'aller faire étalage de sa frimousse et de ses petits pieds.[2]

"卖头卖脚"本义为"抛头露面"，结果在法译文中却成了"把她的脸蛋和小脚作为展览的商品"。对于较为生僻的中文俗语理解出现偏差，固然应当是这里出现语言转换差池的主因，但由此延宕而生的"小脚展览"，将晚近中国文化丑陋的一个镜头自觉加以抒写，这恐怕应该视作译者主体性受控于东方主义意识的自然产物了。

可资对照的一个译例，见于莫言小说《丰乳肥臀》的葛浩文（Howard Goldblatt）英译之中[3]。

原文：

上官来弟放下妹妹，飞起两只缠过、后又解放了的小脚，往屋里跑去。（第 20 页）

---

❶ 黎诗薇：《〈红楼梦〉法译本翻译策略初探》，载《红楼梦学刊》2013 年第 3 辑，第 292 页。

❷ Cao, Xueqin: *Le Rêve dans le Pavillion rouge*, tr.par Li Tche-houa & Jacqueline Alézaïs; Paris: Gallimard, 1981, Vol.1, p.148.

❸ 王飞白：《从改写理论看葛浩文〈丰乳肥臀〉的翻译策略》，载《外语研究》2014 年第 4 期，第 371 页。

英译:

Laidi put her sister down and ran to the door on feet that had been bound briefly then liberated.（p.32）

这里，中文原文明确指出了“小脚”及其“历史梗概”，英译忠实译出，但却回避“小脚”的直接表达，既不影响文义的正确流传，也在很大程度上规避了东方主义的细节表现。与前述《红楼梦》法译文中主动添加本来没有的东方丑陋文化符号，不啻天渊之别。

何况，如果虑及《红楼梦》中充分浸渍的满洲文化风俗[1]，几乎完全避开了对女子足部的描述[2]，我们就更能慨叹于李治华（1981 年）法译本这一琐细疏虞之中，下意识流露出来的东方主义桎梏了。

三、专名迻译的深层浸润

《红楼梦》塑造了形形色色生动鲜活的人物形象，其名号称呼的内涵往往同其形象塑造相互呼应相得益彰。按照现当代文献迻译简单音译的模式对此加以处理，除了让异域读者蒙受一大堆陌生古怪、佶屈聱牙的语音符号压力之外，名字和形象之间的有机联系也丧失殆尽。故而，从《红楼梦》的早期翻译开始，就有译者尝试突破上述简单音译的藩篱，寻找尽量切近曹雪芹命名的有效途径。

下面试举几例，考察《红楼梦》部分角色名字的意译由于东方主义因素作用而出现的偏差；纯粹的音译一般不予考虑，无论其基于译者的什么翻译策略而言。

首先是第一女主角黛玉的译名，主要的几个译本意译情形如表 47

[1] 金启孮:《〈红楼梦〉中的北俗（上）》，载《学习与探索》1980 年第 4 期，第 88 页。

[2] 郭士礼、石中琪:《唐德刚〈红楼梦〉研究述论》，载《红楼梦学刊》2010 年第 3 辑，第 224—225 页。

所示。

表 47 “黛玉”译名对照

英语		德语	法语		世界语
Black Jade		Blaujuwel	Sombre-Jade	Jade sombre	Jaspa
王际真译本	黄新渠译本	孔舫之译本	盖尔纳译本	李治华译本	谢玉明译本
1929. 1958	1994	1932	1957. 1964	1981	1995

上述“黛玉”的诸多译名可以归为四种类型：一是“黑玉”（英语 Black Jade），推测为“黛（黑）”“玉”二字的简单对译，虽然通俗易懂，但却和英语习语 black jade“黑皮肤的荡妇、黑马”重合，由此派生出来的负面文化意蕴，怕是将黛玉这个孤傲、高洁的文化意象严重扭曲了；二是“青玉”（德语 blaujuwel），以 blau“蓝、青”对应“黛色”，以 juwel“宝石”对应“玉”，颇具女性气质，而又避开某些潜在的负面偶合表达，诚为切近黛玉形象的异语佳构；三是“黯玉”（法语 sombre-Jade、Jade sombre），以 sombre“暗黑的、忧郁的、沉重的”一词规避掉可能引发负面联想的 noire“黑”，也不失为维持黛玉形象的异语表达形式；四是“碧玉”（世界语 Jaspa），源自希腊—拉丁语 iaspis（参见英语 jasper），如果对照“宝玉”的译名 Jado（参见英语 jade）加以审视，亦可窥见这一译名的匠心。

通过上述四种译名类型的比较可以看出，适用最为广泛的英语却偏偏选用了一个最具负面联想意味的译法，且在新近的英译本中仍然沿袭，对较早的德语佳译置若罔闻，当然还谈不上借鉴较晚的世界语妙译。无论如何，我们虽不好臆测当初以“黑荡妇”的同形词对译者的居心，但后来者的无视态度，至少可以归结为东方主义幽灵之于译者主体性的继续作用吧。

其次是第一女主角的贴身丫鬟紫鹃的译名，主要意译情形参见下表 48。

表 48 “紫鹃”译名对照

英语			德语	法语	
Purple Cuckoo	Nightinggale	Cuckoo	Kuckuck	Coucou	Cri de Coucou
王际真译本	霍克思译本	黄新渠译本	孔舫之译本	盖尔纳译本	李治华译本
1929. 1958	1973-1986	1994	1932	1957. 1964	1981

这一译名简而言之归为两种情形：一是含有“杜鹃鸟”（英语 cuckoo，德语 Kuckuck，法语 coucou）的多种表达，二是与中文“鹃”语义迥异的“夜莺”（nightingale）。多种欧洲语言的“杜鹃鸟”都源自拉丁语 cuculus，但各自的引申义略有分歧：英语 cuckoo 来自古法语 cucu，引申为“出轨的女人”，并可参照派生词 cuckold“戴绿帽子的男人”；德语 Kuckuck 另有“法警的印章”之义；法语 coucou 意指“杜鹃，布谷鸟；报春花，黄水仙；钟声仿杜鹃叫的挂钟，鸟鸣时钟；小型破旧飞机，老式飞机”。总之都是倾向于负面感情色彩的语汇，更与中文语境中杜鹃鸟啼血悲鸣的典故南辕北辙。因此，虑及《红楼梦》中紫鹃形象之于黛玉的重要陪衬和辅助意义，霍克思译本中转换为“夜莺”的处理，借助英语中 nightingale 的典故意蕴，巧妙再现了紫鹃丫鬟在中文原文中的角色内涵[1]，是规避东方主义问题的一种有效处理模式。

[1] 夏廷德：《〈红楼梦〉两个英译本人物姓名的翻译策略》，见刘士聪主编：《红

接下来考察《红楼梦》中贴身伏侍家族最高权威贾母的"第一丫鬟"鸳鸯的多种译名，见表49。

表49 "鸳鸯"译名对照

英语	Faithful Goose	王良志译本	1927
	Loyal Goose	王际真译本	1929. 1958
	Faithful	霍克思译本	1973—1986
	Lovebird	黄新渠译本	1994
德语	Mandarinenente	孔舫之译本	1932
法语	Oie d'amour	李治华译本	1981

注意到颇具中国文化意象的"鸳鸯"一词，由一雄一雌双栖双飞的禽鸟形象（鸳鸯鸟）引申出夫妻配偶（鸳鸯枕、鸳鸯帐）、成双成对（鸳鸯剑）的文化内涵来——这一文化意蕴在绝大多数异域文化中都是空白的。而作为丫鬟名字的"鸳鸯女"，在《红楼梦》120个回目里的出现竟达三次之多，见表50。

表50 《红楼梦》中出现丫鬟"鸳鸯"名称的回目一览

第46回	尴尬人难免尴尬事　鸳鸯女誓绝鸳鸯偶
第71回	嫌隙人有心生嫌隙　鸳鸯女无意遇鸳鸯
第111回	鸳鸯女殉主登太虚　狗彘奴欺天遭伙盗

由此可见，《红楼梦》中鸳鸯这一人物形象，从正负两面关涉婚姻配偶的意蕴远远大于她的对主忠诚，故而，英译"爱情鸟"（Lovebird）和法译"爱之鹅"（Oie d'amour）堪称神译；而限于忠诚的译法，则在

楼译评：〈红楼梦〉翻译研究论文集》，南开大学出版社2004年版，第146—147页。

很大程度上抹煞了该形象在奋起抗婚和保全私配等情节中的积极意义，这一点或许是东方主义思维的干扰而导致的翻译偏差吧。

最后留意于《红楼梦》第一男主角宝玉的首席丫鬟袭人，以及宝玉寡嫂李纨，这两个名字的几种迻译情形。

一是这两个人名的简单对译情形，如表 51 所示。

表 51　“袭人”“李纨”译名对照

袭人	英语				德语
	Pervading Fragrance	Pearl	Aroma		Perle
	王际真译本	麦克休译本	霍克思译本	黄新渠译本	孔舫之译本
	1929. 1958	1958	1973—1986	1994	1932

李纨	英语	德语	世界语
	Widow Chu	Widowe Chu	Teksa
	麦克休译本	孔舫之译本	谢玉明译本
	1958	1932	1995

由此可见，“袭人”之名意译使用，主要分成三种模式：一是“喷香”(Pervading Fragrance)，二是“珍珠”(英语 Pearl，德语 Perle)，三是“香味”(Aroma)；而“李纨”之名意译使用，则主要表现为“(贾) 珠遗孀”(英语 Widow Chu，德语 Widowe Chu) 和“织物”(世界语 Teksa)两种情形。显然，径用原名的“珍珠”切近袭人的原名“蕊珠”，而指称身份的“(贾) 珠遗孀”符合李纨作为贾珠寡妻的家族位置，但却都是避重就轻的处理模式，从某种程度上讲是东方主义思维为异域读者接受制造的一种分裂效果。

二是简单音译首次出现时加注、但不用于后续行文中的意译，有如下几种处理模式，见表52。

表52[1]　“袭人”译名加注对照

语种	袭人		花气袭人	译本
英语	Hsi-jen	Literally “assails men”	the fragrance of flowers assails men	杨宪益（1978）
西班牙语	Xiren	literalmente: “Atrapa a los Hombres”	la fragancia de las flores Atrapa a los hombres	拉乌埃尔（1991）
俄语	Си-жэнь	Привлекающая людей	Ароматом цветок привлекает людей	帕纳休克（1958. 1995）

表52反映“袭人”音译加注的情形。这里的西班牙文译本是直接译自杨宪益英译的[2]，但在“字面”（英语 literally，西班牙语 literalmente）一词之后的引号中，并无实词首字母大写的英译原文 assails men 只是简单解释两个中文字符的语义；但在转成西班牙译文之后，就将 Atrapa 和 Hombres 的两个实词首字母处理为大写了。由

[1] 本表内容分别引自 Yang, Hsien-yi & Gladys Yang (trs.): Tsao Hsueh-chin & Kao Ngo: *A Dream of Red Mansions*: Vol.I; illustrated by Tai Tun-pang.Peking: Foreign Languages Press, 1978, pp.50-51. Cao, Xueqin y Gao E: *Sueño de las mansiones rojas*: Tomo I. Versión castellana de Mirko Láuer, Ilustraciones de Dai Dunbang. Beijing: Ediciones en lenguas extranjeras, 1991, p.78. Цао, Сюэ-цинь: *Сон в красном тереме*: Т. 1. Перевод с китайского В. А. Панасюка. Москва: Государ- ственное издательство художественной литературы, 1958, с.65 和 Цао, Сюэцинь: *Сон в красном тереме*: В 3 т. Т. 1. Перевод с китайского В. А. Панасюка. Москва: Художественная литература, Ладомир, 1995, с.35。

[2] 程弋洋:《〈红楼梦〉在西班牙语世界的翻译与评介》，载《红楼梦学刊》2011年第6辑，第152页。

此带来一个问题：就是可能让西语读者误以为“袭人”对等于“袭击人们”（Atrapa a los Hombres）这一固定结构，抛开后面脚注中“花香袭击人们”（la fragancia de las flores Atrapa a los hombres）不顾，西译本这一“突破”，无形中倒歪打正着切近了某些断章取义批评杨宪益英译的论调[1]。而先于杨宪益英译本诞生的首版俄译本（1958 年），对此人名的意译及其脚注仍是“袭击人们”（Привлекающая людей）和“花香袭击人们”（Ароматом цветок привлекает людей），与其说是不同语言译者思维上的异曲同工，毋宁说是给我们提供了一个“荒诞”语义直译的滥觞形式。

表 53[2]　“李纨”名字迻译加注对照

语种	李纨		宫裁	译本
英语	Li Wan	plain Silk	Kung-tsai (Palace Seamstress)	杨宪益（1978）
西班牙语	Li Wan	Seda Cruda	Gongcai (CosTurera de Palacio)	拉乌埃尔（1991）

[1] 例如，裴钰：《莎士比亚眼里的林黛玉：〈红楼梦〉海外言情趣谈》，北京航空航天大学出版社 2008 年版，第 17 页认为此处英译者提供的解释 assails men “袭击男人”是大错特错，以至于完全曲解了“袭人”的本义；其实，批评者这里本身就出现了误解，men 既可指“男人们”也可指“人们”，但决不可指“男人”。

[2] 本表内容分别引自 Yang, Hsien-yi & Gladys Yang (trs.): *Tsao Hsueh-chin & Kao Ngo: A Dream of Red Mansions*: Vol.I; illustrated by Tai Tun-pang. Peking: Foreign Languages Press, 1978, p.53. Cao, Xueqin y Gao E: *Sueño de las mansiones rojas*: Tomo I. Versión castellana de Mirko Láuer, Ilustraciones de Dai Dunbang. Beijing: Ediciones en lenguas extranjeras, 1991, p.80. Цао, Сюэ-цинь: *Сон в красномте- реме*: Т. 1. Переводскитайского В. А. Панасюка. Москва: Государ ственное издательство художественной литературы, 1958, с.67-68 和 Цао, Сюэцинь: *Сон в красном тереме*: В 3 т. Т. 1. Перевод с китайского В. А. Панасюка. Москва: Художественная литература, Ладомир, 1995, с.36。

续 表

语种	李纨		宫裁	译本
俄语	Ли Вань	тонкий белый шёлк	Гун-цай (мастерица шить)	帕纳休克（1958）
		Белый шёлк	Гун-цай-Искусная швея	帕纳休克（1995）

表 53 反映“李纨（字）宫裁”音译加注的情形。“纨”以“素绢”（英语 plain Silk、西班牙语 Seda Cruda、俄语 белый шёлк）对译，差强人意；但作为一种丝织品名称的“宫裁”，英译成了“宫廷裁缝”（Palace Seamstress），则谬之千里，西译（Costurera de Palacio）也亦步亦趋复制该谬误，而俄译中不论是首版（1958 年）的“工匠缝制”（мастерица шить），还是修订版（1995 年）的“娴熟裁缝”（Искусная швея），显然也都是误解了中文原文的语义所致。

上述表字意译的问题，显然归咎于译者忽略了中国传统命名系统中“名”和“字”之间内涵关联性的缘故，从而在异语读者的接受层面产生了异质化的效果，但是这种效果可能导致李纨这一重要角色给异语读者莫名其妙的诡异印象，这恐怕就会背离中外文化有效交流的初衷了。

四、迎合读者的译者主体性

在译本再造的过程中，译者通过自己的策略和手段等诸多实际操作因素，将自己的主体性尽可能释放出来，从而满足自己预设的读者群的阅读需求。其间，有意无意的迎合构成了译者主体性表现的一个重要方面；《红楼梦》的翻译自然也不例外。

面对篇幅庞大、结构复杂的《红楼梦》小说文本，早期迻译中习见的节译方式，主要体现为简化和概括这两种迎合读者的处理模式。譬如，在王际真的多个《红楼梦》英文节译本中，我们经常可以看到简化乃至忽略诗词等形而上层次的描写，乃至消解人物角色同环境联系的简化叙述。

在第17—18回“大观园试才题对额　荣国府归省庆元宵”中，原文有大段展示小说第一男主角宝玉才情、深刻揭示多个人物角色居住环境的诗词文字，而在王氏的英译中都被简化为如下两句了[1]。

王际真（1929年）英译：

Chia Cheng has heard the tutor praised his gift in versification and in writing antithetical couplets, and wanted to see it for himself. Pao-Yu acquitted himself well, and many of his suggestions were accepted by the exacting Chia Cheng, who was pleased with his son's accomplishments but sternly told him that he should not waste his time in such idle occupations and that he should apply himself to the studies that would win him a place in the Examinations.（p.114）[2]

在第37回“秋爽斋偶结海棠社　蘅芜苑夜拟菊花题”中，几乎整回的中国诗社详细流程被概括为王氏英译中的如下结果；其中钗黛斗智斗勇的心计等细节自然也一并忽略了[3]。这无疑是极富特色的中国诗社文化和宫斗心计展现场景的无奈减损。

王际真（1958年）英译：

Quest Spring was the first to finish, followed by Precious Virtue

---

❶ 李晓姝：《东方主义视野下的〈红楼梦〉王际真译本研究》，西南交通大学硕士学位论文，2013年，第38—39页。

❷ 王际真（1958年）英译本的这段文字略有变化，但总体意思不变，参见Wang, Chi-chen(tr.): Tsao Hsueh-chin: *Dream of the Red Chamber*.Garden City, New York: Doubleday Anchor Books, Doubleday & Company, Inc., 1958, pp.110-111.

❸ 李晓姝：《东方主义视野下的〈红楼梦〉王际真译本研究》，硕士学位论文，西南交通大学2013年，第39—40页。

and Pao-Yu. Only then did Black Jade proceed to compose her verse, which, however, she dashed off as fast as she could write the characters. Li Huan awarded the prize to Precious Virtue's for the depth of her sentiment, though she and the others all agreed that Black Jade's poems showed the most originality.（p.187）

在第 50 回“芦雪厂争联即景诗　暖香坞雅制春灯谜”中，充分体现中国吟诗场景的半回文字浓缩为王氏英译中如下文字的结果概括；1958[1]年版本干脆将这段文字完全删去[2]。这也是充分体现中国文化形而上魅力的中国吟诗场景的遗憾流失。

王际真（1929 年）英译：

...Hsiang Yun contributed eighteen lines and carried off the honours, with Precious Harp following with thirteen and Black Jade with eleven. There were seventy lines in all, with thirty-five rhymes. They could have gone on and produced more lines, but Li Huan called a halt, saying that though they had not yet exhausted the rhymes, futher research would only result in unnatural and artificial lines.（p.247）

另外一个相对不甚引人注目的读者迎合模式，就是在某些场景的处理时增添一些富有刺激性联想的细节。这一点在霍克思译本由闵福德执笔的后 40 回英译文中有着充分的表现。

首先是第 102 回“宁国府骨肉病灾祲　大观园符水驱妖孽”中，英译文添加了人鬼交欢的描写[3]。

---

[1] 引文原文此处笔误为 1959。

[2] 李晓姝:《东方主义视野下的〈红楼梦〉王际真译本研究》，硕士学位论文，西南交通大学 2013 年，第 39 页。

[3] [德]吴漠汀:《被遗漏的“犹抱琵琶半遮面”——闵福德和他对〈红楼梦〉后四十回的翻译，集中讨论刺激性联想的场景》，载《红楼梦学刊》2011 年第 6 辑，第 282—284 页。

程高本原文[1]：

外面的人因那媳妇子不（大）妥当，便（都）说妖怪爬过墙来吸了精去死的。

闵福德英译：

Because of her reputation for promiscuity, other members of the household staff concluded that a spirit must have climbed over the garden wall, enjoyed her at inordinate length, and finally sucked the sap'out of her.（p.1998）

这里，英译文中画线的句子就是增加的人鬼交欢场景，这一无中生有的“译笔”，自然可以刺激了英语读者的性幻想，拓展了这里的死亡情节，加重了该情节的诡异性，但也改变了相关角色的死亡原因（原文为吃错药，英译改为精血吸尽）。

在第 111 回“鸳鸯女殉主登太虚　狗彘奴欺天遭伙盗”中，英译文添加了强奸妙玉前的大段细节描写[2]。

程高本原文：

又欺上屋俱是女人，且又畏惧，正要踹进门去，因听外面有人进来追赶，所以贼众上房。

闵福德英译：

After the main part of their mission was accomplished, the thieves, knowing how unprotected the Jia mansion was, had been casually snooping around in Xi-chun's courtyard, and had caught a glimpse there of a very attractive young nun, which had put all sorts of mischievous ideas into their heads. They knew that the apartment was

❶ 引文括号里的文字是不同文本呈现的分歧形式，因其并无大碍于译文理解，故而并不详细开列出来。

❷ [德]吴漠汀：《被遗漏的“犹抱琵琶半遮面”——闵福德和他对〈红楼梦〉后四十回的翻译，集中讨论刺激性联想的场景》，载《红楼梦学刊》2011 年第 6 辑，第 285—286 页。

unguarded save by a handful of scared old women, and were about to kick the door inand put an abrupt end to Adamantina's meditations when they heard the sound of footsteps corning from outside and escaped onto the roof-top.（p.2160）

这里，英译文中的画线部分延长了原文的性描写场景，增加了相关情节的生动性，从而也刺激了读者的性幻想，在一定程度上迎合了彼时读者追求想入非非的阅读需求。

自从其第一卷刊行以来，霍克思英译本就被众多批评家共誉为我们这个时代最佳的英译本之一；而美国汉学家葛浩文则评价道：读者并未意识到霍克思—闵福德这个英译本居然有俩人在翻译[1]——当然这些评价几乎都是基于不曾对照中文原著而发出的。但无论是霍克思还是闵福德，他们对原文的增删或是变更，在其译文中的体现大多数还是针对英语读者的正面效应，即便是有可能产生的负面效应，通常也是显得张弛有度。不过，由于东方主义对于思维的多年浸润，某些时候也还是可以发现这种“西方传统”仍有下意识表现，从而导致中文原文情节和形象的分裂和他者化。

五、结语

自从地理大发现和工业革命以来，国力大盛的欧美世界对于分布在亚非澳广袤区域的原住民族就拥有文化上和心理上的极大优势。藉此而生的东方主义，至今已然长期植根于东西方学界。东方的本土学人也是从浸渍了东方主义的学术沃土中成长起来的，所以，在仍是欧美话语权掌控的当代世界，人类的整体思维一时无法摆脱其禁锢，也

[1] [德]吴漠汀：《被遗漏的“犹抱琵琶半遮面”——闵福德和他对〈红楼梦〉后四十回的翻译，集中讨论刺激性联想的场景》，载《红楼梦学刊》2011 年第 6 辑，第 276 页。

就十分自然。更重要的是，目前东方各国，特别是人文学术界，并无拿得出手的理论体系与西方学术界抗衡，继续接受东方主义的影响也就无可避免。

在当前东方文化的西渐过程中，特别是“中国文化走出去”的国家战略支撑下，当务之急是把中国经典文化移植为西方读者可资接受的模式。因而，尚在传播第一道关隘的东方文学译介行为，必然要尽量适应深受东方主义浸润的西方读者的口味，这样看来，有时刻意的东方主义处理还是必不可少的。同时给我们警醒的一条是：东方各国即使在经济上取得优势，政治上取得强势，如果没有文化上的独创性，革除东方主义的愿望只能成为泡影。

（原载《内蒙古师范大学学报》
（哲学社会科学版）
2015年第一期，第94—99页）

多语种视野下的 锡伯文迻译《好了歌》解读*

在方兴未艾的“中国文化走出去”浪潮中，《红楼梦》作为汉文学领域最优秀的小说和“中国古典社会的百科全书”自然当仁不让，以其悠久的译介历史和纷繁的多种语言译本而独树一帜，对《红楼梦》多语种译介的专题研讨近年来也呈现出日渐频繁的趋势。

然而我们的目光更多投向了海外异域世界对《红楼梦》的关注，对国内少数民族语言的《红楼梦》译介相对有所忽略。其实，《红楼梦》的民族语言译介情形非常可观：根据最近的不完全统计，现已有满、蒙、锡伯、朝、维、哈、藏七种民族语言的 10 个不同篇幅译本问世[1]，这些第一手资料实际上为红学新领域——《红楼梦》多语种译介研究的开辟、乃至中国译学理论体系的构建，提供了绝佳的支撑。作为民族语言工作者，我们应该充分发掘这些优秀的民族文化资源，同时在顺应

---

* 本文以楷体标示成段中文引文和笔者自己做出的中文回译文字；译文的引文中用下划线标示研究焦点：“好”“了”音译、“好”意译、“了”意译、其他。收录本书时，标示格式在技术上做了一些处理，与发表时有异。另，由于作为研究对象的《好了歌》及其后续叙述性文字在多个《红楼梦》版本中基本上没有什么异文，所以本文的相关引用文字取自通行的《红楼梦》版本而没有具体注出，特此说明。

❶ 张瑞娥：《〈红楼梦〉中国少数民族语种译本研究探析》，载《广西民族大学学报》（哲学社会科学版）2012 年第 6 期，第 160 页。

“一带一路”等中外文化交流的热潮中付出自己应有的努力。下面我们以《红楼梦》第一回中出现的《好了歌》为例，针对锡伯文翻译进行相关研究，在结合部分西方语言译文和某些翻译理论的过程中，尝试将《红楼梦》民族语言译本置于全球化的视野下做出更为宏观的考察。

《好了歌》以虚神笼罩《红楼梦》全书[1]，可谓表达整个《红楼梦》主旨的总纲[2]：

世人都晓神仙好，唯有功名忘不了！古今将相在何方？荒冢一堆草没了。

世人都晓神仙好，只有金银忘不了！终朝只恨聚无多，及到多时眼闭了。

世人都晓神仙好，只有姣妻忘不了！君生日日说恩情，君死又随人去了。

世人都晓神仙好，只有儿孙忘不了！痴心父母古来多，孝顺儿孙谁见了？

从形式上看，《好了歌》采用了七言诗的形式，但并非严格的格律诗，而更像是民谣——这既符合跛足道人随口而歌的环境，也便于表达明显的讽刺意味：全诗一共四小节，每节中的前二行“世人都晓神仙好，惟有××忘不了”重复出现，一、二、四行的韵脚“好、了、了”甚是标准，但全诗的平仄和对仗都不大讲究[3]。

锡伯文的《红楼梦》120回全译本是新疆察布查尔锡伯族自治县退休干部穆旭东（1905—1985）在20世纪70—80年代译出的[4]，这个民族语言译本为《红楼梦》的多语种迻译和传播提供了一份重要的文

[1] 俞平伯：《评〈好了歌〉》，载《红楼梦学刊》1991年第1辑，第12页。

[2] 姜其煌：《〈好了歌〉的七种英译》，载《中国翻译》1996年第4期，第20页。

[3] 姜其煌：《〈好了歌〉的七种英译》，载《中国翻译》1996年第4期，第20页。

[4] 唐均：《〈红楼梦〉锡伯文译本述略》，载《满语研究》2012年第2期，第111页。

本，也是作为满汉文化结晶的《红楼梦》在现当代的重要传承载体。下面给出《好了歌》的锡伯文迻译拉丁转写[1]及其逐字对译和每句回译：

jalan niyalma gemu endurin be sain seme takambi，世人都知道神仙好

世人都仙把好曰晓

damu gungge gebube onggome muterakū！但是功名不能忘却

但功名—把忘能—不

julge ne i jiyangjun aisilakū gemu aibide bi？古今将相都在哪里

古今之将相都焉—于有

hūwangtahūn eifu emu obo orho de umbubuhabi．湮没于荒冢一堆草

荒冢一堆草于没

jalan i niyalma gemu endurin be sain seme takambi，世之人都知道神仙好

世之人都仙把好曰晓

aisin menggun be onggome muterakū！金银不能忘却

金银把忘能—不

šuntuhuni urui iktambuhangge labdu waka seme nasambi，终日只是悲伤于贮存不多

终日惟贮—被—已—者多非曰悲

labdu oho erinde geli yasa be nicumbi．到了多时眼睛闭上了

多成时—于亦目把暝

jalan niyalma gemu endurin be sain seme takambi，世人都知道神

[1] Musioidung: *Fulgiyan Taktui Tolgin* (ujuci de duici debtelin), Ts'oo Siyo Cin, G'oo E. Urumci: Sinjiyang Niyalma Irgen Cubanše, 1993: pp.78-79.

仙好

世人都仙把好曰晓

damu giltukan sargan be onggome muterakū! 但是姣妻不能忘却

但姣妻把忘能—不

sini weihun bihede inenggidari baili buyenin be hendumbi, 你生前（她）每日都说恩爱

你生曾—于日—每恩爱把谓

si buceme geli niyalma be dahalafi yabumbi. 你死了（她）就随人走了

你死亦人把随走

jalan niyalma gemu endurin be sain seme takambi, 世人都知道神仙好

世人都仙把好曰晓

damu juse omolo be onggome muterakū! 但是子孙不能忘却

但子孙把忘能—不

buliyen mujilen i ama eme julgeci ebsi labdu, 爱心父母古来甚多

爱心之父母古—从迄多

siyoošungga ijishūn juse omolo be we sabuha? 孝顺子孙哪个见过

孝顺子孙把谁见

单就锡伯文译诗而言，其优点也符合该诗多数西方语言译文的共同优点：一般意思都比较准确，译者都注意了诗歌的形式，态度十分认真[1]；锡伯文译诗较为独特的优点则在于：几乎字字落实而用语流畅通俗，单纯从“信”“达”的角度看亦不失为佳构。当然也有值得商榷

---

❶ 姜其煌：《〈好了歌〉的七种英译》，载《中国翻译》1996年第4期，第45页。

的某些细节，比如倒数第二行诗句中，用复数名词 juse（来自 jui）对译“儿”而用单数名词 omolo 对译“孙”，显然就不妥帖——这里正确的处理是“孙”也应当译成复数形式 omosi。

但若再从“雅”的角度审视，译文本身有些问题却值得注意：第二节第一句开头用 jalan i niyalma“世之人”而与其余几节对应位置的“世人”译法 jalan niyalma 有所不同；本节第二句译文开头缺少 damu“但是”一词，从而跟其余几节相比就略显参差；第四节后两句的译法跟前三节的对应位置在处理上亦不整齐。

如果考虑上下文的语篇衔接，该译诗还有别的重要问题有待考量。下面先看跛足道人吟唱《好了歌》和甄士隐说解《好了歌注》之间一段叙述性文字的锡伯文迻译拉丁转写[1]：

ši in donjifi nerginde okdome genefi hendume: “si anggai ici ai seme gisunrembi? donjifi emdubei ‘hoo, liyoo, hoo, liyoo’ sembi.” serede, doose injeme hendume: “si aika ‘hoo, liyoo’ sere uwe hergen i gūnin be donjime ulhici, si hono ulhisu bihebi. jalan de tumen hacin baita bi, sain serengge uthai waihangge, waici uthai sain ombi. aika wairakū oci uthai sain ojorakū, aika sain oki seci ururakū waibumbi. mini ere ucun be uthai «hoo liyoo ge» ucun sembi.” serede, …

对应的汉文文字是：

士隐听了，便迎上来道：“你满口说些什么？只听见些‘好’‘了’‘好’‘了’。”

那道人笑道：“你若果听见‘好’‘了’二字，还算你明白。可知世上万般，好便是了，了便是好。若不了，便不好，若要好，须是了。我这歌儿，便名《好了歌》。”

❶ Musioidung: *Fulgiyan Taktui Tolgin* (ujuci de duici debtelin), Ts'oo Siyo Cin, G'oo E. Urumci: Sinjiyang Niyalma Irgen Cubanše, 1993: pp.79-80.

在上述原文的拉丁转写中，方框括注的是对“好”“了”的音译，下划线标注的是对“好”“了”的意译。在一个锡伯文读者的眼中，如果不考虑他所浸润的汉文化知识背景，我们无法想象 hoo ~ sain 以及 liyoo ~ waihangge ~ wairakū ~ waibumbi 之间存在着什么有效的关联，而且，这段叙述从前面诗歌之间的关联也仅仅在于 sain 一词。

这样一剖析，锡伯文《好了歌》译文本身的一个关键问题就凸显出来了：“好”“了”“歌”简单音译，同前面的诗歌译文完全不搭界；诠释“好”“了”的 sain 在诗歌译文中出现但 waihangge 系列语词却没有，显得文不对题；因而叙述性文字最后对标题的诠释也就缺乏照应了。无疑，从这样的译文中，没有能力阅读《红楼梦》原文的锡伯语读者是无法从中体会到汉文读者的类似审美感觉的。

当然，对锡伯文译文的上述苛评，只是我们研究翻译的具体操作，并不意味着我们对迻译《红楼梦》付出巨大努力的锡伯文译者的任何不敬。

其实，早在一个世纪以前的《红楼梦》英译本中，就已出现了类似的问题。下面先看时任英国驻澳门副领事的裘里（Henry Bencraft Joly）的《好了歌》英译[1]以及笔者的回译：

All men spiritual life know to be good，所有的人知道精神生活甚好

But fame to disregard they ne'er succeed! 但名声要藐视他们万万做不到

From old till now the statesmen where are they? 从古至今众官吏他们何在

Waste lie their graves, a heap of Grass, extinct. 他们徒然留下坟

[1] Joly, Henry Bencraft (tr.): Hung Lou Meng; or *The Dream of the Red Chamber*, a Chinese Novel, Book I. Hongkong: Kelly & Walsh, Ltd., 1892, pp.13-14.

墓，一丛蒿草衰朽

All men spiritual life know to be good, 所有的人知道精神生活甚好

But to forget gold, silver, ill succeed! 但忘却金银，恐难办到

Through life they grudge their hoardings to be scant, 终生他们吝惜储蓄甚不满足

And when plenty has come, their eyelids close. 积攒了足够多，他们眼睑闭上了

All men spiritual life hold to be good, 所有的人知道精神生活甚好

Yet to forget wives, maids, they ne'er succeed! 但忘却妻妾，他们万万做不到

Who speak of grateful love while lives their lord, 她们高谈情爱在主子生时

And dead their lord, another they pursue. 而她们主子一死，她们就随了别人

All men spiritual life know to be good, 所有的人知道精神生活甚好

But sons and grandsons to forget never succeed! 但子子孙孙要忘却万万做不到

From old till now of parents soft many, 从古至今父母柔肠多多

But filial sons and grandsons who have seen? 但孝子贤孙谁又瞧见

而《好了歌》和《好了歌注》之间的一段叙述性文字英译文是❶：

Shih-yin upon hearing these words, hastily came up to the priest, "What were you so glibly holding forth? "

He inquired. "All I could hear were a lot of hao liao (excellent, finality.") "You may well have heard the two words 'hao liao, '"answered

❶ Joly, Henry Bencraft (tr.): Hung Lou Meng; or *The Dream of the Red Chamber*, a Chinese Novel, Book I. Hongkong: Kelly & Walsh, Ltd., 1892, p.14.

the Taoist with a smile, "but can you be said to have fathomed their meaning? You should know that all things in this world are excellent, when they have attained finality; when they have attained finality, they are excellent; but when they have not attained finality, they are not excellent; if they would be excellent, they should attain finality. My song is entitled Excellent-finality (hao liao)."

显然，上述英译文也存在着译诗同后续译文因为局部的机械意译而出现了语篇上的榫接难题：叙述性文字英译文中用以阐释“好了歌”命名的excellent“极好的”和finality“终结”，同译诗中本来应该严格对应的good“好的”和ne'er / ill / never succeed“难以为继”根本无法对接，由此只好在某些关键位置括注“好”“了”的音译。当然，根据英译者声称，作为类似汉语阅读教材而“配备”的英译文[1]，这样做无可厚非；但若当做文学作品来欣赏，恐怕不能认为是及格的译作。故而，现代译学研究者对19世纪末裘里英译《好了歌》的评价“译诗可以说相当忠实，几乎字字对得上号，这实在是做过了头；从另一方面看，他对文字的修饰不太注意”[2]，用来评价几乎一个世纪之后的锡伯文译诗，其实亦不为过。

但相隔一个世纪之久的英国译者和锡伯译者共同遇到的《好了歌》翻译难题，其实在英译界也顽固地存留着——这一点主要反映在通常备受推崇的《红楼梦》杨宪益、戴乃迭夫妇英译本中。下面先给出《好了歌》的杨氏夫妇英译[3]以及笔者的回译：

All men long to be immortals, 所有人企盼成为不死之人

---

❶ Joly, Henry Bencraft (tr.): Hung Lou Meng; or *The Dream of the Red Chamber*, a Chinese Novel, Book I.Hongkong: Kelly & Walsh, Ltd., 1892, p.2.

❷ 姜其煌:《〈好了歌〉的七种英译》，载《中国翻译》1996年第4期，第21页。

❸ Yang, Hsien-yi and Gladys Yang (trs.): Tsao Hsuen-Chin and Kao Ngo: *A Dream of Red Mansions*, Volume I, illustrated by Tai Tun-Pang.Beijing: Foreign Languages Press, 1978, p.16.

Yet to riches and rank each aspires; 但每个人都热望富贵和官阶

The great ones of old, where are they now? 往昔的大人物，他们现在何处

Their graves are a mass of briars. 他们的坟茔是为一簇荒草

All men long to be immortals, 所有人企盼成为不死之人

Yet silver and gold they prize. 但他们看重银和金

And grub for money all their lives, 终其一生搜刮钱财

Till death seals up their eyes. 到死才封上了他们的眼睛

All men long to be immortals, 所有人企盼成为不死之人

Yet dote on the wives they've wed, 但他们宠溺婚配的妻妾

Who swear to love their husband evermore, 那发誓永远爱恋丈夫的她们

But remarry as soon as he's dead. 一旦夫死就另嫁他人

All men long to be immortals, 所有人企盼成为不死之人

Yet with getting sons won't have done. 但未好生对待抚育子女

Although fond parents are legion, 虽然宠爱的父母成群结队

Who ever saw a really filial son? 谁看得到一个真正孝顺的儿子

接下来的一段叙述性文字英译如下❶：

At the close of this song Shih-yin stepped forward.

"What was that you just chanted?" he asked. "I had the impression that it was about the vanity of all things."

---

❶ Yang, Hsien-yi and Gladys Yang (trs.): Tsao Hsuen-Chin and Kao Ngo: *A Dream of Red Mansions*, Volume I, illustrated by Tai Tun-Pang. Beijing: Foreign Languages Press, 1978, p.16.

"If you gathered that, you have some understanding," the Taoist remarked. "You should know that all good things in this world must end, and to make an end is good, for there is nothing good which does not end. My song is called *All Good Things Must End*."

就这首英文译诗而言，基本采用三四音步抑扬格和 abcb、abdb、aefe、aghg 的押韵模式，使得整首译诗读起来简洁流畅、摇曳活泼，而原诗的具体意义并非脱漏多少[1]，在内容和形式上堪称上乘之作。但其最大的问题，还是在于"好""了"逐译的处理方面：译诗的语义处理太过灵活，没有直接使用"好""了"的英文对应表达，那么接踵而来的那段叙述性过渡文字，其英译中出现的 good 和 end 都成了无源之水；为此，这段叙述性文字的英译大大简化，甚至采用了 I had the impression that it was about the vanity of all things"我的印象是万物皆空"这样的敷衍性表达来对译原文的"只听见些'好''了''好''了'"，实在是相去甚远了。

杨宪益先生虽然很少谈及翻译理论，但也曾经指出：译者应尽量忠实于原文的形象，要以忠实的翻译取信于中国文化的核心和中国文明的精神；这不仅仅是一个翻译中国文化遗产的问题，还涉及忠实传达中国文化的价值、灵魂，传达中国人的人生，他们的乐与悲、爱与恨、怜与怨、喜与怒[2]。因而他有着强烈的中国文化意识观念，时时处处体现出竭力保留中国文化意象的努力；具体落实到《好了歌》的翻译处理上，他基本上遵循以源语文化为归宿的原则，采用了直译手法[3]。如果根据译者自己的主张来审视他的译文，我们可以看出：上述两段英

[1] 姜其煌:《〈好了歌〉的七种英译》，载《中国翻译》1996 年第 4 期，第 45 页。

[2] 刘伟、王建丰:《目的与方法：对〈好了歌〉两个英译本的再思考》，载《内蒙古农业大学学报》（社会科学版）2008 年第 5 期，第 369 页。

[3] 刘伟、王建丰:《目的与方法：对〈好了歌〉两个英译本的再思考》，载《内蒙古农业大学学报》（社会科学版）2008 年第 5 期，第 369 页。

译文中，散文部分可谓忠实于他自己的直译主张，而韵文部分却游离于原文过甚；散文和韵文的衔接更是不知所云，某种程度上还不如锡伯文译者的直接音译来得靠谱。

下面我们还可以看到，在翻译理论蜂起、而《红楼梦》译本较锡伯文译本更为晚出的西方翻译界，类似的情形也不鲜见。

21 世纪初正式出版的首个《红楼梦》德文全译本，由德国汉学家史华慈（Rainer Schwarz）和吴漠汀（Martin Woesler）合作完成，其前 80 回实际上由史华慈完成于 1990 年❶，大大晚于锡伯文译本译竣的时间。而就《好了歌》翻译来说，其中却也出现不少锡伯文译文中类似的问题。下面先看《好了歌》的史华慈德译❷以及笔者的回译：

Alle wissen, es wäre gut, unsterblich zu sein, 大家知道不死很好

doch von Ruhm und Ehre wollen sie nicht lassen. 但他们不会放弃名声和荣誉

Wo sind die Generäle und Kanzler von einst? 将军和官长旦夕间何在

In verfallenen Gräbern, bewachsen mit Gras, liegen sie. 他们躺在野草疯长的坟茔里

Alle wissen, es wäre gut, unsterblich zu sein, 大家知道不死很好

doch von Gold und Silber wollen sie nicht lassen. 但他们不会放弃金和银

Immer jammern sie, es sei nicht genug, 他们总是发牢骚，还是

❶ 姚珺玲：《十年心血译红楼——德国汉学家、〈红楼梦〉翻译家史华慈访谈录》，载《红楼梦学刊》2008 年第 2 辑，第 280 页。

❷ Schwarz, Rainer und Martin Woesler (Übers.): Tsau Hsüä-tjin, Gau Ë: *Der Traum der Roten Kammer oder Die Geschichte vom Stein*. Bochum: Europäischer Universitätsverlag, 2010, S.21.

不够

doch reicht es endlich, machen sie die Augen zu. 但最终富足了，眼睛也闭上了

Alle wissen, es wäre gut, unsterblich zu sein, 大家知道不死很好

doch von ihrer schönen Frau wollen sie nicht lassen. 但他们不会放弃漂亮的妻子

Solange der Mann lebt, spricht die Frau von Treue, 只要丈夫活着，妻子表述忠诚

doch ist er tot, geht sie mit einem anderen fort. 但他一死，她就随他人远去

Alle wissen, es wäre gut, unsterblich zu sein, 大家知道不死很好

doch von Söhnen und Enkeln wollen sie nicht lassen. 但他们不会放弃儿女和孙辈

Törichte Eltern hat es schon viele gegeben, 傻傻的父母有很多

doch wer hat schon folgsam Kinder gesehen? 但谁见过真正乖乖的孩子

首先，该译诗为人称道的地方除了前述的“共同优点”之外，还有每一诗节第二行开头的 doch“但是”始终如一，这是本诗在细节上优于锡伯文译文的一个地方。

然而这首德文译诗出现的问题，同样是必要的照应没有发生在后续散文叙述[1]之上：

[1] Schwarz, Rainer und Martin Woesler (Übers.): Tsau Hsüä-tjin, Gau Ë: Der Traum der Roten Kammer oder Die Geschichte vom Stein.Bochum: Europäischer Universitätsverlag, 2010, S.21.

Als Dschën Schï-yin das hörte, trat er auf den Dauisten zu und fragte: „Wovon sprichst du da? Ich höre nur, daß etwas gut sein soll und daß mit etwas Schluß sein soll."

„Wenn du das herausgehört hast, bist du noch ganz verständig", sagte der Daoist lächelnd. „Du mußt wissen, daß es mit allem auf der Welt ein Ende hat, sobald es gut ist, und daß alles gut ist, sobald es ein Ende hat. Was kein Ende hat, ist nicht gut, und was gut sein soll, muß ein Ende nehmen. So heißt auch mein Lied—‚Das Lied vom Guten und vom Ende'."

当然，这段德译文字中，至少在韵文和散文之间还有个 gut“好的”可以相互关联，这一点优于前述几种译文；但译诗中相对固定对译“了”的 nicht lassen“不让”同后续译文中的 Ende“尽头”无论如何也是无法榫接的。而且，这段叙述的德译文中甄士隐询问中的“了”译作 Schluß“结束”而与跛足道人答语中对译的 Ende“尽头”尽管语义可以相通，但也没有一以贯之，或许是个小小的遗憾。

既然《好了歌》的翻译，不同时代、不同背景、不同语种的译者几乎都遭遇了同样的关键问题，那么这个难题是不是就是跨语际迻译不可逾越的天堑呢？答案是否定的。我们同样可以在不同语言的《好了歌》相关译文中找到可资借鉴的翻译处理模式。

首先来看俄国汉学家孟列夫（Л. Н. Меньшиков）翻译的 1958 年版俄译《好了歌》[1]：

Понятна любому отшельника святость，于人而言隐士神圣

---

[1] 原文见 Панасюк, В. А. & Л. Н. Меньшиков (перевод.): Цао Сюэ-цинь: *Сон в красном тереме*: Томе1. Москва: Государственное издательство художественной литературы, 1958, с.34-35，回译见唐均、王红：《〈好了歌〉俄译本和罗马尼亚译本比较研究》，载《红楼梦学刊》2010 年第 6 辑，第 329—330 页，另外参考詹德华：《也谈俄译〈好了歌〉》，载《红楼梦学刊》2011 年第 6 辑，第 168—169 页和刘名扬《〈好了歌〉两个俄译本的复译比较研究》，载《内蒙古师范大学学报》（哲学社会科学版）2015 年第 1 期，第 101—102 页。

合理，

любого отшельник влечёт. 任何人都仰慕隐士。

Однака мечта опочете и славе 而关于荣誉和声望的梦想

никак у людей не пройдёт. 任何人都不得逃避。

Вельмож и воителей было немало, 达官和将领为数不少，

куда же девались они? 他们又在何方？

Курган утопает в бурьяне высоком, 古墓掩蔽于高高的蔓草，

коль время их жизни пройдёт. 如果他们生命已逝。

Понятна любому отшельника святость, 于人而言隐士神圣合理，

любого отшельник влечёт. 任何人都仰慕隐士。

Да только мечта о богатстве несметном 惟关于财富无尽的梦想

никак у людей не пройдёт. 任何人都不得逃避。

Всю жизнь челавека одно занимает, 所有人都知道生命只有一次，

что мало богатства ему. 即便其财富寥寥。

Накопит богатство, закроются очи, 财富积攒了，双眼闭上了，

и жизнь челавека пройдёт. 而人的生命也已逝。

Понятна любому отшельника святость, 于人而言隐士神圣合理，

любого отшельник влечёт. 任何人都仰慕隐士。

Да только мечта о соблазнах красавиц 惟关于魅人女子的梦想

никак у людей не пройдёт. 任何人都不得逃避。

Красавица каждый день уверяет，美女每天都信誓旦旦，

что вам благодарна она．对您感恩戴德。

Но вот вы умрете, другой подвернётся，而你一旦死去，遇着他人，

и страсть её сразу пройдёт．她的激情倏地迸逝。

Понятна любому отшельника святость，于人而言隐士神圣合理，

любого отшельник влечёт．任何人都仰慕隐士。

Да только забота о детях и внуках 惟对于子辈和孙辈的耽心

никак у людей не пройдёт．没有人得以逃避。

Мы знаем родителей, сердцем скорбящих，我们知道父母心中挂念，

и ныне и в древние дни，无论今日和往昔，

А будешь искать благодарных потомков，而你要找感恩的后辈，

и жизнь твоя даром пройдёт．你的代价是生命流逝。

这首俄文译诗虽然存在着以下缺点：用语较为典雅而不合原文歌谣题材[1]、韵脚同 1944 年诞生的苏联国歌《牢不可破的联盟》（*Союз нерушимый республик свободных*）有所契合[2]而感觉偏于雄壮；但

---

❶ 唐均、王红：《〈好了歌〉俄译本和罗马尼亚译本比较研究》，载《红楼梦学刊》2010 年第 6 辑，第 327 页。

❷ 兹引重复歌词的第一段以为参照（俄文划线部分为押韵的韵脚）：
Славься, Отечество наше свободное,　自由的祖国，你无比光辉：
Дружбы народов надежный оплот!　各民族友爱的坚固堡垒！
Знамя советское, знамя народное 苏维埃红旗，人民的红旗，
Пусть от победы кпобеде ведёт!　从胜利引向胜利！

其最大的优点就是：作为第一个西方语言全译本，以高度的技巧跨越了中俄语言的障碍，漂亮处理了“好”“了”的语篇衔接问题而又最大限度保存了原文的语义。这里先列出俄国汉学家帕纳休克（В. А. Панасюк）俄译的后续叙述性文字[1]：

Приблизившись к монаху; Чжэнь Ши-инь спросил:

-Что это вы такое говорите, я только слышу «влечёт» да «пройдёт»?

-Если вы слышали слова «влечёт» и «пройдёт», значитвы всё поняли! —засмеялся даос. —Ведь вам же известно, что « влечёт» всё то, что «пройдёт», а «пройдёт» всё то, что «влеч ёт», не «пройдёт» всё то, что не «влечёт», и не «влечёт» то, что не «пройдёт». Поэтому моя песенка и называется «О то м, что влечёт и что пройдёт».

这段散文中括出的 влечёт“仰慕”和 пройдёт“逃避”，虽然实际语义同“好”“了”还有差距，但却以褒贬对立的模式，在译诗的对应位置押尾韵，在译文的对应位置以俄语语法规则出现，从而保证了原文这段文字的写作技巧在俄译文中的同样再现，堪称神来之笔！

然后再看俄国汉学家戈卢别夫（И. В. Голубев）翻译的 1995 年版俄译《好了歌》[2]：

Про монашью святость в мире этом 在这个世界上关于僧侣的神圣

знаем толки все наперечет, - 我们都知道

---

[1] Панасюк, В. А. & Л. Н. Меньшиков (перевод.): ЦаоСюэ-цинь: *Сон в красном тереме*: Томе1. Москва: Государственное издательство художес твенной литературы, 1958, с.35.

[2] 原文见 Панасюк, В. А. & И. В. Голубев (перевод.): Цао Сюэ-цинь: *Сон в кра сномтереме*: Томе1. Москва: Художественная литература, Ладомир, 1995, с.15-16，回译见刘名扬《〈好了歌两个俄译本的复译比较研究》，载《内蒙古师范大学学报》（哲学社会科学版）2015 年第 1 期，第 102—103 页。

Все равно к большим чинам и славе 人人都羡慕有罪过的人拥有的巨大

грешного землянина влечет! 名望和荣誉

Но ведь их, вельмож и полководцев, 但是要知道，达官和将帅

раньше было много, - а теперь? 以前曾经有很多，——现在呢

Славные могилы одичали, 高大的坟墓变得荒芜

и в бурьяне захирел почет! 而荣耀也在荒草里枯萎

Про монашью святость в мире этом 在这个世界上关于僧侣的神圣

знаем толки все наперечет, - 我们都知道

Все равно того, кто чтит богатство, 那些尊重财富的人

к золоту исеребру влечет, 喜好金银的态度都一样

Алчный человек весь век свой долгий 贪婪的人整个世纪都在长久

сетует, что мало накопил, 感叹，积攒得不多

А потом его сомкнутся очи, 而后他的眼睛闭上

звон монет от смерти не спасет! 钱币的叮叮当当也不能令其摆脱死亡

Про монашью святость в мире этом 在这个世界上关于僧侣的神圣

знаем толки все наперечет, - 我们都知道

Все равно о женщине прекрасной 所有人对待美女都一样

не забудешь, если к ней влечет. 你不能忘怀，如果爱慕她

А она, по целым дням воркуя 而她整天围绕左右

и благодаря за доброту, 并感谢你的恩情

Улизнет неме дленно к другому, 她将很快地偷偷投向他人

если муж в недобрый час умрет... 如果丈夫在不合适的时间死掉

Про монашью святостьвмиреэтом 在这个世界上关于僧侣的神圣

знаем толки все наперечет, - 我们都知道

Предков и родителей издревле 先辈和父母自古以来

к детям, внукам, правнукам влечет, 都喜欢儿孙

И всегда их было очень много, 总是有很多

сердобольных дедов юных чад, 富于怜悯的祖辈

Но бывало ль, чтоб сыны и внуки 但是能够希望，儿孙们

праведностью славили свой род? 恪守而赞美自己先辈么

其后续叙述文字帕纳休克改译如下[1]:

Приблизившись к монаху, Чжэнь Шиинь спросил:

- Что это вы бормочете, я только и слышу «влечет» да «наперечет»?

- Этого вполне достаточно, значит, вы все поняли! — засмеялся даос. — Что значит «святость» - знают все «наперечет». Надеюсь, вам это известно. Но «влечет» к «святости» не всех «наперечет». Не каждый в состоянии ее постичь. Одних «влечет», других не «влечет». Потому я и назвал свою песенку «Отом, что „влечет“, ноневсех „наперечет“.

仅就上述语篇衔接问题而言，《好了歌》译诗为了追求贴近原文的歌谣特征而通俗化了很多用语，后续的散文叙述也不得不做出相应改

[1] Панасюк, В. А. & И. В. Голубев (перевод.): Цао Сюэ-цинь: *Сон в красном тереме*: Томе1. Москва: Художественная литература, Ладомир, 1995, с.16.

动，于是我们看到的《好了歌》俄文改译，至少在“好”“了”的照应问题上出现了退步，尽管在大的格局上还维持了原来的技巧处理模式。

真正秉承俄译“好”“了”照应高超技巧的《好了歌》西方语言译文，还得说是 20 世纪 70 年代出版的霍克思（David Hawkes）英译[1]，以下给出其英译文以及笔者回译：

Men all know that salvation should be won, 人们都知道要赢得救赎

But with ambition won't have done, have done. 但不会抹煞雄心壮志

Where are the famous ones of days gone by? 已逝岁月的名人现在何处

In Grassy graves they lie now, every one. 在蔓生的坟茔里他们一一睡卧

Men all know that salvation should be won, 人们都知道要赢得救赎

But with their riches won't have done, have done. 但不会摈弃他们的财富

Each day they grumble they've not made enough. 每天他们都攫取犹嫌不足

When they've enough, it's goodnight everyone! 等他们满足时，一切都该了却

Men all know that salvation should be won, 人们都知道要赢得

---

❶ Hawkes, David (tr.): Cao Xueqin: *The Story of the Stone, a Chinese Novel in Five Volumes*: Volume1, The Golden Days. London: Penguin Books, 1973, p.17.

救赎

But with their loving wives they won't have done. 但不会抛弃他们的爱妻

The darlings every day protest their love: 爱人每天重申她们的爱恋

But once you're dead, they're off with another one. 但你一死，她们就同他人离去

Men all know that salvation should be won, 人们都知道要赢得救赎

But with their children won't have done, have done. 但不会丢下他们的孩子

Yet though of patents fond there is no lack, 虽然不缺宠爱的父母

Of grateful children saw I ne'er a one. 但感恩的孩子我一个没见过

霍克思译诗的主要特色在于：用英语格律诗中最常见的五步抑扬格来对译汉文原文的七言歌行体，以每一诗节第一、二、四行的押韵(w)on ~ (d)one ~ one 来复制原文的“好”“了”“了”韵脚，英译文用词也偏于口语化而贴近原文的歌谣特色[1]。更重要的是，以过去分词形式 won、done 分别对译“好”“了”，除了韵文部分的押韵考虑以及略有道家出世意味体现之外，还将下面一段过渡性叙述散文[2]顺理成章、

---

[1] 周珏良：《读霍克斯英译本〈红楼梦〉》，载中国社会科学院文学研究所红楼梦研究集刊编委会编:《红楼梦研究集刊》(第3辑)，上海古籍出版社1980年版，第461—462页；姜其煌:《〈好了歌〉的七种英译》，载《中国翻译》1996年第4期，第24页。

[2] Hawkes, David (tr.): Cao Xueqin: *The Story of the Stone, a Chinese Novel in Five Volumes*: Volume1, The Golden Days. London: Penguin Books, 1973, p.18.

颇不费力翻译出来了[1]：

Shi-yin approached the Taoist and questioned him. ‘What is all this you are saying? All I can make out is a lot of “won” and “done”.’

‘If you can make out “won” and “done”, ’replied the Taoist with a smile, ‘you may be said to have understood; for in all the affairs of this world what is won is done, and what is done is won; for whoever has not yet done has not yet won, and in order to have won, one must first have done. I shall call my song the “Won-Done Song”.’

由此可以总结出：《好了歌》的完整翻译，关键在于“好”“了”二字的跨语际处理上——首先语义不能偏离太甚，其中的壸奥在于两者明显的语义对立要在译文中凸显出来；再者，虽然汉语中“好”是形容词而“了”是动词（或动词性虚词），但在处理成其他语言时最好以动词来体现，以便利用大多数语言动词的丰富形态变化，取得译诗的有效押韵和后续译文的题名诠释表达。孟列夫—帕纳休克的俄译和霍克思的英译之所以形神兼备，最大的诀窍当在于此！

具体之于锡伯语这样的动词句尾（SOV）型语言，动词本身所具有的丰富形态变化原本可以为“好”“了”的不同语境出现提供有效的配置；但可能是由于译者对这个问题的自觉性欠缺，机械迻译 endurin be sain seme takambi“晓神仙好”、onggome muterakū“不能忘”，从而导致译入语的灵活功能完全没有发挥出来，殊为遗憾！

由于汉语和其他语言（无论是民族语还是外语）之间，通常都在很大程度上存在着句法语义结构层面的较大差异，传统译者强调语义机械对等的直译，带来的一个后果就是译入语言形式问题方面的大规模呈现，从而使得本来以语言艺术技巧见长的《红楼梦》源语文本，在

---

[1] 周珏良：《读霍克斯英译本〈红楼梦〉》，载中国社会科学院文学研究所红楼梦研究集刊编委会编：《红楼梦研究集刊》（第 3 辑），上海古籍出版社 1980 年版，第 462 页；姜其煌：《〈好了歌〉的七种英译》，载《中国翻译》1996 年第 4 期，第 24 页。

译入语读者面前少则韵味大减，多则佶屈聱牙，从而大大抹杀了《红楼梦》本身的艺术魅力。

在当今译论百花齐放、多民族文化激烈碰撞相互交融的时代，我们应该有效利用民族语文资源，在有机结合西方翻译理论和实践的基础上，探索更多跨语际交流的规律和技巧，让中华文化的民族特色和优秀元素更好服务于这个全球化的时代。

（原载《民族翻译》
2015年第四期，第72—82页）

《红楼梦》译介世界地图*

一、导言

《红楼梦》反映 18 世纪满汉文化的交融，而以汉文成书，自其问世以来，不仅在汉文读者圈内风靡不绝，乃至于形成“經學的缩减（一、巛）”——红学[1]，而且迅速逐译成其他语言传播开来，迄今已有几十种的语言译出了不同篇幅的译本逾百个。下面我们将上述译本信息绘制成地图，从而将《红楼梦》目前的译本数据精确计算，以便能够精准而直观地感受《红楼梦》在世界上的巨大魅力。

二、《红楼梦》译介在亚洲

亚洲是中国所在的大洲，本节从中国国内（又分民族语及外语）和国外三个视角，条分缕析地展示《红楼梦》的译介态势。

在中国国内除了汉语之外还有几十种民族语言，其中译出了《红楼梦》的民族语言如表 54 所示[2]。

表 54　《红楼梦》中国少数民族语言译本一览

译本语种	译者	校者	篇幅	初版时间
满语	张宗祥曾见过		满汉合译开化纸印本	已佚

* 本文原来刊出时附有自我绘制的地图，以便更为清晰展示《红楼梦》多语种译本的世界性分布；收入此文集时，由于某些技术性的原因，这些地图一律删去，相应的文字表述也做了不同的处理。

❶ 张云：《晚清经学与“红学”——“红学”得名的社会语境分析》，载《中国文化研究》2010 年秋之卷，第 117 页。

❷ 唐均：《〈红楼梦大辞典·红楼梦译本〉词条匡谬赓补》，见傅勇林主编：《华西语文学刊》（第 3 辑“《红楼梦》翻译研究专辑”），四川文艺出版社 2010 年版，第 187—189 页；唐均：《〈红楼梦〉锡伯文译本述略》，载《满语研究》2012 年第 2 期，第 110—111 页；张瑞娥：《〈红楼梦〉中国少数民族语种译本研究探析》，载《广西民族大学学报》（哲学社会科学版）2012 年第 6 期，第 160 页。

续 表

译本语种	译者	校者	篇幅	初版时间
锡伯语	寿谦（今藏新疆察布查尔锡伯自治县孙扎齐牛录郭小清处）		未刊稿	1946
	穆旭东	郭基南	4卷120回	1993
蒙古语	尹湛纳希		—	已佚
	哈斯宝		20卷40回	19世纪40年代
	赛音巴维尔、钦达木尼、丁尔甲、达吉、丹森尼玛、旺吉勒等		6卷120回	1976—1981
朝鲜语	延边大学中文系《红楼梦》翻译小组		4卷120回	1978—1980
	北京外文局《红楼梦》翻译组		5卷120回	1978—1982
维吾尔语	《红楼梦》翻译小组		8卷120回	1975—1979
	—	—	—	1982
	—	—	缩写版	2005
哈萨克语	《红楼梦》翻译小组		8卷120回	1975—1983
藏语	索南班觉		4卷120回	第一册1983
	阿旺 · 却太尔	史学礼	2卷前20回	1984. 1993

除了中国境内的民族语言之外，还有一个比较特别的译介现象值得单独提出来表述——这就是西方语言的《红楼梦》译本在中国境内的翻译和出版情形。其中的《红楼梦》英译信息如表 55 所示[1]。

表 55 《红楼梦》中国境内刊行英译本一览

译者	篇幅	出版者	初版时间	类型
马礼逊（Robert Morrison）	第4回片段	致英国伦敦教会信函	1812—1813	摘译

❶ 黄鸣奋:《英语世界中国古典文学之传播》，学林出版社 1997 年版，第 217—218. 219 页；唐均:《〈红楼梦大辞典 · 红楼梦译本〉词条匡谬赓补》，见傅勇林主编:《华西语文学刊》（第 3 辑 "《红楼梦》翻译研究专辑"），四川文艺出版社 2010 年版，第 200—204 页；郑锦怀:《〈红楼梦〉早期英译百年（1830—1933）——兼与帅雯雯、杨畅和江帆商榷》，载《红楼梦学刊》2011 年第 4 辑，第 119—126. 128—131 页；洪涛:《作为"国礼"的大中华文库本〈红楼梦〉》，载《红楼梦学刊》2013 年第 1 辑，第 272 页；王金波:《〈红楼梦〉早期英译补遗之一——艾约瑟对〈红楼梦〉的译介》，载《红楼梦学刊》2013 年第 4 辑，第 251—254 页；王金波、王燕:《〈红楼梦〉早期英译补遗之二——梅辉立对〈红楼梦〉的译介》，载《红楼梦学刊》2014 年第 2 辑，第 256—260 页；王幼敏："罗伯聃与他的《华英说部撮要》"，载《光明日报》2014 年 6 月 24 日第 16 版；张丹丹:《林语堂英译〈红楼梦〉探》，载《红楼梦学刊》2015 年第 2 辑，第 311. 313 页；赵长江:《改编乎？抄袭乎？——评王国振〈红楼梦〉英文改编本》，载傅勇林等主编:《华西语文学刊》（第 11 辑 "王和达教授八十五岁寿辰纪念汉学专辑"），四川文艺出版社 2015 年版，第 120 页。

续　表

译者	篇幅	出版者	初版时间	类型
罗伯聃（Robert Thom）	第6回片段	《华英说部撮要》	1846	摘译
艾约瑟（Joseph Edkins）	第98回片段	《官话口语语法》附2	1857	摘译
梅辉立（William Frederick Mayers）	第5回片段	《中日释疑》第12期	1867	摘译
包腊（Edward Charles Macintosh Bowra）	连载前8回	宁波《中国杂志》第2. 3卷	1868—1869	部分全译
威妥玛（Thomas Francis Wade）	前24回	仅见魏纳《汉语翻译论》引用其片段	1927	现存摘译
翟理斯（Herbert Allen Giles）	片段（含《葬花吟》）	上海《皇家亚洲学会华北分会会刊》新第20卷	1885	摘译
裘里（周骊，Henry Bencraft Joly）	卷一1—26回	香港别发洋行	1892	部分全译
	卷二27—56回	澳门商务排印局	1893	
高葆真（William Arthur Cornaby）	片段	上海《新中国评论》第1卷第4期	1919	摘译
赫德生（Elfrida Hudson）	好了歌，第4回片段	上海《中国杂志》第8期	1928	摘译
袁嘉华、石民	17回	上海北新书局	1933	节译
高克毅	第39—40回	《中国智慧与幽默》	1946	摘译
林语堂	序章、64回、终章	未刊稿	1954/1971	节译
彭寿神父（the Reverend Bramwell Seaton Bonsall）	120回	未刊稿	1950年代	全译
		香港大学图书馆	2004年网络公开	
杨宪益、戴乃迭	第18—20. 32—34. 74—75. 77回	《中国文学》（VI、VII、VIII）	1964	摘译
张心沧	第23回	《中国文学：通俗小说与戏剧》	1973	摘译
杨宪益、戴乃迭	3卷120回	北京外文出版社	1978—1980	全译
	6卷120回		1999	汉英对照
黄新渠	20回	北京外研社	1991	节译
			2008	英汉对照
王国振	31回	北京五洲传播出版社	2012	编译

在英译之外，在亚洲区域内完成的西方语言《红楼梦》译本还包括：秘鲁人拉乌埃尔（Mirko Láuer）完成的杨宪益夫妇英译本的西班牙

文转译 4 卷 120 回，出版于北京外文出版社[1]；世界语全译本 3 卷 120 回，由中国国际广播电台资深世界语专家谢玉明一力译竣，1995—1996 年出版于北京的中国世界语出版社[2]。

至于其他亚洲语言对《红楼梦》的译介，情况其实也比较复杂。

蒙古国通行的《红楼梦》译本，都是以前胡都木（Hudum）老蒙文译本的现行基里尔（Cyrilic）新蒙文转写本。蒙古国内也有老蒙文《红楼梦》译本的收藏，目前似乎还没有异于内蒙古藏本的《红楼梦》蒙文译本发现。

朝鲜的现行文字同中国国内延边朝鲜族自治州基本相同。韩国的现行文字同上述朝鲜文差别较大，韩国的《红楼梦》译介及其研究都开展得比较出色，兹将所有朝鲜文和韩文《红楼梦》译本统计，如表 56 所示[3]：

表 56 《红楼梦》朝鲜—韩语译本一览

译者	篇幅	出版者	出版时间	类型
李钟泰等	120卷120回	乐善斋藏本（已佚3卷）	1884—1889	全译对照
梁建植	连载138回	《每日申报》	1918	节译
梁建植	连载17回	《时代日报》	1925	摘译
张志瑛	连载302回	《朝鲜日报》	1930—1931	节译
金龙济	2卷120回	正音社	1955—1956	节译
李周洪	5卷120回	乙酉文化社	1969	转译自日文
金相一	72回	徽文出版社	1974	转译自日文
延边大学翻译组	4卷120回	延边人民出版社	1978—1980	全译
外文局翻译组	5卷120回	北京外文出版社	1978—1982	全译
吴荣锡	5卷120回	知星出版社	1980	改译自李译

[1] 唐均：《〈红楼梦大辞典·红楼梦译本〉词条匡谬赓补》，见傅勇林主编：《华西语文学刊》（第 3 辑“《红楼梦》翻译研究专辑”），四川文艺出版社 2010 年版，第 196 页；程弋洋：《〈红楼梦〉在西班牙语世界的翻译与评介》，载《红楼梦学刊》2011 年第 6 辑，第 151—153 页。

[2] 唐均：《〈红楼梦大辞典·红楼梦译本〉词条匡谬赓补》，见傅勇林主编：《华西语文学刊》（第 3 辑“《红楼梦》翻译研究专辑”），四川文艺出版社 2010 年版，第 206 页。

[3] [韩]崔溶澈：《〈红楼梦〉在韩国的流传和翻译——乐善斋全译本与现代译本的分析》，载《红楼梦学刊》1997 年增刊，第 528—529 页；[韩]崔溶澈、高旼喜：《〈红楼梦〉在韩国》，载《博览群书》2008 年第 5 期，第 61—63 页；赵惠珍：《〈红楼梦〉在韩国的翻译流传及其对韩国文学的影响》，硕士学位论文，江南大学 2013 年，第 4. 8 页。

续　表

译者	篇幅	出版者	出版时间	类型
禹玄民	6卷120回	瑞文堂	1982	转译自日文
金河中	1卷73回	金星出版社	1982	转译自日文
洌上古典研究会	1卷15回	平民社	1988	摘译乐善斋
安义运等	7卷120回	青年社	1990	转译自朝文
许龙九等	6卷120回	图书出版艺河	1990	转译自朝文
		东光出版社		
姜龙俊	连载34回	《土曜新闻》	1990—1991	摘译
安义运、金光烈等	6卷120回	三省出版社	1994	转译自朝文
	12卷120回	청계발행	2007	
赵星基	连载613回	《韩国经济新闻》	1995—1996	改译自朝文
洪尚勋等	1卷3回	Fun & Learn图书公司	1996	转译自英文
赵星基	3卷120回	民音社	1997	改译自朝文
崔溶澈、高旼喜	6卷120回	Nanam出版社	2007	全译附导读

日本是《红楼梦》译介的最早阵地之一，也是当代《红楼梦》译介方兴未艾的国家之一。以下列表给出《红楼梦》日译本的情形❶，见表57。

表 57　《红楼梦》日译本一览

译者	篇幅	出版者	初版时间	类型
森槐南	第1回楔子	《城南评论》第一卷第2号	1892	摘译
岛崎藤村	第12回片段	《女学杂志》第321号	1892	摘译

❶ 佐藤亮一訳『紅楼夢 1—4』(曹雪芹原作，林語堂編)，六興出版 1983 年版；王敏著、訳：『要訳紅楼夢——中国の「源氏物語」を読む』，講談社 2008 年版；唐均：《〈红楼梦大辞典・红楼梦译本〉词条匡谬赓补》，见傅勇林主编：《华西语文学刊》(第 3 辑 "《红楼梦》翻译研究专辑")，四川文艺出版社 2010 年版，第 196—199 页；宋丹：《日本第四个百二十回〈红楼梦〉全译本简介》，载《红楼梦学刊》2014 年第 4 辑，第 327—328 页；张丹丹：《林语堂英译〈红楼梦〉探》，载《红楼梦学刊》2015 年第 2 辑，第 311—312. 313. 318 页。

续 表

译者	篇幅	出版者	初版时间	类型
长井金风	第45回	《文章讲义录》	1903	摘译
宫崎来城	第6回	早稻田大学出版部	1905	摘译
岸春风楼	上卷39回	文教社	1916	节译
幸田露伴解题、平冈龙城翻译	3卷前80回	国民文库刊行会	1920—1922	部分全译
太宰卫门	前80回	三星社	1924	编译
野崎骏平	第1—5回前半	《华语月刊》第20—42期	1932—1935	摘译
仓石武四郎	第6回大部	《支那语读本》	1939	摘译
松枝茂夫	14卷120回	岩波书店	1940—1951	全译
	12卷120回		1977/1985	改译
神谷衡平	第33回片段	《华语集刊》第2期	1942	摘译
永井荷风	秋窗风雨夕	《偏奇馆吟草》	1943	摘译
近藤昌	第22回后半	《支那语》8. 9月号	1943	摘译
饭塚朗	连载113期	《大阪国际新闻》	1948年8月28日—12月9日	编译
陈德胜	8卷前60回	《亚东资料》	1952—1954	节译
大高岩	第4. 23. 27. 34. 45回片段	《新声》12月号及1—3月号	1957. 1958	摘译
石原岩彻	7部分	春阳堂	1958	节译
野崎骏平、志村良治	第65. 66回片段	《文化纪要》（10）	1963	摘译
君岛久子	—	盛光社	1967	少儿版
富士正晴、武部利男	—	东京河出书房新社	1968	节译前80回，简介后40回
伊藤漱平	3卷120回	平凡社	1958—1960	全译
			1969—1970	
	12卷120回		1996—1997	
	3卷120回	研文出版	2005—2008	
	8卷120回汉日对照	人民文学出版社	2015	
增田涉、松枝茂夫、常石茂	—	平凡社	1970	编译

续 表

译者	篇幅	出版者	初版时间	类型
立间祥介	—	集英社 · 平凡社	1971	节译
饭塚朗	3卷120回	集英社	1979—1980	全译
佐藤亮一	4部分66回	六兴出版	1983	转译自林语堂英译
		第三书馆	1992	
堺行夫	20回	苇书房	1989	节译
王敏	—	讲谈社	2008	编译
井波陵一	7卷120回	岩波书店	2013—2014	全译

同属汉文化圈的越南，其多个《红楼梦》译本如表 58 所示[1]。

表 58 《红楼梦》越译本一览

<table>
<tr><th>译者</th><th colspan="2">篇幅</th><th>出版者</th><th colspan="2">出版时间</th></tr>
<tr><td>陈俊启</td><td colspan="2">—</td><td>—</td><td colspan="2">1934</td></tr>
<tr><td>让宋</td><td colspan="2">—</td><td>—</td><td colspan="2">1945</td></tr>
<tr><td>裴幸瑾</td><td colspan="2">100多期连载22回</td><td>《河内首都报》</td><td colspan="2">1957</td></tr>
<tr><td>武佩煌、阮寿、阮尹迪</td><td>前2卷</td><td rowspan="2">120回</td><td rowspan="2">河内文化出版社</td><td>1962</td><td rowspan="2">1989</td></tr>
<tr><td>武佩煌、陈广、阮德云、阮文绚</td><td>后4卷</td><td>1963</td></tr>
<tr><td>阮国雄</td><td colspan="2">10卷120回</td><td>昭阳出版社</td><td colspan="2">1969</td></tr>
<tr><td>阮大览</td><td colspan="2">略译4卷</td><td>同奈出版社</td><td colspan="2">1996</td></tr>
<tr><td>陈友浓</td><td colspan="2">漫画本</td><td>越南教育出版社</td><td colspan="2">2000</td></tr>
<tr><td>张正</td><td colspan="2">缩写本</td><td>河内文学出版社</td><td colspan="2">2001</td></tr>
<tr><td>武佩煌、阮寿、阮尹迪</td><td colspan="2">2卷120回节译本</td><td>河内文化出版社</td><td colspan="2">2002</td></tr>
</table>

[1] 夏露:《〈红楼梦〉在越南的传播述略》，载《红楼梦学刊》2008 年第 4 辑，第 53—57 页；唐均:《〈红楼梦大辞典 · 红楼梦译本〉词条匡谬赓补》，见傅勇林主编:《华西语文学刊》（第 3 辑 "《红楼梦》翻译研究专辑"），四川文艺出版社 2010 年版，第 190—191 页；[越]何氏锦燕:《〈红楼梦〉在越南的流传、翻译与研究》，硕士学位论文，云南大学 2013 年，第 14—18 页。

续　表

译者	篇幅	出版者	出版时间
裴幸瑾	2卷120回	文化信息出版社	2002
翘莲	漫画本	文化信息出版社	2003
王梦彪	缩写本	河内出版社	2006
泰宁	精选本	文化信息出版社	2006
贵龙	3卷120回精选	同奈综合出版社	2007
权迎升	漫画本	—	近年

同越南陆上遥遥相望的泰国，也出现过篇幅不一的几种《红楼梦》译本，如表 59 所示[1]。

表 59　《红楼梦》泰译本一览

译者	篇幅	出版者	出版时间
—	—	—	1809—1825
素 · 古拉玛娄妻子	—	泰国杂志	1945—1955
哇拉它 · 台吉高	40回	曼谷建设出版社	1980

中南半岛上还有同属印度文化圈的缅甸，有过一个转译自杨宪益夫妇英译本的《红楼梦》全译本，译者是缅语诗人吴 · 妙丹丁（Mya Than Tint），9 卷本，1988 年出版于缅甸仰光新力出版社[2]。

在南洋群岛诸国中，马来西亚的华人正在组织翻译《红楼梦》马来文本全帙[3]；由于马来语和印尼语的高度一致性，因而这个译本一旦问世，其读者覆盖面可以基本囊括整个群岛的读者。而处于南阳土著大国夹缝中的蕞尔小国——新加坡，虽然没有出现过本土的《红楼梦》译本，但其报刊上多有关于《红楼梦》的材料刊布[4]，堪称《红楼梦》海外传播的一个重要阵地；另外新加坡通用的英语、华语、马来语都有

---

❶ 唐均：《〈红楼梦大辞典 · 红楼梦译本〉词条匡谬赓补》，见傅勇林主编：《华西语文学刊》（第 3 辑 "《红楼梦》翻译研究专辑"），四川文艺出版社 2010 年版，第 191 页；唐均：《王际真〈红楼梦〉英译本问题斠论》，载《红楼梦学刊》2012 年第 4 辑，第 190—191 页。

❷ 唐均：《〈红楼梦大辞典 · 红楼梦译本〉词条匡谬赓补》，见傅勇林主编：《华西语文学刊》（第 3 辑 "《红楼梦》翻译研究专辑"），四川文艺出版社 2010 年版，第 199 页；赵瑾：《〈红楼梦〉缅甸语译本赏析》，载《红楼梦学刊》2013 年第 2 辑，第 263 页。

❸ [马来西亚]孙彦庄：《〈红楼梦〉研究在马来西亚》，载《红楼梦学刊》2007 年第 6 辑，第 326 页。按：此译本已经译竣，2017 年在吉隆坡出版全 6 册。

❹ 李奎：《〈叻报〉所载〈拟《石头记》怡红公子祭潇湘妃子文并序〉述略》，载《红楼梦学刊》2009 年第 6 辑，第 316—325 页；李奎：《新加坡〈叻报〉所载 "红

不同篇幅的译本（即将）问世，故而新加坡的《红楼梦》读者尽可迅速共享这些语言的文本资源。

局促西亚一隅的小众语言——希伯来语，却因其母语人——犹太民族在世界文化史上的巨大影响，而具有独特的传播意义，目前，由美籍犹太红学家浦安迪（Andrew Henry Plaks）和以色列汉学家柯阿米拉（Amira Katz-Goehr）合作，正在进行《红楼梦》的希伯来文全译工作[1]，这部翻译史上的巨作一旦面世，将成为华人和犹太人这两个自古以来交好甚笃的民族文化交流的一个里程碑。

而大面积覆盖西亚的语种——阿拉伯语，目前已知有两个译本[2]。

整个亚洲地区的《红楼梦》译介情形，正如上文所示，包括中国国内少数民族语言译本、中国境内出版的西方语言译本以及亚洲土著语言的译本；部分民族语言（如哈萨克语）在境外本有立国（哈萨克斯坦），但相应的《红楼梦》译本并无明确的传播信息，情况同蒙古国还有所不同，所以这里暂不考虑。

非洲的北部也是阿拉伯语通用区域，因此《红楼梦》的阿拉伯文译本在理论上也是可以在这一带传播的。由于缺乏更详细的相关译介信息，而且目前尚无非洲土著语言的《红楼梦》翻译材料，我们就不在此单独辟出板块加以介绍了。

三、《红楼梦》译介在欧洲

欧洲是近代世界文明的肇始之地，《红楼梦》在欧洲各国的译介，在很大程度上体现了近代以降中国古典文化的世界性影响力。

欧洲的日耳曼语（Germanic）世界，是《红楼梦》翻译的最主要阵地，包括了英、德、荷兰以及北欧诸国境内使用的主体语言。

《红楼梦》英译本数量最多，研究也相对最为充分，前述亚洲部分已有详细的开列，其欧洲迻译的情形则如表 60 所示[3]：

学”资料述略》，载《红楼梦学刊》2011 年第 6 辑，第 214—226 页；李奎：《新加坡〈星报〉〈天南新报〉所载“红学”资料述略》，载《红楼梦学刊》2014 年第 2 辑，第 224—233 页；李奎：《〈红楼梦〉在新加坡的报刊传播浅析》，载傅勇林等主编：《华西语文学刊》（第 11 辑“王和达教授八十五岁寿辰纪念汉学专辑”），四川文艺出版社 2015 年版，第 192—200 页；李奎：《新加坡〈振南日报〉所载“红学”资料述略》，载《红楼梦学刊》2015 年第 5 辑，第 282—297 页。

❶ Katz-Goehr, Amira: “Translating the Dream into Hebrew”. *Journal of Sino-Western Communications*: Volume III, Issue 2 (2011), pp.5-6.

❷ 唐均：《〈红楼梦大辞典·红楼梦译本〉词条匡谬赓补》，见傅勇林主编：《华西语文学刊》（第 3 辑“《红楼梦》翻译研究专辑”），四川文艺出版社 2010 年版，第 200 页。

❸ 唐均：《〈红楼梦大辞典·红楼梦译本〉词条匡谬赓补》，见傅勇林主编：《华西语文学刊》（第 3 辑“《红楼梦》翻译研究专辑”），四川文艺出版社 2010 年版，第 200—204 页；王丽耘：《大卫·霍克思汉学年谱简编》，载《红楼梦学刊》2011 年第 4 辑，第 96. 99 页；范圣宇：《汉英对照版霍克思闵福德译〈红楼梦〉校勘记》，载《红楼梦学刊》2015 年第 2 辑，第 266 页。

表 60　《红楼梦》欧洲刊行英译本一览

译者	篇幅	出版者	初版时间
德庇时（John Francis Davis）	第3回《西江月》	《汉文诗解》	1830
麦克休姊妹（Florence & Isabel McHugh）	39回	伦敦Routledge & Kegan Paul出版公司	1958
霍克思（David Hawkes）	3卷前80回	企鹅书店	1973. 1977. 1980
闵福德（John Minford）	2卷后40回		1982. 1986
霍克思、闵福德	5卷120回汉英对照	上海外教社	2012
霍克思	第1卷27回	企鹅书店	1995
闵福德选编	英汉对照选本	哥伦比亚大学出版社	2006

《红楼梦》德译本如表 61 所示[1]：

表 61　《红楼梦》德译本一览

译者	篇幅	出版者	初版时间
—	第1回片段	《异国他乡》第50号	1843
丁文渊	第21. 22回片段	法兰克福《汉学研究》5月和6月号	1929
孔舫之（Franz Kuhn）	第15回片段	法兰克福《汉学研究》第7卷	1932
孔舫之（Franz Kuhn）	39回	莱比锡岛社	1932
史华慈（Rainer Schwarz）、吴漠汀（Martin Woesler）	3卷120回	波鸿欧洲大学出版社	2006
	120回		2009
史华慈、吴漠汀	第5回		2014

而孔舫之德译本的转译，目前已知的有以下 6 个[2]：荷兰译本（1946 年）、芬兰译本（1957 年）、法译本（1957. 1964 年）、英译本（1958

❶ 唐均：《〈红楼梦大辞典·红楼梦译本〉词条匡谬赓补》，见傅勇林主编：《华西语文学刊》（第 3 辑 “《红楼梦》翻译研究专辑”），四川文艺出版社 2010 年版，第 194—195 页；[德]吴漠汀：《〈红楼梦〉译名的百花齐放——浅析〈红楼梦〉书名的翻译以及一个新发现》，见傅勇林主编：《华西语文学刊》（第 3 辑 “《红楼梦》翻译研究专辑”），四川文艺出版社 2010 年版，第 82—84 页；Tsau, Hsüä-tjin: *Der Traum der Roten Kammer oder Die Geschichte vom Stein, Kapitel 5*: Spiegel der Liebe. Übersetzt von Rainer Schwarz und Martin Woesler; Herausgegeben und präsentiert von der Roten Kammer-Traumwelt. Bochum: Europäischer Universitätsverlag, 2014.

年）、意大利译本（1958 年）、匈牙利译本（1959 年）——该匈译本原为 2 卷，1962 年重版时改为 1 卷插图本，1964 年又出版无插图 1 卷本，由此似乎可以推测这一《红楼梦》匈译本在匈牙利还是倍受欢迎的[2]。此外，荷兰人据说在准备《红楼梦》全译本的迻译工作。

作为日耳曼语分布重镇的北欧，其《红楼梦》迻译情形如表 62 所示[3]：

表 62 《红楼梦》北欧官方语言译本一览

译语	译者及生卒	类型	直接底本	译出时间	初版时间
丹麦文	易德波（Vibeke Børdahl）	摘译	程乙本整理本	1985	1989
挪威文	艾皓德（Halvor Bøyesen Eifring）			1993—1994	近年网络公布
冰岛文	希约利（Hjörleifur Sveinbjörnsson）		未详	未详	2008
瑞典文	白山人（Pär Bergman）	全译、转译	霍闵英译本		2005—2011
芬兰文	帕尔塔宁（Jorma Partanen）	节译、转译	孔舫之德译本		1957

需要说明的是，上面提及有《红楼梦》文本译出的芬兰语和匈牙利语，并非日耳曼语，而是作为欧洲语言主体的印欧（Indo-European）语系之外的芬乌（Finno-Ugric）语系语言，但受到了日耳曼语的强烈影响，故而在此一并胪列介绍。

在欧洲的罗曼语（Romance）区域，《红楼梦》的译介活动基本上分布在法语、意大利语、西班牙语和罗马尼亚语通行的区域内。

《红楼梦》法译本如表 63 所示[4]：

表 63 《红楼梦》法译本一览

译者	篇幅	出版者	出版时间
莫朗（Georges Soulié de Morant）	第1回片段15页	《中国文学论集》	1912
郭麟阁	前50回	法国报刊	1932

❶ 张桂贞：《弗朗茨·库恩及其〈红楼梦〉德文译本》，见刘士聪主编：《红楼译评——〈红楼梦〉翻译研究论文集》，南开大学出版社 2004 年版，第 454—456 页；唐均：《〈红楼梦〉芬兰文译本述略》，载《红楼梦学刊》2011 年第 4 辑，第 55—56 页。

❷ 胡文彬：《中国古典文学在匈牙利、罗马尼亚、阿尔巴尼亚的流传》，载《咸阳师专学报》（综合版）1994 年第 1 期，第 31 页。

❸ 唐均：《北欧日耳曼语〈红楼梦〉迻译巡礼》，载《红楼梦学刊》2013 年第 2 辑，第 285 页。

❹ 郭玉梅：《〈红楼梦〉在法国的传播与研究》，载《红楼梦学刊》2012 年第 1 辑，第 249—250 页；陈寒：《〈红楼梦〉在法国的译介》，载《红楼梦学刊》201 年第 5 辑，第 196—197 页。

续 表

译者	篇幅	出版者	出版时间
徐颂年	第19回、第27回、第32回片段（含《葬花吟》）	《中国现代文学选集》	1932/1933
鲍文蔚	第57回（中法对照）	《法文研究》第四期	1943
盖尔纳（Armel Guerne）	上卷19回、下卷23回	巴黎Guy de Prat出版社	1957. 1964
李治华	第12回片段	于儒伯（Robert Ruhlmann）《中国语言、历史、宗教、哲学、文学、艺术》	1959
李治华、雅歌（Jacqueline Alézaïs）、铎尔孟（André d'Hormon）	2卷120回	巴黎伽利玛出版社	1981
	8卷120回汉法对照	北京人民文学出版社	2012
雷危安（André Lévy）	第1回片段	《中国古典文学》	1991

《红楼梦》意大利文译本如表 64 所示[❶]：

表 64 《红楼梦》意大利译本一览

译者	篇幅	出版者	出版时间
波维罗（Clara Bovero）、黎却奥（Carla Pirrome Riccio）	39回	都灵爱诺地公司	1958
培耐狄克特（Martin Benedikter）	第1回楔子	《中国》第五期	1959
马茜（Edoarda Masi）	2卷120回节译	都灵Uniore tipografico-editrice torinese	1964

另外，在欧洲完成的唯一西班牙文《红楼梦》译本，是基于前述拉乌埃尔译本、而由赵振江同西班牙诗人穆尔西亚人（Murciano，原名 José Antonio Garlia Sánchez）以及西国汉学家雷林科（或译雷林克，Alicia Relinque Eleta）合作改译，并出版于西班牙格拉纳达大学出版社[❷]。

而巴尔干半岛上的罗马尼亚文节译本（1975 年），由汉学家杨玲（Ileana Hogea-Veliscu）和 Iv Martinovici 合作完成，39 回，最初呈 3 卷本，后来合为 1 卷[❸]。

❶ 唐均：《〈红楼梦大辞典 · 红楼梦译本〉词条匡谬赓补》，见傅勇林主编：《华西语文学刊》（第 3 辑 "《红楼梦》翻译研究专辑"），四川文艺出版社 2010 年版，第 192 页。

❷ 唐均：《〈红楼梦大辞典 · 红楼梦译本〉词条匡谬赓补》，见傅勇林主编：《华西语文学刊》（第 3 辑 "《红楼梦》翻译研究专辑"），四川文艺出版社 2010 年版，第 196 页；程弋洋：《〈红楼梦〉在西班牙语世界的翻译与评介》，载《红楼梦学刊》2011 年第 6 辑，第 149—151 页。

❸ 唐均：《〈红楼梦大辞典 · 红楼梦译本〉词条匡谬赓补》，见傅勇林主编：《华西语文学刊》（第 3 辑 "《红楼梦》翻译研究专辑"），四川文艺出版社 2010 年版，第

东欧是斯拉夫语（Slavic）通行的地区，首先来看《红楼梦》的俄译本，可以如表 65 概括所示[❶]：

表 65 《红楼梦》俄译本一览

译者	篇幅	出版者	出版时间	序者
德明（Дэ-Мин, 原名А. И. Кованко）	第1回片段	《祖国纪事》第26卷	1843	—
王西里（В. П. Васильев）	第1回片段	未刊稿	19世纪后期	—
孟列夫（Л. Н. Меньшков）	2卷120回	莫斯科国家文艺出版社	1958	费德林（Н. Т. Федоренко）
帕納休克（В. А. Панасюк）				
	3卷120回	俄罗斯文学出版社和Ладомир出版社	1995	高莽，华克生（Д, Н, Воскресенский）
戈卢别夫（И. С. Голубев）		拉脱维亚	1997	孟列夫（Л. Н. Меньшков）
洛德门（В. Г. Рудман）	第1. 2回片段	《中国文学读本》第一册	1959	马玛也娃（В. М. Мамаева）

表 65 反映一个颇有意思的现象：俄文版的《红楼梦》在正式出版时，基本上都有一个著名的汉学家撰写严肃的序言进行相关介绍乃至深度分析。这种现象一方面说明俄文学界对于《红楼梦》译介的重视，另一方面也有助于俄语读者对《红楼梦》的接受，尽管相较西欧读者而言，俄国读者更容易接受《红楼梦》中荟萃的东方文化元素。

在其他斯拉夫语通行的区域，目前已有波兰汉学家沙宁（Jarek Zawadzki）网络公布的《红楼梦》波兰文摘译[❷]，以及捷克资深汉学家王和达（Oldřich Král）的捷克文全译本 3 卷（1986. 1988 年）[❸]和斯洛伐克汉学家黑山（Marina Čarnogurská）的斯洛伐克文全译本 4 卷（2001—2003 年）[❹]，其第一卷曾经单独刊行（1996 年）[❺]。而《红楼梦》的保加利亚文译本是目前最新刊出的版本，由汉学家韩裴（ПеткоТ. Хинов）译出的，目前出版的是第一卷[❻]，译者将会在不久的将来全帙推出《红楼梦》的保加利亚文译本。

191 页；唐均、王红：《〈好了歌〉俄译本和罗马尼亚译本比较研究》，载《红楼梦学刊》2010 年第 6 辑，第 338 页注㊱。

❶ 唐均：《〈红楼梦大辞典·红楼梦译本〉词条匡谬赓补》，见傅勇林主编：《华西语文学刊》（第 3 辑“《红楼梦》翻译研究专辑”），四川文艺出版社 2010 年版，第 193—194 页；李锦霞、孙斌：《俄罗斯汉学家华克生对〈红楼梦〉的研究》，载《红楼梦学刊》2011 年第 3 辑，第 298—299 页。

❷ 唐均：《〈红楼梦〉波兰文翻译述略》，载 *Dálný východ*, Ročník IV, číslo2 (Olomouc2014)，第 96 页。

❸ 李梅：《捷克汉学家普实克的弟子与〈红楼梦〉的捷文翻译》，见北京外国语大学欧洲语言系编：《欧洲语言文化研究》（第 3 辑），时事出版社 2007 年版，第 207 页。

❹ 唐均：《〈红楼梦〉斯洛伐克翻译手稿论》，载《红楼梦学刊》2014 年第 2 辑，第 234 页。

❺ 胡文彬：《天涯若比邻——斯洛伐克文〈红楼梦〉述评》，载《天津外国语学院学报》1999 年第 1 期，第 72 页。

❻ Хинов, ПеткоТ. (прев.): Цао Сюецин: *Сън в алени покои* (том I). София: Издателство„ Изток-Запад“, 2015. 按，到 2018 年已经出齐 3 卷共 90 回的内容了。

在巴尔干半岛上，除了前述罗曼语和斯拉夫语涌现了《红楼梦》译本之外，最早诞生的《红楼梦》译本却是欧洲文明的源头——由 Ἑλλῆ Λαμπρίτη 从下文将要述及的王际真 1950 年代英译增补本转译而来的希腊文节译本（1963 年）[1]；接踵而至的是阿尔巴尼亚文译本（1965 年），目前唯一了解的相关信息是根据人民文学出版社 1957 年版《红楼梦》译出的[2]。由此可以发现一个较为奇怪的现象：在该半岛上影响最大，同中国关系亦不可谓之不密切的原南斯拉夫诸语言，迄今尚无《红楼梦》译介信息反映。

需要说明的是，瑞士是以德语、法语、意大利语和罗曼什语共同立国（作为官方语言）的国家，但由于目前只有一位瑞士法语诗人（Armel Guerne）译出了《红楼梦》的法文节译本，因而，在有关欧洲的译介情形考察上，就将瑞士直接划入了法语传播区域而不再细分；而爱沙尼亚语实为芬兰语的方言，但因各自立国而其境内并无《红楼梦》译介独有信息，故在统计时也略而不论（亚洲的塞浦路斯通用希腊语但未计入《红楼梦》的希腊语传播区域，道理与此趋同）；爱尔兰虽有独特的爱尔兰语（无《红楼梦》译本），但全境已通用英语，故而将爱尔兰也大致纳入《红楼梦》的英语传播区域中。以上就是整个欧洲的《红楼梦》译介情形。

四、《红楼梦》译介在美洲

美洲大陆文明长期孤悬，直到近代初期欧洲人的地理大发现才开始同旧大陆文明发生实质性的联系。而从 18 世纪后期美国独立起一直到现在，以北美为中心的地区愈来愈成为世界现当代文明的核心区域。《红楼梦》在这一广袤地区的翻译和传播，就在相当程度上展示出中国古典文化同现当代世界文明的交融力度。

《红楼梦》在美洲的传播，首站还是在美国：曾经有人介绍过一个署名为王良志英译的节译本（1927 年）[3]，但迄今再无第二人发现该译本。而最具影响力的，则是王际真多次迻译的英文本（1929. 1958 年），是霍克思翁婿全译本出现之前最为风行的《红楼梦》英译本。以下列表给出《红楼梦》在美国的英译情形[4]，见表 66。

---

❶ 唐均：《〈红楼梦〉希腊文译本述略》，载《明清小说研究》2012 年第 2 期，第 89 页；唐均：《王际真〈红楼梦〉英译本问题斠论》；载《红楼梦学刊》2012 年第 4 辑，第 192—193 页。

❷ 胡文彬：《中国古典文学在匈牙利、罗马尼亚、阿尔巴尼亚的流传》，载《咸阳师专学报》（综合版）1994 年第 1 期，第 33 页。

❸ 王农：《简介〈红楼梦〉的一种英译本》，载《社会科学战线》1979 年第 1 期，第 266 页。

❹ 王农：《简介〈红楼梦〉的一种英译本》，载《社会科学战线》1979 年第 1 期，第 266 页；黄鸣奋：《英语世界中国古典文学之传播》，学林出版社 1997 年版，第 218 页；郑锦怀：《〈红楼梦〉早期英译百年（1830—1933）——兼与帅雯雯、杨畅和江帆商榷》，载《红楼梦学刊》2011 年第 4 辑，第 126—127 页；吴永昇、郑锦怀：《J. T. 多尹与〈红楼梦〉在美国的最早译介》，载《红楼梦学刊》2015 年第 5 辑，第 137—139 页。

表 66 《红楼梦》美国刊行英译本一览

译者	篇幅	出版者	出版时间	序者
多尹（J.T.Doyen）	第6回片段	旧金山《大陆月刊》创刊号	1868	—
王良志	95回	纽约	1927	明恩溥（Arthur Henderson Smith）
王际真	楔子、39回	纽约道布尔戴·杜兰公司	1929	韦利（Arthur Waley）
王际真	40回	纽约Twayne出版公司	1958	多伦（Mark Van Doren）
	60回	纽约Anchor书店		—
翟楚（Ch'u Chai）和翟文伯（Winberg Chai）	第41回	《中国文学宝库》	1965	—
白芝（Cyril Birch）	第63—69回	《中国文学选集》（第2卷）	1972	—

而关于王际真英译本的转译情形，则如表 67 所示[1]。

表 67 王际真《红楼梦》英译本转译本一览

文种	中文	王际真英译	希腊文	西班牙文	泰文
文本	《红楼梦》原本	39回本（1929）	—	博尔赫斯摘译（1940/1967）	—
		40回本（1958）		—	40回译本（1980）
		60回本（1958）	57回译本（1963）		—
		60回本（1959）			

此外，前述亚洲、欧洲完成的英译本，如黄新渠译本、麦克休姊妹译本、霍克思翁婿译本等，也都在美国多次再版[2]。

在美洲幅员最为辽阔的西班牙语区域中，《红楼梦》的翻译还是倚仗其在美国推出的英译本。正是王际真的英文节译本（1929 年），催生了阿根廷著名作家博尔赫斯（Jorge luis Borges）的《红楼梦》西班牙文片段迻译。后来，前述秘鲁人拉乌埃尔完成的北京版西班牙文译本，以及华裔墨西哥人陈雅轩（Mónica Ching Hernández）完成并刊于墨西哥城的插图版节译本，都是美洲学人在《红楼梦》译介领域做出

❶ 唐均：《王际真〈红楼梦〉英译本问题斠论》；载《红楼梦学刊》2012 年第 4 辑，第 193 页。

❷ 唐均：《〈红楼梦大辞典·红楼梦译本〉词条匡谬赓补》，见傅勇林主编：《华西语文学刊》（第 3 辑 "《红楼梦》翻译研究专辑"），四川文艺出版社 2010 年版，第 203—204 页。

的突出成就。而前述完成于欧洲的西班牙文译本，也能在美洲西班牙语诸国通行无阻。以下表总结迄今已知的《红楼梦》西班牙文译本情形[1]，见表 68。

表 68 《红楼梦》西班牙译本一览

译者	国籍	篇幅	出版者	初版时间
博尔赫斯	阿根廷	第5. 12回片段	《幻想文学作品选》	1940
拉乌埃尔	秘鲁	120回（4卷）	北京外文出版社	1991
		120回（汉西对照7卷）		2010
赵振江	中国	120回（3卷）	格拉纳达大学出版社	1988. 1989
穆尔西亚人	西班牙			
雷林科				2005
陈雅轩	墨西哥	120回缩略	墨西哥城卡斯托尔出版社	2007

整个美洲的《红楼梦》译介情形，包括尚无《红楼梦》译本问世、但可以接受已有译本的西班牙语区域；而加拿大、海地、伯利兹、圭亚那等国通行已有多个译本的英、法语，却未列入《红楼梦》的译介范围，主要是虑及其本土尚无明确的译介活动；丹麦领土格陵兰亦不列入，主要是这里丹麦语使用人口太少，而其土著因纽特语亦无《红楼梦》译介的缘故。

五、结论

大洋洲曾经全是欧洲主要列强的殖民地，所以欧洲的英、法语现在成为其主要语言；但由于澳洲本土并无《红楼梦》译本出现，众多的土著语言亦无《红楼梦》迻译，所以我们目前的计算，暂且不考虑这一区域的情形。

综上所述，《红楼梦》在世界范围内的译介，可以反映出其地理分布上的如下问题来：

（1）从当代世界影响广泛的大语种接受视角来看，拥有大国巴西、且与中国有着领土关联之澳门的葡萄牙语世界，竟然没有《红楼梦》的任何译介活动；

（2）从文化圈的视角来看，在文明史上地位举足轻重的印度文化圈，除了相对边缘的中南半岛部分国家（泰国、缅甸）以外，居于核心

[1] 程弋洋：《〈红楼梦〉在西班牙语世界的翻译与评介》，载《红楼梦学刊》2011 年第 6 辑，第 147—153 页。

地位的南亚诸国——印度、巴基斯坦、孟加拉国、尼泊尔等，也都缺乏《红楼梦》的译介，这一点就表明了世界上除了中国以外最大的人口聚居区同中国的核心优质文化元素尚无任何交集，也就不能不可谓是我们文化传播的重大失策；

（3）撒哈拉以南的黑非洲地区，同中国的外交关系一向良好而频繁互动，而《红楼梦》译介的完全缺失，表明中国同非洲黑人民族之间的诸多交流还缺乏文化层面的决定性影响，中国文化的核心和高端元素还亟待借助类似《红楼梦》这样的优秀文学作品走进黑非洲。

最后，根据上述地理分布信息，我们可以得出关于《红楼梦》翻译语种和译本数量的最新数据，如表 69 所示（反斜线之后是全译本数量）：

表 69 《红楼梦》译本世界分布数据

续 表

	阿尔泰语系						汉藏语系			南亚语系	南岛语系	亚非语系	
亚洲地区语言	锡伯语	蒙古语	维吾尔语	哈萨克语	韩语	日语	藏语	缅甸语	泰语	越南语	马来语	阿拉伯语	希伯来语
	2\1	2\1	3\1	1\1	21\10	28\4	2\1	1\1	3	13\3	1	2	1
欧洲及美洲地区语言	印欧语系日耳曼语族							芬乌语系		印欧语系罗曼语族			
	英语	德语	荷兰语	瑞典语	丹麦语	挪威语	冰岛语	芬兰语	匈牙利语	法语	意大利语	西班牙语	罗马尼亚语
	30\3	6\1	1	1\1	1	1	1	1	1	8\1	3	4\2	1
	印欧语系斯拉夫语族										印欧语系其他语族		
	俄语		波兰语		捷克语		斯洛伐克语		保加利亚语		阿尔巴尼亚语	希腊语	世界语
	5\2		1		1\1		2\1		1		1	1	1\1

此处统计的标准是——已经佚失的文本不计，同一译者不同篇幅的译本分开计算，个别译者更换后形成的译本分开计算，同一译者相同篇幅的修订译本不分开计算（故而王际真的英译只算作两个译本），双语对照本不作为另外的译本计算。

据此，目前的最新统计，《红楼梦》在全世界有 34 种语言的 152 个不同篇幅译本；其中，36 个全译本分布在 18 种语言中。

并不意外的是，东方语言中《红楼梦》译本最多的语言是日语，西方语言中《红楼梦》译本最多的是英语，两者数量相差无几——这一点也从一个角度佐证了：近代以降，西方是英美、东方是日本，同中国之间的文化交流关系最为密切。

而令人意外的是，《红楼梦》全译本最多的语言既非日语亦非英语，而是韩语（含朝鲜语）。全译本比例最高的语言有哈萨克语、缅甸语、瑞典语、捷克语和世界语——这种仅有一个译本就是全译的情形，或许反映出中外文化交流中的某些偶然特征（譬如，政府行为、译者个人旨趣等）；不过除开这类总共就只有一个译本的语言来考量，那就是锡伯语、蒙古语、藏语、西班牙语和斯洛伐克语了，其全译本数目达到了各自语种中现有译本总数的一半，而朝鲜-韩语以 10 个全译本对比 21 个不同篇幅译本，接近一半的比率，充分反映出朝鲜半岛和大中华地区的密切关系来。

（原载《曹雪芹研究》
2016年第2期，第30—46页）

《红楼梦》标题迻译研究

——“楼”意象的斯拉夫语传递

中国古典文化元素的荟萃之作《红楼梦》，在其问世以来的两个多世纪内早已走出中文读者世界，向 30 多种语言的读者圈展开了 100 多个篇幅不同的译本。随着全球化的进一步加深和翻译学科的勃兴，《红楼梦》多语种迻译的研讨日益成为一个颇具意义的学术焦点。特别是由于中文和东亚汉文化圈以外的众多译语民族之间存在着较大的语言文化差异，如何向这些异语读者精准而又传神地表达《红楼梦》的内容，不论在外语界还是在红学界都是十分令人关注的话题，甚至纯粹的看客也经常对此表达自己的意见。首当其冲，作为书名的“红楼梦”三字，如何正确理解并用异族语言恰如其分地加以表达出来，就是一个堪当大论的趣味主题。

就实体层面而言，“楼”通常泛指亭台楼阁等建筑物，前面冠一“红”字曰“红楼”，就具有了特别的意义：既指富贵人家的府邸，又指富家女子的闺楼[1]。就《红楼梦》文本中笃定归属曹雪芹笔下的具象之“楼”，前 80 回中共写有四处，按照回目次序先后应该是：第 3 回

[1] 魏红艳：《因空见色，由色生情，传情入色，自色悟空——〈红楼梦〉书名释义》，载《十堰职业技术学院学报》2007 年第 1 期，第 80 页。

凤姐为给新来的黛玉做衣服找缎子的“后楼”——王熙凤富贵梦之所在，第 11 回首见、后来秦可卿淫丧之“天香楼”，第 18 回元妃省亲赐名之“大观楼”——贾宝玉温柔梦之所出，第 29 回贾府女眷外出打醮之“清虚观内楼”——贾氏家族兴盛梦之所倚[1]；其间唯有“天香楼”才因宝玉梦游、秦氏托梦，檃括全书富贵温柔易逝的主旨而成为书名中“红楼”的具象对应物[2]。简而言之，“红楼”含有两重涵义：第一指富贵场，第二指温柔乡[3]，而梦之场所——“楼”，正是展示红尘“乐事”的象征性地点[4]。

英语在翻译“红楼梦”三字时，对于上述双关内涵的处理就显得顾此失彼：绝大多数译法用 chamber“内室、卧房”来对译“楼”，少数译法用 mansions“府第（复数）”来加以对译[5]——前者可以认为侧重于凸显一众女儿，后者测试侧重于凸显家族的富贵，但是时至今日中英文化已臻深度交融的境地，仍然没有发现可以二者兼顾的迻译佳品出现。

在 21 世纪初问世的《红楼梦》德语全译本，是由两位风格迥异的德国汉学家分头完成的。他俩不仅有着丰富的具体翻译实践，而且在翻译理论方面也有不同的见地。

根据《红楼梦》前 80 回德译者史华慈（Rainer Schwarz）的理

---

❶ 纪永贵:《论〈红楼梦〉书名之寓意》，载《南都学坛》（哲学社会科学版）2000 年第 1 期，第 32 页。

❷ 纪永贵:《论〈红楼梦〉书名之寓意》，载《南都学坛》（哲学社会科学版）2000 年第 1 期，第 32—33 页。

❸ 纪永贵:《论〈红楼梦〉书名之寓意》，载《南都学坛》（哲学社会科学版）2000 年第 1 期，第 34 页。

❹ 纪永贵:《论〈红楼梦〉书名之寓意》，载《南都学坛》（哲学社会科学版）2000 年第 1 期，第 32 页。

❺ 陈国华:《〈红楼梦〉和〈石头记〉: 版本和英译名》，载《外语教学与研究》（外国语文双月刊）2000 年第 6 期，第 448 页。

解，《红楼梦》中的“楼”字是多层建筑物的意思，在旧中国一般指的是两层建筑物，在当时是富贵荣华的人家住的地方；就狭义而言，“楼”是这样建筑物的上层，也就是女子住的地方，“红楼”的意思是，这个建筑物内外的装饰富丽堂皇❶。

而根据《红楼梦》后 40 回德译者吴漠汀（Martin Woesler）的理解，第一层意思，红砖楼宅在某种程度上象征着富裕，由于这些楼宅往往包含多座建筑，所以“楼”既可以表示单座楼又可以表示多座楼❷，因此，“红楼”无论如何在规模上是比悼红“轩”和脂砚“斋”要大得多❸；第二层意思，“红楼”还是烟花之地“青楼”的反面，指的是贵妇的豪庭，也代指富贵人家的娇颜软玉❹。

显而易见，史华慈对“红楼”的理解，严重偏向其富贵地的隐含所指，而吴漠汀的理解，则比较均衡地认识到了富贵地和温柔乡的内涵。然而，若是虑及“红楼梦”的典故出处，上述修养不可谓不深厚的异族汉学家们，还是在认识上出现了偏颇。

其实，唐诗中时常出现“红楼”二字连用的情形，以此特指中国古代富贵人家妇女所居精美雅秀的木结构两层式妆楼，具有三重涵义：一是贵、二是富、三是浪漫风流——由此，“红楼”就可以抽象概括

---

❶ [德]史华慈著，姚军玲译：《〈红楼梦〉德译书名推敲》，载《红楼梦学刊》2010 年第 6 辑，第 209 页。

❷ [德]吴漠汀：《〈红楼梦〉译名的百花齐放——浅析〈红楼梦〉书名的翻译以及一个新发现》，见傅勇林主编：《华西语文学刊》（第 3 辑“《红楼梦》译介研究专辑”），四川文艺出版社 2010 年版，第 72 页。

❸ [德]吴漠汀：《〈红楼梦〉译名的百花齐放——浅析〈红楼梦〉书名的翻译以及一个新发现》，见傅勇林主编：《华西语文学刊》（第 3 辑“《红楼梦》译介研究专辑”），四川文艺出版社 2010 年版，第 74 页。

❹ [德]吴漠汀：《〈红楼梦〉译名的百花齐放——浅析〈红楼梦〉书名的翻译以及一个新发现》，见傅勇林主编：《华西语文学刊》（第 3 辑“《红楼梦》译介研究专辑”），四川文艺出版社 2010 年版，第 73 页。

为蕴含有富贵和风流之意在内，而且“红楼”本身在视觉上就给人一种庄严肃穆、富贵雍容的感觉[1]。

而作为书名的“红楼梦”三字真正连用的最早情形，经探讨考索，实出于晚唐诗人蔡京（？—863）的《咏子规》诗之颈联“凝成紫塞风前泪，惊破红楼梦里心”——诗中着力刻画“杜鹃啼血”的凄凉意境：“永逐悲风”“愁血滴花”勾出了一幅声声血泪的画面，曹雪芹很可能是读了这首诗得到启发，在小说中描绘贵族大家庭的没落，有如《咏子规》诗中“春艳死”“冷光沉”的局面，千红一哭、万艳同悲，正是红楼女儿悲剧命运的传神写照；而直接源出小说书名的这副对句，也很符合林黛玉的形象特征和“字字看来皆是血”的创作内情[2]。此外，《咏子规》和《红楼梦》中的之间还存在着不少关合之处，如表 70 所示[3]：

表 70 《咏子规》诗作和《红楼梦》小说部分关合之处对照

<table>
<tr><th>《红楼梦》形象</th><th>《咏子规》成分</th><th>《红楼梦》成分</th></tr>
<tr><td rowspan="5">林黛玉形象</td><td>远林</td><td>玉带林中挂</td></tr>
<tr><td>月明、冷光</td><td>潇湘馆、冷月葬花魂</td></tr>
<tr><td>风前泪</td><td>还泪</td></tr>
<tr><td>杜鹃啼血、凝成紫塞</td><td>紫鹃</td></tr>
<tr><td rowspan="2">愁血滴花春艳死</td><td>吐血、葬花</td></tr>
<tr><td rowspan="2">一众女儿形象</td><td>群芳死、一片白茫茫大地真干净</td></tr>
<tr><td>千年冤魂、永逐悲风</td><td>千红一哭、万艳同悲</td></tr>
</table>

❶ 赵戎：《惊破红楼梦里心——〈红楼梦〉书名新解》，载《桂林师范高等专科学校学报》2006 年第 2 期，第 64 页。

❷ 吴新雷：《惊破红楼梦里心——红学小札七记》，载《红楼梦学刊》1997 年第 2 辑，第 222 页。

❸ 根据王庆云：《“诗证香山”：唐诗意象与〈红楼梦〉几个书名的来源》，载《红楼梦学刊》2002 年第 2 辑，第 244—245 页制表。

续　表

《红楼梦》形象	《咏子规》成分	《红楼梦》成分
楚辞形象	肠断楚辞	《楚辞》意象

曹雪芹本人在第五回里交待得很明白，“红楼梦”是太虚幻境警幻仙姑新填的十二支仙曲（不算引子和收尾）的总称，这些曲子暗喻故事中十二位女主人公（即金陵十二钗）的命运，“红楼”实际上主要就是指这十二位女子，由于她们的命运构成了全书故事情节的主线，所以甲戌本“凡例”说“《红楼梦》是总其全部之名也”[1]。由此可以审知，用作书名的“红楼梦”除了双关“繁华富贵地”和“花柳温柔乡”之外，其重点还在于突出女儿国幻灭的后者。那么，当汉语著成的《红楼梦》在翻译成语法结构和文化内涵都迥乎不同的异族语言加以表现时，为了实现传情达意的效果最大化，在无法兼顾上述两层意思的情况下，译者或许就要考虑突出重点而舍弃次重点了，对于一书之目的书名而言，其间处理的匠心尤其值得留意。具体言之，“红楼”的不可译就在于：它的字面义是“红色的楼”，隐含义是“华美的房子”“富家女子的住处”“闺阁”，比喻义是“住在这样房子里的女子”[2]。

现代欧洲版图，根据民族文化的类属大致可以划分为西面的日耳曼新教区域、南面的罗马公教区域和东面的斯拉夫正教区域。其中，斯拉夫正教区域一直绵延至远东而同汉文化区域接壤，相对而言，这一文化区域内占主导的斯拉夫语，在欧洲诸语言中最具东方色彩。以此逻辑来审视种种斯拉夫语的“红楼梦”迻译表现，或许可以窥见一些中西文化交流过程中的某些端倪吧。

---

❶ 陈国华：《〈红楼梦〉和〈石头记〉：版本和英译名》，载《外语教学与研究》（外国语文双月刊）2000 年第 6 期，第 448 页。

❷ 陈国华：《〈红楼梦〉和〈石头记〉：版本和英译名》，载《外语教学与研究》（外国语文双月刊）2000 年第 6 期，第 448 页。

下表根据已有的《红楼梦》斯拉夫语译本[1]以及“维基百科”网页的各种斯拉夫语“《红楼梦》”条目，将“红楼梦”书名的种种译法归纳于表 71。

表 71　“红楼梦”题名斯拉夫语迻译对照

译语	纸质印刷版译本	网络维基版介绍
俄语	Сон в красном тереме	
捷克语	Sen v červeném domě	
斯洛伐克语	Sen o Červenom pavilóne	
波兰语	Sen o czerwonym pawilonie	Sen czerwonego pawilonu
保加利亚语	Сън в алени покои	Сън в червения павилион
乌克兰语	—	Сон у червоному теремі
（两种）白俄罗斯语	—	Сон у чырвоным цераме
塞尔维亚语	—	Сан у црвеном павиљону
克罗地亚—波斯尼亚语	—	San u crvenom paviljonu
斯洛文尼亚语	—	Sanje rdečega paviljona

其中波兰文的所谓“纸质印刷版译本”实际上还只是网络版，但可以同维基百科的波兰文“《红楼梦》”一条相对立，因而将其权且归入“印刷版”一类，便于对照分析。

上表所示出现了“红楼梦”译名的种种斯拉夫语中，“梦”字迻译的分歧最小（均为标题的首词），其次是“红”字的迻译（均为画线所示“楼”之前的修饰词），分歧最大的就是“楼”的迻译（画线部分）——这就是有待本文集中探讨的焦点之所在。

---

[1] 唐均：《〈红楼梦〉波兰文翻译述略》，载 *Dálný východ*, Ročník IV, čislo2（Olomouc 2014），第 97 页；Петко Т. Хинов (прев.), Цао Сюецин: *Сън в алени покои*（том I）, София: Издателство „Изток-Запад“.

虑及现代各种斯拉夫语除保加利亚语（和马其顿语）外都还有丰富的变格词尾存在，上表的归纳除去变格词尾的影响，还原成第一格（主格）形式后，给我们提供的“楼”的译法就可以归结为以下四种类型：dom 型、pavil(j)on 型、pokoj 型、terem 型。

（1）dom 型：捷克语的 dom“房屋”实际上是斯洛伐克语借词，捷克语固有词是 dům[1]，两者都是来自原始斯拉夫语*domъ < 原始印欧语名词*dóm$h_2$os < 原始印欧语动词词根*demh_2- “建造”，同源词有梵语的 dama、阿维斯塔语的 dąm、希腊语的 δῶ < δόμος“家、巢、窝”、拉丁语的 domus“家乡、故国，（诗语）建筑、住处”、德语的 Zimmer“房间”、英语的 timber“木材”等，俄语中是 дом“家”[2]。这一系列语汇大体上都是凸显“房屋”的概念，转指“房间”乃至“（建造房屋所用的）木材”的情形都是日耳曼语的例子，距离斯拉夫语相对遥远，因此关乎家族兴衰的“住家”内涵才是该类型语汇的核心概念。

既然如此，那么为何译者放着现成的捷克语词不用，而去舶来一个异族语词运用于此呢？这里有一个或许可以类比的实例：斯洛伐克语中有 kocúr“公猫、（转义）色鬼”和 mačka“母猫”，同时借用捷克语词 kočka“母猫”来转指“靓妹”[3]。这一情形似乎可以透露出：比邻而居的捷克语和斯洛伐克语之间，有时可以借用对方语言的同义词来转指一些相对形而上的语义，因而捷克译者不用自己母语现成的 dům“房屋”而借用斯洛伐克语的 dom“房屋”，可能就是想借此来凸

[1] Miklosich, Franz: *Etymologisches Wörterbuch der slavischen Sprachen*, Wien: Wilhelm Braumüller, 1886, p.48.

[2] Ringe, Don: *From Proto-Indo-European to Proto-Germanic*, Oxford, UK: Oxford University Press, 2006.

[3] 朱伟华、周美如编著：《斯洛伐克语课本》，外语教学与研究出版社 2001 年版，第 353 页。

显“非同一般的房屋”，从而接近“府第、宅邸”这样的意味，同时还可以渲染一种异域气氛。

如果笔者对捷克译者迻译“楼”的心思推测还算虽不中尚不远的话，那么可以看出，他理解的“红楼梦”中“楼”意象仍然是偏重于家族繁盛的富贵地，相对而言，女儿纵情的温柔乡无形中也就淡化了很多。考虑到该书的翻译从 1962 年启动，以人民文学出版社 1950 年代的版本作为底本，最后出版于 1986—1988 年间[1]，其时相距中国大陆的“文革”评红为时未远，而译者也还生活在尚未剧变前的捷克斯洛伐克国内，《红楼梦》中阶级斗争占主导的思潮不可能对译者没有作用，故而我们可以理解捷克译者的上述译名处理。

（2）pavil(j)on 型：斯洛伐克语的 pavilón、波兰语的 pawilon、保加利亚语的 павилион、塞尔维亚语的 павиљон、克罗地亚—波斯尼亚—斯洛文尼亚语的 paviljon 来自法语 pavillon“帐篷、耳房，旗帜、徽记，居所，（音乐术语）铃铛” < 中古法语 paveilun“建筑” < 古法语 paveillon < 拉丁语 pāpiliō “蝴蝶”（因为帐篷的形制类似蝴蝶展翅）[2] < 原始印欧语*pal-“触摸、振动”（重叠构词）。俄语也有此借词 павильон，意指“售货亭、陈列馆、内景摄影棚”[3]，显然不适合用来对译汉语的“楼”了。

斯拉夫语的西支和南支，大量采用这个借自法语的语词对译“红楼梦”中的“楼”，显然是因为该词在这些语言中缺乏俄语那样凿实的

---

❶ 唐均：《〈红楼梦大辞典 · 红楼梦译本〉词条匡谬赓补》，见傅勇林主编：《华西语文学刊》（第 3 辑“《红楼梦》译介研究专辑”），四川文艺出版社 2010 年版，第 192 页。

❷ Godefroy, Frédéric: *Dictionnaire de l'ancienne langue française et de tous ses dialectes du IXe au XVe siècle*, 10vols, Paris: F.Vieweg-E.Bouillon, 1881-1902, p.300.

❸ 刘泽荣主编：《俄汉大辞典》，商务印书馆 1963 年版，第 654 页。

语义偏离，从而，其中特有的法兰西浪漫风情，恰好可以对等处理来自遥远东方的亭台楼阁意象。如果我们注意到，瑞士法语诗人盖尔纳（Armel Guerne, 1911—1980）从孔舫之（Franz Walter Kuhn, 1884—1961）德译本转译而来的《红楼梦》法语节译本，以及法籍华人李治华（1915—）领衔主译的《红楼梦》法语全译本，其书名中的“楼”也都是译作 pavillon❶，那么我们就更能体会到，自从文艺复兴以来，以法兰西风尚为代表的宫廷文化，是如何在欧洲扩散，其流风遗韵至今仍不绝如缕的了！

（3）pokoj 型：保加利亚语—俄语的 покой“房间、单元”来自原始斯拉夫语 *pokojь“安静” = *po- + *kojь < 原始印欧语 $*k^w oih_1$-o“静”，和塞尔维亚语 покој“宁静”、波兰—捷克—斯洛伐克语 pokoj“世界、房间”等同形，与乌克兰语 покій、白俄罗斯语 пакой，乃至阿维斯塔语 šyāta-“喜”、拉丁语 quiēs“冷静、梦境、世界”、哥特语 ƕeila“时间、闲暇”等同源❷。

这一系列语汇相互之间语义分歧最大，但又都是从“静止”这样一个核心语义衍生出来的，凸显的是时间轴线上的徐徐展开，其空间意象也是从时间维度上引申出来的。据此可以推知，这个保加利亚语词的运用，在语义指向方面凸显的是居住在“房间”亦即“闺阁”里面的（女性）人物。可见，保加利亚译者在保语词汇无法兼顾中文“楼”意象的两层内涵时，采取了突出女儿性、舍弃富贵性的翻译策略。

---

❶ 唐均：《〈红楼梦大辞典·红楼梦译本〉词条匡谬赓补》，见傅勇林主编：《华西语文学刊》（第 3 辑“《红楼梦》译介研究专辑”），四川文艺出版社 2010 年版，第 204. 205 页。

❷ Фасмер, Макс: *Этимологический словарь русского языка*: Пер. с О. Н. Трубачёвым, Москва: Прогресс, 1964-1973, п.III · 305; Derksen, Rick: *Etymological Dictionary of the Slavic Inherited Lexicon* (Leiden Indo-European Etymological Dictionary Series; 4), Leiden, Boston: Brill, 2008, p.409.

（4）terem 型：俄语—乌克兰语的терем、白俄罗斯语 церам“塔楼”都来自古斯拉夫语 *trêmъ < 原始斯拉夫语 *termъ < 希腊语 τέρεμνον < *τέραβνον“房舍、房间”，与塞尔维亚语的трије́м、克罗地亚语的 trijem、斯洛文尼亚语的 trẹ̑m、波兰语的 trzem“厅堂”，乃至阿尔巴尼亚语 trem“法庭”、拉丁语 trabs < trabēs“圆木”、哥特语 þaúrp“场地”、德语 Dorf“村庄”等同源[1]。

这一系列语词的语义大多集中在“高大宽敞的楼堂”方面，凸显的是空间维度的延宕。由此可以理解《红楼梦》德译者的欣赏：大概只有俄文的翻译——Сон в красном тереме“红楼里的梦”——才能表达“红楼梦”原文书名的真正意思，其间терем是“贵族住的很高的宅第”，也专门指这种宅第楼上的闺房[2]。实际上，这个俄语词虽然两种中文涵义兼顾了，但还是偏重于富贵地意味的凸显，这大概也同俄苏区域内《红楼梦》主题是阶级斗争论的喧嚣一时不无干系。

综上所述，现有“红楼梦”书名的种种斯拉夫语译法中，四种“楼”意象的迻译，有两种归结为斯拉夫语的固有词根，另外两种则分别溯源至罗曼语和希腊语；然而其间却有三种情形是或近或远地借用异族语言词汇来表达中文的“楼”意象，唯有最新产生的保加利亚语译本（2016年）是纯纯粹粹固有词的运用。这也难怪：只有保加利亚语是直接继承古教堂斯拉夫语的嫡系后裔，其他语言都在历时演化过程中吸收了数量不菲的希腊—罗马文化成分，使得欧洲最具东方因素的斯拉夫语

---

[1] Miklosich, Franz: *Etymologisches Wörterbuch der slavischen Sprachen*, Wien: Wilhelm Braumüller, 1886, p.354; Фасмер, Макс: *Этимологический словарь русского языка*: Пер.с О. Н. Трубачёвым, Москва: Прогресс, 1964-1973, п. IV · 47.

[2] [德]史华慈著，姚军玲译：《〈红楼梦〉德译书名推敲》，载《红楼梦学刊》2010年第6辑，第210页。

仍然笼罩上较为浓厚的西方色彩，从而在移植远东文化概念加以表现时出现了相当程度的语汇空白，以至于不得不通过频繁舶来词汇的语用方式，勉强实现中西文化交流中的动态对等。

跟日耳曼语和罗曼语等欧洲另外两个语族相比较，“红楼梦”书名中的“楼”在斯拉夫语中的迻译表现显得更为丰富多彩，隐藏在翻译活动背后的语词源流关系和语汇运用技巧也是纷繁芜杂而又趣味多多的。要是留意到已有现实译本的五种斯拉夫语其译者都是学养深厚的汉学家，这五种《红楼梦》译本都是直接译自中文原文的话，就可以明白这些译者并非不能准确理解中文“楼”意象的语义多重性及其文化负载性，而是各自母语内涵和表达的局限，导致了最后翻译的结果出现了不得已而为之的部分偏差，但我们梳理各个译法的来龙去脉，再基于此推断译者的翻译策略和技巧，又可为译者的煞费苦心而击节称赏。

（原载《中国文化研究》
2016年冬之卷，第137—143页）

《红楼梦》第三回林黛玉外貌描写的五种译文

《红楼梦》是中国古典文学的四大名著之一，被译为各种语言在海外传播，近几年对《红楼梦》海外译介与传播的研究也风生水起。作为《红楼梦》中的女主角，林黛玉是许多人心目中的绝美女子，她有一种自然而发的清新脱俗之美，曹雪芹在刻画这一人物时，并没有像书中其他人一样浓墨重彩、细致入微地描写衣着外表，而故意用一些模糊唯美的字眼，将一个恍若飘飘仙子的美女形象展现在我们眼前。在中文为母语的读者心中，林黛玉正如宝玉看到的那般空灵飘渺如仙子下凡。但这种美似乎在翻译中丢失了原有的韵味，加上中西方审美差异，以致外国读者对林黛玉的美并不能有切身体会，《红楼梦》也在西方评价并不如其他名著译作高。

《红楼梦》第三回，黛玉初进贾府，曹雪芹通过不同人物的眼光，饶有层次地刻画了林黛玉的形象。在众人眼中，黛玉看起来体质纤弱，虽年纪尚小，却也举止优雅。从王熙凤的话语中听来，黛玉是个极标致的人儿。在宝玉看来，黛玉更是与其他姐妹不同，别有一番风韵。本文援引了这一回中对林黛玉外貌描写的五种译本，包括包腊英译（1868）、裘里英译（1892）、霍克思英译（1973）、杨宪益夫妇英译

（1978）及李治华夫妇法译（1981）。这五个译本均具有全译性质，且从译本发行时间来看，与红学的研究发展历程基本平行，因而可通过这五个译本对主角林黛玉形象的呈现，反映出黛玉在欧美读者心中的印象，从而分析全书在欧美读者中的接受度与理解度。本文通过回译，从叠词翻译、比喻翻译、典故翻译等方面，分析各译本对黛玉形象的呈现有何缺失，以及西方读者能在多大程度上理解并欣赏黛玉的美。

一、林黛玉外貌描写原文、五种译文及回译

《红楼梦》第三回中对林黛玉的外貌描写主要来自宝玉，这是全书唯一一段对黛玉外貌的特写。宝玉初见黛玉，便被眼前这个如神仙似的妹妹所惊艳，虽未直接描写其长相衣着，却恰到好处地表现出了黛玉真正的美，不是众人眼中的病弱，不是熙凤口中的标致，却是如仙子般的空灵飘逸。这与拜伦的诗 *She Walks in Beauty*（《她走在美的光彩中》）有异曲同工之妙：他们都未曾着墨描写其眉目到底是什么样，却传递出一种不可言喻的美，让读者为之倾倒。由于各译本所用的底本不尽相同，本文在下文分析各译本时分别列出各译本所用底本的原文。

（一）包腊译本

包腊（Edward Charles Macintosh Bowra, 1841—1874），英国贵族，家道中落，1863 年来华，曾任宁波海关税务司、粤海关税务司等职务。包腊所翻译的《红楼梦》1—8 回是《红楼梦》英译史上较早的译本之一，发表在 19 世纪中期的一份英文刊物《中国杂志》（*The China Magazine*）上。关于包腊所参照的底本还没有可靠定论，但能根据译

本的回译等线索推测，包译依从程甲本王希廉的评点本系统[1]，姑且以为包腊选用程甲本文字作为其底本考察。

程甲本[2]原文：

两湾似蹙非蹙笼烟眉，一双似喜非喜含情目。态生两靥之愁，娇袭一身之病。泪光点点，娇喘微微。闲静似娇花照水，行动似弱柳扶风。心较比干多一窍，病如西子胜三分。

包译：

Slender, delicately arched eyebrows, gave an indefinable air of sadness to the face, and lent additional lustre to a pair of half joyful half tearful but soft and tender eyes. There was a certain air of melancholy about her face which was in harmony with her fragile frame and the manifest symptoms of ill health. Her breath came short and quick after her recent tears and she stood tranquil and graceful like the shadow of some delicate flower reflected in a translucent wave, her attitude like a yielding willow bowed by the wind. Her mind was more open to impressions than even the famous Pi-kan and her fragile appearance was even more marked than that of HsiTze*.[3]

笔者回译：

细长而精致的弯眉，给其脸庞一分不可言喻的悲伤气质，为半喜悦半含泪却柔情温和的一双眼睛平添光彩。她的脸庞有某种忧郁的神情，与她柔弱的身躯和明显的病症相协调。刚哭过后，她的呼吸短促，她安静而优雅地站着，如娇嫩花朵的影子映在晶莹的波纹上，她的姿势

❶ 任显楷：《包腊〈红楼梦〉前八回英译本考释》，载《红楼梦学刊》2010 年第 6 辑，第 10—59 页。

❷ [清]曹雪芹、高鹗著，[清]王希廉评：《双清仙馆本·新评绣像红楼梦全传》，北京图书馆出版社 2004 年版。

❸ Bowra, E. C. (tr.): “The Dream of Red Chamber (Hung Low Meng)”, *The China Magazine*, (The Christmas Volume), 1868: p.76.

像被风吹弯了腰的柳树。她的心灵比著名的比干更感性，她柔弱的外表比西施更显著。

包腊译本为严格的逐字翻译，基本覆盖了原文所有细节，而且遣词造句十分考究，用词典雅古朴，独具匠心，极具文学艺术价值。可以看到，在包腊笔下，林黛玉是位端庄而忧郁、安静而优雅的女子，脸上带着悲伤，因病痛而显得柔弱。但包译仅仅表现出林黛玉最外在的气质，并不能让西方读者读出一个清新脱俗、带着翩翩仙子气息的女子，这就使得中西方读者对林黛玉的形象理解产生了一定的偏差。

（二）裘里译本

裘里（Herry Bencraft Joly，中文名周骊，1857—1898），曾任英国驻澳门领事馆副领事，他的译本是最早以整书形式出版的《红楼梦》英译本[1]。他完整翻译了第 1 到 56 回，翻译时紧扣原文，逐字逐句，从未删减。关于底本，学界已有统一认识，即依从王希廉点校的《双清仙馆本 · 新评绣像红楼梦全传》[2]。

程甲本原文：

两湾似蹙非蹙笼烟眉，一双似喜非喜含情目。态生两靥之愁，娇袭一身之病。泪光点点，娇喘微微。闲静似娇花照水，行动似弱柳扶风。心较比干多一窍，病如西子胜三分。

裘译：

Her two arched eyebrows, thick as clustered smoke, bore a certain not very pronounced frowning wrinkle. She had a pair of eyes, which

---

❶ 王金波：《乔利〈红楼梦〉英译本的底本考证》，载《明清小说研究》2007 年第 1 期：第 277—287 页。

❷ 谭含蜜、韦怡、吴灵燕、曾欣、张骞之撰，任显楷审校：《〈红楼梦〉裘里英译本翻译策略研究：人名、回目、诗词、典故、宗教哲学》，见傅勇林主编：《华西语文学刊》（第 6 辑），四川文艺出版社 2012 年版，第 100—122 页。

possessed a cheerful, and yet one would say, a sad expression, overflowing with sentiment. Her face showed the prints of sorrow stamped on her two dimpled cheeks.She was beautiful, but her whole frame was the prey of a hereditary disease. The tears in her eyes glistened like small specks. Her balmy breath was so gentle. She was as demure as a lovely flower reflected in the water. Her gait resembled a frail willow, agitated by the wind. Her heart, compared with that of Pi Kan, had one more aperture of intelligence; while her ailment exceeded (in intensity) by three degrees the ailment of Hsi-Tzu.[1]

笔者回译：

她的两弯眉毛，浓密得就像聚集的烟雾，有着一定的却不是很明显的眉头皱纹。她有一双眼睛，眼睛里有愉快的，而有些人会说是伤心的表情，充满情感。她的脸庞展现出悲伤的痕迹，印在带着酒窝的两颊上。她很漂亮，但她的整个轮廓却是遗传病的猎物。她眼睛里的眼泪像小斑点一样闪着光。她温和的呼吸如此轻柔。她像水中倒映的花儿一样娴静。她的步态像脆弱的柳树，被风鼓动。她的心，比起比干的心，多了一个智慧的孔穴；她的病痛（在强度上）超过西施的病痛三分。

由于裘里的翻译目的是为学习中文的英语读者提供帮助，因此对原文亦步亦趋，完全忠实原文，一一对照，有如中英文对照学习的教科书。裘里的译文若单独给西方读者读来，其实是有些疑惑之处的，比如描写黛玉的眉毛“浓密得就像聚集的烟雾”（thick as clustered smoke）、描写她的病弱“她的整个轮廓却是遗传病的猎物”（her whole frame was the prey of a hereditary disease）以及姿态“她的步态像脆弱的柳树”（Her gait resembled a frail willow）等，这些描写都会让西

---

[1] Cao, Xueqin: *The Dream of the Red Chamber*(Hung Lou Meng), H. Bencraft Joly (tr.), Vermont and Singapore: Tuttle Publishing, 2010: p.37.

方读者觉得困惑，以至于形成的印象就是，黛玉是个有着浓浓的眉毛、爱皱眉、有酒窝的美女，带着遗传病，脆弱而温柔。这个形象在外表上就与中文读者对黛玉形象的理解不同，更不用说气质了。

（三）霍克思译本

霍克思（David Hawkes, 1923—2009），英国汉学家、红学家，与闵福德（John Minford）合译的《红楼梦》备受海内外红学界和翻译界的褒奖，霍克思本身也是一位海外红学家，对《红楼梦》研究颇深。据学者考证，霍克思所用的底本是人民文学出版社以程乙本为底本整理的《红楼梦》，也称原通行本，但霍克思在翻译时不局限于此底本，也常采用抄本异文，对第一卷的底本处理方式他在序言中也曾提及，香港学者宋淇（1982 年）校阅第一卷译文后认为这点与事实相符[1]。

程乙本[2]原文：

两弯似蹙非蹙笼烟眉，一双似喜非喜含情目。态生两靥之愁，娇袭一身之病。泪光点点，娇喘微微。闲静似娇花照水，行动如弱柳扶风。心较比干多一窍，病如西子胜三分。

霍译：

Her mist-wreathed brows at first seemed to frown, yet were not frowning;

Her passionate eyes at first seemed to smile, yet were not merry.

Habit had given a melancholy cast to her tender face;

Nature had bestowed a sickly constitution on her delicate frame.

Often the eyes swam with glistening tears;

Often the breath came in gentle gasps.

---

[1] 胡欣裕：《霍克思的红学研究与底本处理方式的转变》，载《红楼梦学刊》2013 年第 4 辑，第 270—282 页。

[2] [清]曹雪芹、高鹗：《红楼梦》，人民文学出版社 1974 年版，第 37 页。

In stillness she made one think of a graceful flower reflected in the water;

In motion she called to mind tender willow shoots caressed by the wind.

She had more chambers in her heart than the martyred Bi Gan;

And suffered a tithe more pain in it than the beautiful Xi Shi.❶

笔者回译：

她那如烟雾缭绕的眉毛初看似乎皱着，却并未皱眉；

她那多情的眼睛乍看似乎在笑，却并不愉悦。

习惯给予她温柔的脸庞以忧郁笼罩；

天性赋予她纤弱的身躯以病弱体质。

眼中常充满闪闪泪光；

呼吸常伴有微微喘息。

沉静时她使人想起水中倒映的优雅花儿；

行动中她让人想到清风拂过的柔软柳条。

她比殉国的比干更多几个心房；

比美丽的西施更受几分病痛之苦。

霍克思在 1998 年的访谈中谈到自己的翻译目的时曾说道："我当时就想我要翻译内容不需要考虑多少学术性我只要考虑如何再现这部小说就行。毕竟出版商是企鹅集团，我要把整部小说都译出来同时还要让英国的读者乐读，能够读出我读这部小说时感受到的快乐。"因此他在翻译中采用的策略多为"归化"，学界人士还总结出了其他主要的翻译策略，如扩展性策略、补偿性策略、创新性翻译策略等，可以看出，霍克思的目的就是要让英语读者最大程度感受到我们中文为母语

---

❶ Cao, Xueqin: *The Story of the Stone*, Volume1, David Hawkes (tr.), Harmondsworth: Penguin, 1973: pp.56-57.

的读者所感受的“快乐”[1]。

霍克思的译文沿用了原文的诗体形式，暗合了原文四六间插行文的赋体韵文风格，比单纯的描述性文字更添一分韵味。他译出的林黛玉温柔纤弱，带着淡淡的忧郁气质，举止优雅轻盈，她的内在气质与外在容貌都比较接近中文读者心中的林黛玉。霍克思的译文让人联想到英国19世纪诗人拜伦（George Gordon Byron, 1788—1824）的诗歌 *She Walks in Beauty*（《她走在美的光彩中》）：

She walks in beauty, like the night 她走在美的光影里，好像
Of cloudless climes and starry skies; 无云的夜空，繁星闪烁；
And all that's best of dark and bright 明与暗的最美的形相
Meet in her aspect and her eyes: 交会于她的容颜和眼波，
Thus mellowed to that tender light 融成一片恬淡的清光——
Which heaven to Gaudy day denies. 浓艳的白天得不到的恩泽。
One shade the more, one ray the less, 多一道阴影，少一缕光芒，
Had half impaired the nameless grace 都会损害那难言的优美：
Which waves in every raven tress, 美在她绺绺黑发上飘荡，
Or softly lightens o'er her face; 在她的腮颊上洒布柔辉；
Where thoughts serenely sweet express 愉悦的思想在那儿颂扬，
How pure, how dear their dwelling place. 这神圣寓所的纯洁、高贵。
And on that cheek, and o'er that brow, 那脸颊，那眉宇，幽娴、沉静
So soft, so calm, yet eloquent, 情意却胜似万语千言；
The smiles that win, the tints that glow, 迷人的笑容，灼人的红晕，

[1] 张燕：《带着镣铐在舞蹈——析〈红楼梦〉霍克斯译本中的创新性翻译策略》，载《作家杂志》2010年第十二期，第150—151页。

But tell of days in goodness spent, 显示温情伴送着芳年;

A mind at peace with all below, 和平的、涵容一切的灵魂!

A heart whose love is innocent! 蕴蓄着真纯爱情的心田!(杨德豫译)

这首诗是拜伦在舞会上邂逅霍顿夫人(Lady Wilmot Horton)后创作,当时的她仍在服丧,穿着"一件金箔闪烁的黑色丧服"(a mourning dress of spangled black),而她美丽的容貌和优雅的仪态令拜伦怦然心动,便写就了这首诗,留下了他当时惊艳的心情。这与宝玉初遇黛玉时的惊艳之情不谋而合,而且宝玉和拜伦对美人儿的形容都未着墨描写外貌,而是更注重气质的体现,用比喻来形容她们的美,譬如黛玉"娴静如娇花照水",霍顿夫人"好像无云的夜空,繁星闪烁"(like the night of cloudless climes and starry skies)。两位美人儿都有着令人心动的容颜,举止优雅柔美,很容易让读者产生联想。霍克思的译文从诗体,向西方读者传递出原文的韵味,同时使他们联想到拜伦笔下的美人,便更能体味出黛玉的气质与美。

(四)杨宪益夫妇英译本

杨宪益(1915—2009),中国著名翻译家、外国文学研究专家、诗人,他与夫人戴乃迭(Gladys Yang, 1919—1999)合译的《红楼梦》在译介研究中占有重要地位,针对《红楼梦》英译的研究多以杨宪益—戴乃迭译本和霍克思—闵福德译本对比分析。据考证,杨译本"前八十回依据北京图书馆珍藏的抄本'脂京本',后四十回依据'程甲本'";"脂京本"即红学界通称的"庚辰本",但实际上杨译参考的底本不止一个,前八十回多数是依据"有正本",少数参照了"庚辰本",有些根据“程甲本”[1]。此处以有正本作为底本分析。

有正本[2]原文：

两弯似蹙非蹙罥烟眉，一双似喜非喜含情目。态生两靥之愁，娇袭一身之病。泪光点点，娇喘微微。闲静时如姣花照水，行动处似弱柳扶风。心较比干多一窍，病如西子胜三分。

杨译：

Her dusky arched eyebrows were knitted and yet not frowning, her speaking eyes held both merriment and sorrow; her very frailty had charm. Her eyes sparkled with tears, her breath was soft and faint. In repose she was like a lovely flower mirrored in the water; in motion, a pliant willow swaying in the wind. She looked more sensitive than Pi Kan, more delicate than Hsi Shih.[3]

笔者回译：

她那暗淡的拱形眉毛紧锁却并未皱眉，她那会说话的眼睛又有欢喜又有悲伤；她的虚弱有魅力。她的眼睛泪光闪闪，她的呼吸温柔而微弱。安静时，她像是水中倒映的可爱花朵；行动中，她像是随风摇摆的柔韧柳枝。她看起来较比干更敏感，比西施更柔弱。

杨译本更多地采用的是直译，力求把原文完整并原汁原味地传递给西方读者，并因此影响他们的文化，所以他的译本语言简洁平实，翻译多异化策略。杨宪益的译本简练精当，由于他对原文的理解有优势，所以他笔下的林黛玉更接近于我们所理解的林黛玉。而在西方读者读来，这个黛玉虚弱而有魅力，温柔而有气质，是个敏感的弱女子，与

---

❶ 李晶：《杨宪益、戴乃迭的〈红楼梦〉英译本底本研究初探》，载《红楼梦学刊》2012 年第 1 辑，第 221—247 页。

❷ [清]曹雪芹：《原本红楼梦》，有正书局 1927 年版。

❸ Tsao, Hsueh-chin and Kao Hgo: *A Dream of Red Mansions*, Yang Hsien-yi and Gladys Yang (trs.), Beijing: Foreign Languages Press, 1994: p.48.

我们心目中娇柔而有韧劲的林妹妹还有一定差距。

（五）李治华夫妇法译本

由华裔法籍翻译家李治华和他的法国妻子雅歌（Jacqueline Alézaïs）翻译、他们的老师安德烈·铎尔孟（André d'Hormon）校订的法文120回本《红楼梦》，是迄今唯一的《红楼梦》法语全译本，包含了所有的诗词曲赋，在法国受到广泛好评。李治华翻译红楼梦的原则有三：一是120回全译；二是诗词歌赋全译；三是人名意译[❶]。译文前80回据脂评本译出，后40回根据程乙本译出[❷]。由于脂评本为数不少，关于黛玉相貌的这段文字相互之间差异也很大，经过与法译文的回译相对照，本文采用最为切近的戚序本作为底本来参考。

戚序本[❸]原文：

两弯似蹙非蹙笼烟眉，一双似喜非喜含露目。态生两靥之愁，娇袭一身之病。泪光点点，娇喘微微。闲静时如娇花照水，行动处似弱柳扶风。心较比干多一窍，病如西子胜三分。

李译：

Le double croissant des sourcils,
Comme à peine ombres de fumée,
Qui semblent prêts, sans s'attrister, à ta tristesse!
Et le regard de ces deux yeux,
Où se recèle une tendresse,
Qui sans se réjouir semblent prêts à la joie!

---

❶ 段江丽、冀可平：《法译全本〈红楼梦〉的成书过程》，载《曹雪芹研究》2014年第3期，第68—78页。

❷ 唐均：《〈红楼梦大辞典·红楼梦译本〉词条匡谬赓补》，见傅勇林主编：《华西语文学刊》（第3辑"《红楼梦》翻译研究专辑"），四川文艺出版社2010年版，第205页。

❸ [清]曹雪芹：《戚蓼生序本石头记》，人民文学出版社1975年版。

C'est du chagrin que naît le charme, à ses pommettes,
Sa grace tient à la langueur de tout son être.
Avec la lueur d'un pleur qui scintille,
Son souff leléger qui halète un peu.
Se tient-elle enpaix, c'est la fleur fragile,
Qui penche et se mire an miroir de l'eau;
Pour peu qu'elle bouge, on croit voir un saule,
Dont la branche frêle s'étale au vent.
Elle eut au cœur une ouverture
De plus que le cœur de Bi Gan,
Et pour la langueur maladive,
L'emportait d'un tiers sur Xi Shi.

笔者回译：

两弯新月眉，
好似寥寥烟影，
初看似乎没有悲伤，却有忧愁！
两只眼睛的目光里，
藏有柔情，
初看似乎没有喜悦，却有欣喜！
两颊的忧愁使她迷人，
她的优雅来自整个身子的娇弱。
泪光闪闪，
呼吸轻柔，喘息微微。
她安静时，是那娇柔的花儿，
映在平静的水面上
在她行动时，我相信看到了一棵柳树，
那柔弱的枝条在风中飘扬。

她的心比比干的心多一个洞，

病弱的身体比西施还甚三分。

李治华法译也同霍克思译本处理模式一样，采用了诗体形式对译原文的这一段韵文，从诗歌韵律与选词来看，霍译则更接近原文的韵味，对仗更工整；李译更接近现代诗体，表现出了黛玉的温柔娇弱和优雅，与霍译呈现的黛玉形象基本一致，只是在细节上有些差异，下文做详细解读。

二、“笼／罥烟眉”翻译比较

“笼烟眉”，也有版本作“罥烟眉”。从版本源流分析，曹雪芹先拟作“笼烟眉”，后改“笼”为“罥”[1]。五个翻译版本所采用的底本虽不尽相同，但基本可归为“笼”“罥”之分。“笼”和“罥”的区别在于，“笼”只强调笼罩之意，“罥”却有成圈缭绕的动态美。“笼烟”在古诗文中形容山峦、柳枝或翠竹的朦胧美；罥，意为挂、缠绕，“罥烟眉”形容黛玉双眉似缭绕着一缕轻烟，具有轻盈空灵之美。可想象出，黛玉的眉毛细长而弯，有如轻烟缭绕的远山和柳丝，飘渺而脱俗。

包腊译“Slender, delicately arched eyebrows”（细长而精致的弯眉），省译了“笼烟”，只重在描绘其形细长而弯，从而缺失了“笼烟眉”的脱俗之美，反而落入俗套，只能让人觉得这是对寻常的细眉，便是凡人皆能有的，仙气尽失。

裘里译“two arched eyebrows, thick as clustered smoke”（两弯眉毛，浓密得就像聚集的烟雾），由于裘里主要采用直译，字字落实，所以他将“笼烟”译为“clustered smoke”，但也存在过度翻译的问

[1] 朱淡文：《“罥烟眉”诠释》，载《红楼梦学刊》1992年第2辑，第85—86页。

题。Cluster 指簇拥、聚集，一般指人聚集在一起，或者植物丛生。加上前面的 thick（浓厚）一词，便觉得黛玉的眉毛像浓雾一般厚重，一来让人很难产生联想，二来毫无美感可言。

霍克思译为“mist-wreathed brows”（如薄雾缭绕的眉毛），与其他几个译本不同，霍译贴合了“笼烟眉”之意，而省略了描绘其形，抓住核心来翻译，恰能传达出原文的美感，使西方读者能略略领会“笼烟眉”的朦胧美。不过，“mist”（薄雾）和轻烟还是略有区别，“mist”并不能完全表达出缭缭轻烟的飘渺，因而黛玉的美又缺失了些许。

杨宪益将“罥烟眉”译为“dusky arched eyebrows”（暗淡的拱形眉毛），没有突出“罥烟”的飘渺之感，只是用“dusky”一词轻描带过。“dusky”词根是“dusk”（黄昏），意指像黄昏一样昏暗、暗淡，也有忧郁、朦胧之意。黛玉之眉虽淡，也有半蹙眉的忧郁，但并没有“dusky”给人的暗淡无色之感。所以“dusky”一词在此没有准确传递出黛玉之眉的空灵之美。

李治华译“Le double croissant des sourcils, Comme à peine ombres de fumée”（两弯新月眉，好似烟雾的影子），虽没有直接体现出“笼烟”，但“ombres de fumée”（烟雾的影子）暗示眉毛有如烟雾笼罩的阴影。不过这与原文又有所差异，阴影给人阴郁之感，原文也并无此意，单从译文读者无法体会到“轻烟缭绕”的美感。

三、叠词的翻译

叠词，是用重叠的音节构成的词语，在汉语中运用极为广泛，也是古代诗词中采用的语言手段。叠词具有音、形、义之美，最早在诗词中的运用可见于《诗经》，如“关关雎鸠，在河之洲”。但在英语和法语中，重叠词的运用不多，这对汉语叠词的翻译造成了一定的难度[1]。

“泪光点点，娇喘微微”是一组叠音对偶，以“点点”对“微微”，首先在形式上有对仗美，其次其中的“点点”和“微微”恰如其分地刻画出了黛玉眼中含泪、颤颤巍巍的形态。“点点”形容眼泪在眼中晶莹闪亮，“微微”形容呼吸轻柔微弱。

包译采用散文形式，彻底打破了原文的断句，两句合译为“Her breath came short and quick after her recent tears”（由于刚哭过，她的呼吸很短促），这样一来，“点点”和“微微”也彻底在译文中丢失了，“short and quick”只能译出“喘”的字面意思，“recent tears”更是体现不出林妹妹那汪清澈如泪泣的眼睛。包译的散文形式更注重句子之间的逻辑，可以看出，包腊对这句话的理解就是：林妹妹因为刚刚哭过，还在时不时地轻轻抽泣。包译这句话突出了“呼吸短促”的原因，而弱化了原文本身对林妹妹娇弱之美的形容，外国读者读来也并不能体会出我们中国读者心中那个柔弱的林妹妹。

裘译“The tears in her eyes glistened like small specks. Her balmy breath was so gentle.”（她眼睛里的眼泪像小斑点一样闪着光。她温和的呼吸如此轻柔。）基本上字字对照：“泪”——“the tears in her eyes”（她眼睛里的眼泪）；“光”——“glistened”（闪着光）；“点点”——“small specks”（小斑点）；“娇喘”——“balmy breath”（温和的呼吸）；“微微”——“so gentle”（如此轻柔）。裘译只是生硬的直译，只能起到中英对照学习的作用，从文学角度上看，缺失了原文的美感，显得累赘、不顺畅，对读者造成了一定的压力。比如，“glisten”（闪烁）足以表现“泪光在眼中闪烁”，没有必要再加上“like small specks”（像

[1] 郭玉梅：《汉语叠音词的法语翻译探讨》，载《法国研究》2010年第3期，第42—50页。

小斑点一样）来对应“点点”；还有“balmy”和“gentle”都是“温和”的意思，语义上有些重复。

霍克思保留了诗歌的形式：“Often the eyes swam with glistening tears; / Often the breath came in gentle gasps.”（眼中常充满闪闪泪光；/呼吸常伴有微微喘息。）霍译也舍弃了叠词的形式，而是取其义再重构了一首英文诗。这两句诗虽不是字字对等，但读来的感觉却很接近原诗，读者很容易从中想象出林妹妹的娇弱形象。虽缺失了叠词，但两句话还有对仗，保留了诗歌的韵味。

杨译“her eyes sparkled with tears, her breath was soft and faint.”（她的眼睛泪光闪闪，她的呼吸温柔而微弱温柔而微弱），舍去了叠词的形式和音节美，而保留了意美，直接译出“点点”和“微微”所蕴含的意义，将汉语叠词处理为英语形容词。在“三美”不能兼顾时能取其一，也不失为一种翻译策略。

李治华的法译本同样保留了诗歌的形式：“Avec la lueur d'un pleur qui scintille, / Son soufflé léger qui halète un peu.”（泪光闪闪，/呼吸轻柔，喘息微微。）“lueur”与“pleur”韵脚相同，与中文的叠词有些相似，不难看出，李译将中文叠词处理成韵脚相同的法语词，最大限度保留了原文的形式，同时也传递出了黛玉的娇弱之美。

四、比喻的翻译

比喻在文学作品中很常见，是一种富有诗意的修辞手法，让读者能更直观地感受美，使文学作品更加生动形象。而在翻译过程中，由于文化差异，比喻的处理也有一定难度。要让译入语读者在获取原作信息的基础上，进入原作的意境中，感受原作的美，这就要求翻译者不仅传递原作信息，而且传达原作的艺术风格，使读者读译文时像读原作一样领会美感。

“闲静时如姣花照水，行动处似弱柳扶风。”用了两个比喻来分别形容林妹妹的静态美和动态美。“姣花照水”的意象似呈现出林妹妹低头沉思的景象，端庄而美丽；“弱柳扶风”则表现了林妹妹弱不禁风、步履轻盈的形态。

包译“she stood tranquil and graceful like the shadow of some delicate flower reflected in a translucent wave, her attitude like a yielding willow bowed by the wind.”（她安静而优雅地站着，如娇嫩花朵的影子映在晶莹的波纹上，她的姿势像被风吹弯了腰的柳树。）包译的散文体对原文有所改动，前半句增译了“she stood tranquil and graceful”（安静而优雅地站着）、“the shadow of”（影子）、“translucent”（晶莹的），后半句更是改变了原文，将“行动”改为“姿势”（attitude），“弱柳扶风”译为“被风吹弯了腰的柳树”（a yielding willow bowed by the wind）。包腊前半句的选词考究古雅，黛玉端庄优雅的形象呼之欲出；但后半句的处理着实有些不妥，不仅偏离了原文的意义，而且打破了意境，让人觉得黛玉像个直不起身来的老妪，比喻修辞也丧失了原有的韵味。

裘译“She was as demure as a lovely flower reflected in the water. Her gait resembled a frail willow, agitated by the wind.”（她像水中倒映的花儿一样娴静。她的步态像脆弱的柳树，被风鼓动。）裘里的选词很古朴，“demure”（娴静的）、“gait”（步态）、“agitate”（鼓动）都是现代英语中不常用的词，读起来有译者所处的维多利亚时代的味道。前半句的翻译有些微妙的改动，原文是“闲静的时候像照水的花儿”，译文是“像水中倒映的花儿一样娴静”，虽然比喻的载体都是花儿，但译文这样比喻并不确切，“水中倒映的花儿”和“娴静”并无直接联系，读者无法直观地感受到原作的韵味。同样，后半句用“脆弱的柳树”比喻黛玉的“步态”也不恰当，二者并无相似的共同点，无法引起读者共鸣，而且“弱柳”也并不是“脆弱的柳树”，而是指柔软的柳条。

霍译“In stillness she made one think of a graceful flower reflected in the water; / In motion she called to mind tender willow shoots caressed by the wind.”（沉静时她使人想起水中倒映的优雅花儿；/行动中她让人想到清风拂过的柔软柳条。）霍克思的这两句译得比较传神，把握住了原作的意义和韵味，所用比喻与原作切合，让外国读者也能体会到原作的精妙之处。“graceful”（优雅的）一词概括形容了花朵与黛玉的共同点，“tender”（柔软的、温柔的）点出了柳枝与黛玉的相似处，因而使得比喻贴切、生动形象，能让读者产生共鸣。“caress”（爱抚）一词体现出了风的轻柔，加上前面的“tender willow shoots”（柔软的柳条）更体现出了黛玉步履轻盈、气质飘逸。

杨译“In repose she was like a lovely flower mirrored in the water; in motion, a pliant willow swaying in the wind.”（安静时，她像是水中倒映的可爱花朵；行动中，她像是随风摇摆的柔韧柳枝。）原文中的“照”和“扶”是动词，杨译为“mirrored”和“swaying”两个分词，强调的是状态，实际上转移了意义重心：如“姣花照水”，强调的是水面上的花朵低垂就像在照镜子一样，很有画面感；译文则偏重“花”本身，强调的是映在水中的花朵。这其中的微妙差异给读者带来的感受是不同的，中国读者很容易联想到黛玉安静时候微低着头的端庄模样，而外国读者能想到的是黛玉像花儿一样惹人喜爱，这就使得黛玉的形象有所缺失。将黛玉的“行动”比作“随风摇摆的柔韧柳枝”（a pliant willow swaying in the wind），容易让人觉得黛玉走路摇摇摆摆，而不是“弱柳扶风”给人的飘逸和轻盈之感。

李译“Se tient-elle en paix, c'est la fleur fragile, / Qui penche et se mire an miroir de l'eau; / Pour peu qu'elle bouge, on croit voir un saule, / Dont la branche frêle s'étale au vent.”(她安静时，是那娇柔的花儿，/ 映在平静的水面上 / 在她行动时，人们相信看到了一棵柳树，/ 那柔弱的枝条在风中飘扬。) 法文读起来也很美，保留了诗歌的形式，也保留了原作的韵味。比喻的处理很到位，读者能通过比喻联想到黛玉静时的端庄与动时的飘逸，几乎没有缺失。李译“行动处似弱柳扶风”一句中，“枝条”(la branche)用的是单数，让人联想到单枝柳条在风中飘扬的单薄，但缺失了多枝柳条被微风轻抚的柔韧美，没有表现出黛玉行动时的优雅气质与翩翩仙子之气。而且，单枝柳条的意象在中国诗词中主要见于“折柳”一词，“折柳”寓含“惜别怀远”之意，常用于表达离别之情；除此之外，柳枝的意象多为多枝柳条，以柔嫩纷披的柳条整体比喻女子，柔韧飘逸的枝条像婀娜多姿的少女。

五、典故的翻译

典故包含了一个民族特有的文化意象，文学作品中经常出现，也给翻译带来了难题。在这段描写中就出现了“比干”和“西施”这两个中国人都熟知的文化意象，但对于外国人来说，单看名字无法感受到背后的文化。文化意象的翻译需要译者采取各种策略来进行补偿，以免因文化差异而导致译文与读者产生距离。一般来说，文化补偿有隐性补偿和显性补偿，显性补偿是利用前言、附录、注释等来解释这些文化意象，隐性补偿则是在译文中通过细节来弥补文化意象的失真[1]。

比干是商朝末代君王商纣王的叔父，自幼聪颖好学，从政 40 余

[1] 王田：《简析霍克思英译版〈红楼梦〉中林黛玉形象的裂变》，载《红楼梦学刊》2010 年第 3 辑，第 126—132 页。

年，尽心辅佐纣王，忠心爱国，直言进谏，被奉为“圣人”，人言有一颗“七窍玲珑心”，也就是一颗天生有七个洞的珍奇心脏。传说拥有“七窍之心”的人，天生心灵就异常纯洁，心性与自然相和。黛玉“心较比干多一窍”，意喻她较比干更聪慧，心思更细密，而且也更带有一种仙气。

包译“Her mind was more open to impressions than even the famous Pi-kan”（她的心灵比著名的比干更感性），并加注“Pi-kan was one of three sages of the Shang dynasty, and ancle to the tyrant 纣王 with whom that 商 dynasty terminated. Remonstrating with Chow Wang as to the wickedness of his actions, he so excited the prince's anger, as to cause him to say" You are a sage and it is said that sages hare seven orifices to their hearts, the truth of the saying shall be tested on you" and Pi-kan was accordingly put to death.”（比干是商朝三贤之一，也是商亡君主纣王的的叔父。由于直谏纣王的恶行，触怒了纣王，纣王便说：“你是位圣贤。据说圣贤都有七窍之心，那就在你身上来验证一下这一说法。”比干随即被处死。）包腊在译文中省略了“多一窍”，而是直接译出其意，用“more open to impressions”（更感性）这一短语表达黛玉的心思缜密，但似乎并没有表现出聪慧之意。包腊对比干加以注释，详细描述了比干剜心的典故，遗憾的是，由于译文中省去了“多一窍”，注释中的故事便显得与译文毫无关联，读者也只能从注释中知道比干是位圣贤，至于在描写黛玉时为何提到这位圣贤，则会有些云里雾里。这样一来，长长的注释不仅打断了读者的阅读，而且也没有对读者起到解惑之用。笔者认为，宜译出“多一窍”，并加注强调，比干聪慧过人，传说拥有一颗“七窍玲珑之心”。如此，读者便能把黛玉和比干联系起来，体会到作者对黛玉的溢美之词。

裘译“Her heart, compared with that of Pi Kan, had one more

aperture of intelligence”（她的心，比起比干的心，多了一个智慧的孔），没有对“Pi Kan”加注释。在懂英文的中国读者看来，这样翻译并无不妥，因为我们对原文足够了解，也有相应的文化背景，能理解译文字面和背后的意思。但对于英语读者，这句话不免显得不知所云，一是不知道“Pi Kan”是谁、与黛玉有何关联，二是对“aperture of intelligence”（智慧的孔）很陌生，由于没有“七窍之心”的典故，这样生硬的直译难免牵强，达不到原文给读者的感觉。

霍译“She had more chambers in her heart than the martyred Bi Gan”（她比殉国的比干更多几个心房），也没有加注。“chamber”指卧室、内堂，也指身体或器官内的室、膛，霍克思没有直译原文的“窍”，而是意译为“心房”，避免了文化差异造成的理解隔阂，是为方便读者接受而做出的调整，虽也丧失了文化意象，但对于读者来说，“多一个心房”比“多一个孔”更容易接受。另外，霍克思在 Bi Gan 之前还加了形容词“martyred”（牺牲的、殉国的），简单扼要地告诉读者比干是怎样一个人物，不至于打断读者的阅读去看注释。不过，整句话读起来仍然会读者产生疑惑：为何会多出一个心房来？读者并不能感受到这里实际上在写黛玉的聪颖。

杨译“She looked more sensitive than Pi Kan”（她看起来较比干更敏感），并给“Pi Kan”加注“A prince noted for his great intelligence at the end of the Shang Dynasty.”（商朝末期一位以智慧闻名的王子。）杨完全省略了“七窍玲珑心”这一典故，只用“sensitive”（敏感的）一词来概括“多一窍”，但并不能如原文一样传神地表达出黛玉聪颖而心思细密的特点，注释只用一句话介绍比干这一人物背景，读者虽读起来更省力，却也缺失了文化内涵，无法感同身受。

李译“Elle eut au cœur une ouverture, / De plus que le cœur de Bi

Gan”（她的心较比干的心多一个孔），没有注释。李治华的直译也同样给读者困惑：心上何以多一个孔？意义何在？李译也没有解释这里的文化意象，对比干既没有加注也没有隐性补偿，对法语读者来说，“Bi Gan”是个完全陌生的形象，把黛玉与比干做比较，并没有产生如中文读者同样的共鸣，这也使黛玉的形象有所缺损。

六、结语

林黛玉作为《红楼梦》的女主角，她那清丽脱俗的美令人为之倾倒，空灵飘渺如仙子下凡。然而这种美在翻译过程中却不可避免有所缺失，使得外国读者并不能完全领略黛玉之美。总体而言，以第三回中黛玉外貌描写的翻译为例，包腊译文用词考究，颇有现代英语的古典韵味，与原文语言风格较为相近；裘里的译本逐字逐句对照，显得有些生硬刻板，但这与他的翻译目的分不开；霍克思的译本更倾向于意译，虽有些地方对中文意思理解有偏差，但对英文读者来说，他的译文更容易接受；杨宪益作为中文为母语的译者，对原文的理解最为通透，其英译本简洁而忠于原文，中国学者往往对杨译本认同度较高；李治华的法译本在用词与表达上也颇为讲究，力求最大限度展现出原文的风韵，但也根据法语的特点做了调整。五个译本各有千秋，都有值得我们品评学习之处。由于中西方语言的差异，他们的译本对黛玉形象的呈现均有所缺失，这是翻译中难以避免的问题。不可否认的是，五位译者对《红楼梦》在海外的译介与传播都做出了巨大贡献，为《红楼梦》的翻译事业开辟了道路，他们的译本是《红楼梦》翻译史上的重要里程碑，他们翻译中的经验教训，对《红楼梦》的译介研究而言，有着重要的启示作用。

（本文与薛傲霜合作，原载《曹雪芹研究》
2016年第四期，第133—148页）

花近红楼伤客心，万方难读此登临

——从国际传播视角品读《红楼梦赏析》(第一卷)

诞生于18世纪后期的满汉文化合璧中文小说《红楼梦》，自其问世以降，在两个世纪的流传历程中，其字里行间的微言大义、未完的残存文稿以及复杂的版本系统，都吸引了形形色色的读者，也引发了纷纷扰扰的争讼。在电子媒体盛行的读图时代，拥有百万之巨文字体量而又荟萃中国古典文化多种优秀元素的《红楼梦》文本，逐渐“沦为”读者心目中“最读不下去的十大书籍之一”(甚至还一度高居榜首)，这个时候，就是需要我们付出实际行动，对民族文化经典进行“救亡图存”的了。由中国艺术研究院红楼梦研究所所长孙玉明研究员亲自操觚完成的《红楼梦赏析》(第一卷)，近日由高等教育出版社郑重推出，同2017年高考北京卷《考试说明》中《红楼梦》被纳入必考范围的最新举措遥相呼应，真可谓“千里逢迎，高朋满座，童子何知，躬逢胜饯”了!

由《红楼梦》孕育的红学，历经百年风雨，现在已经同甲骨学和敦煌学一道，俨然入据“20世纪中国三大显学”阵列，在海内外华人世界的影响不绝如缕。而随着全球化的推进和“中国文化走出去”等国家战略的推行，《红楼梦》承载的中国文化元素精髓，日益成为中外文化交流的有效载体。最新的不完全统计揭示：目前已有近 40 种语言的 150 多个篇幅不等的译本(其中有 18 种语言出版了 36 个全译本)，将《红楼梦》的蕴藉和魅力传播到了世界五大洲。

然而这么多译本传播到世界文学之林的《红楼梦》，在异语读者眼中却并非我们奉为巅峰的无上之作，而是多数意见指向的“世界文学中的二三流作品”。如此巨大的认知反差，不仅令我们情何以堪，而且催生大家从不同角度细究其源。撇开摘译、节译等不完整的传播文本不论，仅从全译 120 回的文本从手，我们已经可以体会到：《红楼梦》本是汇集几乎所有中国古典文化元素、充满复杂人际关系和象征譬喻、同时又高度体现中文艺术表现技巧的文学作品，一般小说注重的情节跌宕起伏、形象脸谱化鲜明等特征在其中体现并不充分，这就使得大多数译本所遵循的语义对等翻译策略，却是扬《红》之短而抑《红》之长。于是，某种程度上看来，非汉语读者阅读《红楼梦》的效果，甚至还不如初窥“红楼”面目的汉语母语者。即便从译介的角度来说，译者也需要一部提点《红楼梦》关窍、明示《红楼梦》精妙的论著，才能更加自如地运用自己母语中的种种表现技巧，将《红楼梦》一书中当得起世界文学中巅峰之作的生花妙笔，传递给相应语种的异域读者。

以《日本红学史略》获得博士学位的孙玉明研究员，深谙《红楼梦》国际传播的上述原理，他的《赏析》毋宁说也为非汉语译者细读《红楼梦》，提供了一扇更为直截有效的窗户。下面略举几例，展示《赏析》一书的壶奥点拨和已有《红楼梦》外语译本中公认佳构的关合之处，由此凸显《赏析》在《红楼梦》国际传播中的独特价值。

在第 1 回“甄士隐梦幻识通灵　贾雨村风尘怀闺秀”部分，作为全书点题之作的《好了歌》，《赏析》对其形式上的妙处给出的赏析文字是：

因每一段第一句的最后一个字都是“好”字，二、四句的最后一个字都是“了”字，故跛足道人将之命名为《好了歌》。

作为欧洲语言第一个全译本的俄译本（1958 年），其韵文译者孟列夫（Л. Н. Меньшиков）则在每个诗节的第一、二、四句末，反复再现具有押韵效果的俄语词“仰慕”（влечёт）、“逃避”（пройдёт）、“逃避”（пройдёт），并将这几个押韵语汇整合成诗题“关于所仰慕的和所逃避的”（«О том, что влечёт и что пройдёт»），用以对译原诗诗目“好了歌”，这就在俄语语境中完美复现出中文原文的形式特征来。而已被供入“英语文学宝库”的霍克思（David Hawkes）英译本第一卷（1973 年），在处理《好了歌》时，以“赢了”（won）对译“好”，以“成了”（done）对译“了”，“好了歌”因而成为“赢了成了之歌”（Won-done Song），则是利用了英语的语法特征。同样精妙复现了中文原文的形式特征。很显然，俄译者和英译者各自独立研读《好了歌》文本，不约而同与《赏析》点明的这处关窍对应起来了。

在第 3 回“贾雨村夤缘复旧职　林黛玉抛父进京都”部分，凤姐初见黛玉时的奉承话中提及：

天下真有这样标致的人物，我今儿才算见了！况且这通身的气派，竟不象老祖宗的外孙女儿，竟是个嫡亲的孙女，怨不得老祖宗天天口头心头一时不忘。……

《赏析》针对画线部分的赏析文字是：

在倡导男女平等而又以独生子女为主流的今天，“外孙女儿”和“嫡亲的孙女”似乎没有多大差别，但在中国古代，这差别却是非常大的。也就是说，儿子生的儿女比女儿生的儿女关系更为密切。所以此处王熙凤说黛玉是贾母的“嫡亲的孙女”，而黛玉之所以有资格做贾母的“嫡亲的孙女”，则是因为她那“通身的气派”，是见所未见的“标致的人物”。王熙凤这几句水平很高的奉承话，不仅会让黛玉非常受用，也会让贾母感到十分高兴。

这里点明了中国传统文化中极具特色的一个要点，即是原文中充斥了亲属称谓系统内外有别的严谨和重要（关系到家族财产和爵位的继承）。相比之下，西方文化中虽然也有男女不平等，但亲属称谓系统中的内外之别大为弱化，欧洲王室中女儿也可以在父亲身后承爵袭位（英国现任伊丽莎白女王在半个多世纪前继承其父乔治六世王位）就是一种典型表现。在这样的文化语境中，即使是强自区分开来“父系”的和“母系”的孙辈人物，从语义上同中文字面保持了对等，也无法在异语读者眼中再现其间的文化关系，从而大大减弱了凤姐这话的奉承力度。

西欧的霍克思英译本（1973 年）将画线一句处理为：“她不像是奶奶您家那边的，她更像个贾家人”（She doesn’t take after your side of the family, Grannie. She’s more like a Jia.）。而东欧的王和达（Oldřich Král）捷克译本（1986 年）则是串讲式的处理：“这通身的气派更是贾家人”（celou podobou je spíš do rodiny Ťia.），同样来自东欧的黑山（Marina Čarnogurská）斯洛伐克译本（1996 年）处理类似：“这个姑娘真是我们家的”（toto dievčatko naozaj patrí do našej rodiny!）。这些翻译处理，在形式上或繁或简，在语义上差可对应，但在感情色彩和语用力度上则脱离原文多矣！如果代换入译者角度，我们可以说他们各人都从原书中读出了《赏析》指明的要旨，只是语言背后所依恃的文化背景同中文世界实在是迥乎不同，译者倾尽全力也难有熨烫妥帖的艺术传递效果了。

在第 5 回“游幻境指迷十二钗　警幻仙曲演红楼梦”部分，《赏析》对“又副册”中晴雯判词中“霁月难逢，彩云易散”两句的赏析文字是：

“霁月”暗寓晴雯的“晴”字，并喻指晴雯的人品高洁；“彩云”即寓“雯”字；“难逢”与“易散”，则寓意晴雯的悲惨命运。……

西欧的霍克思英译本（1973 年）将其译成：“月亮很少在无云的天空闪耀，明媚的日子转瞬间全都逝去”（Seldom the moon shines in a cloudless sky, / And days of brightness all too soon pass by.），其间“天空”（sky）和“明媚”（brightness）的词根就可以合成译者处理的“晴雯”英译名“天明”（Skybright）。来自东欧的黑山斯洛伐克译本（1996 年）则处理为：“云层之上遥远的碧空闪耀光芒，灵魂已高高飞远，身躯却在备受煎熬”（Ďaleko nad mrakmi blankytné Nebožjari, / Duch vzlietoľ vysoko, telo ho prízemnosťou kvári.），其间“碧空”（blankytné Nebo）之“碧”（Blankytné），以其同根派生词直接构成“晴雯”一名的斯译形式“碧色”（blankytnosť）。

从字面上审视，“晴雯”同“天明”和“碧色”之间，即使语义有所关联，也有大相径庭的违和感（相关的两句译语诗文，严格来讲也算改写而非翻译了，尽管“译文”意境差可比拟）。但是，正如《赏析》指出的那样，这里给出的是小说中一个重要角色——晴雯的判词，其人名得以巧妙嵌入诗句；那么，在译者视角看来，相应译文中也要做出类似的处理，才能准确体现《红楼梦》在此处的妙笔佳构。于是，霍克思用词语合成的办法，黑山用同根词派生的办法，充分调动各自母语的能动性，将《赏析》点出的原文文本之关窍，从功能对等的层面体现出来了。

投身《红楼梦》翻译事业并结出译本硕果的世界各国汉学家们，无不钟情于《红楼梦》，钟情于《红楼梦》中包罗万象的中国文化精髓，他们也倾力亲为，在方兴未艾的中外文化交流历程中贡献出自己的聪明才智。《红楼梦赏析》一书的出版，从多个侧面体现出中文世界的红学家同异域译者的“英雄所见略同”——基于此，在新的历史时代，《红楼梦》及其承载的中国文化要素有望为更多异邦读者更为精准地加以认知。

（原载《中国出版传媒商报》
2017年4月21日第31版，发表时有删节）

《红楼梦》国际传播的历史与现状

在今天这样一个全球化的时代，我们中国不仅要认真审视世界，积极学习世界，还要重中国自己在世界中的形象。“中国文化走出去”，从一个振奋人心的理想口号着落到躬耕笃行的现实战略，具体的推行首先就要考虑到地球村里众多国家和民族使用着纷繁的民族语言，文化多元而且差异巨大，因此，提升我国国家语言能力，促进汉语国际推广，加强中外语言互通，就成为“中国文化走出去”国家战略得以顺利推行的根柢性举措，而《红楼梦》的多语种迻译及其国际性传播，则是以之为载体向世界各民族推广汉语，同时又成为中国文化要素同世界各国文化之间能否有效交融的一砧试金石。

《红楼梦》是中国古典文化的百科全书，5000 年悠悠岁月积淀下来的中国文化精髓在其间得到了凝练的荟萃和集中的展示。以《红楼梦》为代表的中国优秀传统文化要素，在其诞生以来的两个世纪内，随着原本闭关锁国的天朝大一统帝国逐渐睁眼看世界的历程而在全球范围内广泛传播开来。

如果说，以《红楼梦》奠基的专题性红学已有百年兴衰，那么，《红楼梦》的国际传播历史却已长达 170 多年，远远超过了红学本身的历史。据不完全统计，在这段漫长的海外辐射历程中，《红楼梦》在全球目前已有超过 150 种语言的不同篇幅译本，其中有近 40 个 120 回全译本分布于 20 来种语言中。而英、日、俄、德、法等通用语种不仅哺育出篇幅不一的众多译本，而且还有霍克思（David Hawkes）、闵福德（John Minford）、松枝茂夫、伊藤漱平、孟列夫（Л. Н. Меньшиков）、波兹涅耶娃（Л. Д. Позднеева）、史华慈（Rainer Schwarz）、顾彬（Wolfgang Kubin）等不少享誉学界的母语研究者从多个视角开展红学研究，那就不像国内红学界过去那样仅仅局限于中文文本的繁复解读和作者家世的琐细考订，而是将释读的眼光更多置于异域读者的理解折射以及文本旅行的汉学轨迹之中。事实上，《红楼梦》通过文字叙述展现出来的花团锦簇的文化魅力和博大精深的文化底蕴，也许还只有对多种通用语种译本进行更为深入的考察和研究，才能更为有效地承载起中国文化对外传播的重任来呢。

作为中国古典小说的一座巅峰，《红楼梦》以刻画人物性格揭示其命运，字里行间的情感描述细腻动人，作者笔下的悲剧意识显著流露，全书又充满了人本主义的进步思想和象征主义的独特意蕴，这些人类社会普遍推崇的良知灼见，就是它通过跨语际的语码转换能够感染不同文化背景读者的优势之所在。在这种跨语际的共鸣心态作用下，中国文化和中国意识就能够更加融洽地同世界各国的民族文化和民族意识相互接榫，从而更加方便地实现经贸往来和人员流通。

也毋庸讳言，从传统小说的路数看来，《红楼梦》的人物关系复杂而情节冲突缓慢，经过异种民族语言的过滤，委实难以通过扣人心弦的情节发展来博取读者的眼球。然而我们现在更为熟知的是，《红楼梦》本身不仅仅是一部文艺作品，而是蕴涵了传统中国各种文化元素的聚宝盆，举凡美食、佳酿、良药、丽服、彩饰、珍玩、华居、优游、虔信的种种内容，都在这部作品中得到了淋漓尽致的展示。正如西方人以《圣经》为荣耀，中东内亚穆斯林以《古兰经》为圭臬，今天的中国人在某种程度上可以说是以《红楼梦》为骄傲的了。那么换一个视角，现代的异域读者反而可以抛却小说情节的干扰，撷取其中不同的文化展示片段加以细读，从而有效领会《红楼梦》中包蕴的中国优秀文化元素的不同侧面了；当然这样的阅读要求，也就给各种语言的译者提出了深刻领会中国文化、灵活运用译语技巧加以传神表达的较高要求——这又不啻中外文化交融的一种深入模式了。

还要看到的一点是，《红楼梦》本身就是一部优秀的白话文艺作品。19 世纪来华的不少传教士和外交官，大都选择此书作为官话口语的训练教材；而早期的《红楼梦》译者几乎都是出于汉语学习的目的逐译此书的。1987 年版电视连续剧《红楼梦》，将小说中的大量人物对白加以直接搬用，在小说问世 200 年后的当代华人社会中仍然脍炙人口。这些历史经验表明，《红楼梦》在汉语国际推广的道路上自有其举足轻重的价值。基于此，我们欣喜地发现，在世界各国负责汉语国际推广具体工作的孔子学院，既有引入《红楼梦》多种演绎形式促进汉语学习、传播中国文化的实践，也有依托中国国家汉办“孔子新汉学计划”的支持，奖掖《红楼梦》（例如：保加利亚）译者、资助出版《红楼梦》（例如：以色列希伯来）译本的举措，更有节选甚至改编《红楼梦》已有（例如：捷克）译本投入异域汉语教学的行为——而这些做法，则又是《红楼梦》国际传播置身于“中国文化走出去”系列举措中熠熠生辉的鲜活实例，值得我们玩味和思考。

中外文化交流，从根本上说是彼此深层的核心价值观和民族思维模式的融合，而绝不仅限于浅层的物资交易和人员流动。《红楼梦》诞生于晚近时期的古典中国，但它却是属于全人类的文明遗产，其中蕴含着中国的核心价值观和传统文化模式。而提高《红楼梦》的传播质量，就能让西方世界完整了解《红楼梦》，也就能反过来更加客观真实地观照中国人的生活方式、内心世界和哲思传统。通过梳理《红楼梦》在世界上的跨语际传播，中国文化走出去的要义得以申发，中国文化精髓的自信力得以彰显，中国文化的胸怀得以敞开，温良恭俭让的我，才能和性格各异的你，永远和谐在一起，共同沐浴在地球村的美好之中。

（原载《中国社会科学报》
2017年9月11日第4版，发表时有删节）

“一带一路”文化建设与《红楼梦》国际传播

2000 多年以来，欧亚大陆上的多个民族在相互交往和融合的过程中，逐渐探索出了在旧大陆上可以连接诸多文明的多条经济贸易和人文交流通道，亦即后世所谓的“丝绸之路”。进入 21 世纪第 2 个十年，中国政府率先提出共建路上丝绸之路经济带和海上丝绸之路的重大倡议并大力加以推动，此即愈来愈为世人所熟知的“一带一路”。“一带一路”的建设立足亚洲、欧洲、非洲既有的历史交流通道，坚持和平、互利、共赢的丝路精神，顺应世界多极化、经济全球化、文化多样化、社会信息化的时代潮流，其中，文化的桥梁作用和引领作用使之成为“一带一路”建设的重要力量。

在这样一个全球化的时代，我们中国不仅要睁开眼睛看世界，还要注重中国自己在世界中的形象。具体到“一带一路”，沿线的众多国家和民族使用着纷繁的民族语言，文化多元而且差异巨大，因此，提升我国国家语言能力，促进汉语国际推广，加强中外语言互通，为“一带一路”建设铺垫好语言服务的坦途，就成为“一带一路”文化建设的根柢性举措。而《红楼梦》其实是能够在这方面体现明显优势、发挥重大作用的载体之一。

《红楼梦》是中国古典文化的百科全书，反映了 5000 年悠悠岁月积淀下来的中国文化精髓的汇集。以《红楼梦》为代表的中国优秀传统文化要素，在其诞生以来的 200 年间已沿着“一带一路”传播到了多个国家和地区，并将随着“中国文化走出去”国家战略的深入推行得到进一步的拓展。

如果说，以《红楼梦》奠基的专题性红学已有百年兴衰，那么,《红楼梦》的国际传播历史却已长达 170 多年，远远超过了红学本身的历史。据不完全统计，在这段漫长的海外辐射历程中,《红楼梦》在全球目前已有超过 150 种语言的不同篇幅译本,其中有近 40 个全译本分布于 20 来种语言中。在“一带一路”沿线的 60 多个国家,《红楼梦》的译本已经传播到了其中的 30 个国家（东南亚：马、缅、泰、文、新、印、越，共 7 国；西亚北非：13 个阿拉伯国家及以色列，共 14 国；中东欧:阿、保、波、捷、罗、斯、匈,共 7 国;中亚:哈,1 国;独联体其他:摩,共 1 国），数量已然逼近半数；这还没有考虑利用英语、俄语、德语、法语等通用语种的译本来传播《红楼梦》的情形。事实上,《红楼梦》中花团锦簇的文化魅力和博大精深的文化底蕴，也许还只有研究得更为深入的多种通用语种译本，才能更为有效地承载起中国文化对外传播的重任来呢。

作为中国古典小说的一座巅峰,《红楼梦》以刻画人物性格揭示其命运，字里行间的情感描述细腻动人，作者笔下的悲剧意识显著流露，全书又充满了人本主义的进步思想和象征主义的独特意蕴，这些人类社会普遍推崇的良知灼见，就是它通过跨语际的语码转换能够感染不同文化背景读者的优势之所在。在这种跨语际的共鸣心态作用下，中国文化和中国意识就能够更加融洽地同“一带一路”沿线的多个国家和民族相互接榫，从而更加方便地实现经贸往来和人员流通。

也毋庸讳言，从传统小说的路数看来，《红楼梦》的人物关系复杂而情节冲突缓慢，经过异种民族语言的过滤，委实难以通过扣人心弦的情节发展来博取读者的眼球。然而我们现在更为熟知的是，《红楼梦》本身不仅仅是一部文艺作品，而是蕴涵了传统中国各种文化元素的聚宝盆，举凡美食、佳酿、良药、丽服、彩饰、珍玩、华居、优游、虔信的种种内容，都在这部作品中得到了淋漓尽致的展示。正如西方人以《圣经》为荣耀，中东内亚穆斯林以《古兰经》为楷模，今天的中国人在某种程度上可以说是以《红楼梦》为骄傲的了。那么换一个视角，现代的异域读者反而可以抛却小说情节的干扰，撷取其中不同的文化展示片段加以细读，从而有效领会《红楼梦》中包蕴的中国优秀文化元素的不同侧面了；当然这样的阅读要求，也就给各种语言的译者提出了深刻领会中国文化、灵活运用译语技巧加以传神表达的较高要求——这又不啻中外文化交融的一种深入模式了。

还要看到的一点是，《红楼梦》本身就是一部优秀的白话文艺作品。19 世纪来华的不少传教士和外交官，大都选择此书作为官话口语的训练教材；而早期的《红楼梦》译者几乎都是出于汉语学习的目的逡译此书的。1987 年版电视连续剧，将小说中的大量人物对白加以直接搬用，在 200 年后的当代华人社会中仍然脍炙人口。这些历史经验表明，《红楼梦》在汉语国际推广的道路上自有其举足轻重的价值。基于此，我们欣喜地发现，在“一带一路”沿线负责汉语国际推广具体工作的孔子学院，既有引入《红楼梦》多种演绎形式促进汉语学习、传播中国文化的实践，也有依托中国国家汉办“孔子新汉学计划”的支持，奖掖《红楼梦》（例如：保加利亚）译者、资助出版《红楼梦》（例如：以色列希伯来）译本的举措，更有节选甚至改编《红楼梦》已有（例如：捷克）译本投入异域汉语教学的行为——而这些做法，则又是

《红楼梦》国际传播置身于“一带一路”文化建设中熠熠生辉的鲜活实例，值得我们玩味和思考。

在“一带一路”沿线的众多国家和民族中，虽然语言文化背景多样，但是相对于西欧和北美，他们却又更具东方色彩（包括中东欧的多数斯拉夫民族在内，往往都被欧洲主流意识视为东方色彩浓重的民族），从而跟在远东生发起来的中国文化相通之处或许更多。作为清代内务府汉军正白旗包衣世家出身的作者曹雪芹，他笔下的《红楼梦》一书又无不洋溢着内陆欧亚的满族牧猎文化同中原地带的汉族农耕文化的交融特征，而这种异族文化成功交融的鲜明展示，不仅能够将中国文化无与伦比的包容性更为熨帖地传达给“一带一路”沿线原本以游牧起家的大多数民族，而且可能还会在其意识中潜移默化树立起一个民族文化融合的标杆，这对于我们现在着力打造的“一带一路”文化建设品牌，其示范效应自然是不言而喻的。

中外文化交流，从根本上说是彼此深层的核心价值观和民族思维模式的融合，而绝不仅限于浅层的物资交易和人员流动。《红楼梦》诞生于古典晚近时期的中国，但它却是属于全人类的文明遗产，其中蕴含着中国的核心价值观和传统文化模式。提高《红楼梦》的传播质量，就能让西方世界完整了解《红楼梦》，也就能反过来更加客观真实地观照中国人的生活方式、内心世界和哲思传统。通过梳理《红楼梦》在“一带一路”沿线的跨语际传播，中国文化传播的要义得以申发，中国文化精髓的自信力得以彰显，中国文化的胸怀得以敞开。

（原载《巴中文史》
2018年第二期，第76—78页）

红学人物志

中西译坛上“美丽的错误”

——季羡林《罗摩衍那》和黑山《红楼梦》翻译对照考察

一、序说

中国印度学家季羡林，从梵文译出了印度两大史诗之一的《罗摩衍那》，在继承古代汉译佛经优秀传统的基础上，为汉语文学提供了价值不凡的全新译品。这是当今大多数中国学人耳熟能详的事情。远在遥迢中欧的斯洛伐克，汉学家黑山也从汉文译出中国古典小说的巅峰之作《红楼梦》，为这部中国小说在欧洲又增添了一部完整的异域版本，了解这一情况的中国人就未必有多少了。

而这两部都与中文学界都有所关涉的翻译文学作品，从其诞生的历程和译者所持的理念等方面，其实还有更多可资比较之处。这里将其对照考察，略作梳理，希冀从中管窥译品之所以优秀的某些共性之处。

二、季羡林与《罗摩衍那》

季羡林（1911—2009），山东临清人，1935 年入清华大学学习，不久负笈德国哥廷根大学留学，1941 年获得博士学位，1946 年回到中国，受聘北京大学，历任北京大学东语系主任、北京大学副校长、南亚研究所所长等职[1]。

季羡林先生本是印度学专家，师从德国著名的西域写本研究专家瓦尔德施密特（Ernst Waldschmidt, 1897—1985）教授，同时也是德国吐火罗学奠基者之一西克（Emil Sieg, 1866—1951）教授的亲炙传人。他的博士论文题目是《〈大事〉偈陀部分限定动词变位研究》（*Die konjugation des finiten Verbums in den Gāthās des Mahāvastu*），这是十分专深的印度古代俗语语法变化研究，他花费五年时间得以通过学位答辩[2]，从此就打下了研究佛教混合梵语（Buddhist Hybrid Sanskrit）的坚实基础。由此可见，研究佛教语言，原是季羡林先生的专长；而在与之密切相关的佛教历史、印度语言文化以及中印文化交流史等方面，他也取得了不俗的成就[3]。

季羡林先生从回国后应聘北大开始，在20世纪50年代至“文革”前夕也做了一些跟专业相关的工作，同时领衔培养了新中国第一批梵学专门人才；但由于当时社会环境的影响，他在德国花费十年青春所学的精深专业是无法开展起来的。“文革”之后中国恢复了正常的学术秩序，季先生除了继续培养一批梵学人才以外，仍有关于中印文化交流史的《糖史》以及吐火罗文A方言（焉耆语）《弥勒会见记》（*Maitreyasamiti-Nataka*）残片的解读专著出版[4]，成为他晚年专业生涯的亮点。

将外语文学作品翻译成汉文，也是季羡林先生工作的一个重心。在

---

❶ 蔡德贵：《季羡林传》，山西古籍出版社1998年版，第769—770页。

❷ 蔡德贵：《季羡林传》，山西古籍出版社1998年版，第210—216页。

❸ 王邦维：《北京大学的印度学研究：八十年的回顾》，载《北京大学学报》（哲学社会科学版）1998年第2期，第102页。

❹ 蔡德贵：《季羡林传》，山西古籍出版社1998年版，第631—633. 637—641页。

20 世纪 50 年代初，季先生就翻译了一些近代德国作家的作品，如托马斯·曼（Thomas Mann）的短篇小说等；翻译最多的是安娜·西格斯（Anna Seghers）的短篇小说，已经结集《安娜·西格斯短篇小说集》，由作家出版社出版[1]。但季先生在中国翻译史上的重要贡献，还是应该归功于他对印度梵文古典作品的大量迻译。从 20 世纪 50 年代中期起，他陆续翻译、出版了一些篇幅较小的古典梵文名著——剧本《沙恭达罗》（*Abhijñānaśākuntala*, 1956）、民间故事集《五卷书》（*Pañcatantra*, 1959）、剧本《优哩婆湿》（*Vikramorvaśīya*, 1962），等等[2]，这些译作可以视为他的梵译汉工作的先声。

从 1973 年起，季羡林先生开始翻译印度两大史诗之一的《罗摩衍那》（*Rāmāyaṇa*）。这部史诗在印度文学史上和世界文学史上都占有极其重要的地位，对南亚东南亚各国有很大影响，有多种印度本土语言和印度以外语言的译本。它对中国也有影响，汉译佛经中已经发现部分故事片段，而在蒙、藏和新疆地区，以及云南少数民族地区，都有罗摩的故事流传和记载[3]。著名的四大古典小说之一《西游记》中，孙悟空的形象也显然受了它的影响。但是这部史诗却一直没有完整的汉译本，而季先生完成这一创举却也不是他的本意。

在其散文集《牛棚杂忆》第十九章《完全解放·翻译〈罗摩衍那〉》中，季羡林先生对自己迻译《罗摩衍那》的缘起有着较为完整的自我陈述：在经历了“文革”中种种惊心动魄而又惨无人道的冲击、折磨之

---

❶ 李铮编写：《季羡林教授年谱》，载李铮、蒋忠新主编：《季羡林教授八十华诞纪念论文集》（上），江西人民出版社 1991 年版，第 3 页。

❷ 李铮编写：《季羡林教授年谱》，载李铮、蒋忠新主编：《季羡林教授八十华诞纪念论文集》（上），江西人民出版社 1991 年版，第 3—4 页。

❸ 季羡林：《〈罗摩衍那〉在中国》，载《季羡林文集·第八卷：比较文学与民间文学》，江西教育出版社 1996 年版，第 289—324 页。

后，“侥幸”获得一个“可能成为‘铁饭碗’”的“职业”——门房。此时既无条件从事学术研究，也无心情著述散文，只好选择“原文长而又难”的外文作品从事“即使不会是一劳永逸，也可以能一劳久逸”的翻译工作来消解无聊。所以选择了原文精校本约两万颂、每颂通常译为四行（还有更长的）、总计至少八万多诗行的《罗摩衍那》来进行翻译，彼时绝不会想到自己的译品还有出版机会的。而当时向东语系图书管理员提出通过中国国际书店从印度订购《罗摩衍那》梵文精校本的要求，居然在不到两个月之后得以实现，也纯属极度的偶然和幸运了。鉴于“文革”时严厉批判学者从事“涉外”专业工作的险恶社会环境，季先生在具体翻译时，是不敢把原书拿到那时的工作岗位——门房里去堂而皇之进行的。他所能想到的一个妥善之举，就是晚上在家时将梵文诗句译成汉语白话散文，潦草写在纸片上揣入口袋，翌日在路上和工作间隙，趁着无人盯梢的时候，把散文改成“押韵而每句字数基本相同”的诗句。[1]整个史诗前三部的迻译工作就是这样胆战心惊地完成的。“文革”之后应出版社之邀才将剩下四部一并译竣，从而得以完整刊行的[2]。

这一大部头的印度史诗汉译本的偷偷完成，有赖于当时印度出版不久的八册梵文精校本《罗摩衍那》为底本，原文共七部 18755 颂；1980—1984 年间，人民文学出版社出版了《罗摩衍那》第一至第七部，每年分别出版一至两册，宏篇巨制，一共七部八册[3]。这部译著

---

[1] 季羡林：《牛棚杂忆》，载邓九平编：《季羡林散文全编》（四），中国广播电视出版社 1999 年版，第 163—165 页。

[2] 蔡德贵：《季羡林传》，山西古籍出版社 1998 年版，第 546—548 页。

[3] 李铮编写：《季羡林教授年谱》，载李铮、蒋忠新主编：《季羡林教授八十华诞纪念论文集》（上），江西人民出版社 1991 年版，第 4—5 页；王邦维：《北京大学的印度学研究：八十年的回顾》，载《北京大学学报：哲学社会科学版》1998 年

获得 1994 年度首届“中国国家图书奖”——中国国内图书出版的最高奖项[1]。另外值得一提的是，季羡林先生的《罗摩衍那》汉译本还是该史诗世界多种语言译本中英译本之外唯一的全译本[2]，在世界文学翻译史上也具有独特的价值。

三、黑山与《红楼梦》

玛丽娜 · 黑山（Marina Čarnogurská, 1940—），斯洛伐克人，年轻时在捷克就学，师从长于西汉哲学（王充、桓谭）研究的捷克汉学家鲍格洛（Timoteus Pokora, 1928—1985），她本人以研治先秦儒道哲学见长。20 世纪 90 年代初平反之后始获允许进行学术研究工作，除了恢复姗姗来迟的博士论文答辩（1991 年）以外，她还出版了多种汉学研究论著和译著，虽然逐渐年届高龄，仍然成为斯洛伐克古典汉学的中坚力量。其主要著述包括老子《道德经》多种文本的汇校翻译，还有《论语》《荀子》的全译和《孟子》的节译以及相关研究等汉学著译成果，其中，《道德经》译释本（*Lao-c':Tao Te Ťing*），以及荟萃《论语》《孟子》《荀子》斯译片断的儒家经典选译本《子曰》（*A riekol majster...*），多次再版，畅销捷斯两国[3]。

本来，黑山在斯洛伐克布拉迪斯拉发考门斯基大学哲学院是以助教的身份教授中国哲学的，由此就可以向斯洛伐克科学院东方研究院下属图书馆借阅资料——该图书馆隶属于科学院，是当时斯洛伐克地

第 2 期，第 102 页。

❶ 王邦维：《北京大学的印度学研究：八十年的回顾》，载《北京大学学报：哲学社会科学版》1998 年第 2 期，第 102 页。

❷ 王邦维：《梵学、印度学、东方学与中国文化研究——季羡林先生的治学范围和路径》，载《中国文化研究》2010 年春之卷，第 22 页。

❸ 根据黑山教授本人提供的资料写成。

区唯一可以借阅到有关中国原文材料的地方。但是，由于她个人的政治出身问题，当时的斯洛伐克共产党指示考门斯基大学哲学院不得接受、承认其博士毕业论文，这样，从 1973 年到 1990 年平反之前，黑山一直在布拉迪斯拉发的阿尔法外文出版社的仓库中做登记员。这样的境遇使她完全脱离了学术实践，但她自己并没有放弃。❶

为了使自己不要忘记中文、保持中文水平，尤其是避免忘记中国的汉字，唯一的方法就是强迫自己每天积极地阅读中文，动笔做几段翻译。而在当时的政治气候下，黑山已经没有阅读中文原著的机会。而在中国“文革”时期从中国订阅古典名著也是不可能的。所以，当时能做的最简单事情就是在自己的藏书中挑选一个中文大部头作品，这样就可以用翻译来打发几年的时光，等待获得平反，希望结束这段不自由的学术“流放”并重返学校。而且，这样庞大的翻译工作也还需要强大的精神动力来支持，据说最好的选择就是挑选一部在中国一直非常受重视的经典作品。就这样她选中了长篇小说《红楼梦》，每天做完本职工作后，她一般就在夜晚偷偷进行自己的翻译工作。❷

其实，早在 20 世纪 60 年代初进入布拉格查理大学学习时，黑山就已在 1965 年的文学课上了解到了《红楼梦》这一中国古典文学名著，只是由于当时主修学业——中国古典哲学文献的翻译和哲学思想的研究而无暇细读❸。而在翻译《红楼梦》之前，她已有选译儒家经典

❶ [斯洛伐克]玛丽娜·黑山著，梁晨译：《〈红楼梦〉与其斯洛伐克语译本的产生历史》，见傅勇林主编：《华西语文学刊》（第 3 辑“《红楼梦》译介研究专辑”），四川文艺出版社 2010 年版，第 55 页。

❷ [斯洛伐克]玛丽娜·黑山著，梁晨译：《〈红楼梦〉与其斯洛伐克语译本的产生历史》，见傅勇林主编：《华西语文学刊》（第 3 辑“《红楼梦》译介研究专辑”），四川文艺出版社 2010 年版，第 55 页。

❸ 鲍彦敏：《多瑙河畔的汉学家——记斯洛伐克文〈红楼梦〉翻译家黑山女士》，载《红楼梦学刊》2007 年第 5 辑，第 332 页。

《论语》《孟子》《荀子》部分章节的经验[1]。

确定了翻译《红楼梦》，接下来的首要问题就是原文底本的获取。那时的捷克斯洛伐克，唯一能读到中文原版书籍的地方只有捷克的鲁迅图书馆和斯洛伐克的科学院下属图书馆这两处。但当时黑山已经不是高校的在校学生，也不是布拉格查理大学的博士生，再加上政治原因，她并没有资格去那两个地方借阅图书。万般无奈之下，黑山只能求助于移民加拿大的弟弟，在华人社区帮忙找到中文原版书籍。后来她弟弟也居然幸运地买到了香港广智书局出版的四卷本《红楼梦》[2]。

书买到了运到捷克斯洛伐克又成为问题——从加拿大邮寄中国图书到捷克斯洛伐克她这样"政治上有问题"的家庭，那是极为冒险的事。所以唯一可行的办法就是托人直接把书从加拿大带到斯洛伐克来。弟弟是"政治移民"，当时不允许回到捷克斯洛伐克；而当时旅居匈牙利的斯洛伐克"政治难民"有热心帮助本国国民寻找由于政治原因失去联系的亲属的传统。她的表哥米兰·黑山（Milan Čarnogurský）就这样把《红楼梦》从加拿大带到匈牙利，再请他的姐姐辗转带到布拉迪斯拉发。于是，从1978年3月1日开始，每天晚上黑山在阿尔法出版社的仓库里结束工作以后，才得以坐在打字机前阅读和翻译《红楼梦》，节假日也不例外[3]。

---

❶ 鲍彦敏：《多瑙河畔的汉学家——记斯洛伐克文〈红楼梦〉翻译家黑山女士》，载《红楼梦学刊》2007年第5辑，第333页；[斯洛伐克]玛丽娜·黑山著，梁晨译：《〈红楼梦〉与其斯洛伐克语译本的产生历史》，见傅勇林主编：《华西语文学刊》（第3辑"《红楼梦》译介研究专辑"），四川文艺出版社2010年版，第55页。

❷ [斯洛伐克]玛丽娜·黑山著，梁晨译：《〈红楼梦〉与其斯洛伐克语译本的产生历史》，见傅勇林主编：《华西语文学刊》（第3辑"《红楼梦》译介研究专辑"），四川文艺出版社2010年版，第58页。

❸ [斯洛伐克]玛丽娜·黑山著，梁晨译：《〈红楼梦〉与其斯洛伐克语译本的产

如果那时声张在捷克斯洛伐克做汉学研究，国家安全警察就有可能马上禁止她们工作；而且那时捷克斯洛伐克处在苏联社会主义阵营之中，正逢苏中关系破裂，所以捷克斯洛伐克同中国的联系也就完全断绝了，当时在汉语翻译中如果被发现有“威胁国家安全”的译文，译者会被扣上“叛国”的帽子[1]。也是由于这样的原因，所以她和当时也在布拉格用捷克语翻译《红楼梦》的汉学家（即 Oldřich Král）既没有想到，也不可能相互交流、切磋翻译的[2]。当然还有更为重要的原因在于，捷译和斯译《红楼梦》的两位译者虽然尚有师承关系，但是在翻译理念上完全不同——黑山完全不赞同欧洲传统的字面对等翻译理论，而是在充分理解原文涵义后用斯洛伐克语转译出来，这样不仅让斯洛伐克语译文更符合斯语习惯，而且可以让读者一目了然，明白易懂[3]。显然，她对译文优劣的评价注重译入语读者的感受尽量切近原文读者，在相当程度上，这样的翻译理念带有奈达（Eugene A. Nida）主张的功能对等翻译理论之色彩，更为准确地说，我们或可称之为“接受效果对等论”。

由黑山教授完成刊行的四卷《红楼梦》（*Sen o Červenom pavilóne*）斯洛伐克语译本，先由布拉迪斯拉发 Victoria Publishing

---

生历史》，见傅勇林主编：《华西语文学刊》（第 3 辑“《红楼梦》译介研究专辑”），四川文艺出版社 2010 年版，第 58 页。

❶ [斯洛伐克]玛丽娜·黑山著，梁晨译：《〈红楼梦〉与其斯洛伐克语译本的产生历史》，见傅勇林主编：《华西语文学刊》（第 3 辑“《红楼梦》译介研究专辑”），四川文艺出版社 2010 年版，第 55 页。

❷ [斯洛伐克]玛丽娜·黑山著，梁晨译：《〈红楼梦〉与其斯洛伐克语译本的产生历史》，见傅勇林主编：《华西语文学刊》（第 3 辑“《红楼梦》译介研究专辑”），四川文艺出版社 2010 年版，第 55 页。

❸ [斯洛伐克]玛丽娜·黑山著，梁晨译：《〈红楼梦〉与其斯洛伐克语译本的产生历史》，见傅勇林主编：《华西语文学刊》（第 3 辑“《红楼梦》译介研究专辑”），四川文艺出版社 2010 年版，第 59 页。

Slovakia 出版社出版第一卷（1996 年），未几出版社破产，再由布拉迪斯拉发 Petrus 出版社完整出版全部四卷（2001—2003 年）[1]，从而打造出欧洲大陆语言中迄今亦不多见的一个《红楼梦》120 回全译本，并以其出色的装帧在欧洲获得国际印刷装帧奖[2]，而此译著又在 2003 年获得中国颁发的“红楼梦国际翻译奖”[3]，在《红楼梦》翻译和传播历史上都具有不可估量的价值和意义。

四、对照考察

上文分别梳理了中国人季羡林先生从梵文迻译《罗摩衍那》以及斯洛伐克人黑山教授从汉文迻译《红楼梦》的主要经历及其各自的最终成果。由此可以看出，两位成就了卓越翻译事业、并结出翻译硕果的学者，本身却完全不是冲着“译家”而去的。他们各自的专业，无论是印度学还是汉学，只能说同他们的大部头译著在底本上有着一些联系。但是，不同的国度，相似的社会政治环境，剥夺了两人进行正常学术研究工作的自由，他们在各自的异域历尽艰辛奠定的学术根基却难有机会顺利成长。而他们各自不得已的工作转向，也还得在偷偷摸摸的境地中才能够涉险进行。这种历史脉络的梳理，使我们似乎能够仅从文字描述中，就可以切身体会到身处亚欧大陆两端非正常的体制下，学术资源巨大浪费和科学文明蹉跎坎坷的惊人一致性。

虽然最终历尽劫难之后，两人都还在自己的专业领域继续耕耘，也

---

❶ 根据黑山教授提供的著述目录写成。

❷ 鲍彦敏：《多瑙河畔的汉学家——记斯洛伐克文〈红楼梦〉翻译家黑山女士》，载《红楼梦学刊》2007 年第 5 辑，第 335 页。

❸ [斯洛伐克]玛丽娜·黑山著，梁晨译：《〈红楼梦〉与其斯洛伐克语译本的产生历史》，见傅勇林主编：《华西语文学刊》（第 3 辑“《红楼梦》译介研究专辑”），四川文艺出版社 2010 年版，第 61 页。

有不菲的学术成果问世，但是最为宝贵的学术青春被无情耽搁掉，却也是不争的冷峻事实。即便有《罗摩衍那》汉文全译本填补梵语文学经典迻译的空白，但是季先生在印度古代俗语研究方面的成就，却再也无法超越他的博士论文的水平，而他从西克教授处继承而来的吐火罗语绝学，只有自己在解读新疆博物馆藏品时发挥一下功能，却没有机会将其传授给后辈中国学人，从而使“吐火罗文献出自中国，吐火罗学在外国”的学术尴尬至今犹存。同样，黑山在知天命之后才恢复学术自由，事实上渐趋高龄的羸弱之躯，已经不允许她在中国哲学研究方面像年轻学者那样开疆拓土了，她的工作更多的是集大成式荟萃老子研究和先秦儒家研究，在红学研究上也无力基于自己的斯洛伐克语《红楼梦》全译本再行深入探究，而且，她无论在哲学还是红学研究方面，至今也缺乏得力可靠的学术传人。斯洛伐克的古典汉学研究，在捷克和斯洛伐克分家以后正面临学术断档的严峻威胁。

另外一个方面，《罗摩衍那》汉译本在中国和《红楼梦》斯译本在斯洛伐克，其流行程度并不因其浩繁的卷帙而大受影响，很大程度上可能应当归功于两位译者相互之间类似的翻译理念。

季羡林先生在汉译《罗摩衍那》时坚持“诗译诗”的主张，简而言之就是译诗必有韵。诚如季先生本人在记述《罗摩衍那》翻译时附带提及的那样：“我一向认为诗必须有韵，我也要押韵。但也不是旧韵，而是今天口语的韵。归纳起来，我的译诗可以称之为‘押韵的顺口溜’。就是‘顺口溜’吧，有时候想找一个恰当的韵脚，也是不容易的。”[1]——这种押韵顺口溜的模式，实际上倒是切合了梵语原文史诗的传唱风格。如果说原文在印度的流行还有数千年历史积淀的惯性作

[1] 季羡林：《牛棚杂忆》，载邓九平编：《季羡林散文全编》（四），中国广播电视出版社 1999 年版，第 164 页。

用，那么其汉译在中国的传播较广却也得益于译文秉承大致风格的暗合吧。

黑山教授则认为，欧洲传统的字面对等翻译理论，在其引导下的翻译实践中，大多数中文经典原著的欧洲语言译本都没有达到甚至三流文学作品的程度；而大多数欧洲翻译家并不认为这是自己的问题，而是简单归咎为“汉语文学富含大量诗词”，本身从美学角度就没有达到欧洲文学的高度；在此翻译理论基础上的西方文学评论界理所当然地认为，比起欧洲奉为经典的那些传世之作，中国文学在丰富性和多彩性方面略逊一筹，情节较为难懂且语言晦涩[1]。所以她坚持认为，翻译中文原著要走一条新的道路，《红楼梦》描写的是跌宕起伏的家族命运，从而其译本也应该能给斯语读者身临其境的感觉，同时《红楼梦》中包含大量优美的诗词，在翻译的过程中也要尽量使斯语译文押韵流畅。如果碰上哪些话在斯洛伐克语语境里让人琢磨不透，她就拆开来译，调整部分语序，让整体一句话通顺明了。[2]其实这种讲述性的翻译模式，在字面上和汉语原文可能大都不能一一对应了，但是在篇章语境上它能够很好传递原文的味道和意境，作为向文化背景差异极大的斯洛伐克读者传递篇幅宏大、结构复杂的《红楼梦》这样的中国小说之圭臬的内容和价值，形散而神不散的讲述语体风格确是一种可资尝试、且被实践证明是行之有效的翻译模式。

当时黑山教授并未对自己的翻译方法下什么定义，不过唯一能肯

❶ [斯洛伐克]玛丽娜·黑山著，梁晨译：《〈红楼梦〉与其斯洛伐克语译本的产生历史》，见傅勇林主编：《华西语文学刊》（第3辑“《红楼梦》译介研究专辑”），四川文艺出版社2010年版，第56页。

❷ [斯洛伐克]玛丽娜·黑山著，梁晨译：《〈红楼梦〉与其斯洛伐克语译本的产生历史》，见傅勇林主编：《华西语文学刊》（第3辑“《红楼梦》译介研究专辑”），四川文艺出版社2010年版，第60页。

定其想法，支持其走一条新的非传统的“实践”翻译道路的正是其多年的授业恩师鲍格洛，尽管他在翻译王充《论衡》时使用的仍然是欧洲传统翻译理论。[1]

上述两部大型译作的基本翻译理念似有共通之处，就是都有意无意地采取了面向读者的翻译策略。这可能和两位译家的文学气质密切相关：季羡林先生有卷帙浩繁的散文集行世，其散淡的文笔自不待言；而黑山也刊行了蔡琰（文姬）《胡笳十八拍》（*Osemnásť plačov hunskej píšťaly*）《悲愤诗》（*Dve piesne o bolesti a utrpení*）、老舍《月牙集》（*Kosák Mesiaca*）、苏叔阳《太平湖》（*Jazero pokoja*）等的斯洛伐克语译文，其优美文笔在斯洛伐克也备受称道[2]。由此，他们二人注重译文文笔的美感，完全没有提及（或不加肯定）字面对等翻译的功效，也是这两部不同国度伟大译著的可比之处。相信如果在现行翻译学理论体系的精微考察下，有关的具体比较研究或许还有更为令人心折的成果。

五、尾声

季羡林先生和黑山教授，都是因为各自环境的影响而“错失”了自己本来潜心“修炼”而积淀的专业研究方向，但在自己处于逆境下的某个“念头”驱使下，以其原本积攒的深厚（印度学／汉学）学术功底，保证完成了一个原不属于自己业务范围内的大部头译作，以此不期而遇的“美丽”结果，多少可以弥补自己学术研究的历史性损失。

---

❶ [斯洛伐克]玛丽娜·黑山著，梁晨译：《〈红楼梦〉与其斯洛伐克语译本的产生历史》，见傅勇林主编：《华西语文学刊》（第 3 辑“《红楼梦》译介研究专辑”），四川文艺出版社 2010 年版，第 57—58 页。

❷ 根据黑山本人提供的著述目录和部分斯洛伐克国内读者的口头评价写成。

另外我们注意到，与《罗摩衍那》齐名的印度另一大诗《摩诃婆罗多》（*Mahābhārata*），从 20 世纪 80 年代开始，由时已年近耄耋的金克木先生设计体例并领衔开笔，季金二人早期（1960 年届）的优秀传人赵国华教授总体负责；未几赵不幸早逝，续由另一 1960 年届学生黄宝生教授牵头，在多位中国梵学专家的共同努力下，得以在 21 世纪初完成并付梓[1]。这样看来，如果说季老没有翻译《罗摩衍那》，现在可能还有其不绝如缕的梵学后继者们可以像完成《摩诃婆罗多》那样译成这部大诗（ādikāvya）的话，那么在古典汉学人才寥寥的斯洛伐克，在语言甚为近似、而古典汉学成果远远丰富的波希米亚（捷克）覆盖之下，恐怕时至今日都是难以有人来完成《红楼梦》斯洛伐克语翻译这项伟大工程的。这样说来，处于今天中国文化的世界性传播的语境中，我们更要推崇非正常体制造就的逆境带来的《红楼梦》斯洛伐克迻译之功。

（原载张晓希主编：
《比较文学与比较文化丛刊》
（2013·第一辑）
中央编译出版社2014年版，
第256—267页）

[1] 黄宝生:《摩诃婆罗多》前言，载[印]毗耶娑著，金克木、赵国华、席必庄译:《摩诃婆罗多》（一），中国社会科学出版社 2005 年版，第 5—7 页。

金启孮先生为周汝昌先生题写女真文“红学旗帜”发微*

一、叙说

著名女真学家、满学家金启孮（1918—2004）先生，对融摄满汉文化的中国古典文学名著《红楼梦》有着精湛的研究[1]，其研究角度多是配合满族文化史的研究；他认为《红楼梦》是清代满蒙王公府邸的典型写照，著名蒙古族作家尹湛纳希（1837—1892）《一层楼》脱胎于《红楼梦》的原因也在于此；金先生的论文《论红楼梦中的北俗》[2]《红楼梦人名研究》[3]、《红楼梦中的耍猴儿》[4]等都是从这方面着眼进行研究的[5]。

---

* 本文在写作过程中，笔者感谢斯洛伐克科学院东方研究所高利克教授和美国犹太谷大学汉学系主任吴漠汀教授的资料支持。

❶ 周汝昌:《满学与红学》，载《满族研究》1992 年第 1 期，第 50—55 页。

❷ 金启孮:《〈红楼梦〉中的北俗（上）》，载《学习与探索》1980 年第 4 期，第 88—95 页；金启孮:《〈红楼梦〉中的北俗（下）》，载《学习与探索》1980 年第 5 期，第 96—103 页。

❸ 金启孮:《〈红楼梦〉人名研究》，载《红楼梦学刊》1980 年第 1 期，第 129—166 页。

❹ 宗子:《〈红楼梦〉中的“耍猴儿”》，载《学习与探索》1980 年第 3 期，第 94 页。

❺ 金适:《金启孮先生与满学研究》，载《中国民族》2009 年第 3 期，第 21 页。

金启孮先生和著名红学家周汝昌（1918—2012）先生曾因共同研治《红楼梦》而结下深厚的友谊，两人有一次关于《红楼梦》研究的聚谈纪要公开发表[1]，其间含有不少关于红学的精辟见解。而他们的学术共鸣在周先生悼念金先生的文章中也有着概略的体现。他在悼文小序中言及“先生又特赐女真文之条幅，宠我以‘红学旗帜’之称号，荣甚幸甚，即影印于拙著卷头，以志高谊”；在悼文正文中又述及“他曾以女真文字书为大立幅惠赐，汉字注明为‘红学旗帜’。我荣获此赐，觉得光宠过于海外名校的学位称号（此立幅印于拙著《曹雪芹新传》的卷首（外文出版社 1992 版）”[2]，可见周先生对金先生红学造诣的推重。而金先生家人对此也深以为然[3]。

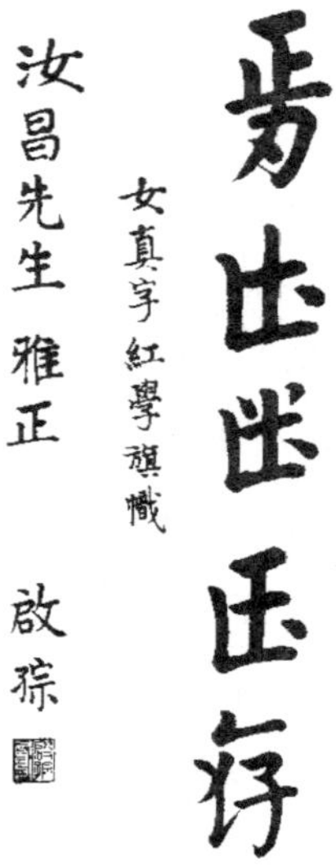

图5　金启孮先生书赠周汝昌先生女真文题词

二、女真文题词诠释

一时兴趣，遂按图索骥觅得周先生《曹雪芹新传》一书[4]，从其扉页和正文之间的插页二，发掘出金启孮先生这一女真文题词的照片，如图 5 所示：

下面对上述题词中的女真文进行逐一剖析（其中，女真文的拟音径直改为笔者自己的系统，拟音字母的上加抑扬符“ˇ”表示腭化）：

---

[1] 齐儆：《著名红学家周汝昌与著名满学家金启孮聚谈纪要》，载《满族研究》1993 年第 3 期，第 52—54 页。

[2] 周汝昌：《怆悼金启孮先生》，载金适、吉本道雅、乌拉熙春编：《金启孮先生逝世周年纪念文集》，东亚历史文化研究会 2005 年版，第 7 页。

[3] 金适：《永远的红学旗帜》，载《中国文物报》2012 年 7 月 4 日第 8 版。

[4] 周汝昌：《曹雪芹新传》，外文出版社 1992 年版。

（1）伾䓀*fan-nar“旗”——见于《女真译语·器用门 5》（汉字注音“番纳儿”）以及《西安碑林女真文字书残叶》4b:9.《奥屯良弼诗碑》第 8 行[1]；

（2）圡垬*ȟa-au“学”——见于《女真译语·宫室门 19》和《女真译语·续添（新增）52》，汉字注音“下敖”[2]。

由此可见，题词中的“旗帜”和“学”，都是女真文字系统中业已出现过的记录形式，不赘。

（3）金夰*fula-ğan“红、丹”——在《女真译语·声色门 2. 9》中作为词条出现，亦见于《女真译语·声色门 17》及《女真译语·珍宝门 20》，汉字注音“弗刺江”[3]；

（4）午㒳*sai-gi“丹”——见于《女真进士题名碑》第 22 行[4]。

注意，上述两个与“红”语义直接相关的语词记录形式均有现存女真语料证实，但是题词在这里没有选用之，而是使用了与“红”语义毫不相干的男*χūn 一字，这个女真字通常用作名词后缀，例如厗男*inda-χūn“犬”、乐乖男*nan-χa-χūn“安”等[5]。这里用来译写“红学”的“红”，实际上仅仅是个译音字。

这样的话，金先生用女真文题写的“红学”一词“男圡垬*χūn-ȟa-au”，并非女真文献所固有（事实上“红学”这个术语也是迟至 19 世纪才出现的，与女真文行用的时代——12—15 世纪——完全不搭界），而是金先生基于自己的女真文造诣，根据自己对红学的理解而“杜撰”的。因而我们也能以此“杜撰”为据，管窥金启孮先生的

❶ 金启孮编著：《女真文辞典》，文物出版社 1984 年版，第 73. 205 页。
❷ 金启孮编著：《女真文辞典》，文物出版社 1984 年版，第 70. 108 页。
❸ 金启孮编著：《女真文辞典》，文物出版社 1984 年版，第 235. 246 页。
❹ 金启孮编著：《女真文辞典》，文物出版社 1984 年版，第 193 页。
❺ 金启孮编著：《女真文辞典》，文物出版社 1984 年版，第 77 页。

红学理念。

这里金先生没有使用具有红色内涵的女真字来译写“红学”一词中的“红”，显然是认为这仅仅是个语音符号而已。虽然金先生本人并未就红学研究的具体内容阐发过明确的意见，但从其业已公开的红学论著[1]可以窥见，他是认为红学研究应该立足于《红楼梦》文本本身，再结合相关历史背景进行论述的；故而，“红学”一词仅仅是个截取书名“红楼梦”首字、用以囊括所有《红楼梦》相关研究的一个纯粹语音符号而已。

金启孮先生对红学的这个意识，倒和转译自孔舫之（Franz W. Kuhn，1884—1961）德译本的《红楼梦》芬兰文译本[2]序言中的Hungologia一词理念相通[3]。

三、红学概念界定对照

与金启孮先生不同的是，周汝昌先生在其多部论著中不厌其烦申述过他自己对“红学”一词的概念界定，这就是红学圈内众所周知、排除《红楼梦》本体在外的所谓“曹学”“芹学”“脂学”等“本事”研究。由于相关论述涉及的参考文献实在太多，表述的重复率也很高，这里我们仅根据周先生发表时间较早、而又专治“红学”（亦即文章标题

---

[1] 金启孮：《〈红楼梦〉中的北俗》（上），载《学习与探索》1980年第4期，第88—95页；金启孮：《〈红楼梦〉中的北俗》（下），载《学习与探索》1980年第5期，第96—103页；金启孮：《〈红楼梦〉人名研究》，载《红楼梦学刊》1980年第1期，第129—166页；宗子：《〈红楼梦〉中的“耍猴儿”》，载《学习与探索》1980年第3期，第94页；金启孮、乌拉熙春、凯和：《红楼梦新研究》，明善堂2002年版。

[2] Cáo Xuéqín & Gāo È; Partanen, Jorma (tr.): Punaisen huoneen uni: Vanha kiinalainen romaani.Turku, Jyväskylä: K.J.Gummerus Osakeyhtiö, 1957.

[3] 唐均：《〈红楼梦〉芬兰文译本述略》，载《红楼梦学刊》2011年第4辑，第59—60页。

出现这一字样）的论文来探讨其对“红学”的认知。

红学并不是用一般小说学去研究一般小说的一般学问，而是以《红楼梦》这部特殊小说为具体对象而具体分析其具体情况、解答具体问题的特殊学问[1]。也就是说，研究曹雪芹的身世、考察《石头记》版本、探佚 80 回以后的情节、揭秘脂砚斋，只此四大支才够得上真正的红学[2]。用中国文学的传统说法讲，红学的真正“本体”，就是讨寻曹雪芹的这部小说所写的“本事”；这种讨寻本事的学问，才是红学的本义和正宗；至于一般的角度，方式、方法去把《红楼梦》当成与一般小说无所不同（即没有它的独特性）的作品去研究一般的小说技巧、结构、语言……，那其实还是一般小说学，而并非红学——或并非真正的红学，不是正宗红学[3]。要之，红学的要义和分科，在于对曹雪芹“解味”，在于理解“荒唐”和“辛酸”这一绝对的矛盾、措辞和内在含义如何统一在一起的[4]。

“红学”的严格定义是对中华文化文史在“小说”中的表现体现之考索阐释，而不是一般性的文艺评论、赏析之类的“读后感”——准此，考证遂构成红学的重要部分；今后的“新红学”应具有新时期的特色，应比文史考证的简单层次更为高层，主要聚焦于从中华大文化的意义上来观照《红楼梦》；而这种学术研究可以定位于“新国学”这

---

❶ 周汝昌：《什么是红学》，载《河北师范大学学报》（哲学社会科学版）1982 年第 3 期，第 2 页；周汝昌：《〈石头记探佚〉序》，载梁归智：《石头记探佚》，山西人民出版社 1983 年版，第 1 页。

❷ 周汝昌：《〈石头记探佚〉序》，载梁归智：《石头记探佚》，山西人民出版社 1983 年版，第 2 页。

❸ 周汝昌：《红学辨义》，载同氏：《献芹集》，山西人民出版社 1985 年版，第 229—230 页。

❹ 周汝昌：《五里短亭，十里长亭——“红学”之旅》，载《山西大学学报》（哲学社会科学版）2006 年第 5 期，第 37 页。

一先进、崇高的坐标之上[1]。真正的红学，起源于文献的发现；今后红学的前景如何，取决于学术界对已然存在的和可能发掘的一切文献的深入研究[2]。

显然，周先生在对“红学”术语进行概念界定时，或许是为了突出对作者及其社会历史背景研究的重要性，而特别强调这些《红楼梦》的“本事”，以至于利用“本事”完全排斥了对《红楼梦》“本体”研究应有的学术地位[3]。

基于周先生自己的“红学”概念界定，我们再来审视他英译“红学”的术语 Redology。

英语中，red 的意思是“红”，而- ology 正是表示“学”“学科”“学术”等抽象意义的词根。关于这个术语，周汝昌先生曾自陈与其挚友、著名藏书家黄裳（1919—2012）开玩笑，杜撰了“红学”英文术语 Redology 的经历[4]：

> 只记得曾论及一义：像《红楼》这样的中华文学之菁英，必须译成一部精确的英文本，使世界上的读者都能领略一二。于是黄裳兄遂发一问曰：我们有“红学”这个名目，可惜外国还不懂得，比如英文里也不会有这个字呀，这怎么办？我当即答言：这有何难，咱们就能造（coin）一个新字，就是 Redology！他听了大笑。

而黄裳先生在为周汝昌《献芹集》所写序言中描述了二人的密切

---

❶ 周汝昌：《新红学——新国学》，载《山西大学学报》（哲学社会科学版）2002年第2期，第37页。

❷ 周汝昌：《红学文献学》，载《清华大学学报》（哲学社会科学版）2002 年第5期，第1页。

❸ 应必诚：《也谈什么是红学》，载《文艺报》1984年第3期。

❹ 周汝昌：《献芹集》自序，见《献芹集》，山西人民出版社 1985 年版，第8—9页。

交往[1]，从侧面证实了周先生的回忆。

虑及书名“红楼梦”在英文中普遍译作 Dream of Red Chamber/Mansions，那么术语 Redology 撷取“红”的英译 red 作为其杜撰的词根，根本就是立足于《红楼梦》文本，进行跨文化传播的具体表现之一。“红”色意象在中国文化中有着鲜明的特征含义，同英文 red 的文化内涵差别较大，因而，西文的上述迻译就承载着两种异质文化相互叠加导致的结果，同时也将“红学”限定于同《红楼梦》本体的直接关联。

由此我们可以看见一个奇妙的悖论：周汝昌先生对红学的定义，决绝地排斥《红楼梦》本体的研究；但他对“红学”术语的西文迻译，却选择了完全突出《红楼梦》本身、而又富集中国传统文化意象的 red 这一英文关键词。这一现象在周先生的理论体系中，显然就构成了一个不可避免的二律背反。

相反，金启孮先生对“红学”的概念认定，通过其女真文题词中的对应迻译——劧圡迷*χūn-ȟa-au——得到了很好的诠释：金先生仅取“红”之现代字音，而忽略其语义，基本上摒弃了异质文化语汇之间对译带来的文化叠加传播等因素，同时又对该术语内涵的伸缩边缘未加限制。这种尽量弃绝了文化意象的表述（英文的对应表述，基于威妥玛拼音的当是 Hungology，基于汉语拼音的当是 Hongology），可能才是理性的红学研究更为准确的概念定义方式。而其内涵边缘的伸缩无定，或许反而才是周汝昌先生所定义的“红学”所能对应的异种语言对译形式呢。

---

❶ 黄裳：《〈献芹集〉序》，载周汝昌：《献芹集》，山西人民出版社 1985 年版，第 2—3 页。

四、中西红学术语再论

不过我们却在正式出版的文献资料中发现了似乎早于周先生杜撰的“红学”术语对译 Redology 行用的证据——尽管它是以斜体的威妥玛汉语拼音音译 *Hung-hsüeh* 为主、而括注加引号的 Redology 为辅的[1]——当然也不能排除周先生的意见早在公开出版之前就已从私人渠道流出、而为海外学者所袭用的可能性。不管这一英文术语的杜撰首创权是否真正属于周汝昌先生，但是他对此的积极认同和大力提倡则是毋庸置疑的。

对译“红学”的上述英文术语虽然一时尚未收入各种权威的印刷版英语词典，但在近年来已陆续见诸相关英文学术论著之中，例如我们可以从国际著名西文网络学术资源数据库 JSTOR 搜索到一些英文论文使用 Redology 的情形[2]；甚至还可看到“红学”派生词“红学家”的英文对应术语 Redologists 的使用情形[3]。但是，也还是有其他英文术

---

❶ Wang, John C.Y.: “Review of *The Story of the Stone* (Vol.1), "The Golden Days"by Cao Xueqin; David Hawkes”.The Journal of Asian Studies, Vol.35, No.2, Feb., 1976(pp.302-304): p.303.

❷ Blader, Susan: “Review of *Classical Chinese Fiction: A Guide to its Study and Appreciation, Essays and Bibliographies* by Winston Yang; Peter Li; Nathan Mao”. *The Journal of Asian Studies*, Vol.39, No.2, Feb., 1980 (pp.339-340): p.340; Saussy, Haun: “Reading and Folly in *Dream of the Red Chamber*”. *Chinese Literature: Essays, Articles, Reviews*, Vol.9, No.1/2, Jul., 1987(pp.23-24): p.23; Gu, Ming Dong: “The *Hongloumeng* as an Open Novel: Towards a New Paradigm of Redology”. *Monumenta Serica*, Vol.51, (2003)(pp.253-282): p.253.

❸ Idema, Wilt L.“Review of *Rereading the Stone: Desire and the Making of Fiction in Dream of the Red Chamber* by Anthony C.Yu”. *Journal of the American Oriental Society*, Vol.119, No.2, Apr.-Jun., 1999 (pp.368-369): p.369; Yu, Anthony C. “Review of *The Chinese Garden as Lyric Enclave: A Generic Study of the Story of the Stone* by Chi Xiao”. *Harvard Journal of Asiatic Studies*, Vol.63, No.1, Jun., 2003 (pp.316-331): p.324.

语——比如 *Hongxue*、Red studies 等[1]——用来对应“红学”，这种西文学界在术语使用上的不统一，表明植根于中国本土的红学研究虽然在域外已有传布，但仍然停留在相当小众的范围之内，各国红学家的研究仅仅是处于各自为战的状态。

1992 年，德国著名汉学家顾彬（Wolfgang Kubin，1945—）曾在欧洲发起并主持召开过一个纪念《红楼梦》（实际上是程乙本）问世两百周年的学术会议，这次会议的论文后来结集出版[2]，因为全是德文撰写的，所以在中国学界几乎没有什么反响。笔者在欧洲访学，得斯洛伐克资深汉学家高利克（Marián Gálik，1933—）先生慷慨惠借此书，拜读得其中一篇专门讨论红学的论文[3]。该文对红学（还有所谓“曹学”）的表述都是使用汉语拼音，只是在“红学”一词汉语拼音首次出现的同时括注了德文 Rotologie 一词[4]。鉴于德文 rot 正是对应英文 red 的同源词，因而我们认为德文中这个对译“红学”的术语 Rotologie，也就是英文术语 Redology 的对应表达。但显然，汉语拼音括注杜撰术语的表达形式表明，此文作者也不完全认为“红学”这一中文术语就可

---

❶ Edwards, Louise. “New Hongxue and the ‘Birth of the Author’: Yu Pingbo's ‘On Qin Keqing's Death’”. *Chinese Literature: Essays, Articles, Reviews*, Vol.23, Dec., 2001(pp.31-54): p.31.

❷ Kubin, Wolfgang (Hrsg.). *Hongloumeng: Studien zum„Traum der roten Kammer“*. Bern · Berlin · Bruxelles · Frankfurt am Main · New York · Wien: Peter Lang, 1999.

❸ Möll, Jing.“Jenseits melancholischer Verwunderung zur Geschichte der *Hongxue*. Kubin, Wolfgang (Hrsg.): *Hongloumeng: Studien zum„Traum der roten Kammer“*, Bern · Berlin · Bruxelles · Frankfurt am Main · New York · Wien: Peter Lang, 1999: pp.223-258.

❹ Möll, Jing.“Jenseits melancholischer Verwunderung zur Geschichte derHong xue.Kubin, Wolfgang(Hrsg.): *Hongloumeng: Studien zum„Traum der roten Kammer“*, Bern · Berlin · Bruxelles · Frankfurt am Main · New York · Wien: Peter Lang, 1999: p.223.

与杜撰的德文词 Rotologie 相等同。

21 世纪初出版的《红楼梦》德文全译本的序言中，译者之一吴漠汀（Martin Woesler, 1969—）博士采用的是另一形式的德文术语 Rotforschung 来指称“红学”[1]，其字面意思是“对红的研究”；这并非英文术语 Redology 的对应转换，充其量只算这一英文术语的对译，但核心内涵仍然是直接关联《红楼梦》本体研究的。并且，《红楼梦》德译者将其与圣经学（Bibelforschung）和古兰经学（Koranforschung）并置[2]，这个意识与周先生之于红楼文化的梦想相较而言，可谓切中肯綮的了。

无独有偶，中文“红学”术语，传说得自民国初年松江县文人朱子美喜读小说，自言“吾之经学，系少一横三曲者”，即将繁体“經”字去掉一横三曲而得繁体“紅”字而所谓“红学”，后约定俗成指称研究《红楼梦》的学问[3]。该术语最早见于清代李放的《八旗画录注》：

光绪初，京朝上大夫尤喜读之，自相矜为“红学”。

---

❶ Woesler, Martin. “Der Traum der Roten Kammer in deutscher Übersetzung- Ein Generations-und Entwicklungsroman als paradiesische Zuflucht verklärter Jugenderinnerungen in schwieriger Zeit”. Tsau, Hsüä-Tjin/Gau, Ë: *Der Traum der Roten Kammer oder Die Geschichte vom Stein*, 3 Bände, Übers. Rainer Schwarz, Martin Woesler, Hrsg. Martin Woesler, mit einem Nachwort von Hartmut Walravens, Bochum: Europäischer Universitätsverlag, 2006-2008 (Ss.XI-XXV): S.XIX.

❷ Woesler, Martin. “Der Traum der Roten Kammer in deutscher Übersetzung—Ein Generations-und Entwicklungsroman als paradiesische Zuflucht verklärter Jugenderinnerungen in schwieriger Zeit”. Tsau, Hsüä-Tjin / Gau, Ë: *Der Traum der Roten Kammer oder Die Geschichte vom Stein*, 3 Bände, Übers. Rainer Schwarz, Martin Woesler, Hrsg. Martin Woesler, mit einem Nachwort von Hartmut Walravens, Bochum: Europäischer Universitätsverlag, 2006-2008 (Ss.XI-XXV): S.XXII.

❸ 冯其庸、李希凡主编:《红楼梦大辞典》，文化艺术出版社 1990 年版，第 1070 页；张云:《晚清经学与“红学”——“红学”得名的社会语境分析》，载《中国文化研究》2010 年第 3 期，第 115 页。

由此可见，所谓红学，乃撷取《红楼梦》书名首字，与其时文人阶层习见的术语“经学”并举的结果，反映的则是新旧时代更替之际士人学术旨趣的无奈转移以及政治取向的另类解读[1]。

中国的传统学术，既然要努力倡导与现代学术接轨并与国际学界对话，那么，现代学术视野中的“红学”这门中华固有专学，至少应包括学科理论与方法研究、作者及其家世研究、版本文献研究、文本研究、红学史、红楼文化、翻译与比较研究、海外红学研究八个分支[2]。故而，红学的准确概念，应当是指研究《红楼梦》的学问，它包括研究《红楼梦》的思想意义、艺术价值、创作经验，作者曹雪芹的生平家世，《红楼梦》的版本、探佚、脂评等内容[3]。

“红学”术语的定型，以及这一术语在异种语文中的迻译表现，从不同侧面反映出红学研究的内涵界定和外延拓展。我们梳理该术语在几种主要文字（女真文、英文、德文）中的具体形式，就可能站在一个常规红学所未曾发见的角度，对我们所热衷的、推崇的红学研究，做出更具启迪意味的考察。感谢金、周二位先生切磋红学的“题词”这一特殊印记，给我们留下了具有独特意义的研究视角。

（原载傅勇林等主编《华西语文学刊》（第13辑“王和达教授八十五岁寿辰纪念汉学专辑”），四川文艺出版社2015年版，第136—141页）

❶ 张云：《晚清经学与“红学”——“红学”得名的社会语境分析》，载《中国文化研究》2010年第3期，第115—116页。

❷ 乔福锦：《现代学术视野中的红学学科架构》，载《河南教育学院学报》（哲学社会科学版）2008年第3期，第48页。

❸ 冯其庸、李希凡主编：《红楼梦大辞典》，文化艺术出版社1990年版，第1070页。

高利克与红学*

一、引言

斯洛伐克汉学家马立安（或译“马利安”）·高利克（全名 Jozef Marián Gálik, 1933—），1953—1958 年在当时的捷克斯洛伐克布拉格查理大学(Univerzita Karlova v Prahe)语文学系(Filologická fakulta)修习汉学和东亚史专业，其时师从布拉格汉学学派奠基人普实克（Jaroslav Průšek, 1906—1980）教授；1958—1960 年在北京大学中文系攻读研究生学位，导师为吴组缃（1908—1994）教授；1966 年获得博士学位（PhD），1985 年获得特许任教资历（DrSc）。自 1960 年起长期供职于斯洛伐克科学院东方研究所（Ústav orientalistiky, Slovenská akadémia vied）；自 1988 年起同时兼任斯洛伐克夸美纽斯大学（Univerzita Komenského v Bratislave, 亦译作卡门斯基大学）教授；1989 年任华东师范大学顾问教授，2009 年任浙江大学兼职教授，2011 年任四川大学荣誉教授。2003 年获颁斯洛伐克科学院最高荣誉奖，2005 年荣膺被誉为国际学术界人文学术奖翘楚的“亚历山

* 本文写作过程中，承蒙高利克教授本人慷慨提供资料，全文完成后寄奉高利克教授本人，承蒙其仔细审看并提出修改意见，又更新了他的相关资料（至 2013 年底），谨此致谢。

大·洪堡奖”桂冠（laureate of the Alexander of Humboldt Prize），成为第一位获得该项奖励的欧洲汉学家。[1]

高利克教授为中国现代文学和中西比较文学研究的翘楚，其研究的整个进程都贯穿着他本人秉承的世界文学观念。而运用比较文学方法和“系统—结构”分析法在比较的视野下考察中国现代文学批评历史的问题，又是他的中国文学研究中的一大特色。以作家为中心对中国文学作品的集中研究，是他研究的另外一大特色，这可能与他多次来到中国，广泛结交中国现当代作家和学者，从而多有机会获得第一手资料密切关联吧。他也是西方学者中第一位研究尼采和中国关系的学者。

同时，高利克教授也用他的母语——斯洛伐克语翻译了不少中国现代作家作品，例如茅盾《林家铺子》及其他短篇小说（*ObChod rodiny Linovej a jiné poviedky*, 1961）、老舍《骆驼祥子》（*Rikšiar*, 1962）等。

作为中国古典小说的《红楼梦》，从研究对象角度看，与高利克教授的学术兴趣点本来并无交集。而在他迄今已发表的 348 篇学术论文中，从 20 世纪 90 年代至今，却陆续出现了 9 篇与《红楼梦》有关的文章[2]。为数不多的这些红学文章沉淀于他淹博的论著集合中自然杳无踪迹，但若置于同一时段飞速发展的红学论著丛林中，却以其独具一格的特征迸发出耀眼的光芒，值得红学研究人士留意。

二、涉及《红楼梦》的实际交游

在 20 世纪 50 年代末高利克负笈北京大学期间，迄今为止没有什

❶ 本段资料根据以下网页信息汇纂而成：<http://www.svd.fju.edu.tw/fl/Bible_Lit/galik_cv.htm>(2014.02.21.)、<http://sk.wikipedia.org/wiki/Jozef_Mari%C3%A1n_G%C3%A1lik>(2014.02.21)。

❷ 根据高利克教授本人提供的最新论著目录，截止于 2013 年 12 月。

么关于他和《红楼梦》直接结缘的讯息流传。然而，一个容易忽略的事实是，这段时间担任高利克导师的吴组缃教授，却是“文革”之后成立的“中国红楼梦学会”首任会长（1980—1985），其文学创作深受茅盾影响，是茅盾艺术探索道路的成功延伸，从而成为左翼社会分析派小说的又一重要代表，这自然又直接促进了作为学生的高利克对茅盾的深入研究。不管怎么样，吴、高师生之间的红学学术互动，目前虽无可资佐证的第一手材料予以体现，但要完全避开《红楼梦》，料想却是不大可能的。更何况，《红楼梦》作为中国古典小说成就的最高峰，既是中国文化从古典到现代演进的一块跳板，也直接影响到现当代许多作家的创作，因而，频繁和诸多中国作家直接打交道的高利克教授，必然会有触及《红楼梦》文本的一天。

1989 年，高利克教授曾经访问过隶属中国文化部的中国艺术研究院红楼梦研究所，那时是随同《红楼梦》的捷克译者造访的[1]，具体过程已不得而知，但是其间并未有什么重要事件当是肯定的。而据笔者在欧洲访学时向两人直接了解，可能由于相隔时日已久，两位造访者对该次访问都没有什么记忆了[2]。

真正对高利克教授涉猎《红楼梦》产生影响的，应该追溯到他和著名诗人顾城（1956—1993）及其妻子谢烨（1958—1993）的交谊。这在高利克教授的论著中多次得到反映，现在一共可以找到 5 篇正式发

---

❶ 述闻：《奥 · 克拉尔、高利克访问红楼梦研究所》，载《红楼梦学刊》1990 年第 1 辑，第 184—185 页。

❷ 笔者直接向《红楼梦》捷克文译者王和达（Oldřich Král）教授询问过（2013 年 5 月 13 日），他表示没有什么印象了。高利克教授也知道我是以《红楼梦》研究的名义到他们单位访学的（2012 年 11 月—2013 年 11 月），但他本人与我的多次交流（截止于 2013 年 10 月）中从未涉及这次造访。

表的文章，用不同的语言，以不同的篇幅记录了他和顾城的交往细节。❶

1992年3月22日，高利克教授在德国汉学家顾彬（Wolfgang Kubin, 1945—）教授的柏林公寓中首次见到了顾城、谢烨夫妇，那时他们的学术对话由顾城热衷的死亡主题肇始，以顾城的诗歌创作经历以及同西方学人的交往为主线，中间穿插顾城的现实生活和《红楼梦》的诗意比附，突出了"死亡""梦幻""童真"等文学主题的复迭和交织。在谢烨的帮助下，这次对话得以记录并发表出来，使我们至今尚能了解顾城文学创作的部分背景因素、主观努力及其成就与西方经典文学的契合等。

顾城最喜爱《红楼梦》，像顾城那样的中国知识阶层家庭也大多熟悉《红楼梦》的主要故事情节，所以，高利克教授在与顾城夫妇交流时，常以《红楼梦》以及他作为西方人更为熟悉的圣经人物来比拟顾城及其家人，从而以中西文化的不同视域展示顾城的某些创作心态和背景。如表72列出公开资料中的上述类比模式❷：

---

❶ 以下的相关论述均参见顾城、[斯洛伐克]高利克著，谢烨整理：《"浮士德"·"红楼梦"·女儿性》，载《上海文学》1993年第1期，第65—68页；Gálik, Marián: "Berliner Begegnungen mit dem Dichter Gu Cheng". *Minima sinica*, 1, 1993: pp. 33-65；Gálik, Marián und Gu Cheng: "Der Tag nach der Konferenz.Ein Gespräch (mit Gu Cheng)". In: Kubin, W. (Hrsg.): *Hongloumeng. Studien zum«Traum der roten Kammer»*, Bern: Peter Lang, 1999, pp.277-294；[斯洛伐克]马立安·高利克：《捷克和斯洛伐克汉学研究》，学苑出版社2009年版，第133—157页；[斯洛伐克]马利安·高利克著，赵娟译：《与诗人顾城的柏林相遇》，载《华文文学》2011年第1期，第5—18页。——其中，"Der Tag nach der Konferenz. Ein Gespräch (mit Gu Cheng)"一文可以视作《"浮士德"·"红楼梦"·女儿性》一文的德文转述；《与诗人顾城的柏林相遇》则是"Berliner Begegnungen mit dem Dichter Gu Cheng".这篇德文文章的汉译。各篇内容上虽然重复甚多，但是各有其侧重表述。

❷ [斯洛伐克]马立安·高利克：《捷克和斯洛伐克汉学研究》，学苑出版社2009年版，第137—139页；[斯洛伐克]马利安·高利克著，赵娟译：《与诗人顾城的柏林相遇》，载《华文文学》2011年第1期，第7—8. 14页，第17页注释13。

表 72　高利克推测的顾城家庭与《红楼梦》《圣经》人物对应关系

顾城家庭成员	顾城	谢烨		顾工	胡惠玲		—
与顾城的关系	自己	妻子		父亲	母亲		岳母
《红楼梦》人物	宝玉	黛玉	袭人	贾政	晴雯	王夫人	—
明确的比拟者	本人、作者	作者	作者[1]	顾城	顾城夫妇	本人	—
《圣经》人物	雅各	拉结、利亚		—	—		拉班

据此我们可以认为，高利克教授结识了现实中的顾城及其家人，这就使得留存于他记忆中的《红楼梦》人物形象得以鲜活起来。

顾城本人与宝玉形象甚为契合，贾宝玉形象的艺术夸张以及现实脱节问题无一不在顾城的人生轨迹中得到鲜明的印证。下面我们撷取顾、高二人对话中红学意识鲜明的部分，略作梳理和探讨[2]。

《红楼梦》和《浮士德》这两部诞生时间相隔半个世纪、又分处欧亚大陆两端的作品，中间透露出来的女性意味颇具相似性。《红楼梦》中最重要、最漂亮、最有价值的女儿性既是理想的，也是现实的，而且对女子特性进行如此评价的小说在世界文学中可能是前无古人的；而《浮士德》在最后涉及永恒的女人性及其引导作用。与之相对立，就没有永恒的男性，男性的黯淡在《红楼梦》中用作女儿性的背景，以便凸显女儿的光辉。

女儿性和女人性是不一样的，西方侧重于后者而东方侧重于前者，这也就是《红楼梦》里贾宝玉倡导的“女儿性”，这个性情具有天然的特点，并不能从书本中后天获取；它是完美人性的一种体现，是

---

[1] 这里的分隔注释表示作者在不同场合的不同意见。

[2] 以下有关内容（至本节末段前），皆出自对顾城、[斯洛伐克]高利克著，谢烨整理：《“浮士德”·“红楼梦”·女儿性》，载《上海文学》1993 年第 1 期，第 65—68 页内容的抽取和概括，若非必要，不再一一注明。

一种理想状态的具象化。女儿性亦不等同于女儿，这是颇具禅意的认识，贾宝玉后来明白了这个道理，就不再为女儿的身世担心了。

宝玉喜欢女儿，爱她们，为她们服务，怕她们受到污染。在外人看来，他并不像一般人那样要求占有女儿，实现肉体的愿望，而是想像女儿那样和女儿在一起，以至于误会他原来是个女儿，是个错投男胎的女儿身。在他自身，是对于自身的和本性的信仰和热爱，正是这种洁净的热爱，使他们洁身自好。不过《红楼梦》的高明还在于，曹雪芹写出了这种认识到美丽的思想变化历程，但是又交代了对这种美丽从何而来的困惑。

清洁的女儿性和宁静的佛性，发生了一个微妙的重合；女儿性天然的自如、洁净、独断，和佛教的禅意相合——这可以看作中国古典文化的一个重要特征。顾城谈及《红楼梦》里的真假意识同佛教的色空观念，实际上是一以贯之的，在这本书里二者达到了一种和谐无分的状态，这也就是中国文化所推崇的理想境界。高利克教授认同女儿性的本质是“净”；从而提及《红楼梦》和佛教之间的思想关联，他甚至还谈及，《红楼梦》的捷克读者要在《六祖坛经》的捷克文译本出版以后，才能更为踊跃地购买捷克文《红楼梦》来深刻理解曹雪芹的思想。[1]

对照中国学者关于《红楼梦》和《浮士德》比较研究的部分成果[2]，可以看出高利克教授对《红楼梦》认知的深广性：作为西方学人，他对《红楼梦》的感性认识也许不如我们中国人来得真切细致，但

---

❶ 以上四段具体阐发“女儿性”的文字，是顾城和高利克俩人共同的观点；具体而言，当是以顾城的想法为主，高利克的应和为辅。

❷ 杜娟：《性别视角下的〈红楼梦〉与〈浮士德〉》，载《红楼梦学刊》2005年第4辑；张帆、向兰：《问询生命的不同反思——论〈红楼梦〉〈浮士德〉生命价值的异质观》，载《红楼梦学刊》2010年第3辑。这里选取的是发表在《红楼梦学刊》上迄今仅有的两篇红、浮比较研究论文来加以参照，由此得出的结论自然不可能全面而详赡。

是他通过与洞悉《红楼梦》内涵的中国文学创作者之间纵横捭阖的直接交流，基于他本人的世界文学视野，往往就能生发出执著于《红楼梦》文本未曾得见的思想，同时也是利用《红楼梦》素材为世界文学理论的或立或破做出应有的贡献——这恐怕才是《红楼梦》世界经典化的必由之路吧。相较而言，中国学者的研究，往往囿于就事论事的两个比较对象之内，少有考虑更为广阔的背景；这样的研究，当然是有利于两个研究对象之间条分缕析的共性和个性比对归纳，但却往往驻足于进一步的理论空间而难有提升了。

三、涉及《红楼梦》的论著述评

如果说，高利克教授和顾城夫妇的结交，在红学视野中还限于文学形象和现实模特之间的感性认知和机械对应的话，那么他接踵刊发的论文专题研讨“忧郁”[1]，则可谓高利克教授从感性认识上升至理性思考层面的、货真价实的红学研究。高利克教授直面《红楼梦》文本进行专题研究的论著，迄今就这么 1 篇。鉴于这篇文章是用德文撰述的且尚无汉译刊发，这里将其内容要旨梳理一遍，但作者为了照顾不谙《红楼梦》的西方读者而给出的必要内容交待，这里则不予提及。

文章一开始，引述瑞士心理医师阿隆·罗纳德·博登海默（Aron Ronald Bodenheimer, 1923—2011）的研究，根据英国汉学家霍克思（David Hawkes, 1923—2009）英译《红楼梦》的题旨阐述，从贾宝玉的忧郁形象发轫，牵引出林黛玉这一更具典型意义的人物形象来；再历数西方文学中可资相比的典型忧郁形象——《伊利亚特》（Ἰλιάς）中

---

[1] Gálik, Marián: “Melancholie und Melancholiker”. In: Kubin, W. (Hrsg.): *Hongloumeng. Studien zum «Traum der roten Kammer»*, Bern: Peter Lang, 1999, pp. 193-210.

的柏勒洛丰（βελλεροφῶν）、欧里庇得斯（Εὐριπίδης）笔下的伊菲革涅亚（Ἰφιγένεια）、莎士比亚笔下的莪菲利娅（Ophelia）、歌德笔下的葛丽卿（Gretchen）或称玛甘泪（Margaret），兼及中国文学中的作者屈原、蔡琰等[1]，从而展示出忧郁主题的世界文学广阔背景。

继而，文章高度评价了《红楼梦》作者曹雪芹因为细致入微地描述忧郁主题而在中国传统文学中具有开风气之先的历史地位，然后笔锋一转，就切入欧洲医学之父、古希腊的希波克拉底（Ἱπποκράτης，约前460—约前370）的体液学说，认为所谓的忧郁心理，乃是人体内四种体液——血液（αἷμα）、黏液（φλέγμα）、黄疸（χολή）、黑胆（μαύρηχολή）——之中，黑胆失衡所导致的一种疾患状态[2]，前述博登海默就准确描述了这种状态在人格个性上造成的压抑乃至精神问题等[3]。曹雪芹当然是不会知道这些欧洲理论表述的，但他在《红楼梦》第57回“慧紫鹃情辞试忙[4]玉慈姨妈爱语慰痴颦”中，却以黛玉闻得宝玉心迷之后的生理（外在）表现——“抖肠、搜肺、炽胃、扇肝”[5]地

---

❶ Gálik, Marián: “Melancholie und Melancholiker”.In: Kubin, W.(Hrsg.): *Hongloumeng. Studien zum «Traum der roten Kammer»*, Bern: Peter Lang, 1999, pp.193-194.

❷ 欧洲语言中指称忧郁气质，有希腊文 μελαγχολία、英文 melancholy、德文 Melancholie 和 Schwarzgalligkeit，均源于古希腊医学理论，其中最后一个德文词为希腊文的仿译词（calque）；另外，英文尚有同义词 lugubriousness 源于拉丁文动词词根 lugere “哀悼”，与体液学说无涉。

❸ Gálik, Marián: “Melancholie und Melancholiker”.In: Kubin, W.(Hrsg.): *Hongloumeng. Studien zum «Traum der roten Kammer»*, Bern: Peter Lang, 1999 (pp. 193-210): pp.194-195.

❹ 此字因版本的不同或作“莽”，本文不再涉及其间的讨论，此处引用回目仅是遵照中文红学界写作习惯，作一标示而已。下文引用《红楼梦》回目时处理类似，不再赘述。

❺ Gálik, Marián: “Melancholie und Melancholiker”.In: Kubin, W.(Hrsg.): *Hongloumeng. Studien zum «Traum der roten Kammer»*, Bern: Peter Lang, 1999(pp. 193-210): p.195.

"痛声大嗽了几阵"，生动描述出了上述欧洲传统医学理论所概括的人体生理—心理表现——当然黛玉的这种状态同第 2 回"贾夫人仙逝扬州城冷子兴演说荣国府"中交代的自小禀赋柔弱以及缺失双亲关怀密切相关[1]。

接下来，文章转而涉及镜子和梦幻母题，作者强调了自己异于其他学者的视角在于从黑胆学说角度加以论说，便从英国牛津大学牧师兼学者罗伯特·伯顿(Robert Burton, 1577—1640)《忧郁的解剖》(*The Anatomy of MelanCholy*)[2]一书中以诗体呈现的九个寓托(Allegorien)出发，讲到其中之一似乎专为林黛玉而作[3]。随即作者通过小说细节展示了宝黛之间人格上的相互吸引特质，根据前述西方医学史上典型的理论模式来加以分析，突出了黛玉在世俗眼光中令人"讨厌"和"嫌恶"的性格特征[4]，这就交待了忧郁产生的文学背景。

随后，文章在揭示二宝金玉契合的基础上，主要通过"探宝钗黛玉半含酸"这一节的文本细读，剖析了忧郁者备受身心煎熬的情状，其间引述现代存在主义之父、丹麦忧郁哲学家祁克果(Søren Aabye

---

❶ Gálik, Marián: "Melancholie und Melancholiker".In: Kubin, W.(Hrsg.): *Hongloumeng. Studien zum «Traum der roten Kammer»*, Bern: Peter Lang, 1999 (pp. 193-210): p.196.

❷ 书名全称：The Anatomy of Melancholy, What it is: With all the Kinds, Causes, Symptomes, Prognostickes, and Several Cures of it. In Three Maine Partitions with their several Sections, Members, and Subsections. Philosophically, Medicinally, Historically, Opened and Cut Up.1621 年初版。这是一本相当特殊的文学作品，其所谓的"忧郁"和"解剖"乃是以忧郁的笔调剖析人类所有情感和思想表达方式，内容以哲学和科学居多，往往超越该书探讨的主题。

❸ Gálik, Marián: "Melancholie und Melancholiker".In: Kubin, W.(Hrsg.): *Hongloumeng. Studien zum «Traum der roten Kammer»*, Bern: Peter Lang, 1999 (pp. 193-210): pp.196-197.

❹ Gálik, Marián: "Melancholie und Melancholiker". In: Kubin, W.(Hrsg.): *Hongloumeng. Studien zum «Traum der roten Kammer»*, Bern: Peter Lang, 1999 (pp. 193-210): pp.197-198.

Kierkegaard, 1813—1855）高度吻合曹雪芹描述的话，道出了黛玉的情绪失落和飘忽不定以及与之相关的悲剧性诗意表达[1]。

跟着，文章述说忧郁者生活状况中的抑郁性格，类比于哈姆雷特（Hamlet）的"存在之问"，也是借助文本细读，凸显黛玉在和宝玉关系上的沉重心理压力（Schwermut），因而黛玉常常面对落花枯叶倾诉悲情，而这又能得到偶然与闻的宝玉共鸣[2]。尤其是在吟咏菊花的诗作中，黛玉的这种诗性倾诉得到了淋漓尽致的发挥[3]。

贾宝玉虽然和林黛玉一样也是忧郁者，但还是有所区别：宝玉的"忧愁"（Schwarzgalligkeit）和黛玉的"忧郁"（Melancholie）内质上确有不同，他不会表现出怨毒或憎恶的征兆；宝黛之间的忧郁主要表现在感情生活上，而在展示才情的场合，即使面对宝钗，忧郁的表现也是微乎其微的[4]。除了黛玉以外，戏子龄官和尼姑妙玉亦可作为忧郁分析的研究对象[5]。

笔锋一转，仍然是文本细读的模式，德国哲学家尼采（Friedrich Wilhelm Nietzsche, 1844—1900）于 1882 年写给露·安德烈亚斯—莎

---

❶ Gálik, Marián: "Melancholie und Melancholiker".In: Kubin, W.(Hrsg.): *Hongloumeng. Studien zum «Traum der roten Kammer»*, Bern: Peter Lang, 1999 (pp. 193-210): pp.198-199.。

❷ Gálik, Marián: "Melancholie und Melancholiker".In: Kubin, W.(Hrsg.): *Hongloumeng. Studien zum «Traum der roten Kammer»*, Bern: Peter Lang, 1999 (pp. 193-210): pp. 199-200.

❸ Gálik, Marián: "Melancholie und Melancholiker".In: Kubin, W.(Hrsg.): *Hongloumeng. Studien zum «Traum der roten Kammer»*, Bern: Peter Lang, 1999 (pp. 193-210): p.201.

❹ Gálik, Marián: "Melancholie und Melancholiker". In: Kubin, W.(Hrsg.): *Hongloumeng. Studien zum «Traum der roten Kammer»*, Bern: Peter Lang, 1999 (pp. 193-210): pp.201-202.

❺ Gálik, Marián: "Melancholie und Melancholiker". In: Kubin, W.(Hrsg.): *Hongloumeng. Studien zum «Traum der roten Kammer»*, Bern: Peter Lang, 1999 (pp. 193-210): p.202.

乐美（Lou Andreas-Salomé, 1861—1937）的信件透露出来的内容，就忧郁气质与梦境表达而言，便有类似的契合点，两人的通信涉及包括保罗·雷（Paul Ludwig Carl Heinrich Rée, 1849—1901）在内的所谓“三位一体”的恋爱，露每晚都做简单的梦，可能蕴含一个“空墓”（leere Grab）意象，当然这些书信提及的“梦”还需要结合露的生平以及俄国和西欧的心灵史等加以展示；但无论如何，露和尼采都像是宝黛二人的镜像对应，相较而言，前者在心理和哲学趣味方面的差距远大于后者，他们各自所处环境之间的可比性也不显著[1]。尼采的《苏鲁支语录》[2]（*Also sprach Zarathustra*）一书也有相当篇幅涉及他和露的关系[3]，可资参考。当然尼采的忧郁也不总是产生负面效果，他就说过要努力超越人际交往中的这些人性虚伪之处，这亦可联系上宝玉在黛玉死后的身体状态以及庄子在惠施死后的情绪来加以理解[4]。

文章最后，作者指出跨文本和跨哲学乃至跨学科过程的认识即是梦境与现实、真相和错觉、神话因素和心理状况等人生多面的客观呈现；曹雪芹和尼采二人也有诸多相似点，可谓深入心理分析的早期代表人物，他俩最后的时光，在基于历史文化背景而衍生出来的种种差异隔阂之下，仍然具有类型学上的关联性；“红楼梦”和“空墓”意象反映犹太—基督世界与佛道世界的各自表征，人类追求神性、超验性以

---

[1] Gálik, Marián: “Melancholie und Melancholiker”. In: Kubin, W.(Hrsg.): *Hongloumeng. Studien zum «Traum der roten Kammer»*, Bern: Peter Lang, 1999 (pp. 193-210): pp.202-207.

[2] 这里采用徐梵澄先生的古雅译名；另有译名《查拉图斯特拉如是说》。

[3] Gálik, Marián: “Melancholie und Melancholiker”. In: Kubin, W.(Hrsg.): *Hongloumeng. Studien zum «Traum der roten Kammer»*, Bern: Peter Lang, 1999 (pp. 193-210): pp.207-208.

[4] Gálik, Marián: “Melancholie und Melancholiker”. In: Kubin, W.(Hrsg.): *Hongloumeng. Studien zum «Traum der roten Kammer»*, Bern: Peter Lang, 1999 (pp. 193-210): pp.208-209.

及伦理、审美多重价值在曹雪芹笔下具象化为有—无、真—假、色—空的对立，梦幻的追求或许就藏在“甄士隐”背后[1]。

纵览这篇针对忧郁和忧郁者进行细致探讨的论文，我们可以发现它不啻一帧曹雪芹和尼采心理分析比较研究的鲜活图画。全文有世界眼光，有文本细读，有线索交叉，有背景复迭，与其说是通过曹雪芹的忧郁描写进入尼采的忧郁自陈，毋宁说是借助尼采的忧郁剖析映射出曹雪芹的忧郁发现。这种之于西方伟大哲人思想而进行比较的《红楼梦》研究，似乎可以促使我们从纠缠于《红楼梦》的猜谜解码、或者生拉硬拽的一般比附中解脱出来，走上真正推崇《红楼梦》、发展“全球化”红学的正道。

高利克教授尚有 3 篇文章[2]专论白薇（1894—1987）利用《红楼梦》题材创作的现代剧本。作为中国颓废主义创作阶段的代表作家之

---

❶ Gálik, Marián: “Melancholie und Melancholiker”.In: Kubin, W.(Hrsg.): *Hongloumeng. Studien zum «Traum der roten Kammer»*, Bern: Peter Lang, 1999 (pp. 193-210): pp.209-210.

❷ 指的是——[斯洛伐克]马利安·高利克著，李燕译:《丫环的诱惑——白薇对宝玉访晴雯的颓废主义叙述》，载《海南师范学院学报》（社会科学版）2004 年第 5 期，第 1—7 页；Gálik, Marián: “Temptation of the Maid: Bai Wei's Decadent Version of Baoyu's Last *Rendez-vous*”.In: Gálik, M.(ed.): *Decadenc e (Fin de Siècle) in Sino-Western Literary Confrontation*, Bratislava: Institute of Oriental and African Studies, Slovak Academy of Sciences, 2005, pp.79-91；Gálik, Marián: “Comparing Cao Xueqin's and Bai Wei's Qingwen with Gabriele D'Annunzio's Bianca Maria: A Study in Sino-Italian Literary Decadence”. Paper presented for the Sixth International Conference on Honglou Meng (Honglou Meng and Sinology), Department of Chinese Studies, University of Malaya (Kuala Lumpur), 2008, pp.1-8。——其中，《丫环的诱惑——白薇对宝玉访晴雯的颓废主义叙述》应当是“Temptation of the Maid: Bai Wei's Decadent Version of Baoyu's Last *Rendez-vous*”一文的汉译本，因中文版明确标注有“译者”；而该中译文的发表反而先于其英文原文，原因在于该文的英文原稿早已形成于 1999 年维也纳大学召开的“中西颓废主义文学研究国际研讨会”（the International Symposium of Decadence (Fin de Siècle) in Sino-Western Literary Confrontation）上。

一，白薇以其坎坷人生经历为发端，形成其颓废主义创作手法。《访雯》[1]一剧是白薇颓废主义创作的巅峰之作。其创作源头即是来自意大利文学家加百列·邓南遮（Gabriele d'Annunzio，原名 Gaetano Rapagnetta，1863—1938）的《死城》（*La città morta*）[2]。首先，这两部剧作相似之处甚为突出，表现为以下两点：一、爱、死和美是两部剧作中共同关心的主题——宝玉跟晴雯的绵绵爱意，里奥纳多（Rionado）跟妹妹玛丽亚（Bianca Maria）之间的爱情，都具有非比寻常的姐弟/兄妹之恋的色彩；二、两部剧作都注重对场景和情节的刻画，反映出颓废主义的精神特征。进而，从女性解放的角度分析，白薇笔下的晴雯形象已经超越了邓南遮的玛丽亚，而宝玉的形象又为亚莱桑特罗（Alessandro）所不及，这自然体现出：后起的白薇剧作在一定程度上超越了先行的邓南遮剧作。[3]

《红楼梦》这部小说以知识淹博和语言精妙取胜，相比之下，情节发展趋于平淡和缓慢，而且缺乏紧张激烈的戏剧性冲突表现[4]。由是观之，晴雯题材乃是其中并不多见的颇具戏剧性冲突、从而适合戏剧改编的片段。白薇的独幕剧《访雯》抽取《红楼梦》第 77 回“俏丫鬟抱屈

---

❶ 或许和京韵大鼓《探晴雯》等传统曲艺作品有所关联。

❷ 高利克教授研究所用者为其英译本（*The Dead City*），参见 Gálik, Marián: "Temptation of the Maid: Bai Wei's Decadent Version of Baoyu's Last *Rendezvous*".In: Gálik, M. (ed.): *Decadenc e (Fin de Siècle) in Sino-Western Literary Confrontation*, Bratislava: Institute of Oriental and African Studies, Slovak Academy of Sciences, 2005, p.83, note26。

❸ 本段内容概括自[斯洛伐克]马利安·高利克著，李燕译：《丫环的诱惑——白薇对宝玉访晴雯的颓废主义叙述》，载《海南师范学院学报》（社会科学版）2004年第 5 期，第 1 页。

❹ 这一点实际上正是《红楼梦》在异域文化圈中难以广泛、深入传播开来的关键性因素；与之相对，《三国演义》《水浒传》《西游记》等中国古典小说，即使是在深受汉文化影响的日、韩、越诸地，传播的深广度都远胜于《红楼梦》，其间丰富而精彩的情节冲突因素起着决定性作用。

夭风流美优伶斩情归水月”中远离贾府和大观园等女儿胜地的下人居所、偷跑出来的宝玉和被逐病卧的晴雯最后一次相见这一场景进行演绎的，这样不堪的环境，对于塑造晴雯这样一个钟灵神秀的女儿的毁灭，自然有着震撼人心的力量，从而强化了淹没在《红楼梦》小说中的颓废主义萌芽意识以及浪漫主义中的“美”“死”主题元素。而且，白薇的剧作对于其模板——邓南遮《死城》——的超越，其实就在于白薇还吸收了《圣经·雅歌》、易卜生《玩偶之家》、王尔德《莎乐美》等西洋经典文学作品的某些成功之处；而白薇剧作基于中国文化传统表现出来的克制和含蓄，在世界文学的背景之下，较之邓南遮剧作中淋漓尽致的发泄和毁灭，当然可以视为一种艺术表现形式上更耐咀嚼的处理手法。

高利克教授基于比较视角对白薇剧作《访雯》的分析，从红学的观点看来，可以说是立足《红楼梦》本体而又跳出小说窠臼所做出的一种研究尝试。这一尝试积极联系文学传统和现代演绎，充分汇通中西文学的共性和个性，正是红学研究外向型拓展的另一条有效途径。他给我们提供的裨益其实就在于：一个学科（这里是指现代文学）中可能的常规处理手段，经过一定的移植，在另一个学科（这里是指红学）中，就可能蜕变成为一种行之有效的开拓工具。

四、结语

综上所述，高利克教授的 9 篇红学研究论著，按照其中的内容关联度又大略划分为三个部分：

（1）以《红楼梦》人物比况诗人顾城家庭，和顾城本人交流对《红楼梦》女儿性的认识——包括两篇访谈、两篇论文、一篇书稿章节；

（2）研究《红楼梦》中蕴含的忧郁主题——见于一篇论文；

（3）研究白薇的《红楼梦》题材剧作——包括三篇论文。

根据前文的分析可以得知，这三个不同的内容模块，实际上经历了红学中“感性→理性→拓展性”研究的嬗变过程，而贯穿这一过程的，乃是高利克教授具有自身研究特色的世界文学视野、文本细读手段以及结构剖析模式。

其实，高利克教授的研究特色，乃是 20 世纪欧洲汉学的新兴流派——布拉格汉学派固有的研究要旨。这一派汉学家以普实克教授为创始人，直接取法乎高本汉（Klas Bernhard Johannes Karlgren, 1889—1978）的瑞典学派语言学研究模式，在晚清小说、中国现代文学、跨语言文化交流等领域都涌现出了不少专家，取得了不俗的成就，他们标举的晚清小说和中国现代文学研究，又是汉学研究史上当时新出现的知识增长点。在这样一个有领袖、有健将、有创举、有师承的新兴汉学流派中[1]，直接师承其鼻祖普实克教授的高利克教授，成为该学派之下专治中国现代文学的健将，将该学派的研究要旨发挥得淋漓尽致。而从他本人并非专研、成果也不特出的红学这一领域所持有的学术视角加以考察，就更具方法论上的启迪意味。

如果再行深入一步理解的话，我们可以认识到：高利克教授之所以对《红楼梦》及其相关问题的研究发生兴趣，可能与他一直关注中外颓废主义文学思潮以及研究尼采、歌德与中国等研究方向有关，他比较容易发现《红楼梦》中的忧郁、女儿性、颓废情节等内容，从一个西方学者的比较文化视角，发现《红楼梦》所具有的世界文学意义。这是高利克教授不同于中国红学研究者和一般比较文学研究者的地方，特别值得视域相对局限的中国红学研究者慢慢咀嚼和细细体会。

[1] 陈珏：《二十世纪欧美汉学的“典范大转移”——以“学派”为例》，载《清华大学学报》（哲学社会科学版）2010 年第 6 期，第 17—18 页。

总的来看，高利克教授关涉红学的研究成果为数虽然不多，却是站在比较文学和世界文学立场上对《红楼梦》及其现代衍生文艺作品的另类思考和解读，尤其是对于中文学界的红学研究来说，可能更显其特殊的催醒和启发意义。

（原载《红楼梦学刊》
2015年第六辑：第274—290页）

捷克汉学家王和达及其中国古典迻译事业*

供职于捷克布拉格查理大学哲学学院比较文学中心的汉学和文学比较学教授王和达（Oldřich Král, 1930—2018），专业从事中国古典文学，哲学和美术研究，更以中国典籍翻译家和翻译理论家而享誉欧洲。但在他亲力亲为数十载、念兹在兹的典籍故乡中国，对他的介绍却是寥若晨星[1]。

实际上，就在红色中国成立的 1949 年，王和达就考入布拉格查理大学汉学和远东文化史专业开始其本科学习生涯；四年后以捷克文翻译巴金《家》作为论文而顺利毕业并留校任教。1954 年，王和达进入捷克斯洛伐克科学院东方研究所，师从布拉格学派奠基者普实克

* 本文撰写的脉络大致参考[斯洛伐克]唐艺梦、唐均整理：《王和达教授简历及著述选目》，载傅勇林等主编：《华西语文学刊》（第 11 辑“王和达教授八十五岁寿辰纪念汉学专辑”），四川文艺出版社 2015 年版，第 9—13 页，但并不局限于此，又根据最新的相关捷克语资料进行了部分增补和修订。

❶ 仅有的两篇介绍较为丰富的文章，分别是徐宗才：《捷克汉学家（五）》，载《中国文化研究》1996 年秋之卷，第 143—144 页和李梅：《捷克汉学家普实克的弟子与〈红楼梦〉的捷文翻译》，见北京外国语大学欧洲语言系编：《欧洲语言文化研究》（第 3 辑），时事出版社 2007 年版，第 203—210 页。但后一篇论文对王和达和另一位捷克汉学家何德佳（Věna Hrdličková，1925—2016）两人的介绍有严重的相互羼入舛误。其余略有涉及的论著兹不赘述。

（Jaroslav Průšek, 1906—1980）教授攻读博士研究生，集中精力捷译并研究著名的中国古典讽刺小说《儒林外史》（*Literáti a mandaríni. Neoficiální kronika konfuciánů*）；1957 年其博士论文题为《中国长篇小说艺术》（*Umění čínského románu*）成功答辩通过，后于 1965 年在布拉格得以出版（部分章节另用英文出版），而其全译的《儒林外史》捷文本作为第一部中国长篇小说捷译本则在 1962 年予以刊行（1995 和 2007 年两次在奥洛穆茨［olomouc］Votobia 出版社重版）。

1957 年，王和达被派往中国北京大学中文系留学一年，师从著名的中国现代文学家、后来担任首届中国红楼梦学会会长的吴组缃教授；2013 年我在中欧访学时与之晤谈，蒙其亲口告知："王和达"这个汉名，正是业师吴组缃教授在留学期间依据其捷文姓名音义而为他起的，"王"取捷文姓氏 Král 之本义，"和达"则为捷文名字 Oldřich 之近似译音。此前中文学界涉及这位捷克汉学家的称呼，一般都是简单音译其姓名，如"奥尔德日赫 · 克拉尔"❶"欧拉第日赫 · 克拉尔"❷"奥尔特日赫 · 克拉尔"❸"奥尔德瑞赫 · 克拉尔"❹"奥尔特瑞赫 · 克拉尔"❺等；这样不明觉厉的纷乱音译，恐怕也是影响王和达及其成就在中文学界难以为人准确认知的一个重要缘由。

---

❶ [捷]奥尔德日赫 · 克拉尔著，莹映岚译：《〈红楼梦〉捷克文译本序言》，载《红楼梦学刊》1990 年第 4 辑，第 267 页。

❷ 徐宗才：《捷克汉学家（五）》，载《中国文化研究》1996 年秋之卷，第 143 页。

❸ 李梅：《捷克汉学家普实克的弟子与〈红楼梦〉的捷文翻译》，见北京外国语大学欧洲语言系编：《欧洲语言文化研究》（第 3 辑），时事出版社 2007 年版，第 207 页。

❹ 张西平主编：《西方汉学十六讲》，外语教学与研究出版社 2011 年版，第 318 页。

❺ 张西平等：《20 世纪中国古代文化经典在域外的传播与影响研究》，经济科学出版社 2015 年版，第 183 页。同书同页称这位汉学家"中文名字克拉尔"，显然也是不妥的了。

1958 年，王和达学成回国后到布拉格查理大学工作。1968 年，他完成了博士后论文报告《文心雕龙：中国美学思想的描写》，次年《文心雕龙》（*Duch básnictví řezaný do draků: Teoretická báseň v próze*）全部捷译文稿已经送到布拉格 Odeon 出版社，但因政治原因，博士后研究被迫中止，并被开除出大学，官方勒令其既不能教学也不能发文——后来这部《文心雕龙》译稿终于在 2000 年才由布拉格 Brody 出版社正式出版。在这段时间内，王和达早已完成的《道德经》（*kniha o cestě a síle*）捷文本虽然没有正式出版，却早已在小圈子内私下流传开来——这部深受好评的译作历尽坎坷，后来收入《无言之书》（*kniha mlčení:Texty staré Číny*）正式发表于 1994 年，2013 年又在布拉格 Galerie Zdeněk Sklenář 出版社刊出单行本。

1972 年，王和达开始在国家美术馆东方艺术博物馆工作，在这期间他捷译了许多中国文学和哲学典籍如《庄子》（*Čuang-c': Sebrané spisy*）、《苦瓜和尚画论》（*Malířské rozpravy Mnicha Okurky*）、《六祖坛经》（*Tribunová sútra Šestého patriarchy*）等，但这些译稿的正式出版，几乎都要等到译者政治名誉得以恢复后的时日。

另外值得一提的是他对中国古典小说的巅峰之作《红楼梦》（*Sen v červeném domě*）进行了全文捷译，这部耗费 15 载光阴的译稿是从 1968 年开笔的，他的老师普实克当时还审阅了前两回译稿并提出了中肯的修改意见[1]，但这份译文直到其脱困后的 1986—1988 年，才以三卷本的形式由 Odeon 出版社付梓刊行，在完全出版的昱年即荣获文学翻译奖（Cena Odeon za nejlepší překlad roku 1988），2003 年又凭借

[1] [斯洛伐克]唐艺梦、唐均整理：《王和达教授简历及著述选目》，载傅勇林等主编：《华西语文学刊》（第 11 辑“王和达教授八十五岁寿辰纪念汉学专辑”），四川文艺出版社 2015 年版，第 2—8 页。

该译作荣膺纪念曹雪芹逝世240周年的捷克文红楼梦翻译国际奖。

王和达本人后来在访谈中自陈：他最开始选择中国现代作家巴金的作品《家》作为研究对象，既是出于追随普实克的需求，更是似乎以创作回音的模式注定了后来自己翻译《红楼梦》的愿景[1]。而他本人迻译《红楼梦》时不但不知道同时期英国汉学家霍克思（David Hawkes, 1923—2009）的同样工作，甚至连彼时身处同一国度内自己学生、斯洛伐克译者黑山（Marina Čarnogurská, 1940—）的《红楼梦》斯译工作也是一无所知。在这样孤独的翻译环境中，王和达仍然将《红楼梦》的捷译工作坚实地置于业已完成的《道德经》《坛经》等中国典籍捷译之上，譬如说，读者没读过《心经》便未必能看懂《红楼梦》中特别是贾母的语言，而《红楼梦》中甚至也有读者不曾留意的《西游记》元素[2]。

也是在 1988 年，中国佛教禅宗六祖慧能所传《坛经》捷译文由 Odeon 出版社初版，1989 和 1990/1999 年多次再版。

1990 年，王和达重启 1969 年提交的博士后论文报告，顺利完成博士后出站。1990—1998 年，王和达担任查理大学远东系主任，在此期间，查理大学成立了比较文学中心，又出任首届中心主任。其间的 1993 年，王和达荣任由国家总统任命的汉学教授（profesor sinologie a srovnávací literatury UK）席位；1994 年他在布拉格举办了欧洲中国研究学会（EACS, European Assoclation of Chinese Studies）会议；1997 年他在查理大学建立了“蒋经国国际汉学中心”。

---

[1] [斯洛伐克]唐艺梦、唐均整理：《王和达教授简历及著述选目》，载傅勇林等主编：《华西语文学刊》（第 11 辑“王和达教授八十五岁寿辰纪念汉学专辑”），四川文艺出版社 2015 年版，第 2 页。

[2] [斯洛伐克]唐艺梦、唐均整理：《王和达教授简历及著述选目》，载傅勇林等主编：《华西语文学刊》（第 11 辑“王和达教授八十五岁寿辰纪念汉学专辑”），四川文艺出版社 2015 年版，第 6 页。

在 20 世纪 90 年代，王和达的中国古典迻译工作进入了一个新阶段：1990 年在布拉格 Inspirace 出版社《禅》（*Čchan*），包括《心经》《坛经》等多种短小精悍的佛教文献的捷译，同年推出的《忧郁：宋代（960—1279）诗歌》（*MelanCholie: básně dynastie sungské 960—1279 po Kristu*）一书本为专题研讨宋诗忧郁主题的研究论著，其间也包含了王和达自译的不少宋代诗作；1995 年其《易经译注》（*kniha proměn:I-ťing=Yijing*）在拉塞尼则（Lásenice）的 Maxima 出版社付梓刊行，1996. 2000. 2001. 2008 年多次再版（改名为 *Yijing-kniha proměn*）；同年发表《孙子兵法》（*Sun-c': O válečném umění*）捷译本，1999. 2008 年两次再版（改名为 *Mistr Sun: O válečném umění*）。

2000—2001 年，王和达担任布拉格文学学院院长；2006—2012 年，担任布拉格语言学协会会长；2010 年获得“捷克共和国国家特殊文化奖”（Cena Učené společnosti České republiky）、“捷克共和国社科特殊奖”（Cena byla udělena „za rozvoj české sinologie a mnohostranné interkulturní zprostředkování čínské vědy a kultury české veřejnosti odborné i širší, zvláště v oblasti literatury, estetiky a filozofie“）以及“捷克共和国国家终身文学翻译奖”（Státní Cena za překladatelské dílo）。

进入 21 世纪，王和达的迻译事业又进入了新的高潮阶段：2005 年推出和 Martin Pokorný 合作从英文译成捷克文的《庞德和费多罗萨通讯录》（*Čínský písemný znak jako básnické médium=The Chinese written character as a medium for poetry* / Ernest F. Fenolossa, Ezra Pound），该书虽然不是中国典籍的捷译作品，但却是讨论汉诗英译的枢纽性文献，在 20 世纪中叶英译汉诗影响现代派诗歌成长方面具有重要意义；2006 年发表道家经典《庄子》捷文全译本（改名为 *Mistr Zhuang: Sebrané spisy*）并藉此获得捷克最佳奖；2007 年发表佛教经典无门慧开（1183—1260）所撰《无门关》（*Brána bez Dveří*）捷译文；2008 年发表儒家经典《大学》（*Velké učení: Doktrína středu*）捷译文。如此，三教合一的中国传统宗教哲学模式在他的笔下得以再现于捷克语读者的眼前。

这一段时间内，王和达的汉学研究不仅仅限于中文典籍的迻译，还有不少研究性论著集中问世：2004 年与 Zdeněk Hrbata 合编《道：观点—比喻—类型》（*cesty: pojem-metafora-žánr*）一书，正是基于他迻译道家文献基础上对中国传统哲学基本概念“道”进行全方位探讨的文献结集；2005 年编纂的《中国哲学：历史透视》（*Čínská filosofie: pohled z dějin*）一书，则是基于自己的多种文本对中国宗教哲学进行了较为系统的探讨，其间引述了不少自己的中国哲学典籍捷译文。

由于对《儒林外史》《红楼梦》《金瓶梅》这三部互有联系的中国古典小说秉持独到的看法：都是从不同角度描写中国社会，呈现出一种不对称的三角形，甚至感觉曹雪芹也读过《金瓶梅》，他写《红楼梦》时心里也知道《金瓶梅》。这两部非常伟大的中国文学作品也都是些关于深闺大宅里的生活故事[1]，故而在译出前两部小说之后，年届耄耋的王和达开始投入全本《金瓶梅》（*Jin Ping Mei aneb Slivoň ve zlaté váze*）的捷译工作中来，2012. 2013. 2014. 2015. 2016 年分别出版了每卷十回的前五卷。而且为了捕捉到适合表现《金瓶梅》的语言风格，他几经考虑先行译出了明末清初人董说（1620—1686）《西游补》（*Vsuvka do Putování na západ: román na přidanou*, 2009）和李渔（1611—1680）《肉蒲团》（*Rouputuan-Meditační rohožky z masa,*

[1] [斯洛伐克]唐艺梦、唐均整理：《王和达教授简历及著述选目》，载傅勇林等主编：《华西语文学刊》（第 11 辑“王和达教授八十五岁寿辰纪念汉学专辑”），四川文艺出版社 2015 年版，第 7 页。

erotická groteska, 2011）作为试笔[1]。继而，这位《金瓶梅》的捷译者从他的翻译实践中还谆谆告诫我们：翻译家翻译长篇小说也是重新寻找一种合适的翻译语言，让读者感到虽然是在读古书而其语言并非太过久远，翻译《金瓶梅》不能假装没读过乔伊斯（James Joyce, 1882—1941），这样的话，译者才会得到勇气，敢于翻译，从而避免原作带来的古旧词语[2]。

综上所述，王和达的中国古典翻译包括了文学、艺术、哲学等多方面的内容，其目的是想做到一种现在所称的完全翻译（full translation），这种翻译模式会尽量保留原文几乎所有的特色，而其译文也需要一种现在的文学诠释学所谓“含蓄的读者”，译者本人意识到应该了解和翻译当时读者所理解的一切事物以及整个故事的气氛，从而有意为捷克语读者凸显具有中国文学精神意识的特殊世界[3]（在 20 世纪 70 年代末以后，王和达逐渐可以看到霍克思的英译文，感觉自己主张的完全翻译构想在《红楼梦》霍译中得到了很好的体现[4]）。这样的精神世界是以老子的哲学作为完整背景的，所以他沉浸其间译出了全本《道德经》；中国的精神世界不能缺少诗歌，所以他译出了《文

❶ [斯洛伐克]唐艺梦、唐均整理：《王和达教授简历及著述选目》，载傅勇林等主编：《华西语文学刊》（第 11 辑“王和达教授八十五岁寿辰纪念汉学专辑”），四川文艺出版社 2015 年版，第 7—8 页。

❷ [斯洛伐克]唐艺梦、唐均整理：《王和达教授简历及著述选目》，载傅勇林等主编：《华西语文学刊》（第 11 辑“王和达教授八十五岁寿辰纪念汉学专辑”），四川文艺出版社 2015 年版，第 8 页。

❸ [斯洛伐克]唐艺梦、唐均整理：《王和达教授简历及著述选目》，载傅勇林等主编：《华西语文学刊》（第 11 辑“王和达教授八十五岁寿辰纪念汉学专辑”），四川文艺出版社 2015 年版，第 3 页。

❹ [斯洛伐克]唐艺梦、唐均整理：《王和达教授简历及著述选目》，载傅勇林等主编：《华西语文学刊》（第 11 辑“王和达教授八十五岁寿辰纪念汉学专辑”），四川文艺出版社 2015 年版，第 5 页。

心雕龙》；绘画又是中国诗歌的重要灵感，所以他也译出了一些中文的画论作品，这就包含了我们现在可以看到的《苦瓜和尚画论》(1996年初版于奥洛穆茨 Votobia 出版社，2007 年再版于布拉格 Agite-Fra 出版社）以及世纪之交刊行于布拉格 Mlada Fronta 出版社的《诗画书三品》(*Tři nadání: 3×24starých básní o básnictví, malířství a kaligrafii*, 2000)，由唐人司空图(837—908)撰《二十四诗品》与清人黄钺(1750—1841）撰《二十四画品》、杨景曾（1812 年拔贡）撰《二十四书品》合辑而成。这些译作同其早年译著《文心雕龙》一道，向捷克语读者（乃至斯洛伐克语读者）展示了中国传统文艺理论博大精深而又自成一系的恢弘面貌。

我们都盛赞杨宪益（1915—2009）及其英裔夫人戴乃迭（Gladys B.Tayler / Gladys Yang, 1919—1999）将煌煌中文典籍译成英文，在世界上发出了中华民族的声音。然而，对于远在万里之遥、籍籍无名一个人几乎也译出了整个中国古典世界的捷克人，我们在管窥其译作之时，是否也应该向王和达教授表示我们由衷的敬意呢？2015 年，中国西南交通大学外国语学院的学术集刊《华西语文学刊》，特别以“汉学专辑”的形式，在其 85 岁寿辰之际，向王和达这位孜孜不倦在中欧传播中国古典文化、而又不计任何回报的捷克学者，表示了我们中国人的一片心意❶。这本祝寿专辑的专家献文部分，分成“道家研究”“龙学研究”“金学研究”“红学研究”“中外文学文化研究”五大板块，基本对应王和达教授在中国典籍译介方面最为突出的《老子》《庄子》《文心雕龙》《金瓶梅》《红楼梦》以及其他文献，希望能够让中文世界的读者对这位泰西异邦的中国文化传播者，能够有个简明扼要的认知罢。

❶ 傅勇林等主编：《华西语文学刊》（第 11 辑“王和达教授八十五岁寿辰纪念汉学专辑”），四川文艺出版社 2015 年版。

（原载阎纯德主编：《汉学研究》秋冬卷，
学苑出版社2017年版，第228—233页）

伏尔塔瓦河畔的杨宪益

——纪念王和达教授

在中国人文学界，“白虎星照命”的杨宪益先生可谓一个卓尔不群的人物。别的且不说，负笈英伦的他，将一个英国才女戴乃迭娶回中国，伉俪合作半个世纪，将大量中国文学典籍译介到英语世界，为中国文化的世界性传播赢得了国际声誉，他本人也因此而成为中文学界一个模板式的存在。

今天，中国文化走出去的步伐变得越来越主动，我们也借此东风，有幸认识到远在中欧腹地、荡涤着斯美塔那（Bedřich Smetana）乐章的伏尔塔瓦河畔，也有一位默默耕耘半个世纪的捷克老人，仅凭一己之力，就把大量中国文化典籍迻译、传播到捷克语读者世界，同时还深刻影响到了毗邻的斯洛伐克语读者圈。他也有夫人为他的译作操心编辑出版，可是在中捷两种语文之间的转换，却是这位老人亲力亲为的——从这一点上看，他的付出还甚于夫妻档中的杨宪益先生了。

这位在中文学界还知之甚少的捷克汉学老人，就是6月21日才罹患肺炎、溘然长逝的王和达（Oldřich Král）教授。

他和杨宪益先生的可比之处，还在于都将中国古典小说名著《红楼梦》和《儒林外史》全译成为欧洲文字（英文和捷克文），从而在欧洲汉学界声誉鹊起。也正是因为有关《红楼梦》捷译信息的只言片语，使得我于 2013 年在斯洛伐克科学院充任访问学者期间，没费什么周章便很容易与王和达教授约好，在捷克首都布拉格郊外贝隆小镇的岩下圣伊万学院得以见面请益。

既然是以《红楼梦》的译介结缘，那么就从《红楼梦》的翻译谈起。跟王和达教授面对面交流，我收获了他在中国文化典籍研习和译介的很多细节。

王和达生于 1930 年 9 月 13 日，从小就对中国文化表现出浓厚的兴趣；其大学生涯与红色中国的建立同年（1949 年）开启，在彼时捷克斯洛伐克首都布拉格查理大学的汉学和远东文化史专业就读四年后（1953 年），年轻的他以捷译中国现代作家巴金名作《家》作为本科论文而顺利毕业并留校任教。

当王和达正踟蹰于未来研究方向之时，当时的查理大学英文系主任、曾将《水浒传》赛珍珠英译本转译成捷克文的学者范徂拉（Zdenek Vancura）对他说过一句改变命运的话："如果你真想比较，那就应该是找到一个真的有比较性的东西"，同时又给他指点了布拉格学派奠基者普实克（Jaroslav Průšek）。翌年（1954 年）他进入捷克斯洛伐克科学院东方研究所，师从普实克教授攻读博士学位，集中精力捷译并研究著名的中国古典世情小说《儒林外史》。三年后（1957 年）其博士论文《中国长篇小说艺术》答辩通过。

也就在这一年，王和达被派往中国北京大学中文系留学，师从中国著名现代文学家、后来担任首届中国红楼梦学会会长的吴组缃教授。他这个汉名"王和达"，正是其业师吴组缃所起："王"取捷文姓氏 Král 之本义，"和达"则为捷文名字 Oldřich 前半段之近似译音。留学期间，他在吴组缃指导下，虽然仍以《儒林外史》的研习为主，但开始对另一部中国古典小说的巅峰之作《红楼梦》产生了兴趣。

在“布拉格之春”发生的那一年（1968 年），王和达开始全文捷译《红楼梦》，其中的前两回译稿得到了普实克的亲自审阅并提出了中肯的修改意见（但没有接受普实克组织一个团队集体翻译《红楼梦》的建议）。在漫长的翻译过程中，身为出版社优秀编辑的王和达太太埃娃，除了昵称丈夫“跟小说生活”之外，也对您的译稿进行了部分语言修辞上的打磨。在这部捷克版《红楼梦》诞生的过程中，我们既看到了杨宪益—戴乃迭夫妇联袂迻译英文版《红楼梦》的情形，也窥见了李治华—铎尔孟师生合作译校法文版《红楼梦》的模式。最终，这部耗费 15 载光阴才完成的译稿，直到其开笔后的 20 年（1986 年）才得以付梓并于两年后（1988 年）正式出齐三卷本。

120 回《红楼梦》捷克译本的诞生，不仅为王和达赢得了中欧斯拉夫语世界的众多读者，而且收获了一系列奖项，用以褒扬其学术贡献：1988 年在布拉格获得奥德昂出版社文学优秀作品翻译奖，2003 年在北京荣获纪念曹雪芹逝世 240 周年作品（捷克文）翻译国际奖，2010 年在布拉格获颁捷克共和国国家特殊文化奖、捷克共和国社科特殊奖、捷克共和国国家终身文学翻译奖，2017 年在北京荣膺第十一届中华图书特殊贡献奖。

在《红楼梦》和《儒林外史》之外，王和达捷译出版的主要中国文学作品还包括宋代关于忧郁主题的部分诗歌（1998 年）、两部明末清初的诡异之作——董说的穿越小说《西游补》（2009 年）和李渔的劝世小说《肉蒲团》（2011 年），以及当代诗人王艺的诗作《侠心飞白》（2013 年）。据您自己陈述，捷译《西游补》和《肉蒲团》这两部篇幅短小的作品，是为了捕捉到适合表现明代四大奇书之一的语言风格，为您晚年矢志完成的《金瓶梅》捷译工作进行铺垫。从 2012 年至今，原计划以十卷本形式面世的《金瓶梅》捷译本已经陆续出版了前六卷，而第七卷译稿也已送交出版社，预计今年即可刊行。然而天不假年，他的猝然辞世使得捷克版《金瓶梅》全译本的剩下三卷恐怕要束之高阁了，悲夫！

如果说杨宪益的汉译英工作是贯通中国古今文学典籍的话，那么，王和达的汉译捷工作，则是在侧重于中国古代文学典籍的同时，还强烈关注中国古代哲学、宗教、美学等多个领域的典籍。

他早已完成的《道德经》捷译本，虽然因为政治原因不得公开出版，但到 1971 年就已经在小圈子里私下公开并备受好评，1994 年收入《无言之书》初次刊行，2013 年得以出版单行本；而其全本《庄子》捷译，也在出版的当年（2006 年）获得捷克最佳作品奖；其《易经》捷译本在世纪之交连出五版（1995. 1996. 2000. 2001. 2008 年），则从一个侧面反映了该译本的可读性与其受众的广泛性。同属先秦典籍的兵书《孙子兵法》，王和达也将其作为富有道家哲学意蕴的论著加以捷译并三次付梓（1995. 1996. 2008 年），同样赢得了可观的读者群。

王和达对中国宗教哲学典籍的迻译，除了道家以外还体现在释儒两家之上。对于释家典籍，他的《坛经》捷译本多次单独刊行（1988. 1989. 1990. 1999 年），后与《心经》捷译本一道收录于《禅》一书（1990 年），另有宋代禅师无门慧开所撰《无门关》一书的捷译文发表（2007 年），可见他本人对佛教的关注集中在富有中国特色的禅宗语录方面。而对于儒家典籍，王和达的译作主要体现在同一年（2008 年）推出的“四书”之《大学》捷译文中。

富有艺术家气质的译者王和达，迻译中国典籍的另外一个大类，便是我们母语人都觉得晦涩难解的美学文献。这批文献又分成文论和画论两个小类。文论方面，他早早完整捷译了南北朝刘勰的《文心雕龙》

(1969 年)，本是作为博士后论文报告《文心雕龙：中国美学思想的描写》的副产品（1968 年）而送交出版社的，也由于政治原因延宕至新世纪初才得以正式出版（2000 年），没想到却使之成为欧洲语言中不可多得、且又颇具可读性的全译本；而其与人合作从英文译成捷克文的《庞德和费多罗萨通讯录》(2005 年)，虽然并非中国典籍的捷译作品，但却是讨论汉诗英译的纲领性文献，在 20 世纪中叶英译汉诗影响现代派诗歌成长等方面意义非凡。您对中文画论作品的关注，来源于其视绘画为中国诗歌灵感源泉的体会，故而您捷译出了《苦瓜和尚画论》(1996. 2007 年）和由唐代司空图撰《二十四诗品》与清代黄钺撰《二十四画品》、杨景曾撰《二十四书品》三者合辑而成的《诗画书三品》(2000 年)。这些译作，提纲挈领式地面向捷克语读和斯洛伐克语读者，展示出中国传统文艺理论博大精深而又自成一系的可观景象。

此外，王和达译介中国典籍的漫长生涯，始终贯彻着您本人秉持的文化哲学理念，这正是您的工作并非组织钦定、而是自主遴选作品进行翻译的过人之处。您提倡一种“完整翻译 (full translation)”的概念模式：在这种译文中保留了几乎所有原文的特色，从而面向文学诠释学所谓的含蓄读者；作为译者应该了解和翻译一切当时读者所理解的事物和整个故事的气氛，从而关心整个故事中的世界。后来王和达读到霍克思（David Hawkes）的《红楼梦》英译本，感到了真的可以做到完整翻译；而您自己的《红楼梦》捷译本也努力做到了这一点，至少捷克大学现行多数汉语阅读教材都选用了其《红楼梦》译文的部分篇章，初步的零星调查显示学生们的印象也大致不差。

其实王和达最早捷译的中国现代文学作品《家》，就有《红楼梦》的回音在内，尽管那是巴金运用欧洲文学的手法写成的。而其攻读博士学位和北大留学期间潜心迻译和研治的《儒林外史》，也有跟《红楼梦》一样缺乏显赫的故事情节、从而不便于欧洲语言节译或改写的结构性特征。据王和达的学生讲，他的《红楼梦》捷译文读起来富含佛道哲学意蕴——而他对此专门进行了解释，认为跟自己先行译出了《道德经》《坛经》《心经》等宗教哲学经典和《文心雕龙》这样的文化符号学论著密切相关。后来王和达在斯洛伐克《红楼梦》译者黑山（Marina Čarnogurská）的乡间别墅跟我继续交流时，也着重谈及《红楼梦》中的佛教元素:《红楼梦》和《西游记》开篇的结构异中见同，透视出两部小说之间的有机联系;而第 39 回贾母和刘姥姥两个老太太之间充满机锋的对话，如果不懂《心经》可能就无法真正领会其内涵了。

在王和达的计划中，继《儒林外史》和《红楼梦》之后完整捷译《金瓶梅》，是从不同角度揭示中国社会、从而呈现一种不对称三角形的相互联系来映射中国的。而在他心目中，《西游补》和《肉蒲团》运用的语言模式，正是从《红楼梦》到《金瓶梅》之间过渡的津梁。王和达的学生从中体会出并告诉我：翻译家翻译古典长篇小说，就是在重新寻找一种合适的翻译语言作为古代语言的比喻，让读者感到虽然是在读古书，但并未觉得距离太过久远。

王和达译介中国典籍的完整轨迹，清晰刻画出从中国现代文学到古典文学、再到哲学—美学的“三段论”过程，而非机械迻译中国文字到外语读者世界的绳墨。这种做派、这种理念，才是当今世界文化相互交融之中所应该推重的。

我在结束自己为期一年的访问学者生活后回到中国，和王和达在 2014 年捷克奥洛穆茨的帕拉茨基大学孔子学院举办的“欧洲《红楼梦》翻译国际研讨会”上还有见面，但已不再有如此深入的交流了。现在骤然得悉虽然高寿却一向康健的他，未及完成既定的工作计划便匆匆离世，忍不住写下上面的文字，表达我对他在伏尔塔瓦河畔孜孜以求、迻译中国典籍的烜赫成就致以崇高的礼赞。

（原载《东方早报·上海书评》
2018年7月3日思想版）

附录：西文目录

CONTENTS

General Preface

Preface

Foreword: Somnia in rubrā camerā

Studies of Multilingual Translations

[1] A comprehensive revision of the items concerning the *Hongloumeng* translations in *The Great Dictionary of Hongloumeng* 2

[2] A preliminary approach to the Finnish translation of *Hongloumeng* 50

[3] A preliminary approach to the Greek translation of *Hongloumeng* 65

[4] Chi-chen Wang's English translation of *Hongloumeng* revisited 81

[5] A preliminary approach to the Sibe translation of *Hongloumeng* 97

[6] A survey of Nordic Germanic translations of *Hongloumeng* 118

[7] On the Slovak manuscripts of translating *Hongloumeng* 131

[8] A preliminary approach to the Polish translation of *Hongloumeng* 146

[9] A survey of *Hongloumeng*'s translation and transmission in Eastern Europe: Poland, Czechia, Slovakia and Hungary 159

[10] A study of the English excerpt "A Burial Mound for Flowers" from *Hongloumeng* translated by H. C. Chang the UK Chinese sinologist 168

[11] A study of the English excerpt from *Hongloumeng* translated by Victor H. Mair the US sinologist 191

Studies of Diverse Translations in a Single Language

[12] On the problems of Sino-English concordances in Frank Huang Xinqu's version of *Hongloumeng* 206

[13] Remarks on "fēibái" the Chinese malapropism in four English versio ns of

Hongloumeng 228

[14] Remarks on some typical nicknames in three Japanese versions of *Hongloumeng* 250

[15] A preliminary approach to the literary differences of H. B. Joly's and B. S. Bonsall's English translations of *Hongloumeng*: In case of statistic analysis of translating Chinese idioms into English 269

[16] On the original selection and the selective blindness in criticisms of *Honglou-meng* translation studies: Exemplified with *Hongloumeng shiciqufu Yingyi bijiao yanjiu* by Wang Hongyin 303

Studies of translations in Diverse Languages

[17] A contrastive study of the Russian and Romanian translations of *Haoliaoge* 330

[18] A preliminary approach to the lexical-translating problems in the English re-translation of Franz Kuhn's German version of *Hongloumeng* 345

[19] A preliminary approach to the syntactic-translating problems in the English re-translation of Franz Kuhn's German version of *Hongloumeng* 363

[20] Some thoughts on the Orientalism in translating *Hongloumeng* 385

[21] A decipherment of the Sibe translation of *Haoliaoge* from the multilingual perspective 403

[22] A global mapping of the multilingual translations of *Hongloumeng* 425

[23] A study of translating the title of *Hongloumeng*: On the Slavic translations of "lóu" image 443

[24] On the five (English and French) translations of Lin Daiyu's shape depiction in chapter III, *Hongloumeng* 454

[25] Review of *Hongloumeng shangxi*: Volume I by Sun Yuming from the perspective of international transmission 477

[26] On the previous and present situations of *Hongloumeng*'s international transmission 483

[27] On the cultural establishment along "One Belt, One Road" and *Hongloumeng*'s international transmission 487

Studies of *Hongloumeng* Researchers

[28] A contrastive study of Ji Xianlin's Chinese translating *Rāmāyaṇa* and Marina Čarnogurská's Slovak translating *Hongloumeng* 492

[29] A deep probe into *Hongxue qizhi*, the Jurchen motto dedicated by Prof. Jin

Qicong to Prof. Zhou Ruchang 505
[30] Marián Gálik, the renowned Slovak sinologist, and *Honglouemeng* studies 516
[31] Oldřich Král, the Czech sinologist, and his translations of Chinese classics 532
[32] Commemorating Oldřich Král the Czech sinologist 541